御製

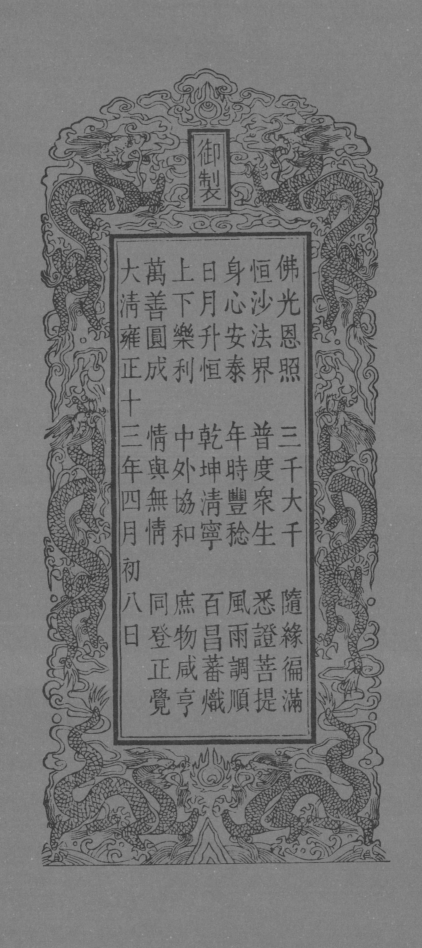

佛光恩照　三千大千　隨緣偏滿
恒沙法界　普度衆生　悉證菩提
身心安泰　年時豐稔　風雨調順
日月升恒　乾坤清寧　百昌蕃熾
上下樂利　中外協和　庶物咸亨
萬善圓成　情與無情　同登正覺
大清雍正十三年四月初八日

第一六八册　此土著述（五八）

御録宗鏡大綱

慧日永明妙圓正修智覺禪師宗鏡録序

清刻龍藏佛說法變相圖

御録宗鏡大綱序

宗鏡録者永明壽禪師約舉佛祖大意經論圓詮刊落餘文單標至要俾覺王所授之旨大德相傳之心到眼分明指掌斯在語其少則不立一字語其多則該遍恒沙無一點一畫而非佛心無一言一句而異佛口不二圓通之旨與難思教海歷歷相應大千方便之門皆無際眞心重重交照舉一心以立宗要若天毋之乳千兒攝萬法以歸鏡中如瞳人之印來物五千華藏一字中王不減不增無欠無剩未來大士句下自契靈源博地凡夫開卷多聞妙法即使未得未證亦不離正位之中如其頓圓頓成將永斷纖毫之惑挽天河以注甘露信口可嘗開龍藏以施寶珠任人探取絕思絕議罕比罕儔利自利他無邊

無量誠爲紹祖佛之眞子破魔外之將軍救衆生之慈父教百世之宗師也朕讀茲書良深嘉悦是以付諸剞劂散在香林蘭若之中復爲述其指歸弁諸卍字靈文之首欲宣朕諄切期望之意普勸後賢特再頒丁寧訓諭之文昭示來學矣茲念古佛纂集教文目爲宗鏡其間曾宣金口深表本懷謂一爲好略之人撮其樞要精通的旨免覽繁文二爲執總之人不明別理微細開演性相圓通截二我生死之根躡一味菩提之道仰羣經之大旨直了自心遵諸聖之微言頓開覺藏去彼依通之見破其邪執之情深信正宗方知月不在指迴光返照便見性不徇文此古佛悲含同體慈起無緣以虛空中之風吹蓮華上之水滅大海裏之燄蘇無根樹之苗者也然而此書行世千有餘年肉眼昏蒙不知寶貴因緣末世緇流多愚少慧亦以篇章浩瀚意怠情煩雖縮教海爲一盂而飲者腹猶易懣雖開義天於一線而觀者目尚未周今爲好略者俯徇機宜如實垂示爲執總者明條要目直截區分揀天龍女如意之珠更取如意中之如意握金剛王無雙之劍更求無雙内之無雙萬幾餘暇乙夜繙披親御鉛丹録其綱骨刊十存二舉一蔽諸此乃過去法王助朕不住於相之布施所冀當來佛子同朕求弘斯道之深心用述所懷明詔學者爰爲頒布安樂有情昔之本録百卷比此非繁而今摘録如干較彼非簡猶夫五千教典入宗鏡而無餘宗鏡百篇括教典而無剩然古佛述茲宗鏡非令人置教典而不觀則朕今刊此

要丈又豈令人置宗鏡而不閱作宗鏡者正爲閱教典之梯航則删宗鏡者即爲入宗鏡之嚮導矣惟願盡未來際徧法界中上上根人一聞千悟中下之侶依正脩行庶幾不立纖塵同遊斯鏡凡有心者皆入此宗無一緣輕福薄而不得妙聞之人無一業重障深而不生圓信之者慧日高騰於覺海破長夜之昏衢德雲飛駕於性天棄小乘之仄徑同來廣濟於含識用以仰報夫佛恩則此法利之普沾長與虛空而無盡古佛與朕所同願歟是爲序

雍正十二年甲寅十二月初一日

御録宗鏡大綱卷一

慧日永明妙圓正修智覺禪師宗鏡録序

伏以眞源湛寂覺海澄清絶名相之端無能所之迹最初不覺忽起動心成業識之由爲覺明之咎因明起照見分俄興隨照立塵相分安布如鏡現像頓起根身次則隨想而世界成差後則因智而憎愛不等從此遺眞失性執相徇名積滯著之情塵結相續之識浪鎖眞覺於夢夜沉迷三界之中瞽智眼於昏衢匍匐九居之内遂乃縻業繫之苦喪解脫之門於無身中受身向無趣中立趣約依處則分二十五有論正報則具十二類生皆從情想根由遂致依正差别向不遷境上虛受輪廻於無脫法中自生繫縛如春蠶作繭似秋蛾赴燈以二見妄想之絲纏苦聚之業質用無明貪愛之翼撲生死之火輪用谷響言音論四生妍醜以妄想心鏡現三有形儀然後違順想風動揺覺海貪癡愛水資潤苦芽一向徇塵罔知反本發狂亂之知見翳於自心立幻化之色聲認爲他法從此一微涉境漸成戞漢之高峰滴水興波終起吞舟之巨浪爾後將欲反初復本約根利鈍不同於一眞如界中開三乘五性或見空而證果或了緣而入眞或三祇熏鍊漸具行門或一念圓修頓成佛道斯則尅證有異一性非殊因成凡聖之名似分眞俗之相若欲窮微洞本究旨通宗則根本性離畢竟寂滅絶昇沈之異無縛脫之殊既無在世之人亦無滅度之者二際平等一道清虛識智俱空名體咸寂迴無所有唯一眞心達之名見道之人眛之號

生死之始復有邪根外種小智權機不了生死之病原罔知人我之見本唯欲厭喧斥動破相析塵雖云味静冥空不知理真拒覺如不辨眼中之赤眚但滅燈上之重光罔窮識内之幻身空避日中之虚影斯則勞形役思喪力捐功不異足水助冰投薪益火豈知重光在眚虚影隨身除病眼而重光自消息幻質而虚影當滅若能廻光就已反境觀心佛眼明而業影空法身現而塵跡絶以自覺之智刃剖開纏内之心珠用一念之慧鋒斬斷塵中之見網此窮心之旨達識之詮言約義豐文質理詣揭疑關於正智之户薙妄草於真覺之原愈入髓之沉痾截盤根之固執則物我遇智火之燄融唯心之爐名相臨慧日之光釋一真之海斯乃内證之法豈在文詮知解莫窮見聞不及今爲未見者演無見之妙見未聞者入不聞之圓聞未知者説無知之真知未解者成無解之大解所冀因指見月得兔忘罤抱一冥宗捨詮檢理了萬物由我明妙覺在身可謂搜抉玄根磨礱理窟剔禪宗之骨髓標教網之紀綱餘惑微瑕應手圓淨玄宗妙旨舉意全彰能摧七慢之山永塞六衰之路塵勞外道盡赴指呼生死魔軍全消影響現自在力闡大威光示真實珠利用無盡傾祕密藏周濟何窮可謂香中爇其牛頭寶中探其驪頷華中採其靈瑞照中耀其神光食中啜其乳糜水中飲其甘露藥中服其九轉主中遇其聖王故得法性山高頓落羣峰之峻醍醐海闊横吞衆派之波似夕魄之騰輝奪小乘之星宿如朝陽之孕彩破

外道之昏蒙猶貧法財之人值大寶聚若渴甘露之者遇清涼池爲衆生所敬之天作菩薩真慈之父抱膏肓之疾逢善見之藥王迷險難之途偶明達之良導久居闇室倏臨寶炬之光明常處躶形忽受天衣之妙服不求而自得無功而頓成故知無量國中難聞名字塵沙刧内罕遇傳持以如上之因緣目爲心鏡現一道而清虚可鑒辟羣邪而毫髮不容妙體無私圓光匪外無邊義海咸歸顧眄之中萬像形容盡入照臨之内斯乃曹谿一味之旨諸祖同傳鵠林不二之宗羣經共述可謂萬善之淵府衆哲之玄源一字之寶王羣靈之元祖遂使離心之境文理俱虚即識之塵詮量有據一心之海印楷定圓宗八識之智燈照開邪闇實謂含生靈府萬法義宗

轉變無方卷舒自在應緣現迹任物成名諸佛體之號三菩提菩薩修之稱六度行海慧變之爲水龍女獻之爲珠天女散之爲無著華善友求之爲如意寶緣覺悟之爲十二緣起聲聞證之爲四諦人空外道取之爲邪見河異生執之作生死海論體則妙符至理約事則深契正緣然雖標法界之總門須辯一乘之別旨種種性相之義在大覺以圓通重重即入之門唯種智而妙達但以根羸靡鑒學寡難周不知性相二門是自心之體用若具用而失恒常之體如無水有波若得體而闕妙用之門似無波有水且未有無波之水曾無不濕之波以波徹水源水窮波末如性窮相表相達性源須知體用相成性相互顯今乃細明總別廣辯異問研一法之根元搜

諸緣之本末則可稱宗鏡以鑒幽微無一法以逃形斯千差而普會遂爾編羅廣義撮略要文鋪舒於百卷之中卷攝在一心之内能使難思教海指掌而念念圓明無盡眞宗目覩而心心契合若神珠在手永息馳求猶覺樹垂陰全消影跡獲眞寶於春池之内拾礫渾非得本頭於古鏡之前狂心頓歇可以深挑見刺永截疑根不運微毫之功全開寶藏匪用刹那之力頓獲玄珠名爲一乘大寂滅場眞阿蘭若正修行處此是如來自到境界諸佛本住法門是以普勸後賢細垂詳覽遂得智窮性海學洞眞源此識此心唯尊唯勝此識者十方諸佛之所證此心者一代時教之所詮唯尊者教理行果之所歸唯勝者信解證入之所趣諸賢依之而解釋論起千章衆聖體之以弘宣談成四辯所以掇奇提異研精洞微獨舉宏綱大張正網撈摝五乘機地昇騰第一義天廣證此宗利益無盡遂得正法久住摧外道之邪林能令廣濟含生塞小乘之亂轍則無邪不正有僞皆空由自利故發智德之原由利他故立恩德之事成智德故則慈起無緣之化成恩德故則悲含同體之心以同體故則心起無心以無緣故則化成大化心起無心故則何樂而不與化成大化故則何苦而不收何樂而不與則利鈍齊觀何苦而不收則怨親普救遂使三草二木咸歸一地之榮邪種焦芽同霑一雨之潤斯乃盡善盡美無比無儔可謂括盡因門搜窮果海故得剏發菩提之士初求般若之人了知成佛之端由頓圓無滯明識歸家之道

路直進何疑或離此別修隨他妄解如穀角取乳緣木求魚徒歷三祇終無一得若依此旨信受弘持如快舸隨流無諸阻滯更遇便風之勢復加櫓棹之功則疾居寶城忽登覺岸可謂資糧易辦道果先成披迦葉上行之衣坐釋迦法空之座登彌勒毘盧之閣入普賢法界之身能令客作賤人全領長者之家業忽使沈空小果頓受如來之記名未有一門匪通斯道必無一法不契此宗過去覺王因茲成佛未來大士仗此證真則何一法門而不開何一義理而不現無一色非三摩鉢地無一聲非陀羅尼門嘗一味而盡變醍醐聞一香而皆入法界風柯月渚並可傳心煙島雲林咸提妙旨步步踏金色之界念念嗅薝蔔之香掬滄海而已得百川到須彌而皆同一色煥兮開觀象之目盡復自宗寂爾導求珠之心俱還本法遂使邪山落仞苦海收波智檝以之安流妙峰以之高出今詳祖佛大意經論正宗削去繁文唯搜要旨假申問答廣引證明舉一心爲宗照萬法如鏡編聯古製之深義撮略寶藏之圓詮同此顯揚稱之曰録分爲百卷大約三章先立正宗以爲歸趣次申問答用去疑情後引真詮成其圓信以茲妙善普施含靈同報佛恩共傳斯旨耳

標宗章第一

詳夫祖標禪理傳默契之正宗佛演教門立詮下之大旨則前賢所稟後學有歸是以先列標宗章爲有疑故問以決疑故答謂此圓宗難信難解是第一之說若不假立言詮無

以蕩其情執因指得月不無方便之門次立問答章欲堅信力須假證明廣引祖佛之誠言冥契圓常之大道徧採經論之要旨圓成決定之真心後陳引證章以此三章通爲一觀搜羅該括備盡於兹矣問先德云若教我立宗定旨如龜上覔毛兎邊求角楞伽經偈云一切法不生不應立是宗何故標此章名答斯言遣滯若無宗之宗則宗說兼暢古佛皆垂方便門切不可執方便而迷大旨設有一解一悟皆是落後之事屬第二頭　是故西天釋迦文佛云佛語心爲宗無門爲法門此土初祖達摩大師云以心傳心不立文字則佛佛手授授斯旨祖祖相傳傳此心　終不率自胸襟遠於佛語凡有釋疑去僞顯性明宗無不一一廣引經文備彰佛意所以永傳後嗣不墜家風若不然者又焉得至今紹繼昌盛法力如是證驗非虛又若欲研究佛乘披尋寶藏一一須消歸自己言言使冥合真心但莫執義上之文隨語生見直須探詮下之旨契會本宗則無師之智現前天真之道不昧如華嚴經云知一切法即心自性成就慧身不由他悟故知教有助道之力初心安可暫忘細詳法利無邊是乃搜揚纂集且凡論宗旨唯逗頓機如日出照高山駃馬見鞭影　故首楞嚴經云圓明了知不因心念揚眉動目早是周遮　今爲樂佛乘人實未薦者假以宗鏡助顯真心雖挂文言妙旨斯在俯收中下盡被羣機但任當人各資巳利於四門入處雖殊在一真見時無別　豈同劣解凡情而生局見我此無礙廣大法門如

虚空非相不拒諸相發揮似法性無身匪礙
諸身頓現須以六相義該攝總相別相同相異相成相壞相
斷常之見方消用十玄門融通一同時具足相應門如海之一滴具百川味二廣狹自在無礙門如一尺之鏡見千里影三一多相容不同門如一室千燈光光涉入四諸法相即自在門如金與金色不相捨離五祕密隱顯俱成門如秋空片月晦明相並六微細相容安立門如琉璃之瓶盛多芥子七因陀羅網境界門如兩鏡互明傳耀相寫八託事顯法生解門如舉拳豎臂觸目皆道九十世隔法異成門如一夕之夢翱翔百年十主伴圓明具德門如北辰所居衆星皆拱此十玄門一一皆具十法同時具足一教義二理事三境智四行位五因果六依正七體用八人法九逆順十感應
去取之情始絶又若實得一聞千悟獲大總
持即胡假言詮無勞解釋船筏為渡迷津之
者導師因引失路之人凡關一切言詮於圓
宗所示皆為末了文字性離即是解脫迷一
切諸法真實之性向心外取法而起文字見
者今還將文字對治示其真實若悟諸法本
源即不見有文字及絲毫發現方知一切諸
法即心自性則境智融通色空俱泯當此親
證圓明之際入斯一法平等之時又有何法
是教而可離何法是祖而可重何法是頓而
可取何法是漸而可非則知皆是識心橫生
分別故先德云一瞖在目千華亂空一妄
在心恒沙生滅瞖除華盡妄滅證真病差藥
除冰融水在神丹九轉點鐵成金至理一言
點凡成聖狂心不歇歇即菩提鏡淨心明本
來是佛

問答章第二

問如上所標已知大意何用向下更廣開釋
答上根利智宿習生知纔看題目宗之一字
已全入佛智海中永斷纖疑頓明大旨則一
言無不略盡攝之無有遺餘若直覽至一百

卷終乃至恒沙義趣龍宫寶藏鷲嶺金文則殊説更無異途舒之徧周法界以前略後廣唯是一心本卷末舒皆同一際終無異旨有隔前宗都謂迷情妄興取捨唯見紙墨文字嫌卷軸多但執寂默無言欣爲省要皆是迷心徇境背覺合塵不窮動静之本原靡達一多之起處偏生局見唯懼多聞如小乘之怖法空似波旬之難衆善以不違諸法真實性故隨諸相轉墮落有無如大涅槃經云若人聞説大涅槃一字一句不作字相不作句相不作聞相不作佛相不作説相如是義者名無相相釋曰若云即文字無相是常見若云離文字無相是斷見又若執有相相亦是常見若執無相相亦是斷見但亡即離斷常四句百非一切諸見其旨自現當親現入宗鏡之時何文言識智之能詮述乎　若明宗達性之者雖廣披尋尚不見一字之相終不作言詮之解以迷心作物者生斯紙墨之見耳故信心銘云六塵不惡還同正覺智者無爲愚人自縛如斯達者則六塵皆是真宗萬法無非妙理何局於管見而迷於大旨耶　斯乃無盡妙旨非淺智所知性起法門何劣解能覽燕雀焉測鴻鵠之志井蛙寧識滄海之淵如師子大哮吼狸不能爲如香象所負擔驢不能勝如毘沙門寶貧不能等如金翅鳥飛鳥不能及唯依情而起見但逐物而意移或説有而不涉空或言空而不該有或談略爲多外之一或立廣爲一外之多或離默而執言或離言而求默或據事外之理或著理外之事殊不能悟此自在圓宗演廣非多此

是一中之多標略非一此是多中之一談空不斷斯乃即有之空論有不常斯乃即空之有或有說亦得此即默中說或無說亦得此即說中默或理事相即亦得此理是成事之理此事是顯理之事或理理相即亦得以一如無二如真性常融會或事事相即亦得此全理之事一一無礙或理事不即亦得以全事之理非事所依非能依不隱真諦故以全理之事非理能依非所依不壞俗諦故斯則存泯一際隱顯同時如闡普眼之法門皆是理中之義似舒大千之經卷非標心外之文故經云一法能生無量義非聲聞緣覺之所知　華嚴經云自深入無自性真實法亦令他入無自性真實法心得安隱以茲妙達方入此宗　但祖教並施定慧雙照自利利他則無過矣設有堅執已解不信佛言起自障心絕他學路今有十問以定紀綱還得了了見性如晝觀色似文殊否還逢緣對境見色聞聲舉足下足開眼合眼悉得明宗與道相應否還覽一代時教及從上祖師言句聞深不怖皆得諦了無疑否還因差別問難種種徵詰能具四辯盡決他疑否還於一切時一切處智照無滯念念圓通不見一法能爲障礙未曾一刹那中暫令間斷否還於一切逆順好惡境界現前之時不爲間隔盡識得破否還於百法明門心境之內一一得見微細體性根原起處不爲生死根塵之所惑亂否還向四威儀中行住坐卧欽承祇對著衣喫飯執作施爲之時一一辯得真實否還聞說有佛無佛有衆生無衆生或讚或毀或是或

非得一心不動否還聞差別之智皆能明達性相俱通理事無滯無有一法不鑒其原乃至千聖出世得不疑否若實未得如是切不可起過頭欺誑之心生自許知足之意直須廣披至教博問先知徹祖佛自性之原到絶學無疑之地此時方可歇學灰息遊心或自辦則禪觀相應或爲他則方便開示設不能徧參法界廣究羣經但細看宗鏡之中自然得入此是諸法之要趣道之門　所以誌公訶云六賊和光同塵無力大難推托内發解空無相大乘力能翻却唯在玄覽得旨之時可驗斯文究竟真實　問諸佛境寂衆生界空有何因緣而興教迹答一實諦中雖無起盡方便門内有大因緣故法華經偈云諸法常無性佛種從緣起以萬法常無性無不性空時法爾能隨緣隨緣不失性　如諸大菩薩所集唯識論等大意有其二種一爲達萬法之正宗破二空之邪執二爲斷煩惱所知之障證解脱菩提之門斯則自證法原本覺真地不在文字句義敷揚今爲後學慕道之人方便纂集又自有二意用表本懷一爲好略之人撮其樞要精通的旨免覽繁文二爲執總之人不明別理微細開演性相圓通截二我生死之根躡一味菩提之道仰羣經之大旨直了自心遵諸聖之微言頓開覺藏去彼依通之見破其邪執之情深信正宗令知月不在指迴光返照使見性不徇文唯證相應斯爲本意不可橫生知解没溺見河於無得觀中懷趣向之意就真空理上興取捨之心率自胸襟疑誤後學須親見性方曉斯宗

問既慮執指徇文又何煩集教答爲背已合塵齊文作解者恐封教滯情故有此說若隨詮了旨即教明心者則有何取捨所以藏法師云自有衆生尋教得真會理教無礙常觀理而不礙持教恒誦習而不礙觀空則理教俱融合成一觀方爲究竟傳通耳斯乃教觀一如詮旨同原矣問諸大經論自成片段科節倫序句義分明何假撮録廣文成其要略答但以教海弘深窮之罔知其際義天高廣仰之不得其邊今則以管窺天將螺酌海如掬滄溟之涓滴似撮太華之一塵本爲義廣難周情存厭怠亦爲不依一乘教之正理唯徇不了義之因緣罕窮横竪之門莫知起盡之處所以删繁簡異採妙探玄雖文不足而大義全緣不備而正理顯搜盡一乘之旨抉開萬法之原爲般若之玄樞作菩提之要路則資糧易辦速至大乘證入無疑免迂小徑

今斯録者雖無廣大製造之功微有一期述成之事亦知鈔録前後文勢不全所冀直取要詮且明宗旨如從石辨玉似披沙揀金於羣藥中但取阿陀之妙向衆寶内唯探如意之珠舉一蔽諸以本攝末則一言無不略盡殊說更無異途所望後賢勿垂嗤誚所希斷疑生信但以見道爲懷非徇虚名以邀世譽願盡未來之際徧窮法界之中歷劫逾生常弘斯道凡有心者皆入此宗去執除疑見聞獲益承三寶力加被護持誓報佛恩廣濟含識虚空可盡兹願匪移法界可窮斯文不墜問了義大乘廣略周備解一義具圓通之見聞一偈有成佛之功何假述成仍煩解釋

答上上根人一聞千悟性相雙辯理事俱圓若中下之徒須假開演莊嚴之道讚飾之門格量其功不可爲喻所以法華經偈云譬如優曇華一切皆愛樂天人所希有時時乃一出聞法歡喜讚乃至發一言則爲已供養一切三世佛是人甚希有過於優曇華般若頌云般若無壞相過一切言語適無所依止誰能讚其德般若雖叵讚我今能得讚雖未脱死地則爲已得出又古聖云若菩薩造論者名莊嚴經如蓮華未開見雖生喜不如已剖香氣芬馥如金未用見雖生喜不如用之爲莊嚴具故知弘敎一念之善能報十方諸佛之恩論希有則如華擅優曇之名説光揚則似金作莊嚴之具　大涅槃經云佛言善男子除一闡提其餘衆生聞是經已悉皆能作菩提因縁法聲光明入毛孔者必定當得阿耨多羅三藐三菩提何以故若有人能供養恭敬無量諸佛方乃得聞大涅槃經薄福之人則不得聞故知得聞宗鏡所録一心實相常住法門皆是曩結深因曾親佛會甚爲大事非屬小縁若未聞熏曷由值遇又大涅槃經云佛告迦葉菩薩諸善男子善女人常當繫心修此二字佛是常住迦葉若有善男子善女人修此二字當知是人隨我所行至我至處是以信此法人即凡即聖修持契會住佛所住之中進止威儀行佛所行之跡釋摩訶衍論云若有衆生聞此摩訶衍之甚深極妙廣大法門已即其心中亦不疑畏亦不怯弱亦不輕賤亦不誹謗發決定心發堅固心發尊重心發愛信心當知是人真實佛子不

斷法種不斷僧種不斷佛種常恒相續轉轉增長盡於未來亦爲諸佛親所授記亦爲一切無量菩薩之所護念故論云假使有人能化三千大千世界滿中衆生令行十善不如有人於一食頃正思此法過前功德不可爲喻所以者何法身真如之功德等虛空界無邊際故　故知信此心宗成摩訶衍同三世諸佛之所證義理何窮等十方菩薩之所乘功德無盡偶斯玄化慶幸逾深順佛旨而報佛恩無先弘法闡佛日而開佛眼只在明心此宗鏡中若得一句入神歷劫爲種況正言深奥總一羣經此一乃無量中一若染此法即是圓頓之種可謂甘露入頂醍醐灌心耀不二之慧燈破情根之闇惑注一味之智水洗意地之妄塵能令厚障深遮若暴風之卷危葉繁疑積滯猶赫日之爍輕氷　大智度論云三世諸佛皆以諸法實相爲師祖師云一切明中心明爲上　故先德云剖微塵之經卷則念念果成盡衆生之願門則塵塵行滿未悟宗鏡焉信斯文所以昔人云遇斯教者應須自慶其猶溺巨海而遇芳舟墜長空而乘靈鶴矣　問諸佛方便教門皆依衆生根起根性不等法乃塵沙云何惟立一心以爲宗鏡答此一心法理事圓備爲凡聖根本作迷悟元由諸門競入衆德依歸如起信論云復次真實自體相者一切凡夫聲聞緣覺菩薩諸佛無有增減非前際生非後際滅常恒究竟從無始來本性具足一切功德謂大智慧光明義徧照法界義如實了知義本性清淨心義常樂我淨義寂靜不變自在義如

是等過恒沙數非同非異不思議佛法無有斷絶依此義故名如來藏亦名法身問真如離一切相云何今説具足一切功德答雖實具有一切功德然無差別相彼一切法皆同一味一真離分別相無二性故以依業識等生滅相而立彼一切差別之相此云何立以一切法本來唯心實無分別以不覺故分別心起見有境界名爲無明心性本淨無明不起即於真如立大智慧光明義若心生見境則有不見之相心性無見則無不見即於真如立徧照法界義若心有動則非真了知非本性清淨非常樂我淨非寂靜是變異不自在由是具起過於恒沙虚妄雜染以心性無動故即立真實了知義乃至過於恒沙清淨功德相義若心有起見有餘境可分別求則於内法有所不足以無邊功德即一心自性不見有餘法而更可求是故滿足過於恒沙非一非異不可思議諸佛之法無有斷絶故説真如名如來藏亦復名爲如來法身然此一心非同凡夫妄認緣慮能推之心決定執在色身之内今徧十方世界皆是妙明真心如入法界品云華藏世界海中無問若山若河大地虚空草木叢林塵毛等處無不咸是一真法界具無邊德故先德云心也者冲虚妙粹炳焕靈明無去無來冥通三際非中非外朗徹十方不滅不生豈四山之可害離性離相奚五色之能盲處生死流驪珠獨耀於滄海踞涅槃岸桂輪孤朗於碧天大矣哉萬法資始也萬法虚僞緣會而生生法本無一切唯識識如幻夢但是一心心寂而知目之

圓覺彌滿清淨中不容他故德用無邊皆同一性性起爲相境智歷然相得性融身心廓爾方之海印越彼太虛恢恢焉晃晃焉逈出思議之表也　若論一心性起功德無盡無邊豈以有量之心讚無爲之德　問教明一切萬法至理虛玄非有無之證絶自他之性若無一法自體云何立宗答若不立宗學何歸趣若論自他有無皆是衆生識心分別是對治門從相待有法身自體中實理心豈同幻有不隨幻無楞伽經云佛言大慧譬如非牛馬性牛馬性其實非有非無彼非無自相古釋云馬體上不得說牛性是有是無然非無馬自體以譬法身上不得說陰界入性是有是無然非無法身自相此法空之理超過有無即法身之性然有趣有向智背天真無得無歸情生斷滅但有之不用求真規宛爾無之自然足妙旨煥然則寂爾有歸恬然無間頓超能所不在有無可謂真歸能通至道矣問以心爲宗如何是宗通之相答内證自心第一義理住自覺地入聖智門以此相應名宗通相此是行時非是解時因解成行行成解絶則言說道斷心行處滅如楞伽經云佛告大慧宗通者謂緣自得勝進相遠離言說文字妄想趣無漏界自覺地自相遠離一切虛妄覺想降伏一切外道衆魔緣自覺趣光明輝發是名宗通相所以悟心成祖先聖相傳故達摩大師云明佛心宗了無差悞行解相應名之曰祖　問悟道明宗如人飲水冷暖自知云何說其行相答前已云諸佛方便不斷今時只爲因疑故問因問故答此是

本師於楞伽會上爲十方諸大菩薩來求法者親說此二通一宗通二說通宗通爲菩薩說通爲童蒙祖佛俯爲初機童蒙少垂開示此約說通只爲從他覔法隨語生解恐執方便爲真實迷於宗通是以分開二通之義當具眼人前若更說示則不得稱知時名爲大法師實見月人終不觀指親到家者自息問程唯證相應不俟言說終不執指爲月亦不離指見月如大涅槃經云善男子如彼衆盲不說象體亦非不說若是衆相悉非象者離是之外更無別象善男子或作是言色是佛性何以故如來色者常不斷故是說色名爲佛性譬如真金質雖遷變色常不異或時作釧作盤然其黄色初無改易衆生佛性亦復如是質雖無常而色是常以是故說色爲佛性乃至說受想行識等爲佛性又有說言離陰有我我是佛性如彼盲人各各說象雖不得實非不說象說佛性者亦復如是非即六法不離六法善男子是故我說衆生佛性非色不離色乃至非我不離我善男子有諸外道雖說有我而實無我衆生我者即是五陰離陰之外更無別我善男子譬如莖葉鬚臺合爲蓮華離是之外更無別華又佛言善男子是諸外道癡如小兒無慧方便不能了達常與無常苦與樂淨不淨我無我壽命非壽命衆生非衆生實非實有非有於佛法中取少許分虛妄計有常樂我淨而實不知常樂我淨如生盲人不知乳色　善男子以是義故我佛法中有真實諦非於外道夫真實諦者宗鏡所歸未聞悟時不信解者所有說

法及自修行皆成生滅折伏之門不入無生究竟之道如菴提遮女經云若不見生性雖因調伏少得安處其不安之相常爲對治若能見生性者雖在不安之處而安相常現前若不如是知者雖有種種勝辯談說甚深典籍而即是生滅心說彼實相畧要之言如盲辯色因他語故說得青黄赤白黑而不能自見色之正相當知大德空者亦不自得空故說有空義也故知能了萬法無生之性是爲得道　是以不了唯心之旨未入宗鏡之人向無生中起貪癡之垢於真空内著境界之緣以爲對治成其輪轉若能返照心境俱寂如諸法無行經云若菩薩見貪欲際即是真際見瞋恚際即是真際見愚癡際即是真際則能畢滅業障之罪　不思議佛境界經云

爾時世尊復語文殊師利菩薩言童子汝能了知如來所住平等法否文殊師利菩薩言世尊我已了知佛言童子何者是如來所住平等法文殊師利菩薩言世尊一切凡夫起貪瞋癡處是如來所住平等法佛言童子云何一切凡夫起貪瞋癡處是如來所住平等法文殊師利菩薩言世尊一切凡夫於空無相無願法中起貪瞋癡是故一切凡夫起貪瞋癡處即是如來所住平等法佛言童子空豈是有法而言於中有貪瞋癡文殊師利菩薩言世尊空是有是故貪瞋癡亦是有佛言童子空云何有貪瞋癡復云何有文殊師利菩薩言世尊空以言說故有貪瞋癡亦以言說故有如佛說比丘有無生無起無作無爲非諸行法此無生無起無作無爲非諸行法

非不有若不有者則於生起作爲諸行之法應無出離以有故言出離耳此亦如是若無有空則於貪瞋癡無有出離以有故說離貪等諸煩惱耳中觀論偈云從法不生法亦不生非法從非法不生法及於非法直釋偈意法即是有如色心等非法是無如兎角等若從法生法如母生子法生非法如人生石女兒從非法生法如兎角生人從非法生非法如龜毛生兎角故般若假名論云復有念言若如來但證無所得者佛法即一非是無邊是故經言如來說一切法皆是佛法佛法謂何即無所得未曾一法有可得性是故一切無非佛法云何一切皆無所得經云一切法者即非一切法云何非耶無生性故若無生即無性云何名一切法於無性中假言說故一切法無有性者即是衆生如來藏性故知諸法從意成形千途因心有像一念澄寂萬境曠然元同不二之門盡入無生之旨　又無生有二如通心論云一法性無生妙理言法至虛言性本來自爾名曰無生二緣起無生夫境由心現故不從他生心藉境起故不自生心境各異故不共生相因而有故不無因生亦云一理無生圓成實性本不生故二事無生緣生之相即無生故止觀云雖諸法不住以無住法住般若中即是入空以無住法住世諦即是入假以無住法住實相即是入中此無住慧即是金剛三昧能破盤石沙礫徹至本際又如釋迦牟尼入大寂定金剛三昧天親無著論開善廣解詎出無生無住之意若得此意千經萬論豁矣無疑此是學

觀之初章思議之根本釋典之妙慧入道之指歸故知一切諸法皆從無生性空而有有而非有不離俗而常真非有而有不離真而恒俗則幻有立而無生顯空有歷然兩相泯而雙事存真俗宛爾斯則無生而無不生不住二邊矣如古德頌云無生終不住萬像徒流布若作無生解還被無生固若能知心無住則無有心既無有心亦無無心有無總無身心俱盡故泯齊萬境萬境無相合本一冥冥然玄照照無不寂以寂爲體體無不虛虛寂無窮同通法界法界緣起無不自然來無所從去無所至又法無定相真妄由心起盡同原更無別旨正同宗鏡隱則一心無相顯則萬法標形不壞前後而同時常居一際而前後若依此一心無礙之觀念念即是華嚴法界念念即是毘盧遮那法界經云若與如是觀行相應於諸法中不生二解

御録宗鏡大綱卷一

音釋

懣莫本切門上聲煩懣　駃居月切音厥　眚生上聲目病生翳　罤音題兔網　剞劂刻鏤刀　檝音集橈名　嗤音鴟笑也　叵音頗不可也

御録宗鏡大綱卷二

問以心爲宗理須究竟約有情界眞妄似分不可雷同有濫圓覺未審以何心爲宗答誠如所問須細識心此妙難知唯佛能辯只爲三乘慕道見有差殊錯指妄心以爲眞實認妄賊而爲眞子劫盡家珍收魚目以作驪珠空迷智眼所以首楞嚴經云佛告阿難一切衆生從無始來種種顛倒業種自然如惡义聚諸修行人不能得成無上菩提乃至别成聲聞緣覺及成外道諸天魔王及魔眷屬皆由不知二種根本錯亂修習猶如煑沙欲成嘉饌縱經塵劫終不能得云何二種阿難一者無始生死根本則汝今者與諸衆生用攀緣心爲自性者二者無始菩提涅槃元清淨體則汝今者識精元明能生諸緣緣所遺者由諸衆生遺此本明雖終日行而不自覺枉入諸趣又云一切衆生從無始來生死相續皆由不知常住眞心性淨明體用諸妄想此想不眞故有輪轉以不了不動眞心而隨輪迴妄識此識無體不離眞心元於無相眞原轉作有情妄想如風起澄潭之浪浪雖動而常居不動之源似瞖生空界之華華雖現而匪離虛空之性瞖消空淨浪息潭清唯一眞心周徧法界又此心不從前際生不居中際住不向後際滅昇降不動性相一如則從上禀受以此眞心爲宗離此修行盡縈魔罥别有所得悉陷邪林如經云阿難言如來現今徵心所在而我以心推窮尋逐即能推者我將爲心佛言咄阿難此非汝心阿難矍然避座合掌起立白佛此非我心當名何等佛告

阿難此是前塵虛妄相想惑汝真性由汝無始至於今生認賊爲子失汝元常故受輪轉阿難白佛言世尊若此發明不是心者我乃無心同諸土木離此覺知更無所有云何如來說此非心我實驚怖唯垂大悲開示未悟爾時世尊摩阿難頂而告之言如來常說諸法所生唯心所現一切因果世界微塵因心成體阿難若諸世界一切所有其中乃至草葉縷結詰其根元咸有體性縱令虛空亦有名貌何況清淨妙淨明心性一切心而自無體若汝執悋分別覺觀所了知性必爲心者此心即應離諸一切色香味觸諸塵事業別有全性如汝今者承聽我法此則因聲而有分別縱滅一切見聞覺知內守幽閒猶爲法塵分別影事我非勑汝執爲非心但汝於心微細揣摩若離前塵有分別性即真汝心若分別性離塵無體斯則前塵分別影事塵非常住若變滅時此心則同龜毛兎角則汝法身同於斷滅其誰修證無生法忍古釋云能推者即是妄心皆有緣慮之用亦得名心然不是真心妄心是真心上之影像故云汝身汝心皆是妙明真精妙心中所現物若執此影像爲真影像滅時此心即斷故云若執緣塵即同斷滅故知諸佛境智徧界徧空凡夫身心如影如像若執末爲本以妄爲真生死現時方驗不實　又此能推之心若無因緣即不生起但從緣生緣生之法皆是無常如鏡裏之形無體而全因外境似水中之月不實而虛現空輪認此爲真愚之甚矣所以慶喜執而無據七處茫然二祖了而不生一言

契道則二祖求此緣慮不安之心不得即知真心徧一切處悟此爲宗遂乃最初紹於祖位阿難因如來推破妄心乃至於五陰六入十二處十八界七大性一一微細窮詰徹底唯空皆無自性既非因緣自他和合而有又非自然無因而生悉是意言識想分別因兹豁悟妙明真心廣大含容徧一切處即與大衆俱達此心同聲讚佛故經云爾時阿難及諸大衆蒙佛如來微妙開示身心蕩然得無罣礙是諸大衆各各自知心徧十方見十方空如觀手中所持葉物一切世間諸所有物皆即菩提妙明元心心精徧圓含裹十方反觀父母所生之身猶彼十方虛空之中吹一微塵若存若亡如湛巨海流一浮漚起滅無從了然自知獲本妙心常住不滅禮佛合掌得未曾有於如來前說偈讚佛妙湛總持不動尊首楞嚴王世希有消我億劫顛倒想不歷僧祇獲法身即同初祖直指人心見性成佛　如上依教所說真妄二心約義似分歸宗匪別何者真心約理體妄心據相用今以理恒是心不得心相心恒是理不動心相如水即波不得波相波即是水不壞波相是以動靜無際性相一原當凡心而是佛心觀世諦而成真諦所以華嚴經云菩薩摩訶薩觀一切法皆以心爲自性如是而住若攝境爲心是世俗勝義心之自性即是真如是勝義勝義如是而住以無所得而爲方便雙照真俗無住住故　問若隨分別立真妄心約此二心總有幾種答大智論云有二種道一畢竟空道二分別好惡道若畢竟空道尚不得

一何況說多若分别好惡道理從義利事乃恒沙且約一心古釋有四一紇利陀耶此云肉團心二緣慮心通指八識三質多耶此云集起心唯第八識積集種子生起現行四乾栗陀耶此云堅實心亦云貞實心此是眞心也然第八識無別自體但是眞心以不覺故與諸妄想有和合不和合義和合義者能含染淨目爲藏識不和合者體常不變目爲眞如都是如來藏　經云隱爲如來藏顯爲法身故知四種心本同一體但從迷悟分多經偈云佛說如來藏以爲阿賴耶惡慧不能知藏即賴耶識佛說如來藏者即法身在纒之名以爲阿賴耶即是藏識惡慧不能知藏即賴耶識有執眞如與賴耶體別者是惡慧也然雖四心同體眞妄義別本末亦殊前三是相後一是性性相無礙都是一心即第四眞心以爲宗旨　楞伽經云如來藏名阿賴耶識而與無明七識共俱如大海波常不斷絶又云如來藏者爲無始虛僞惡習所熏名爲識藏若此一心推末歸本者謂證第一義則得解脱第一義是緣之性若見緣性則脱緣縛華嚴經云皆一心作論云但是一心者一切三界唯心轉故諸教同引證成唯心云何一心而作三界以眞如性畢竟無盡故如漩洑頌云若人欲識眞空理身内眞如還徧外情與非情共一體處處皆同眞法界不離幻色即見空此即眞如含一切一念照入於多劫一一念劫收一切於一境内一切智於一智中諸境界只用一念觀一境一切諸境同時會時處帝網現重重一切智通無罣礙

又偈云眞如淨法界一泯未嘗有隨於染淨緣遂成十法界隨染緣成六凡法界隨淨緣成四聖法界　衆生於眞性上以情想自異則六趣昇沉諸聖於無爲法中以智行爲差則四聖高下然凡聖迹雖昇降縛脫似殊於一眞法界之中初無移動又依華嚴宗一心隨理事立四種法界一理法界者界是性義無盡事法同一性故二事法界者界是分義一一義別有分劑故三理事無礙法界者具性分義圓融無礙四事事無礙法界者一切分劑事法一一如性融通重重無盡故以此十法界因理事四法界性相即入眞俗融通遝出無窮成重重無盡法界然是全一心之法界全法界之一心隨有力無力而立一立多因相資相攝而或隱或顯如一空徧森羅之物像似一水收萬疊之波瀾入宗鏡中坦然顯現　問心分四名義開多種識之名義約有幾何答若約同門自相不可分別若約異門共相隨義似分名約性相有九義包內外具五名有九者一眼識二耳識三鼻識四舌識五身識六意識七末那識八阿賴耶識九淨識義具五者一識自相謂識自證分二識所變故一切境界從心現起三識相應故同時受想等心法四識分位故識上四相等五識實相故謂二空眞如是識實性自上諸法皆不離識總名唯識故知若相若性若境若心乃至差別分位皆是唯識卷舒匪離總別同時猶雲霧之依空若波瀾之涌海　性相境智教理行果等皆唯是識無有一法而非所標故稱羣經了義中王諸聖所依之父

若有過者頓息希望無一法而可求無一事而不足全獲如來無上之珍寳寧同荆岫璞中巳探敎海祕密之靈珠豈比驪龍頷下遂得盡衆生之苦際斷煩惱之病原一念功全千途自正　故知唯此眞實萬法皆空以此標宗更無等等如觀法經云彼有菩薩名曰上首作一乞士入城乞食時有比丘名曰恒伽謂乞士言汝從何來答曰我從眞實中來又問何謂眞實答曰寂滅故名爲眞實又問寂滅相中有所求無所求耶答曰無所求又問無所求者何用求耶答曰無所求中吾故求之又問無所求中何用求耶答曰有所求者一切皆空得者亦空著者亦空實者亦空來者亦空語者亦空問者亦空寂滅涅槃一切虛空分界亦復皆空吾爲如是次第空法而求眞實故知若能於法法上求空則於門門中解脫若人法問答言語往來如宗鏡中像若般若智照寂滅涅槃如宗鏡中明所以若像若明一切皆空唯有鏡體恒常披露徧一切處未嘗出沒故云吾爲如是次第空法而求眞實即知一切法皆眞實故無所求中吾故求之矣亦是夫求法者於一切法應無所求故融大師云若有一法可得即是非時求也所以淨名經云空當於何求答曰當於六十二見中求又問六十二見當於何求答曰當於諸佛解脫中求又問諸佛解脫當於何求答曰當於一切衆生心行中求　又經云願求諸佛慧亦不著願求求佛慧尚不令貪著何況其餘善法又菩薩以離願求但衆生不知求佛道菩薩故發願只云我願求佛

道衆生因此方知發心而求佛道得意自知無所求也如上所解則念念與實相相應更無餘念也所以楞伽經云一一相相應遠離諸見過是知若於諸相常與實相相應自然遠離諸過會第一義清淨眞心朗然明徹而無念著即事即如唯心直進即佛之所許自覺之境矣故論偈云自知不隨他寂滅無戲論無異無分別是則名實相問此唯識大約有幾種答略有二種一具分二不具分且具分唯識者以無性理故成眞如隨緣義則不生滅與生滅和合非一非異名阿賴耶識即是具分若不全依眞心事不依理故唯約生滅便非具分又若決定信入此唯識正理速至菩提如登車而立至遐方猶乘舟而坐昇彼岸如成唯識寶生論云謂依大乘成立三界但唯是識　若知但是自心所作無邊資糧易爲積集不待多時如少用功能成大事善遊行處猶若掌中由斯理故所有願求當能圓滿隨意而轉　問眞心靡易妙性無生凡聖同倫云何説妄答本心湛寂絶相離言性雖自爾以不守性故隨緣染淨且如一水若珠入則清塵雜則濁又如一空若雲遮則昏月現則淨故大智度論云譬如清淨池水狂象入中令其渾濁若清水珠入水即清淨不得言水外無象無珠心亦如是煩惱入故能令心濁諸慈悲等善法入心令心清淨然垢淨不定眞妄從緣若昧之則念念輪迴遺失眞性若照之則心心寂滅圓證涅槃故知眞妄無因空有言説約眞無説約説無眞幻影纔消智光息談　故遠法師云但内一不

生則無諸有欲塞煩惱之窟穴截生死之根株但能内觀一念無生則空華三界如風卷煙幻影六塵猶湯沃雪廓然無際唯一眞心矣進趣大乘方便經云佛言一實境界者謂衆生心體從本已來不生不滅乃至一切衆生心一切二乘心一切菩薩心一切諸佛心皆同不生不滅眞如相故乃至盡於十方虚空一切世界求心形狀無一區分而可得者但以衆生無明癡闇熏習因緣現妄境界令生念著所謂此心不能自知妄自謂有起覺知想計我我所而實無有覺知之相以此妄心畢竟無體不可見故若無覺知能分别者則無十方三世一切境界差别之相以一切法皆不能自有恒依妄心分别故有所謂一切境界各各不自念爲有知此爲自知彼爲他是故一切法不能自有則無别異唯依妄心不了不知内自無故謂有前外所知境界妄生種種法想謂有謂無謂好謂惡謂是謂非謂得謂失乃至生於無量無邊法想當知是知一切諸法皆從妄想生依妄心爲本然此妄心無自相故亦依境界而有所謂緣念覺知前境界故說名爲心又此妄心與前境界雖俱相依起無前後而此妄心能爲一切境界原主所以者何謂依妄心不了法界一相故說心有無明依無明力因故現妄境界亦依無明滅故一切境界滅非依一切境界自不了故說境界有無明亦非依境界故生於無明以一切諸佛於一切境界不生無明故又復不依境界滅故無明心滅以一切境界從本已來體性自滅未曾有故因如此義

是故但說一切諸法依心爲本當知一切諸法悉名爲心以義體不異爲心所攝故又一切諸法從心所起與心作相和合而有共生共滅同無有住以一切境界但隨心所緣念念相續故而得住持暫時而有如上廣引佛言委曲周細只爲成後學之信明我自心寶藏論云古鏡照精其精自形古教照心其心自明當知一心徧一切心無塵可異一切性含一性有法皆同無形而廓徹虛空誰分彼此搜迹而任窮法界莫得纖毫何故衆生界中即今顯現斯則皆因妄念積集熏成如鏡上之塵似遮光影若空中之霧暫混清虛但有一法現前皆是自心分別設當一念纔起盡因幻境牽生起滅同時更無前後若知能所無體頓悟人空法空忽了物我無依始信境寂心寂是以有心緣想萬境擬然無念意持纖塵不現終無心外法能與心爲緣但是自心生還與心爲相是知若不於宗鏡正義之中所有知解皆是邪道宗黨設形言說悉墮惡見論議此宗鏡法義可以憑准正理無差可以依行現前得力萬邪莫迴其致千聖不改其儀遂能洗惑塵消滯慮湛幽抱豁神襟獨妙絕倫故無等等問若言有眞有妄是法相宗若言無眞無妄是破相宗今論法性宗云何立眞立妄又說非眞非妄答今宗鏡所論非是法相立有亦非破相歸空但約性宗圓教以明正理即以眞如不變不礙隨緣是其圓義若法相宗一向說有眞有妄若破相宗一向說非眞非妄此二門各著一邊俱可思議今此圓宗前空有二門俱存又不違

礙此乃不可思議若定說有無二門皆可思議今以不染而染則不變隨緣染而不染則隨緣不變實不可以有無思亦不可爲眞妄惑斯乃不思議之宗趣非情識之所知今假設文義對治只爲破其邪執若情虛則智絶病差則藥消能窮始末之由方洞圓常之旨

唯亡言絶想可會斯玄於隨緣門初即迷眞起妄後乃悟妄即眞於迷悟中似分終始約不變門妄自本空誰論前後眞俗無性凡聖但名譬如迷繩作蛇疑杌爲鬼眞諦非有世諦非無二諦相成不墮邪見是以俗諦不得不有有常自空眞諦不得不空空恒徹有今時學者多迷空有二門盡成偏見唯尚一切不立拂迹歸空於相違差別義中全無智眼既不辯惑何以釋疑故云涅槃心易得差別智難明若能空有門中雙遮雙照眞俗諦內不即不離方可弘法爲人紹隆覺位

問眞妄二心行相各異如何融會得入法性之圓宗答但了妄念無生即是眞心不動此不動之外更無毫釐法可得

所以古師廣釋眞妄交徹之義云夫眞妄者若約三性圓成是眞徧計爲妄依他起性通眞通妄淨分同眞染分爲妄約徧計爲妄者情有即是理無妄徹眞也理無即是情有眞徹妄也若染分依他爲妄者緣生無性妄徹眞也無性緣成眞徹妄也若約隨俗說眞妄者眞妄本虛則居然交徹眞妄皆眞則本來一味故知眞妄常交徹亦不壞眞妄之相則該妄之眞眞非眞而湛寂徹眞之妄妄非妄而雲興如水該波而非水濕性凝停波徹水而非波洪濤洶

涌則不存不泯性相歷然一一融通重重交徹無障無閡體用相收入宗鏡中自然法爾故先德云然其真妄所以交徹者不離一心故禪原集云謂一切凡聖根本悉是一法界心性覺寶光各各圓滿本不名諸佛亦不名衆生祇以此心靈妙自在不守自性隨迷悟之緣成凡聖之事又雖隨緣而不失自性常非虛妄常無變異不可破壞唯是一心遂名真如故此一心常具二門未曾暫闕祇隨緣門中凡聖無定謂本來未曾覺悟故說煩惱無始若修證即煩惱斷盡故說有終然實無別始覺亦無不覺畢竟平等　大智度論云菩薩云何觀心念處菩薩觀內外心是內心有三相生住滅作是念是心無所從來滅亦無所至但從內外因緣和合生是心無有定實相亦無實生住滅亦不過去未來現在世中是心不在內不在外不在中間是心亦無性無相亦無生者無使生者外有種種雜六塵因緣內有顛倒心想生滅相續故彊名爲心如是心中實心相不可得是心性不生不滅常是淨相客煩惱相著故名爲不淨心心不自知何以故是心心相空故是心本末無有實法是心與諸法無合無散亦無前際後際中際無色無形無對但顛倒虛誑生是心空無我無我所無常無實是名隨順心觀知心相無生入無生法中何以故是心無生無性無相智者能知智者雖觀是心生滅相亦不得實生滅法不分別垢淨而得心清淨以是心清淨故不爲客塵煩惱所染如是等觀內心觀外心觀內外心亦如是故知法本

不有因心故生離憶想而無法可成除分別而無塵可現又反觀憶想分別畢竟無生從三際求求之不見向十方覓覓之無蹤既無能起之心亦無所滅之迹起滅俱離所離亦空心境豁然名爲見道於見道中相待之眞妄自融對治之能所皆絶能所盡處自然成佛如華嚴論云此經云以少方便疾得菩提不同權敎菩薩同有爲故立能證所證也一念之間無有能所能所盡處名爲正覺亦不同小乘滅能所也了能所本無動故此乃任法性故動寂皆平爲本智非動寂故妄謂爲動愚夫不了棄動而求寂爲大苦也故維摩經云五受陰洞達空爲苦義爲小乘有忻厭故即苦生　問如上所說眞妄二心但是文理會歸何方便門得親見性答妄息心空眞知自現若作計校轉益妄心但妙悟之時諸緣自絶如古佛悟道頌云因星見悟悟罷非星不逐於物不是無情又寶藏論云非有非空萬物之宗非空非有萬物之母出之無方入之無所包含萬有而不爲事應化萬端而不爲主道性如是豈可度量見性之時自然披露所以古偈云妄息寂則生寂生知則現知生寂已捨了了唯眞見　如學人問黄蘗和尚祇如目前虚空可不是境豈無指境見心答甚麽心向境上見設爾得見元來祇是照境心如人以鏡照面縱得眉目分明元來祇是影像何關汝事問若不因照如何得見答若涉因常須假物有甚麽了時汝不見道撒手似君無一物徒勞謾説數千般問他若識了照時亦無物師答若是無物更何處得

照汝莫開眼寱語復云百種多知不如無求乃第一道人　夫宗鏡本懷但論其道設備陳文義爲廣被羣機同此指南終無別旨切不可依文失其宗趣若悟其道則可以承紹可以傳衣　又古人云此事似空不空似有不有隱隱常見只是求其處所不可得是以若定空則歸斷見若實有則落常情若有處所則成其境故知此事非心所測非智所知故先聖悟道頌云有無去來心永息內外中間都總無欲見如來眞佛處但看石羊生得駒如此妙達之後道尚不存豈可更論知解會不會之妄想乎如古德偈云勸君學道莫貪求萬事無心道合頭無心始體無心道體得無心道也休　問覺體不遷假名有異凡聖既等衆生何不覺知若言不迷教中云何說有迷悟答只爲因本覺眞心而起不覺因不覺故成始覺如因地而倒因方故迷又因地而起因方故悟則覺時雖悟悟處常空不覺似迷迷時本寂是以迷悟一際情想自分爲有虛妄之心還施虛妄之藥經云佛言我說三乘十二分教如空拳誑小兒是事不知號曰無明祖師偈云如來一切法除我一切心我無一切心何須一切法故知已眼若開眞明自發所治之迷悟見病既亡能治之權實法藥自廢夫悟此法者非假他智與異術也或直見者如開藏取寶剖蚌得珠光發襟懷影含法界如融大師頌云瞎狗吠茅叢盲人唱賊虎循聲故致迷良由目無覩若得心開照理之時諸見皆絶不見佛法是不見世法非以自性中言思道斷故　如起信鈔云

離言說相豈可以言談離心緣相豈可以心度實謂心言路絶唯證相應耳且夫凡言說者從覺觀生是共相和合而起分別者因意識生是計度比量而起以要言之皆因不覺教觀隨生若無不覺之心一切諸法悉無自相可說除方便門而爲開示究竟指歸無言之道故論云若離不覺之心則無眞覺自相可說以覺對不覺說共相而轉若無不覺覺無自相如獨掌不鳴思之可見乃至染淨諸法悉亦如是皆相待有畢無自體可說如離長何有短離高何有低若入宗鏡中自然絶待

問不覺妄心元無自體若覺悟妄心起時無有初相則全成眞覺此眞覺相爲復隨妄俱遣爲當始終建立答因妄說眞眞無自相從眞起妄妄體本虛妄既歸空眞亦不立起信論云不覺義者謂從無始來不如實知眞如法一故不覺心起而有妄念自無實相不離本覺猶如迷人依方故迷迷無自相不離於方衆生亦爾依於覺故而有不覺妄念迷生然彼不覺自無實相不離本覺復待不覺以說眞覺不覺既無眞覺亦遣此則明眞覺之名待於妄想若離不覺即無眞覺自相可說是明所說眞覺必待不覺若不相待即無自他待他而有亦無自相自相既無何有他相是顯諸法無所得義論云當知一切染法淨法皆悉相待無有自相可說大智度論云若世諦如毫氂許有實者第一義諦亦應有實此之謂也又凡立眞妄皆是隨他意語化門中收若頓見性人誰論斯事如今不直悟一心者皆爲邪曲設外求佛果者皆不爲

正如寒山子詩云邪道不用行行之轉辛苦不用求佛果識取心王主是知若見有法可求有道可行皆失心王自宗之義若直入宗鏡萬事休息凡聖情盡安樂妙常離此起心皆成疲苦　問眞諦不謬本覺非虛云何同妄一時俱遣答因迷立覺説妄標眞皆徇機宜各無自體約世俗有依實諦無但除相待之名非滅一靈之性性唯絶待事有對治遣蕩爲破執情建立爲除斷見苦行伏諸外道神通化彼愚癡三昧降衆天魔空觀袪其相縛見苦斷集爲對增上慢人證滅修眞皆成戲論之者盡是權智引入斯宗則無一法可興無一法可遣四魔不能減大覺不能增旋心而義理全消會旨而名言自絶問既云眞心絶迹理出有無云何教中廣説無生無相之旨答一心之門微妙難究功德周備事理圓通知解罕窮分别不及目爲無相實無有法可稱無相之名詺作無生亦無有法以顯無生之理發菩提心論云菩薩觀一切善不善我無我實不實空不空世諦眞諦正定邪定有爲無爲有漏無漏黑法白法生死涅槃如法界性一相無相此中無法可名無相亦無有法以爲無相是則名爲一切法印不可壞印於是印中亦無印相是名眞實智慧釋曰一切法印者以此心印印一切法楷定眞實不可壞印者一切有無内外等法不能破壞故於此印中亦無印相者萬法皆空亦無所印所印之法既無能印之智非有如是通達名爲眞實智慧　問若一切法即心自性云何又説性亦非性答即心自性此是表詮

由一切法無性故即我心之實性性亦非性者此是遮詮若能超遮表之文詮泯即離之情執方爲見性已眼圓明如今若要頓悟自心開佛知見但了自性徧一切處凡有見聞皆從心現心外無有一毫釐法而有體性各各不相知各各不相到何者以是一法故無法可相知相到若有二法即相往來以知若凡若聖若境若智皆同一性所謂無性此無性之旨是得道之宗如華嚴經偈云諸法無作用亦無有體性是故彼一切各各不相知釋曰果從因生果無體性因由果立因無體性因無體性何有感果之用果無體性豈有酬因之能又互相待故無力也以他爲自故無體也是故體用俱無所以一切法各各不相知也　肇論云夫人之所謂動者以昔物不至今故曰動而非靜我之所謂靜者亦以昔物不至今故曰靜而非動動而非靜以其不來靜而非動以其不去然則所造未嘗異所見未嘗同逆之所謂塞順之所謂通苟得其道復何滯哉傷夫人情之惑久矣目對真而莫覺既知往物之不來而謂今物而可往往物既不來今物何可往何則求向物於向於向未嘗無責向物於今於今未嘗有於今未嘗有以明物不來於向未嘗無故知物不去覆而求今今亦不往是謂昔物自在昔不從今以至昔今物自在今不從昔以至今既無往返之微朕又何物而可動乎釋云昔物自在昔今物自在今如紅顔自在童子之身白首自處老年之體所以云人則謂少壯同體百齡一質徒知年往不覺形隨世人雖知

歲月在於往古豈覺當時之貌亦隨年在於昔時則童子不至老年老年不至童子剎那不相知念念不相待豈得少壯同體百齡一質耶又年往形亦往此是遷義即此遷中有不遷也往年在往時往形在往日是謂不遷而人乃謂往日之人遷至今日是謂惑矣又昔自在昔何須遷至今今自在今何須遷至昔故論云是以言往不必往古今常存以其不動稱去不必去謂不從今至古以其不來經中言遷未必即遷以古在古以今在今故也所以言無常者防人之常執言常住者防人之斷執言雖乖而理不異語雖反而眞不遷不可隨方便有無之言迷一心不遷之性人則求古於今謂其不住吾則求今於古知其不去今若至古古應有今古若至今今應有古今而無古以知不來古而無今以知不去若古不至今今不至古事各性住有何物而可去來大涅槃經云人命不停過於山水夫無常有二一者敗壞無常二者念念無常人只知壞滅無常而不覺念念無常論云若動而靜似去而留經說無常速疾猶似流動據理雖則無常前後不相往來故如靜也雖則念念謝往古今各性而住當處自寂故如留也又雖說古今各性而住當處自寂而宛然念念不住前後相續也則非常非斷非動非靜見物性之原也　若能見法是心隨緣了性無一法從外而入無一法從內而生無一法和合而有無一法自然而成如是則尚不見一微毫住相寧觀萬法去來斯乃徹底明宗透峰見性心心常合道念念不違宗

去住同時古今一貫故法華經云我觀久遠猶若今日維摩經云法無去來常不住故若了此無所住之眞心不變異之妙性方究竟明不還矣已上論中借世相之古今寄明不遷同入眞實是以時因法立法自本無所依之法體猶空能依之古今奚有若假方隅而辯法因指見月而無妨或徇方便而迷眞執解違宗而反悮

御録宗鏡大綱卷二

音釋

罥音羂罥也　矍音钁驚視　瀠洑上音旋下音服水回流　遰大計切音

第　摐音窗撞也　祛音區遣也　詺音命辨別物名

御録宗鏡大綱卷三

問無性理同是何宗攝答法性宗攝如古師云法性有體是法相宗義事上無體是法性宗義問若一切法實無性者不得教意之人恐成斷見答若有性故一法不成以無性故諸緣並立於無性中有無俱不可得豈成斷常之見耶如大般若經云佛言善現善哉善哉如是如是如汝所說於一切法皆以無性爲自性於自性中有性無性俱不可得不應於此執有無性故知既不可執有亦不可執無以自性中無有無故所說有無之法皆是破執入法之方便故先德云用無所得爲方便者有二一以無所得導前隨相則涉有不迷於空爲入有方便二假無得以入有不存無得即無得亦是方便此爲入空之方便是以無得相空無作人空無際性空此三相盡法界理現故菩薩不壞空而常有染淨之法宛然不礙有而常空一眞之道恒現如是雙照方入甚深　如寶聚經中佛告迦葉有者是一邊無者是一邊如是等彼內地界及外地界皆無二義諸佛如來實慧證知得成正覺無二一相所謂無相是以先德云謂諸宗計多說但空自性不空於法如法相宗但無徧計非無依他今既無性緣生故有有體即空緣生無性故空空而常有要互交徹方是眞空妙有又約緣起法有二一無相如空則蕩盡無有是相空二無自性如幻則業果恒不失即性空以相空故萬法體虛了無所得以性空故不壞業道因果歷然以此性相二空方立眞空之理是則非初中後際終始宛

然無能造作人報應非失故知無性理成法眼圓照更無一法有實根由今更引證廣明成就宗鏡夫眞俗二諦一切諸法不出空有空有之法皆從緣生緣生之法本無自體依心所現悉皆無性以緣生故無性以無性故緣生以此緣性二門萬法一際平等是以華嚴記廣釋云謂緣生故有是有義無性故空是空義二義是空有所以謂無性故有是有所以緣生故空是空所以所以即是因緣謂何以無性得成空義由從緣生所以無性是故緣生是無性空之所以也何以緣生得爲有義特由無定性故方始從緣而成幻有是故無性是有所以若將四句總望空有則皆名所以故云緣生故名有緣生故名空無性故名有無性故名空良以諸法起必從緣從緣有故必無自性由無性故所以從緣緣有性無更無二法而約幻有萬類差殊故名俗諦無性一味故名眞諦無性緣生故空者並離斷見謂定有則着常定無則着斷今緣生故空非是空無無性故空亦非定無定無者一向無物如龜毛兔角今但從緣生無性故非定無無性緣生故有者並非常見常見之有有是定性有今從緣有非定性有況由無性有豈定有耶從緣無性如幻化人非無幻化人幻化非眞故亦云幻有亦名妙有以非有爲有故名妙有又幻有即是不有有大品經云諸法無所有如是有故非有非不有名爲中道是幻有義眞空是不空空者謂不空與空無障礙故是故非空非不空名爲中道是眞空義菴提遮女經偈云嗚呼眞大德不

知實空義色無有自性豈非如空也空若自有空則不容衆色空不自空故衆色從是生

復有四義一眞空必盡幻有是無性故空義二眞空必成幻有是無性故有義三幻有必覆眞空是緣生故有義四幻有必不礙眞空是緣生故空義然此空有二而不二須知四義兩處名異一眞空必盡幻有是眞空上空義二眞空必成幻有是眞空上不空義三幻有必覆眞空是幻有上有義四幻有必不礙眞空是幻有上非有義又須知有非有空非空今此空有無礙即是非空非有無礙擧一全收若以眞同俗唯一幻有若融俗同眞唯一眞空空有無二爲雙照之中道非空非有無二爲雙遮之中道遮照一時存泯無礙故云離相離性無障無礙無分別法門以幻有爲相眞空爲性又空有皆相非空非有爲性又別顯爲相總融爲性今互奪雙融並皆離也無分別法但約智說唯無分別智方究其原可謂難思妙旨非情所知故云性海無涯衆德以之繁廣緣生不測多門由是圓通莫不迴轉萬差卷舒之形隨智鎔融一際開合之勢從心照不失機縱差別而恒順用非乖體雖一味而常通　肇論云本無實相法性性空緣會一義耳何則一切諸法緣會而生緣會而生則未生無有未生無有緣離則滅如其眞有有則無滅以此而推故知雖今現有有而性常自空性常自空故謂之性空性空故故曰法性法性如是故曰實相實相自無非推之使無故名本無言不有不無者不如有見常見之有邪見斷見之無耳若以

有爲有則以無爲無有既不有則無無也夫不存無以觀法者可謂識法實相矣是以聖人乘眞心以理順則無滯而不通審一氣以觀化故所遇而順適無滯而不通故能混雜致淳所遇而順適故則觸物而一如此則萬像雖殊而不能自異不能自異故知像非眞像像非眞像則雖像而非像然則物我同根是非一氣潛微幽隱殆非羣情之所盡故知若乘眞心而體物則何物而不歸齊一氣以觀時則何時而不會何時而不會則知觸境之無生何物而不歸則見物性之自虚矣若任情所照曷能盡其幽旨乎若不悟宗難逃見跡纔入此宗自然融即謂先明其起處知自心生既從心生則萬法從緣皆無體性必無心外法能與心爲緣悉是自心生還與心

爲相但論空有則廣明諸法何者以空有管一切法故此空有二門亦是理事二門亦是性相二門亦是體用二門亦是眞俗二門乃至總别同異成壞理量權實卷舒正助修性遮照等或相資相攝相是相非相徧相成相害相奪相即相在相覆相違一一如是各各融通今以一心無性之門一時收盡名義雙絶境觀俱融契旨忘言咸歸宗鏡是以須明行相名義差别方能以體性融通若不先横竪鋪舒後何以一門卷攝如上微細剖析廣照空有二門可謂得萬法之根由窮諸緣之起盡此有無二法迷倒所由九十六種之邪師因兹而起六十二見之利使從此而生菩薩尚未盡其原凡夫安能究其旨所以寳性論云空亂意菩薩於此眞空妙有猶有三疑

一疑空滅色取斷滅空二疑空異色取色外空三疑空是物取空爲有大智度論偈云有無二見滅無餘諸法實相佛所説淨名經云有無二見無復餘習又偈云説法不有亦不無以因緣故諸法生何者若時機因緣執有則説空門若時機因緣着空遂談有教爲破有故不存空因治空故不立有故説有而不有言空而不空破立一際遮照同時　故知眞空難解應須妙得指歸若隨空有之文皆墮邪見　如無生義云經言持心如虛空者非是斷空由有妙神即有妙識思慮華嚴經性起品作十種譬喩明法身佛有心大師言雖有妙神神性不生與如一體譬如凌還是水與水一體水亦有凌性若無凌性者寒結凌則不現如中亦有妙神性同如清淨則現不淨不復可見乃至如師主姓傳傳姓身內覓不得身外覓不得中間覓不得當知傳姓是空而非是斷空之空以傳姓中含有諸男女故言性空異於虛空佛性是空諸佛法身不空　如上空有二門約廣其義用遂説存泯開合若破其情執乃説即離有無設當見性證會之時智解俱絶如泯絶無寄觀云謂此所觀眞空不可言即色不即色亦不可言即空不即空一切皆不可不可亦不可此語亦不受逈絶無寄非言所及非解所到是謂行境何以故生心動念即乖法體失正念故乃至若不洞明前解無以躡成此行若不解此行法絶於前解無以成其正解若守解不捨無以入玆正行是故行由解成行起解絶古釋云空若即色者聖應同凡見妄色凡應

同聖見眞空又應無二諦空若不即色者見色外空無由成於聖智又應凡聖永别聖不從凡得故又色若即空者凡迷見色應同聖智見空又亦失於二諦色不即空者凡夫見色應不迷又所見色長隔眞空應永不成聖生心動念即乖法體失正念故者眞空理性本自如然但以迷之動念執相所以若言即與不即皆落是非瞥挂有無即非正念故云纔有是非紛然失心問凡涉有無皆成邪念若闕能所悉墮有知如何是無念而知答瑞草生嘉運林華結早春　問修行契悟法乃塵沙云何獨立一心爲宗而稱絶妙答若不了心宗皆成迷倒觸途成壅若不得唯心之訣正信無由得成纔得斯宗千門自闢道不待求而頓現行弗假修而自圓所以眞覺大師歌云是以禪門了却心頓入無生慈忍力以此無生一門一成一切成乃至三身四智八解六通無漏無爲普賢萬行悉於無生一時圓滿　寶藏論云其爲也形其寂也冥本淨非瑩法爾天成光超日月德越太清萬物無作一切無名轉變天地自在縱横恒沙而用混沌而成誰聞不喜誰聞不驚如何以無價之寶隱於陰入之坑是以體之即妙即神顯無價之寶迷之成粗成昧墮陰入之坑徧覽圓詮釋之莫盡仰唯諸聖讚之靡窮可謂入道玄關成佛妙訣乃至凡聖因果行位進修不離此心而得成辦契同心性何德不收以一切法隨所依住皆於一心頓圓滿故如斯之事豈非絶待之妙耶　如還原觀云一塵出生無盡徧一塵之内即理即事即人即

法即依即正即染即淨即因即果即同即異即彼即此即一即多即廣即狹即情即非情即三身（法身報身化身）即十身（菩提身願身化身力身莊嚴身威勢身意生身福身法身智身）何以故理事無礙法如是故十身互作自在用故唯普眼之境界也經頌云一切法門無盡海同會一法道場中如是次第展轉成此無礙人方得悟問據其所說則一塵之上理無不顯事無不融文無不釋義無不通今時修學之徒云何曉悟達於塵處頓決羣疑且於一塵之上何者是染云何名淨何者名眞若爲稱俗何者名生死何者是涅槃云何名煩惱云何是菩提何者名小乘法云何名大乘法請垂開決聞所未聞答大智圓明覩纖毫而觀性海眞原朗現一塵之處以眺全身萬法顯必同時一際理無前後何以故由此一塵虛相能翳於眞即是染也由塵相空無所有即淨也由於塵性本體同如即是眞也由此塵相緣生幻有即俗也由於塵相念念遷變即是生死也由觀塵生滅相盡空無有實即涅槃也由塵相大小皆是妄心分別即煩惱也由塵體本空緣慮自盡即菩提也由塵相體無徧計即小乘法也由塵性無生無滅依他似有即大乘法也如是略說若具言之假使一切衆生懷疑各異一時同問如來如來唯以一箇塵字而爲解釋宜深思之經頌云一切法門無盡海一言演說盡無餘依此義理故名一塵出生無盡徧也所言即者現今平等故此一心法門如鏡頓現不待次第如印頓成更無前後一見一切見一聞一切聞不俟推尋若待了達而成皆

爲權漸若能觀於心性之一則是一道甚深即正道之一是唯一之一千佛同轍今古不易之一道也又名大佛頂首楞嚴王具足萬行十方如來一門超出妙莊嚴路若諦了之一切在我昇沉去住任意隨緣示聖現凡出生入死變化難測運無作之神通隱顯同時闡如幻之三昧是非冥合逆順同歸語默卷舒常順一眞之道治生產業不違實相之門運用施爲念念而未離法界行住坐臥步步而常在其中若不信之人對面千里　問此宗所悟還有師否答此是自覺聖智無師智自然智之所證處不從他悟自證之時法從心現不從外來故無師契而能自得阿耨菩提　問若言無師自證者即墮自然之計執從他解者仍涉因緣之門且大道之性非是自然亦非因緣云何開示而乖道體答爲破他求故說須自證爲執自解故從他印可若當親省之時迷悟悉空自他俱絕非限量之所及豈言論之能詮何以故離一切限量分別故明知說自說他言得言失者若約聖教則是隨世語言破執方便若依意解盡是限量分別不出情塵但不執教以徇情則方見性而達道問初心學人悟入此宗信解圓通有何勝力答若正解圓明決定信入有超劫之功獲頓成之力雖在生死常入涅槃恒處塵勞長居淨刹現具肉眼而開慧眼之光明匪易凡心便同佛心之知見則煩惱塵勞不待斷而自滅菩提妙果弗假修而自圓乃至等寃親和諍論齊凡聖泯自他一去來印同異融延促混中邊世出世間不可稱不可量

不可說不可說之力莫能過者亦名佛力亦名般若力亦名大乘力亦名法力亦名無住力所以先德釋云無住力持者則大劫不離一念有剎那成佛之功頓截苦輪之力　金光明經疏云如日光能照天下不能照道理心智之光明能發智照理故心是光若心癡闇體則憔悴心有智光膚色充澤故云般若大故色大般若淨故色淨即是明也知一切法無一切法爲明是以若於宗鏡纔有信入便生圓解能發真正菩提心更無過上是無等等心是最勝心是最實心止觀云發此心者能翻一一塵勞門即是八萬四千諸三昧門無明轉即變爲明如融氷成水更非遠物不餘處來但一念心普皆具足如如意珠非有寶非無寶若謂無者即妄語若謂有者即邪見不可以心知不可以言辯衆生於此不思議不縛法中而思想作縛於無脱法中而求於脱是故起大慈悲興四弘誓拔兩苦（世間苦出世間苦）與兩樂（世間樂出世間樂）故名非縛非脱真正菩提心　若一發此心功德無際念念圓滿十波羅密（施戒忍進禪慧方願力智）故淨名經云維摩詰言然汝等便發阿耨多羅三藐三菩提心是即出家是即具足今宗鏡正爲開示此心一一搜窮重重引證普爲一切法界含生凡有心者願皆信受纔得信入法爾自然發此無上菩提之心便坐道場行同體大悲起無緣慈化是以十方諸佛讃了此心能發菩提者功德無盡　此論開發信入功德無邊若但見聞設不信樂尚種善根無空過者如華嚴經云佛子譬如丈夫食少金剛終竟不消

要穿其身出在於外何以故金剛不與肉身雜穢而同止故於如來所種少善根亦復如是要穿一切有爲諸行煩惱身過到於無爲究竟智處何以故此少善根不與有爲諸行煩惱而共住故佛子假使乾草積同須彌投火於中如芥子許必皆燒盡何以故火能燒故於如來所種少善根亦復如是必能燒盡一切煩惱究竟得於無餘涅槃何以故此少善根性究竟故　所以華嚴初發心功德品頌云菩薩發心功德量億劫稱揚不可盡又頌云所說種種衆譬喻無有能及菩提心以諸三世人中尊皆從發心而得生又經云初發心即是佛故悉與三世諸如來等若起一普賢行時即徧一切行一切位一切德一切法一切處一切時一切因一切果窮盡法界具足一切猶如帝網　是以此宗鏡錄中並是稱性而談約本而說因果皆實理事俱眞以是圓滿之宗普門之法見普法故名爲普眼普法者一具一切一一稱性同時具足眼外無法乃稱普眼亦名普眼經遂令見聞之人皆同性得以此性無盡則所益何窮可示後賢同繼斯種所以如來藏經中校量功德恒沙寶臺供養所不能及以七寶是限量之財供養乃有爲之福若持此經者則一乘常住之實眞如無盡之福如法界比微塵豈可校量乎　所以仁王經云能起一念清淨信者是人超過百劫千劫無量無邊恒河沙劫一切苦難不生惡趣不久當得無上菩提是以了心無作即悟業空觀業空時名爲得道其道若現何智不明心智明時於行住坐臥

四威儀中法爾能現自利利他之力故法華經偈云佛子住此地則是佛受用常在於其中經行及坐臥　問目心爲鏡有何證文答大乘起信論云覺體相者有四種大義與虚空等猶如淨鏡一如實空鏡二因熏習鏡三法出離鏡四縁熏習鏡如是四種本覺大義徧一切衆生界一切二乘界一切菩薩界一切如來界中無不住處無不照處無不通處無不至處具足圓滿　又一空鏡離一切外物之體二不空鏡謂體不無能現萬像三淨鏡謂已磨治離塵垢故四受用鏡謂置之高堂須者受用前二自性淨後二離垢淨又初二就因隱時説後二就果顯時說又前二約空不空後二約體用如佛地經云復次妙生大圓鏡智者如依圓鏡衆像影現如是依止如來智鏡諸處境識衆像影現唯以圓鏡爲譬喻者當知圓鏡如來智鏡平等平等是故智鏡名圓鏡智如是如來懸圓鏡智處淨法界無間斷故無所動摇欲令無量無數衆生觀於染淨爲欲取淨捨諸染故　大涅槃經云若能聽受是大涅槃經悉能具知一切方等大乘經典甚深義味譬如男女於明淨鏡見其色像了了分明大涅槃鏡亦復如是菩薩執之悉得明見大乘經典甚深之義又云何等名爲伊帝目多伽經乃至拘那牟尼佛時名曰法鏡是知古佛皆目此爲鏡以斆法萬義眞俗萬縁無不於中顯現故　三智一心中得故言明淨鏡攝一切法故稱謂御佛智藏故名般若德是知諸聖皆目心爲鏡妙盡其中矣大乘千鉢經云諦觀心鏡照見心

性唯照唯清唯照唯淨徧觀十方廓周法界朗然寂靜無有障礙所以先德云此眞如性猶如明鏡萬像悉於中現又一切萬法有二一皆如明鏡含明了性一心所成故二分別所現如影像故由初義故爲能現由後義故爲所現故一切法互爲鏡像如鏡互照而不壞本相　又明鏡只照其形不照其心只照生滅不照無生但照世間不照出世有形方照無形不照且如心鏡洞該性地鑒徹心原徧了無生廣明眞俗有無俱察隱顯咸通優劣懸殊略齊少喻　光德云如大摩尼寶鏡懸耀太虛十方色相悉皆頓現而此鏡性淨光無有影像諸佛法身亦復如是澄徹清淨而無影像以昔大悲不倦隨衆生業緣感應差別普現一切色身三昧衆生聞見無不蒙益諸佛以無漏金剛心爲身普現一切衆生界但爲煩惱習氣所覆無體不現如缾內淨燈光不滅名如來藏亦名功德藏亦名無盡藏諸祖共傳諸佛清淨自覺聖智眞如妙心不同世間文字所得何以故無礙解脫是一眞法性不與世間出世間所共故經云無比是菩提不可喻故若有悟斯眞實法性此人則能了知三世諸佛及一切衆生同一法界本來平等常恒不變諸佛一切時中離觀相故經偈云心淨已度諸禪定是以心淨故則孤光一照萬慮全消如暗室懸燈重雲見日如古德偈云安知一念蒙光處億劫昏迷滅此時故云法有應照之能故況之以鏡教有可傳之義故喻之於燈可謂慧月入懷靈珠在握法界洞徹無不鑒矣才命論云心徹寶

鏡注云夫心以鑒物庻品不遺洞徹幽明同乎寶鏡又莊子云至人之心若鏡也又如世間之鏡尚照人肝膽何况靈臺心鏡而不洞鑒耶所以昔人云不遊大海未覩沃日之竒不仰太山靡覩干霄之狀如未臨宗鏡焉識自心恢廓而體納太虛澄湛而影含萬像不信入者莫測高深故眞覺大師歌云心鏡明鑒無礙廓然瑩徹周沙界萬像森羅影現中一顆圓光非內外是故依此起信論四種空鏡義遂乃廣録祖教顯現一心證成宗鏡所以論云有法能起摩訶衍信根者有法者謂一心法若人能解此法必起廣大信根故信根既立即入佛道以成佛道故離二現行云何現行一者凡夫現行生死成雜染事二者二乘現行涅槃失利樂事縛脱雖殊俱迷宗鏡今成佛道無二現行圓證一心具摩訶衍以大智故不住生死以大悲故不住涅槃作一種之光明爲萬途之經濟問宗鏡廣照萬法同歸是此鏡義否答若凡若聖説異説同皆是鏡中之影像唯此一鏡圓極十方鏡外無法彼我俱絕古德云若言衆生心性同諸佛心性者别教也圓教心性是一寂光無彼無此極十方三世佛及衆生邊際成一大圓鏡但是一鏡無有同異也佛及衆生一鏡上像耳　問此宗鏡中如何信入答但不動一心不住諸法無能所之證亡智解之心則是無信之信不入之入人法二空心境雙寂故知若有能證則爲有人若有所證則爲有法以唯一眞法界故則心外無法不可以法界更證法界是以此録削去浮華唯談眞實不

依名字直顯心宗　問所度之機無量能度之法無邊立五行門聖行梵行嬰兒行病行天行張八教網頓漸秘密不定藏通別圓何乃以心標宗能治一切答方便有多門則遐張八教之網歸源性無二乃高峙一心之宗如千方共治一病萬義俱顯一心令不執見徇文失眞法之味所冀研心究理得正覺之原　此一心法門橫通豎徹攝盡恒沙之義故號總持能爲萬法之宗遂稱無上若但論事行失佛本宗　釋論云持戒爲皮禪定爲血智慧爲骨微妙善心爲髓是以能說此法門者是徹佛眞心施於己髓矣實乃能治之妙何病而不痊巧度之門何機而不湊洗除心垢拔出疑根言言盡契本心一一皆含眞性法法是金剛之句塵塵具祕密之門如入法界體性經云文殊言諸法性不壞是故名金剛句　勝天王般若經云菩薩摩訶薩一切境界無有一法不通達者修行如是智波羅密二乘外道不能掩蔽以智觀察從初發心至入涅槃皆悉明了能以一法知一切境界一切境界即是一法何以故如如一故不見我能修及所修法無二無別自性離故是名菩薩摩訶薩行般若波羅密通達智般若波羅密思益經云網明謂梵天言是五百比丘從座起者汝當爲作方便引導其心入此法門令得信解離諸邪見梵天言善男子縱使令去至恒河沙劫不能得出如此法門譬如癡人畏於虛空捨空而走在所至處不離虛空此諸比丘亦復如是雖復遠去不出空相不出無相相不出無作相又如一人求索虛空東西馳走言我欲得

空我欲得空是人但說虛空名字而不得空於空中行而不見空此諸比丘亦復如是欲求涅槃行涅槃中而不得涅槃所以者何涅槃者但有名字猶如虛空但名字不可得取涅槃亦復如是但有名字而不可得是知一切不信衆生邪見外道徒生厭離枉自妄求究竟一心位中未曾暫出故密嚴經偈云如飯一粒熟餘粒即可知諸法亦如是知一即知彼譬如鑽酪者嘗之以指端如是諸法性可以一觀察楞伽經偈云譬如鏡中像雖見而非有於妄想鏡中愚夫見有二　問一心平等理絕偏圓云何教中又說諸法異答隨情說異雖異而同對執說同雖同而異將同破異將異破同雖同雖異非異非同皆是俯順機宜善權方便　大涅槃經云譬如女人生育一子嬰孩得病是女愁惱求覓良醫良醫既至合三種藥酥乳石蜜與之令服因告女人兒服藥已且莫與乳須藥消已方乃與之是時女人即以苦味用塗其乳語其兒言我乳毒塗不可復觸其兒渴乏欲得母乳聞毒氣便捨遠去其藥消已母乃洗乳喚子與之是時小兒雖復渴乏先聞毒氣是故不來母復告言爲汝服藥故以毒塗汝藥已消我已洗竟汝便可來飲乳無苦其兒聞已漸漸還飲經合譬意譬無我等猶如毒塗說如來藏如喚子飲或時說我或說無我皆爲適機如彼塗洗如義海云謂塵事相是異覓體唯法是無異只由法體不異即異義方成以不失體故只由塵事差別即不異義方成以不壞緣方言理也故經云奇哉世尊於無異法

中能説諸法異 森羅雖異不能自異虚空雖同不能自同以無體故法法常生以無用故塵塵恒寂皆是世間分別衆生妄情於平等法中自生差別向無二相處强立多端猶若畫師邈成高下之相狀或如金匠鍛出大小之器形萬法體常虚但唯自心變大莊嚴論偈云譬如工畫師畫平起凹凸如是虚分別於無見能所言善巧畫師能畫平壁起凹凸相實無高下而見高下不真分別亦復如是於平等法界無二相處而常見有能所二相是故不應怖畏云何不須怖畏以自心變故如畫凹凸由自手畫故

御録宗鏡大綱卷三

音釋

瞥篇入聲暫見也 瑩縈定切玉色潔也 鑽音贊 剋同尅 邈音莫渺也

凹音坳凸之對也 凸音突高起也

御録宗鏡大綱卷四

問唯一心法云何教中廣立名字荅如來名號十方不同般若一法説種種名解脱亦爾多諸名字故大般若經云如一切法名唯客所攝於十方三世無所從來無所至去亦無所住一切法中無名名中無一切法非合非散但假施設所以者何以一切法與名俱自性空大方等大集經云爾時佛告陀羅尼自在王菩薩善男子第一義者謂無有諸法若無諸法云何說空無名字法説爲名字如是名字亦無住處名下之法亦復如是是以法從心生名因法立能生之心無處所生之法亦然則心境皆空俱無處所論云心能爲一切法作名若無心則無一切名字當知世出世名字皆從心起以心隨緣應物立號似金作器隨器得名則一心不動執別號而萬法成差眞金匪移認異名而千器不等若知法法全心作器器盡金成名相不能干是非焉能惑又如圓器與方器名字不同若生金與熟金言説有異推原究體萬法皆空但有意言名義差別動即八識凝爲一心得旨忘緣觸途無寄如大涅槃經云佛言善男子如來所有一切善行悉爲調伏諸衆生故譬如醫王所有醫方悉爲療治一切病苦善男子如來世尊爲國土故爲時節故爲他語故爲衆生故爲諸根故於一法中作二種說於一名法說無量名於一義中説無量名於無量義説無量名　華嚴經頌云如心諸佛爾如佛衆生然心佛與衆生是三無差別只是一法名別理同何者覺此無依無住絶待不思議

心不動時入十信之初號不動智佛不覺此絶待眞心不守自性隨緣差别時名法身流轉五道號曰衆生但有迷悟之名不離一心之體更有何法而作凡聖名字爲差别乎如文殊般若經云佛言佛法無上耶文殊答無有一法如微塵許名爲無上又經云如世尊説此法時無有菩薩得是三昧諸陀羅尼門亦復無彼諸佛所説語言句義乃至不説一文字句無人聽聞無人得解無人成佛如此等法是實言者於後末世五百歲時此經法門弘閻浮提徧行流布熾然不滅是眞實語問既萬機泯跡獨朗眞心者云何教中説此是凡夫法此是聖人法答以一切法緣生無性故不得凡夫法不得聖人法以無性緣生故若眞若俗不相混濫如云一切即一皆同

無性一即一切因果歷然雖即歷然不失無性之理雖即無性不壞緣生之道然又雖但了一心而於諸法一一了知分明無惑　輔行記問云一心既具十法界因果但觀於心何須觀具答一家觀門即天台止觀永異諸説該攝一切十方三世若凡若聖一切因果者良由觀具具即是假假即空中理性雖具若不觀之但言觀心則不稱理小乘奚嘗不觀心耶但迷一心具諸法耳問若不觀具爲屬何教答别教示道從初心來但云次第生於十界斷亦次第故不觀具或禀通教即空但理或禀三藏寂滅眞空如此等人何須觀具何者藏通但云心生六界觀有巧拙即離不同是故此兩教不須觀具尚不識具況識空中若不爾者何名發心畢竟二不别成正覺已

何能現於十界身土又復學者縱知內心具三千法不知我徧彼三千彼彼三千互徧亦爾苟順凡情生內外見應照理體本無四性自生性他生性共生性無因生性心佛衆生三無差別能知此者依稀識心華嚴論云以一心大智之印印無始三世總在一時無邊諸法智印咸徧以智等諸佛故以智等衆生心故以智等諸法故以智無中邊表裏三世長短近遠故爲智過虛空量故如世虛空無所了知如無分別智虛空一念而能分別過虛空等法門是故經頌言一切虛空猶可量諸佛說法不可說又頌云普光明智等虛空虛空但空智自在所以無量義經云無量義者從一法生即知一法能生無量義所謂一心一一法皆生無量義者以心徧一切法一一法無非心故以略代總故知略心能含萬法歷一切教若境若智若人若法隨諸事釋一一向心爲觀觀慧彌成如海吞流似薪益火以不能深達故爲偏爲小以不能諦觀故住有住空是以聲聞覩斯大事自鄙無堪或號泣而聲振大千或云同共一法中而不得此事若菩薩聞茲妙旨懺悔前非或云從無量劫來爲無我之所漂流或言我等歸前盡是邪見人也如上所失皆是不達自心廣大圓融能包能徧故何以能包能徧以無相故如太虛無相不拒諸相發揮能含十方淨穢國土所以昔人云夫萬化非無宗而宗之者無相虛相非無契而契之者無心內外並冥緣智俱寂是故若能如是體道千萬相應可謂正法中人眞佛弟子若違斯旨妄起有心悉墮邪修不入

宗鏡如古德謌云只爲無心學無學亦復正修於不修若人不知如此處不得稱名爲比丘是以若於宗鏡發真最省心力華嚴經云以少方便疾得菩提古德云學雖不多可齊上賢即斯意矣　問理唯一道事乃萬差云何但了一心無邊佛事悉皆圓滿答出世之道理由心成處世之門事由心造若以唯心之事一法即一切法舒之無邊以唯心之理一切法即一法卷之無跡因卷而說一此法未曾一因舒而說多此法未曾多非一非多有而不有而多而一無而不無一多相依互爲本末　問心性本淨寂照無遺何假智光而爲鑒達答心是正因雖然照了以客塵煩惱所遮若無智慧了因而不能顯故知萬法無修策修而至無修本性雖空亦由修空而顯空今宗鏡所錄深有所以只爲衆生無智不修而墮愚闇不照心性枉陷輪迴若不得宗鏡之智光何由顯於心寶且衆生無漏智性本自具足以客塵所蔽似鏡昏塵但能知鏡本明塵即漸盡客塵盡處真性朗然　問釋迦文佛開衆生心成佛知見達摩初祖直指人心見性成佛若體此一心云何是成佛之理答一心不動諸法無性以無性故悉皆成佛華嚴經云佛子如來成正覺時於其身中普見一切衆生成正覺乃至入涅槃皆同一性所謂無性無何等性所謂無相性無盡性無生性無滅性無我性無非我性無衆生性無非衆生性無菩提性無法界性無虚空性亦復無有成正覺性知一切法皆無性故得一切智大悲相續救度衆生佛子譬如虚

空一切世界若成若壞常無增減何以故虛空無生故諸佛菩提亦復如是若成正覺不成正覺亦無增減何以故菩提無相無非相無一無種種故佛子菩薩摩訶薩應如是知成等正覺同於菩提一相無相　是知若不自信心佛求他勝緣功業雖勤終非究竟如華嚴如來出現品云佛子設有菩薩於無量百千億那由他劫行六波羅密修習種種菩提分法若未聞此如來不思議大威德法門或時聞已不信不解不順不入不得名爲眞實菩薩以不能生如來家故所以諸佛知一切法皆無性故得成就一切智起同體悲相續不斷盡未來際廣度有情以一心無性成佛之理願一切衆生與我無異知衆生本來一心不動常合天眞以無性故不覺隨緣六趣昇降枉受妄苦虛度輪迴所以能起大悲相續度脫若無此無性之理則大化不成善惡凡聖不可移易若能如是解悟則是入不思議方便法門　誌公和尚生佛不二科云衆生與佛不殊大智不異於愚何用外求珍寶身內自有明珠正道邪道不二了知凡聖同途迷悟本無差別涅槃生死一如究竟攀緣空寂推求憶想清虛無有一法可得蕭然直入無餘　眞覺大師謌云雪山肥膩更無雜純出醍醐我常納一性圓通一切性一法徧含一切法一月普現一切水一切水月一月攝諸佛法身入我性我性同共如來合一地具足一切地非色非心非行業彈指圓成八萬門刹那滅却阿鼻業一切數句非數句與吾靈覺何交涉　又東林問云衆生爲迷

諸佛爲悟體雖是一約用有差若以衆生通佛佛亦合逃若以佛通衆生衆生合悟答恒以非衆生爲衆生亦以非佛爲佛不礙存而恒奪不妨壞而常成隨緣且立衆生之名豈有衆生可得約體權施法身之號寧有諸佛可求莫不妄徹眞原居一相而恒有眞該妄末入五道而常空情談則二界難通智説乃一如易就然後雙非雙是即互壞互成見諸佛於衆生身觀衆生於諸佛體故云六道之道離善之惡離惡之善二乘之道離漏之無漏菩薩之道離邊之中諸佛之道無離無至何以故一切諸法即是佛道故所以先德云夫大道唯心即心是佛只依一心而修即是根本之智亦是無分别智即能分别無窮自具一切智故不同起心徧計故知凡有心者悉皆成佛以不信故決定爲凡以明了故舊來成佛　問六祖云善惡都莫思量自然得入心體洞山和尚云學得佛邊事猶是錯用心今何廣論成佛之旨答今宗鏡録正論斯義以心冥性佛理合眞空豈於心外妄求隨他勝境如華嚴記云若達眞空尚不造善豈況惡乎若邪説空謂豁達無物或言無礙不妨造惡若眞知空善順於理恐生動亂尚不起心慕善惡背於理以順妄情豈當可造若云無礙不礙造惡何不無礙不礙修善而斷惡耶厭修善法尚恐有著心恣情造惡何不懼著明知邪見惡衆生也乃至入理觀佛猶恐起心更造惡思特違至理　問旣博地凡夫位齊諸佛者云何不具諸佛神通作用答非是不具但衆生不知故華嚴宗云諸佛證

衆生之體用衆生之用是以諸佛將衆生心中眞如體相用三大之因爲法報化三身之果豈可更論具不具耶如今若實未薦者但非生因之所生唯在了因之所了大涅槃經云生因者如泥作瓶了因者如燈照物若智燈纔照凡聖一如若意解觀之眞俗似別然世間多執事相迷於眞理故法華經云取相凡夫隨宜爲説金剛經云但凡夫之人貪著其事所以一切經論皆破衆生身心事相等執如寶藏論云經云隨宜説法意趣難解雖説種種之乘皆是權接方便助道法也然非究竟解脱涅槃如有人於虛空中畫作種種色相及種種音聲然彼虛空實無異相受人變動故知諸佛化身及以説法亦復如是於實際中都無一異夫神中有智智中有通通有五種智有三種何爲五種通一曰道通二曰神通三曰依通四曰報通五曰妖通妖通者狐狸老變木石精化附傍人神聰慧奇異此謂妖通何爲報通鬼神逆知諸天變化中陰了生神龍隱變此謂報通何謂依通約法而知緣身而用乘符往來藥餌靈變此謂依通何謂神通靜心照物宿命記持種種分別皆隨定力此謂神通何謂道通無心應物緣化萬有水月空華影像無主此謂道通何謂三智一曰眞智二曰內智三曰外智何謂外智謂分別根門識了塵境博覽古今皆通俗事此名外智何謂內智自覺無明割斷煩惱心意寂靜滅無有餘此名內智何謂眞智體解無物本來寂靜通達無涯淨穢不二故名眞智眞智道通不可名目餘所有者皆是邪

僞僞則不眞邪則不正惑亂心生迯於本性夫智有邪正通有眞僞若非法眼精明難可辯了是以俗間多信邪僞少信正眞大教偃行小乘現用故知妙理難顯也龐居士偈云世人多重金我愛刹那靜金多亂人心靜見眞如性心通法亦通十八斷行蹤但自心無礙何愁神不通如是解者方入宗鏡之中所有施爲皆入律行自然成辦一切佛事如淨名私記云得入律行者如優波離章是名奉律是名善解端坐不用經營辦供養具而常作佛事心行中求　但悟一心無礙自在之宗自然理事融通眞俗交徹若執事而迯理永劫沉淪或悟理而遺事此非圓證何者理事不出自心性相寧乖一旨若入宗鏡頓悟眞心尚無非理非事之文豈有若理若事之執但得本之後亦不廢圓修如有學人問本淨和尚云師還修行也無對云我修行與汝別汝先修而後悟我先悟而後修是以若先修而後悟斯則有功之功功歸生滅若先悟而後修此乃無功之功功不虛棄所以融大師心銘云欲得心淨無心用功又若具智眼之人豈得妄生叨濫況似明目之者終不墮於溝坑若盲禪闇證之徒焉知六即（理即名字即觀行即相似即分證即究竟即）狂慧徇文之等奚識一心如今但先令圓信無疑自居觀行之位古人云一生可辦豈虛言哉切不可迯性徇修執權害實棄本逐末認妄遺眞據世諦之名言執無始之熏習將言定旨立解明宗一向合塵背於本覺如昔人云妄情牽引何年了辜負靈臺一點光又眞覺大師詞云覺即了不施

功一切有爲法不同住相布施生天福猶如仰箭射虛空勢力盡箭還墜招得來生不如意爭似無爲實相門一超直入如來地但得本莫愁末如淨瑠璃含寶月既能解此如意珠自利利他終不竭且如世間有福之人於伏藏内得摩尼珠法爾以種種磨治然後自然雨寶況悟心得道之者亦復如是既入佛位法爾萬行莊嚴悲智相續故知悟道如得珠豈無磨治莊嚴等事問若不具神變將何攝化答若純取事相神通有違眞趣如輔行記云修三昧者忽發神通須急棄之有漏之法虛妄故也故止觀云能障般若何者種智般若自具諸法能泯諸相未具已來但安於理何須事通若專於通是則障理又不唯障理反受其殃夫言眞實神變者無非演一乘門談無生理一言契道當生死而證涅槃目擊明宗即塵勞而成正覺刹那而革凡爲聖須臾而變有歸空如此作用豈非神變耶如維摩經云以神通慧化愚癡衆生若上上根人只令觀身實相觀佛亦然　又古人云不改舊時人只改舊時行履處設或改形換質千變萬化皆是一心所爲乃至神通作用出沒自在易小令大展促爲長豈離一心之内故知萬事無有不由心者但證自心言下成聖若不識道具相奚爲故金剛經云若以三十二相見如來者轉輪聖王即是如來又偈云若以色見我以音聲求我是人行邪道不能見如來古人云若不達此理縱然步步脚踏蓮華亦同魔作龐居士偈云色聲求佛道結果反成魔若決定取神通勝相作佛者不

唯幻士成聖乃至天魔外道妖狐精魅鬼神龍蜃等皆悉成佛彼咸具業報五通盡能變化故若不一一以實相勘之何辨眞僞但先悟宗鏡法眼圓明則何理而不通何事而不徹一切佛事攝化之門自然成就如華嚴論云經云入深禪定得佛神通者以心稱理原無出入體無靜亂體無造作性任理自眞不生不滅理眞智應性自徧周三世十方一時普應對現色身隨智應而化羣品而無來往亦不變化名佛神通智無依止無形無色體無來去性自徧周非三世攝而能普應三世之法名曰神通是故經云智入三世而無來往爲三世是衆生情所妄立非實有故爲智體無形無色不造不作而應羣品名之爲神圓滿十方無法不知無根不識名之爲通

問佛稱覺義覺何等法答無法之法是名眞法無覺之覺是名眞覺則妙性無寄天眞朗然華嚴經頌云佛法不可覺了此名覺法諸佛如是修一法不可得無字寶篋經云爾時勝思惟菩薩白佛言何等一法是如來所證覺知善男子無有一法如來所覺善男子於法無覺是如來覺善男子一切法不生而如來證覺一切法不滅而如來證覺是以若有覺乃衆生無覺同木石俱非眞性不契無緣無覺之覺方齊大旨無覺故不同衆生覺故不如木石則一覺一切覺無覺無不覺無覺故慧解寂然無不覺故虛懷朗鑒又見心常住稱之曰覺一成一切成一覺一切覺言窮慮絶不壞假名故曰始成正覺問初發心時便成正覺者云何復說後心菩提答十方諸

佛唯爲一大事出現於世皆令衆生於自心中開此知見若立種種差別是衆生知見若融歸一道是二乘知見若一亦非一是菩薩知見若佛知見者當一念心開之時如千日並照不俟更言即是祖師西來即是諸佛普現故云念念釋迦出世步步彌勒下生何處於自心外別求祖佛則知衆生佛智本自具足若欲起心別求即成徧計之性故六祖云本性自有般若之智自用智慧觀照不假文字若知如是者何用更立文字今爲未知者假以文字指歸令見自性若發明時即是豁然還得本心於本心中無法不了故云悟無念法者萬法盡通悟無念法者見諸佛境界是知若入無念法門成佛不出刹那之際若起心求道徒勞神於塵劫之中　問即心成佛者爲即眞心爲即妄心答唯即眞心悟心眞故成大覺義故稱爲佛問若即眞心有何勝義若即妄心成何過咎答畢竟空門理無朕迹分別之道事有開遮妄心者從能所生因分別起發浮根之暫用成對境之妄知若離前塵此心無體因境起照境滅照亡隨念生塵念空塵謝若將此影事而爲佛身旣爲虛妄之因只成斷滅之果眞心者湛然寂照非從境生含虛任緣未嘗作意明明不昧了了常知舒之無蹤卷之無迹如澄潭瑩野明鏡懸空萬像森羅豁然虛鑒不出不入非有非無斯則千聖冥歸萬靈交會信之者徹大道之原底體之者成常住之法身祖佛同指此心而成於佛亦名天眞佛法身佛性佛如如佛亦非離妄妄無體故亦非即眞眞非即故

眞妄名盡即離情消妙圓覺心方能顯現又以本具故方能開示故云如來正覺心與衆生分別心契同無二爲開示悟入之方便是以若衆生心與諸佛心各異如何說開只爲契同方垂方便如藏中無寶徒勞掘鑿只爲有寶不廢人功但發信心終當見性故云我爲汝保任此事終不虛也所以云摩尼珠人不識如來藏裏親收得六般神用空不空一顆圓光色非色如是的指何用別求耶故心丹訣云茫茫天下虛尋覓未肯迴頭自相識信師行到無爲鄉始覺從來枉施力　問若即眞心成佛妄覺墮凡則妄念違宗眞心順覺斯乃眞妄有二體用分離如何會通圓融一旨答眞妄無性常契一原豈有二心而互相即以性淨無染妄不可得如幻刀不能斫石苦霧不能染空爲不了一心之人所以說即如台教問云無明即法性無復無明與誰相即答如爲不識氷人指水是氷指氷是水但有名字寧復有二物相即耶是知時節有異融結隨緣濕性常在未曾變動乃至即凡即聖亦復如是凡聖但名一體無異故先德釋華嚴經云一世界盡法界亦如是者知一眼如一切眼如皆然舉譬如一人身有手足一切人皆有手足是以不了此一心皆成二見若凡夫執著此心造輪迴業二乘厭棄此心求灰斷果又凡夫無眼將菩提智照成煩惱火燒如大富盲兒坐寶藏中舉動罣礙爲寶所傷二乘將如來四德祕藏（常樂我淨）爲無常五陰（色受想行識）謂是賊虎龍蛇怕怖馳走縛脫雖殊取捨俱失若諦了通達之者不起不滅

無得無生了此妄心念念無體從何起執念念自離不須斷滅尚不得一何况二乎故知諸法順如證圓成而情無理有羣情違旨執徧計而情有理無順常在違一道而何曾失體情不乖理千途而未暫分岐洞之而情理絕名了之而順違無地是以法法盡合無言之道念念皆歸無得之宗天眞自然非干造作如無言菩薩經云爾時舍利弗謂無言菩薩曰汝族姓子不能語言云何欲問如來義乎無言曰一切諸法悉無文字亦無言詞所以者何一切衆生皆悉自然無諸言教及衆想念所以若約事備陳則凡聖無差而差若就理融即則生佛差而不差是以差與不差俱不離眞如之體如華嚴演義云無差之差者是圓融上之行布也差之無差者是行布上之圓融也如攬別成總非離別外而有此總如是融攝無法不歸則三乘非三五性非五（緣覺聲聞菩薩不定闡提）如是妙解方被宗鏡之光離此見生悉乖不二之旨問若一切衆生即心是佛者則諸佛何假三祇百劫方成答此論自證法門非述化儀方便如華嚴論云此法門者是該括始終一際圓滿無礙無成無壞無出無沒常轉法輪若人了得此法門者佛智自然智無師智之所現前爲此法無出沒故還以自然無出沒智而自能得之非情繫思量之所能得也一切權教法門總在其中一時而說爲諸權教不出法界無三世故各依自見無量差殊此一乘教是始成正覺時說若依情是最初成佛時說若依智無始終說故知成佛說法不離一念如華嚴經中毘

目僊人執善財手即時善財自見其身往十方十佛刹微塵數世界中到十佛刹微塵數諸佛所見彼佛刹及其衆會諸佛相好種種莊嚴乃至或經百千億不可說不可說佛刹微塵數劫乃至時彼僊人放善財手善財童子即自見身還在本處是知不動本位之地而身徧十方未離一念之中而時經億劫本位不動遠近之刹歷然一念靡移延促之時宛爾不依宗鏡何以消文萬法冥歸終無別旨問無性理同一時成佛云何三乘人等見佛有其差別答隨心感現影像不同自業差殊非佛有異故識論云境隨業識轉是故說唯心又密跡經云一切天人見佛色量或如黄金白銀諸雜寶等乃至或見丈六乃至百億無量無邊徧虛空中是則名爲如來身密故知隨見不同跡分多種不唯見佛觀法亦然隨智淺深法成高下如大涅槃經云十二因緣下智觀故得聲聞菩提中智觀故得緣覺菩提上智觀故得菩薩菩提上上智觀故得佛菩提　又佛身無依應機普現謂色無定色若金剛之合朱紫形無定形猶光影之任修短相無定相似明鏡之對姸媸故隨樂皆見乃至一身多身但由衆生分別心起故無積無從其猶並安千器數步而千月不同一道澄江萬里而一月孤映又如三舟共觀一舟停住二舟南北南者見月千里隨南北者見月千里隨北停舟之者見月不移是爲此月不離中流而往南北設百千共觀八方各去則百千月各隨其去是以情隔即法身成異心通而玄旨必均紜紜自他於佛何預

是以眞身寥廓與法界合其體包羅無外與萬化齊其用窮原莫二執迹多端一身多身經論異說　如華嚴演義問云佛前唯一普賢何以一一佛前各有多耶答含有二義一緣起相由正約主伴兼明即入謂爲主須一爲伴必多此一者是即多之一一切一也多是全一之多一一切也二力用交徹一有一切普賢之身不可思議略有三類一隨類身隨人天等見不同故二漸勝身乘六牙象等相莊嚴故三窮盡法界身帝網重重無有盡故此第三身含前二身及無盡身又問如上所說則無一處無有普賢今何不見釋有三意一約機不見是盲者過二不見是見見虛空身以虛空不可見若不見者眞見虛空三亦徧不見處故者明見則不徧何者以可見不可見皆是普賢身要令可見爲身則普賢身不周萬有如智不可見豈非智身耶明知由有不見之處方知徧耳此等三身何人能見慧眼方見非肉眼所見如是慧眼無見無不見矣

御錄宗鏡大綱卷四

音釋

𥢶咸去聲　陷咸去聲沒也　膩乃計切　貍音離狐貍　蜃辰上聲

姸媸上音延下音鴟好醜也

御録宗鏡大綱卷五

問成佛之理或云一念或云三祇未審定取何文以印後學答成佛之旨且非時劫遲速之教屬在權宜故起信論明爲勇猛衆生成佛在於一念爲懈怠者得果須滿三祇但形教跡之言盡成方便楞嚴經鈔云劫者是時分義而有成住壞空皆由衆生妄見所感且妄見動外感風輪由愛發故外感水輪由堅執心外感地輪由研求慄故外感火輪由四大故起六根起六根故見六塵見六塵故有時分若了無明根本一念妄心則知從心所生三界畢竟無有且時因境立境尚本空時自無體何須更論劫數多少但一念斷無明何假更歷僧祇是以首楞嚴經云如幻三摩提彈指超無學又云想相爲塵識情爲垢二俱遠離則汝法眼應時清明云何不成無上知覺圓覺經云知幻即離不作方便離幻即覺亦無漸次故知長短之劫由一念來三乘趣果並是夢中説悟時事皆無多劫耳所以法華經演半日爲五十小劫維摩經演七日爲一劫又如涅槃經云屠兒廣額日殺千羊後發心已佛言於賢劫中成佛諸大菩薩及阿羅漢疑云我等成佛即遠劫廣額何故成佛在先佛言欲得早成者即與早欲得遠成者即與遠若頓見真性即一念成佛故知利鈍不同遲速在我可驗心生法生心滅法滅矣以三界無別法但是一心作一切境界皆因動念念若不生境本無體返窮動念念亦空寂即知迷時無失悟時無得以無住真心不增減故　問即自心成佛者還立他佛否

若決定不立則無諸佛之所威神建立加被護念等便成斷見答以自心性徧一切處故所以若見他佛即是自佛不壞自他之境唯是一心衆生如像上之模若除模既見自佛亦見他佛何者雖見他佛即是自佛以自鑄出故亦不壞他佛以於彼本質上雖變起他佛之形即是自相分故變與不變皆是一心所以因衆生迷悟二心有見不見自他之理若約眞性迷悟何從自他俱泯以法身無形無自他相見之相古德云迷有二種一心外取境生想違理故不能見無相之佛二取内蘊相不了性故不見心佛悟有二種一了一切法即心自性性亦非性情破理現則見舍那身稱於法性無内外也二了蘊性相則見自心之佛與舍那非一非異如天帝釋不修天業宫殿何以隨身轉輪王不作王因七寶無由聚集唯憑自善外感勝緣是以華嚴經云佛子一切如來同一體性大智輪中出生種種智慧光明佛子汝等應知如來於一解脱味出生無量不可思議種種功德衆生念言此是如來神力所造佛子此非如來神力所造佛子乃至一菩薩不於佛所曾種善根能得如來少分智慧無有是處但以諸佛威德力故令諸衆生見佛功德而佛如來無有分别無成無壞無有作者亦無作法佛子是爲如來應正等覺出現之相寶藏論云夫所以眞一無一而現不同或有人念佛佛現念僧僧現但彼佛非佛非非佛而現於佛乃至非僧非非僧而現於僧何以故彼妄心希望現故不覺自心所現聖事緣起一向爲外境

界而有差别實非佛法僧而有異也乃至譬如有人於大冶邊自作模樣方圓自稱願彼融金流入我模以成形像然則融金雖成形像其實融金非像非非像而現於像彼人念佛亦復如是大冶金即喻如來法身模樣者即喻衆生希望念融得佛故以念佛和合緣生起種種身相然彼法身非相非非相何謂非相本無定相何謂非非相緣起諸相然則法身非現非非現離性無性非有非無非心非意不可以一切量度也但彼凡夫隨心而有即生現佛想一向謂彼心外有佛不知自心和合而有或一向言心外無佛即爲謗正法也釋曰何謂非相本無定相者以因心所現外相無體從心感生緣盡即滅何相之有故云本無定相何謂非非相緣起諸相者既稱無定但隨緣現因緣和合幻相不無故云緣起諸相若能不生分别不執自他内不執有而取諸蘊外不執無而謗正法則開眼合眼舉足下足非見非非見爲真見佛矣　故知三寶如虛空相非見聞之所及則衆生之心佛度佛心之衆生若有一法對治盡成邪見故六祖云邪來正度迷來悟度愚來智度惡來善度如是度者即是真度問既心外無佛見佛是心云何教中有說化佛來迎生諸淨刹答法身如來本無生滅從真起化接引迷根以化即真真應一際即不來不去隨應物心又化體即真說無來去從真流化現有往還即不來相而來不見相而見也不來而來似水月之頓呈不見而見猶行雲之忽現

問如前剖析理事分明佛外無心心外無

佛云何教中更立念佛法門答只爲不信自心是佛向外馳求若中下根權令觀佛色身繫緣麤念以外顯内漸悟自心若是上機只令觀身實相觀佛亦然如佛藏經云見諸法實相名爲見佛何等名爲諸法實相所謂諸法畢竟空無所有以是畢竟空無所有法念佛　舍利弗隨無所有無覺無觀無生無滅通達是者名爲念佛　汝念佛時莫取小想莫生戲論莫有分別何以故是法皆空無有體性不可念一相所謂無相是名真實念佛華嚴經頌云譬如日月住虚空一切水中皆現影住於法界無所動隨心現影亦復然又頌云譬如帝青寶照物皆同色衆生見佛時同佛菩提色釋云諸佛菩提之色即衆生心性之光以心無相故菩提亦復然所以文殊頌云無色無形相無根無住處不生不滅故敬禮無所觀又頌云虚空無中邊諸佛心亦然心同虚空故敬禮無所觀　婆沙論中明念實相佛得上勢力而不著色法二身偈云不貪著色身法身亦不著善知一切法永寂如虚空勤修者若人欲得智慧如大海者於此坐不運神通悉見諸佛悉聞所說悉能受持者常行三昧於諸功德最爲第一此三昧是諸佛母佛眼佛父無生大悲母一切諸如來從此二法生碎大千地及草木爲塵一塵爲一佛刹滿爾世界中寶用布施其福甚多不如聞此三昧不驚不畏況信受持讀誦爲人說況定心修習如轂牛乳頃況能成是三昧故無量無邊又婆沙論云劫火官賊怨毒龍獸衆病侵是人者無有是處此人常爲天

龍八部諸佛皆共護念稱讚　問夫成佛門若論修善則有前後若是性善本一心平等諸佛既有性惡闡提亦有性善既同一性俱合成佛云何闡提不成佛耶答若言性佛何人不等若約修成闡提未具台教問闡提與佛斷何等善惡答闡提斷修善盡但性善在佛斷修惡盡但性惡在問闡提不斷性善還能令修善起佛不斷性惡還令修惡起耶答闡提不達性善以不達故還爲善所染修善得起廣治諸惡佛雖不斷性惡而能達於惡以達惡故於惡得自在故不爲惡所染修惡不得起故佛永無復惡以自在故廣用諸惡法門化度衆生終日用之終日不染不染故不起那得以闡提爲例耶若闡提能達此善惡則不復名爲一闡提也若依他文明闡提

斷善盡爲阿頼耶識所熏更能起善阿頼耶即是無記無明善惡依持爲一切種子闡提不斷無記無明故還生善佛斷無記無明盡無所可熏故惡不復還生若欲以惡化物但作神通變現度衆生耳　是以善惡諸法皆以無性爲性此性即是佛性即無住本即法性故此善惡性不可斷也即今推自心性不可得即無住處能徧一切處即善惡性也性無善惡能生善惡善惡可斷性不可斷善惡同以心性爲性若斷性惡則斷心性性不可斷所以闡提不斷性善縱墮三塗性善不減性惡不增直至成佛性善不增性惡不減此性即法身也猶如明鏡本無好醜衆像能現一切好醜衆像像有增減明淨光體不增不減也鏡本無像故能現像佛性無善惡能現

善惡衆生不得性但得善惡爲善惡所拘不得自在也性善不壞故地獄發佛界善性惡不壞故佛能現六趣惡又性者即是善惡等諸法之性徧十方三世衆生國土等一切處無有變異不增不減能現善惡凡聖垢淨因果等從性而起故云性善性惡若善惡等即無定相隨緣構習如鏡中像無體可得若遇淨緣即善若因染緣即惡從修而得故名修善修惡若論性善不唯闡提若論性惡不唯諸佛以是善惡諸法之性故即一切衆生皆悉具有一際平等若覺了此性即便成佛故能示聖現凡自在無礙若論修善修惡於上中下根即不可定隨修成之厚薄任力量之淺深得世間報而六趣昇沈成出世果而四聖高下以不了善惡之性故爲善惡業之所拘而不自在若見性達道何道不成則法法標宗塵塵契旨豈唯善惡二法而得自在耶

問三寶如虛空相非見聞之所及者教中云何說見道又稱見佛答約本智發明假稱名見非眼所覩唯證乃知離見非見方名真見涅槃經云菩薩實無所見無所見者即無所有無所有者則一切法是以法性無所有菩薩則無所見與法理會假稱爲見實非見也真性湛然非是見法經云不行見法諸佛速與受記則是離斷常二邊即見自身清淨見身清淨即是見佛清淨乃至見一切法悉皆清淨無非是佛無非是法以自心性無生順物徧一切處故若一微塵不是佛者則成翳障不入普眼之門唯墮能所之見大集經云梵天問海慧菩薩言善男子汝今了了見佛

法否海慧言佛法非色不可覩見汝云何言了了見佛法耶一切諸法悉不可見夫了了者即是佛法無有二相是以來同水月散若幻雲見猶夢形聞如谷響覺處即現不從方來逝處自無不從此去如圓覺經云圓覺普照寂滅無二於中百千萬億不可説阿僧祇恒河沙諸佛世界猶如空華亂起亂滅般若假名論偈云如來法爲身但應觀法性法性非所見然亦不能知法性者所謂空性無生性此即諸佛第一義身若見於此名爲見佛經云以見空性名見如來又法性之處無有一物可名所知由是彼智亦不能知又經言大三一切法性猶如虚空等與衆物爲所依止而其體性非是有物亦非無物能知此中寂然無知名爲了知名爲知者隨俗言説信解無生之福多於寳施如有頌言若人持正法及發菩提心不如解於空十六分之一是以解第一義空方成般若見無生自性始了圓宗以真空不壞業果尊卑宛然不同但空不該諸有如大涅槃經云有業有報不見作者如是空法名第一義空所以見性之時性本離念非有念而可除觀物之際物本無形非有物而可遣故云離念之智等虚空界如大乘千鉢大教王經云是時普明菩薩則證入毗盧遮那如來金剛法藏三昧三摩地令一切菩薩及一切有情衆生同願修持入此性淨真如法藏三昧真際觀云何應得修入此觀菩薩則當觀照心地覺用心智唯照心性細細觀覺覺照心體見性無動證覺不動即能恒用用觀體智見性清淨性自離念離

念無物心等虛空即證聖智如如聖性二俱澄寂空同無體性體虛靜則是名爲菩薩證入真如法界性印法藏真際觀門故知法界性即衆生心性衆生心性即虛空性故大智度論云復次舍利弗菩薩摩訶薩欲住内空外空内外空空空大空第一義空有爲空無爲空畢竟空無始空散空性空自相空諸法空不可得空無法空有法空無法有法空當學般若波羅蜜釋云内空者即内法所謂内六入眼耳鼻舌身意眼空無我無我所等外空者即外法所謂外六入色聲香味觸法色空無我無我所等内外空者即内外十二入十二入中無我無我所等空空者以空破内空外空内外空破是三空故名爲空空大空者即十方空東方無邊故名爲大亦一切處有故名爲大第一義空者第一義名諸法實相不破不壞故是諸法實相亦空何以故無受無著故若諸法實相有者應受應著以無實故不受不著若受若著即是虛誑有爲空無爲空者有爲法名因緣和合生所謂五陰十二入十八界等無爲法名無因緣常不生不滅如虛空問有爲法因緣和合生無自性故空此則可爾無爲法非因緣生法無破無壞常若虛空云何空答若除有爲則無無爲有爲實相即是無爲如有爲空無爲亦空以二事不異故畢竟空者一切法皆畢竟空是畢竟空亦空空無有法故亦無虛實相待復次畢竟空者破一切法令無遺餘故名畢竟空若有少遺餘不名畢竟空無始空者如經中說佛語諸比丘衆生無有始無明覆愛所

繫往來生死始不可得破是無始法故名爲無始空散空者散名别離相如諸法和合故有如車以輻輞轅轂衆合爲車若離散各在一處則失車名五陰和合因緣故名爲人若離五陰人不可得性空者諸法性常空假來相續故似若不空譬如水性自冷假火故熱止火停久水則還冷如經説眼空無我無我所何以故性自爾耳自相空者一切法有二種相總相别相是二相空故名爲相空總相者如無常等别相者諸法雖皆無常而各有别相如地爲堅相火爲熱相一切諸法空者一切法有好有醜有内有外一切法有心生故名爲有無自體故空無所得空者一切法乃至無餘涅槃不可得故名無所得空無法空有法空無法有法空者無法名法已滅是滅無故名無法空有法空者諸法因緣和合生故有法實性無故名有法空無法有法空者取無法有法相不可得是爲無法有法空乃至云離我我所故空因緣和合生故空無常苦空無我故名爲空始終不可得故空唯心故名爲空故知一切萬法皆從心現悉無自體盡稱爲空所以云若住此十八空門當學般若則未嘗有一法能出我之靈臺智性矣此十八空下至有爲世間五陰上至無爲第一義諦收一切法無不皆空若不學般若别尚餘宗體有而未達有原窮空而不盡空理須歸宗鏡内照發明則外無一法更有遺餘矣又此是如空非體是空以真心無礙映現萬法如虚空不拒諸相發揮故於真心中能現一切其所現一切雖依心無體照見五

蘊皆空然亦不著於空能與佛事如華嚴經頌云十方所有諸如來了達諸法無有餘雖知一切皆空寂而不於空起心念以一莊嚴一切亦不於法生分別如是開悟諸羣生一切無性無所觀問法身之理爲復有法成爲復無法成爲復一法成爲復異法成答本覺心宗法身性地口欲言而詞喪心欲緣而慮亡所以然者說有則妙體虛玄談無則道無不在言生則三界無物云滅則一體常靈言一則各任其形說異則同歸實相是知不可以稱量不可以希冀若開方便欲曉疑情則不有不無非一非異能超四句方會一乘古德問云若衆生與諸佛同一心佛性等有法身則有二過一衆生悉當成佛則衆生界盡二諸菩薩闕利他行以無所化機故答此所問難並由妄見衆生界故妄起此難不增不減經云大邪見者見衆生界增見衆生界減以不如實知一法界故於衆生界起增減見經意則一切衆生一時成佛佛界不增衆生界不減故經云衆生即法身法身即衆生衆生法身義一名異解云況衆生界如虛空界設如一鳥飛於虛空從西向東經百千年終不得說東近西遠何以故虛空無分劑故亦不得云總不飛行以功不虛故當知此中道理亦爾非有滅度令有終盡非無終盡有不滅度故衆生界甚深廣大唯是如來智所知境不可輙以狂心限量斟酌起增減見且如虛空界雖無分劑不礙鳥飛類衆生界雖不可盡不妨滅度但不起增減之見去取之情則智翼高翔真空無滯如華嚴疏釋經云

佛智廣大同虛空者量智則包含而普徧理智無分別而證入是以太虛含衆像衆像不能含太虛太虛不分別衆像衆像乃差別太虛以況我法不能容佛智佛智乃能容我法有我法者分別如來是如來者不分別我法問衆生業果種子現行積劫所熏猶如膠漆云何但了一心頓斷成佛答若執心境是實人法不空徒經萬劫修行終不證於道果若頓了無我深達物虛則能所俱消有何不證猶微塵揚於猛吹輕舸隨於迅流只恐不信一心自生艱阻若入宗鏡何往不從 是以但了一心自然萬境如幻何者以一切諸法皆從心幻生心既無形法何有相所以高城和尚謌云說教本窮無相理廣讀元來不識心識取心了取境識心了境禪河靜若能了境便識心萬法都如闥婆影

御録宗鏡大綱卷五

音釋

懆則到切愠也 𣪍音垢取牛乳也 轂音谷車轂 輙質涉切 舸歌上聲大船也 闥他達切

御錄宗鏡大綱卷六

夫如上所說祖敎同詮凡曰有心皆得成佛如今現見衆生何不成佛答若以衆生眼觀只見衆生界有餘若以佛眼觀乃知諸佛界無外故知無明妄風鼓心海而易動本覺眞性睡長夢而難惺是以首楞嚴經云汝之心靈一切明了未曾暫昧而迷者目擊而不知　如法華經云於某年月日以無價寶珠繫汝衣裏今故現在而汝不知勤苦憂惱以求自活甚爲癡也　是知十方諸佛中無有一佛不信此心成佛二十八祖内無有一祖不見此性成祖如今聞而不成祖佛者皆為信不及見不諦故但學其語不照其心但執其解不深其法經云信是道原功德母見即無疑故但入宗鏡方悟前非心光透時餘瑕自盡　涅槃經云二十五有有我者自實名我所謂一切諸法體實一切衆生有如來藏能爲佛因名有佛性如一切色中皆有空性然非獨有情具如來之正性一切諸法中皆有安樂性所以云若以肉眼觀無眞不俗若以法眼觀無俗不眞又云法身流轉五道名曰衆生但法身即是眞如流轉五道即是隨緣名曰衆生是差別義又由隨緣即不變故奪差別令體空則末寂也由體空差別故奪不變令隨緣故本寂也以全本爲末故本便隱全末爲本故末便亡也是則眞如隨緣成衆生時未曾失於眞體故令衆生非衆生也衆體空即法身時未曾無衆生故令法身非主法身也故二雙絶二既互絶則眞妄平等無可異也故云隨緣非有之法身恒不異事而

成立寂滅非無之衆生常不異眞而顯現故知煩惱即菩提菩提即煩惱　入法界體性經云佛問文殊汝知法界耶如是世尊我知法界即是我界又問汝豈不樂法界耶文殊曰世尊我不見一法非法界者更何所樂持世經云若世間法與出世間法異者諸佛不出於世也何者以覺一切法平等故名爲佛大集經云諸衆生界及法界若能平等觀無異不生分别一一數是名菩薩不退印又云若有菩薩不離凡夫能知聖法以凡夫心觀察聖法　無生義云衆生身中有佛三十二相八十種好坐寶蓮華與佛無異但爲煩惱所覆故未能得用此是具有佛知見根性未有知見用即時猶故愚乃至譬如小兒具有大人六根與大人不異在其身中而未能有大人用至漸長大復須學問乃有大人知見力用也若根性是有作用豈無如種子本甘結果非苦只恐不知有自認作凡夫眞性常了然未曾暫隱覆如佛言如來實無祕藏何以故如秋滿月處空顯露清淨無翳人皆覩見故知但是衆生不了自稱爲祕然雖無祕藏而有密語密語難解唯智能知　如經云凡眞實法不捨自相取於餘相若捨非正覺成等正覺則非眞實正覺者曾無有時不成正覺故知一切衆生皆住覺地非是捨不覺而取正覺則一覺一切覺常成正覺無有不覺時如虚空湛然無有成壞若執有成不成斯屬情見若以智照何往不眞念念而常見法身塵塵而盡成佛國但以自眼有瞖妙見不通違背巳靈沉溺家寶雖同一性要以智

明得失在人精麤任已故知衆生之識相續不斷但由精麤分其昇降耳　如華嚴疏云一切法有二一是所迷謂緣起不實故如幻緣成故無性二是能迷徧計無物故如空妄計故無相又以不覺故不知有以不信故不承當但起無明空成倒想如夜繩不動疑之爲蛇闇室本空怖之有鬼故知本無迷悟妄有昇沉昔迷悟而似迷今悟迷而非悟但以內見自隔客塵所遮於體上分遠近之情向性中立凡聖之量如勝思惟梵天所問經云梵天問文殊師利比丘云何親近於佛答言梵天若比丘於諸法中不見有法若近若遠是則名爲親近於佛大集經云不覺一法微相者乃能了知如來出世無出之出即是佛出是以若不見一法常見諸佛則千里同風若見一法不見諸佛則對面胡越故知背心合境頓起塵勞背境合心圓照法界何者心是所依法是能依能依從所依起如水是所依波是能依離水無波離心無法又心是能生法是所生如木能生火木是能生火是所生離木無火離心無法故知不即心爲道者如千人排門無一得入若了心頓入者猶一人拔關能通萬彙得宗鏡之要者其斯謂乎

是知雖有佛性久翳塵勞須以止觀熏修乃得明淨如貧女得藏中之寶猶力士見鏡裏之珠方親悟自心妙覺圓滿又如何行於止觀得契眞修但了能觀之心所觀之境各各性離即妄心自息此名爲止常作此觀不失其照故名爲觀斯則即止即觀即觀即止無能所觀是名止觀如先德云法性寂然名

止寂而常照名觀非能所觀有其二事所以華嚴經頌云若有欲知佛境界當淨其意如虛空遠離妄想及諸取令心所向皆無礙疏釋云一離妄取如彼淨空無雲翳故斯即眞止二觸境無滯如彼淨空無障礙故斯即眞觀此觀不作意以照境則所照無涯此止體性離而息妄故諸取皆寂若斯則不拂不瑩而自淨矣無淨之淨乃冥契法原不修之修則闊蹈佛境矣故知唯一心眞智是我本身湛然常存現前明淨自然以智慧觜啄破無明㲉飛出三界自在無礙此時方得見性了然更有何法而堪比對問諸佛心徧一切衆生心能現凡心衆生身徧一切諸佛身能作聖體爲復轉動互徧而成爲當一體答若言轉動即成造作若言互徧則有二心是以常住一心猶若虛空之體凡聖二號還同空裏之華靑黄起滅雖殊匪越太虛之性迷悟昇沉有異未離眞覺之原又如一室千燈光光涉入一鏡萬像影影交羅非異非同不來不去達斯旨者唯佛洞知是以萬有即眞無轉變相　大智度論問云若五陰空無佛即是邪見云何菩薩發心求作佛答曰此中言無佛破著佛想不言取無佛相若有佛尚不令取何況取無佛邪見又佛常寂滅無戲論相若人分別戲論常寂滅事是人亦墮邪見離是有無二邊處中道即是諸法實相諸法實相即是佛何以故得是諸法實相名爲得佛大般若經云諸菩薩衆尚不得法何況非法尚不得道何況非道又云於生死法不起不墮於諸聖道不離不修釋云於生死法不起

者自性常空故不落離邊不墮者不隨流轉故不落即邊於諸聖道不離者性常相應故不落斷邊不修者天眞具足故不落常邊如清涼疏云不著一多能立一切者不著於有能安立故即眞俗鎔融謂世俗幻有之相相本自空勝義眞空之理理常自有有是空有非常有斯有未曾不空空是有空非斷空此空何嘗不有有空空有體一名殊名殊故眞俗互乖迢然不雜體一故空有相順冥然不二一與不一不即不離鎔融無礙菩薩智契其原所以迥絶無寄而善修安立又云良以事虛攬理無不理之事理實應緣無礙事之理所以寂而常照照而常寂故終日知見而無知見也乃至菩薩悲智相成出沒無礙悲故常行世間智故不染世法　問一切眞俗等法各有理事通別行相果報歷然云何未入斯宗恐成空見答得本方了末執末則違宗若不觀心法無來處若但修有爲事行不達自心無爲則迷事失宗果歸生滅若體理行事雙照無違只恐一向偏修理事俱失如大寶積經云假使造寶塔其數如恒沙不如剎那頃思惟於此經又只爲一心是萬行之原因茲能起同體之悲無緣之化如起信鈔云若信一味空理則欣厭都絶若信一向法相則聖凡懸隔斯皆不能起行修進今令信一心是凡聖之原但由迷悟使之有異是則必能起行修進望佛果故是知眞心不守自性隨緣升降果報歷然又隨緣不失自性緣假無實境智冥寂所以起信論云所謂離念諸法自性不生而復即念因緣和合善惡之

業苦樂等報不失不壞雖念因緣善惡業報而亦即念性不可得若云果報不失即須具修萬行若云性不可得當知唯是一心且萬行之初無先五戒若依事相報在人天藏教但證無常通教空無自性別教歷別因果不融唯圓教觀心即具法界所以大涅槃經云雖信別相不信一體無差別相名信不具信不具故所有禁戒亦不具足故所有多聞亦不具足何謂信不具未了一法即一切法信豈圓耶何謂戒不具未知戒性如虛空戒豈具耶何謂聞不具未聞如來常不說法是謂具足多聞聞豈具耶若入宗鏡寧唯戒善乃至諸佛果德菩薩萬行靡有一法而非所被則念念了知法法圓滿且如五戒者戒從心生心因戒立若心不起爲四德萬行之基若心妄生作六趣三塗之本則無善而不攝無惡而不收故台教云此五戒亦是大乘法門束此五戒爲三乘即對三無失（身無失口無失意無失）三不護（意不護身不護口不護）三輪不思議化（身業輪口業輪意業輪）三密（身放光口說法意入定）三軌（資成軌觀照軌眞性軌）三身（法身報身化身）三佛性（住自佛性引出佛性至得佛性）三般若（文字般若觀照般若實相般若）三涅槃（性淨涅槃方便淨涅槃圓淨涅槃）三智（一切智道種智一切種智）三德等（法身德般若德解脫德）無量三法門橫竪無邊際與虛空法界等亦是無盡藏法門亦是無量義三昧舉要言之即是一切佛法也　問法身無像眞土如空皆是一心無別依正云何教中廣談身土答只於自心性相分身土之名以自心相義名身自心性義名土如裕公云心則諸佛證之以爲法身境則諸佛證之以爲淨土則二皆所證智爲

能證慈恩疏云問淨土以何爲體答准攝論云以唯識智爲體爲佛及菩薩唯識智爲體即金剛般若論云智習唯識通如是取淨土若佛地論以佛自在無漏心爲體非離佛淨心外別有實等淨心色也又云色等即是佛淨心所感離佛自心之外別無能感如是假實之色皆不離佛淨心即此淨心能顯假實之色如無量壽疏云夫樂邦之與苦域金寶之與泥沙誠由心分垢淨見兩土之升沉行開善惡覩二方之麤妙　問一切身土八微所成八微者即地水火風色香味觸八法云何唯心而無質礙答執色極微有質礙性是小乘宗非通大旨人水鬼火豈在異方毛海芥山誰論巨細一塵一識萬境萬心矣若迷心而覲色則通塞宛然若了色而明心乃是非絶矣所以古德云若知色即空觀色非耶若迷色不空觀色是耶若知空即色觀空非耶若觀空異色觀空是耶此乃解惑異途自分妍醜何關色空二境以辯邪正耶若曉此宗途常色觀而恒正若迷斯旨趣雖空觀以恒邪且夫衆生不了二空皆爲執心色實有觀心不妙照境無功既不解即色明空又不能微細剖析罔知麤細色聚焉窮眞妄心原　又經明一切世間淨穢國土皆是菩薩行所成衆生業共感若娑婆緣熟即華藏是娑婆若華藏緣熟即娑婆是華藏若無行無感世界不成則離心之外更無一法　又夫一切諸法隨緣幻生體用俱無隱顯互起或多中現一一中現多若不知起盡之根由則任運但隨境轉或隨好境而忻集或逐惡緣而怖生若能明了一

切凡聖等法悉是自心境界以此一印衆怖潛消若論大旨尚不得一淨何况多門此乃一心眞如不守自性隨緣對處有淺有深或垢或淨不可滯理妨事守一疑諸迷卷舒之門起通局之見雖同一旨約相差别不無雖云有異順體一如不動何者若言其一安養寶方娑婆邱隴若言其異十方佛國一道清虛若言其有無邊淨刹猶若虛空若言其無妙土交羅如天帝網所以精超四句妙出百非道不可以一言詮理不可以一義宣故問眞心無形妙體絶相云何有報化莊嚴等事答諸佛法身如眞金相好似金莊嚴具以金作具體用全同從心現色性相無二如起信論問云若佛法身無有種種差别色相云何能現種種諸色答以法身是色實體故能現種種色謂從本已來色心無二以色本性即心自性説名智身以心本性即色自性説名法身依於法身一切如來所現色身徧一切處無有間斷十方菩薩隨所堪任隨所願樂見無量受用身無量莊嚴土各各差别不相障礙無有斷絶此所現色身一切衆生心意識不能思量以是眞如自在甚深用故故如所現一切依正二報供具莊嚴等無邊佛事皆從一心而起如華嚴經云以從波羅密所生一切寶蓋於一切佛境界清淨解所生一切華帳無生法忍所生一切衣入金剛法無礙心所生一切鈴網解一切法如幻心所生一切堅固香周徧一切佛境界如來座心所生一切佛衆寶妙座供養佛不懈心所生一切寶幢解諸法如夢歡喜心所生佛所住

一切寶宫殿無著善根無生善根所生一切寶蓮華雲一切堅固香雲一切無邊色華雲一切種種色妙衣雲一切無邊清淨栴檀香雲一切妙莊嚴寶蓋雲一切燒香雲一切妙鬘雲一切清淨莊嚴具雲皆徧法界出過諸天供養之具供養於佛其諸菩薩一一身各出不可説百千億那由他菩薩皆充滿法界虚空界其心等於三世諸佛以從無顛倒法所起解深密經云爾時曼殊室利白佛言世尊如來成等正覺轉正法輪入大涅槃如是三種當知何相佛告曼殊室利善男子當知此三皆無二相謂非成等正覺非不成等正覺非轉正法輪非不轉正法輪非入大涅槃非不入大涅槃何以故如來法身究竟淨故如來化身常示現故釋曰非成等正覺者以法身究竟淨故離常現故入第一義諦故非衆生見聞故非不成等正覺者以化身常示現故離斷見故約世俗諦故隨機熟有情心見故然法報雖分眞化一際又法身普徧有二一隨相各别徧以法身徧在一切大小相中不壞相故二圓融總攝徧以法身無相能融一切有相總攝歸一體故色身即體之用徧智身修成如體之徧遂則十身布影散分十刹之中一體分光不動一塵之内色身如日之影隨現世間智身似日之光照臨法界又佛身諸根一一相好皆徧法界以諸根體同故若眼爲門諸根相好及佛刹土莫不皆是一眼中現如經云衆生身中有如來眼如來耳等以佛法身共衆生性無别體故皆從無性而起起不違眞因法界而生生不礙事

所以一切諸佛於一切世界皆是得菩提處若以眞身則稱性徧周若以應身則隨機普現所以天親云廣略相入者諸佛有二種身一法性法身二方便法身由法性法身故生方便法身由方便法身故顯法性法身此二種身異而不可分一而不可同是故廣略相入法身無相故則能無不相是故相好莊嚴即是法身也法身無知故則能無不知是故一切種智即是眞實智慧也　肇論云用即寂寂即用用寂體一同出而異名更無無用之寂主於用也寂用元是一體同從理出而有異名也非謂離用之外别有一寂爲用之主也故云般若之體非有非無虚不失照照不失虚故曰不動等覺而建立諸法如鏡鑒像虚不失照似日遊空照不失虚又不動等覺建立諸法則寂而常用不壞緣生而觀實相則用而常寂斯乃千差萬用别相異名俱同出一眞心體矣所以又云經稱聖人無爲而無所不爲無爲故雖動而寂無所不爲故雖寂而動雖寂而動故物莫能一雖動而寂故物莫能二物莫能二故逾動逾寂物莫能一故逾寂逾動法性如是動寂難量焉能一其寂而二其動哉故名不能名相不能相矣　華嚴經頌云清淨慈門刹塵數共生如來一妙相一一諸相莫不然是故見者無厭足　法華經偈云深達罪福相徧照於十方微妙淨法身具相三十二則法身爲一切法之印無有一法出此印文　如大寶積經云化樂天王白佛言世尊彼實際者徧一切處無有一法而非實際世尊謂菩提者亦是實際世

尊何者是菩提一切法是菩提離自性故乃至五無間業亦是菩提何以故菩提無自性五無間業亦無自性是故無間業亦是菩提是以了心本性自體無生從無生中建立諸法觀無性之心說無性之教隨淨緣而無性成佛隨染緣而無性爲凡不見纖塵暫出性空之理未有一念能違平等之門所以大般若經偈云有法不成有法無法不成無法有法不成無法無法不成有法釋曰有不成有無不成無無者以一體故無能成所成有不成無無不成有有者自既不成焉能成他故知各無自體互不成就大集經云一切諸法究竟無生一切諸法無性無生無起無出是以緣不生因因不生緣自性不生自性他性不生他性自性不生他性他性不生自性是故說一切諸法自性無生勝思惟梵天所問經云爾時普華菩薩語舍利弗汝入滅盡定能聽法耶答言善男子入滅盡定無有二行而能聽法也大德舍利弗汝信諸法皆是自性滅盡否答言如是諸法皆是自性滅盡之相我信是說普華曰若如是者則舍利弗常一切時不能聽法何以故以一切諸法常是自性滅盡相是以諸法本空但是緣起緣會則似有緣散則似無有無唯是因緣萬法本無生滅如真金隨工匠而器成即金體不變似虛谷任因緣而響發與法性無違如有頌云如人掘路土私人造爲像愚人謂像生智者言路土後時官欲行還將像塡路像本無生滅路亦非新故是知但是一土生滅唯是因緣例如一心萬法更無前後何者掘路成像時

土亦不減壞像塡路時土亦不增以不失本土故如成佛時心亦不增爲凡時心亦不減以心隨緣時不失自性故又像生但是緣生像滅唯從緣滅像無自體故如成佛但是淨緣生爲凡亦是染緣起凡聖本無生故是知萬法從緣皆無自性本未曾生今亦無滅如文殊師利觀幻須云此會衆善事從本未曾爲一切法亦然悉等於前際所以正作時無作以無作者故當爲時不爲以無自性故任從萬法縱橫常等未生之際假使羣生出沒不離無性之宗　莊嚴菩提心經云佛言菩提心者非有非造離於文字菩提即是心心即是衆生若能如是解是名菩薩修菩提心是則心外無菩提何所求耶菩提外無心何所得耶如華嚴經云知一切法無相是相相

是無相無分別是分別分別是無分別非有是有有是非有無作是作作是無作非說是說說是非說不可思議知心與菩提等知菩提與心等心及菩提與衆生等又須云雖盡未來際徧遊諸佛刹不求此妙法終不成菩提故知心法妙故當體即是若向外遠求則失眞道所以善財徧巡諸友不出娑羅之林慈氏受一生成佛之功不離一念無生性海

問菩提之道不可圖度約一期方便寧無指示如何是菩提之相答若約究竟菩提體常寘寂如淨名經云寂滅是菩提離諸相故若以無相之相於方便門中不無顯示令初發菩提心人分明無惑故如先德云謂寂照無二爲菩提相猶如明鏡無心爲體鑒照爲用合爲其相亦即禪宗即體之用自知即用

之體恒寂知寂不二爲心之相又云理智相攝以離理無智離智無理如珠之明故以珠是體明是用用不離體體不離用明不離珠珠不離明故　問即心成佛之宗曹谿正意見性達道之旨靈鷲本懷如今信不及人謂不現證古今悟者請垂指南答若親見無一人而非佛若不信無一佛而非人迷則常作佛之衆生悟則現證衆生之佛人佛不異妄見成差迷悟雖殊本性恒一　故云了了識心惺惺見佛是佛是心是心是佛念念佛心心心念佛欲得早成戒心自律淨戒律心淨心即佛除此心王更無別佛欲求萬法莫染一物心性雖空含眞體實入此法門端坐成佛如是則十方諸佛同一法身若欲念外施功心外求佛便落他境無有得時遂即前後情生凡聖緣起徒經時劫枉用功夫所以華嚴論云不如一念緣起無生超彼三乘權學等見　華手經云一切法如即是如來如來即是一切法如心淨佛現則云佛來佛亦不來心垢不現即云佛去佛亦不去斯即來而非來去而非去佛既無來去心亦不生滅如是解者可見眞佛矣故金剛經云若人言如來若來若去若坐若卧是人不解我所說義如來者無所從來亦無所去故名如來則知若人若法俱不出一如之道如是通達六根所對無非見自性如如佛矣此以不見爲眞見見實爲眞佛肇法師云佛者何也蓋窮理盡性大覺之稱也生法師云以見實爲佛如是則亦名眞見道亦名眞供養問如何是眞供養答契如理之心無見佛之想了自法身

是眞供養寶積經云眞供養者無佛想無能見佛何況供養若供養佛當供養自身問自身如何供養答若捨巳徇塵是名違背能廻光返照隨順眞如境智冥合是眞供養故維摩經云無前無後一時供養此是運無捨無得之意起一際平等之心則徧十方供養一切如來盡法界含靈一時受潤如是之供施莫大焉所以寶雨經云如理思惟即是供養一切如來問云何如理思惟答但一切不思惟是眞思惟以頓悟一心無法可思量故是以十方諸佛證心成道故稱如理若了自心能順佛旨即是供養一切如來若不依此如理悟心能隨事施爲心外見佛設經多刼皆不成眞實供養爲背諸佛指授故如華嚴經頌云設於念念中供養無量佛未知眞實法不名爲供養云何眞實法所謂了心眞如無生之旨故是以思益經問云誰能供養佛佛言能通達無生際者文殊般若經云佛問文殊汝云何供養佛答言世尊若幻人心數滅我則供養佛台敎云供養佛者只是隨順佛語今順佛敎修三觀心（空觀假觀中觀）即是供養佛爲破五住得解脫故（欲愛住地色愛住地無色愛住地見一切住地無明住地）即供養法三諦理和（眞諦俗諦第一義諦）即供養僧又衆行心資觀智心即供養佛觀智心開發境界即供養法境智心和即供養僧此是眞實供養亦名法供養　問豈無他助之力發自智照之心答無正無助非自非他若以智求智則成解解背圓宗若起照心照則立境隨照失旨皆是影事不契斯宗若了眞心自然無心合道合道則言語道斷無心則境

智俱閒　所以祖師西來只爲直示衆生令自知有頓入凡聖平等眞原如勝天王般若經云菩薩摩訶薩行般若波羅密得心微細作是思惟世間熾然大火之聚所謂貪欲火瞋恚煙愚癡闇云何當令一切衆生皆得出離若能通達諸法平等名爲出離如實知法猶如幻相善觀因緣而不分別是以若欲捨劣就勝厭異忻同欲令凡聖一倫垢淨平等者無有是處但明宗鏡萬法自齊即究竟出離三界火宅義亦是與諸子同住祕密藏義如云若夫以齊而齊不齊者未齊矣以齊而齊於齊者未齊焉余聞善齊天下者以不齊而齊天下者也何須夷嶽實淵然後方平續鳧截鶴於焉始等故知但了法法皆如自然平等則青松綠蕙不見短長鵬鷃蜎飛自忘大小如肇論云是以經云諸法不異者豈曰續鳧截鶴夷嶽盈壑然後無異哉誠以不異於異故雖異而不異耳乃至經云般若與諸法亦不一相亦不異相信矣莊子南華經云長者不爲有餘短者不爲不足故鳧脛雖短續之則憂鶴脛雖長斷之則悲故性長非所斷性短非所續以明境智雖異而同不待同而後同也若能如上了達同異二門或諸佛出世不出世衆生可度不可度乃至有無高下皆絕疑矣若執同則滯寂若執異則兩分迷此同異二門皆智不自在金剛辯宗云以有鏡故男女之像於中現以有法身故而能處處應現往只緣鏡中本無像所以能現男女像佛身本無身所以能現一切身衆生機感無緣之慈任運能應若定有身即爲所礙

肇論云佛非天非人而能天能人耳故一切菩薩皆以無所得爲方便能入無量無邊塵勞幻網以心外無法故方成無所得慧若心外有一毫所得云何成無緣之慈同體之化以宗鏡明故能廣照世間觀生也如石女之懷兒觀住也若陽燄之飜浪觀異也同浮雲之萬變觀死也猶狂華之謝空是以深達無生知皆無我空生空滅幻墜幻昇愍彼愚迷盲無慧目遂乃發無能作之智照開無所捨之檀門秉自性空之戒心具無所起之精進圓無所傷之法忍修無所住之禪門了無身而相好莊嚴達無説而縱横辯説遊戲性空之世界建立水月之道場陳列如幻之供門供養影響之善逝徧習空華之萬行施爲谷響之度門降伏鏡像之魔軍大作夢中之佛事廣度如化之含識同證寂滅之菩提問絶待眞心本無名相云何成佛又作異生若云隨順世法立此假名又因何法而得成立答實際理中本無凡聖可得以一切衆生迷無性理以無性故不覺起妄於眞空中妄立名相故名爲凡了名相空復稱爲聖凡聖之號因五法成猶如幻化名相非眞且如幻以術成形因業有術業俱假形幻同空但有迷悟之名本無凡聖之體五法者瑜伽論云一名二相三妄想四正智五眞如古釋云名相妄想三法成凡正智眞如成聖凡夫心惑不達名相空故妄計爲有迷有不空名之爲妄從妄起心名之爲想正智者覺知名相本來空寂以知空故妄想自息息妄歸眞顯理分明正智現前不立名相故名正智即此正智心

性眞故即名眞如故知但是一法無中執有成凡達有本空成聖不唯五法乃至恒沙義出無邊理恒一道此唯心之道即是如來行處步步履法空故亦是摩訶衍處念念無所得故如持世經云一切法是如來行處如來行處是無行處故知若了人法二空見眞唯識性即常在三昧住眞法界矣

御錄宗鏡大綱卷六

音釋

鳧音符水鳥　蕙胡桂切香草　鵬音彭大鵬　翥陟盧切飛舉也　蜎烏員切　脛形去聲脚脛

御錄宗鏡大綱卷七

問此一心宗成佛之道還假歷地位修證否

答此無住真心實不可修不可證不可得何以故非取果故不可證非著法故不可得非作法故不可修以本淨非瑩法爾天成若論地位即在世諦行門亦不失理以無位中論其地位不可起決定有無之執經明十地差別如空中鳥跡若圓融門寂滅真如有何次第若行布門對治習氣昇進非無又染淨階位皆依世俗名字分別則似分階降不壞一心譬如土銀金等三種器量雖殊然一一器中虛空徧滿平等無有差別虛空即喻一心法身平等之理諸器即況根器地位階降不同道本無差隨行有異夫論行解頓漸不同現行煩惱有淺深熏染習氣有厚薄不可一向各在當人業輕則易圓障深則難斷只如登八地菩薩親證無生法忍觀一切法如虛空性此猶是漸證無心至十地中尚有二愚入等覺位一分無明未盡猶如微塵尚須懺悔又若未自住三摩地中不信心外無法如患眼翳者不信空中無華以分別智解心不亡但緣他境未住自地如首楞嚴經云十方如來及大菩薩於其自住三摩地中見與見緣并所想相如虛空華本無所有所云大菩薩者即八地已上若八地菩薩尚心外見淨土以智緣理不名自住若十地菩薩雖心外不見境猶有色心二習是以有頌云唯佛一人持淨戒其餘並名破戒者故知若入宗鏡究竟一乘門中方云持戒方云見道且知見有四一知而不見初地至九地二見而不知

卽十地三亦見亦知唯佛四不見不知地前異生等若得直下無心量出虛空之外又何用更歷階梯如未頓合無心一念有異者直須以佛知見治之然後五忍明其正修（伏忍信忍柔順忍無生忍寂滅忍）六卽揀其叨濫（理卽名字卽觀行卽相似卽分證卽究竟卽）則免墮增上慢究竟圓滿佛乘若入宗鏡中則爲普機菩薩乘不思議乘依普門法一位一切位如善財一生具五位等皆是普法相收此普賢機乃見一切所見聞一切所聞卽普眼境也普法相收者以心外無法故名爲普一切行位皆在心中豈不相收耶於行布門似分深淺　如玄義釋不思議境云一心具十法界一法界又具十法界卽百法界一法界具三十種世間百法界具三千種世間此三千在一念心若無心則已介爾有心卽具三千亦不言一心在前一切法在後亦不言一切法在前一心在後例如八相遷物（八相者卽生住異滅本四相隨四相合成八相）物在相前物不被遷相在物前亦不被遷前亦不可後亦不可只物論相遷只相遷論物今心亦如是若從一心生一切法者此則是縱若心一時含一切法者此卽是橫縱亦不可橫亦不可只心是一切法一切法是心故非縱非橫非一非異玄妙深絕非識所識非言所言所以稱爲不可思議境意在於此　又不思議佛境界經云爾時須菩提又問言大士汝決定住於何地爲住聲聞地爲住辟支佛地爲住佛地耶文殊師利菩薩言大德汝應知我決定住於一切諸地須菩提言大士汝可亦決定住凡夫地耶答曰如是何以故一切諸法及

以衆生其性卽是決定正位我常住此正位是故我言決定住於凡夫地也須菩提又問言若一切法及以衆生卽是決定正位者云何建立諸地差别而言此是凡夫地此是辟支佛地此是佛地耶文殊師利菩薩言大德譬如世間以言說故於虛空中建立十方所謂此是東方此是南方乃至此是上方此是下方雖虛空無差别而諸方有如是如是種種差别此亦如是如來於一切法決定正位中以善方便立於諸地所謂此是凡夫地此是聲聞地此是辟支佛地此是菩薩地此是佛地雖正位無差别而諸地有别耳　是知從有爲而至無爲因生忍而成法忍圓融不壞行布壞則失全理之事行布不礙圓融礙則失全事之理然雖理事一際因果同時生熟之機似分初後之心不混直至妙覺如月圓時始盡因門方冥果海如華嚴經云佛子譬如乘船欲入大海未至於海多用功力若至海已但隨風去不假人力以至大海一日所行比於未至其未至時設經百歲亦不能及佛子菩薩摩訶薩亦復如是積集廣大善根資糧乘大乘船到菩薩行海於一念頃以無功用智入一切智智境界本有功用行經於無量百千億那由他刧所不能及　問如上所說卽心卽佛之旨西天此土祖佛同詮云何又說非心非佛答卽心卽佛是其表詮直表示其事令親證自心了了見性若非心非佛是其遮詮卽護過遮非去疑破執奪下情見依通意解妄認之者以心佛俱不可得故是以云非心非佛此乃拂下能心權立頓

教泯絶無寄之門言語道斷心行處滅故亦是一機入路若圓教卽此情盡體露之法有遮有表非卽非離體用相收理事無礙今時學者旣無智眼又闕多聞偏重遮非之詞不見圓常之理奴郎莫辯眞僞何分如棄海存漚遺金拾礫擲泡作寶執石爲珠所以經云譬如癡賊棄捨金寶擔負瓦礫此之謂也今當纂集正爲於茲且心之與佛皆世間之名是之與非乃分別之見空論妄想曷得眞歸所以祖師云若言是心是佛如牛有角若言非心非佛如兎無角並是對待彊名邊事若因名召體豁悟本心證自眞知分明無惑者終不認名滯體起有得心去取全亡是非頓息亦不一向離之妄起絶言之見亦不一向卽之反墮執指之識如華嚴論云滯名卽名立廢說卽言生並是背覺合塵捨已徇物若實親省現證自宗尚無能證之智心及所證之妙理豈況更存能知能解有得有趣之妄想乎近代或有濫參禪門不得旨者相承不信卽心卽佛之言判爲是教乘所說未得幽玄我自有宗門向上事在唯重非心非佛之說並是指鹿作馬期悟遭迷執影是眞以病爲法只要門風緊峻問答尖新發狂慧而守癡禪迷方便而違宗旨立格量而據道理猶入假之金存規矩而定邊隅如添水之乳一向於言語上取辦意根下依通都爲能所未亡名相不破若實見性心境自虛匿跡韜光潛行密用是因全未悟道唯逐妄輪迴起法我見而輕忽上流恃錯知解而摧殘初學毀金口所說之正典撥圓因助道之修行斥二

乘之菩提滅人天之善種但欲作探玄上士效無礙無修不知返墮無知成空見外道唯觀影跡莫究圓常積見不休徒自疲極　問云何頓斷疑心生於圓信答所以云難信者如一微塵中有大千經卷人無信者實相之理止在心中無勞遠覓近而不識說之不信故云難信是以須具大信方斷纖疑此是難解難入之門難省難知之法如鐡鋒上立無邊身菩薩將藕孔中綵懸須彌之山不思議中不思議絶玄妙中絶玄妙所以法華會上身子三請四衆驚疑只如五千退席之人皆有得聖果之者聞說十方佛土中唯有一乘法開權顯實直指自心尚乃懷疑拂席而起何況末法機劣之人遮障既深見惑尤重情塵尚壅欲火猶燒而能荷擔斯大事者歟是以妙得其門成佛匪離於當念若失其旨修因徒困於多生唯在信心別無方便以是入道之原功德之母故所以古聖云明者德隆於卽日昧者望絶於多生會旨者山嶽易移乖宗者錙銖難入此宗鏡錄不揀內道外道利根鈍根但見聞信入者皆頓了一心理事圓足如圓覺經云譬如大海不讓小流乃至蚊蝱及阿修羅飲其水者皆得充滿良以衆生包性德而爲體納智海以爲源故須開示所以般若文殊分云若知我性卽知無法若知無法卽無境界若無境界卽無所依若無所依卽無所住如是開示如是信入則是眞實句亦是金剛句以無虛假及可破壞故如大集經云眞實句者如一法一切法亦如是如一切法一法亦如是又云一衆生心一切

衆生心悉皆平等名金剛句是知無有一法可得名深信堅固如金剛不可沮壞無信心中能見佛若有一法可信卽是邪見一切不信方成其信如般若經云若念一切法不念般若波羅密不念一切法則念般若波羅密如是解者可謂深達實相善說法要矣所以云無一法可得名深達實相如法華經偈云於諸過去佛在世或滅後若有聞法者無一不成佛諸佛本誓願我所行佛道普欲令衆生亦同得此道未來世諸佛雖說百千億無數諸法門其實爲一乘諸佛兩足尊知法常無性佛種從緣起是故說一乘是法住法位世間相常住於道場知已導師方便說天人所供養現在十方佛其數如恒沙出現於世間安隱衆生故亦說如是法雖云種種道其實爲佛乘釋曰本師以出至梵天之舌相演眞實言放一萬八千之毫光現希奇瑞引三世之覺王同詮此旨付十方之大士共顯斯宗論位是最實之位言詮乃第一之詮可謂究竟指歸眞實行處若但志心讀誦靈感難思何況信解悟入如說修行供養則福過正徧知行處則可起如來塔又如神力品偈云能持是經者諸佛皆歡喜是人之功德無邊無有窮故知證此一毫之靈智量逾無盡之太虛今者與諸有緣信士親聞正法復思夙願微有良因於末法中偶斯遺教旣欣遭遇傍愍未聞遂乃略出要詮徧示後學可謂醍醐之正味不覺不知甘露之妙門不問不信如斯大失實可驚心如法華經云於後末世有持是經者於在家出家人中生大慈心於

非菩薩人中生大悲心釋曰於在家出家四衆之中生大慈心者卽是示如來一心方便門慈能與樂俱令信入同證大般涅槃四德之樂於非菩薩人中生大悲心者卽是外道邪見不生正信之人悲能拔其苦卽是示如來一心解脫門皆令悟解永拔分段變易二死之苦此宗鏡録於後若遇有緣信心或曉夜忘疲精勤披覽以悟爲限莫告劬勞是以諸大菩薩皆思過去波流苦海作不利益之事喪無數身都無利益又今猶處生死惡業之中皆是過去世中妙行不勤故今者偶斯正典可謂坐參但仗三寶威神諸佛加被無諸難事早得心開普及一切法界含生皆同此悟卽斯願矣須知圓宗罕遇若芥子投於針鋒正法難聞猶盲龜值於木孔若非夙熏乘種久積善根焉偶斯文親得傳受應須慶幸荷佛慈恩所以古人或重教輕財則輸金若市或忘身爲法則立雪幽庭且金是身外之浮財豈齊至教命是一期之業報曷等眞詮是故因聞般若深經以爲乘種遂得乘急常聆妙音可以身座肉燈歸命供養皮紙骨筆繕寫受持又我此宗鏡所錄之文但爲最上根人唯令佛種不斷聞於未聞誓報慈恩不孤本願若涉名利非被此機古釋華嚴教所被機五簡非器一違眞二背正三乘實四狹劣五守權當知不偶斯文虛功累劫纔聞此旨便入圓通深囑後賢無失法利如大乘本生心地觀經云佛言我今演說心地妙法引導衆生令入佛智如是妙法諸佛如來過無量劫時乃說之乃至以是因緣難見難聞菩提正道心地法門若有善男

子善女人聞是妙法一經於耳須臾之頃攝念觀心熏成無上大菩提種不久當坐菩提樹王金剛寶座得成阿耨多羅三藐三菩提

故知若不聞此不思議廣大威德圓頓法門何由修行速證究竟一乘常樂我淨大涅槃果以衆生處不定聚中聞小修小遇權習權俱成大失今所集者所益弘多設聞而不修亦成其種何況聞思修者如先德云如今若要直會但不取一切相卽得更無別語佛是自心義亦名爲道亦云覺義靈覺之性亦是心心卽道道卽佛佛卽是禪禪之一字非凡所測若知諸法從心生卽不應執執卽不知若不見本性十二分教則爲虛設故知因教明心何執文義又教從心生心由教立離心無教離教無心豈心外別有教而可執乎所以唯識疏云若頓教門大不由小起卽無三時前後次第卽華嚴經中說唯一心是初成道竟最初一說又云諸愚夫類從無始來虛妄分別因緣力故執離心外定有眞實能取所取如來大悲以甘露法授彼令服斷妄狂心棄執空有證眞了義華嚴等中說一切法皆唯有識所以佛證唯識說一心經令依修學釋云天親造頌成立佛經令諸學者了知萬法皆不離心卽大乘中道義理顯矣是知圓中之信此信難成如起信鈔問云此信若言本有衆生何故沉迷如其本無憑何發起答此信本來非有非無以非有故衆生沉迷以非無故遇緣卽起若言定無發起何物若言定有何假因緣然上所述是約迷悟因緣說若論此信須不信一切法乃能成信亦

不是非有非無何者以衆生不覺似迷非迷眞性不沉故不是非有以一念復本似悟非悟不從新得故不是非無故云自心起信還信自心　問一心具實性凡聖是虚名者云何作凡之時熾然繫縛諸有證聖之日豁爾解脱眞空乃知不唯但名的有其事答雖有其事如同夢中之事設有其名皆非得物之名故知夢覺俱虚名體雙寂如淨名私記云法相如是豈可說乎若說則言有一法可得存法作解還是生死業今時只欲令衆生除一切見此中見無別義亦無巧釋如人夜夢種種所見比至覺時總無一物今亦爾虚妄夢中言有萬法若悟其性畢竟無一物可得此中亦無能說能示亦無能聞能得是以異生非墮凡夫地迷處全空諸佛不證眞如門悟時無得則不見有一法可斷無生死所出之門不見有一法可成無菩提能入之路思益經云諸佛出世不爲令衆生出生死入涅槃但爲度生死涅槃之二見耳是以大雄垂跡但示正宗破妄我而顯眞我之門斥情識而歸淨識之道　問歸命三寶是仗他勝緣云何總歸一心而悉圓通答諸聖以無爲而得名圓修以無作而成行不分别諸境是眞調伏心了一切法空則常在三昧超日三昧經云知色心空得佛何難斯之謂矣故知一切諸法未有不由心者心攝一切如如意珠無不具足且論三寶所以教中但云自歸依佛等終不云歸依於他故云自性不歸無所歸處夫歸者是還原義衆生六根從一心起既背自原馳散六塵今舉命根總攝六情還

歸其本一心之原故曰歸命一心即具三寶三寶只是一心心性自能覺照即佛寶心體本自性離名法寶心體無二即僧寶入宗鏡中於刹那間念念見一心三寶常現世間或障重遮深任經塵劫終不省信尚不聞三寶之名豈遇一真之道　故知親見佛親聞法人難得阿難二十年爲佛侍者尚不見佛而唯觀救世者輪迴六趣中又但以緣心聽法此法亦緣非得法性　廣博嚴淨經云若能持此經具足一切戒金剛三昧經明悟本覺者佛言如是之人不存二相雖不出家不住在家雖無法服雖不具戒能以自心無爲自恣而獲聖果　經云不求諸法性相因緣是名正慧寧外徇文言彊生知解耶是知心外見法盡名外道故經云外道樂諸見若直了自心則不爲諸見所動如經云菩薩無所見者即無所有無所有者即一切法夫言無所見者非是離一切法云無所見即見一切法而無所見以無所有即一切法一切法即無所有故所以經頌云若能除眼翳捨離於色想不見於諸法則得見如來　問萬行唯心則因心起行夫道場法則全在事相而修云何總攝千途咸歸一道答我此宗門一乘之妙唯以一念心照眞達俗成無上覺名爲道場何者照眞則理無不統達俗則事無不圓所以維摩經云一念知一切法是道場成就一切智故什法師釋云二乘法以三十四心成道大乘一念則確然大悟具一切智也肇法師解云一切智者智之極也朗若晨曦衆冥俱照澄若靜淵羣像並鑒無知而無所不

知者其唯一切智乎何則夫有心則有封有封則有疆封疆既形則其智有涯其智有涯則所照不普至人無心無心則無封無封則無疆封疆既無則其智無涯其智無涯則所照無際故以一念一時必知一切法也又道場者實相理徧爲場萬行通證爲道則道無不至場無不在若能懷道場於胸中遺萬累於身外者雖復形處憒閙跡與事鄰乘動所遊無非道場也　諸法無行經云文殊師利言世尊一切衆生皆是道場是不動相文殊師利一切法寂滅相無相無生相無所有相不可取相是名道場義華嚴經頌云如是一切人中主隨其所有諸境界於一念中皆了悟而亦不捨菩提行又經云一刹那心覺一切法究竟無餘是妙菩提今亦不礙事相道場以卽法恒眞相在無相理外無事無相在相又無相在相則隱顯同時相在無相則空有一際悲華經云雖修淨土其心平等猶如虛空雖行道場解了三界無有異相斯則行事而不失理照理而不廢事事理無礙其道在中經云衆生如一切法如如無有生如無有滅以此義故舉足下足不離道場於念念中常作佛事故知通達一念法法周圓諦了一心門門具足則無邊佛事不出一塵矣

問既稱一心一身云何教中立種種身相種種法門答斯乃萬化之原一眞之本隨緣應用猶如意珠對物現形若大圓鏡是以能包萬像是大法藏出生無盡是無盡藏妙慧無窮是大智藏法法恒如是如來藏本性無形是淨法身體合眞空是虛空身相好虛玄是

妙色身妙辯無窮是智慧身隱顯無礙是應化身萬行莊嚴是功德身念念無滯是入解脫法門心心寥廓是入空寂法門六根自在是入無礙法門一念不生是入無相法門又此中旨趣若相資則唯廣唯大演之無際若相攝則唯微唯細究之無蹤斯乃離有無而不壞有無標一異而非一異則四邊之火莫能燒百非之垢焉能染　廬山遠大師云唯一知性隨用分多非全心外別有諸數譬如一金作種種器非是金外別有器體隨用別分受想行等各守自相得言有數如金與器非無差別金器雖別時無前後心法如是若言定一金時應當無其諸器若言定別器應非一金心法一異准此可知矣是以若但指金則失器壞於世諦若但指器則失金隱於真諦所以性淨隨染舉體成俗卽生滅門染性常淨本來真淨卽真如門斯則卽淨之染不礙真而恒俗卽染之淨不破俗而恒真是故不礙一心雙存二諦乃至無量身雲無量法門隨義雖分一心不動是以衆聖所歸無非法也法卽心也是以法能成佛大報恩經云佛以法爲師般若經云我初成道觀誰可敬可讚無過於法法能成立一切凡聖故台教云若觀如來藏心地法門卽是觀如來眼耳鼻舌身意豁然真發得見佛性三智現前三身具足故知舒爲萬法卷卽一心一中無量無量中一　宗鏡一心之旨名具足道是圓頓門就緣起則無邊約真性則無二一多交徹存泯同時如法藏法師云明不二者若執塵與心爲一遮言不一以心所現非無緣

故若執塵爲二遮言不二以離心外無別塵故一二無礙現前方入不二經頌云無二智慧中出人中師子不著一二法知無一二故又云若以塵唯心現則外塵都絕若以心全現塵則內心都泯泯者泯其體外之見存者存其全理之事卽泯恒存卽存恒泯所以一心總含萬有萬有不異一心如起信論疏云所謂法者卽衆生心者出其法體謂如來藏心含和合二門以其在衆生位故若在佛地卽無和合義以始覺同本唯是眞如卽當所顯義也今就隨染衆生位中故得具其二種門也次攝一切世出世法者辯法功能以其此心體相無礙染淨同依隨流返流唯轉此心是故若隨染成於不覺卽攝世間法不變之本覺及返染始覺攝出世間法此猶能生滅門辯若約眞如門者卽鎔融含攝染淨小殊故通攝也　問諸總持陀羅尼門差別句義數若恒沙云何但於一心悉皆開演答離心無說離說無心舒則恒沙法門卷則一心妙旨微塵經卷盡大千而未展全文普眼法門竭大海而不書一偈如忉利天鼓演莫測之眞詮雷音寶林說無生之妙偈安養國內水鳥皆談苦空華藏海中雲臺盡敷圓旨此一心門是一字中王亦名一語亦名一句思益經云如佛所說汝等集會當行二事若聖說法若聖默然何謂說法何謂默然答言若說法不違佛不違法不違僧是名說法若知法卽是佛離相卽是法無爲卽是僧是名聖默然又善男子因四念處而有所說身受心法四念處名聖說法於一切法無所憶念名聖默然

斯正説時心契法理卽不説耳明非緘口名不説也如入佛境界經云佛言文殊師利諸佛如來無有人見無有人聞無有人現在供養無有人未來供養文殊師利諸佛如來不説諸法一不説諸法多文殊師利諸佛如來不證菩提諸佛如來不依一法得名亦非多法得名文殊師利諸佛如來不見諸法不聞諸法不念諸法不知諸法不覺諸法文殊師利諸佛如來不説一法不示諸法瓔珞經云以一句偈訓誨八萬四千國邑大集經偈云無量智者佛眞子數如十方微塵等於無量劫諸問佛不盡如來一字義又云能以一字入一切法爲衆生説是名般若波羅密無涯際總持經云是般若波羅密一語能答萬億之心首楞嚴三昧經云文殊言若人得聞一句之法卽解其中千萬句義百千萬劫敷演解説智慧辯才不可窮盡是名多聞大涅槃經云若見如來常不説法是名具足多聞又云寧願少聞多解義理不願多聞於義不了卽是入此宗鏡一解千從雖廣引文只證此義上根一覽已斷纖疑中下再披方能具信對根故爾非法合然所以勝天王般若經云佛復告善思惟菩薩言賢德天子已於過去無量百千億劫修習陀羅尼門窮劫説法亦無終盡善思惟菩薩白佛言世尊何等陀羅尼佛言善男子名衆法不入陀羅尼善男子此陀羅尼過諸文字言不能入心不能量内外衆法皆不可得善男子無有少法能入此者故名衆法不入陀羅尼何以故此法平等無有高下亦無出入無一文字從外來入無

一字從此法中出又無一字住此法中亦無文字共相見者亦不分別法與非法是諸文字說亦不減不說無增從本以來無起造者無壞滅者善男子如文字心亦如是如心一切法亦如是何以故法離言語亦離思量本無生滅故無出入是名衆法不入陀羅尼若能通達此法門者辯才無盡何以故通達不斷無盡法故善男子能入虛空者則能入此陀羅尼門華嚴出現品云佛子菩薩摩訶薩應知如來音聲非量非無量非主非無主非示非無示疏釋云莫窮其邊故非量隨機時有聞不聞故非無量多緣集故非有主純一法界生故非無主當體無生故無能示巧顯義理故非無示　華嚴演義云至聖垂誥鏡一心之玄極大士弘闡燭微言之幽致雖忘懷於詮旨之域而浩瀚於文義之海蓋欲寄象繫之迹窮無盡之趣矣故知非言無以立其文非文無以廣其義非義無以窮其玄夫得其玄者則宗鏡無盡之旨矣旨既無盡不說不知今爲未知者言不爲巳知者說脫或諸宗異執見解差殊或空有相非大小各諍斯乃不窮理本彊說異同入宗鏡中勝負俱息如析金杖段段俱金猶截瓊枝寸寸是寶問信入此法還有退者否答信有二種一若正信堅固諦了無疑理觀分明乘戒兼急如此則一生可辦誰論退耶二若依通之信覩力麤浮習重境彊遇緣卽退華嚴疏云深心信解常清淨者信煩惱卽菩提方爲常淨由稱本性而發菩提心本來是佛更無所進如在虛空退至何所　問法唯心說者云何

教立五時聽分四衆答諸佛無有色聲功德唯有如如及如如智獨存凡有見聞皆是衆生自心影像則說唯心說聽唯心聽離心之外何處有法　寳性論偈云天妙法鼓聲依自業而有諸佛說法者衆生自業聞如妙聲遠離功用處身心令一切衆生離怖得寂靜佛聲亦如是離功用身心令一切衆生得證寂滅道故經偈云一切諸如來無有說佛法隨其所應化而爲演說法　若頓教中非直心外無佛色等衆生心內所顯之佛亦當相空以唯是識無别影故色等性離無所有故一切無言無言亦無故是故聖教即是無教之教如經頌云如來不出世亦無有涅槃經云夫說法者無說無示其聽法者無聞無得　又說聽全收生佛相在如一明鏡師弟同對說聽以師取之即是師鏡弟子取之是弟子鏡鏡喻一心師弟喻生佛是謂弟子鏡中和尚爲和尚鏡中弟子說法和尚鏡中弟子聽弟子鏡中和尚說法諸有知識請詳斯喻此喻猶恐未曉又如水乳和同一處而互爲能和所和且順說聽以能和爲說所和爲聽且將水喻於佛乳喻衆生應言乳中之水和水中之乳水中之乳受乳中之水雖同一味能所宛然雖能所宛然而互相在相徧相攝思以准之又衆生心中佛者此明衆生稱性普周而佛不壞相在衆生心內言爲佛心中衆生說法者此明佛心稱性普周而衆生不壞相在佛心內也更無别理但說聽之異耳是知一切衆生語言皆法輪正體若離衆生言說即佛無所說先德云若離方言佛則

無說聖人無心以萬物心爲心聖人無身亦以萬物身爲身卽知聖人無言亦以萬物言爲言矣　肇論云爲莫之大故乃反於小成施莫之廣故乃歸於無名何謂小成通百千恒沙之法門在毛頭之心地何謂無名形教徧於三千無名相之可得故須宗說雙通方成師匠所以經偈云宗通自修行說通示未悟真覺大師云宗亦通說亦通定慧圓明不滯空宗通是定說通是慧則宗說兼暢定慧雙明二義相成闕一不可　然諸教中皆說萬法一心而淺深有異今約五教略而辯之一愚人法聲聞教假說一心謂世出世間染淨等法皆由心造業之所感故若推徵則一心之義不成以立前境故云假說二大乘權教明異熟賴耶以爲一心三界萬法唯識變故三終教說如來藏以爲一心識境諸法皆如夢故四頓教泯絶染淨以說一心爲破諸數假名故五圓教總該萬有以爲一心事理本末無別異故如上所說前淺後深淺不至深深必該淺所以宗鏡雖備引五教一心證明唯指歸圓教一心總攝前故又如鈔云一心爲如來所說法之根本者蓋緣如來依此一心而成就故是則信解行證皆依此心從微至著未嘗離此若離於心得成佛者無有是處離此有說者皆外道教也所以起信論云所言法者謂衆生心是心則攝一切世間出世間法依於此心顯示摩訶衍義

御錄宗鏡大綱卷七

音釋

纂作管切 壅音雍塞也 錙旨而切音支 銖尚朱切音殊 確音卻堅也 曦音希日光也

御錄宗鏡大綱卷八

問從禪定而發慧因靜慮以證眞何不今息念澄神冥宗照體故云禪能洗根情之欲垢摧結使之高山滅覺觀之猛風遮煩惱之毒箭曷乃廣論總別說佛說心惑亂初機有違正典答夫禪有四種一作異計忻上厭下而修者是外道禪二信正因果亦以忻厭而修者是凡夫禪三了生空理證偏眞之道而修者是小乘禪四達人法二空而修者是大乘禪若背教而唯成闇證只爲巳眼不明守黙而但坐癡禪所以慧心弗朗徒興邪行空濫眞修入道之初教觀須具執觀門而棄教旨終成上慢之愚徇他說而背自心實掐數寶之誚所以華嚴明成就無生之慧先賴多聞佛藏說速入涅槃之門皆因聽法如佛藏經頌云百千亞羊僧無慧修靜慮設經百千劫無一得涅槃聰敏智慧人能聽法說法歛念須臾頃必速至涅槃此頌是自利入道也又經頌云假使頂戴塵沙劫身爲牀座徧三千若不傳法利衆生決定無能眞報者斯頌乃利他報恩也華嚴明菩薩證無生慧光皆因善巧多聞又聞有助觀起信之功能圓自行說有斷疑成佛之力可以化他故華嚴經頌云譬如闇中寶無燈不可見佛法無人說雖智不能了是以說圓頓教印衆生心開大施之門成無邊之益若不以此示人雖有利他而不盡善所益既尠用力尤多若直指自心全提家寶如傾囊倒藏大施無遮徹果該因究竟常樂所以輔行記云若以權法化人法門雖開不名傾藏今於一心開利物門傾祕

密藏示眞實珠心既不窮藏亦無量藏既無量珠則無邊含一切法故名爲藏理體無缺譬之以珠是則開示衆生本有覺藏非餘外來維摩經云法施會者無前無後一時供養一切衆生是名法施之會　問生佛同體何故苦樂有殊答諸佛悟達法性皆自然了心原妄想不生不失正念我所心滅故不受生死即究竟常寂滅以寂滅故萬樂自歸一切衆生迷於眞性不達本心種種妄想不得正念故即憎愛以憎愛故心器破壞即受生死故諸苦自現欲知法要守心第一若人不守眞心得成佛者無有是處故云制心一處無事不辦一切萬法不出自心入萬法門三乘位體一切賢聖論其宗教莫非自心是本文句疏云若尋教迹迹廣徒自疲勞若尋理本本高高不可極日夜數他寶自無半錢分但觀巳心之高廣扣無窮之聖應機成致感逮得巳利故用觀心釋當知種種聲教若微若著若權若實皆爲佛道而作筌第大經偈云麤言及細語皆歸第一義此之謂也　如大智度論云譬如治病苦藥鍼灸痛而得差如有妙藥名穌陀扇陀病人眼見衆疾皆愈除病雖同優劣法異聲聞菩薩教化度人亦復如是苦行頭陀初中後夜勤心禪觀苦而得道聲聞教也觀諸法相無縛無解心得清淨菩薩教也是以了心實相悟在剎那積行而成因賖果遠但有一毫之善悉隨喜迴向實相之心乃至四威儀中觸途成觀念念契旨步步入玄不令一塵而失眞智如箭射地無不中者故知信解實相心入宗鏡内舉念

皆是無往不眞方順佛所知不謗三寶若得實相智慧所廕一切萬行悉皆成就如大鵬影覆其子令子增長如今學人但自直下内了自心莫疑外境心若得了外境皆盡一法纔通萬像盡歸心地一輪有阻千車悉滯修途明明而只在自知念念而無非眞實外麤易鑒不慮他疑内密難窮唯應親證如龐居士偈云中人樂寂靜下士好威儀菩薩心無礙同凡凡不知佛是無相體何須有相持但令心了事遮莫外人疑如人渴飲水冷暖自心知　又若入此宗鏡諦了自心無處無方一切清淨甚深大迴向經云佛言有三種迴向何等爲三謂過去空當來空現在空無有迴向者亦無迴向法亦無迴向處菩薩摩訶薩當作是迴向作是迴向時三處皆清淨以此清淨功德與一切衆生共迴向阿耨多羅三藐三菩提作是迴向者無有凡夫及凡夫法乃至亦無有佛及向佛者何以故法性無緣不生不滅無所住故　此宗鏡錄是大智所行上根能受絶投巖癡狂之見捨草菴下劣之心非限量之懷輒可希冀持螺何以酌海折草焉能量天若遇大機又不可行於小徑須依宗鏡直示本心如經云無以穢食置於寶器無以大海内於牛跡是知於此生信者甚爲希有何者信果佛則易如十方諸佛信因佛則難如現今衆生故起信鈔云信過去釋迦當來彌勒等是佛則爲易有今信衆生心中眞如是凡聖通依迷之則六趣無窮悟之則三寶不斷此爲希有故知萬法歸心則道全矣　如庚桑子道全篇云吾能聽視

不用耳目非易耳目之用所告者過也公曰孰如是寡人增異矣其道若何寡人早願聞之庚桑子曰我體合於心心合於氣氣合於神神合於無其有介然之有唯然之音雖遠際八荒之表邇在眉睫之內來干我者吾必盡知之迺不知爲是我七竅手足之覺五藏六腑心慮之所知其自知而已矣何璨注云心形泯合神氣冥符洞然至心與無同體然後心彌靜而志彌遠神愈黙而照愈彰理極而自通不思而玄覽非夫至神至聖其孰能與於此哉斯乃靈眞之要樞重玄之妙道者也是以內外指歸須冥符心體則洞照無遺矣遂能和光萬有體納十方夫言和者非有能所二法相順名和如古德云凡聖各別不得名和心體離念不得衆生相法界即我我即法界名和首楞嚴經云觀世音菩薩白佛言世尊我從聞思修入三摩地初於聞中入流亡所所入既寂動靜二相了然不生如是漸增聞所聞盡盡聞不住覺所覺空空覺極圓空所空滅生滅既滅寂滅現前忽然超越世出世間十方圓明獲二殊勝一者上合十方諸佛本妙覺心與佛如來同一慈力二者下合十方一切六道衆生與諸衆生同一悲仰斯乃能所迹消眞俗冥合非從事行因異而同但了心無自他萬法自然一體既與萬法體和則不共物諍如華手經云佛告舍利弗是故菩薩發菩提心應當觀察是心空相舍利弗何等是心云何空相舍利弗心名意識即是識陰意入意界心空相者心無心相亦無作者何以故若有作者則有彼作而此

人受若心自作則自作自受舍利弗是心相空無有作者無使作者若無作者則無作相若人戲論是心相者則與無礙空無相諍若與無礙空無相諍是人則與如來共諍若與如來共諍當知是人則墜深坑是知若入宗鏡海中已攝餘一切法門登法性山悉見諸無邊境界如大涅槃經云譬如有人在大海浴當知是人已用諸河泉池之水菩薩摩訶薩亦復如是修習如是金剛三昧當知已爲修習其餘一切三昧　問諸佛境界唯趣不思議一心解脫之門何謂不思議解脫答以一切法非有而有有而非有非定量之所知故稱不思議既以非有而有即不住於無有而非有即不住於有有無不住即於諸法悉皆解脫以一切法不出有無故是知一心解脫之中無有文字則無生死無煩惱無陰界無衆生無憂喜無苦樂無繫縛無往來無是無非無得無失乃至無菩提無涅槃無眞如無解脫以要言之一切世出世間諸法悉皆無有如首楞嚴經云知見立知即無明本知見無見斯即涅槃無漏眞淨云何是中更容他物　所以大涅槃經中佛説一百句解脫句句皆云眞解脫者即是如來夫如來者即一心眞如自性中來故云如來　如經云當知解脫即是如來如來之性即是解脫解脫如來無二無別是以如來之性即衆生性衆生之性即一切法性一切法性即是心性以心性徧一切處故則一切處悉是不思議解脫以不見自性故則隨處貪著著即被縛若了斯宗縛脫俱寂所以云離即著著即離幻

化門中生實義亦無離亦無著何處更求無病藥　是知心解則一切解與眞性而相應心縛則一切縛與塵勞而共處出要之道於此絕言方便之門更無過上此不思議眞性解脫法門一入全眞眞外無法意消能所情斷是非此非誦文法師湊其智海闇證禪伯了此慧燈唯除眞見性人一乘道種方能悟入頓了無疑此圓頓教門唯一無分別法耳無有際畔不涉一多以即邊而中故無法可比以即妄而眞故無法可待豈更佛法待於佛法唯一絕待如來法界故出法界外無復有法無所可待亦無所絕唯證相應不在言說　問衆生法身與佛平等云何不起報化之用耶答雖本平等隱顯有殊隱名如來藏顯名法身起信疏云但衆生迷自眞理起於妄念是時眞如但現染相不顯其用如水爲風所擊但起波瀾而不能現像　又鈔釋應化不起者但以妄染覆之非謂本覺無此應用亦非固心抑令不起斯則過在於妄迷而不知何關於覺以本覺常具常熏故如修竹有龍鳳之音塵鏡有照膽之用是知靈臺絕妙衆生莫知若暫返照迴光無有不得之者如地中求水鑛裏求金唯慮不肯承當沉埋心寶宗鏡委細意囑於斯普勸後賢直須知有　問華嚴經是圓滿教所明一法纔起皆有眷屬隨生今此何故唯論絕待答所言眷屬者皆是理內眷屬佛如衆生如一如無二如必無心外法而爲主伴如淨名疏問華嚴頓教大乘可得約行明諸法門此方等經及小乘教何得亦約觀行明義答此經既云諸

佛解脫當於衆生心行中求若不約觀行豈稱斯文　故知了義教不了義教皆是了義以唯一心故所以云圓機對敎無敎不圓理心涉事無事非理又云根贏則法劣器廣則道圓故問此宗玄奧性自天眞非生因之所生唯了因之所了云何廣述諸有差別行門答夫妙達殊倫則法法齊旨巧通異道乃物物咸如夫言了因者乃是於眞心中性德顯了故名了因生因者亦是信心中能生六度萬行故名生因生了俱心理行非外若不了此取捨萬端纔入斯宗自無高下夫三界之有是菩提之用本末相徧空有融通豈同谿爾之無塊然之有如大智度論云空有二種一者善空熾然修一切行而了性空二者惡空恣行惡法而欲撥令空今論不可得空此空不離諸法諸法不離此空當知一切法趣空如瓶處空十方界空不異瓶空故十方空皆趣瓶空華嚴論云若也但修空無相法身即於智不能起用若但一向生想不見無相法身即純是有爲又云如是大悲如是智慧如是萬行皆爲長養初發心住初生佛家之智慧大悲令慣習自在故時亦不攺法亦不異智亦不遷猶如竹葦依舊而成初生與終無有麤細亦如小兒初生而後長爲大無異大也是知差別行門皆入畢竟空中若欲見道修行無出身心之内　華嚴經頌云身爲正法藏心爲無礙燈照了諸法空名曰度衆生故知身爲法聚無一法出我身田心爲慧光無一智離我心海若迷之者則身爲苦聚病原心作無明怨賊先須察所治過患之迹

方立能治功德之門則一切衆生所造過患莫越身心若欲對治唯戒與慧若修身戒則戒急而妙行成若修心慧則乘急而眞性顯故得乘戒兼急理行俱圓正助相資方入宗鏡内外朗鑒一道清虚　問道無可修法無可問纔悟大旨萬事俱休故云言語道斷心行處滅又法華經云三藏學者尚不許親近令示身戒心慧既違大乘之經教何成後學之信門答經中所斥三藏學者即是小乘戒定慧戒則但持身口斷四住見一切住地欲愛住地色愛住地無色愛住地枝葉之病苗定則形同枯木絶現外威儀之妙用慧則唯證偏空失中道不空之圓理故稱貧所樂法墮下劣之乘爲淨名所訶是愚人之法今此圓宗定慧尚不同大乘初教無相之空及大乘別教偏圓之理豈與三藏灰斷定慧之所論乎此宗鏡錄戒定慧乃至一事一行一一皆入法界具無邊德是無盡宗趣性起法門無礙圓通實不思議

如觀和尚云凡聖交徹即凡心而見佛心理事雙修依本智而求佛智是以八地已能離念佛勸方令起於事行故經頌云法性眞常離心念二乘於此亦能得不以此故爲世尊但以甚深無礙智此勸皆是事行故是知果佛須性相具足因行必須事理雙修依本智如得金修理行如去礦修事行如造作求佛智如成器也又華嚴演義云若執禪者則依本智性無作無修鏡本自明不拂不瑩若執法者須起事行求依他勝緣以成己德並爲偏執故辯雙行依本智者約理無漏智性本具足故而求佛智者約事無所求中吾故求

之心鏡本淨久翳塵勞恒沙性德並埋塵沙煩惱是故須以隨順法性無慳貪等修檀等六波羅密以諸佛已證我未證故又理不礙事不妨求故事不礙理求無求故若此之修修即無修爲眞修矣大智度論云法忍者於内六情不著於外六塵不受能於此二不作分別何以故内相如外外相如内二相俱不可得故一相故因緣合故其實空故一切法相常清淨故何謂一切法相常清淨以同遵一道故所以華嚴疏云一道甚深者亦名一乘佛佛皆同一眞道故佛佛所乘同觀心性萬行齊修自始至終更無異徑故爲一道問眞心常住徧一切處者即萬法皆眞云何而有四時生滅答了眞心不動故則萬法不遷即常住義若見萬法遷謝皆是妄心以一切境界唯心妄動心若不起外境本空以從識變故若離心識則尚無一法常住豈況有萬法遷移問如今現見物像榮枯時景代謝如何微細披剝明見不遷之旨答但當見性自斷狐疑故金剛三昧經云因緣所生義是義滅非生滅諸生滅義是義生非滅是以起恒不起不起恒起如此通達不落斷常可正解一心不遷之義矣如先德云夫物性無差悟即眞理眞即不變物自湛然常情所封於不動中妄以爲動道體淵默語路玄微日用而不知者物不遷也事像可觀稱之爲物物體各住故號不遷不遷故隨流湛然清淨爲物故與四像而爲所依故知無生不生無形不形處性相而守一者其唯不遷論焉所以不遷論云是以如來因羣情之所滯即方言以

辯惑乘莫二之真心吐不一之殊教乖而不可異者其唯聖言乎故談真有不遷之稱導俗有流動之說雖復千途異唱會歸同致矣而徵文者聞不遷則謂昔物不至今聆流動者而謂今物可至昔既曰古今而欲遷之者何耶是以言往不必往古今常存以其不動稱去不必去謂不從今至古以其不來不來故不馳騁於古今不動故各性住於一世然則羣籍殊文百家異說者苟得其會豈文言能惑之哉是以人之所謂住我則言其去人之所謂去我則言其住然則去住雖殊其致一也故經云正言似反誰當信者斯言有由矣何者人則求古於今謂其不住吾則求今於古知其不去今若至古古應有今古若至今今應有古今而無古以知不來古而無今以知不去若古不至今今亦不至古事各性住有何物而可去來然則四像風馳旋機電卷得意毫微雖速而不轉也是以如來功流萬世而常存道通百劫而彌固成山假就於始簣修途託至於初步者果以功業不可朽故也功業不可朽故雖在昔而不化不化故不遷不遷故則湛然矣故經云三災彌淪而行業湛然信其言也何者夫果不俱因因因而果因因而果因昔不滅果不俱因因不來今不滅不來則不遷之致明矣復何惑於去留躊躇於動靜之間哉　問萬法唯識諸佛單住真如名無垢識者爲復決定有心決定無心答據體則言亡四句意絕百非約用則唯智能明非情所及如華嚴經云佛子如來心意識俱不可得但應以智無量故知如來

心古釋云如來心意識俱不可得者約體遮詮也但應以智無量故知如來心者寄用表詮也一師云識等有二一染二淨佛地無有漏染心及心所而有淨分心及心所果位之中智彊識劣故於心王上以顯無染約彼智所以明無量若必無王所智依何立經云如來無垢識是淨無漏界解脫一切障圓鏡智相應則有心王明矣一師云以無積集思量等義故說心等叵得就無分別智以顯無量非無心體上之三解俱明心意識有又云佛果實無心意意識及餘心法云不可得唯有大智故言智無量故知如來心經云唯如如及如如智獨存佛地論中五法（五法者清淨法界兼四智）攝大覺性唯一真法界及四智（大圓鏡智平等性智妙觀察智成所作智）菩提不言更有餘法此二說約無若依前有未免增益亦不能通不可得言若依後無未免損減亦不能通知佛心言既云知如來心不可言無心可知明非無心矣又心既是無智何獨立亦違涅槃滅無常識獲常識義若有無二義雙取未免相違若互泯雙非寧逃戲論若後宗言唯如智者以心即同真性故曰唯如照用不失故云如智豈離心外而別有如是則唯如不乖於有前宗以純如之體故有淨心心既是如有之何失是知即真之有與即有之真二義相成有無無礙正消經意者言不可得者以心義深玄言不及故寄遮顯深言但以智知如來心者託心所寄表顯深云何深玄欲言其有同如絕相欲言其無幽靈不竭欲謂之情無殊色性欲謂無情無幽不徹是知佛心即有即無即王

即數心中非有意亦非不有意意中非有心亦非不有心數非依於王亦非不依王一一皆爾圓融無礙清涼記釋云言佛無心有智成相違過心王最勝尚說爲無智無所依豈當獨立如無君主何有臣下今先別會二宗後通合二宗先會法性宗意云心即是如智即如智離心無如則知有如巳有心矣況即體之用稱如智即用之體即是眞如如一明珠珠體即如明即如智豈得存如亡於心矣次會法相宗意云即如之有有豈乖如如鏡即虛則有心無失是知即眞之有即有之眞通會二宗即眞之有是法相宗即有之眞是法性宗兩不相離方成無礙眞佛心矣又心中非有意亦復非無意者非有是不即義二相別故亦非不有是不離義無二體故又非有者以無二體互攝盡故亦非不有者二相不壞力用交徹故　問境識俱遣衆生界空諸佛究竟成得何法答一切異生因識對境於生死中妄生執著起常等四倒二乘之人於涅槃中妄求解脫起無常等四倒諸佛如來因境識俱空能離八倒成得眞常樂我淨四波羅密寶性論云依二種法如來法身有淨波羅密一者本來自性清淨以同相故二者離垢清淨以勝相故有二種法如來法身有我波羅密一者遠離諸外道邊以離虛妄我戲論故二者遠離諸聲聞邊以離無我戲論故有二種法如來法身有樂波羅密一者遠離一切苦二者遠離一切煩惱習氣有二種法如來法身有常波羅密一者不滅一切諸有爲行以離斷見邊故二者不取無爲涅

槃以離常見邊故勝鬘經云世尊見諸行無常是斷見非正見見涅槃常是常見非正見妄想見故作如是見所以如來唯證四德涅槃祕密之藏問既經云見諸行無常是斷見非正見見涅槃常是常見非正見者云何教中或說無我又說於我豈不相違耶答夫說常與無常我與無我但形言跡皆是方便所以肇論云菩薩於計常之中演非常之教以佛初出世便欲說圓常之妙門眞我之佛性爲一切外道皆妄執神我徧十方界起於常見若說眞常樂我淨恐濫邪解且一時拂下情塵故云無常無樂無我無淨又二乘及權假菩薩不知諸佛祕旨執方便門忽忽取證皆住無我之理以爲究竟世尊又愍不達遂乃具說常樂我淨若有於此究竟之說明見眞我佛性人木蟲塵分明無惑尚不住於中道豈更見有常無常我無我二見之所亂乎或若雖聞常藥我淨之名只作常樂我淨之解隨語生見昧自眞心則我無我之藥成我無我之病故知眞我難辨非證不明　夫欲正修行者不歸宗鏡皆墮邪修以萬緣所起起自眞如故清涼鈔云因該果海果徹因原以極果由於始信信依本智而起今不離本智故斯則以因成果攝果酬因然因有二種一約本有恒沙性德信解行願等無不具故二約修起謂依本信德而起信心依本解德而起解心如起信論云以知法性無慳貪故隨順修行檀波羅蜜等故一一修起皆帶本有俱來至果無間道中一時頓圓解脫道中因果交徹名爲得果果亦有二一者本有菩

提涅槃一切佛性本覺具故二者修起令證菩提始覺悟故始覺同本無復始本之異名究竟覺則二果無礙然二因本從本覺體上起來則二因與本果無礙始覺既同本覺則極果全同於二因則二因與二果交徹故因該果海果徹因原又初發心時便成正覺因該果也雖得佛道不捨菩薩行果徹因也

御錄宗鏡大綱卷八

音釋

尠（先上聲少也）　鍼（諸深切）　睫（音接目旁毛也）　鑛（古猛切）　躊躇（上音儔下音除猶豫也）

御錄宗鏡大綱卷九

問性自了了常知何須諸佛開示答此言知者不是證知意說眞性不同虛空木石故云知也非如緣境分別之識非如照體了達之智直是眞如之性自然常知如華嚴經中覺首等諸菩薩問文殊師利菩薩何等是佛境界智何等是佛境界知文殊頌答云諸佛智自在三世無所礙如是慧境界平等如虛空又頌云非識所能識亦非心境界其性本清淨開示諸羣生既云本淨不待斷障即知羣生本來皆有但以惑翳而不自知故法華中開示令得清淨者即是寶性論中離垢清淨也此心雖自性清淨終須悟修方得究竟經論所明有二種清淨二種解脫或只得離垢清淨解脫故毀禪門即心即佛或只知自性清淨解脫故輕於教相斥於持律坐禪調伏等行不知必須頓悟自性清淨自性解脫漸修令得離垢清淨離垢解脫成圓滿清淨究竟解脫若身若心無所壅滯同釋迦佛經問云何佛境界智此問證悟之智云何佛境界知此問本有眞心答智云諸佛智自在三世無所礙答知云非識所能識亦非心境界識是分別分別非眞知唯無念方見又若以智證之即屬所詮之境眞知非境界故瞥起照心即非眞知故非心境界以不起心為玄妙以集起名心起心看即妄想故非眞知是以眞知必虛心遺照言思道斷矣北宗看心是失眞旨若有可看即是境界也寶藏論云知有有壞知無無敗眞知之知有無不計既不計有無即自性無分別之知是以此眞心自

體之知即無緣心不假作意任運常知非涉有無永超能所水南和尚云即體之用曰知即用之體爲寂如即燈之時即是光即光之時即是燈燈爲體光爲用無二而二也又云知之一字衆妙之門如是開示靈知之心即是眞性與佛無異既馬鳴標心爲本原文殊擇知爲眞體如何破相之黨但云寂滅不許眞如說相之家執凡異聖不許即佛今約教判定正爲斯人故西域傳心多兼經論無二途也但以此方迷心執文以名爲體故達摩善巧揀文傳心標舉其名心是名也默示其體知是心也喻以壁觀令絕諸緣絕諸緣時問斷滅否答雖絕諸念亦不斷滅問以何證驗云不斷滅答了了自知言不可及師即印云只此是自性清淨心更勿疑也若所答不契即但遮諸非更令觀察畢竟不與他先言知字直待他自悟方驗眞實是親證其體然後印之令絕餘疑故云默傳心印所言默者唯默知字非總不言六代相傳皆如此也問悟此心已如何修之還依相教中令坐禪否答若惛沉厚重難可策發掉舉猛利不可抑伏貪瞋熾盛觸境難制者即用教中種種方便隨病調伏若煩惱微薄慧解明利即依本宗一行三昧應知權實有異遮表全殊不可以遮詮遣蕩排情破執之言爲表詮直示建立顯宗之教又不可以逗機誘引一期權漸之說爲最後全提見性眞實之門　遮詮表詮異者遮謂遣其所非表謂顯其所是又遮者揀却諸餘表者直示當體如諸經所說眞如妙性每云不生不滅不垢不淨無因無

果無相無爲非凡非聖非性非相等皆是遮詮遣非蕩跡絶想袪情若云知見覺照靈鑒光明朗朗昭昭堂堂寂寂等皆是表詮若無知見等體顯何法爲性說何法不生不滅等必須認得現今了然而知即是我之心性方說此知不生不滅等如說鹽云不淡是遮云鹹是表說水云不乾是遮云濕是表空宗但遮性宗有遮有表今時人皆謂遮言爲深表言爲淺故唯重非心非佛無爲無相乃至一切不可得之言良由只以遮非之詞爲妙不欲親自證認法體故如此也又若實識我心不同虛空性自神解非從他悟豈藉緣生若不對機隨世語言於自性上尚無表示眞實之詞焉有遮非方便之說如今實未親證見性之人但效依通情傳意解唯取言語中妙以遮非泯絶之文而爲極則以未見諦故不居實地一向託空隨言所轉近來尤盛莫可遏之若不因上代先賢多聞廣學深入教海妙達禪宗何能微細指陳始終和會顯出一靈之性剔開萬法之原故須先約經教印證禪心然後禪教雙亡佛心俱寂俱寂即念念皆佛無一念而非佛心雙亡即句句皆禪無一句而非禪教如此則自然聞泯絶無寄之說知是破我執情聞息妄修心之言知是斷我習氣執情破而眞性顯即泯絶是顯性之宗習氣盡而佛道成即修心是成佛之行頓漸互顯空有相成若能如是圓通則爲他人說無非妙方聞他人說無非妙藥藥之與病只在執之與通故先德云執則字字瘡疣通則文文妙藥如上依教依宗撮略和會挑抉

宗旨之本末開析法義之差殊校量頓漸之異同融即眞妄之和合對會遮表之廻互褒貶權實之淺深可謂卷教海之波瀾湛然掌内簇義天之星象奐若目前則頓釋羣疑豁然妙旨若心外立法立境起鬬諍之端俔識上變我變人爲勝負之由漸遂乃立空破有實有非空崇教毀禪宗禪斥教權實兩道常爲障礙之因性相二宗永作怨讐之見皆爲智燈燄短心鏡光昏終不能入無諍之門履一實之道矣　金剛三昧經云如我說者義語非文衆生說者文語非義　夫立教之本無出意言以意詮量從言開演故基師云至理澄寂是非之論息言般若幽玄一異之情絶慮息情慮故非識非心絶言論故非聲非說法非聲說說遍塵沙理無識心心該法界

心該法界斯乃非心作心說徧塵沙此亦無說爲說　問境本無生心常不住何煩立觀背自天眞答爲未達本無生而欲向外妄修者令自内觀冥合眞性如永嘉集云誡其疎怠者然渡海先須上船非船何以能渡修心必須入觀非觀何以明心心尚未明相應何日此勸守愚空坐不慕進修者　又云妙契玄原者夫悟心之士寧執觀而迷旨達教之人豈滯言而惑理理明則言語道斷何言之能議旨會則心行處滅何觀之能思心言不能思議者可謂妙契寰中矣斯乃得旨之人奚須言觀即屆寶所終不問程已見玉蟾寧當執指故般若吟云見月休觀指歸家罷問程即心心是佛何佛更堪成　問此宗鏡錄於頓漸兩教眞緣二修云何悟入如何修行

答今宗鏡中依無作三昧觀眞如一心念念冥眞念念圓滿如台教明修無作三昧觀眞如實相不見緣修作佛亦不見眞修作佛亦不見眞緣二修合故作佛亦不離眞緣二修而作佛若無四修即無四作是無作三昧豈同爾相州北道明緣修作佛南土大小乘師亦多用緣修亦不同相州南道用眞修作佛問偏用何過答道無諍何得諍同水火今明用三昧修中道第一義諦開無明顯法性忘眞緣離諍論言語法滅無量罪除清淨心一水若澄清佛性寶珠自然現也見佛性故即住大涅槃問曰若爾者今云何說答曰大涅槃經云不生不生名大涅槃以修道得故故不可說豈如諸大乘論師偏執定說今以因緣故亦可得說者若解四悉檀意悉檀此云徧施四者一世界悉檀二爲人悉檀三對治悉檀四第一義悉檀如前四種說則無咎次明證成者若觀無明見中道者即是入不二法門住不思議解脫故入不思議法門品云若知無明即是明明亦不可得是爲入不二法門若入中道即能雙照二諦自然流入薩婆若海今依四悉普爲羣機於眞緣二修中是無作眞修頓漸四句中若約上上根是頓悟頓修若約上根或是頓悟漸修此宗鏡錄是圓頓門即之於心了之無際更無前後萬法同時所以證道謌云是以禪門了却心頓入無生慈忍力　只各於自心靜念如理思惟即如是如是顯現於宗鏡中了然明白起此無涯之一照徧法界無際之虛空無一塵而不被光明凡一念而咸承照燭斯乃般若無知之照照豈有邊涅槃大寂之宗

宗何有盡如般若無知論云放光云般若無所有相無生滅相道行云般若無所知無所見此辯智照之用而曰無相無知者何也果有無相之知不知之照明矣何者夫有所知則有所不知以聖心無知故無所不知不知之知乃曰一切知 然則智有窮幽之鑒而無知焉神有應會之用而無慮焉神無慮故能獨王於世表智無知故能玄照於事外智雖事外未始無事神雖世表終日域中 何者欲言其有無狀無名欲言其無聖以之靈是以言知不爲知欲以通其鑒不知非不知欲以辯其相辯相不爲無通鑒不爲有非有故知而無知非無故無知而知是以知即無知無知即知無以言異而異於聖心也難曰夫眞諦深玄非智不測聖智之能在茲而

顯故經云不得般若不見眞諦眞諦則般若之緣也以緣求智智則知矣答曰以緣求智智非知也何者放光云不緣色生識是名不見色又云五陰清淨故般若清淨般若即能知也五陰即所知也所知即緣也夫知與所知相與而有相與而無相與而無故物莫之有相與而有故物莫之無物莫之無故爲緣之所起物莫之有故緣所不能生緣所不能生故照緣而非知爲緣之所起故知緣相因而生是以知與無知生於所知矣何者夫知以所知取相故名知眞諦自無相眞智何由知所以然者夫所知非所知所知生於知所知即生知知亦生所知所知既相生相生即緣法緣法故非眞非眞故非眞諦故中觀曰物從因緣有故不眞不從因緣有故即眞今

眞諦曰眞眞則非緣眞非緣故無物從緣而生也故經云不見有法無緣而生是以眞智觀眞諦未嘗取所知智不取所知此智何由知然智非無知但眞諦非所知故眞智亦非知而子欲以緣求智故以智爲知緣自非緣於何而求知乎　難曰聖心非不能是誠以無是可是雖不是是故當是於無是矣是以經云眞諦無相故般若無知者誠以般若無有有相之知若以無相爲無相又何累於眞諦耶答曰聖人無無相也何者若以無相爲無相無相即爲相捨有而之無猶逃峰而赴壑俱不免於患矣是以至人處有而不有居無而不無雖不取於有無然亦不捨於有無所以和光塵勞周旋五趣寂然而往泊爾而來恬淡無爲而無不爲者也難曰聖心雖無知然其應會之道不差是以可應者應之不可應者存之然則聖心有時而生有時而滅可乎答曰生滅者生滅心也聖人無心生滅焉起然非無心但無心心耳又非不應但是不應應耳是以應會則信若四時之質直以虛無爲體斯不可得而生不可得而滅也難曰聖智之無惑智之無俱無生滅何以異之耶答曰聖智之無者無知惑智之無者知無其無雖同所以無者異也何者夫聖心虛靜無知可無可曰無知非謂知無惑智有知故有知可無可謂知無非曰無知也無知即般若之無也知無即眞諦之無也是以般若之與眞諦言用即同而異言寂即異而同同故無心於彼此異故不失於照功是以辯同者同於異辯異者異於同斯則不可得而異不

可得而同也何者内有獨鑒之明外有萬法之實萬法雖實然非照不得内外相與以成其照功此則聖所不能同用也内雖照而無知外雖實而無相内外寂然相與俱無此則聖所不能異寂也是以經云諸法不異者豈曰續鳧截鶴夷嶽盈壑然後無異哉誠以不異於異故雖異而不異耳故經曰甚奇世尊於無異法中而說諸法異又云般若與諸法亦不一相亦不異相信矣難曰論云言用則異言寂則同未詳般若之内則有寂用之異乎答曰用即寂寂即用用寂體一同出而異名更無無用之寂主於用也是以智彌昧照逾明神彌靜應逾動豈曰明昧動靜之異哉故成具曰不爲而過爲寶積曰無心無識無不覺知斯則窮神盡智極象外之談也即之

明文聖心可知矣釋曰般若無知者是一論之宏綱乃宗鏡之大體微妙難解所以廣引證明夫般若者是智用無知者是智體用不離體知即無知體不離用無知即知若有知者是取相之知即爲所知之相縛不能徧知一切故論云夫有所知則有所不知若是無相之知不被所知之相礙即能徧知一切故論云以聖心無知故無所不知以要言之但是理事無礙非即非離如論云神無慮故能獨王於世表智無知故能玄照於事外者不即事也智雖事外未始無事神雖世表終日域中者不離事也理非即非離如事亦然是以理從事顯理徹於事事因理成事徹於理理事交徹般若方圓故能有無齊行權實雙運豈可執有執無迷於聖旨乎所以論云欲

言其有無狀無名欲言其無聖以之靈何者此有是不有之有曷有其名斯無是不無之無寧虧其體有無但分兩名其性元一不可以有爲有以無爲無故論云非有故知而無知者以知自無性豈待亡知然後無知乎論云非無故無知而知者以無相之知非同木石無而失照此靈知之性雖無名相寂照無遺如論云考之玄籍本之聖意豈復眞僞殊心空色異照耶是以照無相不失撫會之功覩變動不乖無相之旨造有不異無造無不異有未嘗不有未嘗不無故曰不動等覺而建立諸法以此而推寂用何妨如何謂覩變之知異無相之照乎又論云知即無知無知即知無以言異而異於聖心也故知若云有之與無同之與異皆是世間言語但有虛名而無實體豈可以不定之名言而欲定其無言之妙性也今總結大意般若無知者但是無心自然靈鑒非待相顯靡假緣生不住有無不涉能所非一非異而成其妙道也所以先德云夫聖心無思名言路絶體虛不可以色取無慮不可以心求包法界而不大處毫端而不微寂寥絶於生滅應物無有去來鑒徹天鏡而無鑒照之勤智周十方而不生二相森羅萬像與之同原大哉妙用而無心者其唯般若無知之謂乎　永嘉集云若以知知寂此非無緣知如手執如意非無如意手若以自知知亦非無緣知如手自作拳非無不拳手亦不知知寂亦不自知知不可爲無知自性了然故不同於木石手不執如意亦不自作拳不可爲無手以手安然故不同於

兎角　古德偈云諸論各異端修行理無二競執有是非達者無違諍　問諸佛經教皆以名句文身詮表方成法義云何但名一心而已答此心是諸法之都顯事合理故稱曰經豈止於心乃至一切六塵悉皆是經如大品云一切法趣色是趣不過此色能詮一切法如墨黑色一劃詮一二劃詮二三劃詮三豎一劃則詮王足右劃則詮丑足左劃則詮田出上詮由出下詮申如是迴轉詮不可盡或一字詮無量法無量字共詮一法無量字詮無量法一字詮一法於黑墨小小迴轉詮量大異左迴詮惡右迴詮善上點詮無漏下點詮有漏殺活與奪毀譽苦樂皆在墨中更無一法出此墨外略而言之黑墨詮無量教無量行無量理黑墨亦是教本行本理本黑墨從初一點至無量點從點至字從字至句從句至偈從偈至卷從卷至部又從一字句中初立小行後著大行又從點字中初見淺理後到深理是名黑色教行義三種微發乃至當知黑字是諸法本青黃赤白亦復如是非字非非字雙照字非字不可說非不可說不可見非不可見何所簡擇何所不簡擇何所攝何所不攝何所棄何所不棄是則俱是非則悉非能於黑色通達一切非於一切非通達一切是通達一切非非非是一切法邪一切法正若於黑色不如是解則不知字與非字青黃赤白有對無對皆不能知若於黑色通達知餘色亦如是此即法華經意以色爲經也聲塵等亦如是　問但了一心若無位次眞僞何分須合教乘以袪謬濫答誠如

所言闕一不可圓教觀心須明六即古德約四教明六即者若藏教執色爲有施拙度破析之因成但空灰斷之果通教執色心是空了緣生無性之宗失中道不空之理别教從心生十法界心但有能生十界之理性未即便具十界之因果如從地生一切草木但從一心次第生十界也圓教心具十法界不待能所生亦無前後際只一念是十界只十界是一念一切時一切處一切法念念中體常圓滿塵沙萬德不欠少一分八萬惑業不除斷一分不謂佛是果頭極聖我未證得不謂凡是底下穢濁我應捨離總覽法界在一念心頭如一圓珠瑩徹明白圓解更無覺觀進修亦不見有凡聖取捨分别妄念悉盡也以初圓信人未得純淨煩惱有厚薄習氣有淺深分别難忘攀緣易起心浮觀淺惑重境彊於對治之中故分六即是以凡夫心性本體實齊上聖但凡夫未能常用本體隨境生心分别計校千差萬别無始妄習何能頓遣雖有見解未能常照故是凡也若生死即涅槃煩惱即菩提是理即若能暫照諦理即坐佛座證佛身用佛法當此一念圓現時不見十方佛異我此身此念也解而未修是名字即念有分數名觀行即念以於境名相似即境入於念名分眞即無境無念名究竟即雖六常一何凡何聖雖一常六凡聖天絶又六而常一故言即一而常六故初後不齊是以頓悟宗巳復須言行相應既得本清淨又須離垢清淨如大集經偈云遠離一切諸煩惱清淨無垢猶眞實其心能作大光明是名寶炬

陀羅尼　問只如自心如何觀耶答性該始終之際體非起盡之緣體徧迷悟之中性非解惑之事又云夫心原本淨無爲無數非一非二無色無相非偏非圓雖復覺知亦無覺知　此之心性畢竟無心有因緣時亦得明心既有論心即有方便正觀之義譬如虛空亦有陰陽時雨心亦如是雖無偏圓亦論漸頓　若觀心非空非有則一切從心生法亦非空非有如是等一切諸法在一心中當知觀此心原與如來等如此觀心名觀佛心也若能如此信解功德無量此一念信解心心同佛心信齊佛信入眞實般若之性到究竟解脫之原即以無量無數劫中修五波羅密之功德校量信解宗鏡一念之功萬不及一故云不識玄旨徒勞念靜是以先悟宗鏡然後圓修理行無差方爲契當問如上觀心如何是所入能入之門答能所之入唯是一心約智而論假分能所所入即所證一心之理能入即能觀一心之智又理是心之體智是心之用猶如日光還照日體以此心光復照心體則二而不二體用冥一不二而二能所似分　永嘉集云故知妙道無形萬像不乖其致眞如寂滅衆響靡異其原迷之則見倒惑生悟之則順違無地閴寂非有緣會而能生峩嶷非無緣散而能滅滅既非滅以何滅滅生既非生以何生生生滅既虛實相常住矣華嚴疏云生之無生眞性湛然無生之生業果宛然是知若即念存有念即是常見離生求無生即是斷見皆不達實相無生無滅之理若正了無生則無生無不生豈定執有

生無生之二見乎　問覺王明敕大教指歸末法比丘須於四念處修道其旨如何答此出大般涅槃經最後垂示總前教迹同此指歸以四念處即是宗鏡所明一切衆生身受心法如經云佛告阿難如汝所問佛涅槃後依何住者阿難依四念處嚴心而住觀身性相同於虛空名身念處觀受不在内外不住中間名受念處觀心但有名字名字性離名心念處觀法不得善法不得不善法名法念處阿難一切行者應當依此四念處住　華手經云四念處者於聖法中一切諸法皆名念處何以故一切諸法常住自性無能壞故一切諸法皆名念處者故知即法是心即心是法皆同一性豈能壞乎若有二法則能相壞　金剛三昧經云心無邊際不見處所論

釋云心無邊際者歸一心原心體周徧徧十方故無邊周三世故無際雖周三世而無古今之殊雖徧十方而無此彼之處故言不見處所大法炬陀羅尼經云夫念處者云何念義當知是念無有違諍隨順如法趣向平等遠離邪念無有移轉及諸別異唯是一心入不動定若能如是名爲念義　此四念處破八顛倒一不淨中作淨想二苦中作樂想三無常中作常想四無我中作我想此是外道凡夫四倒又一淨中作不淨想二樂中作苦想三常中作無常想四我中作無我想此是二乘四倒共成八倒是以修四念處觀破八顛倒於中而般涅槃是十方諸佛出世本懷究竟指歸祕密藏中最後放捨身命之處正當宗鏡大旨一心法門　夫四念處者念即

觀慧之心處即智照之境能所冥合唯是一心大論云念想智皆一法異名初緣心名念次習行名想後成辦名智處者境也皆不離薩婆若能觀之智照而常寂名之爲念所觀之境寂而常照名之爲處境寂智亦寂智照境亦照一相無相無相一相即是實相實相即是一實諦亦名虛空佛性亦名大般涅槃如是境智無二無異如如之境即如如之智智即是境說智及智處皆名爲般若亦例云說處及處智皆名爲實諦是非境之境而言爲境非智之智而名爲智亦名心寂三昧亦名色寂三昧亦是明心三昧亦是明色三昧

金光明經云不可思議智境不可思議智照此意蓋明念只是處處只是念雖說色心兩名其實皆是不可思議一心今只觀此一心即不可思議十界恒現前入心地法門但心之一法微妙幽玄見有淺深智分優劣須憑廣學以至法原法華經云其不習學者不能曉了此外書云玉不琢不成器人不學不知道但堅志節常聞未聞熏修而觀力轉深磨鍊而行門益淨常起難遭之想道業恒新長懷慶幸之心終無退轉問既以眞心爲宗爲本如何辯其功能湛然常住盡未來際答此心法妙故如神不可測無依無住非古非今只是有而不可見聞非是一向空寂蘊無盡之妙用不斷不常具莫測之靈通非隱非顯古德云因雖涅槃永寂而智體不無不爾將何窮未來際故知此之心神凡聖之本盡未來際無有斷絕諸佛常正念此法祖師唯的指此宗斯乃無相之眞眞何有盡無爲之

道道何有窮如幽谷之風相續而微聲不斷若洪鐘之響隨扣而清韻常生寳藏論云唯道無根靈照常存唯道無體微妙恒眞唯道無事古今同貴唯道無心萬物圓備既達此常住宗體自然盡未來際不休息佛業　華嚴經云於一念中盡知一切心非心地境界之藏於非心處示生於心遠離語言安住智慧同諸菩薩所行之行以自在力示成佛道盡未來際常無休息釋曰心非心者識行於境名之曰心智行於境名曰非心所以楞伽經云得相者識不得相者智故知菩薩隨順妄緣不捨世法於方便中悉能示現隨增減劫任長短緣乘大願風相續不斷供佛利生無有休息如華嚴論云十一地等覺位菩薩以大慈悲心行赴俗濟生之門表自出世道滿無更求解脱離染離淨之心但以乘法性船張大慈悲帆以大智為船師順本願風吹諸波羅密網常遊生死海漉一切衆生有著之魚安置無依普光明之智岸常生一切幻住萬行功德法界無礙寳堂

御録宗鏡大綱卷九

音釋

鹽炎音鹹胡喦切鹹鹽味　疣音由瘤也　褒音保平聲褒貶　闃音瞁靜也

御錄宗鏡大綱卷十

問眞心無相云何知有不空常住湛然之體答以事驗知因用可辯事能顯理用能彰體如見波生知有水體十八空論云一切諸佛於無餘涅槃中亦不捨功德善根門猶隨衆生機緣現應化兩身導利含識所以得知涅槃之中猶有法身者以用證體既覩應化之用不盡故知此身之體常自湛然永無遷壞

問悟此宗修行之人得圓滿普賢行否答一切理智無邊行願皆不出普賢一毛孔若實入此宗鏡中乃至凡聖之身一一毛孔皆能圓滿普賢之行　如古德云以遮那之境界衆妙之玄門知識說之而不窮善財酌之而不竭文殊體之而寂寂普賢證之以重重何者以文殊是自心如理之體體常湛然以普賢是自心如量之用用周法界所以實性論明有二種修行一如實修行了如理一味二徧滿修行備知一心有恒沙法界是以悟此眞如無盡之心成得普賢無盡之行亦云梵行已立已事已辦如不了此而妄有所修非唯不具普賢行門乃至三歸五戒等一切修進之門悉不成就以不達本故　故知見性修行性周萬行如華嚴經云菩薩行即如來性如來性即菩薩行若明見此旨方稱圓修權教罔思下位天隔讚一念隨喜福尚無量何況正念修行爲人開示　故知萬途雖別一性無差若未歸此自心之性終非究竟凡有所作心境不亡皆墮輪迴不入眞實如大智度論云復次如水性下流故會歸於海合爲一味諸法亦如是一切總相別相皆歸

法性同爲一相是名爲法性如金剛在山頂漸漸穿下至金剛地際到自性乃止諸法亦如是智慧分別推求已到如中從如入自性如無本末生滅諸法戲論是名爲法性　詳夫諸大乘經祖佛正意凡從今日去紹佛乘人先須得本悟自眞心不生不滅爲因然後以無生之旨徧治一切所以華嚴論云若有習氣還以佛知見治之若不入佛知見設有修行但成折伏終不能入諸佛駛水之流如法華明開示悟入佛之知見只是於衆生心中而論開示以佛知見藴在衆生心故若宗門中從上亦云先須知有然後保任又云頭尾須得相稱不可理行有闕心口相違入我宗中無有是處若未悟自心無生之理唯以生滅心爲因欲求無生之果如蒸沙作飯種

苦求甘因果不同體用俱失邪修妄習猶九十六種捏目生華趣寂執權似三乘道人勞神費力若入宗鏡理行俱圓可謂二見之良醫釋眞之皎日矣故大涅槃經云譬如霧露勢雖欲住不過日出日既出已消滅無餘善男子是諸衆生所有惡業亦復如是住世勢力不過得見大涅槃日是日既出悉能除滅一切惡業若未遇宗鏡正法之日不了一切法同虛空性執有前境相狀可觀隨相發心緣塵起行不達同體之旨悉墮有爲盡成愛見之悲終成厭倦若依宗鏡如說修行所有一毫之功畢趣菩提之果是以無緣之緣顯無化之化謂衆生眞心稱理不可得故若無緣即無所化若眞心隨緣不壞緣起則亦有所化如是則非眞流之行無以契眞非起行

之真不從行顯良以體融行而因圓行該真而果滿理行兼備因果同時圓解圓修方成宗鏡又此普賢之行全是佛智佛智即是真心如華嚴經頌云佛智廣大同虛空普徧一切衆生心悉了世間諸妄想不起種種異分別則全佛智是衆生心世間妄想皆從衆生心變能變之心既是佛智所變之境豈成實耶則了世間妄想皆空終不起於異見分別謂凡謂聖謂有謂無等又了世間妄想即如量智不起異分別即如理智如量觀俗如理了真又即體之相包含是如量智即相之體一味是如理智若理量雙消方真佛智是以若欲真俗雙照因果俱圓不出如理如量之二智如佛性論云此理量二智有二種相一者無著二者無礙言無著者見衆生界自性清淨名爲無著是如理智相無礙者能通達觀無量無邊境界故是名無礙是如量智相又此二智有二義如理智爲因如量智爲果言如理爲因者能作生死及涅槃因如量爲果者由此理故知於如來真俗等法具足成就又如理智者是清淨因如量智者是圓滿因清淨因者由如理智三惑滅盡（見思惑塵沙惑無明惑）圓滿因者由如量智三德圓滿（法身德般若德解脱德）故知成佛皆由二智如理智者即一心之體爲因如量智者即一心之用爲果所以體用相即因果同時初後卷舒悉於一心圓滿乃至法界顯於塵內寶剎現於毛端皆是如理智中如量境界若但證如理之旨普賢大用不得現前若唯行如量之宗文殊正智不能究竟具此二門方明宗鏡　一切萬法皆

是心成離心計度皆失宗旨　問唯心之體前已略明唯識之相如何指示性相雙辯方顯正宗理事俱通始袪邪執答欲顯正宗先除邪執者故須因事明理會妄歸眞眞是依妄之眞因情説會事是從理之事破執言明無執而理事俱虛離情而眞妄雙絕響消而空華自謝念息而幻境俄沉今依諸聖於衆生界中抱敎迷宗蓋非一二撮其樞要無先二空以迷人空故起我見之愚受妄生死以迷法空故違現量之境障淨菩提所以我法俱空唯從識變今立第一心法能變識有三一第八異熟識變二第七思量識變三第六了別境識變既唯識變我法皆虛因此二空故契會玄旨以我空故煩惱障斷以法空故所知障消煩惱障斷故證眞解脱所知障斷故獲大菩提然後行滿因門心冥果海則境識俱寂唯一眞空　當知名相關鎖非智鑰而難開情想勾牽匪慧刀而莫斷應須責躬省已策發進修是以履圓通之人豈墮絕言之見發菩提之者不生斷滅之心　問大乘圓頓識智俱亡云何却述緣生反論因果答經云深信大乘不謗因果又云深入緣起斷諸邪見夫唯識之旨不出因果正因相者由識變故諸法得生以識爲因正果相者由種識故生諸分別法體之果及異熟等分位之果所以上至諸佛下及衆生皆因果所收何得撥無墮諸邪網只爲一切外道不達緣生唯執自然撥無因果二乘眇目但證偏空滅智灰身遠離因果世間業繫無聞凡夫五欲火燒執著因果盡成狂解不體圓常皆背法

界緣起之門悉昧般若無生之旨今所論因果者雖以實相爲因還用實相爲果但了平等一心故終不作前後同時之見若能如是信入一心皆成圓因妙果　華手經偈云是心不在緣亦不離衆緣非有亦非無而能起大果若先因後果者因亦不成故果亦壞也緣生之法不相續故即斷滅故自他不成故如數一錢不數後錢無後二者一亦不成爲剎那不相續剎那因果壞多劫不相續多劫因果壞待數後錢時前一始成因果亦爾要待一時中無間者因果始成若爾者如兩錢同數無前無後誰爲一二誰爲因果亦皆不成如華嚴經因果同時者俱無如是前後因果及同時情量繫著妄想有無俱不俱常無常等繫著因果但了法體非所施設非因果繫名爲因果非情所立同時前後之妄想也故經云衆生界即佛界如文殊以理會行普賢以行會理二人體用相徹以成一真法界

然此心是法界之都無法不攝非但凡聖因果乃至逆順善惡同歸若一一悟是自心則事事無非正理若上上機人則一聞千悟斯皆宿習見解生知若是中下之根須憑開導因他助發方悟圓成爲此因緣微細纂集所以云若有一微塵處未了此猶有無明在以不了處爲障翳故何況自身根門之內日用之中有無量應急法門全未明一如生盲人每日喫一百味飯雖然得喫設問總不知若欲爲未了之人憑何剖析只成自誑反墮無知自眼未開焉治他目是以善財首見文殊已明根本智入聖智流中然後徧參道友

爲求差別智道習菩薩行門遇無厭足國王如幻法門見勝熱婆羅門無盡輪解脱尚乃迷宗失旨對境茫然故知佛法玄微非淺智所及何乃將蚊子足擬窮滄溟之底用蜘蛛絲欲懸妙高之山益抱慚顔須伸懺悔是以般若海闊入之者方悟無邊法性山高升之者乃知彌峻伏自大雄應世諸聖發揚至像法初則有馬鳴龍樹等五百論師大弘至教及像法中復有護法陳那等十大菩薩廣解深經辯空有之宗立唯識之理悉是賢劫千佛十剎能仁同酬本願之懷共助無緣之化何乃持螢光而千日馭捧布鼓而近雷門不揆寡聞退慚劣解牛跡豈將大海齊量腐草焉與靈椿等榮今此持論爲成法器深心好樂大乘之者如大寶積經云佛言若有求大利益善男子善女人信我教者時聞如是等甚深法巳應爲如理者説不爲不如理者爲信者説非不信者仰惟叅玄之士願稟佛言深囑慕道之賢同遵祖意　問初祖西來唯傳一心之法迄至今日云何著於言説違背自宗答前標宗門中巳唯提大旨若決定信入正解無差則舉一例諸言思路絶竊見今時學者唯在意思多著言説但云心外無法念念常隨境生唯知口説於空步步恒遊有内只總舉心之名字微細行相不知若論無量法門廣説窮劫不盡今所錄者爲成前義終無別旨妄有披陳此一心法門是凡聖之本若不先明行相何以深究根原故須三量定其是非（三量者現量比量非量）眞修匪濫四分成其體用（四分者相分見分自證分證自證分）正理無虧然後十因

隨說觀待牽引攝受生起引發定異同事相違不相違十因四緣因緣次第緣所緣緣增上緣辯染淨之生處三報謂現報生報後報五果異熟等流離繫士用增上五果鑒眞俗之所歸則能斥小除邪剗情破執遂得心境融通自他交徹不一不異觸境冥宗非有非空隨緣合道若不達三量眞妄何分若不知四分體用俱失故知浪說心之名字微細行相懵然不知終不免心境緣拘自他見縛目下狐疑不斷臨終津濟何憑所以般若是送神符臨終能令生死無滯只爲盲無智眼教觀不明從無始巳來不能洞曉違現量而失自心體逐比非而妄認外塵終日將心取心以幻緣幻妄生妄死空是空非都不覺知莫能暫省今更不信復待何時生死海深匪慧舟而不渡塵勞網密非智刃而莫揮問祖佛大意貴在心行採義徇文只益戲論所以文殊訶阿難云將聞持佛佛何不自聞聞爭如一念還原深諳遺旨答此爲未知者說不爲巳知者言爲未行者言不爲巳行者說若巳知巳行之者則心迹尚亡何待言說今只爲初學未知者巳眼不開圓機未發須假聞慧以助初心爲未行者但執依通學大乘語如蟲食木猶奴數錢乃至塵沙教門皆爲此之二等因兹見諦如說而行且智慧之光如日普照多聞之力猶膏助明以劣解衆生從無始來受無量劫洞然之苦只爲迷正信路失妙慧門狂亂用心顛倒行事何乃盲無智照翻嫌眞實慧光貧闕法財更祛多聞寶藏如華嚴經云欲度衆生令住涅槃不離無障礙解脫智無障礙解脫智不離一切法如實覺一切法如實覺不離

無行無生行慧光無行無生行慧光不離禪善巧決定觀察智禪善巧決定觀察智不離善巧多聞是以因聞顯心能辯決定觀察之禪因禪發起無行無生之慧因慧了達諸法如實之覺因覺圓滿無礙解脫之智斯皆全因最初多聞之力成就菩提若離此宗鏡別無成佛之門設有所修皆成魔外之法有慧無多聞是不知實相譬如大暗中有目無所見多聞無智慧亦不知實相譬如大明中有燈而無目夫學般若菩薩應須三省若心不動諸事寂然如入楞伽經偈云但有心動轉皆是世俗法不復起轉生見世是自心來者是事生去者是事滅如實知去來不復生分别又若執經論無益翻成諸聖虛功則西土上德聲聞徒勞結集此方大權菩薩何假翻經如抱沈痾之人不須妙藥似迷險道之者曷用導師良醫終不救無病之人導師亦不引識路之者見與不見全在心知行之不行唯關意密實不敢以已妨於上上機人但一心爲報佛恩依教略而纂錄如漏管中之見莫測義天似偷壁罅之光焉裨法日今遵慈敕教有明文法爾沙門須具三施三施之内法施爲先念念不忘利物步步與道相應究竟同歸莫先宗鏡　法華經云唯此一事實餘二即非真若悟自心即是智城離愚癡故金剛經云若菩薩心不住於法而行布施如人有目日光明照見種種色是知心目開明智日普照光吞萬像法界洞然豈更有一纖塵而作障翳乎如是則空心不動具足六波羅密何者若不見一塵則無所取若無所

取亦無可與是布施義是大捨義故經云無可與者名曰布施如是則慳施同倫取捨平等不歸宗鏡何以裁之　問何不依自禪宗躡玄學正路但一切處無著放曠任緣無作無修自然合道何必拘懷局志徇義迷文可謂棄靜求諠厭同好異答近代相承不看古教唯專已見不合圓詮或稱悟而意解情傳設得定而守愚闇證所以後學訛謬不禀師承先聖教中已一一推破如云一切處無著者是以阿難懸知末法皆墮此愚於楞嚴會中示疑起執無上覺王以親訶破首楞嚴經云阿難白佛言世尊我昔見佛與大目連須菩提富樓那舍利弗四大弟子共轉法輪常言覺知分別心性既不在內亦不在外不在中間俱無所在一切無著名之爲心則我無著名爲心否佛告阿難汝言覺知分別心性俱無在者世間虛空水陸飛行諸所物像名爲一切汝不著者爲在爲無無則同於龜毛兔角云何不著有不著者不可名無無相則無非無則相相有則在云何無著是故應知一切無著名覺知心無有是處又所言放曠任緣者於圓覺中猶是四病之數圓覺經云善男子彼善知識所證妙法應離四病云何四病一者作病若復有人作如是言我於本心作種種行欲求圓覺彼圓覺性非作得故說名爲病二者任病若復有人作如是言我等今者不斷生死不求涅槃涅槃生死無起滅念任彼一切隨諸法性欲求圓覺彼圓覺性非任有故說名爲病三者止病若復有人作如是言我今自心永息諸念得一切性寂

然平等欲求圓覺彼圓覺性非止合故說名爲病四者滅病若復有人作如是言我今永斷一切煩惱身心畢竟空無所有何況根塵虚妄境界一切永寂欲求圓覺彼圓覺性非寂相故說名爲病離四病者則知清淨作是觀者名爲正觀若他觀者名爲邪觀如上所說不唯作無著任緣之解墮於邪觀乃至起寂然冥合之心皆存意地如有學人問忠國師云不作意時得寂然否答若見寂然即是作意所以意根難出動靜皆落法塵故知並是執見修禪說病爲法如蒸沙作飯緣木求魚費力勞功枉經塵劫且經中佛語幽玄則義語非文不同衆生情見麤浮乃文語非義又若執任緣無著之事盡落邪觀得悉檀方便之門皆成正教是以藥病難辯取捨俱非

但且直悟自心自然言思道斷境智齊泯人法俱空向衆生三業之中開佛知見就生死五陰之內顯大菩提則了義金文可爲繩墨實地知識堪作真歸故得智炬增輝照耀十方之際心華發艷榮敷法界之中如上所述皆爲有心成障若乃離於妄心自然合道

問本自無心妄依何起答爲不了本自無心名妄若知本自無心即妄無所起真無所得

問何故有心即妄無心即無妄答以法界性空寂無主宰故有心即有主宰有主宰即有分劑無心即無主宰無主宰即無分劑無分劑即無生死問無心者爲當離心是無心即心得無心答即心得無心問即心是有心云何得無心答不壞心相而無分别問豈不辯知也答即辯知無能所是無心也豈渾無用

始是無心譬如明鏡照物豈有心耶當知一切衆生恒自無心心體本來常寂寂而常用用而常寂隨境鑒辯皆是實性自爾非是有心方始用也只謂衆生不了自心常寂妄計有心心便成境以即心無心故心恒是理即理無理故理恒是心理恒是心故不動心相心恒是理故不得心相不得心相故即是衆生不生不動心相故即是佛亦不生以生佛俱不生故即凡聖常自平等法界性也純一道清淨更無異法當知但有心分別作解之處俱是虛妄猶如夢中若未全覺所見纖毫亦猶是夢中事但得無心即同覺後絕諸境界但有一微塵可作修證不思議解處俱不離三界夢中所見經云無有少法可得佛即授記　又經云若有衆生能觀一切妄念無相則爲證得如來智慧又且無心者不得作有無情見之解若將心作無此即成有若一切處無心如土木瓦礫此成斷滅皆屬意根強知妄識邊事是以稱不思議定者以有無情見不及故　所以圓覺經云有作思惟從有心起皆是六塵妄想緣氣非實心體已如空華用此思惟辯於佛境猶如空華復結空果展轉妄想無有是處問既不得作有無之解如何是正了無心答石虎山前鬬蘆花水底沉　問前標宗不言法相云何已下更用廣說事相法門答若不先論其事相之表何以辯其體性之原如世間法未見其海爭識其波未見其山寧諳其土今欲總別雙辯理事具陳不達事而理非圓不了理而事奚立故云理隨事現一多緣起之無邊事得理融

千差涉入而無礙又從總出別因別成總不得別而何成總不因總而豈稱別則理事總別一際無差只爲今時但唯執總滯理見解不圓法眼將明而不明疑心欲斷而非斷皆是理事成礙總別不通故四弘誓願云法門無邊誓願學佛道無上誓願成何乃虛擲寸陰頻違本願守愚空坐辜負四恩若愚癡人不分菽麥似牛羊眼罔辯方隅現今對境尚不圓明臨終遇緣焉能甄別直須達事通理徹果窮因無一法而不明無一塵而不照則見聞莫能惑境界不能拘故法華經云佛所成就第一希有難解之法唯佛與佛乃能究盡諸法實相所謂諸法如是相如是性如是體如是力如是作如是因如是緣如是果如是報如是本末究竟等故知一心實相悉是

諸法諸法所生皆從現行善惡熏習第八識含藏種子爲因發起染淨差別報應爲果若不微細剖析問答決疑則何由到一心總別之原徹八識性相之際古德云提綱意在張網不可去網存綱舉領意在著衣不可棄衣取領若祇集而不敘如無綱之網若祇敘而不集如無網之綱故知理事雙明方通圓旨教觀齊運始達一乘且如等覺菩薩妙果將圓却入幻網門倒學凡夫事習世間三昧具工巧神通今之所宗且明大旨須先立後破以洗情塵然即破立同時而無所破不同權教定執教相之有門寧比小乘唯證析法之空理今則以別成總將偏顯圓別成總而一際無差偏顯圓而萬法齊旨開合自在隱顯無方若執之成萬有之瘡疣若定之爲四魔

之根蔕（煩惱魔五陰魔死魔天魔）况百法明門大乘菩薩初地方了乃至十方諸佛本後二智俱證俱緣若不證唯識之性不成根本智無成佛之期若不了唯識之相不成後得智闕化他之行此唯識百法者乃是有爲無爲真俗一切法之性相根本所以經云若不證真如焉能了諸行若不證唯識真如之性焉能了唯識百法之行相故云根本智證百法性後得智緣百法相大乘起信論云信成就發心略說有三一發正直心如理正念真如法故二發深重心樂集一切諸善行故三發大悲心願拔一切衆生苦故問一切衆生一切諸法皆同一法界無有二相據理但應正念真如何假復脩一切善行救一切衆生答不然如摩尼寶本性明潔在礦穢中假使有人勤加憶念而不作方便不施功力欲求清淨終不可得真如之法亦復如是體雖明潔具足功德而被無邊客塵所染假使有人勤加憶念而不作方便不修諸行欲求清淨終無得理是故要當集一切善行救一切衆生離彼無邊客塵垢染顯現真法　如首楞嚴經云幻妄稱相其性真爲妙覺明體是以若偏執相而成妄定據性而沉空今則性相融通真妄交徹不墮斷常之見能成無盡之宗故知若欲深達法原妙窮佛旨者非上智而莫及豈下機而能通所以法華經偈云如是大果報種種性相義我及十方佛乃能知是事　又華嚴經云佛子譬如金師善巧鍊金數數入火轉轉明淨調柔成就隨意堪用菩薩亦復如是供養諸佛教化衆生皆爲修行清淨地法

所有善根悉以迴向一切智地轉轉明淨調柔成就隨意堪用然雖萬行磨鍊皆是自法所行如先德云一切佛事無邊化門皆依自法融轉而行即自心中有真如體大今日體解引出法身由心中有真如相大今日了達引出報身由心中有真如用大今日修行引出化身乃至十波羅密一切塵沙萬行但是自心中引出未曾心外得一法行一行若言更有從外新得者即是魔王外道説　夫欲顯正宗先除邪執百法鈔云破邪執者即二邊之邪執總有三種二邊一外道斷常二邊如有外道一向執常即四徧常論等是此即常見邊又有外道一向執斷即七斷滅論是此即斷見邊第二小乘假實二邊或有小乘一向執假即一説部等執一切法但有假名而無實體即是著假邊又有小乘一向執實即薩婆多及犢子部等執諸法皆實即是著實邊第三大小乘空有二邊即小乘有部等執心外有法是著有邊大乘清辯菩薩等撥菩提涅槃悉無即是著空邊顯中道者有二一假施設中道二真實中道真實中道有三一者能證淨分依他是其妙有智起惑盡名曰真空妙有真空正處中道二者能證有爲是其妙有所證真理名曰真空妙有真空正處中道三者唯於法身上説本來實性名爲妙有即此實性便是真空妙有真空正處中道二假施設中道者即佛於後得智中而假施設亦有三種一者不斷不常中道謂佛經中説有異熟識爲總報主此陰纔滅彼陰便生即是不斷又説生滅不定名曰無常即是

不常不斷不常正處中道此破外道斷常二邊二者不假不實中道者謂佛經中說一切色心從種而生者即是不假依此分位或有相形即是不實稱實而談正處中道此破小乘假實二邊三者不有不無中道謂經說我法徧計即是不有依圓妙有即是不無離有離無正處中道此破大小乘空有二邊是以欲執二邊之情即背中道之理纔作四句之解便失一乘之門須知非離邊有中亦非即邊是中若離邊求中則邊見未泯若即邊是中中解猶存是以難解難知唯深般若執之如大火聚四邊不可觸之了之若清涼池諸門皆可入矣故知法無定相迴轉隨心執即成非達之無咎如四句法通塞由人在法名四句悟入名四門妄計名四執毀法名四謗是知四句不動得失空生一法無差升沉自異又唯心訣破一百二十種邪見云或和神養氣而保自然或苦質摧形而爲至道或執無著而椿立前境或求靜慮而伏捺妄心或剗情滅法以凝空或附影緣塵而抱相或喪靈原之眞照或殞佛種之正因或純識凝神受報於無情之地或澄心泯色住果於八難之天或著有而守乾城或撥無而同兎角或絕見而居闇室或立照而存所知或認有覺是眞佛之形或効無知同木石之類或執妄取究竟之果如即泥是瓶或妄緣趣解脫之門似撥波求水或外騁而妄興夢事或內守而端居抱愚或宗一而物像同如或見異而各立法界或守愚癡無分別而爲大道或尚空見排善惡而作眞脩或解不思議性作頑

空或體眞善妙色爲實有或脩沉機絕想同有漏之天或學覺觀思惟墮情量之域或不窮妄性作冥初之解或昧於幻體立空無之宗或認影像而爲眞或捨虛妄而求實或諂見聞性爲活物或指幻化境作無情或起意而乖寂知或斷念而虧佛用或迷性功德而起色身之見或據畢竟空而生斷滅之心或執大理而頓棄莊嚴或迷漸說而一向造作或據體離緣而堅我執或忘泯一切而守巳愚或定人法自爾而墮無因或執境智和合而生共見或執心境混同亂能所之法或著分別眞俗縛智障之愚或守一如不變而墮常或定四相所遷而沉斷或執無脩而祛聖位或言有證而背天眞或躭依正而隨世輪迴或厭生死而喪眞解脫或迷眞空而崇因著果或昧實際而欣佛厭魔或著隨宜所說而守語爲眞或失音聲實相而離言求默或宗教乘而毀自性之定或引禪觀而斥了義之詮或鬭奇特而但願出身俄沉識海或作淨潔而唯求玄密反墮陰城或起殊勝知解而剜肉爲瘡或住本性清淨而執藥成病或尋文採義而飮客水或守靜居閒而坐法塵或起有得心談無相大乘或運圖度想探物外玄旨或廢說起絕言之見或存詮招執指之譏或認動用而處生滅根原或專記憶而住識相邊際或安排失圓覺之性或縱任虧入道之門或起身心精進而滯有爲或守任眞無事而沉慧縛或專繫念勤思而失於正受或效無礙自在而放捨修行或隨結使而恃本性空或執纏蓋而妄加除斷或保重而

生法愛或輕慢而毀佛因或進求而乖本心或退墮而成放逸或語證相違而虧實地或體用各據而乖佛乘或欣寂而住空失大悲之性或泯緣而厭假違法爾之門或著我見而昧人空或迷現量而堅法執或解不兼信而滋邪見或信不兼解而長無明或云人是而法非或稱境深而智淺或取而迷法性或捨而乖即真或離而違因或即而亡果或非而謗實或是而毀權或惡無明而背不動智門或憎異境而壞法性三昧或據同理而起增上慢或貶別相而破方便門或是菩提而謗正法輪或非衆生而毀真佛體或著本智而非權慧或迷正宗而執化門或滯理溺無爲之坑或執事投虛幻之網或絶邊泯迹違雙照之門或保正存中失方便之意或定慧偏習而焦爛道芽或行願孤興而沉埋佛道或作無作行修有爲菩提或著無著心學相似般若或趣淨相而迷垢實性或住正位而失俗本空或立無相觀而障翳真如或起了知心而違背法性或守真詮而生語見服甘露而早終或敎圓理而起著心飲醍醐而成毒已上略標一百二十種邪見並是迷宗失旨背湛乖真揑目生華迷頭認影若敲冰而索火如緣木以求魚畏影逃空捫風捉電苦非甘種沙豈飯因皆不能以法性融通一旨和會盡迷方便悉入見纒不達正宗皆投見網所以天魔外道本無其種脩行失念遂派其原故知但有所重所依立知立解纎毫見處不亡皆成外道　如華嚴論云見在即凡情亡即佛祖師云不用求真唯須息見法華

經云此法非思量分別之所能解　是以若實悟宗之人尚不得無見無解豈可更隨言執意而起不見有解乎　佛藏經云佛言一切諸見皆從虛妄緣起舍利弗若作是念此是正見是人即是邪見舍利弗於聖法中拔斷一切諸見根本悉斷一切諸語言道如虛空中手無觸礙諸沙門法皆應如是又云佛言舍利弗諸佛阿耨多羅三藐三菩提唯是一義所謂離也何等為離離諸欲諸見欲者即是無明見者即是憶念何以故一切諸法憶念為本所有念想即為是見見即是邪是以若能離見即成諸佛十方稽首萬類歸依如中觀論云瞿曇大聖主憐愍說是法悉斷一切見我今稽首禮　若入宗鏡正解分明體用相含心境交涉空具德而徹萬有之表事無礙而全一理之中又若究竟欲免斷常邊邪之見須明華嚴六相義門則能任法施為自亡能所隨緣動寂不壞有無具大總持究竟無過矣此六相義是辯世間法自在無礙正顯緣起無分別理若善見者得智總持門不墮諸見不可廢一取一雙立雙亡雖總同時繁興不有縱各具別冥寂非無不可以有心知不可以無心會詳法界內無總別之文就果海中絕成壞之旨今依因門智照古德略以喻明六相義者一總相二別相三同相四異相五成相六壞相總相者譬如一舍是總相椽等是別相椽等諸緣和同作舍各不相違非作餘物故名同相椽等諸緣遞互相望一一不同名異相椽等諸緣一多相成名成相椽等諸緣各住自法本不作故名壞

相又椽即是舍爲椽獨能作舍若離椽舍即全不成故若得椽時即得舍故所以椽非是少力共成皆是全力故舍既即是椽餘瓦木等總並是椽若却椽即舍無故舍壞故不名瓦木等是故瓦木等即是此椽也若不即椽者舍即不成椽瓦木等皆不成今既並成故知相即耳椽即瓦木等一椽既爾餘一切緣例然是故一切緣起法不成即已成也別相者椽等諸緣別於總故若不別者總義不成由無別時即無總故以因別而得總故是故別者以總爲別也如椽即舍故名總相即是椽故名別相若不即舍不是椽若不即椽不是舍例如若不即總不名別若不即別不名總　是故真如一心爲總相能攝世出世間一切法故約攝諸法得總名能生諸緣成別號法法皆齊爲同相隨相不等稱異門建立境界故稱成不動自位而爲壞又云一總相者一合多德故二別相者多德非一故三同相者多義不相違故四異相者多義不相似故五成相者由此諸義緣起成故六壞相者諸緣各住自性不移動故此上六相義門是菩薩初地中觀通世間一切法門能入法界之宗不墮斷常之見若一向別逐行位而乖宗若一向同失進修而墮寂所以位位即佛階降宛然重重鍊磨本位不動斯則同異俱濟理事不虧因果無差迷悟全別欲論大旨六相還同夢裏渡河若約正宗十地猶如空中鳥跡若約圓修斷惑對治習氣非無理行相資闕一不可是以文殊以理印行差別之道無虧普賢以行會理根本之門不廢如上

徵細擇見真實識心可謂教觀相應境智冥合正助齊運目足更資則定可以繼先德之遺徽紹覺王之後裔矣

御錄宗鏡大綱卷十

音釋

鑰音藥鎖鑰 刳空胡切音枯判也 鏬鍜去聲孔丨也 躡音捻登也 蔕音帝 殞羽敏切音允殁也

御録宗鏡大綱卷十一

夫言正唯識義約有幾種識答經論通辯有八種識一眼識二耳識三鼻識四舌識五身識六意識七末那識八阿賴耶識　問此八種識行相如何答經論成立自有明文此八種識具三能變一異熟能變即第八識二思量能變即第七識三了別能變即前六識唯識論云識所變相雖無量種而能變識類別唯三一謂異熟即第八識多異熟性故二謂思量即第七識恒審思量故三謂了境即前六識了境麤相故論頌曰初阿賴耶識異熟一切種不可知執受處了常與觸作意受想思相應唯捨受是無覆無記觸等亦如是恒轉如瀑流阿羅漢位捨初能變識大小乘教名阿賴耶此識有能藏所藏執藏意故謂與雜染互爲緣故有情執爲自内我故　問佛種從緣起者即是熏習義約法報化三身中是何佛種從緣起答是報身佛由熏成故以智爲種法身是無爲斷惑所顯不從種子生以法報具足能起化現即化身是法報之用唯報佛性即是一切衆生聞熏種子且如世間甘露葉上霧露潤瀑滴入土中一滴成一連珠又更瀑潤生長芽莖報佛性亦爾我等第六識見分及耳識見分如同甘露葉如來大乘教法如似霧露耳識第六識熏得大乘種子似潤瀑落在第八識中如入土中生得連珠後數資熏至成自受用報身似更遇瀑潤生起芽莖故知佛種全自熏成初學之人爭不仗於聞法之力且衆生雖有正因性須假緣因發起如大智度論云如經中說二因

緣發起正見一者外聞正法二者内有正念又如草木内有種子外有雨澤然後得生若無菩薩衆生雖有業因緣無由發起然欲弘揚佛法剖析圓宗應須性相雙明總別俱辯故法華經偈云如是大果報種種性相義我及十方佛乃能知是事今宗鏡本意要理事分明方顯一心體用具足若有體而無用如有身而無手足若有用而無體如有手足而無身若無身手人相不具若無體用法身不圓釋摩訶衍論云自性清淨無漏性德從無始來一向明白亦無垢累亦無染汙而以無明而熏習故即有垢累無明藏海從無始來一向闇黑亦無智明亦無白品而以本覺而熏習故即有淨用如是染淨但是假立染非實染淨非實淨皆是幻化無實自性故知染淨無體隨熏所成若離熏習之緣決定無法可得若無第八識所熏之體萬法不成以前衆多義門成就唯識即知無有一法不從心化生隨善惡以熏成因修習而爲種似裹香之紙染芬馥以騰馨如繫魚之繩近鯹羶而作氣況異熟本識堅住眞心聞善法熏則淨種子增長因惡法發則染種子圓成是以内則爲因雖然本有外爲緣助須仗新熏遂能起果酬因爲凡作聖故經云佛種從緣起故知無法不熏成是以多聞熏習之功須親道友積學鍊磨之力全在當人不可虛度時光不勤妙行如木中火性是火正因未遇人工不成火用如身中佛性是佛正因不偶淨緣難成妙用問心識無形無對云何說受熏之義答經明若熏若變俱不思議約隨緣鼓動

彰熏變之相以根本無明熏本覺時即本覺隨動故說爲熏又本覺之體理雖不變由隨緣故故說爲變雖然熏變染而不染雖不熏變不染而染莫可以心意測故云不思議熏靡可以文句詮故云不思議變　問阿賴耶識若常則無轉變若斷則不相續如何會通得合正理答不一不異非斷非常方契因緣唯識正理識論云此識非斷非常以恒轉故恒謂此識無始時來一類相續常無間斷是界趣生施設本故性堅持種令不失故轉謂此識無始時來念念生滅前後變異因滅果生非常一故可爲轉識熏成種故恒言遮斷轉表非常猶如瀑流因果法爾　謂此識性無始時來刹那刹那果生因滅果生故非斷因滅故非常非斷非常是緣起理故說此識恒轉如流　問此識既云恒轉如流定有生滅去來否答此識不守自性隨緣變時似有流轉而實無生滅亦非去來如湛水起漚漚全是水華生空界華全是空識性未嘗去來虛空何曾生滅　又心無處所實無來去昔所行處了了知見性自虛通體無去住不用除滅此心若識此心本是佛體不須怕今有不識心人將此爲妄終日除滅亦不可得滅縱令得滅證聲聞果亦非究竟只如過去諸佛恒沙劫事見如今日眞如之性靈通自在照用無方不可同無情物佛性是生氣物不可兀爾無知但無心量種種施爲如幻如化如機關木人畢竟無有心量於一切處無執繫無住著無所求於一切時中更無一法可得問此阿賴耶識既爲一切法因又稱引果

只如因果之法爲眞實有爲假施設答皆從識變是假施設論云謂此正理深妙離言因果等言皆假施設觀現在法有引後用假立當果對說現因觀現在法有酬前相假立曾因對說現果假謂現識似彼相現如是因果理趣顯然遠離二邊契會中道諸有智者應順修學釋云今明諸法自相離言謂觀三世唯有現法觀此現法有能引生當果之用當果雖無而現在法有引彼用用者功能行者尋見現法之上有此功用觀此法果遂心變作未來之相此似未來實是現在即假說此所變未來名爲當果對此假當有之果而說現在法爲因此未來果即觀現在法功能而假變也其因亦爾觀此現法有酬前之相即異熟變相等觀此所從生處而能變爲過去實非過去而是現在假說所變爲現法即對此假曾有過去因而說現在爲果而實所觀非因非不因非果非不果且如於因性離言故非實有因有功能故非定不因果亦如是

問此第八識爲定是眞是假答是眞是假不可定執首楞嚴經云陀那微細識習氣成瀑流眞非眞恐迷我常不開演釋曰梵語阿陀那者此云執持識此識體淨被無明熏習水乳難分唯佛能了以不覺妄染故則爲習氣變起前之七識瀑流波浪鼓成生死海若大覺頓了故則爲無漏淨識執持不斷盡未來際作大佛事能成智慧海眞非眞恐迷者佛意我若一向說眞則衆生不復進修墮增上慢以不染而染非無客塵垢故又外道執此識爲我若言即是佛性眞我則扶其邪執

有濫真修我若一向説不真則衆生又於自身撥無生斷見故無成佛之期是以對凡夫二乘前不定開演恐生迷倒不達如來密旨以此根本識微細難知故問此第八識於真俗二諦中俱建立否答染淨之本真俗俱存不達真異熟正唯識人多執俗有真無强生異見不知諸佛密意執遣相空理以爲究竟此乃破徧計情執是護過遮詮便撥依他圓成悉作空華之相若無依圓本識及一切法皆則無體既非實有成大邪見論云外道毀謗染淨因果亦不謂全無但執非實故若一切皆非實有菩薩不應爲不捨生死精勤修集菩提資糧誰有智者爲除幻敵求石女兒用爲軍旅故應信有能持種心依之建立染淨因果彼心即是此第八識　所以經云深信大乘不謗因果但真諦中以一切法不可得故言語道斷故心智路絶故或言一切法空此是第一義空不可得空非是外道斷空小乘但空等不可起龜毛兎角之心執蛇足鹽香之見問受生命終既依本識生時死時復住何心答夫論生滅之事必住散動之心經云有念即魔網不動即法印魔網立生死之道法印成涅槃之門故知散亂寂靜二途皆依本識而有　問一切有情皆依食住即是第八識食約有幾種行相如何答識論云經説食有四種一者段食變壞爲相謂欲界繫香味觸三於變壞時能爲食事由此色處非段食攝以變壞時色無用故二者觸食觸境爲相謂有漏觸纔取境時攝受喜等能爲食事此觸雖與諸識相應屬六識者食義偏

勝觸麤顯境攝受喜樂及順益捨資養勝故三者意思食希望爲相謂有漏思與欲俱轉希可愛境能爲食事此思雖與諸識相應屬意識者食義偏勝意識於境希望勝故四者識食執持爲相謂有漏識由段觸思勢力增長能爲食事此識雖通諸識自體而第八識食義偏勝一類相續執持勝故此四能持有情身命令不壞斷故名爲食段食唯於欲界有用觸意思食雖徧三界而依識轉隨識有無眼等轉識有間有轉非徧恒時能持身命謂無心定熟眠悶絶無想天中有間斷故設有心位隨所依緣性界地等有轉易故於持身命非徧非恒乃至由此定知異諸轉識有異熟識一類恒徧執持身命令不斷壞世尊依此故作是言一切有情皆依食住　增一經云世尊告阿那律曰一切諸法由食而住在眼以眠爲食耳以聲爲食鼻以香爲食舌以味爲食身以細滑爲食意以法爲食涅槃以無放逸爲食爾時佛告諸比丘如此妙法夫飲食有九事人間有四食一段食二更樂食三念食四識食復有五種是出世間食一禪食二願食三念食四八解脫食五喜食是出世間之表當共專念捨除四種之食求辦出世之食所以維摩經云迦葉住平等法應次行乞食爲不食故應行乞食爲壞和合相故應取摶食爲不受故應受彼食斯皆是破五陰法成涅槃食問住滅定者於八識中滅何等識答但滅六識以第八識持身故論云契經說住滅定者身語心行無不皆滅而壽不滅亦不離煖根無變壞識不離身若無此

識住滅定者不離身識不應有故　問小乘入滅盡定云何不能現其威儀答小乘是事滅大乘是理滅如清涼疏云一切法滅盡三昧智通者謂五聚之法皆當體寂滅故斯即理滅不同餘宗滅定但明事滅唯滅六七心心所法不滅第八等但事滅故不能即定而用證理滅故定散無礙由即事而理故不礙滅即理而事故不礙用是以經云雖念念入而不廢菩薩道等亦非心定而身起用亦不獨明定散雙絶但是事理無礙故七地中云雖行實際而不作證能念念入亦念念起及淨名經云不起滅定現諸威儀皆斯義也又古師云若大乘滅定由具五蘊有第八識及第七淨分末那平等性智在而能引起種種威儀小乘唯有色行二蘊前六識已滅以小乘所現威儀事須意識始能引起既無意識則無運用之功與大乘有異已上猶是約行相分別若就理而論威儀即定定即威儀以色心其已久如故問識種即是命根者以何義爲根答論云然依親生此識種子由業所引功能差別住時決定假立命根以此種子爲業力故有持一報之身功能差別令得決定若此種子無此功能身便爛壞　故種子爲命根餘現行色心等非命根不恒續故非業所引故然業正牽時唯牽此種子種子方能造生現行非謂現行名命根故唯種是根又夫命根者依心假立命爲能依心爲所依命之依心如情之依心矣　問淨名經云從無住本立一切法無住本即阿賴耶識云何説此識爲一切法本答此識建立有情無情

發生染法淨法若有知有覺則衆生界起若無想無慮則國土緣生因染法而六趣廻旋隨淨法而四聖階降可謂凡聖之本身器之由了此識原何法非悟證斯心性何境不真可謂絶學之門棲神之地矣 問至聖垂慈覺王應跡以廣長之舌相出誠實之微言於無名相中布難思之教海以假名相說演無盡之義宗且如第八識心本無名相隨位立號因執得名至何位次之中而捨虛假之稱

答唯識論云第八識雖諸有情皆悉成就而隨義別立種種名謂或名心由種種法熏習種子所積集故或名阿陀那執持種子及諸色根而不壞故或名所知依能與染淨所知諸法爲依止故或名種子識能徧任持世出世間法種子故此等諸名通一切位或名阿賴耶識藏一切雜染品法令不失故我見等執藏以爲自內我故此名唯在異生有學非無學位不退菩薩有雜染法執藏義故或名異熟能引生死善不善業異熟果故此名唯在異生二乘諸菩薩位非如來地猶有異熟無記法故或名無垢識最極清淨諸無漏法所依止故此名唯在如來地有菩薩二乘及異生位持有漏種可受熏習未得善淨第八識故如契經偈說如來無垢識是淨無漏界解脫一切障圓鏡智相應阿賴耶識名過失重故最初捨故此中偏說異熟識體菩薩將得菩提時捨聲聞獨覺入無餘依涅槃時捨無垢識體無有捨時利樂有情無盡時故心等通故隨義應說 天台淨名疏云一法異名者諸經異名說真性實相或言一實諦或

言自性清淨心或言如來藏或言如如或言實際或言實相般若或言一乘或言即是首楞嚴或言法性或言法身或言中道或言畢竟空或言正因佛性性淨涅槃如是等種種異名此皆是實相之異稱故大智論偈云般若是一法佛說種種名隨諸衆生類爲之立異字大涅槃經云如天帝釋有千種名解脫亦爾多諸名字又云佛性者有五種名故皆是赴機利物爲立異名也而法體是一未曾有異如帝釋千名名雖不同終是目於天主豈有聞異名故而言非實相理如人供養帝釋毀憍師迦供養憍師迦毀於帝釋如此供養未必得福末代弘法者亦爾或信賴耶自性清淨心而毀畢竟空或信畢竟空無所有毀賴耶識自性清淨心或言般若明實相法華明一乘皆非佛性此之求福豈不慮禍若知名異體一則隨喜之善徧於法界何所諍乎　問因相立名因名顯相名已廣辯識相如何答詮表呼召目之爲名行狀可觀號之曰相第六分別事識是名取境染心是相第七現識是名無明熏妄心是相第八藏識是名心清淨是相第九真識是名體性不改是相斯皆是無名之名無相之相何者以名相不出心境故是以心無自性因境而生境無自性因心而有則張心無心外之境張境無境外之心若互奪兩亡心境俱泯若相資並立心境宛然此乃無性而空空而不空無性而有有而不有不有之有有顯一如不空之空空成萬德可謂摧萬有於性空蕩一無於畢竟矣　問諸心識中何識堅牢不爲諸緣

之所飄動答世間無有一法不從緣生緣生之法悉皆無常唯有根本心不從前際生不從中際住不於後際滅實爲萬有之根基諸佛之住處是以喻之如鏡可以精鑒妍醜深洞玄微仰之爲宗猶乎巨浸納川太虛含像密嚴經云心有八種或復有九與無明俱爲世間因世間悉是心心法現是心心法及以諸根生滅流轉爲無明等之所變異其根本心堅固不動世間因緣有十二分若根若境能生所生剎那壞滅從於梵世至非非想皆因緣起唯有如來離諸因緣內外世間動不動法皆如瓶等壞滅爲性又頌云汝等諸佛子云何不見聞藏識體清淨衆身所依止或具三十二佛相及輪王或爲種種形世間皆悉見譬如淨空月衆星所環繞諸識阿賴耶如是身中住譬如欲天主侍衛遊寶宮江海等諸神水中而自在藏識處於世當知亦復然如地生衆物是心多所現譬如日天子赫奕乘寶宮旋繞須彌山周流照天下諸天世人等見之而禮敬藏識佛地中其相亦如是十地行衆行顯發大乘法普與衆生樂常讚於如來在於菩薩身是即名菩薩佛與諸菩薩皆是賴耶名佛及諸佛子已受當受記廣大阿賴耶而成於正覺密嚴諸定者與妙定相應能於阿賴耶明了而觀見佛及辟支佛聲聞諸異道見理無怯人所觀皆此識種種諸識境皆從心所變瓶衣等衆物如是性皆無悉依阿賴耶衆生迷惑見以諸習氣故所取能取轉此性非如幻陽燄及毛輪非生非不生非空亦非有譬如長短等離一即皆無

智者觀幻事此皆唯幻術未曾有一物與幻而同起幻燄及毛輪和合而可見離一無和合過未亦非有幻事毛輪等在在諸物相此皆心變異無體亦無名世中迷惑人其心不自在妄説有能幻幻成種種物幻師甎瓦等所作衆物類種種若去來此見皆非實如鐵因磁石所向而轉移藏識亦如是隨於分別轉一切諸世間無處不周徧如日摩尼寶無思及分別此識徧諸處見之謂流轉不死亦不生本非流轉法定者勤觀察生死猶如夢是時即轉依説名爲解脱此即是諸佛最上之教理審量一切法如秤如明鏡又如大明燈亦如試金石遠離於斷滅正道之標相修行妙定者至解脱之因永離諸雜染轉依而顯現問本識與諸識和合同起同滅至轉依位諸煩惱識滅唯本識在如何分別滅不滅之異答攝大乘論云若本識與非本識共起共滅猶如水乳和合云何本識不滅非本識滅譬如於水鵝所飲乳釋云譬如水乳雖和合鵝飲之時唯飲乳不飲水故乳雖盡而水不竭本識與非本識亦爾雖復和合而一滅一住問此根本識心既稱爲一切法體又云常住不動只如萬法即此心有離此心有若即此心萬法遷變此心云何稱爲常住若離此心復云何得爲一切法體答開合隨緣非即非離以緣會故合以緣散故開開合但緣卷舒無體緣但開合緣亦本空彼此無知能所俱寂密嚴經偈云譬如金石等本來無水相與火共和合若水而流動藏識亦如是體非流轉法諸識共相應與法同流轉如鐵因

磁石周廻而轉移二俱無有思狀若有思覺賴耶與七識當知亦復然習繩之所繫無人而若有普徧衆生身周行諸陰趣如鐵與磁石展轉不相知　問若不立此第八識有何等過答有大過失一切染淨法不成俱無因故識論云若無此識持煩惱種界地往還無染心後諸煩惱起皆應無因餘法不能持彼種故若諸煩惱無因而生則無三乘學無學果諸已斷者皆應起故又若無此識持世出世清淨道種異類心後起彼淨法皆應無因又出世道初不應生無法持彼法爾種故初不生故後亦不生是則應無三乘道果若無此識持煩惱種轉依斷果亦不得成謂道起時現行煩惱及彼種子俱非有故染淨二心不俱起故道相應心不持彼種自性相違如涅槃故餘法持種理不成故既無所斷能斷亦無依誰由誰而立斷果若由道力後惑不生立斷果者則初道起應成無學後諸煩惱皆已無因永不生故許有此識一切皆成唯此能持染淨種故證此識有理趣無邊恐厭繁文略述綱要則有此識教理顯然諸有智人應深信受　實際理地不受一塵佛事門中不捨一法若欲學諸佛方便須具菩薩徧行一一洞明方成大化如上廣引藏識之文祖佛所明經論共立第八本識真如一心廣大無邊體性微細顯心原而無外包性相以該通擅持種之名作總報之主建有情之體立涅槃之因居初位而總號賴耶處極果而唯稱無垢備本後之智地成自他之利門隨有執無執而立多名據染緣淨緣而作衆體

孕一切而如太虛包納現萬法而似大地發生則何法不收無門不入但以迷一眞之解作第二之觀初因覺明能了之心發起内外塵勞之相於一圓湛析出根塵聚内四大爲身分外四大爲境内以識情爲垢外因想相成塵無念而境觀一如有想而眞成萬别若能心融法界境豁眞空幻翳全消一道明現可謂裂迷途之緻網抽覺户之重關惛夢醒而大覺常明狂性歇而本頭自現　夫第二能變識者識論頌云次第二能變是識名末那依彼轉緣彼思量爲性相四煩惱常俱謂我癡我見幷我慢我愛及餘觸等俱有覆無記攝隨所生所繫阿羅漢滅定出世道無有乃至應知此意但緣藏識見分非餘彼無始來一類相續似常似一故恒與諸法爲所依故此唯執彼爲自内我故　問此第七識云何離眼等識別有自體出何經文答論云聖教正理爲定量故謂薄伽梵處處經中說心意識三種别義集起名心思量名意了別名識是三别義如是三義雖通八識而隨勝顯第八名心集諸法種起諸法故第七名意緣藏識等恒審思量爲我等故餘六名識於六別境麤動間斷了別轉故如入楞伽頌說藏識說名心思量性名意能了諸境相是說名爲識釋云雖通八識皆名心意識而隨勝顯第八名心爲一切現行熏集諸法種現行爲依種子識爲因能生一切法故是起諸法第七名意者因中有漏唯緣我境無漏緣第八及眞如果上許緣一切法故餘六識名識於六別境體是麤動有間斷法了別轉故易了

名麤轉易名動不續名間各有此勝各別得名又論云謂契經說不共無明微細恒行覆蔽真實若無此識彼應非有謂諸異生於一切分恒起迷理不共無明覆真實義障勝慧眼如有頌說真義心當生常時爲障礙俱行一切分謂不共無明是故契經說異生類恒處長夜無明所盲惛醉纏心曾無醒覺若異生位有暫不起此無明時便違經義謂異生位迷理無明有行不行不應理故此依六識皆不得成應此間斷彼恒緣故許有末那便無此失　問若無末那有何等過答若無第七則無凡可厭無聖可欣凡聖不成染淨俱失論云是故定應別有此意又契經說無想有情一期生中心心所滅若無此識彼應無染謂彼長時無六轉識若無此意我執便無

乃至故應別有染汙末那於無想天恒起我執由斯賢聖同訶厭彼又契經說異生善染無記心識恒帶我執若無此識彼不應有謂異生類三性心時雖外起諸業而內恒執我由執我故令六識中所起施等不能亡相故瑜伽說染汙末那爲識依止彼未滅時相了別縛不得解脫末那滅已相縛解脫言相縛者謂於境相不能了達如幻事等由斯見分相分所拘不得自在故名相縛依如是義有伽陀言如是染汙意是識之所依此意未滅時識縛終不脫釋云於無想天恒起我執由斯賢聖同訶厭彼者有第七於彼起我執是異生故出定已後復沉生死起諸煩惱聖賢訶彼若無第七不應訶彼無過失果由執我故令六識中所起施等不能亡相者此我外

緣行相麤動非第七起由第七故第六起此全由七生增明爲論第六識中我執體有間斷通三性心間雜生故第七不緣外境生故已上略錄第七末那諸教同詮羣賢共釋創入道者此意須明是起凡聖之因宜窮體性乃立解惑之本可究根原迷之則爲人法執之愚悟之則成平等性之智於諸識內獨得意名向有漏中作無明主不間不斷無想定治而不消常審常恒四空天避而還起雖有覆而無記不外執而內緣常起現行能蔽眞而障道唯稱不共但成染而潤生是以欲透塵勞須知要徑將施妙藥先候病原若細意推尋冥心體察則何塵而不出何病而不消斷惑之門斯爲要矣　第三能變者唯識論頌云次第三能變差別有六種了境爲性相

善不善俱非此三能變是了別境識自證分是了別性見分是了別相　識論云隨六根境種類異故或名色識乃至法識隨境立名順識義故謂於六境了別名識色等五識唯了色等法識通能了一切法　問於眼等六識中有幾分別答略有三種一自性分別唯緣現在所緣諸行自相行分別所緣行即五塵也自相行如色以青爲行相眼識緣時亦任運作青行相名自行又自相即能緣行箇共相行如緣青時即緣黃不著二隨念分別於昔曾所受諸行追念行分別唯緣過去三計度分別於去來今不現前思搆行分別即非有計有是非量境然約三世計度不定一世又雜集論於三分別中復有七種分別一謂於緣任運分別謂五識身如所緣相無異

分別於自境界任運轉故二有相分別謂自性隨念二種分別取過現境種種相故三無相分別謂希求未來境行分別四尋求分別五伺察分別六染汙分別七不染汙分別此四分別皆用計度分別以爲自性所以者何以思度故或時尋求或時伺察或時染汙或不染汙種種分別問前三分別於八識中幾識能具荅八識中唯第六識具三分別自第七識唯有自性分別以緣現在故或可未𨚗亦有計度以計度執我故若論體性計度以慧爲性隨念以念爲性真法之中旣無虛妄八識所以無此分別

御錄宗鏡大綱卷十一

音釋

兀（五忽切不動貌）磁（音慈引鐵石）翳（於計切蔽也）惛（音昏）擅（音善自專也）伺（息恣切）

御録宗鏡大綱卷十二

問八識中各具幾分別答第六識具廣畧十種分別前五識唯自性任運二種分別五識於自境界任運轉故第七識具計度染汙有相三種分別第八識同前五識得有自性任運分別　問何故五識無分別執耶答夫言執者須是分別籌度之意方堅執五識雖有慧而但任運不能分別籌度故五無執唯第六也　問眼見色時爲是眼見爲是識見答雜集論云非眼見色亦非識等以一切法無作用故由有和合假立爲見故稱眼能見色又識之於根乍出乍入如鹿在網猶鳥處籠啄一捨一周而復始無暫休息識在根籠亦復如是或在於耳或在於眼來去無定不可執常雖復無定相續不斷何爲不斷以妙用無間故若凡夫爲色塵所縛不得自在若見一法則被一法礙不能圓通法界是以金剛經云若菩薩心住於法而行布施如人入闇則無所見首楞嚴經云由塵發知因根有相相見無性猶若交蘆由塵發知者即見分因根有相者即相分相見無性者心境互生各無自體心不自立由塵發知境不自生因根有相二虛相倚猶若交蘆知見立知即無明本知見無見斯即涅槃但了了見無可見無可見即通法界見即是涅槃若了了聞無可聞無可聞即通法界聞即是涅槃一切諸法本來涅槃以分別心妄見所隔不知自識翻作無明又首楞嚴經云緣見因明暗成無見不明自發若不假明暗等見見色之時則見餘根若離念徧法界見鐵圍山一切相皆不

能蔽若六根伏則不得六根相如十人患瞖共見空華一人眼可則不見餘九人還見各各自除妄見則不得一切相物物皆真又十箇空華一人能見十人眼可餘華總亡但一妄除皆不見諸相一相則一切相爲一切相皆我心起是知一瞖在目千華競飛一妄動心諸塵併起若能離念則當處坐道場轉大法輪俱成佛道　問根塵所對現證分明如何圓通得入空理荅眼對色塵無而有見異熟業果不可思議唯智所知非情所測諸法實性親證方明有見有聞世俗心量若約真諦根境俱空且如世俗門中見無自性如眼勝義根如火既能發識又能照境識如人能了别境如物故知無根不能發識無識不能了境無境不能起見三法和合方成見性則見性無從和合非有如思益經偈云悉見十方國一切衆生類而於眼色中終不生二相諸佛所説法一切能聽受而於耳聲中亦不生二相能於一心中知衆生諸心自心及彼心此二不分别廣百門論破根境品云眼等根塵若執實有理必不然所以者何違比量故謂眼非見如耳等根耳亦非聞如鼻等根鼻不能齅如舌等根舌不能嘗如身等根身不能覺如上諸根一切皆由造色性故或大種故或業果故又眼等根皆有質礙故可分析悉令歸空或無窮過是故不應執爲實有但是自心隨因緣力虚假變現如幻事等俗有真無又破情品云眼爲到色見耶不到色見耶若眼去到色乃見者遠色應遲見近色應速見何以故去法爾故而今近瓶遠月一

時見是故知眼不去若不去則無和合復次若眼力不到色而見者何故見近不見遠遠近應一時見故知見性無從諸根例爾如還源集自他觀門云兩身爲自他彼身爲他已身爲自一身復爲自他色身爲他心即爲自心復爲自他心即爲他智即爲自智復有自他有所得智爲他無所得智爲自無所得智復有自他淨智爲他是淨亦淨爲自觀身實相觀佛亦然稽首如空無所依心淨已度諸禪定無住則無本覺此名爲佛假名名爲佛亦無佛可成無成可成無出可出是名佛出無所見了了見了了見無所見但有名字名字性空無所有鏡像如虛空虛空如鏡像色心如虛空虛空如色心色心如鏡像鏡像身無二亦復非是一若能如是解諸佛從中出

諸佛唯有名如空應響聲無心究竟道法法自然平平處亦無平無平作平說此中言語斷心行處亦滅已上六識之相總成三業之門未轉依中隨流徇境發雜染之種結生死之根至轉依位冥真返流正理相應現妙觀察心決四生之疑網爲成所作智起三輪之化原一體匪移千差自別迷之枉遭沈没念念成凡悟之本自圓明心心證聖　經中又明有九種識以兼識性故或以第八染淨別開故言九識非是依他體有九亦非體類別有九識九識者以第八染淨別開爲二以有漏爲染無漏爲淨前七識不分染淨以俱是轉識攝故第八既非轉識獨開爲二謂染與淨合前七種故成九識如楞伽經頌云由虛妄分別是則有識生八九識種種如海泉波

浪又金剛三昧經云爾時無住菩薩而白佛言世尊以何利轉而轉衆生一切情識入菴摩羅佛言諸佛如來常以一覺而轉諸識入菴摩羅何以故一切衆生本覺常以一覺覺諸衆生令彼衆生皆得本覺覺諸情識空寂無生何以故決定本性本無有動論釋云一切情識則是八識菴摩羅者是第九識古德云一切唯心造者然其佛果契心則佛亦心造謂四智菩提是淨八識之所造故若取根本即淨第八若依真諦三藏此佛淨識稱爲第九名阿摩羅識唐三藏云此翻無垢是第八異熟謂成佛時轉第八成無别第九若依密嚴文具說之經云心有八識或復有九又云如來清淨藏亦名無垢智即同真諦所立第九以出障故不同異熟爲九有故古釋云阿摩羅識有二種一者所緣即是真如二者本覺即真如智能緣即不空藏所緣即空如來藏若據通論此二並以真如爲體華嚴論明解深密經說九識爲純淨無染識如瀑流水生多波浪諸波浪等以水爲依五六七八等皆以阿陀那識爲依故又云如是菩薩雖由法住智爲依止爲建立故此經意令於識處便明識體本唯真智故如彼瀑流不離水體而生波浪又如明鏡依彼淨體無所分别含多影像不礙有而常無故如是自心所現識相不離本體無作淨智所現影相都無自他内外等執任用隨智無所分别又經云阿陀那識甚深細深細者引被凡流就識成智不同二乘及漸始菩薩破相成空不同凡夫繫而實有不同彼故不空不有何法不空爲

智能隨緣照機利物故何法不有爲智正隨緣時無性相故無生住滅故華嚴經則不然但彰本身本法界一真之根本智佛體用故混真性相法報之海直爲上上根人頓示佛果德一真法界本智以爲開示悟入之門不論隨妄而生識等如法華經以佛智慧示悟衆生使得清淨出現於世故不爲餘乘若二若三今宗鏡大意亦同此說但先標諸識次第權門然後會同真智然不即識亦不離識但見唯識實性之時方鑒斯旨似寶鏡普臨衆像若海印頓現森羅萬法同時更無前後

又楞伽經云有三種識謂真識現識及分別事識譬如明鏡持諸色像現識處現亦復如是不思議熏不思議變是現識因取種種塵及無始妄想熏是分別事識因又諸識有三種相謂轉相業相真相乃至譬如泥團微塵非異非不異金莊嚴具亦復如是如是大慧轉識藏識真相若異者藏識非因若不異者轉識滅藏識亦應滅而自真相實不滅是故大慧非自真相識滅但業相滅若自真相滅者藏識則滅大慧藏識滅者不異外道斷見論議大慧彼諸外道作如是論謂攝受境界滅識流注亦滅若識流注滅者無始流注應斷釋云入楞伽經直明自真相本覺之心不藉妄緣性自神解名自真相是依異義門說又隨無明風作生滅時神解之性與本不異故亦得名爲自真相是依不異義門說又識有二種生謂流注生及相生所言真識是根本無明所熏本覺真心現識是阿賴耶識分別事識是意識經云妙嚴菩薩白佛言世

尊麤相意識細相意識以何爲因以何爲緣佛言如是麤細意識以現鏡識而爲其因以六塵境爲緣相續而轉故又三細中麤是現識七識中彊是意識第六意識分別六塵必依末那爲所依根意識是能依末那是所依此楞伽經凡明幾識即有二門一者畧說門二者廣說門如是二門中三本各異說謂一本分流楞伽中作如是說大慧畧說有三種識廣說有八相何等爲三謂真識現識分別事識又一本分流楞伽中作如是說大慧廣說有八種畧說有二種何等爲二一者了別識二者分別事識又一本分流楞伽中作如是說大慧畧說有四種廣說有七種識云何爲四業識轉識現識分別事識如是三經直是真說當應歸依初契經中第一真識直是根本無明所熏本覺真心第二現識直是現相阿賴耶識第三分別事識直是意識麤分意識細分即末那故中契經中作如是說第一了別識直是現相阿賴耶識第二分別事識直是意識義如前說同說末那後契經中四種識法文相明故且畧不說言七識者末那意識總爲一故麤細雖別唯一識故法界法輪契經中作如是說第六意識分別六塵境界時中必依末那爲所依根方得生起是故意識當是能依彼末那識當是所依也又華嚴論云世尊於南海中楞伽山說法其山高峻下瞰大海傍無門户得神通者堪能昇往乃表心地法門無心無證者方能昇也下瞰大海表其心海本自清淨因境風所轉識浪波動欲明達境心空海亦自寂心境俱

寂事無不照猶如大海無風日月森羅煥然明白此經意直爲根熟頓說種子業識爲如來藏異彼二乗滅識趣寂者故亦爲異彼般若修空菩薩空增勝者故直明識體本性全真便明識體即成智用如彼大海無風即境像便明 心海法門亦復如是了真即識成智此經異彼深密經意別立九識接引初根漸令留惑長大菩提故不令其心植種於空亦不令 心猶如敗種解深密經乃是入惑之初門楞伽維摩直示惑之本實楞伽 即明八識爲如來藏淨名即觀身實相觀佛亦然淨名與楞伽同深密經文與此二部少別當知入胎出胎少年老年乃至資生住處若色若空若性若相皆是自識唯佛能知　如入楞伽經云大慧復有餘外道見色有因妄想執着形相長短見虛空無形相分劑見諸色相異於虛空有其分劑大慧虛空即是色以色大入虛空故大慧色即是虛空依此法有彼法依彼法有此法故以依色分別虛空依虛空分別色故大慧四大種性自相各別不住虛空而四大中非無虛空大慧兔角亦如是因牛角有言兔角無大慧又彼牛角析爲微塵分別微塵相不可得見彼何等何等法有何等何等法無而言有耶無耶若如是觀餘法亦然大慧汝當應離兔角牛角虛空色異妄想見等大慧汝亦應爲諸菩薩說離兔角等相大慧汝應當知自心所見虛妄分別之相大慧汝當於諸佛國土中爲諸佛子說汝自心現見一切虛妄境界爾時世尊重說偈言色於心中無心依境見有內識衆生見身資

生住處心意與意識自性及五法二種無我淨如來如是説長短有無等展轉互相生以無故成有以有故成無分別微塵體不起色妄想但心安住處惡見不能淨非妄智境界聲聞亦不知如來之所説自覺之境界攝大乘論云又此識皆唯有識都無義故此中以何爲喻顯示應知夢等爲喻顯示謂如夢中都無其義獨唯有識雖種種色聲香味觸舍林地山似義影現而於此中都無有義由此喻顯應隨了知一切時處皆唯有識夫從心現境結業受生不出三細（業相轉相現相）六麤（智相相續相執取相計名字相起業相業繫苦相）九相之法如石壁釋云唯一夢心喻如有一人忽然睡著作夢見種種事起心分別念念無間於其違順深生取著爲善爲惡是親是疎於善於親則種種惠利於惡於疎則種種陵損或有報恩受樂或有報怨受苦忽然覺來上事都遣如有一人者即真如一心也忽然睡著者即不覺無明忽起也作夢者最初三細業識相也見者第二轉識相也種種事者第三現識相也起心分別者最初六麤境智相也念念無間者第二相續相也於其違順深生取著者第三執取相也爲善爲惡是親是疎者第四計名字相也於善於惡得損益者第五起業相也受苦樂報者業繫苦相也忽然覺來上事都遣者即覺唯心得入宗鏡故云佛者覺也如睡夢覺如蓮華開　如上依經論分別諸識開合不同皆依體用約體則無差而差以全用之體不礙用故約用則差而無差以全體之用不失體故如舉海成波不失海舉波成海

不礙彼非有非無方窮識性不一不異可究心原如古德云約諸識門雖一多不定皆是體用緣起本末相收本者九識末者五識從本向末寂而常用從末向本用而常寂寂而常用故靜而不結用而常寂故動而不亂靜而不結故真如是緣起動而不亂故緣起是真如真如是緣起故無涅槃不生死即八九爲六七緣起是真如故無生死不涅槃即六七爲八九無生死不涅槃故法界皆生死無涅槃不生死故法界皆涅槃法界皆涅槃故生死非雜亂法界皆生死故涅槃非寂靜生死非雜亂衆生即是佛涅槃非寂靜佛即是衆生是以法界違故說涅槃是生死即理隨情用法界順故說生死是涅槃即情隨理用如此明時說情非理外理非情外情非理外故所以即實說六七爲八九實者體也理非情外故所以即假說八九爲六七假者用也以假實無礙故人法俱空以體用無礙故空無可空人法俱空故說絕待空無可空故言妙用如斯說者亦是排情之言論其至實者不可以名相得至極者不可以二諦辯不可以名相得故非言像能詮不可以二諦辯故非有無能說故云至理無言賢聖默然言語道斷心行處滅正可以神會不可以心求問覺海澄源一心湛寂云何最初起諸識浪答雖云識浪起處無從無始無生能窮識性只謂不覺忽爾念生猶若澄瀾欻然風起不出不入洶涌之洪浪滔天非内非外顛倒之狂心徧境起信論云以不知真法一故心不相應忽然念動名爲無明此是現根本無明最

極微細未有能所王數差别故云不相應非同心王心所相應也唯此無明爲染法之原最極微細更無染法能爲此本故云忽然念起也無明之前無别有法爲始集之本故云無始則是忽然義非約時節以説忽然而起無初故也又釋摩訶衍論云不如實知真如法一故不覺心起者即是顯示根本不覺之起因緣根本不覺何因緣故得起而有因不如故得起而有何等法中而不如耶謂三法中而不如故言不如者當有何義謂違逆義故云何三法一者實知一法二者真如一法三者一心一法是名爲三實知法者謂一切覺即能達智真如法者謂平等理即所達境一心法者謂一法界即所依體於此三法皆違逆故無明元起是故説言謂不如實知真如法一故不覺心起又論云以無明熏力不覺心動最初成其業識因此業識復生轉識等論釋云最初不覺稱爲第一業相能見所見無有差别心王念法不可分析唯有精動隱流之義故名爲業如是動流只由不覺第二轉相以業相念爲所依故轉作能緣流成了相第三現相以了别轉爲所依戲論境界具足現前所緣相分圓滿安布依此見分現彼相分又動相者動爲業識理極微細謂本覺心因無明風舉體微動微動之相未能外緣即不覺故謂從本覺有不覺生即爲業相喻如海微波從靜微動而未從此轉移本處轉相者假無明力資助業相轉成能緣有能見用向外面起即名轉相雖有轉相而未能現五塵所緣境相喻如海波浪假於風力兼

資微動從此擊波轉移而起現相者從轉相而成現相方有色塵山河大地器世間等如楞伽經云諸識有三種相謂轉相業相真相言真相者本覺真心不藉妄緣名自真相業相者根本無明起靜令動動爲業識極微細故轉相者是能見相依前業相轉成能緣雖有能緣而未能顯所緣境故現相者即境界相依前轉相能現境故又云頓分別知自心現身及身安立受用境界如次即是根身外器色等五境以一切時任運現故此是三細即本識故最初業識即爲初依生起門爲次第故又遠劫來時無初始過未無體熏習唯心妄念爲初違真起故又從靜起動名之爲業從内趣外名之爲轉真如之性不可增減名爲真相亦名真識此真識即業轉現等三性即神解性不同虛空通名識亦名自相不藉他成故亦名智相覺照性故所以云本覺真心不藉妄緣以真心之體即是本覺非動轉相是覺性故　又楞伽經云大慧菩薩摩訶薩白佛言世尊諸識有幾種生住滅佛告大慧識有二種生住滅非思量所知謂流注生住滅相生住滅古釋云言流注者唯目第八三相微隱種現不斷名爲流注由無明緣初起業識故說爲生相續長劫故名爲住到金剛定等覺一念斷本無明名流注滅相生住滅者謂餘七識心境麤顯故名爲相雖七緣八望六爲細具有四惑（第七識具我癡我見我慢我愛四惑）亦云麤故依彼現識自種諸境緣合生七說爲相生長劫熏習名爲相住從末向本漸伏及斷至七地滿名爲相滅依前生滅立迷

悟依依後生滅立染淨依後短前長事分二別即是流注生住滅相生住滅是以海水得風變作波濤之相心水遇境密成流注之生前波引後波鼓滄溟而不絶新念續舊念騰心海以常興從此汨亂澄源昏沉覺海是知因真起妄不覺無明之動揺如從水成波全是外風之鼓擊内外和合因縁發萌遂成能見之心便現所觀之境因照而俄生智鑑因智而分別姸媸從此取捨情分愛憎心變於五塵境執著堅牢向六情根相續不斷因玆愛河浪底沉溺無憂欲火燄中焚燒罔懼甘心受黑城之極苦不覺不知没命貪夢宅之浮榮難惺難悟若能了最初一念起滅何從頓入無生復本真覺則塵塵寂滅六趣之籠檻難羈念念虛玄九結之網羅休絆猶如巨

海風息不起微漣察動相之本空見縁生之無體則窮源濕性湛爾清泠萬像森羅煥然明白　問心識二名有何勝劣答心是如來藏心真如之性識是性之所生無有一法不從真心性起故首楞嚴經云諸法所生唯心所現心是本即勝識是依即劣如圓覺䟽云生法本無一切唯識識如幻夢但是一心問設使識無其體云何得是心乎答以識本是心所成故故識無體則是一心何異境從識生攝境歸識若通而論之則本是一心心變爲識識變諸境由是攝境歸識攝識歸心也問前已廣明識相如何是智答分別是識無分別是智如大寶積經云佛言所言識者謂能了別眼所知色耳所知聲鼻所知香舌所知味身所知觸意所知法是名爲識所言智

者於内寂靜不行於外唯依於智不於一法而生分別及種種分別是名爲智又舍利弗從境界生是名爲識從作意生是名爲識從分別生是名爲識無取無執無有所緣無所了別無有分別是名爲智又舍利弗所言識者住有爲法何以故無爲法中識不能行若能了達無爲之法是名爲智　問心王妙義已斷纖疑心所之門如何指示答心所六位都有五十一法徧行有五別境有五善有十一根本煩惱有六隨煩惱有二十不定有四此六位中根隨煩惱過患尤深開惡趣門障菩提道若如實知現在一塵一念悉是自心終不更故起心貪取前境所以寶藏論云一切如幻其幻不實知幻是幻守真抱一如是則智燈常照業海自枯究竟住於無過咎真唯識性之實際於實際中不見有一法若生若滅若合若散所以寂調音所問經云寂調音天子言文殊師利爲有煩惱故調伏爲無煩惱故調伏文殊師利言天子喻如有夢爲毒蛇所螫此人爲苦所逼即於夢中而服解藥以服藥故毒氣得除天子於意云何此人實爲所螫否耶天子言不也文殊師利言彼毒實爲除否耶天子言文殊師利如實不被螫除亦如是文殊師利言天子一切聖賢調伏亦復如是天子汝作是言爲有煩惱故調伏無故調伏者天子如我與無我有煩惱無煩惱亦復如是乃至一切法無我以無主故一切法無主與虛空等故一切法無來無所依故一切法無去無窠窟故一切法無住無所安立故一切法無安立生即滅故一切法

無爲以無漏故一切法無受究竟調伏故大莊嚴法門經云文殊師利見此大衆於金色女無染心巳問金色女言汝今煩惱置在何處令諸王子乃至居士等不生染心金色女言一切煩惱及衆生煩惱皆住智慧解脱之岸如如法界平等法中彼諸煩惱非有生非有滅亦不安置如中觀論偈云染法染者一一法云何合染法染者異異法云何合古釋煩惱爲能染衆生是所染一即能所不成異即如同水火俱無合義止觀云若一念煩惱心起具十法界百法不相妨礙雖多不有雖一不無多不積一不散多不異一不同多即一一即多亦如初燈與暗共住如是明暗不相妨礙亦不相破如是了達煩惱性空則四種瀑流（即是四流謂欲流有流見流無明流）唯正法行日之能竭七重慢阜（慢過慢慢過慢我慢邪慢增上慢卑劣慢）因平等慧風之所摧能害所害俱消自縛他縛同解逢緣猶蓮華上之水歷事若虛空中之風一切時中常居宗鏡見萬法無異如太虛空因分別識生名色影現分別不起名色本虛向性空地中美惡平等　故淨名疏云但除其病不除其法者即是明其去取也有師解言如人眼病見空中華眼病差時即無華可除衆生亦爾妄見諸法但除妄惑妄惑若滅則無法可除此是本無法義何謂不除法也今言一切衆生悉具十法界法無明不了觸處病生若有智慧無礙自在悉爲佛事譬如火是燒法若觸燒痛謹慎不觸即是除病不可除火若除此火則失溫身照闇成食之能十二因緣三道之法（即十二因緣中惑業苦三道）亦爾此有去

取法不同除也又火能燒人得法術者出入無礙不須除火也故八萬四千煩惱凡夫爲之受惱諸佛菩薩以爲佛事也　問色法有幾義答有四義百法云一識所依色唯屬五根二識所緣色唯屬五塵三總相而言質礙名色四別相而言有二一有對二無對此一切色法因緣似有體用俱虛不可執有執無違於法性　又不相應行法有二十四一得謂於諸法成就不失二命根謂第八識種連持色心三衆同分謂一類有情自體相似四異生性謂由二障種趣類各別五無想定謂想等不行令身安和六滅盡定謂六七心聚皆悉滅盡七無想報謂修無想定感彼天果八名身能詮自性九句身能詮諸法差別十文身能爲上二所依十一生謂先無今有十二住謂有位暫停十三老謂住別前後亦名爲異十四無常謂今有後無十五流轉謂因果相續十六定異謂因果差別十七相應謂因果事業和合而起十八勢速謂諸有爲法流轉迅疾十九次第謂編列有敘令不紊亂二十時謂時節分限二十一方謂色處分剤二十二數謂諸法數量二十三和合謂諸行緣會二十四不和合謂諸行緣乖謂得等二十四法不與心王心所色法無爲法四位相應雖不與四位相應然皆是心之分位亦不離心變但應信受諸法惟心　問有爲門中已明王所無爲法内如何指陳答諸經論有六種無爲一虛空無爲二擇滅無爲三非擇滅無爲四不動無爲五想受滅無爲六真如無爲此六無爲地前菩薩識變即是有漏至地上後得智變即無漏若依法性出體者各皆依真如實德也問如何聖教說真如實耶答今言有者不是真如名實有但說有即是遣惡取空故說有體是妙有真空故言非空非有問如何聖教說真空爲空耶答謂破執真如心外實有故說爲空即空其情執即不空其真如空也　又釋摩訶衍論云無爲有四一真如無爲

二本覺無爲三始覺無爲四虛空無爲有爲法有五種一者根本無明有爲二者生相有爲三者住相有爲四者異相有爲五者滅相有爲　有爲無爲一切諸法通以一心而爲其體於道智契經中作如是說爾時文殊師利白佛言世尊阿賴耶識具一切法過於恒沙過於恒沙如是諸法以誰爲本生於何處佛言如是有爲無爲一切諸法生處殊勝不可思議何以故於非有爲非無爲處是有爲是無爲法而能生故文殊又白佛言世尊云何名爲非有爲非無爲處佛言非有爲非無爲處者所謂一心本法非有爲故能作有爲非無爲故能作無爲是故我言生處殊勝不可思議　譬如一切草木有二所依一者大地二者種子有爲無爲一切諸法亦復如是各有二依謂通達依及支分依乃至廣說不生不滅與生滅和合者即是開示能熏所熏之差別故云何開示所謂顯示染淨諸法有力無力互有勝劣故

御録宗鏡大綱卷十二

音釋

瞖於計切眼疾也　鶪休去聲　欻音忽風吹起也　洶音胷　汩古忽切没也　羈音雞係也　螫音釋蟲行毒也

御錄宗鏡大綱卷十三

問有爲無爲二門爲當是一是異答非一非異非泯非存何者若是一者仁王經不應云諸菩薩等有爲功德無爲功德悉皆成就又維摩經云菩薩不盡有爲不住無爲等二義雙明豈是一耶若是異者般若經佛告善現不得離有爲說無爲不得離無爲說有爲豈成異耶若云俱泯者華嚴經云於有爲界示無爲之理不滅有爲之相於無爲界示有爲之法不壞無爲之性則有無性相無礙俱存若言俱存者如前論云二依法性假施設有謂空無我所顯真如有無俱非心言路絕則百非莫能惑四句不能詮非可以情謂有無唯應智超言像方達有爲無爲唯識之真性矣如大智度論復次夫生滅法者若先有心後有生則心不待生何以故先已有心故若先有生則生無所生又生滅性相違生則不應有滅滅時不應有生以是故一時不可得異亦不可得是則無生若無生則無住滅若無生住滅則無心數法無心數法則無心不相應諸行色法色法無故無爲法亦無故何以故因有爲故有無爲若無有爲則亦無無爲是故不應言諸法有又勝思惟梵天所問經云有爲無爲之法文字言說有差別耳持世經云有爲法如實相即是無爲　問八識真原萬法棲止約其體性都有幾種答經論通辯有三種性約能所染淨分別隨事說三縱有卷舒皆不離識性合則一體無異開則三相不同（即三性之相對上體言故稱爲相）三相不同約用而行布一體無異就性以圓融行布乃隨義

以施爲圓融則順性而冥寂若無行布無可圓融如無妄情不立真智染淨既失二諦不成是以因妄辯真在行相而須悉尋迹得本假因緣以發明斯三性法門收凡聖境界事無不盡理無不窮今言三性者約經論共立一徧計所執性二依他起性三圓成實性徧計所執性者謂愚夫周徧計度所執藴等實我實法名爲徧計性有二一自性緫執諸法實有自性二差別別執取常無常等實有自體或依名徧計義如未識牛聞牛名便推度因何道理名之爲牛或依義徧計名或見物體不知其名便妄推度此物名何如未識牛共推度云爲鬼耶爲獸耶此諸徧計約體不出人法二體約執不出名義二種　依他起性者依他衆緣和合生起猶如幻事名依他性圓成實性者一味真如圓滿成就　問三性中徧計是妄想即無依他屬因緣是有否

答此二性能所相生俱無自體何者因妄想故立名相因名相故立因緣若妄想不生名相何有名相不有因緣即空以萬法不出名故　破妄想徧計性者如二乘修諸觀行若作青想觀時天地萬物莫不皆青也以無青處見青由心變故於一色境種種不同譬凡夫妄見生死亦是無生死處妄見生死也　破因緣依他性者如目瞖所見差別不同彼實非有緣所起法斯則妄想體空因緣無性即是圓成究竟一法如明眼人見淨虛空况一真心更無所有問此三性中幾法是假幾法是實答識論云徧計所執妄安立故可說爲假無體相故非假非實依他起性有實有

假聚集相續分位性故說爲假有心心所色從緣生故說爲實有若無實法假法亦無假法依實因而施設故圓成實性唯是實有不依他緣而施設故　又三性者即是一性一性即無性何者徧計無相依他無生圓成無性解深密經云瞖眼人如徧計現青黃如依他淨眼如圓成攝論云分別性如蛇依他性如藤若人緣四塵相分析此藤但見四相不見別藤但是色香味觸相故藤非實有以離四塵外無別有藤所以論偈云於藤起蛇知見藤則無境若知藤分已藤知如蛇知若知藤之性分是空則例如藤上妄生蛇想攝論云菩薩不見外塵但見意言分別即了依他性　菩薩住何處唯住無分別一切名義中平等平等又依二種平等謂能緣所緣能緣即無分別智以智無分別故稱平等所緣即真如境境亦無分別故稱平等又此境智不住能取所取義中譬如虛空故說平等平等由此義故菩薩得入真實性此位不可言說以自所詮故證時離覺觀思惟分別故古德問云我見所緣影像若是依他有者應有依他性實我答此相仗因緣生但是依他性幻有之法而非是我由彼妄執爲我故名妄執此有兩重相約此相從因緣生有力能生心此乃是有名依他性法於此不稱所執法義邊名徧計所執乃名爲無如人昏冥執石爲牛石體不無我見所緣緣依他相有如石本非牛妄心執爲牛此所執牛其體全無如相分本非我妄心執爲我此所執其體全無但有能執心而無所執我謂於此石處有所緣

石而無所執牛於此相分上有所緣法而無所執我　問依他起相但是自心妄分別有理事雙寂名體俱虛云何有憂喜所行境界答譬如夜行見杌爲鬼疑繩作蛇蛇之與鬼名體都無性相恒寂雖不可得而生怖心以體虛而成事故清凉疏云若依攝論說喻皆喻依他起性然並爲遣疑所疑不同故所喻亦異一以外人聞依他起相但是妄分別有非真實義遂即生疑云若無實義何有所行境界故說如幻謂幻者幻作所緣六處（即六塵）豈有實耶二疑云若無實何有心心法轉故說如燄飄動非水似水妄有心轉三疑云若無實何有愛非愛受用故說如夢中實無男女而有愛非愛受用覺時亦爾四疑云若無實何有戲論言說故說如響實無有聲聽者謂有五疑云若無實何有善惡業果故說如影謂如鏡影像故亦非實六疑云若無實何以菩薩作利樂事故說如化謂變化者雖知不實而作化事菩薩亦爾是以萬法雖空體虛成事一真非有無性隨緣則湛爾堅凝常隨物化紛然起作不動真如　問此三性法爲當是一是異若道是一不合云依圓是有徧計是無若道是異又云皆同一性所謂無性答此三性法門是諸佛密意所說諸識起處教網根由若即之取之皆落凡常之見若離之捨之俱失聖智之門所以藏法師依華嚴宗釋三性同異義一圓成真如有二義一不變二隨緣二依他二義一似有二無性三徧計所執二義一情有二理無由真如不變依他無性所執理無由此三義故三性一際

又約真如隨緣依他似有所執情有由此三義亦無異也是故真該妄末妄徹真原性相融通無障無閡問依他似有等豈同所執是情有耶答由二義故無異也一以彼所執執似爲實故無異法二若離所執似無起故真中隨緣亦爾以無所執無隨緣故又以三性各有二義不相違故無異性且如圓成雖復隨緣成於染淨而恒不失自性清淨只由不失自性清淨故能隨緣成染淨也猶如明鏡現於染淨而恒不失鏡之明淨只由不失鏡明淨故方能現染淨之相以現染淨知鏡明淨以鏡明淨知現染淨是故二義唯是一性雖現淨法不增鏡明雖現染法不汙鏡淨非直不汙亦乃由此反現鏡之明淨真如亦爾非直不動性淨成於染淨亦乃由成染淨方現性淨非直不壞染淨明於性淨亦乃由性淨故方成染淨是故二義全體相收一性無二豈相違也由依他無性得成似有由成似有是故無性此即無性即因緣因緣即無性是不二法門也所執性中雖復當情稱執現有然於道理畢竟是無以於無處橫計有故明知理無是故無二惟一性也問真如是有耶答不也隨緣不變故空故真如離妄念故問真如是無耶答不也不變隨緣故不空故聖智所行處故問真如是亦有亦無耶答不也無二性故離相違故問真如是非有非無耶答不也具法故離戲論故問依他是有耶答不也緣起無性故約觀遣故異圓成故問依他是無耶答不也無性緣起故能現無生故異徧計故是智境故問依他是亦有亦無

耶答不也無二性故離相違故問依他是非有非無耶答不也有多義門故離戲論故問徧計是有耶答不也理無故無體相故問徧計是無耶答不也情有故無相觀境故能翳真故問徧計是亦有亦無耶答不也無二性故問徧計是非有非無耶答不也所執性成故已上護執竟今執成過者若計真如一向是有者有二失一不隨緣二不待了因故問教云真如爲凝然常既不隨緣豈是過耶答聖說真如爲凝然者此是隨緣成染淨時恒作染淨而不失自體即是不異無常之常名不思議常非謂不作諸法如情所謂之凝然也不異無常之常出於情外故名真如常經云不染而染明常作無常染而不染明作無常時不失常也又不異常之無常故說真如爲無常經云如來藏受苦樂與因俱若生若滅又依他是生滅法亦得有不異常之無常不異無常之常以諸緣起無常之法即無自性方成緣起是故不異常性而得無常故云不生不滅是無常義此即不異於常成無常也又諸緣起即是無性非滅緣起方說無性即是不異無常之常也經云色即是空非色滅空又衆生即涅槃不更滅也此與真如二義同即真俗雙融二而無二故論云智障甚盲闇謂真俗别執故也又真如若不隨緣成於染淨染淨等法即無所依無所依有法又墮常也又真如若有者即不隨染淨染淨諸法既無自體真又不隨不得有法亦是斷也乃至執非有非無等四句皆墮斷常也若依他執有者謂已有體不藉緣故無緣有法即

是常也又由執有即不藉緣不藉緣故不得有法即是斷也問依他性是有義便有失者何故攝論云依他性以爲有耶答此即不異空之有從緣無體故一一緣中無作者故由緣無作方得緣起是故非有之有爲依他有即是不動真際建立諸法若依他執無者即緣無所起不得有法即是斷也問若說緣生爲空無即墮斷者何故中論廣說緣生爲畢竟空耶答聖說緣生以爲空者此即不異有之空也此即不動緣生說實相法也是故如情執無即是斷過又若執依他爲無法者無法非緣非緣之法即是常也乃至執非有非無皆成斷常二患若徧計性中計所執爲有者聖智所照理應不空即是常也若妄執徧計於理無者即失情有故是斷也乃至執非有非無皆具上失上已護過今當顯德者真如是有義何者迷悟所依故不空故不壞故真如是空義隨緣故對染故真如是亦有亦無義具德故違順自在故鎔融故真如是非有非無義二不二故定取不得故依他是有義無性緣成故依他是無義緣成無性故依他是亦有亦無義緣成故無性故依他是非有非無義隨取一不得故徧計是有義約情故徧計是無義約理故徧計是亦有亦無義由是所執故徧計是非有非無義由所執故故知執則爲斷常二患不執成性德之門但除妄情非遣法也是以不離有以談真見有之本際匪存無而觀法了無之真原則不出有無不在有無何取捨之干懷斷常之所惑乎是則三性一性情有而即是真空一性三

性真如而能成緣起終日有而不有有徹空原終日空而不空空該有際自然一心無寄萬法俱閒境智相應理行融即方入宗鏡瑩淨無瑕照破古今光呑萬彙矣　故知妄依真起而能覆真真因妄顯而能奪妄真妄無體皆依識性　夫一心妙門唯識止理能變所變內外皆通舉一例諸收無不盡如衆星列宿匪離於空萬本羣萌咸歸於地則可以拔疑根而開信戶朗智照而洗情塵若機思遲回未成勝解須憑問答漸入圓通真金尚假鍜鍊而成美玉猶仗琢磨而出華嚴私記云正念思惟甚深法門者有二種人能枯十二因緣大樹一者温故不忘二者諮受新法此之謂也問心法不可思議離言自性云何廣興問答橫剖義宗答然理唯一心事收萬法若不初窮旨趣何以得至覺原今時不到之者皆是謬解麤浮正信力薄玄關綿密豈情識之能通大旨希夷非一期之所入若乃未到如來之地焉能頓悟衆生之心今因自力未到之人少爲開示全憑佛語以印凡心憑佛語以契同渺然無際印凡心而不異豁爾歸宗又有二義須說一若不言說則不能爲他說一切法離言自性二即說無說說與不說性無二故又此宗但論見性親證非在文詮爲破情塵助生正信若隨語生見執解依通則實語是虛妄生語見故若因教照心唯在得意則虛妄是實語除邪執故起信論云當知一切諸法從本已來非色非心非智非識非無非有畢竟皆是不可說相所有言說示教之者皆是如來善巧方便假以言語

引導衆生令捨文字入於真實若隨言執義增妄分别不生實智不得涅槃又若文字顯總持因言而悟道但依義而不依語得意而不徇文則與正理不違何關語默故大般若經云若順文字不違正理常無諍論名護正法　天王般若經偈云總持無文字文字顯總持大悲方便力離言文字説楞伽經云佛告大慧我等諸佛及諸菩薩不説一字所以者何法離文字故非不饒益義説言説者衆生妄想故大慧若不説一切法者教法則壞教法壞者則無諸佛菩薩緣覺聲聞若無者誰説爲誰是故大慧菩薩摩訶薩莫著言説隨宜方便廣説經法淨名經云夫説法者無説無示其聽法者無聞無得譬如幻士爲幻人説法當建是意而爲説法　思益經云汝等比丘當行二事一聖説法二聖默然但正説時了不可得即是默然不是杜口無説故昔人云幻人説法幻人聽由來兩箇總無情説時無説從君説聽處無聽一任聽又若以四實性（自生他生共生無因生名四執性破此四執名四實性）自得法本住法約真諦中即不可説若以四悉檀隨他意語斷深疑生正信有因緣故則亦可得説又不可説即可説真理普徧故可説即不可説緣修無性故　經云不可思議智境不可思議智照即此義也若破四性境智此名實慧若四悉赴緣説四境智此名權慧則權實雙行自他兼利方寘佛旨免墮己愚問山河大地一一皆宗五性三乘人人是佛何須宗鏡强立異端答諸佛凡敷教跡不爲已知者言祖師直指人心只爲未明者説今之所

錄但示初機令頓悟圓宗不迂小徑若不得宗鏡之廣照何由鑒自性之幽深匪因智慧之光豈破愚癡之闇如臨古鏡妍醜自分若遇斯宗真僞可鑒豈有日出而不照然燈而不明者乎故華嚴記中述十種法明法即是境明即是心以智慧明照二諦法故云法明雖然法無成破此屬第一義門中且教自有開遮寧無善巧方便如大涅槃經中高貴德王菩薩品因瑠璃光菩薩欲來放光佛問於文殊文殊初以第一義荅云世尊如是光明名爲智慧智慧者即常住之法常住之法無有因緣云何佛問何因緣故有是光明廣說無因緣竟末後云世尊亦有因緣因滅無明則得熾然阿耨多羅三藐三菩提燈是知因教明宗非無所以從緣入道終不唐捐方便之門不可暫廢又夫宗鏡中纔說一字便是談宗更無前後以說時有異理且無差問但云方便說則無妨若約正宗有言傷旨荅我此圓宗情解不及豈同執方便教人空有不融通體用兩分理事成隔說常住則成常見說無常則歸斷滅斥邊則成邊執存中則著中理今此圓融之旨無礙之宗說常則無常之常說無常則常之無常言空則不空之空言有則幻有之有談邊則即中之邊談中則不但之中立理則成事之理立事則顯理之事是以卷舒在我隱顯同時說不乖於無說無說不乖於說寶藏論云常空不有常有不空兩不相待句句皆宗是以聖人隨有說有隨空道空空不乖有有不乖空兩語無病二義雙通乃至說我亦不乖無我說事亦不

乖無事何以故不爲言語所轉也　問既稱觀心自悟不假外緣云何廣讚佛恩稱揚經教答若不因教所指何由得識自心設不因教發明亦須憑教印可若不然者皆成自然外道闇證禪師直饒生而知之亦是多生聞經熏種或乃諸聖本願冥加所以台教云夫一向無生觀人但信心益不信外佛威加益此墮自性癡又一向信外佛加不內心求益此墮他性癡是以世間凡愚牽重不前者須假傍力助進如師與經是乃外緣證悟之者皆被冥加若不知恩如樹木不識日月風雨等恩經云非內非外而內而外而內故諸佛解脫於心行中求而外故諸佛護念云何不信外益也　問平等真心羣生佛智雖然等有信解難生多抱狐疑少能圓證更希再明教理確實指陳答廣畧之教遮表之詮雖開合不同總別有異然皆顯唯心之旨終無識外之文證若恒沙豈唯一二所以法華經偈云知第一寂滅以方便力故雖說種種道其實爲佛乘　釋曰知第一寂滅者真如一心是本寂滅非輪廻生滅之滅亦非觀行對治之滅故稱第一於一心寂滅之中即無法可敷揚無道可建立爲未了者以方便大慈力故雖說種種別門異道若尅體而論唯但指歸一心佛乘更無餘事　楞伽經云佛告大慧身及資生器世間等一切皆是藏識影像所取能取二種相現彼諸愚夫墮生住滅二見中故於中妄起有無分別　又入楞伽經偈云種種隨心轉唯心非餘法心生種種生心滅種種滅衆生妄分別無物而見物無義

唯是心無分別得脫　又華嚴經云一切方海中依於衆生心想而住大智度論云譬如調馬自見影不驚何以故自知影從身出如信入一乘調順之人見一切怖境不驚自知境從心出唯識論云如契經說三界唯心又說所緣唯識所現又說諸法皆不離心又說有情隨心垢淨又說成就四智菩薩能隨悟入唯識無境又頌說心意識所緣皆非離自性故我說一切唯有識無餘此等聖教誠證非一　如前所說識差別相依理世俗非真勝義但以從初業識起見相二門因見立能因相立所能所纔具我法互興從此因有爲而立無爲對虛假而談真實皆無空體似有非真是以認互起之名見色有表而執空無表對相待之質見牛角有而執兔角無不知以有遮無有以無遮有無非定無非定無若了八識真心自然絶待疑消能所藤蛇於是併空見息對治形名以之雙寂　問能所之見則心境宛然聖人知見如何甄別答雙照有空不住内外似谷答聲而絶慮如鏡鑒像而無心妙湛圓明寂而常照故云常在正念亦名正知非是有念有知亦非無念無知若唯無念寂而失照若但照體照而失寂並稱不正正在雙行還原集云得其妙性起照照見一切了了知無所知了了見無能見内外圓明廓周法界亦名毘盧遮那無障礙眼圓滿十方照見一切佛刹即此義也所以達人見聞不落能所既非是有見亦非無見但不生二相常合真空故大集經云慧燈三昧者即是諸法無二相也無二相者不在有無不

出有無夫有無者以惑情所執有無皆失理無惑計有無皆真是知諸法非實非虛非空非有若無於有不成於無若無於無不成於有有無交徹萬化齊融又約聖人親證見聞之境有其四種所以大涅槃經云約佛妙證有四種聞一不聞聞二不聞不聞三聞不聞四聞聞台教釋云初入證道修道忽謝無所可有名爲不聞真明豁開無所不照即是於聞故名不聞聞證得如是大般涅槃無有聞相故名不聞不聞證起惑滅名聞不聞寂而常照隨扣則應名曰聞聞初句證智次句證理第三句證斷第四句證應若事若理智斷自他於初智證之中具足無缺此一妙證盡涅槃海復次不聞聞是證了因聞不聞是證緣因不聞不聞是證正因聞聞是證境界乃至明四種生謂生生不生不生生不生不生不生亦同四種聞義一生生是因緣所生法二生不生是我說即是空三不生生是亦名爲假名四不生不生是亦名中道義若能了此四生之無生方達聖人見聞之境是以不取不捨達一道之原非有非空見諸法之實如肇論云道超名外因謂之無動與事會因謂之有謂之有者應夫有爲彊謂之然耳彼何然哉故經云聖智無知而無所不知無爲而無所不爲此無相寂然之道豈曰有而爲有無而爲無動而乖靜靜而廢用耶而今之談者多即言以定旨尋大方而徵隅懷前識以標玄存所存之必當是以聞聖有知謂之有心聞聖無知謂等太虛有無之境邊見所存豈是處中莫二之道乎何者萬物雖殊然性

本常一不可而物然非不物可物於物則名相異陳不物於物則物而即真是以聖人不物於物不非物於物不物於物物非有也不非物於物物非無也非有所以不取非無所以不捨不捨故妙存則真不取故名相靡因名相靡因非有知也妙存則真非無知也是知真心無寄不屬有無妙證之時自然明了

問此佛之知見如何開示悟入答若約教天台文句疏配圓教四位開即十住示即十行悟即十向入即十地華嚴記釋大意云謂開除惑障顯示真理令悟體空證入心體若禪門南北二宗釋者北宗云智用是知慧用是見心不起名智智能知五根不動名慧慧能見是佛知見心不動是開開者開方便門色不動是示示者示真實相悟即妄念不生入則萬境常寂南宗云衆生佛智妄隔不見但得無念即本來自性寂靜爲開寂靜體上自有本智以本智能見本來自性寂靜名示既得指示即見本性佛與衆生本來無異爲悟悟後於一切有爲無爲有佛無佛常見本性自知妄想無性自覺聖智是故菩薩前聖所知轉相傳授即是入義　大涅槃經云第一義空名爲智慧二乘但空空無智慧菩薩得不但空即中道慧即此慧寂而常照二乘但得其寂不得寂照故非實相菩薩得寂又得寂照即是實相

御録宗鏡大綱卷十三

音釋

杌 五忽切 音兀　琢 音捉 治玉　諮 與咨同　確 乞約切 音却 堅也　甄 之人切 音真 陶也

御録宗鏡大綱卷十四

問人法俱空若實無我誰受生死依正果報又誰厭苦求趣涅槃縛解去來昇沉等事答雖無作者而有作業以衆緣力至於後世相續不斷但以識爲種能有厭求記憶等事如涅槃經云佛言善男子一切衆生皆有念心慧心發心勤精進心信心定心如是等法雖念念滅猶故相似相續不斷故名修道乃至如燈雖念念滅而有光明除破闇冥念等諸法亦復如是如衆生食雖念念滅亦能令飢者而得飽滿譬如上藥雖念念滅亦能愈病日月光明雖念念滅亦能增長草木樹林善男子汝言念念滅云何增長者心不斷故名爲增長以善惡之業因苦樂之果報非有人我能作能受但是識持因果不亡如古師云衆生爲善惡而受其報者皆由衆生心識三世相續念念相傳如今世現行五蘊由前世識種爲因起今世果今世有作業熏種而爲來世現行因展轉相續爲因果故　大莊嚴論問有縛則有解無我則無有縛若無有縛誰得解脱答雖無有我猶有縛解何以故煩惱覆故則爲所縛若斷煩惱則得解脱是故雖復無我猶有縛解從於過去煩惱諸業得現在身及以諸根從今現世復造諸業以是因緣得未來身及以諸根譬如穀子衆緣和合故得生芽然此種子實不至芽種子滅故芽便增長子滅故不常芽生故不斷佛說受身亦復如是雖復無我業報不失　華嚴會意問云若準六根無我誰造誰受耶答佛說作善生天爲惡受苦者此但因緣法爾非是

我能爲受也若言是我非因緣者作惡何不生天乃墮地獄耶我豈愛彼地獄故受苦耶我既作惡而不受樂者故知善惡感報唯因緣非是我也如論云因緣故生天因緣故墮地獄是此意也問既言無我誰感因緣若言無我但是因緣自爲者草木亦稟因緣何不生天與受苦耶答内外雖但稟因緣因緣有二一善惡增上業因緣但感生天及地獄異熟等二善惡等流業因緣生天者感寶地金華墮地獄者感刀林銅柱等此是因緣業作非我能爲豈謂受報不同而計有我也故經云無我無造無受者善惡之業亦不亡問若言造業受報但是因緣非由我者何故有證無我者雖有已造惡業因緣而不感受報耶既得無我即不受報者故知我造惡業受報

非是業因緣也答由得無我已即斷惡業因緣無彼因緣故不受報非謂有我無我受不受也故經云因緣故法滅等此之謂也即以如實推究我不可得是故無我唯六根也外我所執外分有六塵也非實我所有若言見聞等是我非是識者如聾盲人有我何不得見聞等耶既聾盲等人雖有於我而不得見聞者故知見是識非是我也是知於此根塵識三處推擇唯有法而無我人　夫外計内執我者皆於地水火風空識六大種中及身内識煖息三事等起執今觀六大三事内唯是識之一大世多堅執以爲實我今只用於内外三世中推自然無我無識内外推者只知執識實在身内者且何者是識若言身分皮肉筋骨等是識者此是地大若言精血便

利等是識者此是水大若言身中煖觸是識者此是火大若言折旋俯仰言談祇對是識者此是風大除四大外唯是空大何者是識各各既無和合豈有如一沙壓無油合衆沙而豈有似一狗非師子聚羣狗而亦無此四大種現推無體即是內空死後各復外四大一一歸空即是外空內外俱空識性無寄又內推既無識應在外者外屬他身自無主宰及同虛空有何分別內外俱空中間奚有以因內外立中間故但破內外中間自虛若識內外空者應在三世何者因三世以辨識因識以立三世若無有識誰分三世若無三世何以明識以此三識若不思過去即想未來過未不緣即住現在離三際外更無有識故祖師云一念不生前後際斷今則念念成三世念念識不住念念唯是風念念無主宰故金剛經云過去心不可得未來心不可得現在心不可得以因現在立過去因過去立未來現在既不住過未亦無生互檢互無徹底空寂但有微毫起處皆從識生今推既無分別自滅分別既滅境界無依如依水生波依鏡現像無水則波不起無鏡則像不生故知非關法有法無但是識生識滅如金剛三昧經偈云法從分別生還從分別滅滅是諸分別是法非生滅如是洞達根境豁然自覺既明又能利他普照故經偈云究竟離虛妄無染如虛空清淨妙法身湛然應一切若不於自身子細明察妙觀不習智眼全盲執妄迷眞以空作有若能善觀即齊諸聖如圓覺經云爾時世尊告普眼菩薩善男子彼新學菩

薩及末世衆生欲求如來淨圓覺心應當正念遠離諸幻常作是念我今此身四大和合實同幻化此虚妄心若無六塵則不能有四大分解無塵可得於中緣塵各歸散滅畢竟無有緣心可見善男子彼之衆生幻身滅故幻心亦滅幻心滅故幻塵亦滅幻塵滅故幻滅亦滅幻滅滅故非幻不滅譬如磨鏡垢盡明現善男子當知身心皆爲幻垢垢相永滅十方清淨譬如清淨摩尼寶珠映於五色隨方各現諸愚癡者見彼摩尼實有五色圓覺淨性現於身心隨類各應彼愚癡者説淨圓覺實有如是身心自相亦復如是由此不能遠於幻化是故我説身心幻垢對離幻垢説名菩薩垢盡對除即無對垢及説名者善男子此菩薩及末世衆生證得諸幻滅影像故爾時便得無方清淨無邊虚空覺所顯發覺圓明故顯心清淨心清淨故見塵清淨見清淨故眼根清淨根清淨故眼識清淨識清淨故聞塵清淨聞清淨故耳根清淨根清淨故耳識清淨識清淨故覺塵清淨如是乃至鼻舌身意亦復如是善男子根清淨故色塵清淨色清淨故聲塵清淨香味觸法亦復如是善男子六塵清淨故地大清淨地清淨故水大清淨火大風大亦復如是善男子四大清淨故十二處十八界二十五有清淨彼清淨故十力四無所畏四無礙智佛十八不共法三十七助道品清淨如是乃至八萬四千陀羅尼門一切清淨善男子一切實相性清淨故一身清淨一身清淨故多身清淨多身清淨故如是乃至十方衆生圓覺清淨善男子

一世界清淨故多世界清淨多世界清淨故如是乃至盡於虛空圓裹三世一切平等清淨不動善男子虛空如是平等不動當知覺性平等不動四大不動故當知覺性平等不動如是乃至八萬四千陀羅尼門平等不動當知覺性平等不動善男子覺性徧滿清淨不動圓無際故當知六根徧滿法界根徧滿故當知六塵徧滿法界塵徧滿故當知四大徧滿法界如是乃至陀羅尼門徧滿法界善男子由彼妙覺性徧滿故根性塵性無壞無雜根塵無壞故如是乃至陀羅尼門無壞無雜如百千燈光照一室其光徧滿無壞無雜善男子覺成就故當知菩薩不與法縛不求法脫不厭生死不愛涅槃何以故一切覺故善男子此菩薩及末世衆生修習此心得成

就者於此無修亦無成就圓覺普照寂滅無二於中百千萬億不可說阿僧祇恒河沙諸佛世界猶如空華亂起亂滅不即不離無縛無脫始知衆生本來成佛生死涅槃猶如昨夢善男子如昨夢故當知生死及與涅槃無起無滅無來無去其所證者無得無失無取無捨其能證者無作無止無任無滅於此證中無能無所畢竟無證亦無證者一切法性平等不壞善男子彼諸菩薩如是修行如是漸次如是思惟如是住持如是方便如是開悟求如是云亦不迷悶所以凡夫迷夢怕怖生老病死以二乘偏見厭離成住壞空若頓悟之時不厭不怖全將生死法度脫於羣生以生死性空故如釋迦如來不離不著生則王宮降誕演獨尊之文老則壽八十年示遷

壞之法病則背痛偃臥警泡幻之身死則示滅雙林顯無常之苦令小根者悟其遷變俾大器者頓了圓常故知生老病死之中盡能發覺行住坐臥之内俱可證眞豈同怖厭凡小之見乎　問涅槃經佛説有眞我佛性之理諸菩薩等皆申懺悔我等無量劫來常被無我之所漂流今廣説無我者莫不違涅槃之教否答今言無我者謂破凡夫外道迷唯識理妄執心外實有我法如外道所執略有三等一僧佉等執我體常周徧量同虛空隨處造業受苦樂等二尼乾子執我其體雖常而量不定隨身大小有卷舒故三徧出執我體常至細如一極微潛轉身中作事業故餘九十種所計我等不異此三故此等妄執俱無道理唯成五見之邪思（身見邊見邪見見取見戒禁取見）豈同四德之眞我如涅槃經云外道言如瞿曇説無我我所何縁復説常樂我淨佛言善男子我亦不説内外六入及六識意常樂我淨我乃宣説滅内外入所生六識名之爲常以常故名之爲我有常我故名之爲樂常我樂故名之爲淨夫眞我者是佛性義常恒不變非生因之所生具足圓成唯了因之所了又如經云爾時世尊讚諸比丘善哉善哉汝等善能修無我想時諸比丘即白佛言世尊我等不但修無我想亦更修習其餘諸想所謂苦想無常無我想世尊譬如人醉其心惛眩見諸山河石壁草木宮殿屋舍日月星辰皆悉回轉世尊若有不修苦無常想無我等想如是之人不名爲聖多諸放逸流轉生死世尊以是因縁我等善修如是諸想爾時佛

告諸比丘言諦聽諦聽汝向所引醉人喻者但知文字未達其義何等爲義如彼醉人見上日月實非回轉生回轉想衆生亦爾爲諸煩惱無明所覆生顛倒心我計無我常計無常淨計不淨樂計爲苦以爲煩惱之所覆故雖生此想不達其義如彼醉人於非轉處而生轉想我者即是佛義常者是法身義樂者是涅槃義淨者是法義汝等比丘云何而言有我想者憍慢貢高流轉生死汝等若言我亦修習無常苦無我等想是三種修無有實義我今當說勝三修法（二乘所修無常苦無我向下所說大乘眞實之法超三修曰勝）苦者計樂樂者計苦是顛倒法無常計常常計無常是顛倒法無我計我我計無我是顛倒法不淨計淨淨計不淨是顛倒法有如是等四顛倒法是人不知正修諸法汝諸比丘於苦法中生於樂想於無常中生於常想於無我中生於我想於不淨中生於淨想世間亦有常樂我淨出世亦有常樂我淨世間法者有字無義出世間者有字有義何以故世間之法有四顛倒故不知義所以者何有想倒心倒見倒以三倒故世間之人樂中見苦常見無常我見無我淨見不淨是名顛倒以顛倒故世間知字而不知義何等爲義無我者名爲生死我者名爲如來無常者聲聞緣覺常者如來法身苦者一切外道樂者即是涅槃不淨者即有爲法淨者諸佛菩薩所有正法是名不顛倒以不倒故知字知義若欲遠離四顛倒者應知如是常樂我淨釋曰夫迷四眞實起八顛倒者無非人法二我之見爲生死之樞穴作煩惱之基址成

九結之樊籠開十使之業道二乘雖斷人我常被無我之所漂流外道謬認識神恒爲妄我之所輪轉　如上剖析皆屬一期教門不可於此定執有無迷於方便如廣百論云爲止邪見撥無涅槃故説眞有常樂我淨此方便言不應定執既不執有亦不撥無如是乃名正智解脱問外塵無體唯識理成正教昭然妙旨非謬今凡夫所執多徇妄情以見聞之心熏習之力多執現見之境難斷纖疑前雖廣明猶慮未信更希再示以破執情答法性無量得之者有邊眞如相空執之者形礙如還原觀云眞空滯於心首恒爲緣慮之場實際居在目前飜爲名相之境起信鈔云若是唯心則不合有境以心無相不可見故既有所見云何唯心意云一切法從心起故所起無體即是一心何用説見與不見根本是心故又云境本非善但以順已之情便名爲善境本非惡但以違已之情便名爲惡故知妍醜隨情境無定體既無自體曷有境乎唯心之門從茲明矣故知佛爲信者説不爲疑者施垢重障深自生疑謗遮輕根利頓入元微　問境唯世俗之有識通勝義之門者云何爲世俗諦云何説勝義諦答夫一切諦智皆從無諦而起無諦者即絶待眞心非是對有稱無故云絶待猶如虛空非對小空而稱大空從此無諦立一實諦此一實之名是對三權而名一實（三權者言權巧説三乘之法）待虛名實此是對待得名又從此一實對機約教或分開二諦等此二諦者約情智而開如涅槃經云如出世人之所知者名第一義諦世間人知

者爲世諦仁王經云於解常自一於諦常自二所以仁王雖分二諦智照常一涅槃本唯一諦解惑分二斯則二而不二不二而二一二自在爲眞二諦故昔人頌云二諦並非雙恒乖未曾各即其義也生公云是非相待故有眞俗名生梁攝論云智障甚盲闇謂眞俗别執然法相務欲分析法性務在融通各據一門勿生偏滯何者若但分析而不融通法成差異若不分析事成混濫又無可融通則性相歷然而非異事理融即而非同非異非同圓中妙理又境則不礙眞而恒俗智則不礙寂而常照意以心寂對於境眞心照對於境俗以照對俗則心境非一以寂對眞則心境非異雖雙融空有二境寂照二心終不得言境則不礙眞而恒俗智則不礙照而恒寂境則不礙俗而恒眞智則不礙寂而常照中觀論偈云若人不能知分别於二諦則於深佛法不知眞實義金剛般若不壞假名論云佛所説法咸歸二諦一者俗諦二者眞諦

問既云約俗假立心境雙陳開之則兩分合之則一味今約開義則互相生未有無心境曾無無境心凡聖通論都有幾境答境有二一衆生徧計所執情境心外見法名之曰境二諸聖自在德用智境以從心現故成其妙用智境又二一分劑境廣大無邊故二所知境唯佛能盡故又有二種一是心境唯心現故張心無心外之境張境無境外之心常合一味故二是境界之境謂心境無礙隱顯同時體用相成理事齊現

問覺王隨順世法曲徇機宜欲顯無相之門先明有相之理因

方便而開眞實假有作而證無生只如五蘊初始以何爲義答蘊者藏也亦云五陰陰者覆也即蘊藏妄種覆蔽眞心雜集論云蘊者積聚義此約俗諦所釋若論眞諦無一法可聚以各無自體亦無作用故　故最勝王經云佛告善天女五蘊能現法界法界即是五蘊問處以何爲義答論云識生長門義當知種子義攝一切法差别義亦是處義問界以何爲義答是界分建立義以内外中間各對待立故雜集論云一切法種子義謂依阿賴耶識中諸法種子說名爲界界是因義又能持自相義又能持因果性義又攝持一切法差别義問何因五蘊說唯有五答雜集論云爲顯五種我事故一身具我事謂内外色蘊所攝二受用我事即受蘊三言說我事即想蘊四造作一切法非法我事謂行蘊五彼所依止我自體事謂識蘊是身具等所依我相事義世間有情多於識蘊計執爲我於餘蘊計執我所　問何因處唯十二答雜集論云由身及具能與未來六行受用爲生長門故唯依根境立十二處不依六種受用相識　問何因界唯十八答雜集論云由身具等能持過現六行受用性故身者謂眼等六根具者謂色等六境過現六行受用者謂六識能持者謂六根六境能持六識所依所緣故過現六識能持受用者不捨自相故當知十八以能持義故說名界是以眞諦不有世諦非無迷之則一二情生悟之則性相無礙故先德云眞俗雙泯二諦恒存空有兩亡一味常現　問萬法唯識正量可知又云境滅識

亡心境俱遣今觀陰入界等如上分析性相宛然云何同境一時俱拂答上約世諦分別似有非真但立空名終無實體所以首楞嚴經微細推檢陰入界處一一皆空非因非緣非自然性非因即是不自生非緣即是不他生既無自他二法無法和合即是不共生非自然性即是非無因生四句無生陰從何有

破五陰文云佛告阿難譬如有人取頻伽瓶塞其兩孔滿中擎空千里遠行用餉他國識陰當知亦復如是阿難如是虛空非彼方來非此方入如是阿難若彼方來則本瓶中既貯空去於本瓶地應少虛空若此方入開孔倒瓶應見空出是故當知識陰虛妄本非因緣非自然性釋曰此破識陰也瓶喻於身空喻於識故知虛空不動識無去來一陰既虛四陰皆爾　故知色陰如勞目睛忽現空華之相受陰如手摩觸妄生冷熱之緣想陰如人說酸梅口中自然水出行陰如水上波浪觀之似有奔流識陰如瓶貯虛空持之用餉他國斯則非內非外不即不離和合既不成自然亦非有若此況是實則五陰不虛既並世相而非真審知陰入而無體唯是性空法界如來藏心無始無終平等顯現是以首楞嚴經云佛告阿難是故如來與汝發明五陰本因同是妄想汝體先因父母想生汝心非想則不能來想中傳命如我先言心想酸味口中涎生心想登高足心酸起懸崖不有酸味未來汝體必非虛妄通倫口水如何因談酸出是故當知汝現色身名爲堅固第一妄想即此所說臨高想心能令汝形真受酸

澀由因受生能動色體汝今現前順益違損二現驅馳名爲虛明第二妄想由汝念慮使汝色身身非念倫汝身何因隨念所使種種取像心生形取與念相應寤即想心寐爲諸夢則汝想念搖動妄情名爲融通第三妄想化理不住運運密移甲長髮生氣消容皺日夜相代曾無覺悟阿難此若非汝云何體遷如必是眞汝何無覺則汝諸行念念不停名爲幽隱第四妄想又汝精明湛不搖處名恒常者於身不出見聞覺知若實精眞不容習妄何因汝等曾於昔年覩一奇物經歷年歲憶忘俱無於後忽然復覩前異記憶宛然曾不遺失則此精了湛不搖中念念受熏有何籌算阿難當知此湛非眞如急流水望如恬靜流急不見非是無流若非想元寧受妄習非汝六根互用合開此之妄想無時得滅故汝現在見聞覺知中串習機則湛了內罔象虛無第五顛倒微細精想阿難是五受陰五妄想成汝今欲知因界淺深唯色與空是色邊際唯觸及離是受邊際唯記與忘是想邊際唯滅與生是行邊際湛入合湛歸識邊際此五陰元重疊生起生因識有滅從色除理則頓悟承悟併消事非頓除因次第盡是以若見五陰有即衆生世間若了五陰空即眞諦世間若達五陰實相即中道第一義正智世間離此五陰三世間外更無一法能建能立爲俗爲眞一代時教所詮除此別無方便悟此成佛迷此爲凡唯是一心開合無異何者以一陰名色四陰名心從心所生故稱爲色心是所依色是能依攝能歸所但是一心

本末元同體用常合宗鏡大旨於此絶言即知從來所執一切境界皆從識變盡遂想生離識無塵識寂則諸塵並寂離想無法想空則諸法皆空因緣自然俱成戲論知解分別本末無從但有意言都無眞實如此明達頓悟前非終不更待空裏之華將期結果取夢中之物擬欲牢藏杌見鬼空繩消蛇想渴鹿罷馳於陽燄癡猿息弄於月輪遂乃靜慮虛襟若凌空之逸翮隨緣養性猶縱浪之虛舟畢故不造新任眞而合道如是五陰六入十二處十八界七大性等非是本來自然無因而有非從今日和合因緣所生但是識心分別建立今破此識性則七大性乃至一切法皆空如尋流得源捕賊獲贓則無明怨對生死魔軍應念俱消如湯沃雪唯如來藏妙湛明心性眞圓融徧十方界如波澄秋渚含虛洞然雲朗晴空逈無所有所以首楞嚴經云佛告阿難汝猶未明一切浮塵諸幻化相當處出生隨處滅盡幻妄稱相其性眞爲妙覺明體如是乃至五陰六入從十二處至十八界因緣和合虛妄有生因緣別離虛妄名滅殊不能知生滅去來本如來藏常住妙明不動周圓妙眞如性性眞常中求於去來迷悟生死了無所得是以先令照徹心境分明後乃頓融須亡心境如華嚴演義云謂此華嚴經中教人觀察若心若境如頌云欲知諸佛心當觀佛智慧佛智無依處如空無所依此令觀佛心也又頌云若有欲知佛境界當淨其意如虛空此教觀佛境也次空心境頌云法性本空寂無取亦無見性空即是佛不

可得思量無取即無境無見即無心又頌云若有欲得如來智應離一切妄分別有無通達皆平等疾作人天大導師即空心境也菩薩凡夫所有心境觀照例知故經頌云知妄本自眞見佛則清淨又云心佛與衆生是三無差別　問於世間法五蘊身中作何見解成外道義云何通達成佛法義答外道不達諸法因緣和合成諸蘊凡有所爲皆是識陰便於蘊上執有實我受用自在名爲神主於似常似一相續之中説有神性是外道義若了内外和合因緣所成唯識所變似境所現即第八識任持不斷似有相續即佛法義外道不知將爲實有迷無性之理執身見之愚　問前破五陰識義俱無云何建立唯識答一爲遣境故立識何者若不因識何以立境若不顯識何以遣境二爲以有妄想心故能知名義何者若無妄則不能顯眞若無眞則不能破惑故知破立在我染淨由心　問世間無有一法不從緣生具何因緣能生萬法答曽無心外法能與心爲緣但是自心生還與心爲相義海云明緣起者如見塵時此塵是自心現由自心現即與自心爲緣由緣現前心法方起故名爲緣起法也經云諸法從緣起無緣即不起乃至則知塵體空無所有今悟緣非緣起無不妙但緣起體寂起恒不起達體隨緣不起恒起如是見者名實知見何謂實知見若見緣而不見體即是常見若見體而不見緣即是斷見今從因緣而見性則不落常於眞性中而緣起則不墮斷名實知見所以辯因緣行相者謂因事而顯理令理

不孤因理而成事令事融即　問般若無相不受一塵云何又辯因緣答夫佛道正法皆從緣生故云心法四緣生色法二緣起若執不從緣生者皆非正法悉屬外道自然邪見且心之一法若無第一親因緣者無有生現行果之義則諸法不成立若無第二等無間緣者則無開導引後生義無有相續全成間斷若無第三所緣緣者則心無所慮處不能牽心用心無所託乃心境俱成斷滅若無第四增上緣者雖具前三緣若無增上即成障礙法亦不生四緣具足方成心法若能明了世間因緣所生之法方乃見無生之旨以即生法達無生故且生法尚不知正因云何能了無生妙理所以華嚴鈔云緣起深義佛教所宗淨名經云說法不有亦不無以因緣故諸法生法華經云諸佛兩足尊知法常無性佛種從緣起是故說一乘又經云一切諸法因緣爲本中論云未曾有一法不從因緣生是故一切法無不是空者則眞空中道亦因緣矣問涅槃經云若一切法從緣生者則知無常是諸外道無有一法不從緣生則外道有因緣矣答此明外道在因緣內執於緣相以爲常住是故破之言無常耳今明教詮因緣妙理具常無常豈得同耶況復宗者從多分說所以因緣是所宗不應致疑故知唯是一心緣起法門以法無自性隨心所現所現之法全是自心所以本末相收皆歸宗鏡何者内即是本外即是末以唯心義則内收外託境生心則末亦收本若以法性爲本法性融通緣起相由則塵包大身毛容刹土故合

爲一大緣起也故知有智慧無多聞有多聞無智慧俱不達實相聞慧具足眞見心原如經云若欲學般若應學一切法又云若欲了達因緣等無間緣所緣緣增上緣者應當學般若智論釋云不破四緣之義唯破四緣之執如水中之月不破所見只破所取故知但有能取執情則非幻而成幻法若成無所得慧則非幻尚自不生般若眞性何所滯乎

問八識之中覆眞習妄何識造業何識爲因何識爲依成其妄種答前五識取塵第六識爲因第七識計我造業第八識爲依以此生死苦果不斷楞伽經偈云如水大流盡波浪則不起如是意識滅種種識不生釋云謂五識取塵轉入六識六識記法爲因七識攀緣六識造善惡業得未來生死覆障八識不得顯現若五識不取塵即無六識六識無故七識不生七識不生故則無善惡業無善惡業故即無生死無生死故如來藏心湛然常住即是六七識滅建立八識又八識爲五六七識所依與諸識作因者即第六識心諸識依之如水盡則無波浪六識滅七識亦不生故云一念無明風鼓動眞如海無明風盡識浪不生則覺海性澄圓圓澄覺元妙

問一切世間因果相酬生死不絶於諸識中何識爲主答生滅因緣最初依阿賴耶識爲體以意識爲用如是三世因果流轉不絶功在意識以是義故意名相續識起信論云復次生滅因緣者謂諸衆生依心意識轉此義云何以依阿賴耶識有無明不覺起能見能現能取境界分别相續説名爲意此意復有五種異名

一名業識謂無明力不覺心動二名轉識謂依動心能見境相三名現識謂現一切境界相猶如明鏡現衆色像現識亦爾如其五境對至即現無有前後不由功力四名智識謂分别染淨諸差別法五名相續識謂恒作意相應不斷任持過去善惡等業令無失壞成熟現未苦樂等報使無違越已曾經事忽然憶念未曾經事妄生分别是故三界一切皆以心爲自性離心則無六塵境界何以故一切諸法以心爲主從妄念起凡所分别皆分别自心心不見心無相可得是故當知一切世間境界之相皆依衆生無明妄念而得建立如鏡中像無體可得唯從虛妄分別心轉心生則種種法生心滅則種種法滅故

御録宗鏡大綱卷十四

音釋

筋音斤骨絡　壓乙甲切　愐音勉思也　眩于眷切音衒　酸澀上筭平聲下森入聲　贓兹郎切受賄也

問生死之法是有是無答非有非無何者若言是有一身內外地水火風各各性空未曾聚散所以無生之生可說爲生無滅之滅可說爲滅如菴提遮女師子吼了義經云若能明知地水火風四緣畢竟未曾自得有所和合而能隨其所宜有所說者是爲生義乃至若能明知地水火風畢竟不自得有所散壞而能隨其所宜有所說者是爲死義若言是無以染淨眞如不守自性不覺隨緣起幻生滅故云法身流轉五道號曰衆生須知生死中道方離斷常是以生之無生眞性湛然無生之生業果宛然眞性湛然不可執常業果宛然不可執斷又復諸佛出世尚如空華亂生亂滅況衆生顛倒生死但如妄夢如狂醉豈是實耶無如一切衆生飲無明酒卧五住地長劫惛然孰有醒者忽得見性之時如同醉醒如經偈云譬如惛醉人酒消然後醒得佛無上體是我眞法身又若入宗鏡中頓明實性反觀世間生死名相虛誑猶如兒戲復似技人然雖改換千差一性宛然不動　問生死輪廻不待外緣旣由內識此即有漏異生生死相續諸佛菩薩淨法相續爲復亦由內識爲復別有淨體答淨法相續應知亦然論云謂無始來依附本識有無漏種由轉識等數數熏發漸漸增勝乃至究竟得成佛時轉捨本來雜染識種轉得始起清淨種識任持一切功德種子由本願力盡未來際起諸妙用相續無窮由此應知唯有內識　所以經云解無不生了有不死若了有空而無我

無我令誰生解本無而不生不生令誰死唯持種本識妙湛眞心體性圓明寂然常住處異生位持無漏而常熏至佛果門續菩提而不斷又心性本來離生滅相而有無明迷自心性由迷心性離相寂靜故能生起動四相四相無明和合力故能令心體生住異滅經云即此法身爲諸煩惱之所飄動往來生死名爲衆生起信論明自性清淨心因無明風動四相流轉唯一夢心處夢之士謂爲前後各隨智力淺深分分而覺大覺之者知夢四相唯一淨心無有體性可辨前後故論云四相俱時無有自立生住異滅一心而轉四相俱有爲心所成離一心外無別自體故言俱時而有無有自立者本來平等同一本覺故如般若燈論偈云生死有際否佛言畢竟無此生死無際前後不可得如般若經云復次極勇猛如涅槃無際一切法亦無際何者生死以涅槃爲際涅槃以生死爲際旣不得生死亦不得涅槃生死涅槃旣不可得則一切法悉無際如是但了本覺一心念念契圓常之道若逐無明散意塵塵成生死之輪得失在人法無邪正取捨任己道絶昇沉但自內觀躡普門而頓入唯當正眼履一道以圓成

問動識相與眞心性旣非一異爲復可壞不可壞若不可壞則爲墮常若可壞則歸斷滅

答旣非一而非是異即亦可壞而不可壞起信論云一切心識相即是無明相與本覺非一非異非是可壞非不可壞如海水與波非一非異波因風動非水性動若風止時波動即滅非水性滅衆生亦爾自性清淨心因無

明風動起識波浪如是三事皆無形相非一非異然性淨心是動識本無明滅時動識隨滅智性不壞根本無明滅者是合風滅相續即滅者業識等滅合動相滅也智性不壞者隨染本覺神解之性名爲智性是合濕性不壞是知本末相資方立世間染淨之位應當防制意地恒順眞如圓滿菩提常樂妙果所以阿差末經云常正其心不尚餘學夫心常正直本自玄虛道全是心心全是道以不違故隨思慮心爲外緣所拘内結所亂乃令志當歸一不尚餘學虛明自現返本之稱也如是開示可謂把行人手直至薩婆若海保不孤然若信受之人可謂不動塵勞頓成正覺

顯識經云大藥白佛言世尊無形之識云何假因緣力而生有形云何有形止因緣内佛言大藥如木和合相觸生火此火木中不可得若除於木亦不得火因緣和合而生因緣不具火即不生木等之中尋火色相雖不可見然咸見火從木出如是大藥識假父母因緣和合生有形身有形身中求識不得離有形身亦無有識大藥如火未出火相不現亦無煖觸諸相皆無如是大藥若未有身識受想行皆悉不現大藥如見日輪光明照耀而諸凡夫不見日體是黑是白黃白黃赤皆不能知但以照熱光明出没環運諸作用事而知有日識亦如是以諸作用而知有識

故云心能作佛心作衆生心作天堂心作地獄心異則千差競起心平則法界坦然心凡則三毒縈纏心聖則六通自在心空則一通清淨心有則萬境縱横如谷應聲語雄而響

厲似鏡鑒像形曲而影凹以知萬行由心一切在我内虚外終不實外細内終不麤善因終值善緣惡行難逃惡境蹈雲霞而飲甘露非他所授卧烟燄而噉膿血皆自能爲非天之所生非地之所出只在最初一念致此昇沉欲外安和但内寧靜心虚境寂念起法生水濁波昏潭清月朗修行之要靡出於斯可謂衆妙之門羣靈之府昇降之本禍福之原但正自心何疑别境是以離衆生罪行福行不動行終無三界苦樂果報若離衆生見聞覺知豈有陰處界等境界如大般若經云佛言若夢若覺要於見聞覺知法中有覺慧轉由斯起染或復起淨若無見聞覺知法無覺慧轉亦無染淨故知夢覺唯識染淨由心前賢後學之所宗千經萬論之同指如楞伽經偈云衆生及瓶等種種諸形相内外雖不同一切從心起但一念不生諸緣自斷故云一念心不生六根總無過又云一心不生萬法無咎如今厭生患老隨思隨造捨妄除身業果恒新若能了生無生知妄無妄一念心寂萬慮俱消如云畏影畏跡逾走逾極端坐樹陰跡滅影沉是知悟心即休更無異術如祖師云一切由心邪正在巳不思一物即是本心智者能知更無别行所以本師云此事唯我能知　問一期真妄生死約事而言還有終始否答第一義中尚無生死何有始終順世諦門中隨衆生見而妄説生死如古德云真妄相循難窮初後者釋云若言先妄後真真則有始若謂先真後妄妄由何生若妄依真起真亦非真若妄體即真妄亦無始爲破

始起立無始言始既不存終從何立無終無始豈有中間　問如上所説生死惡業纔了此心得一切同時解脱否答實有此理全在當人若障薄遮輕直了直入緣深機熟頓悟頓修如鏡淨明生雲開月朗或垢濃習重觀劣心浮雖信解一心行門難立有八重妄想之垢猶緻網稠林一自性妄想二差別妄想三攝受積聚妄想四我見妄想五我所妄想六有念妄想七不念妄想八俱相違妄想具六種繫縛之門若堅冰膠漆一相應縛二所緣縛三貪縛四瞋縛五見取縛六戒取縛若非大力曷能解分　又古釋智障有其三門一是智障所謂分別有無之心二是體障謂觀非有非無之解立已能者故曰體障三是治想謂妄識中合如正慧依此地有其三初一四地乃至七地斷除四五六地斷除分別取有之心謂解法慢身淨慢等入七地時斷除分別取無之心八地已上斷除體障前第七地雖除分別有無之心猶見巳心以爲能觀如爲所觀其所觀如不即心能觀之心不即如心如別故心外求法故有功用法外立心故有體障從第七地入八地時破捨此障觀察如外由來無心心外無如如外無心心不異如心外無如如不異心故能如心泯同法界廣大不動以不異故息外推求故捨功用不復如外建立神智故滅體障體障滅故名無障想第三治想至佛方滅故入八地雖無障想而有治想從八地已上無生忍體轉轉寂滅令彼治想運運自亡至佛乃窮故知萬境雖空須得無心契合不可口雖説空行在有中境智相應能所冥合方能解縛隨順無生耳纔生取著便成魔業如華嚴經

云佛子菩薩摩訶薩有十種魔何等爲十所謂蘊魔生諸取故煩惱魔恒雜染故業魔能障礙故心魔起高慢故死魔捨生處故天魔自憍縱故善根魔恒執取故三昧魔久耽味故善知識魔起著心故菩提法智魔不願捨離故是爲十菩薩摩訶薩應作方便速求遠離疏釋云一蘊魔者身爲道器體與佛同豈即是魔蘊魔之名特由取著下九例爾皆以下句釋成魔義是知以心分別萬法皆魔何但此十故舉菩提法智以勝況劣不以心分別一切皆佛豈捨魔界求佛界耶然四魔直就體明十魔多約執取十表無盡故菩提法者即所證智是能證能所冥合故名菩提若不捨於分別菩提之見即是魔矣若入宗鏡分別自亡既無能證之心亦無所證之理又華嚴經云無有少法爲智所入亦無少智而入於法是以駕一智箭破衆魔軍揮一慧刀斬羣疑網斯乃宗鏡之力餘何言哉若不悟自心未達斯旨雖修智慧不入圓常縱練行門唯增我慢以未達一際法門故但生分別長養無明如經云若分別是聲聞法是緣覺法是菩薩法是諸佛法此名爲淨此名不淨此名爲道此名非道是名菩薩憍慢若入宗鏡智行俱成我慢山崩貪癡水竭勝負情盡差別業亡如弄珠吟云消六賊兮鑠四魔摧我山兮竭愛河龍女靈山親獻佛貧兒衣裏枉蹉跎問五陰一法即妄即真既作塵勞生死之門又成出世菩提之道今且推妄生死無從經云此陰纔滅彼陰便生既唯識無人前陰滅後陰如何得生答五陰性空非常相

續不斷不常不斷即是正因如華嚴疏云五藴相續即是正因亦名生因言正因者是中道義中道即是佛性謂現在陰滅中陰陰生是現在陰終不變爲中陰五陰故現陰非常如種生芽種不至芽雖不至芽而能生芽此現在陰雖不至後而能生後則現陰非斷而中陰五陰亦非自生不從餘來因現五陰生中陰陰斯則後陰非無因故後陰非常旣能續前故後陰非斷非斷非常是中道義正因性也　問夫論心含教法如何是一心四諦法門答四諦法門橫該竪徹法無不備教無不窮今約合教一心具無作四諦者一念心中具十界苦名爲苦諦具十界惑名爲集諦苦即涅槃名爲滅諦惑即菩提名爲道諦此唯論一心四諦又四教四種四諦藏教生滅四諦通教無生四諦別教無量四諦圓教無作四諦今但論圓教無作四諦止觀云法性與一切法無二無別凡法尚是況二乘乎離凡法更求實相如避此空彼處求空即凡法是實法不須捨凡向聖經言生死即涅槃一色一香皆是中道即無作四諦又玄義云以迷理故菩提是煩惱名集諦涅槃是生死名苦諦以能解故煩惱即菩提名道諦生死即涅槃名滅諦即事而中無思無念無誰造作故名無作亦名一實諦一實諦者無虚妄無顛倒常樂我淨等是故名爲無作四聖諦法華經偈云更以異方便助顯第一義又云惟此一事實即是無作一實諦也以眞如之性是自心之實名一實諦念念圓成更何所作名無作四諦所以八千聲聞於法華會上見

如來性如秋收冬藏更無所作以達本故法爾如斯若未見性人不可安然拱手效無作無修直須水到渠成自然任運故又但了一心自然無作非是彊爲故云陰入皆如無苦可捨無明塵勞即是菩提無集可斷邊邪皆中正無道可修生死即涅槃無滅可證無苦無集故無世間無道無滅故無出世間純一實相實相外更無别法又文殊道行經云佛告文殊師利若見一切諸法無起即解苦諦若見一切諸法無住即能斷集若見一切諸法畢竟涅槃即能證滅文殊師利若見一切諸法無自體即是修道　問一念無明心鼓動真如海成十二緣起作生死根由若了之爲佛智海之波瀾昧之作生死河之漩澓云何成佛智云何成生死答天真之佛智本有妄緣之生死體空雖有二名但是一義只謂不了第一義諦號曰無明因不了之所盲成惑業之衆苦了無明之實性成涅槃之妙心若迷爲惑業則成三道一無明愛取是煩惱道二行有是業道三識名色六入觸受生老死是苦道若悟爲三因佛性一識名色六入觸受生老死七支是正因佛性二無明愛取三支是了因佛性三行有二支是緣因佛性如是等義差别不同唯是一心迷成多種雖成多種不離一心華嚴經云佛子此菩薩摩訶薩復作是念三界所有唯是一心如來於此分别演說十二有支皆依一心如是而立何以故隨事貪欲與心共生心是識事是行於行迷惑是無明與無明及心共生是名色名色增長是六處六處三分合爲觸觸共生

是受受無厭足是愛愛攝不捨是取彼諸有支生是有有所起名生生熟為老老壞為死大集經云十二因緣一人一念悉皆具足但隨一境一念起處無不具足且如眼見色不了名無明生愛惡名行是中心意名識色共識行即名色六處生貪名六入色與眼作對名觸領納名受於色纏綿名愛想色相名取念色心起名有心生名生心滅名死乃至意思法亦復如是一日一夜凡起幾念念念織幾十二因緣成六趣無窮之生死是以生死無體全是如來藏第一義心迷悟昇沈了不可得　内外諸法皆具因緣如稻稈經云爾時彌勒語舍利弗言世尊常說見十二因緣即是見法見法即是見佛乃至有因有緣是名因緣法此是佛略說因緣相以此因能生是果如來出世因緣生法如來不出世亦因緣生法性相常住無諸煩惱究竟如實非不如實是眞實法離顛倒法復次十二因緣法從二種生云何為二一者因二者果因緣生法復有二種有内因緣有外因緣外因緣法從何而生如似種子能生於芽從芽生葉從葉生節從節生莖從莖生穗從穗生華從華生實無種子故無芽乃至無有華實有種子故芽生乃至有華故果生而種子不作念我能生芽芽亦不作念我從種子生乃至華亦不作念我能生實實亦不作念我從華生而實種子能生於芽如是名為外因生法云何名外緣生法所謂地水火風空時地種堅持水種濕潤火種成熟風種發起空種不作障礙又假於時節氣和變如是六緣具足便生

若六緣不具物則不生地水火風空時六緣調和不增減故物則得生地亦不言我能持水亦不言我能潤火亦不言我能熟風亦不言我能發起空亦不言我能不作障礙時亦不言我能令生種亦不言我從六緣而得生芽芽亦不言我從爾數緣生雖不作念從爾數緣生而實從衆緣和合得生芽亦不從自生亦不從他生亦不從自他合生亦不從自在天生亦不從時方生亦不從本性生亦不從無因生是名生法次第如是外緣生法以五事故當知不斷亦非常亦不從此至彼如芽種少果則衆多相似相續不生異物云何不斷從種芽根莖次第相續故不斷云何非常芽莖華果各自別故非常亦不種滅而後芽生亦非不滅而芽便生而因緣法芽起種

謝次第生故非常種芽各各相異故不此至彼種少果多故當知不一是名種少果多如種不生異果故名相似相續以此五種外緣諸法得生内因緣法從二種生云何爲因從無明乃至老死無明滅則行滅乃至生滅故則老死滅因無明故有行乃至因有生故則有老死無明不言我能生行行亦不言我從無明生乃至老死亦不言我從無明生而實有無明則有行有生則有老死是名内因次第生法云何名内緣生法所謂六界地界水界火界風界空界識界何謂爲地能堅持者名爲地界何謂爲水能潤漬者名爲水界何謂爲火能成熟者名爲火界何謂爲風能出入息者名爲風界何謂爲空能無障礙者名爲空界何謂爲識四陰五識亦言爲名亦名

爲識如是衆法和合名爲身有漏心名爲識如是四陰爲五情根名爲色如是等六緣名爲身若六緣具足無損減者則便成身是緣若減身則不成地亦不念我能堅持水亦不念我能濕潤火亦不念我能成熟風亦不念我能出入息空亦不念我能無障礙識亦不念我能生長身亦不念我從爾數緣生若無此六緣身亦不生地亦無我無人無衆生無壽命非男非女亦非非男非非女非此非彼水火風乃至識等亦皆無我無衆生無壽命乃至亦非此非彼云何名無明無明者於六界中生一想聚想常想不動想不壞想内生樂想衆生想壽命想人想我想我所想生如是種種衆多想是名無明如是五情中生貪欲瞋恚想行亦如是隨著一切假名法名爲識四陰爲名色陰爲色是名色名色增長生六入六入增長生觸觸增長生受受增長生愛愛增長生取取增長生有有增長故能生後陰爲生生增長變名爲老受陰敗壞故名爲死能生嫉熱故名憂悲苦惱五情違害名爲身苦意不和適名爲心苦乃至如月麗天去地四萬二千由旬水流在下月耀於上玄像雖一影現衆水月體不降水質不昇如是舍利弗衆生不從此世至於後世不從後世復至於此然有業果因緣報應不可損減是以如月不動影現衆流類識不行身分六趣雖無作者業果宛然但逐緣生不乖法爾又有德女所問大乘經云爾時有德婆羅門女白佛言世尊所言無明爲内有耶爲外有耶佛言不也有德女言世尊若於内外無有無

明云何得有無明緣行復次世尊有他世法而來至於今世得否佛言不也有德女復白佛言世尊無明行相是實有耶佛言不也無明自性從於虛妄分別而生非眞實生從顛倒生非如理生有德女復白佛言世尊若如是者則無無明云何得有諸行生起於生死中受諸苦報世尊如樹無根則無枝葉華果等物如是無明無自性故行等生起定不可得佛言有德女一切諸法皆畢竟空凡愚迷倒不聞空義設得聞之無智不了由此具造種種諸業既有衆業諸有則生於諸有中備受衆苦第一義諦無有諸業亦無諸有而從業生及以種種衆苦惱事有德女如來應正等覺隨順世間廣爲衆生演說諸法欲令悟解第一義故有德女第一義者亦隨世間而立名字何以故實義之中能覺所覺一切皆悉不可得故有德女譬如諸佛化作於人此所化人復更化作種種諸物其所化人虛誑不實所化之物亦無實事此亦如是所造諸業虛誑不實從業有生亦無實事是以但了唯心之旨自然萬法常虛隨有見聞悉順無生之道凡關動作皆歸無得之門　問三界初因四生元始莫窮本末罔辨根由最初起處如何指南答欲知有情身土眞實端由無先我心更無餘法首楞嚴經云富樓那而白佛言世尊若復世間一切根塵陰處界等皆如來藏清淨本然云何忽生山河大地諸有爲相次第遷流終而復始又疑云若此妙覺本妙覺明與如來心不增不減無狀忽生山河大地諸有爲相如來今得妙空明覺山河

大地有爲習漏何當復生佛言富樓那如汝所言清淨本然云何忽生山河大地汝常不聞如來宣說性覺妙明本覺明妙富樓那言唯然世尊我常聞佛宣說斯義佛言汝稱覺明爲復性明稱名爲覺爲覺不明稱爲明覺富樓那言若此不明名爲覺者則無所明佛言若無所明則無明覺有所非覺無所非明無明又非覺湛明性性覺必明妄爲明覺覺非所明因明立所所既妄立生汝妄能無同異中熾然成異異彼所異因異立同同異發明因此復立無同無異如是擾亂相待生勞勞久發塵自相渾濁由是引起塵勞煩惱起爲世界靜成虛空虛空爲同世界爲異彼無同異眞有爲法釋曰此二覺義幽旨難明若欲指陳須分皂白大約經論有二種覺一性

覺二本覺又有二種般若一本覺般若二始覺般若又有二種心一自性清淨心二離垢清淨心又有二種眞如一在纏眞如二出纏眞如此四種名隨義異體即常同今一切衆生只具性覺清淨本覺自性清淨心在纏眞如等於清淨本然中妄忽生於山河大地以在纏未離障故未得出纏眞如等若十方諸佛二覺俱圓已具出纏眞如等無有妄想塵勞永合清淨本然則不更生山河大地諸有爲相等如金出礦終不染於塵泥似木成灰豈有再生枝葉將此二覺已豁疑情性覺妙明者是自性清淨心即如來藏性在纏眞如等本性清淨不爲煩惱所染名性覺經云佛告阿難及諸大衆汝等當知有漏世界十二類生本覺妙明覺圓心體與十方佛無二無

别由汝妄想迷理爲咎癡愛發生生發徧迷故有空性化迷不息有世界生則此十方微塵國土非無漏者皆是迷頑妄想安立當知虛空生汝心内猶如片雲點太清裏況諸世界在虛空耶汝等一人發眞歸元此十方虛空皆悉消殞云何空中所有國土而不振裂以此文證即知凡聖本同此妙明之覺本覺明妙者出纏眞如等從無分别智覺盡無始妄念名究竟覺始覺即本覺悟本之覺得本覺名論云於眞如門名爲性覺於生滅門名爲本覺由迷此性覺而有妄念妄念若盡而立本覺以性覺不從能所而生非假修證而起本自妙而常明故云性覺妙明以始覺般若明性覺之妙故云本覺明妙又眞如之性性自了故則性覺妙明始覺之智了本性故則本覺明妙又摩訶衍論有四種覺一清淨本覺二染淨本覺三清淨始覺四染淨始覺若論本始明昧之事皆依染淨之覺得名若清淨覺原愚智俱絶非迷悟之所得豈文義之能詮經中佛常説眞如爲迷悟依故如萬像依虛空虛空無所依所以滿慈領言我常聞佛宣説斯義此二覺義亦同起信論所立一心分眞如生滅二門以本性清淨是性覺義但以性中本覺如木中火性未具因緣有而無用非是悟已而更起迷悟時始立本覺之號悟本覺已更不復迷諸佛重爲凡夫無有是處佛問汝稱覺明爲復覺性自明名爲覺明爲復覺體不明能覺於明富樓那意必有所明當情爲其所覺若無所覺之明則無覺明之號但可稱覺而無所明故云則無所

明佛意性覺體性自明不因能覺所明方稱覺明起信論云眞如自體有大智慧光明義徧照法界義等只緣迷一法界疆分能所故成於妄若要因所明方稱覺明者此乃因他而立非自性覺故云有所非覺如緣塵分別而有妄心離塵則無有體不可將斷滅之心以爲本來眞覺故若以無體之法爲究竟者故經云法身則同龜毛兔角其誰修證無生法忍又釋若以不明名爲覺者則無所明者故知覺體本無明相佛證眞際實不見明若見於明即是所明旣立所明便有能覺但除能所之明方稱妙明此妙之明是不明之明不同所明因明起照故般若無知論云難曰聖智之無惑智之無俱無生滅何以異之耶答曰聖智之無者無知惑智之無者知無其無雖同所以無者異也何者夫聖心虛靜無知可無可曰無知非謂知無惑智有知故有知可無可謂知無非曰無知也故云般若無知無所不知無知者無能所之知無不知者眞如自性有徧照法界義又聖人唯有無心之心無見之見非同凡夫有心有見皆是分別能所相生故涅槃經云不可見了了見華嚴經頌云無見即是見能見一切法於法若有見此則無所見又云菩薩悉見諸法而無所見普知一切而無所知則般若無知無所不知矣但不落有無之知能所之見非是都無知見矣諸佛皆具五眼三智四辯六通三諦理圓一心具足若不見空與不空非空非不空方與實相相應耳故楞伽經云一一相相應遠離諸見過者若於諸相常與實相相

應自然遠離諸過會第一義清淨真心朗然明徹而無念著即事即如唯心直進即諸佛所知唯實相矣離此立見皆成諸過無所非明者若能覺之體要因所明者若無所覺之明則能覺之體便非是明故云無所非明故知覺之與明互相假立本無自體豈成自性圓明之覺無明又非覺湛明性者顯妄覺體無湛明之用若言但覺於明何須覺體自明者則自性非明便無覺湛之用故云無明又非覺湛明性性覺必明妄爲明覺者釋妄覺託真之相也何以得知妄覺初起有覺明只緣性覺必有真明所以妄覺託此性明而起影明之覺執影像之明起攀緣之覺迷真認影見相二分自此而生覺明之號覺非所明因明立所者夫一真之覺體性雖明不分能所故覺非所明由影明起覺能所斯分故云因明立所所既妄立生汝妄能無同異中熾然成異者此則元因覺明起照生所所立照性遂亡則是識精元明能生諸緣緣所遺者乃是但隨能緣之相覆真唯識性一向能所相生如風動水波浪相續澄湛之性隱而不現從此迷妄生虛空之性復因虛空成立世界之形於真空一心畢竟無同異中熾然建立成諸法究竟之異皆因情想擾亂勞發世間之塵迷妄昏沉引起虛空之界分世界差別爲異立虛空清淨爲同於分別識中又立無同無異皆是有爲之法盡成生滅之緣未洞本原終爲戲論

御錄宗鏡大綱卷十五

音釋

漩澓上音旋下音服水回流也穗音遂禾穎潰音悠漚也礦古猛切國上聲殞音允

御錄宗鏡大綱卷十六

夫言一覺一切覺云可教中分其多種答覺體是一隨用分多用有淺深覺無前後如瓔珞經云妙覺方稱寂照等覺照寂又覺有三義一覺察如睡夢覺亦如人覺賊賊無能爲妄即賊也二覺照即照理事也亦如蓮華開照見自心一眞法界恒沙性德如其勝義覺諸法故三妙覺即上二覺離覺所覺故爲妙耳非更別覺故經云無有佛涅槃遠離覺所覺又覺性無覺即根本智覺相歷然即後得智問既云眞如一心古今不易因何而有衆生相續答平等眞法界無佛無衆生隨於染淨緣遂成十法界以眞心隨緣不守自性只爲衆生不自知無性之性故但隨染緣成凡隨淨緣成聖如虛谷響任緣所發又如太虛忽雲明鏡忽塵求一念最初起處了不可得故號無始無明　問凡所施爲皆是自心者云何殺生而得殺罪答皆是依於自心分別強執善惡之因妄受苦樂之果若究三輪之體一能殺二所殺三殺相能殺所殺本空是以文殊執劍於瞿曇鴦崛持刀於釋氏終不見生見殺執自執他妄受輪迴酬還罪報識論問云若彼三界唯是內心無有身口外境者何故屠獵師等殺害猪羊等得殺生罪偈答云死依於他心亦有依自心依種種因緣破失自心識釋曰如人依鬼毗舍闍等是故失心或依自心是故失心或有憶念愛不愛事是故失心或有夢見鬼著失心或有聖人神通轉變前人失心如一比丘夜蹋瓜皮謂殺蝦蟇死入惡道故死依於他心亦有依自心者以依

仙人嗔心嗔毗摩質多羅阿修羅王故殺餘衆生此依他心他衆生心虛妄分別命根謝滅以彼身命相續斷絕應如是知頌云經說檀拏迦迦陵摩登國仙人嗔故空是故心業重問依仙人嗔心依仙人鬼殺害如是三國衆生非依仙人嗔心而死答佛問尼乾子言摩登伽等三國衆生汝頗曾聞云何而死爲身業殺爲意業殺尼乾子言瞿曇我昔曾聞仙人嗔心以意業殺爾所衆生佛言以是成我義三界唯心無身口業何以故如世人言賊燒山林聚落城邑不言火燒此義亦爾唯依心其善惡業得成故偈云諸法心爲本諸法心爲勝離心無諸法唯心身口名成實論云若離心有業非衆生亦應有罪福如風頹山惱害衆生風應有罪若吹香華來墮塔寺亦應有福是則不可故知離心無罪福也以此文證罪福據心無身口業身口業者但有名字實是意業身口名說　問若心虛境寂理實無差現對根塵事相違反如何明徹境智一如答一期根境俗有眞無畢竟自他皆無所得又若定執眞有俗無則成增減二謗但二諦雙會圓了一心如般若經云一切法無知無見如幻人無受無覺菩薩如是行爲行般若波羅密釋曰若行般若者則是直了一心智性了色無形非眼境界乃至達法體寂非意所知但是隨心暫現還隨心滅故云一切法無知無見大智度論云相不能知無相譬如刀雖利不能破空無相不能知相者有人言內智慧無定相外所緣法有定相心隨緣而生是故說無相不應知相譬如無刀

雖有物無刀可斫是知若心有境無亦不知見若心無境有亦不知見若心境俱有各無自性各既不知合豈成見若心境俱無亦不知見有尚不知無豈成見則心境俱空萬有咸寂如是則尚無一法冥合相順寧有根境對待而作相違者乎如一切差別違順之境皆是一心之量無有障礙亦無解脫譬如水不洗水火不滅火何者以一體故不相陵滅若有異法方成對治如今但先得旨自合眞如故經云法隨於如無所隨故若有所隨則有能隨之別既無所隨亦無能隨故則法外無如如外無法華嚴疏云以如爲佛則無境非如者金剛經云如來者即諸法如義既以如爲佛一切法皆如也何法非佛耶若信一如此是開悟本法生決定解入自在門　問既但唯心無有萬法目前差別從何建立答萬法但名實無體相因名立相相狀元空因相施名名字本寂唯想建立名相俱虛反窮想原亦但名字既無想體分別則空故知萬法出自無名萬名生於無相名不當相相不當名彼此無依萬法何在相待之名既寂分別之想俄空如幻之境冥眞所執之情合覺密嚴經頌云世間種種法一切唯有名但想所安立離名無別義　又頌云如見杌爲人見人以爲杌人杌二分別但有於名字諸大和合中分別以爲色若離於諸大色性即無有問若以唯識爲宗則世出世間唯是一識萬法皆決定空耶答以唯識故則有世俗諦既有世俗則有似塵識幻相不無以無實不可得故稱空耳不可起蛇足鹽香決定斷空

之見如密嚴經偈云瓶等衆境界悉以心爲體非瓶似瓶現是故說爲空世間所有色諸天宮殿等皆是阿賴耶變異而可見衆生身所有從頭至手足頓生及漸次無非阿賴耶習氣濁於心凡愚不能了此性非是有亦復非是空如人以諸物擊破於瓶等物體若是空即無能所破譬如須彌量我見未爲惡憍慢而著空此惡過於彼又經云寧可執有如須彌不可執空如芥子大般涅槃經云解脫者名不空空空空者名無所有無所有者即是外道尼乾子等所計解脫而是尼乾實無解脫故名空空眞解脫者則不如是故不空空不空空者即眞解脫眞解脫者即是如來又解脫者名曰不空如水酒酪酥蜜等瓶雖無水酒酪酥蜜時猶故得名爲水等瓶如是瓶等不可說空及以不空若言空者則不得有色香味觸若言不空而復無有水酒等實解脫亦爾不可說色及以非色不可說空及以不空若言空者則不得有常樂我淨若言不空誰受是常樂我淨者以是義故不可說空及以不空空者謂無二十五有及諸煩惱一切苦一切相一切有爲行如瓶無酪則名爲空不空者謂眞實善色常樂我淨不動不變猶如彼瓶色香味觸故名不空是故解脫喻如彼瓶彼瓶遇緣則有破壞解脫不爾不可破壞不可破壞即眞解脫眞解脫者即是如來問經云五陰即世間者一陰名色四陰名心云何說內外種種世間皆從心出答種種五陰皆從心起從心現相名之曰色經偈云一切世間中但有名與色若欲如實觀但

當觀名色色即收盡無情國土名即收盡有識世間五陰即世間故若了五陰俱空則是出世間是知世出世間皆從心起何者若意地起貪嗔心攬三塗五陰罪苦衆生發現意地修戒善心攬人天五陰受樂衆生發現意地證人空心攬無漏五陰眞聖衆生發現意地立弘誓心攬慈悲五陰大士衆生發現意地運平等心攬常住五陰尊極衆生發現今所以置前四陰但觀識陰如伐樹除根灸病得穴則生死之苦芽永絶煩惱之沉痾不生又若毗藍之風卷羣疑而淨盡猶劫燒之火蕩異執而無餘所以一切世間凡聖同居之處無不悉是自心如此悟入名住眞阿蘭若正修行處非論小大之隱不墮喧靜之觀所以古德云處衆不見諠譁獨自亦無寂寞何故不喧寂以但了一心故　問立識方成唯識義云何境識俱遣答顯識論云立唯識乃一往遣境留心究竟爲論遣境爲欲空心是其正意是故境識俱泯即是實性實性即是阿摩羅識所以唯識論亦名破色心論　入楞伽經云但不取諸境名爲識滅實不滅識何者以境本空從識變故以識無體不須滅故是以識心無體隨境有無見空生空見色生色事來即起事去還無又事上無事本全是心念起塵生念寂塵滅如起信論云以一切色法本來是心實無外色然既無外色亦無外空空尚是無色焉能有又云若無色者則無虛空之相疏釋云本以待色爲空今既唯心無色何得更有於空也故知萬法皆相待而有若入宗鏡自然諸法絶待歸本眞心

故論云所謂一切境界唯心妄起若心離於妄動則一切境界滅唯一眞心無所不徧問既唯一眞心教中云何復說諸法如幻答了境是心萬法奚有以依心所起無有定體皆如幻化畢竟寂滅寶積經云爾時世尊告幻師言一切衆生及諸資具皆是幻化謂由於業之所幻故諸比丘衆亦是幻化謂由於法之所幻故我身亦幻智所幻故三千大千一切世界亦皆是幻一切衆生共所幻故凡所有法無非是幻因緣和合之所幻故又教中總明十喻如幻如化如夢如影等此是諸佛密意破衆生執世相爲實起於常見世間共知幻夢等法是空則不信人法心境等如幻夢亦空所以將所信之虛破所信之實令所信之實同所信之虛然後乃頓悟眞宗徧一切處心內心外決定無有實法建立大莊嚴論云我昔曾聞有一幻師有信樂心至耆闍山爲僧設會供養已訖幻尸陀羅木作一女人端正奇特在大衆前抱捉此女而鳴咂之共爲欲事時諸比丘見此事已咸皆嫌忿而作是言此無慚人所爲鄙褻知其如是不受其供時彼幻師既行欲已聞諸比丘譏訶嫌責即便以刀斫刺是女分解支節挑目截鼻種種苦毒而殺此女諸比丘等又見此事倍復嫌忿我等若當知汝如是寧飲毒藥不受其供乃至爾時幻師即捉尸陀羅木用示衆僧合掌白言我向所作即是此木於彼木中有何欲殺欲安衆僧身故設此飲食欲令衆僧心安故爲此幻耳願諸比丘聽我所說豈可不聞佛於修多羅中說一切法猶如幻

化我今爲欲成彼語故故作斯幻如斯幻身無壽無命識之幻師運轉機關令其視眴俯仰顧盼行步進止或語或笑以此事故深知此身眞實無我華嚴經頌云世間種種法一切皆如幻若能如是知其心無所動諸業從心生故說心如幻若離此分別普滅諸有趣譬如工幻師普現諸色像徒令衆貪樂畢竟無所得世間亦如是一切皆如幻無性亦無生示現有種種度脫諸衆生令知法如幻衆生不異幻了幻無衆生衆生及國土三世所有法如是悉無餘一切皆如幻幻作男女形及象馬牛羊屋宅池泉類園林華果等幻物無覺知亦無有住處畢竟寂滅相但隨分別現菩薩能如是普見諸世間有無一切法了達悉如幻衆生及國土種種業所造入於如幻際於彼無依着如是得善巧寂滅無戲論住於無礙地普現大威力又入法界品時童子童女告善財言善男子我等證得菩薩解脫名爲幻住得此解脫故見一切世界皆幻住因緣所生故一切衆生皆幻住業煩惱所起故一切世間皆幻住無明有愛等展轉緣生故一切法皆幻住我見等種種幻緣所生故一切三世皆幻住我見等顛倒智所生故一切衆生生滅老死憂悲苦惱皆幻住虛妄分別所生故一切國土皆幻住想倒心倒見倒無明所現故一切聲聞辟支佛皆幻住智斷分別所成故一切菩薩皆幻住能自調伏教化衆生諸行願法之所成故一切菩薩衆會變化調伏諸所施爲皆幻住願智幻所成故善男子幻境自性不可思議　是以凡夫

盲無慧目妄取前塵男女等相如幻化法但誑心眼都無實事皆業識心動起見現相意識分別强立我人自他差別若能識幻方悟前非終不於空而興造作又此幻法人多錯解執一切法如幻如化便作空無之見如方廣外道立空無爲宗不知實義故華嚴論云了如幻法是堅固義言堅固者即是常住義豈可作空無之解故知此幻即眞幻不可得無幻之幻名爲幻法絶見之見方名見幻問諸法不眞各無自性剎那變異故稱爲幻佛身常住豈稱幻耶答諸佛畧有二身一眞實身二方便身以衆生有不見如來眞實身故示方便身令入眞實若悟入時即方便身是常住體了幻不可得故　所以鴦崛魔羅經偈云如來所變化衆生悉不知如來所作幻衆幻中之王大身方便身是則爲如來問一切法如幻云何有垢淨能所對治答只爲如幻故垢淨不定由心迴轉凡聖法生故思益經云垢法說淨見垢實性故淨法說垢貪著淨相故又莊嚴經論云問若諸法同如幻以何義故一爲能治一爲所治偈答云譬如强幻王令餘幻王退如是清淨法能令染法盡　所以圓覺經云善男子此虛妄心若無六塵則不能有四大分解無塵可得於中緣塵各歸散滅畢竟無有緣心可見善男子彼諸衆生幻身滅故幻心亦滅幻心滅故幻塵亦滅幻塵滅故幻滅亦滅幻滅滅故非幻不滅譬如磨鏡垢盡明現善男子當知身心皆爲幻垢垢相永滅十方清淨善男子譬如清淨摩尼寶珠映於五色隨方各現諸愚癡者見

彼摩尼寶有五色善男子圓覺淨性現於身心隨類各應彼愚癡者說淨圓覺實有如是身心自相亦復如是由此不能遠於幻化釋曰珠中無五方之色因光所映性中無五趣之身隨業而現迷珠者執珠中實色昧性者認性內虛身法喻皎然真偽可驗　問入此宗門云何了一切法如化答以萬法無體名相本空無而忽有名之曰化　大智度論問云若一切法皆空如化何以故有種種說法別異答曰如佛所化及餘人所化雖不實而有種種形像別異夢中所見種種亦如是人見夢中好惡事有生喜者有生怖者如鏡中像雖無實事而隨本形像有好醜諸法亦如是雖空而各各有因緣如佛經中說於是化法中有聲聞變化有辟支佛變化有菩薩變化有佛變化有煩惱變化有業變化又云如化者化主無定物但以心生便有所作皆無有實人身亦如是本無所因但從先世心生今世身皆無有實以是故諸法如化　故知一切法皆從心生悉如幻化雖幻化不實亦可作善惡之因緣受昇沉之報應不可生於斷見但了體虛莫生取捨　以衆生無性即空故在凡不凡以法身隨緣故處聖非聖又以衆生緣成似有故聖不是凡以法身常住不變故凡不是聖則真俗一際染淨恒分凡聖兩途生佛無異如是鎔融方明一心佛性

十地經云衆生身中有金剛佛性猶如日輪佛者是覺人有靈知之覺今第一義空與之爲性故名佛性非情無覺但持自體得稱爲法今真性與之爲性故名法性故云假說

能所而實無差云何無差同一性故問夫言佛性境智俱收云何教中云在有情數中稱佛性在無情數中稱法性答在心稱佛性在境稱法性從緣雖別能所似分約性本同一體無異如瓶貯醍醐隨諸器而不等猶水分江海逐流處而得名一味眞心亦復如是凡聖境智一際無差所以法王經云一切衆生一心佛性平等等諸法故只爲眞心不守自性隨緣轉動於轉動處立其異名古德云譬如珠向月出水向日出火一珠未曾異而得水火之名以珠體是一能應二緣且如月爲水緣時月中未曾無火性日爲火緣時日中未曾無水性何以故二性相冥故但緣水火事有優劣故使二性冥伏不現各從自體得水火名非全無性眞如一心亦復如是在有情中名佛性在無情中名法性一如未曾異而得法佛之名以眞如體一能應二緣且如有情正爲佛緣時有情未曾無法性無情正爲法緣時無情未曾無佛性何以故二性相冥故但由色心事有優劣故二性冥伏不現各從自體得法佛名非全無性　清凉記云法性即佛性者以境因心變境不異心心若有性境寧非有況心與境皆即眞性眞性不二心境豈乖若以性從相不妨内外若以外境而例於心令有覺知修行作佛即是邪見外道之法故須常照不即不離不一不異無所惑矣故知佛性非内非外隨物迷悟强説昇沉又今爲遮妄執一切無情有佛性義就計此義自有淺深若謂精神化爲土木金石梟獍負塊以成於子情變非情非情變情斯

爲邪見不異外道衆生計生草木有命故不可也若說無情同一性故則稍近宗亦須得意彼本立意約於眞如自體徧故眞實之性無有二故今直顯正義謂性與相非一非異情與非情亦非一異　故起信論問云若諸佛法身離於色相者云何能現種種色相答曰即此法身是色體故能現於色所謂從本已來色心不二以色性即智故色體無形說名智身以智性即色故說名法身徧一切處今取二性相即互融之義說耳百門義海云謂覺塵及一切法從緣無性名爲佛性經云三世佛種以無性爲性一切處隨了無性即爲佛性不以有情故有不以無情故無今獨言有情者徧世勸人了性常於一毛一毫之處明見一切理事無非如來性是開如來性起功德名爲佛性是知六道四生山河大地情與非情皆同一性如世尊最後垂示應盡還原品三告之文經云爾時世尊如是逆順入諸禪已普告大衆我以甚深般若徧觀三界一切六道諸山大海大地含生如是三界根本性離畢竟寂滅同虛空相無名無識永斷諸有本來平等無高下想無見無聞無覺無知不可繫縛不可解脫無衆生無壽命不生不起不盡不滅非世間非非世間涅槃生死皆不可得二際平等等諸法故閒居靜住無所施爲究竟安置必不可得從無住法法性施爲斷一切相一無所有法相如是其知是者名出世人是事不知名生死始汝等大衆應斷無明滅生死始又復告大衆我以摩訶般若徧觀三界有情無情一切人法悉皆

究竟無繫縛者無解脱者無主無依不可攝持不出三界不入諸有本來清淨無垢無煩惱與虚空等不平等非不平等盡諸動念思想心息如是法相名大涅槃真見此法名爲解脱凡夫不知名曰無明作是語已復入超禪從初禪出乃至入滅盡定從滅盡定出乃至入初禪如是逆順入超禪已復告大衆我以佛眼徧觀三界一切諸法無明本際性本解脱於十方求了不能得根本無故所因枝葉皆悉解脱無明解脱故乃至老死皆得解脱以是因緣我今安住常寂滅光名大涅槃如上真實慈父廣大悲心不可思議三告之文或有偶斯教者可以析骨爲筆剝皮爲紙刺血爲墨而書寫之不可須刻暫忘刹那失照且如第一文云徧觀三界一切六道諸山大海大地含生如是三界根本性離畢竟寂滅第二文云徧觀三界有情無情一切人法悉皆究竟第三文云徧觀三界一切諸法無明本性性本解脱是以徧法界内盡十方中若有情若無情若有性若無性山河大地草芥人畜不在三界不出三界不隨生死不住涅槃皆同真如一心妙性如是信解頓入一乘更無祕文能出斯旨離此有説皆是權施誘引提携咸歸宗鏡　問一切衆生有佛性者云何不免沉淪答衆生雖具正因而無緣了所以圓覺經云未出輪迴而辯圓覺彼圓覺性即同流轉若免輪迴無有是處故先德頌云圓成沉識海流轉若飄蓬是以真如本覺不守自性以無性故但隨緣轉如云法身流轉五道故號衆生應須以善巧方便發之

以智照助之以良緣了了見時方逃境縛如起信鈔云且大眞之與妄皆依一法界心所說葢以此心本來有體有用即用之體則蕩然空寂即體之用則了然覺知以無始時來迷故於空寂之處確然根身塵境於覺知之處則紛然分別緣念故肇論云法身隱於形殼之中眞智隱於緣慮之内然其形殼緣慮元來體空空寂覺知元來不變不變之眞元來隨緣體空之妄元來成事非因造作法爾如斯　大涅槃經云佛告善男子如汝所言若一闡提有佛性者云何不遮地獄之罪善男子一闡提中無有佛性善男子譬如有王聞箜篌音其聲清妙心即耽著喜樂愛念情無捨離即告大臣如是妙音從何處出大臣答言如是妙音從箜篌出王復語言持是聲來爾時大臣持箜篌置於王前而作是言大王當知此即是聲王語箜篌出聲出聲而箜篌聲亦不出爾時大王即斷其弦聲亦不出取其皮木悉皆折裂推求其聲了不能得爾時大王即嗔大臣云何乃作如是妄語大臣白王夫取聲者法不如是應以衆緣善巧方便聲乃出耳衆生佛性亦復如是無有住處以善方便故得可見以可見故得阿耨多羅三藐三菩提一闡提輩不見佛性云何能遮三惡道罪善男子若一闡提信有佛性當知是人不至三惡是亦不名一闡提也以不自信有佛性故即墮三惡故名一闡提是知一切衆生雖有正因不得了緣枉沉生死爲不知故甘稱下凡爲不聞故不親善友常迷智眼豈有了因恒習惡緣何成善本今爲未聞

者廣搜祕藏發起信心爲未知者直指心原了然無滯爲已聞者智慧開發萬善資熏爲已知者一向保任理行成就有斯深益豈厭文繁普望後賢廣垂傳授問佛性若定有無即成斷常之見如何體會理合正因答非一非異能契一乘之門亦有亦無不謗三因之性（正因緣因了因）如大涅槃經云佛言善男子若有說言一切衆生定有佛性常樂我淨不作不生煩惱因緣故不可見當知是人謗佛法僧若有說言一切衆生都無佛性猶如兎角從方便生本無今有已有還無當知是人謗佛法僧若有說言衆生非有如虛空非無如兎角何以故虛空常故兎角無故是故得言亦有亦無有破兎角無破虛空如是說者不謗三寶　問佛性於五眼中何眼能見答涅槃經云佛眼見故而得明了以佛眼見一切美惡差別等事悉皆不動爲見性故維摩經云善能分別諸法相於第一義而不動此是心鑒無礙爲眼非取根塵所對是以肉眼見麤天眼觀細慧眼明空法眼辯有佛眼觀不二相一實之理華嚴經離世間品說十眼所謂肉眼見一切色故天眼見一切衆生心故慧眼見一切衆生諸根境界故法眼見一切法實相故佛眼見如來十力故智眼見諸法故光明眼見佛光明故出生死眼見涅槃故無礙眼所見無障故一切智眼見普門法界故又慧眼所見無法可見故名爲見者見法空故名爲慧眼非獨慧眼五眼亦爾如是五眼照如千日十方之中無處不見於一切處地平如掌無諸穢惡若有可見即是生盲何以

故無所有故當知無空色空俱遣又見一切塵全是眼更不可見聞一切聲全是耳不復更聞所以云一切聲是佛聲一切色是佛色又云離心之外更無一法縱見内外但是自心所現無別内外此無過也乃至若了塵時塵全是知也終不以知知於塵即有所知也若知於無知不異知也今塵即知不復更以知及不知知於無知但無能所之知非無知也此方顯無知也經云顯現一切法各各不相知見亦如是又聞者圓教明我我即聞故能聞所聞皆法界故故使我外更無別聞是以若見若聞若知若覺皆一心故華嚴經云所見不可見所聞不可聞所知不可知一心不思議　無有一法在於心外亦無一心在於法外心與法界同體照明故覺一切又此心性是眞實了知義徧照法界義以本有爲所照以浮眼智明爲能照如涅槃經云見性肉眼即名佛眼又明二種見佛性一相貌見二了了見相貌見者謂登地菩薩方便權智識變似空名相貌見了了見者謂地上菩薩根本正智親證眞理不變相緣名了了見即是親證相貌見者比量知了了見者現量得問既云佛眼能觀佛性如何教中又言我以五眼不見三聚衆生狂愚無目而言見耶答若約實相體性徧法界以實相無相故則不可見若論照用相徧法界以無相之相亦可得見又五眼圓照三諦之理諸境分明雖云洞鑒未必是有雖云不見未必是無斯乃無相之相不觀之觀當知相中無相只勿相觀中無觀只勿觀體萬物而自虛同一道之清

淨豈同執實隨塵作能所斷常之見耶問夫佛眼者皆是圓修圓證方具十住菩薩尚未分明而無明煩惱凡夫尚未得天眼云何得同佛眼答如來五眼衆生悉具非待證聖方有涅槃經云若學大乘人雖是肉眼而名佛眼二乘雖具天眼不名佛眼又云見如來性者雖有煩惱如無煩惱若實明宗見性即肉眼而明佛眼以智照爲眼故台教約五品初位中以凡夫心同佛所知用所生眼齊如來見若論明昧淺深即落修證今直論見性即無前後如止觀釋鴦崛經云了了分明見者照實爲了了照權爲分明三智一心中五眼具足圓照名爲了了見佛性也佛眼一心中得名了了見　又若論差別者則諸天是報得二乘是修得我此宗門非報非修是發得五眼以本圓具故若悟修佛乘人雖具煩惱性能知如來祕密之藏即肉眼而名佛眼二乘人雖證滅修道具漏盡通即天眼而爲瞖眼所以志公云大士肉眼圓通二乘天眼有瞖融大師云不取天眼等五通造事外道唯取入理凡夫耳

御録宗鏡大綱卷十六

音釋

鴦崛（上音央下音倔尊者名）　蹋（音踏）　褻（先結切）　梟（堅堯切不孝鳥）　獍（音敬食父獸）

御録宗鏡大綱卷十七

問真如一心平等法界衆生不了妄受沉淪今悟此宗欲入圓覺位於六度萬行莊嚴門中以何法助道保任速得成就答若論莊嚴無非福智二業於六波羅密中前五是福德業後般若是智慧業前五福德業中唯禪定一門最為樞要　此宗鏡所集禪定一門唯約宗說於諸定中而稱第一名王三昧總攝諸門囊括行原冠戴智海亦名無心定與道相應故亦名不思議定情智絕待故亦名眞如三昧萬行根本故亦名一行三昧一念法界故亦名金剛三昧常不傾動故亦名法性三昧恒無變異故諸佛智光明海無量觀行皆從此生若不體此理非佛智故以此佛智證斯本理理則不待照而自了智則必資理而成照若本覺性智性自了故以平等性智了本性故所以台教云若人欲得一切佛法相好威儀說法音聲十方無畏者當行此一行三昧勤行不懈則能得入如摩尼珠隨磨隨光證不思議功德一行三昧者繫緣法界一念法界信一切法皆是佛法無前無後無復際畔住佛所住如諸佛住安處寂滅法界祕密藏中則理無不圓事無不足故稱祕密亦號總持究竟指歸自他俱利　故須先入宗鏡達一心萬行根本然後福智莊嚴則不枉功程永無退轉得其旨則大智圓明得其事則大用成就如師子奮迅成熟法界衆生猶象王迴旋啓發十方含識故華嚴論云師子奮迅三昧者於十方世界普同一切衆生想念作用而成熟之大用而無作是奮迅義

夫入宗鏡萬事周圓鏡外更無一法可得如遺教經云是故汝等當好制心制之一處無事不辦　所以信心銘云心若不異萬法一如眼若不睡諸夢自除　故知一念纔起五陰俱生微識未亡六塵不滅若唯識之義燈常照妄何由生一心之智鏡恒明旨終不昧

華嚴經云菩薩摩訶薩以離垢心現見無爲真如法界以自在心現生三界爲教化彼諸衆生故又經云依自虛妄染心衆生染依自性清淨心衆生淨諸法無行經云雖讚發菩提心而知心性即是菩提雖讚大乘經而知一切諸法皆是大相雖說菩薩道而不分别阿羅漢辟支佛諸佛雖讚布施而通達布施平等相雖讚持戒而了知諸法同是戒性雖讚忍辱而知諸法無生無滅無盡相雖讚精進而知諸法不發不行相雖種種讚歎禪定而知一切法常定相雖種種讚於智慧而了智慧之實性雖說貪欲之過而不見法有可貪者雖說瞋恚之過而不見法有可瞋者雖說愚癡之過而知諸法無癡無礙雖示衆生墮三惡道怖畏之苦而不得地獄餓鬼畜生之相如是諸菩薩雖隨衆生所能信解以方便力而爲說而自信解一相之法故知心外無法於第一義而不動爲未信者以方便力雖說種種道其實爲一乘所以般若說一切法皆摩訶衍靡不運載思益明解諸法是菩薩徧行華嚴入法界不動祇園淨名一念知一切法是道場故知一法周備無事不該可謂圓滿菩提成就佛道乃至坐禪見境諸魔事起但了一心境界自滅可謂降魔妙術

治惑靈方匪用心神安然入道　摩訶衍論釋云若真若僞唯自妄心現量境界無有其實無所著故又若真若僞皆一真如皆一法身無有别異不斷除故是以但了一心不忘正念一切境界自然消滅可謂應念斷除豈勞功行此乃西來的旨諸佛正宗圓信圓修不同權漸　若有人不信此宗鏡正義反墮邪思徇假執權而迷真實如金易鍮石鳳換山雞如此愚盲過在無眼若能如是信解乃爲真發菩提之者以是一心菩提萬行之本既能通達法爾利他運同體之大悲豈存能所以無得之方便誰立自他　問華嚴經頌云禪定持心常一緣智慧了境同三昧云何悟入一心能令根境悉成三昧答内外一切境界皆從真如一心而起真心不動故稱爲三昧王以統御一切萬法萬行故得稱爲王無有一法不從一心真如三昧起此是一切三昧根本了此根本則從本所現念念塵塵盡成三昧以本末無異故　首楞嚴三昧經云問現意天子菩薩當修何法得是三昧天子答欲得三昧當行凡法若見凡法不合不散是名修行楞嚴三昧又問諸佛法中有合散耶天子曰凡法尚無合散況佛法耶云何修習若見凡法佛法不二是名修習是以了一心成現之門則無修而修達萬法具足之體乃不習而習出入無際心境一如即於一切差别法中念念入念念起故　不唯根境盡成三昧萬法咸作智門承此宗鏡之光可謂盡善盡美何者體含虛寂不能讚其美理絶見聞不能書其過降茲已下皆墮形名則

難逃毀讚矣　問欲淨其土當淨其心則心外有土何成自淨答至極法身常寂光土離身無土離土無身依報是心之相正報是心之體體相無礙依正本同所以攝境歸心真空觀中則攝相歸體顯出法身從心現境妙有觀中則依體起用修成報身若心境祕密圓融觀中則心境交參依正無礙心謂無礙心諸佛證之以成法身境謂無礙境諸佛證之以成淨土如淨名疏中明四種境界一因緣境二空境三假境四中道境境是心所依住即是土也　行人當知一切菩薩淨佛國土根本從此而起又凡聖共居同一妙土真俗所依唯一法身所依不二能依自殊所既不殊能亦何別無始妄習謂依正殊若能一切皆融豈有身土別見如此觀心實真淨土是真了義若離此者多是執文隨語生見義海云塵毛刹海是依佛身智慧光明是正今此塵是佛智現舉體全是佛智是故光明中見佛刹等又刹海塵等全以佛法界如如爲塵體是故塵中現一切佛事當知依即正正即依乃至一事一法一毛一塵各各如是合佛依正也故知萬像繁興唯一致矣　問自性清淨心本無垢染云何說斷惑之義答有二種心一自性清淨心二離垢清淨心以自性心雖本清淨以客塵不染而染修諸對治得成離垢未必有垢可離以自性離故此即不斷而斷雖有能斷而無所斷此是圓斷惑義如古師云斷惑相者要性相無礙由能斷無性方爲能斷所斷本空方成所斷若定有者則墮於常不可斷故若定無者則墮於斷

失聖智故中論偈云能說是因緣善滅諸戲論拙度爲不善滅巧度爲善滅也善滅者不斷斷不善滅者是定斷也又若依頓教一切煩惱本來自離不可說即與不即　故知但了真心無惑可斷設有餘習還以一心佛知見而治之不入此宗皆成權漸以此懺罪何罪不消除三毒根如翻大地以此發行何行不成徹十地源似窮海底遊行奮迅猶師子之王自在翺翔若金翅之鳥問唯一真心入平等際云何學者證有差殊答此於能證智見有淺深向無爲法自生差別涅槃疏云佛性如世間道有未行者有欲行者有正行者有巳行者雖有未行等不同不可言道有二佛性亦爾有未見欲見正見巳見雖見不同理無有二　問三界五趣即唯一心云何而有迷悟不同凡聖昇降答只爲因心故迷因心故悟又因悟成聖因迷作凡凡聖但因迷悟得名名亦本空唯有真心湛然不動但於一真心上妄執人法二我所以似迷又因了人法二空所以似悟古德云覺非始終以迷故執我以悟故見性如闇中迷杌爲鬼至明杌有鬼無迷杌爲鬼見杌非新有了鬼本無悟鬼非始無既唯得杌不得鬼者故知鬼不新無杌非新有無取捨也既二念不生即爲實觀　是則迷無所迷悟無所悟迷則以真爲妄悟則以妄爲真如夜見杌爲人晝見人爲杌一物未嘗異二見自成差既知迷悟空真妄亦何有問若無迷悟平等一心云何斷惑證果遲速不等答雖了一心本末平等以妄習衆生界中差別種子不熏而熏無始堅

牢卒難除遣至十地位猶有色心二習若不勇猛精進念念常以佛知見治之無由得淨所以寳積經云譬如繫綵帛在頭上火來燒綵帛無暇救帛救頭是急故外書勸學尚云輕尺璧而重寸陰況學般若求出生死法豈可暫忘乎　問真心是一字之王般若之母云何論説諸佛常依二諦説法答若約正宗心智路絶若離二諦斷方便門以真心是自證法有何文字凡能詮教無非假名故云依二諦説法金剛三昧經偈云因緣所生義是義滅非生滅諸生滅義是義生非滅論釋云此四句義有總别别則明二門義總則顯一心法如是一心二門之内一切諸法無所不攝前二融俗爲真顯平等義後二融真爲俗顯差别門總而言之真俗無二而不守一

由無二故則是一心不守一故舉體爲二又真俗無二一實之法諸佛所歸名如來藏明無量法及一切行莫不歸入如來藏中無邉教法所詮義相更無異起唯一實義所言實者是自心之性除此之外皆是虚幻智度論云除一實相外其餘盡成魔事法華經云唯此一事實餘二即非真凡經論大意並是顯宗破執獨標心性若通達者一切諸法即心自性心外無法性無不包猶若虚空徧一切處則一切諸法無非實相故知諸義但一念心一理應一切名以理外無名故一切名即一理以名外無理故則是無名之真名無理之真理是以一心二諦體用周足本約真論俗從一起多還約俗論真從多會一如如意珠珠以譬真用以譬俗即珠是用即用是珠

不二而二分真俗耳起信論明一心二門心真如門者是體以一切法無生無滅本來寂靜唯是一心如是名爲心真如門楞伽經云寂滅者名爲一心心生滅門者是用此一心體有本覺而隨無明動作生滅故於此門如來之性隱而不顯名如來藏楞伽經云一心者名如來藏又云如來藏者是善不善因此二門約體用分二若以全體之用用不離體全用之體體不離用還念其一以一心染淨其性無二真妄二門不得有異故名爲一此無二處諸法中實不同虛空性自神解故名爲心既無有二何得有一一無所有就誰曰心如是道理離言絶慮不知何以言之强爲一心也問摩訶衍論云一即是心心即是一無一別心無心別一一切諸法平等一味一相無相作一種光明心地之海者云何復説同相異相答若同若異俱一心作故如海涌千波千波即海以衆生差別性故不能同種以如來平等性故不能異種衆生雖差別不能自異如來雖平等不能自同不能自異故即異無異也不能自同故即同非同也摩訶衍論云同相者一切諸法唯一真如異相者唯一真如作一切法金剛三昧論云平等一味故聖人所不能異也有通有別故聖人所不能同也不能同者即同於異不能異者即異於同又不可説異故可得説是同不可説同故可得説是異耳説與不説無二無別也又云依甚深教如言取義者有二種失一者聞佛所説動静無二便謂是一一實一心由是撥無二諦道理二者聞佛所説空有二門

計有二法法無一實由是誹謗無二中道又云如是一心通爲一切染淨諸法之所依止故即是諸法根本本來靜門恒沙功德無所不備謂一切是隨緣動門恒沙染法無所不具然舉染法以望心體不能徧通所以經云若離若脱若舉心體望諸淨法無所不徧故經云於世法中不離不脱總明一心通於動靜爲染淨所依别顯動門染法所依别顯靜門淨法所依亦如起信於一心立真如生滅二門若卷若舒或總或别皆是一心之體用如日月之光明似江河之波浪真心無寄不落言思但約世諦隨緣門中分其二義以真心不守性故隨緣成異即成異門以隨緣時不失自性故隨緣不變即成同門雖立同異常冥一際　金剛三昧經云無住菩薩言尊者我從無本來今至無本所佛言汝本不從來今亦不至所汝得本利不可思議乃至色無處所清淨無名不入於内眼無處所清淨無見不出於外心無處所清淨無上無有起處清淨無動無有緣别性皆空寂乃至如彼心王本無住處凡夫之心妄分别見如如之體本不有無有無之相見唯心識云何無本以無住故有本則有住無住則無本明知衆生業趣去來諸聖淨界動止來是心來去是心去動是心動止是心止畢竟無有去來動止而可得不離法界故則未有一法非心所標是以文殊師利化善財童子現三千世界滿中臺觀善財觀之忽然不現世界皆空問世界來去之處文殊答言從來處來却歸去處去即是清淨法界中來却歸清淨法界中

去故知諸法所生唯心所現生滅去來皆如來藏斯乃窮迹達本見法明宗矣　問楞伽經云佛語心爲宗既立一心爲宗云何復云無心是道答心爲宗者是真實心此心不是有無無住無依不生不滅有佛無佛性相常住爲一切萬物之性猶如虚空體非一切而能現一切只爲衆生不了此常住真心以真心無性不覺而起妄識之心遂遺此真心妙性逐妄輪廻於畢竟同中成究竟異一向執此妄心能緣塵徇物背道遺真則是令息其緣慮妄心若不起妄心則能順覺所以云無心是道亦云真心合道又即心無心常順本覺豈必滅心取證却成背道然雖即心無心又不可故起此妄識心對境而生無體可得如海上波隨風斷續境界妄風不起分別識浪不生心尚不有能依枝末一切萬法寧是實耶故云千端萬累何能縛故知但了一念空諸塵自然破所依既不有能依何得生如源盡流乾根危葉謝　若能人法俱空即顯一心妙理但以心塵相對萬法縱横境智一如千差頓寂如是方能豁悟本覺靈智真心無住無依徧周法界廣百論云經言無有少法自性可得唯有能造能造即是心及心法又云三界唯心如是等經其數無量是故諸法唯識理成豈不决定執一切法實唯有識者亦成顛倒境既無識云何有經言唯識者爲令觀識捨彼外塵既捨外塵妄心隨息妄心息故證會中道故經偈言未達境唯心起種種分別達境唯心已分別則不生顯識論問境識俱遣何識所成答境識俱泯即是實

性實性即是阿摩羅識　問若爾心境都無差別何故乃說唯有識耶答爲遣外道等心心所外執實有境故假說唯有識非唯識言便有實識論云爲遣妄執心心所外實有境故說唯有識若執唯識真實有者如執外境亦是法執若法執不生即入真空矣　問論云唯是一心故名真如者真則無僞如則不變妙色湛然不空之性云何經中復說心空則一切法空答夫言空者說世間一切妄心染法是空以徧計情執無道理故若出世佛法真心則不空以有道理故起信論云真如有二一如實空以能究竟顯實故二如實不空以有自體具足無漏性功德故所言空者從本已來一切染法不相應故謂離一切法差別之相以無虛妄心念故當知真如自性

非有無一異等相乃至總說依一切衆生以有妄心念念分別皆不相應故說爲空若離妄心實無可空故所言不空者以顯法體空無妄故即是真心常恒不變淨法滿足則名不空清涼記釋云不與妄合則名爲空性具萬德即名不空　若了妄空真覺頓現如雲開月朗塵去鏡明見性之時故云發得非是修成三身滿日亦云萬行引出不從外來皆約一心本有具足故知不空之空體含萬德不有之有理合圓宗空有相成無諸障礙若離空之有有則是常若離有之空空則成斷今有無齊行不違一旨是以智能達有慧能觀空菩薩不盡有爲不住無爲盡有則智業不成住無則慧心不朗若空即有有即空乃至一切法皆互相即也既互相即則畢竟無

一異空有等法於心外發現設有發現皆是自心相分不同凡小不知取而執有捨而沈空若入此一心中道之門能成萬行方便之道　問若心外無法唯是一心者於外則無善惡業果苦樂報應何成佛法翻墮羣邪答若了一心有無見絕境智雙寂契彼性空根塵兩亡內外解脫亦常照內外脫於無知空尚不存妄從何起所現外諸苦樂境界如鏡中像以自心爲明鏡還照自之業影古德云以如來藏性而爲明鏡隨業緣質現果影像夫業通性及相謂此業體以無性之法而爲其性以不失業果之相而爲其相由無性故能成業果由不壞相方顯真空何者若有性則善惡業定不可改移無有苦樂果報若壞業相則成斷滅以一切因果從自心生心外

實無善惡業可得以業無自性但由心起故所以如影如幻無有定相又以業無自性故不落有以不壞業果故不墮無非有非無則一心中理問雖然心即是業業即是心既從心生還從心受如何現今消其虛妄業報答但了無作自然業空所以云若了無作惡業一生成佛又云雖有作業而無作者即是如來祕密之教又凡作業悉是自心橫計外法還自對治妄取成業若了心不取境自不生無法牽情云何成業義海云除業報者爲塵上不了自心謂心外有法即生憎愛從貪業成報然此業報由心迷塵妄計而生但似有顯現皆無真實迷者爲塵相有所從來而復去是迷今了塵相無體是悟迷本無從來悟亦無所去何以故以妄心爲有本無體故如

繩上蛇本無從來亦無所去何以故蛇上妄心横計爲有本無體故若計有來處去處還是迷了無去來是悟悟之與迷相待安立非是先有淨心後有無明此非二物不可兩解但了妄無妄即爲淨心終無先淨心而後有無明故知迷悟唯只一心如手反覆但是一手如是深達業影自消從心所生皆無真實如夢心不實夢事亦虛世間共知可深信受是以善惡之業理皆性空不壞緣生恒冥妙旨量云正業是有法定即有即空故是宗因云即緣成即無性故同喻云如幻幻法術等生即有不礙虛正業從緣生空有不相礙故知萬法從徧計情生但有虛名都無實義如首楞嚴經云妙覺湛然周徧法界含吐十虛寧有方所循業發現世間無知惑爲因緣及自然性皆是識心分別計度但有言說都無實義含吐十虛者含即一真不動在如來藏中吐即依妄分別乃隨處發現但有纖塵發現之處皆是自心生從分別有若知發處虛妄則頓悟真空真空現前豈存言說問真心不動三際靡遷云何說心流轉又云絕流轉義答所云隨流返流皆約衆生緣慮之心妄稱流轉其體常寂但不見一念起處即是不流未必有念可斷智嚴經云文殊師利言云何斷流轉以於過去心不起未來識不行現在意不動不住不思惟不覺不分別故知以境對境將心治心狗逐塊而逾多人避影而徒乏若能知身是影捨塊就人則影滅迹沈安然履道故知萬動皆揺悉成魔業若知心不動則不隨流方入宗鏡之中永超魔幻

如虛空藏所問經云菩薩守護於心不令間隙若心無間隙則諸相圓滿以相圓滿故則空性圓滿是爲菩薩超魔法門乃至文殊師利菩薩曰仁者汝等所説悉是魔境何以故施設文字皆爲魔業乃至佛語猶爲魔業無有言説離諸文字魔無能爲若無施設即無我見及文字見以無我故則於諸法無有損益如是入者則超魔境是爲菩薩超魔法門大乘千鉢大教王經云佛言諸天魔幻惑種種相貌障修學人心眼聖道乃至令見一切幻相前後生死之事善惡諸相魔作幻惑非關正智唯心所變莫取外緣修學行人必不得於夢境界及現眼前取相執著動轉人心恐畏忙怖則被天魔鬼神之所障礙行人正見須常諦觀心性見性寂靜心性無物是相莫取則無境界妄想因緣是故行人勤行精進實勿退轉懈怠嬾惰則得速證無上正等菩提　問妄能覆真全成生死真能奪妄純現涅槃真妄若離互不生起真妄若合二諦不成如何會通一心妙理答一心二諦教理所歸開即迷真合則壞俗何者相隨真起即相而可辯真原覺因妄生因妄而能知覺體無妄則覺不自立無真則相無所依真妄相和染淨成事唯真不立無妄而對誰立真單妄不成無真而憑何説妄真妄各無自體名相本同一原是則二諦恒分一味常在藏性不動緣起萬差故知實無一法而有自體獨立者皆從真妄二法和合而起如起信論云不生不滅與生滅和合非一非異名阿賴耶識變起根身器世間等釋摩訶衍論云無明

之相不離覺性非可壞非不可壞猶如大海風相水相不相捨離者大海喻阿賴耶識水喻本覺心風喻根本無明不覺能起動轉慮知之識如彼風故波動者喻諸戲論識遷流無常水相風相不相捨離者喻真妄相資俱行合轉謂本覺心不自起故當資無明之力方得而起根本無明不自轉故要因真心之力方得而轉如水不自作波當因風力風不自現動要資水力方得現動相經云煩惱大海中有圓滿如來宣說實相常住之理本覺實性中有無明衆生起無量無邊煩惱之波

問上說真心無生妄念起滅如何會妄歸真入一乘平等之道答妄元無體本自全真何須更會今爲情見妄執之人引祖佛善巧洞心原之智搜經論微細窮性海之詮令頓豁情塵便成真覺如釋摩訶衍論云一心真如體大通如五人平等平等無差別故云何名爲五種假人一者凡夫二者聲聞三者緣覺四者菩薩五者如來是名爲五如是五名人自是五真自唯一所以者何真如自體無有增減亦無大小亦無有無亦無中邊亦無去來從本已來一自成一同自作同猒異捨別唯一真如是故諸法真如一相　起信論云心真如者即是一法界大總相法門體以心本性不生不滅相一切諸法皆由妄念而有差別若離妄念則無境界差別之相古釋云執者問云現見諸法差別遷流云何乃云性無生滅釋云差別相者是汝徧計妄情所作本來無實如依病眼妄見空華故云皆依妄念而有差別疑者又云以何得知依妄念

生釋云以諸聖人離妄念故盡無其境即驗此境定從妄生又若此境非妄定實有者聖人不見應是迷倒凡夫既見應是覺悟如不見空華是病眼返結準之故若離於念即無差别也所執本空故真心不動由此一切諸法皆即真如斯則會妄顯真可絶疑矣如首楞嚴經云佛告阿難我非勅汝執爲非心但汝於心微細揣摩若離前塵有分别性即真汝心若分别性離塵無體斯則前塵分别影事　故知對俗説真因虚立實斥差别論平等遣異相建如如盡是對待得名破執設教若能真俗雙拂空有俱消了邊即中無邊可離達中即邊無中可存能證之智既亡所證之理亦寂方趣心量入絶待門若有得無得有生無生盡不出於心量楞伽經偈云離一切諸見及離想所想無得亦無生我説爲心量非性非非性性非性悉離謂彼心解脱我説爲心量如如與空際涅槃及法界種種意生身我説爲心量所以涅槃經云若有一法過涅槃者我亦説如幻如化以涅槃無相若取於相即自心現量非真涅槃故知似形言跡皆生知解皆是心量所收若能悟心無心了境無境理量雙消方入宗鏡

御録宗鏡大綱卷十七

音釋

奮方問切音糞　鍮音偷鍮石　隙輕入聲空閒也　嬾蘭上聲　揣楚委切

御録宗鏡大綱卷十八

問凡聖既同一心云何聖人成一切種智凡夫觸事不知乎答只爲凡夫背覺合塵爲塵所隔迷真徇妄被妄所遮自心與他心二俱不了焉能博通萬類成一切種智耶　故起信論云衆生以依染心能見能現妄取境界迷平等性故以一切法常靜無有起相無明不覺妄與法違故不能得隨順世間一切境界種種知故是知心外無法法外無心但了一心諸塵自會起心背法即乖法體既與法違則不通達若能順法界性合真如心則般若無知無所不知矣問若了一心何用廣知諸法答一心是總諸法是別別雖從總事起千差若不子細通明遮照雙運則理孤事寡不入圓通維摩經云善能分別諸法相於第一義而不動　問一色一香無非中道以何爲中道答若有中道則不名中若無中道亦不名中如涅槃經云内外合故名爲中道既云中道何得是有既云中道何得是無　若也有執則無所不礙若也無執則無所不通如智論云若人見般若是則名被縛若不見般若是亦名被縛若人見般若是則名解脱若不見般若是亦名解脱中道即實相是有也中道即性空是無也亦名爲假名亦有亦無也亦名爲中道非有非無也故知無執則四句皆是　問爲中即是道爲離中別有道爲道即是中爲離道別有中答離中無別道離道無別中即以道爲中即以中爲道此之中義即是一心道即是心心即是道以真心徧一切處故　肇論云有心者衆庶是也無

心者太虛是也衆庶處於妄想太虛絶於靈照豈可以處妄想絶靈照而語聖心乎故須遮照無滯體用自在方成理行之門華嚴經云菩薩住是不思議於中思議不可盡住是不可思議地思與非思俱寂滅若唯遮思議境者則凡聖絶分故非但遮常心亦應融常心是則於中思議不可盡遮融無二則思與非思體俱寂滅方曰真不思議也是則遮照無滯理事不虧即遮而照故雙非即是雙行即照而遮故雙行即是雙遣不壞本而常末萬行紛然不壞末而常本一心恒寂所以色塵體寂香界性空執作有無之邊邪違成唯心之中理法法皆圓願海塵塵盡具行門應念而六度咸成目擊而真心普徧如無盡意菩薩經云普賢如來國土彼諸菩薩當見佛時尋能分别諸深妙義具足成就六波羅蜜何以故若不取色相即是具足檀波羅蜜若除色相即是具足尸波羅蜜若觀色盡即是具足羼提波羅蜜若見色寂滅即是具足毗梨波羅蜜若不行色相即是具足禪波羅蜜若不戲論色相即是具足般若波羅蜜是諸菩薩即觀佛時尋具如是六波羅蜜得無生忍

問真如寂滅本無次第之殊法界虛玄豈有階降之别云何一真體上而分正助答若以唯識真性則性融一切尚不指一何况分多以解行證入之門不無深淺如華嚴論云十住以來菩薩所行皆是助道非是正位故意欲明行所行者是爲助道無住無行任真自體名之爲正果故若以初發心住以法性無相根本智不離無作用之體行諸萬行

菩薩與佛因果本來體齊若簡佛果無作無修菩薩正加行已來總名助道以動寂無礙正助元來不異此即全別全同境界難解佛及凡夫各自別有是全別義故二見恒存若全同故便成滯寂圓融道理事理不礙若也法門全分兩向是凡夫法全合一體是二乘法但以理事自在其道在中留心滅之此亦不可以心存之此亦不可此助道行門與正智果德無作之門體合無二事中執則不可不分以其體用不可一向全別以全同作全別以全別作全同不可全別無全同不可全同無全別如迷此同別二門即智不自在又經云智入三世悉皆平等者明智能隨俗言入三世即俗體本真故言平等以總別同異成壞門六相義該括即總而全別即別而全總即同而俱異即異而恒同即成而俱壞即壞而俱成皆非情繫一異俱不俱有無非有無常無常生滅相故如是皆是如來理智體用依正悉自在故以自體無念力大智照之可見是以若上上根人頓了心空入真唯識性現行餘習種子俱亡則何用更立地位只爲中下之根或有緣信或有正信或有解悟或有證悟根機莫等見解不同於妄功用中分其深淺雖即明知信入唯識心境俱空以微細想念不盡未得全除分分錬磨於昇進中故有地位差別以根塵五陰微細難亡若得識陰盡方超地位了無所得究竟圓成如淨瑠璃內含寶月如首楞嚴經云此五陰元重疊生起生因識有滅從色除理則頓悟乘悟併消事非頓除因次第盡消色陰文云佛

告阿難當知汝坐道場消落諸念其念若盡則諸離念一切精明動靜不移憶忘如一當住此處入三摩提如明目人處大幽闇精性妙淨心未發光此則名爲色陰區宇若目明朗十方洞開無復幽黯名色陰盡是人則能超越劫濁觀其所由堅固妄想以爲其本盡受陰文云佛告阿難彼善男子修三摩提奢摩他中色陰盡者見諸佛心如明鏡中顯現其像若有所得而未能用猶如魘人手足宛然見聞不惑心觸客邪而不能動此則名爲受陰區宇若魘咎歇其心離身返觀其面去住自由無復留礙名受陰盡是人則能超越見濁觀其所由虛明妄想以爲其本盡想陰文云佛告阿難彼善男子修三摩提受陰盡者雖未漏盡心離其形如鳥出籠已能成就

從是凡身上歷菩薩六十聖位得意生身隨往無礙譬如有人熟寐寱言是人雖則無別所知其言已成音韻倫次令不寐者咸悟其語此則名爲想陰區宇若動念盡浮想消除於覺明心如去塵垢一倫生死首尾圓照名想陰盡是人則能超煩惱濁觀其所由融通妄想以爲其本盡行陰文云佛告阿難彼善男子修三摩提想陰盡者是人平常夢想消滅寤寐恒一覺明虛靜猶如晴空無復麤重前塵影事觀諸世間大地山河如鏡鑒明來無所黏過無蹤跡虛受照應了罔陳習唯一精真生滅根元從此披露見諸十方十二衆生畢殫其類雖未通其各命由緒見同生基猶如野馬熠熠清擾爲浮根塵究竟樞穴此則名爲行陰區宇若此清擾熠熠元性性入

元澄一澄元習如波瀾滅化爲澄水名行陰盡是人則能超衆生濁觀其所由幽隱妄想以爲其本盡識陰文云佛告阿難彼善男子修三摩提行陰盡者諸世間性幽清擾動同分生機倏然隳裂沉細綱紐補特伽羅酬業深脈感應懸絶於涅槃天將大明悟如雞後鳴瞻顧東方已有精色六根虛靜無復馳逸内外湛明入無所入深達十方十二種類受命元由觀由執元諸類不召於十方界已獲其同精色不沉發現幽祕此則名爲識陰區宇若於羣召已獲同中消磨六門合開成就見聞通隣互用清淨十方世界及與身心如吠琉璃内外明徹名識陰盡是人則能超越命濁觀其所由罔象虛無顛倒妄想以爲其本乃至識陰若盡則汝現前諸根互用從互用中能入菩薩金剛乾慧圓明精心於中發化如淨琉璃内含寶月如是乃超十信十住十行十迴向四加行心菩薩所行金剛十地等覺圓明入於如來妙莊嚴海圓滿菩提歸無所得佛地論中言清淨法界者則是無垢淨識真如一心即此正宗凡聖共有此一法界是四智之體四智則一體之用以諸佛現證衆生不知以不知故執爲八識之名以現證故能成四智之相若昧之則八識起執藏之號七識得染汙之名六識起徧計之情五識變根塵之境若了之賴耶成圓鏡之體持功德之門末那爲平等之原一自他之性第六起觀察之妙轉正法之輪五識與所作之功垂應化之迹斯則一心匪動識智自分不轉其體但轉其名不分其理而分其事　問

說有爲法皆蘊處攝如來純無漏法還具蘊處界否答識論云處處經說轉無常蘊獲得常蘊界處亦然寧說如來非蘊處界故言非者是密意說又佛身中十八界等皆悉具足而純無漏此轉依果又不思議超過尋思言議道故微妙甚深自内證故問此智是佛知見無師自爾何假因縁稱揚開示答此智雖不約縁生而從縁顯若執無因皆成外道如古師云佛法雖有無師智自然智而是常住真理要假縁顯則亦因縁矣法華經云佛種從縁起楞伽經云大慧白佛佛說常不思議彼諸外道亦有常不思議何以異耶佛言彼諸外道無有常不思議以無因故我說常不思議有因因於内證豈得同耶是則真常亦因縁起故知無有一法不從心生三乘之道悉皆内證若心外立義任說幽玄皆成外道又若入唯識智雖不執前境不同愚闇無知無見雖照境虛智眼斯在能斷金剛般若論頌云雖不見諸法非無了境眼所以永嘉集云夫境非智而不了智非境而不生智生則了境而生境了則智生而了智生而了了無所了了境而生生無能生生能無生雖智而非有了無所了雖境而非無無即不無有即非有有無雙照妙悟蕭然如火得薪彌加熾盛薪喻發智之多境火比了境之妙智其詞曰達性空而非縛雖縁假而無著有無之境雙照中觀之心歷落又須曰若智了於境即是境空智如眼了空華是了空華眼若智了於智即是智空智如眼了眼空是了眼空眼智雖了境空及以了智空非無了境智境空

智猶有了境智空智無境智不了如眼了空華及以了眼空非無了空眼華空眼猶有了華眼空眼無華眼不了　問諸佛唯一法身云何說三身差别答約用分三其體常一識論云如是法身有三相别一自性身謂諸如來真淨法界受用變化平等所依離相寂然絶諸戲論具無邊際真常功德是一切法平等實性即此自性亦名法身大功德法所依止故二受用身此有二種一自受用謂諸如來修集無量福慧資糧所起無邊真實功德及極圓淨常徧色身相續湛然盡未來際恒自受用廣大法樂二他受用謂諸如來由平等智示現微妙淨功德身居純淨土爲住十地諸菩薩衆現大神通轉正法輪決衆疑網令彼受用大乘法樂三變化身謂諸如來由成事智變現無量隨類化身居淨穢土爲未登地諸菩薩衆二乘異生稱彼機宜現通說法令各獲得諸利樂事是以轉滅三心得三身一根本心即第八識轉得法身二依本心即第七識轉得報身三起事心即前六識轉得化身　則八解六通一心而起三身四智八識所成終無一理一行而從外來皆從自識施爲一心而轉乃至一身無量身如華嚴所明無量身雲重重無盡皆從性起無礙圓融如日光與虛空合不分彼此　問變化身與他受用身爲是真實心是化現心答此二身是化然化不離真識論云此二身雖無真實心及心所而有化現心心所法　由此經說化無量類皆令有心又說變化有依他心依他實心相分現故乃至自性法身唯有真

實常樂我淨離諸雜染衆善所依無爲功德無色心等差別相用自受用身具無量種妙色心等眞實功德若他受用及變化身唯具無邊似色心等利樂他用化相功德是以如來妙體清淨法身不去不來如影如像猶四王天之日月東持國南增長西廣目北多聞顯清淨水中不出不入似憍師迦之宮殿現瑠璃地界非有非無涅槃無名論云法身無像應物以形般若無知對緣而照動若行雲止猶谷神豈有心於彼此情繫於動靜者乎　是以諸佛不出世亦不入涅槃但隨有心機熟衆生感見報化之身所有見聞皆是衆生心中之影像故云心生於有心像出於有像則諸佛無心無身豈有勞慮疲患者乎復禮法師述三身義云法身猶虛空之性雲蒸即翳霧斂即明其性本常矣報身若乘空之日赫矣高昇朗然大照其體恒在矣化身如鑒水之影泚清即現流濁乃昏顯晦不恒往來無定夫化佛者豈他歟報身圓應之用報身者何哉悲智所成之體也悲以廣濟爲理智以善權爲業所以因時降跡隨物現身身跡者用也悲智者體也體是其本用是其末依體興用攝末歸本欲求其異理可然乎報身即化也化身即法也　般若云若見諸相非相即見如來又離一切諸相即名諸佛是以舉足下足道場觸處而無盡開眼閉眼諸佛現前而不滅如上所說一體三身理事相成體用交徹不出不在隱顯同時皆是一心本宗正義是以一身多身皆是法界所悟一法即無礙法界

問諸佛法身湛然明淨如何起六根之相

答一以即相明真何乖大用二以利他勝業不斷化門如寶性論云依自利利他成就業義故說偈云無漏及徧至不滅法與恒清凉不變異不退寂靜處諸佛如來身如虛空無相妙色常湛然六根甚明淨佛眼見衆色耳聞一切聲鼻能齅諸香舌能練衆味身覺三昧觸意知一切法除諸稠林行佛離虛空相又偈云如虛空無相而現色等相法身亦如是具足六根相又偈云如來鏡像身而不離本體猶如一切色不離於虛空　起信論明不思議業相則諸佛境界云何不思議以非一非異不有不無非言思可定情解所測故稱不思議之業相此不思議之業相者謂與衆生作六根境界故寶性論云諸佛如來身如虛空無相爲諸勝智者作六根境界示現微妙色出顯妙音聲令齅佛戒香與佛妙法味使覺三昧觸令知深妙法常化衆生是真如之用故云不思議業也此本覺用與衆生心本來無二但不覺隨流用即不現用則於彼心中稱根顯現而不作意我現差別故云隨根自然相應見無不益是隨染本覺之相所以菩薩能行非道通達正道若入宗鏡門究竟之道則染淨由心無非無正若入方便門分別之道則菩薩大悲力故常行無礙古德問云非道之行是煩惱業菩薩應斷云何行之答有三義一漸捨門止惡行善二捨相門善惡俱離三隨相利益門染淨俱行此第三門更有三義一約行自行修淨化他隨染二約人化凡同染化聖同淨三約法隨世間法必須現染修菩薩法必須修淨又問菩薩

行非道修何道答道有三種一證道謂二空真如正體智證二助道緣修萬行助顯真理三不住道即是悲智不住生死不住涅槃所以菩薩示行現同其事爲欲同惡止惡同善進善若其疎異教化即難故須行非而度脱之皆令悟入同體真心耳　問身土既總唯一心法界之體如何是自他各受用身土之行相答一體雖同不妨互徧同中有異自入於他異中有同他徧於自古德問云自受用身土一一無邊諸佛身土不相障礙行相如何答如水乳一處其體無別鵝王飲之但得其乳不得其水乍見將謂水乳是一若飲已即知有異又如衆燈光同處一室自色不可分若論光體元來各別自受用身雖合一處元來各各有異皆自受用法樂則一一皆具八識故所以得互徧非同一體無異非一非異可辯佛身問既是真如何分身土耶答據義立之於真如中以性成萬德爲身以真空之理爲土約義即別體不相離又真理中具四德常淨二德爲土我樂二德爲身故云我此土淨而汝不見則真身舍萬法爲土耳若心外取土見相迷真成妄想之垢故稱爲穢若見心性則名淨耳是以一法不動異見常生迷有作塵勞悟空成佛國非移妙喜匪變娑婆亦非神力所爲法性何曾遷變猶眩瞖之者同處各觀蠅髮毛輪所見差別如執外境界皆是妄心如經云例如今目覩山河皆是無始見病問心外無法道外無心云何諸佛自稱出世得道廣説教門答只爲衆生不了唯心妄生外境以不實故所以諸佛出世

若有一法是實則諸佛終不出世所說方便教門不爲知者說但爲未知者破執除疑似形言教若執喪疑消則無道可得無法可說思益經云佛言我坐道場時唯得顛倒所起煩惱畢竟空性以無所得故得以無所知故知　問宗鏡唯心者何分始末乎答始末是述心之義約用行布門中相雖歷然體常融即起信鈔問云據其論旨初是一心後亦一心初後何別答初之一心心當能起後之一心心當所歸雖前後體同且爲始終義異由是行布諸門歷然又云但以本是一心離名絕相任其迷悟萬法隨生生法本空但唯一體宗鏡亦爾爲廣義用前後不同然是一心之前後前後之一心耳所以理事平等何者非初無以立後初等於後非後無以成初後等於初又理從事顯理等於事事因理成事等於理故云萬法雖殊不能自異也况宗鏡中一尚不能一豈况異乎所以起信論云一切諸法平等平等鈔釋有二一謂真性於一切法中平等如像中鏡二即諸法本空故平等如鏡中鏡　問夫言法身者心爲法家之身身是積聚義積聚含藏一切萬法故名爲心即何用更立般若及解脫二法答法身即是人人俱有靈智故名般若若得般若照則顯現法身故經云隱名如來藏顯名爲法身又若得般若則一切處無著不爲境縛即是解脫若顯法身得解脫功全由般若非唯此二法一切萬行皆由般若成立故五度如盲般若如導若布施無般若唯得一世榮後受餘殃債若持戒無般若暫生上欲界還墜泥

犂中若忍辱無般若報得端正形不證寂滅忍若精進無般若徒興生滅功不趣真常海若禪定無般若但行色界禪不入金剛定若萬善無般若空成有漏因不契無爲果故知般若是險惡徑中之導師迷闇室中之明炬生死海中之智檝煩惱病中之良醫碎邪山之大風破魔軍之猛將照幽途之赫日警昏識之迅雷抉愚盲之金錍沃渴愛之甘露截癡網之慧刀濟貧乏之寶珠若般若不明萬行虛設祖師云不識玄旨徒勞念靜不可剎那忘照率爾相違以此三法不縱不橫非一非異能成涅槃祕藏　古德云即寂之照爲般若即照之寂爲解脫寂照之體爲法身如一明淨圓珠明即般若淨即解脫圓即法身約用不同體不相離　淨名經云諸佛解脫當於衆生心行中求若不觀自心非已智分不能開發自身寶藏　問真如一心攷盡無邊義理究竟指歸何法答究竟指歸三德祕藏住首楞嚴經云種種示作現衆色像故名爲身所作辦已歸於解脫智慧照了諸色非色故名非身所作辦已歸於般若實相之身非色像身非法門身是故非身非非身所作辦已歸於法身達此三身無一異相是名爲歸説此三身無一異相是相爲指俱入祕藏故言指歸當知般若亦知非知非知非不知道種智般若徧知於俗故名爲知所作辦已歸於解脫一切智般若徧知於真故名爲非知所作辦已歸於般若若一切種智般若徧知於中故名非知非不知所作辦已歸於法身達三般若無一異相是名爲歸説三般若

無一異相名爲指俱入祕藏名指歸當知解脫亦脫非脫非脫非非脫方便淨解脫調伏衆生不爲所染名脫所作辦已歸於解脫圓淨解脫不見衆生及解脫相故名非脫所作辦已歸於般若性淨解脫則非脫非非脫所作辦已歸於法身若達若說如此三脫非一異相俱入祕密藏故名爲指歸當知種種相種種說種種神力一一皆入祕密藏中何等是指歸指歸何處誰是指歸言語道斷心行處滅永寂如空是名指歸故知能化所化無盡法門未有一法不指歸宗鏡所以普智禪師云佛道皆因何法成悟心無體蕩無明莫怕落空沉斷見萬法皆從此處生　問凡聖之道同一法身如何起應化之身攝機宜之衆答只爲衆生不了自他唯心橫生彼此若自達真空則諸佛終不出世菩薩亦無功夫古德問云若言自他俱是自心現離心無實我人者諸佛亦見有衆生豈可有妄心未盡耶答諸佛見有衆生俱是緣生幻有不知謂實有我所以造業受報枉有輪迴此由無實我感諸佛慈悲若實有我非是妄有者諸佛何故妄救衆生以我實有不可救故今爲救者定知無我妄計有也故知衆生不離佛界迷不覺知華嚴經頌云佛身非是化亦復非非化於無化法中示有變化形　是故現化紛然未嘗不寂真性湛然未曾不化若不達此理自尚未度馬能化他　如說五身者叡公維摩疏釋云所謂法性生身亦言功德法身變化法身實相法身虛空法身詳而辯之一法身也何者言其生則本之法性故曰法

性生身推其因則是功德所成故言功德法身就其應則無感不形則是變化法身稱其大則彌綸虛空所謂虛空法身語其妙則無相無爲故曰實相法身故知一體不動名逐緣分矣　大乘千鉢大教王經云如是一切諸佛教化方便法智我皆集在一心中同金剛菩提聖性三摩地故金光明最勝王經云譬如日月無有分別亦如水鏡無有分別光明亦無分別三種和合得有影生如是法如如如如智亦無分別以願自在故衆生有感現應化身如日月影和合出現如來者無去無來故云往應羣機而不去恒歸寂滅而不來何者依體起用故是去以即體之用故不去應機現前合是來以應不離體如月之影故不來又往應合故是去應無應相故不去恒歸寂滅合是來滅不可得故不來乃至一切法皆無來去　如華嚴光明覺品文殊師利須云世及出世見一切皆超越而能善知法當成大光耀若於一切智發生迴向心見心無所生當獲大名稱衆生無所生亦復無有壞若得如是知當成無上道又大乘大集經云佛告賢護如火未生或時有人發如是言我於今日先滅是火賢護於意云何彼人是語爲誠實否賢護答言不也世尊佛告賢護如是諸法從本以來畢竟無得云何於今乃作斯說我能證知一切諸法我能了達一切諸法我能覺悟一切諸法我能度脫一切衆生於生死中此非正言所以者何彼法界中本無諸法亦無衆生云何言度但世諦中因緣度耳故知心外無法何所得耶佛身無

爲但隨緣現如肇論云放光云佛如虛空無去無來應緣而現無有方所然則聖人之在天下也寂寞虛無無執無競導而弗先感而後應譬猶幽谷之響明鏡之像對之不知其所以來隨之罔識其所以往恍焉而有惚焉而亡動而逾寂隱而彌彰出幽入冥變化無常其爲稱也因應而作顯迹爲生息迹爲滅生名有餘滅名無餘然則有無之稱本乎無名無名之道於何不名是以聖人居方而方止圓而圓在天而天處人而人原夫能天能人者豈天人之所能哉果以非天非人故能天能人耳是以明鏡無形能現萬形聖人無心能應萬心隱不韜光顯不現迹故論云聖人寂泊無兆隱顯同原存不爲有亡不爲無何者佛言吾無生不生雖生不生無形不形雖形不形問如來法身即真心性如來報身依真而起若如來化身還有心否答若約體亦不離若約事即分如深密經云曼殊室利菩薩復白佛言世尊如來化身當言有心爲無心耶佛告曼殊室利菩薩曰善男子非是有心亦非無心何以故無自依心故有依他心故　問一切境界因心分別若有分別即屬無明故云無心分別一切法正有心分別一切法邪諸佛如來已斷無明無有心相云何能知真俗差別之境名一切種智答以法無自體故即分別無分別以體不礙緣故無分別即分別如起信論云自體顯照故名爲覺者謂有難言若無別體何能普現衆生心行故答云自體顯現如珠有光自照珠體珠體喻心光喻於智心之體性即諸法性照諸

法時是自照耳故論文甚分明然論中問曰虛空無邊故世界無邊世界無邊故衆生無邊衆生無邊故心行差別亦復無邊如是境界不可分劑難知難解若無明斷無有心想云何能了名一切種智答曰一切境界本來一心離於想念以衆生妄見境界故心有分劑以妄起想念不稱法性故不能决了諸佛如來離於見想無所不徧心真實故即是諸法之性自體顯照一切妄法有大智用無量方便隨諸衆生所應得解皆能開示種種法義是故得名一切種智如鈔云以内迷真理識外見塵故於如量之境不能隨順種種知也如人動目天地傾搖故不能如實知也是知心海波停萬像齊鑒澄潭浪起諸境皆昏

御録宗鏡大綱卷十八

音釋

括古活切　疊音牒重也　魘音掩睡中魘也　寱音藝寐言　黏音嚴相著也　殫音單　熠一入切音揖盛光也

御録宗鏡大綱卷十九

問凡夫心外立法妄執見聞聖人既了一心云何同凡知見答聖雖知見常了物虚如同幻生無有執著如大涅槃經云迦葉菩薩白佛言世尊若以因此煩惱之想生於倒想一切聖人實有倒想而無煩惱是義云何佛言善男子云何聖人而有倒想迦葉菩薩言世尊一切聖人牛作牛想亦説是牛馬作馬想亦説是馬男女大小舍宅車乘去來亦爾是名倒想佛言善男子一切凡夫有二種想一者世流布想二者著想一切聖人唯有世流布想無有著想一切凡夫惡覺觀故於世流布生於著想一切聖人善覺觀故於世流布不生著想是故凡夫名爲倒想聖人雖知不名倒想又以境本自空何須壞相以心靈自照豈假緣生不同凡夫能所情執知見故肇論云夫有所知則有所不知以聖心無知故無所不知不知之知乃曰一切知故經云聖心無知無所不知信矣是以聖人虚其心而實其照終日知而未嘗知也如止水鑑影豈立能所之心則境智俱空何有覺知之想楞伽經云佛告大慧爲世間以彼惑亂諸聖亦現而非顛倒大慧如春時燄火輪垂髮乾闥婆城幻夢鏡像世間顛倒非明智也然非不現　又般若無知者不同木石不是有知者非同情想古德云佛見無我不是無知但是不知知不見見以知是不知知故即無心而不知見是不見見故無色而不見無色而不見故由不見見也無心而不知故以不知知也如淨名經云所見色與盲等若崇福疏云

譬如五指塗空空無像現不以空無像現便言指不塗空豈以五指塗空便欲令空中像現事亦不然不妨熾然塗空空中元無像現豈以眼根見色便令如盲豈以眼根如盲而便都無所見不妨滿眼見色了色本自性空雖然見色之時元來與盲無異但息自分別心非除法也法本自空無所除也又所聞聲與響等者豈是不聞但一切聲皆如谷響無執受分別也所以滿眼見色滿耳聞聲不隨不壞了聲色之正性故何者若隨聲色之門即墮凡夫之執分別妍醜之相深著愛憎領受毀讚之音妄生欣厭若壞聲色之相即同小乘之心則有三過一色等性空無可壞故若壞方空非本空故二由空即真同法性故若壞方真事在理外故三由即空不待壞故壞則斷滅是以如來五眼洞照無遺豈同凡夫生盲二乘眇目都無見耶但不隨不壞離二見之邊邪非有非空契一心之中理則逢緣無礙觸境無生矣是以萬物本虛從心見實因想念而執無執有墮惑亂之門以取著而成幻成狂受雜染之報若能反照唯心大智鑒窮實相真原則幻夢頓惺影像俱寂然後以不二相洞見十方用一心門統收萬彙則見無所見衆相參天聞無所聞羣音揭地如此了達心虛境空則入大總持門紹佛乘種性若迷外法以心取心則成業幻之門續衆生種性首楞嚴經偈云自心取自心非幻成幻法不取無非幻非幻尚不生幻法從何立故知一切染淨諸法皆從取生是以云取我是垢不取我是淨若無能取所取之心亦

無是幻非幻之法非幻實法尚乃不生幻起虛蹤憑何建立又如心外見法畫成相待以無體無力緣假相依故所以楞伽經偈云以有故有無以無故有有若無不應受若有不應想若開方便或説有治無説無破有即無所礙若約正宗則有無雙泯　故大智度論云佛有不言無無不言有但説諸法實相譬如日光不作高下平等一照佛亦如是非令有作無非令無作有是知若述大旨則見有無如涅槃論云有名曰論旨云涅槃既不出有無又不在有無不在有無則不可於有無得之矣不出有無則不可離有無求之矣必有異旨可得聞乎無名曰夫言由名起名以相生相因可相無相無名無名無説無説無聞經云涅槃非法非非法無聞無説非心所知吾何敢言之而子欲聞之耶雖然善吉有言衆若能以無心而受無聽而聽者吾當以無言言之庶述其言亦可以言淨名曰不離煩惱而得涅槃天女曰不出魔界而入佛界然則玄道在於妙悟妙悟在於即眞即眞則有無齊觀有無齊觀則彼已莫二所以天地與我同根萬物與我一體同我則非復有無異我則乖於會通所以不出不在而道存乎其間矣何者夫至人虛心冥照理無不統懷六合於胸中而靈鑒有餘鏡萬像於方寸而其神常虛至能拔玄根於未始即羣動以靜心恬澹淵默妙契自然所以處有不有居無不無居無不無故不無於無處有不有故不有於有故能不出有無而不在有無者也然則法無有無之相聖無有無之知聖無有無

之知則無心於内法無有無之相則無數於外於外無數於内無心此彼寂滅物我冥一泊爾無朕乃曰涅槃涅槃若此圖度絶矣豈容責之於有無之内又可徵之於有無之外耶　問六塵境界但依妄念而有差別若無念之人還見一切境界否答妄念執有前塵作實知解妙性不通遂成差別若無念之人非是離念但是即念無念念無異相雖有見聞皆如幻化又一念頓圓常見十法界萬法中道之理　所以寶藏論云無眼無耳謂之離有見有聞謂之微無我無造謂之離有通有達謂之微又離者涅槃微者般若般若故頓興大用涅槃故寂滅無餘無餘故煩惱永盡大用故聖化無窮若人不達離微者雖復若行頭陀遠離塵境斷貪恚癡法忍成就經

無量劫數終不入真實何以故依止所行故心有所得不離顛倒夢想惡覺諸見若復有人體解離微者雖復近有妄想習氣及見煩惱數數覺知離微之義此人不久即入真實無上道也何以故了正見根本也　思益經云知離名爲法即諸佛所師所謂法也微者即用有見有聞能通能達以微者妙也於無見中有見於無聞中有聞斯乃不思議之法微妙難知唯佛能覺　問無明違理自性差別者其事可然本覺淨法云何復説恒沙差別功德答由對治彼染法差別故成始覺萬德差別也起信論云對業識等差別染法故説本覺恒沙性德如是染淨皆是真如隨緣顯現似而無體染法尚空淨法何有淨名經云見垢實性即無淨相又所言淨者對垢得

名因客塵煩惱不染而染穢汙眞性稱之爲垢因始覺般若不淨而淨開悟本心名之爲淨是以眞如一心湛然不動名義唯客垢淨本空華嚴經頌云若有知如來體相無所有修習得明了是人疾作佛　問一切衆生無始無明種子堅牢現行濃厚云何一念而得頓除荅根隨結使體性本空愚夫不了自生纏縛若明佛知見開悟本心更有何塵境而能障礙乎寶積經云佛言譬如然燈一切黑闇皆自無有無所從來去無所至非東方來去亦不至南西北方四維上下不從彼來去亦不至而此燈明無有是念我能滅闇但因燈明法自無闇明闇俱空無作無取如是迦葉實智慧生無智便滅智與無智二相俱空無作無取迦葉譬如千歲冥室未曾見明若然燈時於意云何闇寧有念我久住此不欲去耶不也世尊若然燈時是闇無力而不欲去必當磨滅如是迦葉百千萬劫久習結業以一實觀即皆消滅　如來密藏經云爲十惡者若能知如來說因緣法無我人衆生壽命無生無滅無染無著本性清淨又於一切法知本性清淨解知信入者我不說是人趣向地獄及諸惡道果何以故法無積聚法無集惱一切法不生不住因緣和合而得生起起已還滅若心生已滅一切結使亦生已滅如是解無犯處若有犯有住無有是處台教釋云此經具指四菩提心若知如來說因緣法即指初藏教菩提心若無生無滅指第二通教菩提心若本性清淨指第三別教菩提心若於一切法知本性清淨指第四圓教菩

提心初菩提心已能除重重十惡况第二第三第四菩提心耶行者聞此勝妙功德當自慶幸如闍處伊蘭得光明栴檀故知見佛罪滅如阿闍世王之深懺得道業亡若鴦崛魔羅之重罪但了無人無我緣生性空無我則無能受罪之人性空又無所受罪之法人法俱寂罪垢何生以心生罪生心滅罪滅故若能如是信入諦了圓明猶伊蘭之林布栴檀之香氣若積闇之室耀桂燼之光明能悟此心功力無量纔入宗鏡業海頓枯如風吹雲似湯沃雪猶燈破闇若火焚薪如密嚴經頌云如火燎長楚須臾作灰燼智火焚業薪當知亦如是又如燈破闇一念盡無餘諸業習闇冥無始之熏聚牟尼智燈起剎那皆頓滅所以大涅槃經云有智慧時則無煩惱故云夫免三塗惡業者要須離有無二相證解一心方得解脫也是知迷從自心迷悟還自心悟迷悟無性但任緣興　是故因智隨迷因智隨悟如人因地而倒因地而起正隨迷時名之爲識正隨悟時名之爲智在纏名識在覺名智識之與智本無自名但隨迷悟而立其名故不可槃常繫斷也此智之與識但隨迷悟立名若覓始終如空中求迹如影中求人如身中求我依住所在終不可得也故無長短處所之相也如此無明及智無有始終若得菩提時無明不滅何以故爲本無故更無有滅若隨無明時不動智亦不滅爲本無故亦更無滅但爲隨色聲香所取緣名爲無明但爲知若發心緣名之爲智但隨緣名之爲有故體本無也　問凡立五乘之道皆爲

運載有心若境識俱亡則無乘可說今約方便乘理不無此宗究竟何乘所攝答於諸乘中一乘所攝亦云最上之乘出過諸法頂故亦云不思議乘非情識測量故今所言一乘者即一心也以運載爲義若攀縁取境則運入六趣之門若妄想不生運至一實之地

問既有能說必對所機此宗鏡録當何等機

答當上上機若已達者憑佛旨而印可若未入者假教理以發明因教理而照心即言詮而體道可謂得諸法之性徹一心之原如首楞嚴經云阿難承佛悲救深誨垂泣叉手而白佛言我雖承佛如是妙音悟妙明心元所圓滿常住心地而我悟佛現說法音現以縁心允所瞻仰徒獲此心未敢認爲本元心地願佛哀愍宣示圓音拔我疑根歸無上道佛告阿難汝等尚以縁心聽法此法亦縁非得法性如人以手指月示人彼人因指當應看月若復觀指以爲月體此人豈唯亡失月輪亦亡其指何以故以所標指爲明月故豈唯亡指亦復不識明之與暗何以故即以指體爲月明性明暗二性無所了故汝亦如是若以分別我說法音爲汝心者此心自應離分別音有分別性譬如有客寄宿旅亭暫止便去終不常住而掌亭人都無所去名爲亭主此亦如是若眞汝心則無所去云何離聲無分別性斯則豈唯聲分別心分別我容離諸色相無分別性如是乃至分別都無非色非空拘舍黎等昧爲冥諦離諸法縁無分別性則汝心性各有所還云何爲主釋曰若非色非空都無分別不見性之人到此之時全歸

斷滅便同外道拘舍黎等巳眼不開昧爲冥諦以冥寂闇昧無知以爲至極從此復立二十五諦二十五諦者初立冥性從冥生覺覺生我心心生五塵塵生五大大生十一根後復有神我爲二十五諦迷眞實心成外道種或有禪宗不得旨者法學起空見人多拂心境俱空執無分別將狂解癡盲以爲至道然非離因緣求法性滅妄心取眞心對增上慢人初學之者不可雷同應須甄別如經云阿難言若我心性各有所還則如來說妙明元心云何無還唯垂哀愍爲我宣說佛告阿難且汝見我見精明元此見雖非妙精明心如第二月非是月影汝應諦聽今當示汝無所還地阿難此大講堂洞開東方日輪昇天則有明耀中夜黑月雲霧晦暝則復昏暗戶牖之隙則復見通牆宇之間則復觀壅分別之處則復見緣頑虛之中徧是空性鬱埻之像則紆昏塵澄霽斂氛又觀清淨阿難汝咸看此諸變化相吾今各還本所因處云何本因阿難此諸變化明還日輪何以故無日不明明因屬日是故還日暗還黑月通還戶牖壅還牆宇緣還分別頑虛還空鬱埻還塵清明還霽則諸世間一切所有不出斯類汝見八種見精明性當欲誰還何以故若還於明則不明時無復見暗雖明暗等種種差別見無差別諸可還者自然非汝不汝還者非汝而誰則知汝心本妙明淨汝自迷悶喪本受輪於生死中常被漂溺是故如來名可憐愍故知一切衆生即今見精明心非定眞妄昧之則麤明之則妙只於八種不還之中了了見性常住云何隨境流轉失本眞常永沒苦輪常漂死

海大聖憐愍非不驚嗟阿難示起疑心寄破情執釋迦微細開演直指覺原可謂不易凡身頓成聖體現於生滅顯出圓常宗鏡前後明文一一全證於此　問夫宗鏡録實相法門若信得何福若毀得何罪答此一心實相之門般若甚深之旨於難信之中或有信者法利無盡唯佛能知若有毀者謗般若罪過莫大焉何以受報如此廣大以般若是一切世出世間凡聖之母猶如大地無物不從地生或若謗之則謗一切佛地三寶功德如十法界中一切衆生若昇若沉若愚若智無不皆從般若中來若不得般若威光實無一塵可立　故知若不信宗鏡中所說實相之理則如勝意比丘没䰟受裂地之大苦若有信如是説則如文殊師利智慧演深法之妙辯信毀交報因果無差如或障深不信智浅謬傳依文起見悉成謗法如文殊師利巡行經云文殊師利言大德舍利弗若人說言過去未來現在如來有依不依如是之人則謗如來何以故眞如無念亦無所念眞如不退眞如無相今宗鏡大意所録之文或祖或教但有一字一句若理若事若智若行皆悉迴向指歸眞如一心何者心之實性名曰眞如性以不改爲義眞以無僞得名如則不變不異以此心性周徧圓融横該十方豎徹三際至一切時處未嘗間斷凡有一毫善根悉皆迴向念念合眞如之體體無不寂一一順眞如之用用何有窮所以但契一如自含衆德今則普勸十方學士一切後賢但願道富人貧情踈德厚以法爲侶以智爲先用慈修身開

物是務爲法施主匪悋家風無問不從有疑咸決則履佛行處免負本心妙行恒新至道如在　此乃羣賢之父諸佛之母萬善由生信謗豈不獲重報耶所以法華經云又如大梵天王一切衆生之父此經亦復如是一切聖賢學無學及發菩提心者之父起信鈔云若謗此法以深自害亦害他人斷絶一切三寶之種一切如來皆依此法得涅槃故一切菩薩因之修行得入佛智故

引證章第三

夫所目宗鏡大旨煥然今重爲信力未深纖疑不斷者更引大乘經諸祖語賢聖集若干之微言總一佛乘之眞訓可謂舉一字而攝無邊教海立一理而收無盡眞詮普令眠雲立雪之人坐衆知識遂使究理探玄之者盡入圓宗尋古佛之叢林如臨皎日履祖師之閫域猶瞰淨天大覺昭然即肉眼而圓通佛眼疑情豁爾當凡心而顯現眞心可謂現知指法界於掌內便同親證探妙旨於懷中大般若經云一切如來同在一處自性清淨無漏界攝又云三世諸佛住十方界爲諸有情宣說正法無不皆用本性空爲佛眼離本性空無別方便釋曰本性空者即是自性清淨心本性即自性空即清淨義此心則凡聖本有今古常然衆生不知諸佛因茲指授含靈現具祖師爲此相傳故云離此別無方便

密嚴經云爾時金剛藏菩薩告諸大衆仁者阿賴耶識從無始來爲戲論熏習諸業所繫輪迴不已如海因風起諸識浪恒生恒滅不斷不常而諸衆生不自覺知隨於自識現衆

境界若自了知如火焚薪即皆息滅入無漏位名爲聖人　首楞嚴經云佛告文殊及諸大衆十方如來及大菩薩於其自住三摩地中見與見緣并所想相如虚空華本無所有此見及緣元是菩提妙淨明體云何於中有是非是文殊吾今問汝如汝文殊更有文殊是文殊者爲無文殊如是世尊我眞文殊無是文殊何以故若有是者則二文殊然我今日非無文殊於中實無是非二相佛言此見妙明與諸空塵亦復如是本是妙明無上菩提淨圓眞心妄爲色空及與聞見如第二月誰爲是月又誰非月文殊但一月眞中間自無是月非月是以汝今觀見與塵種種發明名爲妄想不能於中出是非是由是精眞妙覺明性故能令汝出指非指　大灌頂經云禪思比丘無他想念唯守一法然後見眞釋曰一法爲宗諸塵無寄他緣自絶妙性顯然志當歸一而何智不明尋流得源而何疑不釋撮要之旨斯莫大焉　虚空孕菩薩經偈云一切諸法相眞實無知者若人住諸陰六根皆蔽塞釋曰故知諸法皆眞無知無見纔有知見即落識陰則一心不通六根闇塞終不能見無見之見知無知之知若有見之見則不見一切若無知之知則無所不知所以賢護經云若菩薩觀四念處時無法可見無聲可聞無聞見故則無有法可得分別亦無有法可得思惟而亦非瞽盲聾故但是諸法無可見故以唯一眞心見外無法　十住斷結經云一切諸法常自存在衆生不達爲與莊嚴法法自生法法自滅法法不生法法不

滅法生法滅性不移轉斯是菩薩大士之道非諸凡俗之所及也釋曰一切諸法常自存在者眞心不易性相恒如衆生不達爲與莊嚴者以外道執斷見小乘證無常菩薩爲對治凡小故不盡有爲常修福業不住無爲深入智淵廣大莊嚴雲興萬行念念圓滿十波羅密拔斷常外道之曲木出邪見之稠林拯偏眞小果之溺身昇解脫之坑底所以華嚴經云第七遠行地當修十種方便慧殊勝道所謂雖善修空無相無願三昧而慈悲不捨衆生雖得諸佛平等法而樂常供養佛雖入觀空智門而勤修習福德雖遠離三界而莊嚴三界雖畢竟寂滅諸煩惱燄而能爲一切衆生起滅貪瞋癡煩惱燄雖知諸法如幻如夢如影如響如燄如化如水中月如鏡中像

自性無二而隨心作業無量差別雖知一切國土猶如虛空而能以淸淨妙行莊嚴佛土雖知諸佛法身本性無身而以相好莊嚴其身雖知諸佛音聲性空寂滅不可言說而能隨一切衆生出種種差別淸淨音聲雖隨諸佛了知三世唯是一念而隨衆生意解分別以種種相種種時種種劫數而修行經云雖善修空無相無願三昧者是對治凡夫著有循樂之見而慈悲不捨衆生者是對治二乘沉空畏苦之見下諸句義皆同此釋故云聲聞畏苦緣覺無悲俱失菩薩二利之行　須眞天子經云須眞天子問文殊師利菩薩不從三脫門而求道耶文殊答言天子不可從空而成道亦不可於無相而成道亦不可於無願而成道也所以者何於是中無心意識

念亦無動故有心意識念念動者乃成其道也釋曰若取三解脱門作證者即是溺實際之海背靈覺之原遺性徇空何成大道若直了神解心性念念菩提果圓不墮斷見之邪無豈涉常見之實有介爾起意大用現前無得無依非取非捨從真起行體用相收以行契真卷舒一際可謂心心合道念念冥真矣故還原觀云用則波騰海沸全真體以運行體則鏡淨水澄舉隨緣而會寂斯則不離體之用用乃波騰不離用之體體常湛寂體雖湛寂常在萬緣用雖波騰恒冥一際　普超三昧經決狐疑品云於是阿闍世王曰唯願濡首解我狐疑濡首答言大王所疑恒河沙等諸佛世尊所不能決王意云何假若有人而自說言我以塵𦟌灰烟雲霧汙染虛空寧

堪任乎答不能汙濡首又問設令大王取此空洗之使淨寧堪任乎答曰不能淨濡首報曰吾以是向者說言恒河沙等諸佛世尊所不能決也釋曰一切衆生不了自性清淨心故妄生垢淨迷悟自沒遂於無疑中起疑於無決中求決若能諦了豁爾意消即見一切染淨諸法皆同虛空性既達虛空性不可染淨方悟本心未曾迷悟設有說無生無得之理皆是一期隨宜方便若入宗鏡妙旨了然尚無疑與無疑何懷決不決耶　月燈三昧經頌云譬如有童女夜卧夢産子生欣死憂感諸法亦復然如人飲酒醉見地悉迴轉其實未曾動諸法亦復然如淨虛空月影現於清池非月形入水諸法亦復然如人自好喜執鏡而照面鏡像不可得諸法亦復然如人

在山谷歌哭言笑響聞聲不可得諸法亦復然釋曰狂醉見聞事何真實昏夢境界憂喜皆虛鏡裏之形因誰所起谷中之響起自何來所以入楞伽經云佛告楞伽王譬如有人於水鏡中自見其像於燈月中自見其影於山谷中自聞其響便生分別而起取著此亦如是法與非法唯是分別由分別故不能捨離但更增長一切虛妄不得寂滅寂滅者所謂一心一心者是最勝三昧從此能生自證聖智以如來藏而爲境界　華嚴經頌云一切法不生一切法不滅若能如是解諸佛常現前又藥王菩薩云我捨兩臂必當得佛金色之身兩臂即是斷常二法若捨生滅斷常之見則心佛現前頓成佛體故云必當得佛金色之身　無涯際總持經云一念之頃能知三世一切諸法悉皆平等無不通達其人終無異行亦無異念　勝跡菩薩所解諸法經云法唯一字所謂無字本無言說當知無說是爲真說釋曰心爲一字中王攝盡無邊之教海心爲諸佛智母演出無盡之真詮若能發明決定信入則如來常不說法是名具足多聞亦是唯願少聞多解義趣　法句經偈云森羅及萬像一法之所印云何一法中而見有種種　金剛三昧經云空心不動具六波羅密心空則一切皆空故云唯有此大乘無有二也　最勝王經云離無分別智更無勝智離法如如無勝境界釋曰一切境界皆是意言分別則無境唯識若了識空但一真心成無分別智此乃無等之智第一之說此真如一心之性爲萬法之所依故若離此

一心境智或有所見皆是瞖眼狂心不見眞實所以如來不思議境界經云如衆瞖者同於一處見各差别互不相礙皆由眼瞖不見正色衆生亦爾色性無礙心緣異故蔽於正見不了眞實圓覺經云雲駛月運舟行岸移不知妄想之雲自飛眞月何動豈悟攀緣之舟常泛覺岸靡移　入一切佛境界經云佛言若得修行正念法者彼無一法非是佛法何以故以覺一切法空故乃至文殊師利言修行正念者不取不捨即名正念不觀不異名爲行不著不縛不脱名爲行不去不來名爲行文殊師利正念行者彼處無行無利無果無證何以故文殊師利心自性清淨故彼心客塵煩惱染而自性清淨心不染而彼自性清淨心即體無染不染者彼處無對治法故以何法對治能滅此煩惱何以故彼清淨非淨即是本淨若本淨者即是不生若不生者彼即不染若不染者彼不離染法若不離染法者彼滅一切染以何等法滅一切染彼不生若不生者是菩提菩提者名爲平等平等者名爲眞如眞如者名爲不異不異者名爲如實住一切有爲無爲法釋曰但了無生即入平等言平等者即一切有爲無爲如實之性見此性故以無住義住一切法中若不達一切法是一心眞如平等無生之性在染離染俱爲煩惱所染若了諸法無生則一切有爲無爲皆是菩提之道何所染耶　大乘本生心地觀經云爾時文殊師利菩薩白佛言世尊如佛所説過去已滅未來未至現在不住三世所有一切心法本性皆空彼菩提

心説何名發善哉世尊願爲解説斷諸疑網令趣菩提佛告文殊師利善男子諸心法中起衆邪見爲欲除斷六十二見種種見故心心所法我説爲空如是諸見無依止故譬如叢林蓊密茂盛師子白象虎狼惡獸潛住其中毒發害人逈絶行跡時有智者以火燒林因林空故諸大惡獸無復遺餘心空見滅亦復如是乃至善男子以是因緣服於空藥除邪見已自覺悟心能發菩提此覺悟心即菩提心無有二相　轉有經偈云若爲眞實説眼則不見色意不知識法此是最祕密　寶頂經云佛言迦葉譬如有人怖畏虛空搥胸呌呼作如是言善友汝等爲我除此虛空除此虛空迦葉於汝意云何此空爲可除否迦葉言不可世尊佛言迦葉若有如是沙門婆羅門怖畏性空我説是人失心狂亂所以者何迦葉一切諸法並是説空方便若畏此空云何不畏一切諸法若惜諸法云何不惜此空佛性論問云此經爲顯何義答爲示一切諸法本性非有故説法空非關法滅然後得空故於空性不應生怖釋曰一切諸法並是説空方便者夫有所説皆爲顯空所以空則一切法法則一切空非先有而後無寧歸斷滅豈先無而後有不墮無常是以性本常空空無間斷體應諸有有自繁興能入斯宗聞諸法空心大觀喜不了此義聞諸法空心大怖畏以不了法空違現量境執爲外解聞説唯心之旨恐墮空見之門心境俱迷遂生怖畏　度一切諸佛境界經云佛言文殊師利菩提者無相無緣云何無相云何無緣不得

眼識是無相不見色是無緣不得耳識是無相不聞聲是無緣乃至意法亦如是釋曰無相則無能緣之心無緣則無所緣之境能所俱亡眞心自現　文殊師利行經偈云過現未來法唯語無眞實彼若於實處一相無差別釋曰若說三世所有之法皆是世諦語言若了一心眞實之處一道自無差別何言之所議意之所緣耶　菩薩處胎經云譬如泉源陂池五河駛流各各有名悉歸於海便無本名亦如須彌峙立雜動雜色衆鳥依附山皆同一色便無本色菩薩摩訶薩教化衆生淨佛國土亦復如是衆生心識所念不同若干思想能令一切至解脫門想定意滅便無本念同一解脫　商主天子所問經云商主天子問言文殊師利云何菩薩能清淨心

答言天子若知諸心皆是一心如是菩薩名得淨心　阿含經偈云我與已爲親不與他爲親智者善調我則得生善趣釋曰所以云天下至親無過於心可謂入道眞要修行妙門若善調之遂登大果　寂調音所問經云寂調音天子言文殊師利何等如與垢淨等文殊師利言空無相無願如所以者何涅槃空故天子如瓦器中空寶器中空無二無別如是天子垢空淨空俱同一空無二無別釋曰器雖不等空本無形垢淨雖殊性何曾異如是了者入無相門頓悟眞空不墮修證月藏經偈云諸法無有二導師捨憎愛一道如虛空此是佛境界又偈云不分別諸法不見有衆生諸法唯一相得見佛境界佛語經云佛言若有處語是魔王語是魔見語不名

佛語善男子若無一切諸處語者是名佛語釋曰無一切諸處語者即是無所證之法亦無能證之智既無有法豈可說耶但了唯心自然無語無語是真語故云無法可說是名說法若著處所若有所說悉違本宗不見法性如云報化非真佛亦非說法者　文殊般若經云佛告文殊師利汝已供養幾所諸佛文殊師利言我及諸佛如幻化相不見供養及與受者佛告文殊師利汝今可不住佛乘耶文殊師利言如我思惟不見一法何當得住於佛乘佛言文殊師利汝不得佛乘乎文殊師利言如佛乘者但有名字非可得亦不可見我云何得佛言文殊汝得無礙智乎文殊師利言我即無礙云何以無礙而得無礙佛言汝坐道場乎文殊師利言一切如來不坐道場我今云何獨坐道場何以故現見諸法住實際故　大品經云若住一切法不住般若波羅密不住一切法方住般若波羅密釋曰若住法則不見般若若住般若則不見法以法有相般若無相有無相反故爾又非離有相法別立無相般若以相即無相全是般若故經云色無邊故般若無邊又云若學般若應學一切法何以故夫般若者是無住義起心即是住著若不住一切法即是般若故云若學般若應學一切法設住般若亦成愚闇但一切處皆無住則無非般若　轉女身經云若知諸法皆解脫相是則名爲究竟解脫釋曰執心爲境觸目塵勞知境是心無非解脫所以二乘只證人空但離人我虛妄名爲解脫未得法空一切解脫以不識心故

如入楞伽經偈云諸法無法體而說唯是心不見於自心而起於分別　出曜經云身被戒鎧心無慧劍者則不能壞結使元首故知若不觀心妙慧成就則不能斷無明根本雜藏經云譬如兩木相揩則自生火還燒其木火不從風出不從水出不從地出其四魔者亦復如是皆從心生不從外來譬如畫師畫作形像隨手大小雖因緣合有彩有板有筆畫師不畫不能成像四魔如是心已堅固便無所起釋曰是以一心不動法不現前如畫師不畫且無形像故不動一心有大功德如法句經云佛言善男子善知識者有大功德能令汝等於貪欲瞋恚愚癡邪見五蓋五欲衆塵勞中建立佛法不起一心得大功德譬如有人持堅牢船渡於大海不動身心而到彼岸

御録宗鏡大綱卷十九

音釋

沃烏谷切　鬱蘊入聲　埻音孛　孕羊進切　矬坐平聲身短　駚音使　搥音垂擊也

御録宗鏡大綱卷二十

第十四祖龍樹尊者行化到南印土彼國人多修福業不會佛理衆問佛性大小師曰若說大小即是大小非佛性也即爲說法對大衆而現異相身如月輪當於座上唯聞說法不覩其形彼衆有一長者名曰提婆謂諸衆曰識此瑞否彼衆曰非其大聖誰能識也爾時提婆心根宿淨亦見其相默然契會乃告衆曰師現佛性之義非師身者無相三昧形如滿月佛性之義也語未訖師即現本身座上說偈曰身現滿月相以表諸佛體說法無其形用辯非聲色　第十八祖伽耶舍多初第十七祖僧迦難提因至其舍忽見一子手執銅鏡而至師所尊者曰子幾歲耶子曰我當百歲是時尊者見答百歲復問曰汝當無知看甚幼小答吾百歲非其理也子曰我不會理正當百歲尊者曰子善機耶子曰佛偈云若人生百歲不會諸佛機未若生一日而得決了之時尊者敬之深知是聖又徵問曰汝執此鏡意況如何爾時童子以偈答曰諸佛大圓鏡内外無瑕翳兩人同得見心眼俱相似父母見子奇異遂捨出家尊者即領遊化至一古寺而爲受戒名曰伽耶舍多於彼殿上有銅鈴被風搖響尊者問曰彼風鳴耶彼鈴鳴耶彼銅鳴耶子曰我心鳴耳非風銅鈴尊者曰非風銅鈴我心誰耳子曰二俱寂静非三昧耶尊者曰善哉真比丘善會諸佛理善說諸法要善識真實義又告曰我今將此正法眼藏付囑於汝汝受吾偈當行化之偈曰心地本無生因種從緣起緣種不相妨

華果亦復爾伽耶舍多後付鳩摩羅多傳法偈曰有種有心地因緣能發萌於緣不相礙當生生不生　此土初祖菩提達摩多羅述安心法門云迷時人逐法解時法逐人解則識攝色迷則色攝識但有心分別計校自心現量者悉皆是夢若識心寂滅無一動念處是名正覺問云何自心現答見一切法有有自不有自心計作有見一切法無無自不無自心計作無乃至一切法亦如是並是自心計作有自心計作無又若人造一切罪自見己之法王即得解脱若從事上得解者氣力壯從事中見法者即處處不失念從文字解者氣力弱即事即法者深從汝種種運爲跳踉顛蹶悉不出法界亦不入法界若以界入界即是癡人凡有所施爲終不出法界心何以故心體是法界故　讓大師云一切萬法皆從心生若達心地所作無礙汝今此心即是佛故達摩西來唯傳一心之法三界唯心森羅及萬像一法之所印凡所見色皆是自心心不自心因色故心汝可隨時即事即理都無所礙菩提道果亦復如是從心所生即名爲色知色空故生即不生馬大師問曰如何用意合禪定無相三昧師曰汝若學心地法門猶如下種我説法要譬如天澤汝緣合故當見於道馬大師又問曰和尚云見道道非色故云何能覩師曰心地法眼能見於道無相三昧亦復然矣馬大師曰有成壞否師曰若契此道無始無終不成不壞不聚不散不長不短不靜不亂不急不緩若如是解當名爲道　吉州思和尚云即今語言即是汝

心此心是佛是實相法身佛經云有三阿僧祇百千名號隨世界應處立名如隨色摩尼珠觸青即青觸黄即黄寶本色如指不自觸刀不自割鏡不自照隨像所現之處各各不同得名優劣不同此心與虛空齊壽若入三昧門無不是三昧若入無相門總是無相隨立之處盡得宗門語言啼笑屈伸俯仰各從性海所發故得宗名相好之佛是因果佛即實相佛家用經云三十二相八十種好皆從心想生亦云法性家焰又云法性功勳隨其心淨即佛土淨諸念若生隨念得果應物而現謂之如來隨應而去故無所求一切時中更無一法可行自是得法不以得更得是以法不知法法不聞法平等即佛佛即平等不以平等更行平等故云獨一無伴迷時迷於悟悟時悟於迷迷還自迷悟還自悟無有一法不從心生無有一法不從心滅是以迷悟總在一心　南嶽思大和尚云若言學者先須通心心若得通一切法一時盡通聞說淨不生淨念即是本自淨聞說空不取空譬如鳥飛於空若住於空必有墮落之患無住是本自性體寂而生其心是照用即寂是自性定即照是自性慧即定是慧體即慧是定用離定無別慧離慧無別定即定之時即是慧即慧之時即是定即定之時無有定即慧之時無有慧何以故性自如故如燈光雖有二名其體不別即燈是光即光是燈離燈無別光離光無別燈即燈是光體即光是燈用即定慧雙修不相去離　真覺大師云夫心性靈通動靜之原莫二真如絕慮緣計之念非

殊惑見紛馳窮之則唯一寂靈原不狀鑒之則乃千差千差不同法眼之名自立一寂非異慧眼之號斯存理量雙消佛眼之功圓著是以三諦一境法身之理恒清三智一心般若之明常照境智冥合解脫之應隨機非縱非橫圓伊之道玄會故知三德妙性宛爾無乖一心深廣難思何出要而非路是以即心爲道者可謂尋流而得源矣　神秀和尚云一切非情以是心等現故染淨隨心有轉變故無有餘性要依緣故謂緣等之法皆無自性空有不俱即有情正有時非情必空故他即自故何以故他無性以自作故即有情修證是非情修證也經云其身周普等真法界既等法界非情門空全是佛故又非情正有時有情必空故自即他故何以故自無性以他作故即非情無修無證是有情無修無證也　智達禪師心境頌云境立心便有心無境不生若將心繫境心境兩俱盲境心各自住心境性恒清悟境心無起迷心境共行若迷心作境心境亂縱橫悟境心元淨知心境本清知心無境性了境心無形境虛心寂寂心照境冷冷　長沙和尚偈云最甚深最甚深法界人身便是心迷者迷心爲衆剎悟時剎海是真心身界二塵元實相分明達此號知音又學人問盡法界衆生識心最初從何而有偈答云性地生心王心爲萬法師心滅心師滅方得契如如　牛頭下佛窟和尚云雖同凡夫而非凡夫不得凡夫不壞凡夫謂別有殊勝在心外者即墮魔網我今自觀身心實相作佛即是見十方佛同行同證處問

佛身無漏戒定熏修五陰不縛不脫不敢有疑且如大品經云衆生不善五陰之身亦不縛不脫甚令人驚疑答若向衆生五陰外別有諸佛解脫無有是處只了衆生自性從本已來無有一法可得誰縛誰脫何得更有縛脫之異問經云衆生與佛平等無有縛脫何得六道衆生沉淪不得解脫答衆生不了色心清淨妄想顛倒不得解脫若知人法常空其中實無縛脫　佛窟下雲居和尚心境不二篇云世出世間俱不越自一念妄心而有一念纔起萬像分劑一念相生便成心境若非心境何得有念可見既有所見之念又有能見之心將知念即是境見即是心所見之念便成色蘊能見之心便成四蘊經云五蘊是世間一念具五蘊一一蘊中皆具五蘊故得一不礙多多不礙一所以心境交通互爲賓主若諦了一念之體即恒沙世界常現自心由迷一念即境智胡越　先曹山和尚云佛心墻壁瓦礫是者亦喚作性地亦稱體全功亦云無情解說法若知有這裏得無辯處十方國土山河大地石壁瓦礫虛空與非空有情無情草木叢林通爲一身喚作得記亦云一字法門亦云總持法門亦云一塵一念亦喚作同轍若是性地不知有諸佛千般喻不得萬種況不成千聖萬聖盡從這裏出從來不變異故云十方薄伽梵一路涅槃門

顯宗論云我此禪門一乘妙旨以無念爲宗無住爲本真空爲體妙有爲用夫真如無念非念想能知實相無生豈色心能見真如無念念者即念真如實相無生生者即生實相

無住而住常住涅槃無行而行能超彼岸如如不動動用無窮念念無求常求無念用而常空空而常用用而不有即是真空空而不無便成妙有妙有即摩訶般若真空即清淨涅槃般若無見能見涅槃涅槃無生能生般若西天諸祖共傳無住之心同說如來知見

顯正論云問欲顯何義名爲顯正答欲顯明一切衆生本原清淨無生心體即是諸佛之正性也所以者何一切萬法心爲其本然其心性都無所依體自圓融不礙萬法雖應現萬法而性自常真無住無依不可取捨勝天王經云清淨心性爲諸法本自性無本虛妄煩惱皆從邪念顛倒而生當知此心即是最勝清淨第一義諦一切諸佛證知所歸問曰定以何法爲心體答曰不應求心之定體何以故心非所緣無無相故亦云非能所絕相待故體不可染性常淨故非合非散自性離故不礙緣起性虛融故不可說示名字空故諸法虛淨緣相離故靈照不竭用無盡故果報不同作業異故因果宛然不斷絕故亦非真實業性如幻故又不斷絕現施爲故亦不可取畢竟空故諸法平等一相如故境智無差離分别故萬法即空性無生故是以一切分别不離自心一切諸境不離名相若了萬法不了自心分别無由能絕乃至楞伽經云若彼心滅盡無乘及乘者無有乘建立我說爲一乘彼心者即取相所得心也一乘者即離相清淨無生心也此心悉能包含運載一切諸法故名一乘　法苑珠林云夫壅其流者未若杜其源揚其湯者未若撲其火何

者源出於水源未杜而水不窮火沸於湯火未撲而湯詎息故有杜源之客不壅流而自乾撲火之人不揚湯而自止故知心爲源境爲流不察本心源但隨諸法轉意如火事如湯不制自意地唯從境界流斯皆失本迷源隨流徇末若能頓明意地直了心源不求脫於諸塵不繫縛於一法可謂究末遇本尋流得源矣遂乃無功而自辦無作而自成顯此一心萬法如鏡　般若燈論序云始夫萬物非有一心如幻心如幻故雖動而恒寂物非有故雖起而無生是以聖人説如幻之心鑒非有之物了物非物則物物性空知心無心則心心體寂達觀之士得其會歸而忘其所寄於是分別戲論不待遣而自除無得觀門弗假修而已入蕩蕩焉不出不在無住無依者也　緣生論云元是一心積爲三界凡則迷而起妄聖則悟以通真陀羅尼三昧法門偈云是法法中高猶如須彌山是法法中海衆源所共歸是法法中明猶如星中月是法法中燈能破無邊闇是法法中地荷載徧十方是法法中母出生諸佛種　法界觀序云法界者一切衆生身心之本體也從本已來靈明廓徹廣大虛寂唯一真之境而已無有形貌而森羅大千無有邊際而含容萬有昭昭於心目之間而相不可覩晃晃於色塵之內而理不可分非徹法之慧目離念之明智不能見自心如此之靈通也於是稱法界性説華嚴經令一切衆生自於身中得見如來廣大智慧而證法界也乃至於佛身一毛端則徧一切含一切也世界爾衆生爾塵塵爾

念念爾法法爾無有法定有自體而獨立者　杜順和尚攝境歸心真空觀云謂三界所有法唯是一心心外更無一法可得所以曰歸心故得一心之旨永傳而不窮八識之燈恒然而無盡　復禮法師云觀業義者夫業因心起心爲業用業引心而受形心隨業而作境然則因業受身身還造業從心作境境復生心若影隨形而曲直猶響隨聲而大小矣　智者大師與陳宣帝書云夫學道之法必須先識根原求道由心又須識心之體性分明無惑功業可成一了千明一迷萬惑心無形相内外不居境起心生境忘心滅色大心廣色小心微乃至知心空寂即入空寂法門知心無縛即入解脱法門知心無相即入無相法門覺心無心即入真如法門若能知心如是者即入智慧法門　澄觀和尚華嚴疏云上來諸門乃至無盡不離一心一心即法界故起信云所言法者謂衆生心心體即大心之本智即方廣觀心起行即華嚴覺心性相即是佛爲未了者令了自心若知觸物皆心方了心性故梵行品云知一切法即心自性成就慧身不由他悟然今法學之者多棄内而外求習禪之者好忘緣而内照並爲偏執俱滯二邊既心境如如則平等無礙昔曾瑩兩面鏡鑑一盞燈置一尊容而重重交光佛佛無盡見夫心境互照本智雙入心中悟無盡之境境上了難思之心心境重重智照斯在又即心了境界之佛即境見唯心如來心佛重重而本覺性一皆取之不可得則心境兩亡照之不可窮則理智交徹心境既

爾境境相望心心互研萬化紛綸皆一致也唯證相應名佛華嚴矣釋云今人只解即心即佛是心作佛不知即境即佛是境作佛今明以如爲佛心境皆如心如即佛境如焉非又心有心性心能作佛境有心性安不作佛以心收境則心中見佛是境界之佛以境收心境中見佛是唯心如來　如上所引祖教委細披陳可以永斷纖疑圓成大信若神珠在掌寶印當心諸佛常現目前法界不離言下是以從初標宗於一心演出無量名義無量名義不出理智非理不智故理外無智非智不理故智外無理亦攝智從理離體無用攝用歸體體性自離故體即非體即一切法如虛空性空性亦空畢竟寂滅今還攝無量義海總歸一句乃至無句究竟指歸言思絕矣　問如上解釋引證皆是祖佛之言何不自語答我若自語一切茫然罔措津涯豈有中問之處設祖佛之教皆是隨他意語曲順時機是以世尊言三世諸佛所說之法吾四十九年不加一字又經云先佛已說後佛隨順若能如是了達則知佛語是自語自語是佛語故本師云一切外道經書皆是佛說非外道說又云釋迦如來語提婆達多語無二無別若於此不信不明皆成二見常禁分別凡聖之想恒生取捨自他之情欲紹吾宗無有是處此是祕要之門難信之法轉深轉細難解難知悉抱疑情盡居惑地　今宗鏡所錄皆是正直捨方便但說無上道隨聞一法盡合圓宗實可以斷深疑成大信如清涼記云謂聞空莫疑斷是即事之空非斷滅故聞

有莫疑常非定性有從緣有故聞雙是莫疑兩分但雙照二諦無二體故聞雙非莫疑無據以是遮過令不著故又聞空莫疑有是即有之空故聞有莫疑空是即空之有故聞雙是莫疑雙非是即非有無爲有無故聞雙非莫疑雙是是即有無方是非有無故是知諦了一心羣疑頓斷則有不能有空不能空凡不能凡聖不能聖豈世間言語是非之所惑哉　所以前後廣引者只爲此心深奥故難信秘密故難知乃至菩薩大智尚須佛力所加豈况淺劣而能知者　是以雖前引後證文廣義繁則語語内而利益根機聞聞中而驚新耳目勿厭重説起上慢心所以本師云行住坐卧常説妙法又云我於得道夜及涅槃夜是二夜中間常説般若是以機多生熟信有淺深前聞熏而未堅後聞熏而方入如大智度論云譬如搖樹取果熟者前墮若未熟者更須後搖又云復次是般若波羅密相甚深難解難知佛知衆生心根有利鈍鈍根者少智爲其重説若利根者一説二説便悟不須種種説如是等種種因緣故經中重説無咎　問如上所立一心之旨能攝無量法門融通一切此心爲復能含一切法能生一切法爲復自生他生共生無因生答此心不縱不横非他非自何者若云心含一切法即是横若云心生一切法即是縱若云自生心不生心若云他生既不得自云何有他若云共生自他既無將何爲共若云無因生有因尚不生况無因乎問心非四性者教中云何説意根生意識心如工畫師無不從心造則

是自生又云心不孤起必藉緣而起有緣思生無緣思不生則是他生又云所謂六觸因緣生六受得一切法則是共生又云十二因緣非佛天人修羅作性自爾則無因生既屬教文云何成過答諸佛隨緣差别俯爲羣機生善破惡令入第一義理皆是四悉方便權施空拳誑小兒誘度於一切問既非縱横不墮四性則一切法是心心是一切法否答是則成二問如是則一切不立俱非耶答非亦成二如文殊言我真文殊無是文殊若有是者則二文殊然我今日非無文殊於中實無是非二相問既無二相宗一是否答是非既乖大旨一二還背圓宗問如何得契斯旨答境智俱亡云何說契問如是則言思道斷心智路絶矣答此亦强言隨他意轉雖欲隱形而未亡跡問如何得形跡俱亡答本無朕跡云何欲亡問如是則如人飲水冷煖自知當大悟時方合斯旨答我此門中亦無迷悟合與不合之道理撒手似君無一物徒勞苦說數千般此事萬種況不成千聖定不得大地載不起虛空包不容非大器人無由擔荷若未親到徒勞神思直饒說玄之又玄妙中更妙若以方便於稱揚門中助他信入一期傍讚即不無若於自已分上觀照之時特地說玄說妙起一念殊勝不可思議之解皆落魔界所以圓覺經云虛僞浮心多諸巧見不能成就圓覺　此宗鏡中是一切凡聖大捨身命之處不入此宗皆非究竟問畢竟如何答亦無畢竟問前云不入此宗皆非究竟此又云何稱無畢竟答前對增上慢人未得爲得

認虛妄爲真實執顛倒作圓常爲破情塵權稱究竟今論見性豈言虛實耶問以此通明之後如何履踐答教誰履踐問莫不成斷滅否答尚不得常住云何斷滅問乞最後一言答化人問幻士谷響答泉聲欲達吾宗旨泥牛水上行問此録括畧微細理事圓明於慕道人得何資益答若第一義中無利無功德就世俗門内似有於稱揚總有二途能裨初學一者爲未信人令成正信攝歸一念不外馳求二者爲已信人助成觀力理行堅固疾證菩提步步而不滯寶所功程念念而流入薩婆若海似乘廣大之輦立至寶坊如駕堅牢之船坐登覺岸問集此宗鏡有何功德答此不思議大威德法門但有見聞深獲善利如一塵落嵩嶽之崗隴已帶陵雲滴露入滄海之波瀾便同廣潤可謂直紹菩提之種全生諸佛之家何況信解受持正念觀察爲人敷演傳布施行約善利門無法比喻功德無盡非種智而不可稱量利樂何窮過太虛而莫知邊際以滿空珍寶供養恒沙如來化十方衆生盡證辟支佛果未若弘宣斯旨開演此宗以茲校量莫能儔比可謂下佛種子於衆生身田之中抽正法芽向煩惱欲泥之内然後七覺華發菩提果成展轉相生至無盡際如華嚴探玄記云於遺法中見聞信向此無盡法成金剛種子當必得此圓融普法

又法華見寶塔品云若接須彌擲置他方亦未爲難手把虛空而以遊行亦未爲難若持此經爲一人說是則爲難故知竭海移山非無爲之力任使躡虛履水皆有漏之通曷若

開諸佛心演如來藏紹菩提種入一乘門能託聖胎成真佛子何以故謂得本故如從源出水因乳得酥如鴦崛魔羅經云復次文殊師利如知乳有酥故方便鑽求而不鑽水以無酥故如是文殊師利衆生知有如來藏故精勤持戒淨修梵行復次文殊師利如知山有金故鑿山求金而不鑿樹以無金故如是文殊師利衆生知有如來藏故精勤持戒淨修梵行言我必當得成佛道復次文殊師利若無如來藏者空修梵行如窮劫鑽水終不得酥故知入宗鏡中見如來性菩提道果應念俱成如下水之舟似便風之火若背宗鏡不識自心設福智齊修終不成就如求乳鑽水離山鑿金任歷三祇豈有得理如宗鏡所錄前後之文皆是諸佛五眼所觀五語所說無一言而不諦非一義而不圓可俟後賢決定信入如月上經偈云假動須彌山倒地修羅住處皆悉滅大海枯涸月天墜如來終不出妄言以玆誠實可偏傳持功德無邊言思罔及所以唯識論偈云作此唯識論非我思量處諸佛妙境界福德施羣生斯論大旨非情識知解之所思量乃是大覺不思議絕妙境界以此弘揚不思議無盡之福悉用普施一切法界無量含生同入此宗齊登佛地華嚴疏主藏法師發願偈云誓願見聞修習此圓融無礙普賢法乃至失命終不離盡未來際願相應以此善根等此性普潤無盡衆生界一念多劫修普行盡成無上佛菩提

御録宗鏡大綱卷二十

御録宗鏡大綱卷二十

音釋

踉音良 蹶居月切音厥 礫音力小石 瑩音榮 裨音悲補也 躡音捻登也 涸音鶴水竭

御録經海一滴

清刻龍藏佛說法變相圖

御録經海一滴序

釋迦牟尼文佛大智慧海中緣起漚生度諸衆生令入無餘涅槃普說三藏十二分文字至爲浩瀚然佛所覺了一切諸法未說者無論其已說者自西天來至震旦僅百分之一耳然即此已來震旦者雖一經中一品一品中一門一門中一法一法中一義一義中一句如欲詮量演布縱以大海量墨須彌聚筆寫之而不能盡雖然此三藏十二分不作字相不作句相不作有言相不作無言相即世尊更歷恒河沙數劫住世轉輪更說百千萬億倍三藏十二分終不得云我佛如來曾轉法輪也如是兩邊俱不得絲毫滯著回互然則大藏經卷如何可有所揀擇耶乃朕今者萬幾餘暇隨喜教海於般若華嚴寶積大集

等經卷帙浩繁者未及遍閲但於圓覺金剛楞嚴淨名等經展誦易周者若干部每部各親録數十則其義何居曰無量無邊差别佛事皆不離無相真心而有即卷常舒如來於一言語中演出無邊契經海即舒常卷一切法門無盡海同會一法道場中是以如網有綱提之則孔孔皆正如衣有領挈之則縷縷俱來夫金剛經有演四句偈之説佛口親宣也大般若經六百卷而以般若波羅蜜多心經二百六十字撮其指要舉彼例此何妨向衆寶内探如意珠於羣藥中取阿陀妙固可從本得柯從柯得條從條得枝從枝得葉矣唯夫三藏十二分並入無相三昧演廣非多此是一中之多標略非一此是多中之一有説亦得此是默中説無説亦得此是説中默

昔如來以不説説故四十九年未嘗轉法輪迦葉以不聞聞故畢鉢巖中無人聚會而三藏十二分不曾著一字朕今以不揀擇揀擇故所採所録不獨震旦經藏未嘗鈌遺一言一句即西天未來古佛未説者亦復不增不減無欠無餘馬夫五千教典屢説降魔而不二心宗本自無諍佛魔對待我人之見刺横生邪正分疆法執之情塵究立如來的旨夫豈其然觀夫經中所載羣魔外道當其一承佛語率多立時皈依願爲弟子然則佛之降魔秖與古德爲人無異不過教化羣迷同證無生豈其執巳爲正蔺他爲邪種種我相人相如此爲佛如彼爲魔而存佛見法見哉葢佛界無量而魔界一如佛界以無量智海無邊而迷雲一如智海以無邊我佛如來具正

徧知正知如日照中天徧知如澤潤大地如是無量無邊魔界迷雲如來悉知悉見爲諸衆生一一破除咸歸無上正覺永不入於魔罥凡諸問答皆屬一期方便之門不持所問之答爲佛所開示衆生即所答之問亦乃佛所幻化數宣無非析理分條窮葉識之萬變發蹤振瞶燭深覆之羣幽萬派千支滔天濁浪入覺海而無波不息千回百折長夜昏衢昇慧日而有暗皆消唯其衆生多病是以醫王多藥其問也列千千之病狀其答也示一一之良方迨其藥病雙消法爾問答俱寂所爲化人問幻士谷響答泉聲以八萬四千塵勞門作八萬四千功德藏以無自性真實法自證即以無自性真實法爲人四十九年因此一大事出世故曰唯此一事實餘二即非真若謂釋迦牟尼佛能令西天九十六種外道悉皆摧伏由於辨才無礙者不特是非未泯猶然背覺合塵者所不必論即絲毫許佛魔之見未消而以辨才無礙讚歎三藏十二分是人即爲不能解佛所説義此經云何受汝讚歎經不云乎不著世間如蓮花常善入於空寂行達諸法相無罣礙稽首如空無所依夫此性經真空性空真經清淨本然周遍法界學人安得妄以識心分別作實事實境會哉況實事實境即非實事實境而非實事實境即是實事實境歷歷交加重重無盡斯皆實語如語述佛真文非學者言思之所可明唯達人親證方自了耳永明云以聖言爲定量邪僞難移用至教爲指南依憑有據故師所作宗鏡録廣引羣經備彰佛意乃尚有

魔民弘忍輩斥師爲義解沙門謂法眼宗由此而衰其罪與謗三藏經文無異定墮無間地獄夫船筏以渡迷津之者導師爲引失路之人若其生而知之本未嘗迷則無文無字與恒沙文字一道齊平幷不得有同異總別成壞之相又有何義解非義解之別若有一絲未盡則所以淨此一絲者豈得不藉如來善能分別諸相於第一義而不動之大智慧光大威神力乎又況躑躅於情塵識浪之中徬徨於聖果凡因之際不以佛祖如語實語導入此宗轉用何等法門爲人乃可宗鏡録者全引佛經録其網骨不特是三藏十二分之旨併且是三藏十二分之語若謂宗鏡録是義解者則佛之三藏十二分盡是義解矣且世間凡有一文一字一點一畫皆是義解又何者爲非義解耶必擎拳豎拂揚眉瞬目胡喝亂棒方非義解乎若作如是會則是義解之尤更且無義可解同於狂癡耳況從上宗師爲人語句亦不過是經典中片語單詞取以爲人逗機應節何嘗離經一字乃片語單詞則謂非義解整章全偈即斥爲義解可乎既此是義解則古今宗徒又何得上堂說法豈此等野狐亂統即非義解而我佛如來所説之微妙義趣廣大法門轉皆義解耶永明之意謂上上根人目宗之一字即入如來大智慧海何必更問諸餘若因法利無邊廣欲爲人普説則龍宮寶藏鷲嶺金文皆同一際總無異旨非略非詳不多不一是以録兹百卷凡欲學人從此入於五千教典也末世僧徒多愚少慧於此百卷猶復意怠情煩千

有餘年無人知其最尊最上迺者朕爲刊十存二録其大綱所以俯徇機宜引人入勝葢永明以宗鏡爲大藏之嚮導朕又以宗鏡大綱之書爲宗鏡録之嚮導耳節録宗鏡之後因而泛覽經文下與未來衆生同一傾心悲仰上與過去諸佛同一化建無門爰思五千教典廣博無涯目覽心周實爲不易乃推廣永明纂集宗鏡之心即用朕前此節録大綱之例親御丹鉛隨披隨録既以受持讀誦即以刊刻須行導引羣生入於如來普光明藏大智度海凡以人之根利根鈍不同樂簡樂繁各别欲探堂奥往往之遠於門庭未覩本原勢必難尋其枝葉今者標兹甚深妙義聽其文勢不全則務多之者既飲上藥而化凝酥執總之人復探宏綱而思細目庶幾學人由此知閲三藏十二分而非朕於三藏十二分有取有舍也朕於宗乘實有所見而無疑至於教典向來從未研究然了知既悟之人根本教乘一貫若不與佛口相應設使妙證亦非究竟不見達摩直指人心傳此教外别傳而令以楞伽爲印證乎且迦葉阿難馬鳴龍樹並是西天四七中教外别傳之祖乃種種諸經皆迦葉令阿難述其所聞於我佛如來者如是迨後馬鳴龍樹如佛之心復造種種諸論何有一經一論不出宗門祖師之所紹述若執宗徒水毋借鰕爲眼之誚則皆屬自相矛盾乎只緣未了自心隨文起執恐違教意是以爲人簡文字令其自證簡文字非是簡教亦即是明教簡亦是教如何因簡議教若既分明自證法爾須明佛語印可自心

何得偏生局見惟懼多聞若於未證之時因詮得旨不作心境對治直了佛心則有何過學者如欲廣覽靈文旣可於是先窺其奥閫如欲直探驪頷更可從兹即届於寶城但莫執義上之文隨語生解要須探詮下之旨契會本宗言言冥合真心一一消歸自巳將積此衆微定到須彌之高廣且舉斯一滴巳同渤澥之清涼矣是爲序

雍正十三年乙夘二月十五日

御録經海一滴總目

卷之一
圓覺經　金剛經
卷之二
楞嚴經
卷之三
維摩經
卷之四
文殊說般若經　仁王護國經
卷之五
思益經
卷之六
菴提遮女經　楞伽經
卷之七
入法界體性經　佛說智印經
卷之八
善住意所問經
卷之九
金剛手經
卷之十
解深密經　大乘千鉢經
卷之十一
持世經
卷之十二
心地觀經　無量義經
卷十三之二十
妙法蓮華經
涅槃經
淨口真言　唵舒嚕的薩嗎哩的嗟哩呢吽哈

一心頂禮

南無大慈悲父本師釋迦牟尼文佛世尊

自歸依佛

南無十方三世常住佛

自歸依法

南無十方三世常住法

自歸依僧

南無十方三世常住僧

無上甚深微妙法　百千萬劫難遭遇

願得見聞受持者　普解如來眞實義

御録經海一滴卷之一

大方廣圓覺修多羅了義經

如是我聞一時婆伽婆入於神通大光明藏三昧正受一切如來光嚴住持是諸衆生清淨覺地身心寂滅平等本際圓滿十方不二隨順於不二境現諸淨土

爾時世尊告文殊師利菩薩言善男子無上法王有大陀羅尼門名爲圓覺流出一切清淨眞如菩提涅槃及波羅蜜教授菩薩一切如來本起因地皆依圓照清淨覺相永斷無明方成佛道云何無明善男子一切衆生從無始來種種顛倒猶如迷人四方易處妄認四大爲自身相六塵縁影爲自心相譬彼病目見空中華及第二月善男子空實無華病者妄執由妄執故非唯惑此虛空自性亦復迷彼實華生處由此妄有輪轉生死故名無明善男子此無明者非實有體如夢中人夢時非無及至於醒了無所得如衆空華滅於虛空不可說言有定滅處何以故無生處故一切衆生於無生中妄見生滅是故說名輪轉生死善男子如來因地修圓覺者知是空華即無輪轉亦無身心受彼生死非作故無本性無故彼知覺者猶如虛空知虛空者即空華相亦不可說無知覺性有無俱遣是則名爲淨覺隨順何以故虛空性故常不動故如來藏中無起滅故無知見故如法界性究竟圓滿徧十方故是則名爲因地法行菩薩因此於大乘中發清淨心末世衆生依此修行不墮邪見

爾時世尊告普賢菩薩言善男子一切衆生

種種幻化皆生如來圓覺妙心猶如空華從空而有幻華雖滅空性不壞衆生幻心還依幻滅諸幻盡滅覺心不動依幻說覺亦名爲幻若說有覺猶未離幻說無覺者亦復如是是故幻滅名爲不動善男子一切菩薩及末世衆生應當遠離一切幻化虛妄境界　知幻即離不作方便離幻即覺亦無漸次

爾時世尊告普眼菩薩言善男子此虛妄心若無六塵則不能有四大分解無塵可得於中緣塵各歸散滅畢竟無有緣心可見善男子彼之衆生幻身滅故幻心亦滅幻心滅故幻塵亦滅幻塵滅故幻滅亦滅幻滅滅故非幻不滅譬如磨鏡垢盡明現善男子當知身心皆爲幻垢垢相永滅十方清淨善男子譬如清淨摩尼寶珠映於五色隨方各現諸愚癡者見彼摩尼實有五色善男子圓覺淨性現於身心隨類各應彼愚癡者說淨圓覺實有如是身心自相亦復如是由此不能遠於幻化是故我說身心幻垢對離幻垢說名菩薩垢盡對除即無對垢及說名者　證得諸幻滅影像故爾時便得無方清淨無邊虛空覺所顯發覺圓明故顯心清淨心清淨故見塵清淨見清淨故眼根清淨根清淨故眼識清淨識清淨故聞塵清淨聞清淨故耳根清淨根清淨故耳識清淨識清淨故覺塵清淨如是乃至鼻舌身意亦復如是善男子根清淨故色塵清淨色清淨故聲塵清淨香味觸法亦復如是善男子六塵清淨故地大清淨地清淨故水大清淨火大風大亦復如是善男子四大清淨故十二處十八界二十五有

清淨彼清淨故十力四無所畏四無礙智佛十八不共法三十七助道品清淨如是乃至八萬四千陀羅尼門一切清淨善男子一切實相性清淨故一身清淨一身清淨故多身清淨多身清淨故如是乃至十方衆生圓覺清淨善男子一世界清淨故多世界清淨多世界清淨故如是乃至盡於虛空圓裹三世一切平等清淨不動善男子虛空如是平等不動當知覺性平等不動四大不動故當知覺性平等不動如是乃至八萬四千陀羅尼門平等不動當知覺性平等不動善男子覺性徧滿清淨不動圓無際故當知六根徧滿法界根徧滿故當知六塵徧滿法界塵徧滿故當知四大徧滿法界如是乃至陀羅尼門徧滿法界善男子由彼妙覺性徧滿故根性塵性無壞無雜根塵無壞故如是乃至陀羅尼門無壞無雜如百千燈光照一室其光徧滿無壞無雜善男子覺成就故當知菩薩不與法縛不求法脫不厭生死不愛涅槃　修習此心得成就者於此無修亦無成就圓覺普照寂滅無二於中百千萬億阿僧祇不可說恒河沙諸佛世界猶如空華亂起亂滅不即不離無縛無脫始知衆生本來成佛生死涅槃猶如昨夢善男子如昨夢故當知生死及與涅槃無起無滅無來無去其所證者無得無失無取無捨其能證者無作無止無任無滅於此證中無能無所畢竟無證亦無證者一切法性平等不壞善男子彼諸菩薩如是修行如是漸次如是思惟如是住持如是方便如是開悟求如是法亦不迷悶

爾時世尊告金剛藏菩薩言善男子一切世界始終生滅前後有無聚散起止念念相續循環往復種種取捨皆是輪廻未出輪廻而辨圓覺彼圓覺性即同流轉若免輪廻無有是處譬如動目能搖湛水又如定眼由廻轉火雲駛月運舟行岸移亦復如是善男子諸旋未息彼物先住尚不可得何況輪轉生死垢心曾未清淨觀佛圓覺而不旋復是故汝等便生三惑善男子譬如幻翳妄見空華幻翳若除不可說言此翳已滅何時更起一切諸翳何以故翳華二法非相待故亦如空華滅於空時不可說言虛空何時更起空華何以故空本無華非起滅故生死涅槃同於起滅妙覺圓照離於華翳善男子當知虛空非是暫有亦非暫無況復如來圓覺隨順而爲虛空平等本性善男子如銷金鑛金非銷有既已成金不重爲鑛經無窮時金性不壞不應說言本非成就如來圓覺亦復如是善男子一切如來妙圓覺心本無菩提及與涅槃亦無成佛及不成佛無妄輪廻及非輪廻善男子但諸聲聞所圓境界身心語言皆悉斷滅終不能至彼之親證所現涅槃何況能以有思惟心測度如來圓覺境界如取螢火燒須彌山終不能著以輪廻心生輪廻見入於如來大寂滅海終不能至是故我說一切菩薩及末世衆生先斷無始輪廻根本善男子有作思惟從有心起皆是六塵妄想緣氣非實心體已如空華用此思惟辨於佛境猶如空華復結空果展轉妄想無有是處善男子虛妄浮心多諸巧見不能成就圓覺方便

爾時世尊告彌勒菩薩言善男子一切衆生從無始際由有種種恩愛貪欲故有輪迴愛欲爲因愛命爲果由於欲境起諸違順境背愛心而生憎嫉造種種業是故復生地獄餓鬼知欲可厭愛厭業道捨惡樂善復現天人又知諸愛可厭惡故棄愛樂捨還滋愛本便現有爲增上善果皆輪迴故不成聖道是故衆生欲脱生死免諸輪迴先斷貪欲及除愛渴　若諸末世一切衆生欲泛如來大圓覺海先當發願勤斷二障二障已伏即能悟入菩薩境界若事理障已永斷滅即入如來微妙圓覺滿足菩提及大涅槃

爾時世尊告清淨慧菩薩言善男子圓覺自性非性性有循諸性起無取無證於實相中實無菩薩及諸衆生何以故菩薩衆生皆是幻化幻化滅故無取證者譬如眼根不自見眼性自平等無平等者衆生迷倒未能除滅一切幻化於滅未滅妄功用中便顯差别若得如來寂滅隨順實無寂滅及寂滅者　善男子一切障礙即究竟覺得念失念無非解脱成法破法皆名涅槃智慧愚癡通爲般若菩薩外道所成就法同是菩提無明眞如無異境界諸戒定慧及淫怒癡俱是梵行衆生國土同一法性地獄天宮皆爲淨土有性無性齊成佛道一切煩惱畢竟解脱法界海慧照了諸相猶如虛空此名如來隨順覺性善男子但諸菩薩及末世衆生居一切時不起妄念於諸妄心亦不息滅住妄想境不加了知於無了知不辨眞實彼諸衆生聞是法門信解受持不生驚畏是則名爲隨順覺性善

男子汝等當知如是衆生已曾供養百千萬億恒河沙諸佛及大菩薩植衆德本佛説是人名爲成就一切種智

爾時世尊告威德自在菩薩言善男子無上妙覺徧諸十方出生如來與一切法同體平等於諸修行實無有二方便隨順其數無量圓攝所歸循性差別當有三種　善男子若諸菩薩悟淨圓覺以淨覺心取靜爲行由澄諸念覺識煩動靜慧發生身心客塵從此永滅便能内發寂靜輕安由寂靜故十方世界諸如來心於中顯現如鏡中像此方便者名奢摩他　善男子若諸菩薩悟淨圓覺以淨覺心知覺心性及與根塵皆因幻化即起諸幻以除幻者變化諸幻而開幻衆由起幻故便能内發大悲輕安一切菩薩從此起行漸次增進彼觀幻者非同幻故非同幻觀皆是幻故幻相永離是諸菩薩所圓妙行如土長苗此方便者名三摩鉢提　善男子若諸菩薩悟淨圓覺以淨覺心不取幻化及諸静相了知身心皆爲罣礙無知覺明不依諸礙永得超過礙無礙境受用世界及與身心相在塵域如器中鍠聲出於外煩惱涅槃不相留礙便能内發寂滅輕安妙覺隨順寂滅境界自他身心所不能及衆生壽命皆爲浮想此方便者名爲禪那　善男子此三法門皆是圓覺親近隨順十方如來因此成佛十方菩薩種種方便一切同異皆依如是三種事業若得圓證即成圓覺　若諸菩薩以圓覺慧圓合一切於諸性相無離覺性此菩薩者名爲圓修三種自性清淨隨順

爾時世尊告淨諸業障菩薩言善男子一切衆生從無始來妄想執有我人衆生及與壽命認四顛倒爲實我體由此便生憎愛 一境於虛妄體重執虛妄二妄相依生妄業道有妄業故妄見流轉厭流轉者妄見涅槃由此不能入清淨覺非覺違拒諸能入者有諸能入非覺入故是故動念及與息念皆歸迷悶

善男子云何我相謂諸衆生心所證者譬如有人百骸調適忽忘我身攝養乖方微加針艾則知有我是故證取方現我體善男子其心乃至證於如來畢竟了知清淨涅槃皆是我相善男子云何人相謂諸衆生心悟證者善男子悟有我者不復認我所悟非我悟亦如是悟已超過一切證者悉爲人相其心乃至圓悟涅槃俱是我者心存少悟備殫證理皆名人相善男子云何衆生相謂諸衆生心自證悟所不及者善男子譬如有人作如是言我是衆生則知彼人說衆生者非我非彼云何非我我是衆生則非是我云何非彼我是衆生非彼我故善男子但諸衆生了證了悟皆爲我人而我人相所不及者存有所了名衆生相善男子云何壽命相謂諸衆生心照清淨覺所了者一切業智所不自見猶如命根善男子若心照見一切覺者皆爲塵垢覺所覺者不離塵故如湯消冰無別有冰知冰消者存我覺我亦復如是善男子末世衆生不了四相雖經多劫勤苦修道但名有爲終不能成一切聖果 何以故認一切我爲涅槃故有證有悟名成就故譬如有人認賊爲子其家財寶終不成就有我愛者亦愛

涅槃伏我愛根爲涅槃相名不解脱云何當知法不解脱善男子彼末世衆生習菩提者以己微證爲自清淨猶未能盡我相根本若復有人讚歎彼法即生歡喜便欲濟度若復誹謗彼所得者便生瞋恨則知我相堅固執持潛伏藏識遊戲諸根曾不間斷善男子彼修道者不除我相是故不能入清淨覺　善男子末世衆生説病爲法是故名爲可憐憫者雖勤精進增益諸病末世衆生不了四相以如來解及所行處爲自修行終不成就或有衆生未得謂得未證謂證見勝進者心生嫉妬由彼衆生未斷我愛是故不能入清淨覺善男子末世衆生希望成道無令求悟唯益多聞增長我見但當精勤降伏煩惱起大勇猛未得令得未斷令斷貪瞋愛慢諂曲嫉妬對境不生彼我恩愛一切寂滅佛説是人漸次成就求善知識不墮邪見若於所求別生憎愛則不能入清淨覺海

爾時世尊告普覺菩薩言善男子末世衆生將發大心求善知識欲修行者當求一切正知見人心不住相不著聲聞緣覺境界雖現塵勞心恒清淨示有諸過讚歎梵行不令衆生入不律儀求如是人即得成就三藐三菩提末世衆生見如是人應當供養不惜身命彼善知識四威儀中常現清淨乃至示現種種過患心無憍慢於彼善友不起惡念即能究竟成就正覺心華發明照十方剎善男子彼善知識所證妙法應離四病云何四病一者作病若復有人作如是言我於本心作種種行欲求圓覺彼圓覺性非作得故説名爲

病二者任病若復有人作如是言我等今者不斷生死不求涅槃涅槃生死無起滅念任彼一切隨諸法性欲求圓覺彼圓覺性非任有故說名爲病三者止病若復有人作如是言我今自心永息諸念得一切性寂然平等欲求圓覺彼圓覺性非止合故說名爲病四者滅病若復有人作如是言我今永斷一切煩惱身心畢竟空無所有何況根塵虛妄境界一切永寂欲求圓覺彼圓覺性非寂相故說名爲病離四病者則知清淨作是觀者名爲正觀若他觀者名爲邪觀　善男子末世衆生欲求圓覺應當發心作如是言盡於虛空一切衆生我皆令入究竟圓覺於圓覺中無取覺者除彼我人一切諸相如是發心不墮邪見

爾時世尊告賢善首菩薩言善男子是經百千萬億恒河沙諸佛所說三世如來之所守護十方菩薩之所歸依十二部經清淨眼目

是經唯顯如來境界唯佛如來能盡宣說若諸菩薩及末世衆生依此修行漸次增進至於佛地善男子是經名爲頓教大乘頓機衆生從此開悟亦攝漸修一切羣品　若復有人聞此經名信心不惑當知是人非於一佛二佛種諸福慧如是乃至盡恒河沙一切佛所種諸善根聞此經教汝善男子當護末世是修行者無令惡魔及諸外道惱其身心令生退屈

金剛般若波羅密經

佛言善男子善女人發阿耨多羅三藐三菩提心應如是住如是降伏其心　所有一切衆生之類若卵生若胎生若濕生若化生若有色若無色若有想若無想若非有想非無想我皆令入無餘涅槃而滅度之如是滅度無量無數無邊衆生實無衆生得滅度者何以故須菩提若菩薩有我相人相衆生相壽者相即非菩薩復次須菩提菩薩於法應無所住行於布施所謂不住色布施不住聲香味觸法布施須菩提菩薩應如是布施不住於相何以故若菩薩不住相布施其福德不可思量　凡所有相皆是虚妄若見諸相非相則見如來　如來滅後後五百歲有持戒修福者於此章句能生信心以此爲實當知是人不於一佛二佛三四五佛而種善根已於無量千萬佛所種諸善根聞是章句乃至一念生淨信者如來悉知悉見　是故不應取法不應取非法以是義故如來常說汝等比丘知我說法如筏喻者法尚應捨何况非法須菩提於意云何如來得阿耨多羅三藐三菩提耶如來有所說法耶須菩提言如我解佛所說義無有定法名阿耨多羅三藐三菩提亦無有定法如來可說何以故如來所說法皆不可取不可說非法非非法所以者何一切賢聖皆以無爲法而有差别　佛告須菩提於意云何如來昔在然燈佛所於法有所得否不也世尊如來在然燈佛所於法實無所得須菩提於意云何菩薩莊嚴佛土否不也世尊何以故莊嚴佛土者即非莊嚴

是名莊嚴是故須菩提諸菩薩摩訶薩應如是生清淨心不應住色生心不應住聲香味觸法生心應無所住而生其心　若是經典所在之處即爲有佛若尊重弟子　須菩提於意云何可以三十二相見如來否不也世尊不可以三十二相得見如來何以故如來說三十二相即是非相是名三十二相　世尊若復有人得聞是經信心清淨則生實相當知是人成就第一希有功德世尊是實相者則是非相是故如來說名實相　佛告須菩提菩薩應離一切相發阿耨多羅三藐三菩提心不應住色生心不應住聲香味觸法生心應生無所住心若心有住則爲非住如來說一切諸相即是非相又說一切衆生即非衆生須菩提如來是眞語者實語者如語者不誑語者不異語者須菩提如來所得法此法無實無虛須菩提若菩薩心住於法而行布施如人入闇則無所見若菩薩心不住法而行布施如人有目日光明照見種種色　須菩提以要言之是經有不可思議不可稱量無邊功德如來爲發大乘者說爲發最上乘者說　若樂小法者著我見人見衆生見壽者見則於此經不能聽受讀誦爲人解說　當知是經義不可思議果報亦不可思議　如來者即諸法如義若有人言如來得阿耨多羅三藐三菩提須菩提實無有法佛得阿耨多羅三藐三菩提須菩提如來所得阿耨多羅三藐三菩提於是中無實無虛是故如來說一切法皆是佛法須菩提所言一切法者即非一切法是故名一切法　須

菩提若菩薩通達無我法者如來説名真是菩薩　須菩提於意云何如一恒河中所有沙有如是沙等恒河是諸恒河所有沙數佛世界如是寧爲多否甚多世尊佛告須菩提爾所國土中所有衆生若干種心如來悉知何以故如來説諸心皆爲非心是名爲心所以者何須菩提過去心不可得現在心不可得未來心不可得　須菩提汝勿謂如來作是念我當有所説法莫作是念何以故若人言如來有所説法即爲謗佛不能解我所説故須菩提説法者無法可説是名説法　須菩提我於阿耨多羅三藐三菩提乃至無有少法可得是名阿耨多羅三藐三菩提復次須菩提是法平等無有高下是名阿耨多羅三藐三菩提以無我無人無衆生無壽者修一切善法則得阿耨多羅三藐三菩提須菩提所言善法者如來説即非善法是名善法

汝等勿謂如來作是念我當度衆生須菩提莫作是念何以故實無有衆生如來度者若有衆生如來度者如來則有我人衆生壽者須菩提如來説有我者則非有我而凡夫之人以爲有我須菩提凡夫者如來説則非凡夫須菩提於意云何可以三十二相觀如來否須菩提言如是如是以三十二相觀如來佛言須菩提若以三十二相觀如來者轉輪聖王則是如來須菩提白佛言世尊如我解佛所説義不應以三十二相觀如來爾時世尊而説偈言

若以色見我　以音聲求我　是人行邪道不能見如來　須菩提汝若作是念如來不

以具足相故得阿耨多羅三藐三菩提須菩提莫作是念如來不以具足相故得阿耨多羅三藐三菩提須菩提汝若作是念發阿耨多羅三藐三菩提心者說諸法斷滅莫作是念何以故發阿耨多羅三藐三菩提心者於法不說斷滅相須菩提若菩薩以滿恒河沙等世界七寶持用布施若復有人知一切法無我得成於忍此菩薩勝前菩薩所得功德

若有人言如來若來若去若坐若卧是人不解我所說義何以故如來者無所從來亦無所去故名如來　如來所說三千大千世界則非世界是名世界何以故若世界實有者則是一合相如來說一合相則非一合相是名一合相須菩提一合相者則是不可說但凡夫之人貪著其事　須菩提發阿耨多羅三藐三菩提心者於一切法應如是知如是見如是信解不生法相須菩提所言法相者如來說即非法相是名法相　云何爲人演說不取於相如如不動何以故

一切有爲法　如夢幻泡影　如露亦如電
應作如是觀

御録經海一滴卷之一

音釋

鑛古猛切　銷先彫切　螢音榮火蟲腐草所化一名夜光一名宵燭　殫都艱切同盡也竭也

御録經海一滴卷之二

大佛頂如來密因修證了義萬行首楞嚴經

爾時阿難殷勤啓請十方如來得成菩提妙奢摩他三摩禪那最初方便　世尊在大衆中舒金色臂摩阿難頂告示阿難及諸大衆有三摩提名大佛頂首楞嚴王具足萬行十方如來一門超出妙莊嚴路汝今諦聽　阿難汝等當知一切衆生從無始來生死相續皆由不知常住眞心性淨明體用諸妄想此想不眞故有輪轉　汝今欲研無上菩提眞發明性應當直心酬我所問十方如來同一道故出離生死皆以直心心言直故如是乃至終始地位中間永無諸委曲相阿難當汝發心由目觀見如來勝相心生愛樂吾今問汝惟心與目今何所在阿難白佛言世尊我今觀此浮根四塵祇在我面如是識心實居身內佛告阿難汝之心靈一切明了若汝現前所明了心實在身內爾時先合了知內身縱不能見心肝脾胃爪生髮長筋轉脈搖誠合明了如何不知是故應知心在身內無有是處　阿難言我聞如來如是法音悟知我心實居身外佛告阿難若汝覺了知見之心實在身外身心相外自不相干則心所知身不能覺覺在身際心不能知我今示汝兜羅綿手汝眼見時心分別不阿難答言如是世尊佛言若相知者云何在外是故應知心在身外無有是處　阿難言如佛所言不見內故不居身內身心相知不相離故不在身外我今思惟潛伏根裏猶如有人取琉璃椀合其兩眼雖有物合而不留礙彼根隨見隨即

分别佛告阿難如汝所言潛根内者猶如琉璃彼人當以琉璃籠眼當見山河見琉璃不　世尊是人當以琉璃籠眼實見琉璃佛言汝心若同琉璃合者當見山河何不見眼若見眼者眼即同境不得成隨若不能見云何説言此了知心潛在根内如琉璃合是故應知汝言覺了能知之心潛伏根裏無有是處　阿難言世尊我今又作如是思惟是衆生身腑臟在中竅穴居外有藏則暗有竅則明今我對佛開眼見明名爲見外閉眼見暗名爲見内是義云何佛告阿難汝當閉眼見暗之時此暗境界爲與眼對爲不對眼若與眼對暗在眼前云何成内若不對者云何成見是故應知汝言見暗名見内者無有是處　阿難言我嘗聞佛開示四衆由心生故種種法生由法生故種種心生我今思惟隨所合處心則隨有亦非内外中間三處佛告阿難汝今説言由法生故種種心生隨所合處心隨有者是心無體則無所合若有體者爲復一體爲有多體若一體者則汝以手挃一支時四支應覺若咸覺者挃應無在若挃有所一體不成若多體者則成多人何體爲汝是故應知隨所合處心則隨有無有是處　阿難言如世尊言眼色爲縁生於眼識眼有分別色塵無知識生其中則爲心在佛言汝心若在根塵之中此之心體爲復兼二爲不兼二若兼二者物體雜亂物非體知成敵兩立云何爲中兼二不成非知不知即無體性中何爲相是故應知當在中間無有是處　阿難言我昔見佛與四大弟子共轉法輪常言覺

知分別心性既不在内亦不在外不在中間則我無著名爲心不佛告阿難汝言覺知分別心性俱無在者諸所物象名爲一切汝不著者爲在爲無無則同於龜毛兔角云何不著有不著者不可名無無相則無非無即相相有則在云何無著是故應知一切無著名覺知心無有是處爾時阿難即從座起右膝著地合掌恭敬而白佛言我是如來最小之弟蒙佛慈愛雖今出家猶恃憍憐所以多聞未得無漏當由不知眞際所詣惟願世尊大慈哀愍開示我等奢摩他路

佛告阿難一切衆生從無始來種種顚倒業種自然如惡叉聚諸修行人不能得成無上菩提乃至別成聲聞縁覺及成外道諸天魔王及魔眷屬皆由不知二種根本錯亂修習猶如煮沙欲成嘉饌縱經塵劫終不能得云何二種阿難一者無始生死根本則汝今者與諸衆生用攀縁心爲自性者二者無始菩提涅槃元清淨體則汝今者識精元明能生諸縁縁所遺者由諸衆生遺此本明雖終日行而不自覺枉入諸趣

爾時世尊開示阿難及諸大衆欲令心入無生法忍於師子座摩阿難頂而告之言如來常說諸法所生惟心所現一切因果世界微塵因心成體阿難若諸世界一切所有其中乃至草葉縷結詰其根元咸有體性縱令虛空亦有名貌何況清淨妙淨明心性一切心而自無體若汝執悋分別覺觀所了知性必爲心者此心即應離諸一切色香味觸諸塵事業別有全性如汝今者承聽我法此則因

聲而有分別縱滅一切見聞覺知內守幽閒猶爲法塵分別影事我非勑汝執爲非心但汝於心微細揣摩若離前塵有分別性即眞汝心若分別性離塵無體斯則前塵分別影事塵非常住若變滅時此心則同龜毛兔角則汝法身同於斷滅其誰修證無生法忍

於是如來普告大眾若復眾生以搖動者名之爲塵以不住者名之爲客汝觀阿難頭自動搖見無所動又汝觀我手自開合見無舒卷云何汝今以動爲身以動爲境從始洎終念念生滅遺失眞性顛倒行事性心失眞認物爲己輪迴是中自取流轉

佛興慈悲哀愍阿難及諸大眾發海潮音徧告同會諸善男子我常說言色心諸緣及心所使諸所緣法惟心所現汝身汝心皆是妙明眞精妙心中所現物云何汝等遺失本妙圓妙明心寶明妙性認悟中迷晦昧爲空空晦暗中結暗爲色色雜妄想想相爲身聚緣內搖趣外奔逸昏擾擾相以爲心性一迷爲心決定惑爲色身之內不知色身外洎山河虛空大地咸是妙明眞心中物譬如澄清百千大海棄之惟認一浮漚體目爲全潮窮盡瀛渤汝等即是迷中倍人如來說爲可憐愍者

佛告阿難且汝見我見精明元此見雖非妙精明心如第二月非是月影汝應諦聽今當示汝無所還地阿難此大講堂洞開東方日輪升天則有明耀中夜黑月雲霧晦暝則復昏暗戶牖之隙則復見通牆宇之間則復觀壅分別之處則復見緣頑虛之中遍是空性鬱孛之象則紆昏塵澄霽斂氛又觀清

淨阿難汝咸看此諸變化相吾今各還本所因處阿難此諸變化明還日輪何以故無日不明明因屬日是故還日暗還黑月通還戶牖壅還牆宇緣還分別頑虛還空鬱㶿還塵清明還霽則諸世間一切所有不出斯類汝見八種見精明性當欲誰還何以故若還於明則不明時無復見暗雖明暗等種種差別見無差別諸可還者自然非汝不汝還者非汝而誰則知汝心本妙明淨汝自迷悶喪本受輪於生死中常被漂溺是故如來名可憐愍一切衆生從無始來迷己爲物失於本心爲物所轉故於是中觀大觀小若能轉物則同如來身心圓明不動道場於一毛端徧能含受十方國土

佛告文殊及諸大衆十方如來及大菩薩於其自住三摩地中見與見緣并所想相如虛空華本無所有此見及緣元是菩提妙淨明體云何於中有是非是文殊吾今問汝如汝文殊更有文殊是文殊者爲無文殊文殊言如是世尊我眞文殊無是文殊何以故若有是者則二文殊然我今日非無文殊於中實無是非二相佛言此見妙明與諸空塵亦復如是本是妙明無上菩提淨圓眞心妄爲色空及與聞見如第二月誰爲是月又誰非月文殊但一月眞中間自無是月非月

阿難白佛言世尊亦曾於楞伽山爲大慧等敷演斯義彼外道等常說自然我說因緣非彼境界我今觀此覺性自然非生非滅似非因緣云何開示不入羣邪佛告阿難我今如是開示方便眞實告汝汝猶未悟惑爲自然

阿難若必自然自須甄明有自然體汝且觀此妙明見中以何爲自此見爲復以明爲自以暗爲自以空爲自以塞爲自阿難若明爲自應不見暗若復以空爲自體者應不見塞如是乃至諸暗等相以爲自者則於明時見性斷滅云何見明阿難汝言因緣吾復問汝汝今因見見性現前此見爲復因明有見因暗有見因空有見因塞有見阿難若因明有應不見暗如因暗有應不見明 如是乃至因空因塞同於明暗復次阿難此見又復緣明有見緣暗有見緣空有見緣塞有見阿難若緣空有應不見塞若緣塞有應不見空如是乃至緣明緣暗同於空塞當知如是精覺妙明非因非緣亦非自然非不自然無非不非無是非是離一切相即一切法汝今云何於中措心以諸世間戲論名相而得分別如以手掌撮摩虛空祇益自勞虛空云何隨汝執捉是故阿難汝今當知見明之時見非是明見暗之時見非是暗見空之時見非是空見塞之時見非是塞四義成就汝復應知見見之時見非是見見猶離見見不能及云何復說因緣自然及和合相 若能遠離諸和合緣及不和合則復滅除諸生死因圓滿菩提不生滅性清淨本心本覺常住阿難汝猶未明一切浮塵諸幻化相當處出生隨處滅盡幻妄稱相其性眞爲妙覺明體如是乃至五陰六入從十二處至十八界因緣和合虛妄有生因緣別離虛妄名滅殊不能知生滅去來本如來藏常住妙明不動周圓妙眞如性性眞常中求於去來迷悟生死了無所得

阿難譬如有人以清淨目觀晴明空惟一睛虛逈無所有其人無故不動目睛瞪以發勞則於虛空别見狂華復有一切狂亂非相色陰當知亦復如是

阿難譬如有人手足宴安百骸調適忽如忘生性無違順其人無故以二手掌於空相摩於二手中妄生澀滑冷熱諸相受陰當知亦復如是

阿難譬如有人談說酢梅口中水出思蹋懸崖足心酸澀想陰當知亦復如是

阿難譬如瀑流波浪相續前際後際不相踰越行陰當知亦復如是

阿難譬如有人取頻伽缾塞其兩孔滿中擎空千里遠行用餉他國識陰當知亦復如是

阿難白佛言世尊如來常說和合因緣一切世間種種變化皆因四大和合發明云何如來因緣自然二俱排擯我今不知斯義所屬惟垂哀愍開示衆生中道了義無戲論法爾時世尊告阿難言汝先厭離聲聞緣覺諸小乘法發心勤求無上菩提故我今時爲汝開示第一義諦如何復將世間戲論妄想因緣而自纏繞汝雖多聞如說藥人真藥現前不能分別如來說爲真可憐愍汝今諦聽吾當爲汝分別開示亦令當來修大乘者通達實相阿難默然承佛聖旨阿難如汝所言四大和合發明世間種種變化阿難若彼大性體非和合則不能與諸大雜和猶如虛空不和諸色若和合者同於變化始終相成生滅相續生死死生生死死如旋火輪未有休息

阿難如水成冰冰還成水汝觀地性麤爲大

地細爲微塵至隣虚塵析彼極微色邊際相七分所成更析隣虚即實空性阿難若此隣虚析成虚空當知虚空出生色相汝今問言由和合故出生世間諸變化相汝且觀此一鄰虚塵用幾虚空和合而有不應鄰虚合成鄰虚又鄰虚塵析入空者用幾色相合成虚空若色合時合色非空若空合時合空非色色猶可析空云何合汝元不知如來藏中性色真空性空真色清淨本然周徧法界隨衆生心應所知量循業發現世間無知惑爲因緣及自然性皆是識心分别計度但有言説都無實義

佛言富樓那如汝所言清淨本然云何忽生山河大地汝常不聞如來宣説性覺妙明本覺明妙富樓那言唯然世尊我常聞佛宣説斯義佛言汝稱覺明爲復性明稱名爲覺爲覺不明稱爲明覺富樓那言若此不明名爲覺者則無所明佛言若無所明則無明覺有所非覺無所非明無明又非覺湛明性性覺必明妄爲明覺覺非所明因明立所所既妄立生汝妄能　無同異中熾然成異異彼所異因異立同同異發明因此復立無同無異如是擾亂相待生勞勞久發塵自相渾濁由是引起塵勞煩惱　富樓那言若此妙覺本妙覺明與如來心不增不減無狀忽生山河大地諸有爲相如來今得妙空明覺山河大地有爲習漏何當復生佛告富樓那譬如迷人於一聚落惑南爲北此迷爲復因迷而有因悟所出富樓那言如是迷人亦不因迷又不因悟何以故迷本無根云何因迷悟非生

迷云何因悟佛言彼之迷人正在迷時倐有悟人指示令悟富樓那於意云何此人縱迷於此聚落更生迷不不也世尊富樓那十方如來亦復如是此迷無本性畢竟空昔本無迷似有迷覺覺迷迷滅覺不生迷亦如翳人見空中華翳病若除華於空滅忽有愚人於彼空華所滅空地待華更生汝觀是人爲愚爲慧富樓那言空元無華妄見生滅見華滅空已是顛倒勑令更出斯實狂癡云何更名如是狂人爲愚爲慧佛言如汝所解云何問言諸佛如來妙覺明空何當更出山河大地又如金鑛雜於精金其金一純更不成雜如木成灰不重爲木諸佛如來菩提涅槃亦復如是　富樓那又汝問言地水火風本性圓融周徧法界疑水火性不相凌滅又徵虛空及諸大地俱徧法界不合相容富樓那譬如虛空體非羣相而不拒彼諸相發揮　富樓那汝以色空相傾相奪於如來藏而如來藏隨爲色空周徧法界是故於中風動空澄日明雲暗衆生迷悶背覺合塵故發塵勞有世間相我以妙明不滅不生合如來藏而如來藏惟妙覺明圓照法界是故於中一爲無量無量爲一小中現大大中現小不動道場徧十方界身含十方無盡虛空於一毛端現寶王刹坐微塵裏轉大法輪滅塵合覺故發眞如妙覺明性而如來藏本妙圓心非心非空非地非水非風非火非眼非耳鼻舌身意非色非聲香味觸法如是乃至非大涅槃非常非樂非我非淨以是俱非世出世故即如來藏元明心妙即心即空即地即水即風即火

即眼即耳鼻舌身意即色即聲香味觸法如是乃至即大涅槃即常即樂即我即淨以是俱即世出世故即如來藏妙明心元離即離非是即非即　譬如琴瑟箜篌琵琶雖有妙音若無妙指終不能發汝與衆生亦復如是寶覺眞心各各圓滿如我按指海印發光汝暫擧心塵勞先起由不勤求無上覺道愛念小乘得少爲足富樓那言我與如來寶覺圓明眞妙淨心無二圓滿而我昔遭無始妄想久在輪廻今得聖乘猶未究竟世尊諸妄一切圓滅獨妙眞常敢問如來一切衆生何因有妄自蔽妙明受此淪溺佛告富樓那汝雖除疑餘惑未盡吾以世間現前諸事今復問汝汝豈不聞室羅城中演若達多忽於晨朝以鏡照面愛鏡中頭眉目可見瞋責己頭不見面目以爲魑魅無狀狂走於意云何此人何因無故狂走富樓那言是人心狂更無他故佛言妙覺明圓本圓明妙既稱爲妄云何有因若有所因云何名妄自諸妄想展轉相因從迷積迷以歷塵劫雖佛發明猶不能返如是迷因因迷自有識迷無因妄無所依尚無有生欲何爲滅得菩提者如寤時人說夢中事心縱精明欲何因緣取夢中物況復無因本無所有如彼城中演若達多豈有因緣自怖頭走忽然狂歇頭非外得縱未歇狂亦何遺失富樓那妄性如是因何爲在汝但不隨三種相續三緣斷故三因不生則汝心中狂性自歇歇即菩提不從人得　譬如有人於自衣中繫如意珠不自覺知窮露他方乞食馳走雖實貧窮珠不曾失忽有智者指示

其珠所願從心致大饒富方悟神珠非從外
得
佛告阿難即如城中演若達多狂性因緣若
得滅除則不狂性自然而出因緣自然理窮
於是　若悟本頭識知狂走因緣自然俱爲
戲論是故我言三緣斷故即菩提心菩提心
生生滅心滅此但生滅滅生俱盡無功用道
若有自然如是則明自然心生生滅心滅此
亦生滅無生滅者名爲自然猶如世間諸相
雜和成一體者名和合性非和合者稱本然
性本然非然和合非合然俱離離合俱非
此句方名無戲論法菩提涅槃尚在遥遠非
汝歷劫辛勤修證雖復憶持十方如來十二
部經清淨妙理如恒河沙只益戲論　今汝
且觀現前六根爲一爲六阿難若言一者耳
何不見目何不聞頭奚不履足奚無語若此
六根決定成六如我今會與汝宣揚微妙法
門汝之六根誰來領受阿難言我用耳聞佛
言汝耳自聞何關身口口來問義身起欽承
是故應知非一終六非六終一終不汝根元
一元六阿難當知是根非一非六由無始來
顛倒淪替故於圓湛一六義生汝須陀洹雖
得六銷猶未亡一如太虛空參合羣器由器
形異名之異空除器觀空說空爲一彼太虛
空云何爲汝成同不同何況更名是一非一
則汝了知六受用根亦復如是　汝但不循
動靜合離恬變通塞生滅明暗如是十二諸
有爲相隨拔一根脫粘內伏伏歸元眞發本
明耀耀性發明諸餘五粘應拔圓脫不由前
塵所起知見明不循根寄根明發由是六根

互相爲用　阿難今汝諸根若圓拔已內瑩發光如是浮塵及器世間諸變化相如湯銷冰應念化成無上知覺阿難如彼世人聚見於眼若令急合暗相現前六根黯然頭足相類彼人以手循體外繞彼雖不見頭足一辨知覺是同緣見因明暗成無見不明自發則諸暗相永不能昏根塵既銷云何覺明不成圓妙　以諸衆生從無始來循諸色聲逐念流轉曾不開悟性淨妙常不循所常逐諸生滅由是生生雜染流轉若棄生滅守於真常常光現前根塵識心應時銷落想相爲塵識情爲垢二俱遠離則汝法眼應時清明云何不成無上知覺

爾時世尊告阿難言汝欲識知俱生無明使汝輪轉生死結根惟汝六根更無他物汝復欲知無上菩提令汝速證安樂解脫寂靜妙常亦汝六根更非他物根塵同源縛脫無二識性虛妄猶如空華阿難由塵發知因根有相相見無性同於交蘆是故汝今知見立知即無明本知見無見斯即涅槃無漏真淨云何是中更容他物爾時世尊欲重宣此義而說偈言

真性有爲空　緣生故如幻　無爲無起滅
不實如空華　言妄顯諸真　妄真同二妄
猶非真非真　云何見所見　中間無實性
是故若交蘆　結解同所因　聖凡無二路
汝觀交中性　空有二俱非　迷晦即無明
發明便解脫　解結因次第　六解一亦亡
根選擇圓通　入流成正覺　陀那微細識
習氣成暴流　真非真恐迷　我常不開演

自心取自心　非幻成幻法　不取無非幻

非幻尚不生　幻法云何立　是名妙蓮華

金剛王寶覺　如幻三摩提　彈指超無學

此阿毘達摩　十方薄伽梵　一路涅槃門

爾時觀世音菩薩即從座起頂禮佛足而白佛言世尊憶念我昔無數恒河沙劫於時有佛出現於世名觀世音我於彼佛發菩提心彼佛教我從聞思修入三摩地初於聞中入流亡所所入既寂動靜二相了然不生如是漸增聞所聞盡盡聞不住覺所覺空空覺極圓空所空滅生滅既滅寂滅現前忽然超越世出世間十方圓明獲二殊勝一者上合十方諸佛本妙覺心與佛如來同一慈力二者下合十方一切六道衆生與諸衆生同一悲仰世尊由我供養觀音如來蒙彼如來授我如幻聞熏聞修金剛三昧與佛如來同慈力故令我身成三十二應入諸國土與諸衆生同悲仰故令諸衆生於我身心獲十四種無畏功德

爾時世尊告文殊師利我今欲令阿難開悟何方便門得易成就文殊師利法王子奉佛慈旨即從座起頂禮佛足承佛威神說偈對佛

覺海性澄圓　圓澄覺元妙　元明照生所

所立照性亡　迷妄有虛空　依空立世界

想澄成國土　知覺乃衆生　空生大覺中

如海一漚發　有漏微塵國　皆依空所生

漚滅空本無　況復諸三有　歸元性無二

方便有多門　聖性無不通　順逆皆方便

初心入三昧　遲速不同倫　我今白世尊

佛出娑婆界　此方眞教體　清淨在音聞
欲取三摩提　實以聞中入　離苦得解脱
良哉觀世音　於恒沙劫中　入微塵佛國
得大自在力　無畏施衆生　妙音觀世音
梵音海潮音　救世悉安寧　出世獲常住
我今啓如來　如觀音所説　譬如人靜居
十方俱擊鼓　十處一時聞　此則圓眞實
目非觀障外　口鼻亦復然　身以合方知
心念紛無緒　隔垣聽音響　遐邇俱可聞
五根所不齊　是則通眞實　音聲性動靜
聞中爲有無　無聲號無聞　非實聞無性
聲無既無滅　聲有亦非生　生滅二圓離
是則常眞實　縱令在夢想　不爲不思無
覺觀出思惟　身心不能及　今此娑婆國
聲論得宣明　衆生迷本聞　循聲故流轉
阿難縱强記　不免落邪思　豈非隨所淪
旋流獲無妄　阿難汝諦聽　我承佛威力
宣説金剛王　如幻不思議　佛母眞三昧
汝聞微塵佛　一切祕密門　欲漏不先除
畜聞成過誤　將聞持佛佛　何不自聞聞
聞非自然生　因聲有名字　旋聞與聲脱
能脱欲誰名　一根既返源　六根成解脱
見聞如幻翳　三界若空華　聞復翳根除
塵銷覺圓淨　淨極光通達　寂照含虛空
却來觀世間　猶如夢中事　摩登伽在夢
誰能留汝形　如世巧幻師　幻作諸男女
雖見諸根動　要以一機抽　息機歸寂然
諸幻成無性　六根亦如是　元依一精明
分成六和合　一處成休復　六用皆不成
塵垢應念銷　成圓明淨妙　餘塵尚諸學

明極即如來　大衆及阿難　旋汝倒聞機
反聞聞自性　性成無上道　圓通實如是
此是微塵佛　一路涅槃門　過去諸如來
斯門已成就　現在諸菩薩　今各入圓明
未來修學人　當依如是法　我亦從中證
非惟觀世音
即時阿難及諸大衆得蒙開示心慮虚凝斷
除三界修心六品微細煩惱而白佛言大威
德世尊善開衆生微細沉惑令我身心得大
饒益世尊若此妙明眞淨妙心本來徧圓即
是如來成佛眞體佛體眞實云何復有地獄
餓鬼畜生修羅人天等道佛告阿難如是地
獄餓鬼畜生人及神仙天洎修羅精研七趣
皆是昏沉諸有爲相妄想受生妄想隨業於
妙圓明無作本心皆如空華元無所著但一

虚妄更無根緒阿難此等衆生不識本心受
此輪迴經無量刼不得眞淨皆由隨順殺盜
淫故反此三種又則出生無殺盜淫有名鬼
倫無名天趣有無相傾起輪迴性若得妙發
三摩提者則妙常寂有無二無無二亦滅尚
無不殺不偷不淫云何更隨殺盜淫事阿難
不斷三業各各有私因各各私衆私同分非
無定處自妄發生生妄無因無可尋究汝朂
修行欲得菩提要除三惑不盡三惑縱得神
通皆是世間有爲功用習氣不滅落於魔道
雖欲除妄倍加虚僞如來説爲可哀憐者汝
妄自造非菩提咎作是説者名爲正説若他
説者即魔王説
爾時如來將罷法座普告大衆及阿難言汝
等當知有漏世界十二類生本覺妙明覺圓

心體與十方佛無一無别由汝妄想迷理爲咎癡愛發生生發徧迷故有空性化迷不息有世界生則此十方微塵國土非無漏者皆是迷頑妄想安立當知虚空生汝心内猶如片雲點太清裏況諸世界在虚空耶汝等一人發真歸元此十方空皆悉銷殞云何空中所有國土而不振裂汝輩修禪飾三摩地十方菩薩及諸無漏大阿羅漢心精通溜當處湛然一切魔王及與鬼神諸凡夫天見其宫殿無故崩裂大地振坼水陸飛騰無不驚慴凡夫昏暗不覺遷訛彼等咸得五種神通惟除漏盡戀此塵勞如何令汝摧裂其處是故神鬼及諸天魔魍魎妖精於三昧時僉來惱汝然彼諸魔雖有大怒彼塵勞内汝妙覺中如風吹光如刀斷水了不相觸汝如沸湯彼如堅冰暖氣漸隣不日消殞徒恃神力但爲其客成就破亂由汝心中五陰主人主人若迷客得其便當處禪那覺悟無惑則彼魔事無奈汝何陰消入明則彼羣邪咸受幽氣明能破暗近自消殞如何敢留擾亂禪定若不明悟被陰所迷則汝阿難必爲魔子成就魔人如摩登伽殊爲眇劣彼惟咒汝破佛律儀八萬行中只毁一戒心清淨故尚未淪溺此乃隳汝寶覺全身如宰臣家忽逢籍沒宛轉零落無可哀救阿難當知汝坐道場銷落諸念其念若盡則諸離念一切精明動靜不移憶忘如一當住此處入三摩地如明目人處大幽暗精性妙淨心未發光此則名爲色陰區宇若目明朗十方洞開無復幽黯名色陰盡是人則能超越劫濁觀其所由堅固妄想

以爲其本　阿難彼善男子修三摩提奢摩他中色陰盡者見諸佛心如明鏡中顯現其像若有所得而未能用猶如魘人手足宛然見聞不惑心觸客邪而不能動此則名爲受陰區宇若魘咎歇其心離身反觀其面去住自由無復留礙名受陰盡是人則能超越見濁觀其所由虚明妄想以爲其本　阿難彼善男子修三摩地受陰盡者雖未漏盡心離其形如鳥出籠已能成就從是凡身上歷菩薩六十聖位得意生身隨往無礙譬如有人熟寐寱言是人雖則無別所知其言已成音韻倫次令不寐者咸悟其語此則名爲想陰區宇若動念盡浮想消除於覺明心如去塵垢一倫生死首尾圓照名想陰盡是人則能超煩惱濁觀其所由融通妄想以爲其本

阿難彼善男子修三摩地想陰盡者是人平常夢想消滅寤寐恒一覺明虚靜猶如晴空無復麤重前塵影事觀諸世間大地山河如鏡鑑明來無所粘過無踪跡虚受照應了罔陳習惟一精眞生滅根元從此披露見諸十方十二衆生畢殫其類雖未通其各命由緒見同生基猶如野馬熠熠清擾爲浮根塵究竟樞穴此則名爲行陰區宇若此清擾熠熠元性性入元澄一澄元習如波瀾滅化爲澄水名行陰盡是人則能超衆生濁觀其所由幽隱妄想以爲其本　阿難彼善男子修三摩地行陰盡者諸世間性幽清擾動同分生機倏然隳裂沉細綱紐補特伽羅酬業深脉感應懸絶於涅槃天將大明悟如鷄後鳴瞻顧東方已有精色六根虚靜無復馳逸内外

湛明入無所入深達十方十二種類受命元由觀由執元諸類不召於十方界已獲其同精色不沉發現幽祕此則名爲識陰區宇若於羣召已獲同中消磨六門合開成就見聞通鄰互用清淨十方世界及與身心如吠琉璃内外明徹名識陰盡是人則能超越命濁觀其所由罔象虚無顛倒妄想以爲其本

阿難汝等存心秉如來道將此法門於我滅後傳示末世普令衆生覺了斯義無令見魔自作沉孽保綏哀救消息邪縁令其身心入佛知見從始成就不遭岐路如是法門先過去世恒沙劫中微塵如來乘此心開得無上道識陰若盡則汝現前諸根互用從互用中能入菩薩金剛乾慧圓明精心於中發化如淨琉璃内含寶月如是乃超十信十住十行十回向四加行心菩薩所行金剛十地等覺圓明入於如來妙莊嚴海圓滿菩提歸無所得

阿難精眞妙明本覺圓淨非留死生及諸塵垢乃至虚空皆因妄想之所生起斯元本覺妙明精眞妄以發生諸器世間如演若多迷頭認影妄元無因於妄想中立因縁性迷因縁者稱爲自然彼虚空性猶實幻生因縁自然皆是衆生妄心計度阿難知妄所起説妄因縁若妄元無説妄因縁元無所有何況不知推自然者是故如來與汝發明五陰本因同是妄想汝體先因父母想生汝心非想則不能來想中傳命如我先言心想酢味口中涎出心想登高足心酸起懸崖不有酢物未來汝體必非虚妄通倫口水如何因談酢出

是故當知汝現色身名爲堅固第一妄想即此所説臨高想心能令汝形真受酸澀由因受生能動色體汝今現前順益違損二現驅馳名爲虚明第二妄想　由汝念慮使汝色身身非念倫汝身何因隨念所使種種取像心生形取與念相應寤即想心寐爲諸夢則汝想念摇動妄情名爲融通第三妄想化理不住運運密移甲長髮生氣消容皺日夜相代曾無覺悟阿難此若非汝云何體遷如必是真汝何無覺則汝諸行念念不停名爲幽隱第四妄想　又汝精明湛不摇處名恒常者於身不出見聞覺知若實精真不容習妄何因汝等曾於昔年覩一奇物經歴年歳憶忘俱無於後忽然覆覩前異記憶宛然曾不遺失則於精了湛不摇中念念受熏有何籌算　阿難當知此湛非真如急流水望如恬静流急不見非是無流若非想元寧受妄習非汝六根互用合開此之妄想無時得滅故汝現在見聞覺知中串習機則湛了内罔象虚無第五顛倒細微精想　阿難是五受陰五妄想成汝今欲知因界淺深惟色與空是色邊際惟觸及離是受邊際惟記與忘是想邊際惟滅與生是行邊際湛入合湛歸識邊際此五陰元重疊生起生因識有滅從色除理則頓悟乘悟併消事非頓除因次第盡我已示汝劫波巾結　汝應將此妄想根元心得開通傳示將來末法之中諸修行者令識虚妄深厭自生知有涅槃不戀三界

阿難此佛頂光聚悉怛多般怛囉祕密伽陀出生十方一切諸佛十方如來因此咒心得

成無上正徧知覺十方如來執此咒心降伏諸魔制諸外道十方如來乘此咒心坐寶蓮華應微塵國十方如來含此咒心於微塵國轉大法輪　阿難若復有人徧滿十方所有虛空盈滿七寶持以奉上微塵諸佛承事供養心無虛度若復有人身具四重十波羅夷瞬息即經此方地方阿鼻地獄能以一念將此法門於末劫中開示未學是人罪障應念消滅變其所受地獄苦因成安樂國得福超越前之施人百倍千倍千萬億倍如是乃至算數譬喻所不能及阿難若有衆生能誦此經能持此咒如我廣說窮劫不盡依我教言如教行道直成菩提無復魔業

御錄經海一滴卷之二

音釋

腮 蒲糜切土藏也　竅 苦弔切穴也　挃 職日切　揣 楚委切度也　瀛渤 上音盈下音孛　埻 蒲沒切塵也　黯 乙減切深黲色　朂 許里切

御録經海一滴卷之三

維摩詰所説經

佛國品第一

一時佛在毘耶離菴羅樹園與無量百千之衆恭敬圍繞而爲説法爾時毘耶離城有長者子名曰寶積與五百長者子俱持七寶蓋來詣佛所頭面禮足各以其蓋共供養佛佛之威神令諸寶蓋合成一蓋徧覆三千大千世界而此世界廣長之相悉於中現爾時一切大衆合掌禮佛瞻仰尊顏目不暫捨長者子寶積即於佛前以偈頌曰

法王法力超羣生　常以法財施一切
能善分別諸法相　於第一義而不動
已於諸法得自在　是故稽首此法王
説法不有亦不無　以因緣故諸法生
三轉法輪於大千　其輪本來常清淨
天人得道此爲證　三寶於是現世間
以斯妙法濟羣生　一受不退常寂然
佛以一音演説法　衆生隨類各得解
稽首能斷衆結縛　稽首已到於彼岸
悉知衆生來去相　善於諸法得解脱
不著世間如蓮華　常善入於空寂行
達諸法相無罣礙　稽首如空無所依

爾時長者子寶積説此偈已白佛言世尊惟願世尊説諸菩薩淨土之行佛言寶積衆生之類是菩薩佛土所以者何菩薩取於淨國皆爲饒益諸衆生故譬如有人欲於空地造立宮室隨意無礙若於虛空終不能成菩薩如是爲成就衆生故願取佛國願取佛國者非於空也是故寶積若菩薩欲得淨土當淨

其心隨其心淨則佛土淨爾時舍利弗承佛威神作是念若菩薩心淨則佛土淨者我世尊本爲菩薩時意豈不淨而是佛土不淨若此佛知其念即告之言於意云何日月豈不淨耶而盲者不見對曰不也世尊是盲者過非日月咎舍利弗衆生罪故不見如來國土嚴淨非如來咎舍利弗我此土淨而汝不見

方便品第二

爾時毘耶離大城中有長者名維摩詰已曾供養無量諸佛深殖善本得無生忍辯才無礙遊戲神通逮諸總持獲無所畏善於智度通達方便大願成就明了衆生心之所趣欲度人故以善方便居毘耶離無量方便饒益衆生其以方便現身有疾以其疾故國王大臣長者居士皆往問疾其往者維摩詰因以身疾廣爲說法諸仁者是身無常此可患厭當樂佛身所以者何佛身者即法身也從無量功德智慧生從戒定慧解脱解脱知見生從慈悲喜捨生從布施持戒忍辱柔和勤行精進禪定解脱三昧多聞智慧諸波羅蜜生從方便生從六通生從三明生從三十七道品生從止觀生從十力四無所畏十八不共法生從斷一切不善法集一切善法生從真實生從不放逸生從如是無量清淨法生如來身諸仁者欲得佛身斷一切衆生病者當發阿耨多羅三藐三菩提心

弟子品第三

爾時長者維摩詰自念寢疾於牀世尊大慈寧不垂愍佛知其意即告舍利弗汝行詣維摩詰問疾　舍利弗白佛言世尊我不堪任

詰彼問疾所以者何憶念我昔曾於林中晏坐樹下時維摩詰來謂我言唯舍利弗不必是坐爲晏坐也夫晏坐者不於三界現身意是爲晏坐不起滅定而現諸威儀是爲晏坐不捨道法而現凡夫事是爲晏坐心不住内亦不在外是爲晏坐於諸見不動而修行三十七品是爲晏坐不斷煩惱而入涅槃是爲晏坐若能如是坐者佛所印可　目犍連白佛言世尊憶念我昔入毘耶離大城於里巷中爲諸居士説法時維摩詰來謂我言唯大目連夫説法者當如法説法無衆生離衆生垢故法無有我離我垢故法無壽命離生死故法無名字言語斷故法無形相如虚空故法無分別離諸識故法無有比無相待故法同法性入諸法故法隨於如無所隨故法住實際諸邊不動故法無動摇不依六塵故法無去來常不住故法無高下法常住不動法離一切觀行法相如是豈可説乎夫説法者無説無示其聽法者無聞無得譬如幻士爲幻人説法當建是意而爲説法當了衆生根有利鈍善於知見無所罣礙以大悲心讚於大乘念報佛恩不斷三寶然後説法　迦葉白佛言世尊憶念我昔於貧里而行乞時維摩詰來謂我言唯大迦葉有慈悲心而不能普捨豪富從貧乞迦葉住平等法應次行乞食爲不食故應行乞食爲壞和合相故應取摶食爲不受故應受彼食若能不捨八邪入八解脱以邪相入正法以一食施一切供養諸佛及衆賢聖然後可食如是食者非有煩惱非離煩惱非入定意非起定意非住世間

非住涅槃其有施者無大福無小福不爲益不爲損是爲正入佛道不依聲聞若如是食爲不空食人之施也

須菩提白佛言世尊憶念我昔入其舍從乞食時維摩詰取我鉢盛滿飯謂我言唯須菩提若能於食等者諸法亦等諸法等者於食亦等如是行乞乃可取食非凡夫非離凡夫法非聖人非不聖人雖成就一切法而離諸法相乃可取食不見佛不聞法彼外道六師是汝之師因其出家彼師所墮汝亦隨墮乃可取食入諸邪見不到彼岸住於八難不得無難同於煩惱離清淨法汝得無諍三昧一切衆生亦得是定其施汝者不名福田供養汝者墮三惡道汝與衆魔及諸塵勞等無有異於一切衆生而有怨心謗諸佛毀於法不入衆數終不得滅度汝若如是乃可取食時我世尊聞此茫然不識是何言不知以何荅便置鉢欲出其舍維摩詰言唯須菩提取鉢勿懼於意云何如來所作化人若以是事詰寧有懼不我言不也維摩詰言一切諸法如幻化相汝今不應有所懼也所以者何一切言說不離是相至於智者不著文字故無所懼何以故文字性離無有文字是則解脫解脫相者則諸法也

富樓那白佛言世尊憶念我昔於大林中在一樹下爲諸新學比丘說法時維摩詰來謂我言唯富樓那先當入定觀此人心然後說法無以穢食置於寶器當知是比丘心之所念無以瑠璃同彼水精汝不能知衆生根源無得發起以小乘法彼自無瘡勿傷之也欲行大道莫示小徑無以大海內於牛跡無以

日光等彼螢火此比丘久發大乘心中忘此意如何以小乘法而教導之我觀小乘智慧微淺猶如盲人不能分別一切衆生根之利鈍　迦旃延白佛言世尊憶念昔者佛爲諸比丘畧説法要我即於後敷演其義謂無常義苦義空義無我義寂滅義時維摩詰來謂我言唯迦旃延無以生滅心行説實相法諸法畢竟不生不滅是無常義五受陰洞達空無所起是苦義諸法究竟無所有是空義於我無我而不二是無我義法本不然今則無滅是絶滅義　阿那律白佛言世尊憶念我昔於一處經行時有梵王名曰嚴淨稽首作禮問我言幾何阿那律天眼所見我即答言仁者吾見此釋迦牟尼佛土三千大千世界如觀掌中菴摩勒果時維摩詰來謂我言唯

阿那律天眼所見爲作相耶無作相耶假使作相則與外道五通等若無作相即是無爲不應有見有佛世尊得眞天眼常在三昧悉見諸佛國不以二相　優波離白佛言世尊憶念昔者有二比丘犯律行以爲恥不敢問佛來問我言願解疑悔得免斯咎我即爲其如法解説時維摩詰來謂我言唯優波離無重增此二比丘罪當直除滅勿擾其心所以者何彼罪性不在内不在外不在中間如佛所説心垢故衆生垢心淨故衆生淨心亦不在内不在外不在中間如其心然罪垢亦然諸法亦然不出於如妄想是垢無妄想是淨顛倒是垢無顛倒是淨取我是垢不取我是淨一切法生滅不住如幻如電諸法不相待乃至一念不住諸法皆妄見如燄如水中月

如鏡中像以妄想生其知此者是名奉律其知此者是名善解　羅睺羅白佛言世尊憶念昔時毘耶離諸長者子稽首作禮問我言其出家者有何等利我即如法爲説出家功德之利時維摩詰來謂我言唯羅睺羅不應説出家功德之利所以者何無利無功德是爲出家有爲法者可説有利有功德夫出家者爲無爲法無爲法中無功德夫出家者無彼無此亦無中間離六十二見處於涅槃摧諸外道超越假名出淤泥無繫著無我所無所受隨禪定離衆過若能如是是眞出家於是維摩詰語諸長者子汝等於正法中宜共出家所以者何佛世難值諸長者子言居士我聞佛言父母不聽不得出家維摩詰言然汝等便發阿耨多羅三藐三菩提心是即出家是即具足　阿難白佛言世尊憶念昔時世尊身小有疾當用牛乳我即持鉢詣大婆羅門家時維摩詰來謂我言唯阿難何爲晨朝持鉢住此我言居士世尊身有小疾當用牛乳故來至此維摩詰言止止阿難莫作是語諸如來身即是法身非思欲身佛爲世尊過於三界佛身無漏諸漏已盡佛身無爲不墮諸數如此之身當有何疾時我世尊實懷慚愧即聞空中聲曰阿難如居士言但爲佛出五濁惡世現行斯法度脱衆生行矣阿難取乳勿慚世尊維摩詰智慧辯才爲若此也如是五百大弟子各各向佛説其本縁稱述維摩詰所言皆曰不任詣彼問疾

菩薩品第四

彌勒白佛言世尊憶念我昔爲兜率天王及

其眷屬說不退轉地之行時維摩詰來謂我言彌勒世尊授仁者記一生當得阿耨多羅三藐三菩提爲用何生得受記乎過去耶未來耶現在耶若過去生過去生已滅若未來生未來生未至若現在生現在生無住如佛所說比丘汝今即時亦生亦滅若以無生得受記者無生即是正位於正位中亦無受記亦無得阿耨多羅三藐三菩提云何彌勒受一生記乎爲從如生得受記耶爲從如滅得受記耶若以如生得受記者如無有生若以如滅得受記者如無有滅一切衆生皆如也一切法亦如也衆聖賢亦如也至於彌勒亦如也若彌勒得受記者一切衆生亦應受記所以者何夫如者不二不異若彌勒得阿耨多羅三藐三菩提者一切衆生皆亦應得所以者何一切衆生即菩提相若彌勒得滅度者一切衆生亦當滅度所以者何畢竟寂滅即涅槃相不復更滅當令此諸天子捨於分別菩提之見所以者何菩提者不可以身得不可以心得　光嚴白佛言世尊憶念我昔出毘耶離大城時維摩詰方入城我即爲作禮而問言居士從何所來答我言吾從道場來我問道場者何所是答曰直心深心發行菩提心布施持戒忍辱精進禪定智慧慈悲喜捨神通解脫方便多聞三十七品四諦緣起力無畏不共法如上盡是道場成就一切智故如是善男子菩薩若應諸波羅蜜教化衆生諸有所作舉足下足當知皆從道場來住於佛法矣　持世白佛言世尊憶念我昔住於靜室時魔波旬從萬二千天女來詣我

所即語我言正士受是萬二千天女可備掃灑我言無以此非法之物要我沙門釋子此非我宜所言未訖時維摩詰來謂我言是爲魔來嬈固汝耳爾時維摩詰語諸女言有法樂可以自娛不應復樂五欲樂也天女即問何爲法樂答言樂常信佛樂欲聽法樂供養衆樂離五欲樂觀五陰如怨賊樂觀四大如毒蛇樂觀内入如空聚樂隨護道意樂饒益衆生樂敬養師樂廣行施樂堅持戒樂忍辱柔和樂勤集善根樂禪定不亂樂離垢明慧樂廣菩提心樂降伏衆魔樂斷諸煩惱樂淨佛國土樂修無量道品之法是爲菩薩法樂於是諸女問維摩詰我等云何止於魔宮維摩詰言諸姊有法門名無盡燈汝等當學無盡燈者譬如一燈然百千燈冥者皆明明終不盡如是諸姊夫一菩薩開導百千衆生令發阿耨多羅三藐三菩提心於其道意亦不滅盡隨所說法而自增益一切善法是名無盡燈也

善德白佛言世尊憶念我昔自於父舍設大施會時維摩詰來入會中謂我言長者子夫大施會不當如汝所設當爲法施之會何用是財施會爲我言居士何謂法施之會答曰法施會者無前無後一時供養一切衆生是名法施之會我言何謂也曰謂以菩提起於慈心以救衆生起大悲心以持正法起於喜心以攝智慧行於捨心以攝慳貪起檀波羅密以化犯戒起尸羅波羅密以無我法起羼提波羅密以離身心相起毘黎耶波羅密以菩提相起禪波羅密以一切智起般若波羅密教化衆生而起於空不捨有爲

法而起無相示現受生而起無作護持正法起方便力以具相好及淨佛土起福德業知一切衆生心念如應說法起於智業知一切法不取不捨入一相門起於慧業斷一切煩惱一切障礙一切不善法起一切善業以得一切智慧一切善法起於一切助佛道法如是善男子是爲法施之會若菩薩住是法施會者爲大施主亦爲一切世間福田世尊故我不任詣彼問疾如是諸菩薩各各向佛說其本緣稱述維摩詰所言皆曰不任詣彼問疾

文殊師利問疾品第五

爾時佛告文殊師利汝行詣維摩詰問疾文殊師利白佛言世尊彼上人者難爲詶對深達實相善說法要辯才無滯智慧無礙雖然當承佛聖旨詣彼問疾於是衆中諸菩薩大弟子釋梵四天王咸作是念今二大士文殊師利維摩詰共談必說妙法即時八千菩薩五百聲聞百千天人皆欲隨從恭敬圍繞入毘耶離大城文殊師利既入其舍見其室空無諸所有獨寢一牀時維摩詰言善來文殊師利不來相而來不見相而見文殊師利言如是居士若來已更不來若去已更不去所以者何來者無所從來去者無所至所可見者更不可見且置是事居士是疾何所因起其生久如當云何滅維摩詰言從癡有愛則我病生以一切衆生病是故我病若一切衆生得不病者則我病滅所以者何菩薩爲衆生故入生死有生死則有病若衆生得離病者則菩薩無復病衆生病愈菩薩亦愈又仁

言是疾何所因起菩薩疾者以大悲起文殊師利言居士此室何以空無侍者維摩詰言諸佛國土亦復皆空又問以何爲空答曰以空空又問空何用空答曰以無分別空故空又問空可分別耶答曰分別亦空又問空當於何求答曰當於六十二見中求又問六十二見當於何求答曰當於諸佛解脱中求又問諸佛解脱當於何求答曰當於一切衆生心行中求又仁所問何無侍者一切衆魔及諸外道皆吾侍也所以者何衆魔者樂生死菩薩於生死而不捨外道者樂諸見菩薩於諸見而不動文殊師利言居士所疾爲何等相維摩詰言我病無形不可見又問地大水大火大風大於此四大何大之病答曰是病非地大亦不離地大水火風大亦復如是而

衆生病從四大起以其有病是故我病又問菩薩應云何慰喻有疾菩薩答説身無常不説厭離於身説身有苦不説樂於涅槃説身無我而説教導衆生説身空寂不説畢竟寂滅説悔先罪而不説入於過去以已之疾愍於彼疾當作醫王療治衆病菩薩應如是慰喻有疾菩薩令其歡喜又問有疾菩薩云何調伏其心答有疾菩薩應作是念離我我所云何離我我所謂離二法云何離二法謂不念内外諸法行於平等云何平等謂我等涅槃等所以者何我及涅槃此二皆空如此二法無決定性得是平等無有餘病唯有空病空病亦空是有疾菩薩以無所受而受諸受我既調伏亦當調伏一切衆生但除其病而不除法爲斷病本而教導之何謂病本謂有

攀緣從有攀緣則爲病本何所攀緣謂之三界云何斷攀緣以無所得若無所得則無攀緣何謂無所得謂離二見何謂二見謂內見外見是爲有疾菩薩調伏其心彼有疾菩薩應復作是念如我此病非真非有衆生病亦非真非有作是觀時於諸衆生若起愛見大悲即應捨離所以者何菩薩斷除客塵煩惱而起大悲愛見悲者則於生死有疲厭心若能離此無有疲厭在在所生不爲愛見之所覆也所生無縛能爲衆生說法解縛如佛所說若自有縛能解彼縛無有是處若自無縛能解彼縛斯有是處是故菩薩不應起縛何謂縛何謂解貪着禪味是菩薩縛以方便生是菩薩解又無方便慧縛有方便慧解無慧方便縛有慧方便解有疾菩薩應如是調伏其心不住其中亦復不住不調伏心所以者何若住不調伏心是愚人法若住調伏心是聲聞法是故菩薩不當住於調伏不調伏心離此二法是菩薩行在於生死不爲汙行住於涅槃不永滅度是菩薩行非凡夫行非賢聖行是菩薩行非垢行非淨行是菩薩行雖過魔行而現降伏衆魔是菩薩行求一切智無非時求是菩薩行雖觀諸法不生而不入正位是菩薩行雖觀十二緣起而入諸邪見是菩薩行雖攝一切衆生而不愛着是菩薩行雖樂遠離而不依身心盡是菩薩行雖行三界而不壞法性是菩薩行雖行於空而殖衆德本是菩薩行雖行無相而度衆生是菩薩行雖行無作而現受身是菩薩行雖行止觀助道之法而不畢竟墮於寂滅是菩薩行

雖行諸法不生不滅而以相好莊嚴其身是菩薩行雖現聲聞辟支佛威儀而不捨佛法是菩薩行雖隨諸法究竟淨相而隨所應爲現其身是菩薩行雖觀諸佛國土永寂如空而現種種清淨佛土是菩薩行雖得佛道轉於法輪入於涅槃而不捨於菩薩之道是菩薩行

不思議品第六

爾時舍利弗見此室中無有牀座作是念斯諸菩薩大弟子衆當於何坐長者維摩詰知其意語舍利弗言仁者爲法來耶爲牀座耶舍利弗言我爲法來非爲牀座維摩詰言唯舍利弗夫求法者不貪軀命何况牀座夫求法者非有色受想行識之求非有界入之求非有欲色無色之求唯舍利弗夫求法者不着佛求不着法求不着衆求所以者何法無戲論若言我當見苦斷集證滅修道是則戲論非求法也唯舍利弗法名寂滅若行生滅是求生滅非求法也法名無染若染於法乃至涅槃是則染着非求法也法無行處若行於法是則行處非求法也法無取捨若取捨法是則取捨非求法也法無處所若着處所是則着處非求法也法名無相若隨相識是則求相非求法也法不可住若住於法是則住法非求法也法不可見聞覺知若行見聞覺知是則見聞覺知非求法也法名無爲若行有爲是求有爲非求法也是故舍利弗若求法者於一切法應無所求爾時長者維摩詰問文殊師利仁者遊於無量千萬億阿僧祇國何等佛土有好上妙功德成就師子之

座文殊師利言居士東方度三十六恒河沙國有世界名須彌相其佛號須彌燈王今現在彼佛身長八萬四千由旬其師子座高八萬四千由旬嚴飾第一於是長者維摩詰現神通力即時彼佛遣三萬二千師子之座高廣嚴淨來入維摩詰室其室廣博悉皆包容三萬二千師子座無所妨礙於毗耶離城及閻浮提四天下亦不迫迮悉見如故舍利弗言居士未曾有也如是小室乃容受此高廣之座維摩詰言唯舍利弗諸佛菩薩有解脫名不可思議若菩薩住是解脫者以須彌之高廣内芥子中無所增減須彌山王本相如故而四天王忉利諸天不覺不知已之所入唯應度者乃見須彌入芥子中是名不可思議解脫法門又舍利弗住不可思議解脫菩薩斷取三千大千世界如陶家輪着右掌中擲過恒沙世界之外其中衆生不覺不知已之所往又復還置本處都不使人有往來想而此世界本相如故又舍利弗或有衆生樂久住世而可度者菩薩即演七日以為一劫令彼衆生謂之一劫或有衆生不樂久住而可度者菩薩即促一劫以為七日令彼衆生謂之七日又舍利弗住不可思議解脫菩薩能以神通現作佛身或現辟支佛身或現聲聞身或現帝釋身或現梵王身或現世主身或現轉輪聖王身又十方世界所有衆聲上中下音皆能變之令作佛聲演出無常苦空無我之音及十方諸佛所說種種之法皆於其中普令得聞舍利弗我今略說菩薩不可思議解脫之力若廣說者窮劫不盡是時大

迦葉聞説菩薩不可思議解脱法門歎未曾有謂舍利弗譬如有人於盲者前現衆色像非彼所見一切聲聞聞是不可思議解脱法門不能解了爲若此也智者聞是其誰不發阿耨多羅三藐三菩提心我等何爲永絶其根於此大乘已如敗種一切聲聞聞是不可思議解脱法門皆應號泣聲震三千大千世界一切菩薩應大欣慶頂受此法若有菩薩信解不可思議解脱法門者一切魔衆無如之何爾時維摩詰語大迦葉仁者十方無量阿僧祇世界中作魔王者多是住不可思議解脱菩薩以方便力故教化衆生現作魔王譬如龍象蹴踏非驢所堪是名住不可思議解脱菩薩智慧方便之門

觀衆生品第七

爾時文殊師利問維摩詰言菩薩云何觀於衆生維摩詰言譬如幻師見所幻人菩薩觀衆生爲若此如智者見水中月如鏡中見其面像如熱時燄如呼聲響如空中雲如水聚沫如水上泡如芭蕉堅如電久住如第五大如第六陰如第七情如十三入如十九界菩薩觀衆生爲若此如無色界色如燋穀芽如須陀洹身見如阿那含入胎如阿羅漢三毒如得忍菩薩貪恚毀禁如佛煩惱習如盲者見色如入滅盡定出入息如空中鳥跡如石女兒如化人煩惱如夢所見已寤如滅度者受身如無煙之火菩薩觀衆生爲若此文殊師利言若菩薩作是觀者云何行慈維摩詰言菩薩作是觀已自念我當爲衆生説如斯法是即眞實慈也又問何謂爲悲答曰菩薩

所作功德皆與一切衆生共之何謂爲喜答曰有所饒益歡喜無悔何謂爲捨答曰所作福祐無所悕望文殊師利又問生死有畏菩薩當何所依維摩詰言菩薩於生死畏中當依如來功德之力又問菩薩欲依如來功德之力當於何住答曰菩薩欲依如來功德力者當住度脱一切衆生又問欲度衆生當何所除答曰欲度衆生除其煩惱又問欲除煩惱當何所行答曰當行正念又問云何行於正念答曰當行不生不滅又問何法不生何法不滅答曰不善不生善法不滅又問善不善孰爲本答曰身爲本又問身孰爲本答曰欲貪爲本又問欲貪孰爲本答曰虛妄分別爲本又問虛妄分別孰爲本答曰顛倒想爲本又問顛倒想孰爲本答曰無住爲本又問無住孰爲本答曰無住則無本文殊師利從無住本立一切法時維摩詰室有一天女見諸天人聞所説法便現其身即以天華散諸菩薩大弟子上華至諸菩薩即皆墮落至大弟子便著不墮一切弟子神力去華不能令去爾時天問舍利弗何故去華答曰此華不如法是以去之天曰勿謂此華爲不如法所以者何是華無所分別仁者自生分別想耳若於佛法出家有所分別爲不如法若無所分別是則如法觀諸菩薩華不著者已斷一切分別想故譬如人畏時非人得其便如是弟子畏生死故色聲香味觸得其便也已離畏者一切五欲無能爲也結習未盡華著身耳結習盡者華不著也舍利弗言天止此室其已久如答曰我止此室如耆年解脱舍利

弗言止此久耶天曰耆年解脱亦何如久舍利弗默然不答天曰如何耆舊大智而默答曰解脱者無所言説故吾於是不知所云天曰言説文字皆解脱相所以者何解脱者不内不外不在兩間文字亦不内不外不在兩間是故舍利弗無離文字説解脱也所以者何一切諸法是解脱相舍利弗言不復以離淫怒癡爲解脱乎天曰佛爲增上慢人説離淫怒癡爲解脱耳若無增上慢者佛説淫怒癡性即是解脱舍利弗言善哉善哉天女汝何所得以何爲證辯乃如是天曰我無得無證故辯如是所以者何若有得有證者則於佛法爲增上慢舍利弗問天汝於三乘爲何志求天曰以聲聞法化衆生故我爲聲聞以因緣法化衆生故我爲辟支佛以大悲法化衆生故我爲大乘舍利弗如人入薝蔔林唯齅薝蔔不齅餘香如是若入此室但聞佛功德之香不樂聞聲聞辟支佛功德香也舍利弗其有釋梵四天王諸天龍鬼神等入此室者聞斯上人講説正法皆樂佛功德之香發心而出舍利弗吾止此室十有二年初不聞説聲聞辟支佛法但聞菩薩大慈大悲不可思議諸佛之法舍利弗此室常現八未曾有難得之法何等爲八此室常以金色光照晝夜無異不以日月所照爲明是爲一法此室入者不爲諸垢之所惱也是爲二法此室常有釋梵四天王他方菩薩來會不絶是爲三法此室常説六波羅密不退轉法是爲四法此室常作天人第一之樂絃出無量法化之聲是爲五法此室有四大藏衆寶積滿周窮

濟之求得無盡是爲六法此室十方無量諸佛是上人念時即皆爲來廣説諸佛祕要法藏説已還去是爲七法此室一切諸天嚴飾宫殿諸佛淨土皆於中現是爲八未曾有難得之法舍利弗此室常現八未曾有難得之法誰有見斯不思議事而復樂於聲聞法乎舍利弗言汝何以不轉女身天曰我從十二年來求女人相了不可得當何所轉譬如幻師化作幻女若有人問何以不轉女身是人爲正問不舍利弗言不也幻無定相當何所轉天曰一切諸法亦復如是無有定相云何乃問不轉女身即時天女以神通力變舍利弗令如天女天自化身如舍利弗而問言何以不轉女身舍利弗以天女像而答言我今不知何轉而變爲女身天曰舍利弗若能轉此女身則一切女人亦當能轉如舍利弗非女而現女身一切女人亦復如是雖現女人而非女也即時天女還攝神力舍利弗身還復如故天問舍利弗女身色相今何所在舍利弗言女身色相無在無不在天曰一切諸法亦復如是無在無不在夫無在無不在者佛所説也舍利弗問天汝於此沒當生何所天曰佛化所生吾如彼生曰佛化所生非沒生也天曰衆生猶然無沒生也舍利弗問天汝久如當得阿耨多羅三藐三菩提天曰如舍利弗還爲凡夫我乃當成阿耨多羅三藐三菩提舍利弗言我作凡夫無有是處天曰我得阿耨多羅三藐三菩提亦無是處所以者何菩提無住處是故無有得者舍利弗言今諸佛得阿耨多羅三藐三菩提已得當得

如恒河沙皆謂何乎天曰皆以世俗文字數故說有三世非謂菩提有去來今天曰舍利弗汝得阿羅漢道耶曰無所得故而得天曰諸佛菩薩亦復如是無所得故而得爾時維摩詰語舍利弗是天女已曾供養九十二億諸佛已能遊戲菩薩神通所願具足得無生忍住不退轉以本願故隨意能現教化衆生

佛道品第八

爾時文殊師利問維摩詰言菩薩云何通達佛道維摩詰言若菩薩行於非道是爲通達佛道又問云何菩薩行於非道答曰若菩薩行五無間而無惱恚至於地獄無諸罪垢至於畜生無有無明憍慢等過至於餓鬼而具足功德行色無色界道不以爲勝示行貪欲離諸染着示行瞋恚於諸衆生無有恚礙示行愚癡而以智慧調伏其心示行慳貪而捨内外所有不惜身命示行毀禁而安住淨戒乃至小罪猶懷大懼示行瞋恚而常慈忍示行懈怠而勤修功德示行亂意而常念定示行諸煩惱而心常清淨示入形殘而具諸相好以自莊嚴示入下賤而生佛種性中具諸功德示入老病而永斷病根超越死畏示有資生而恒觀無常實無所貪示有妻妾婇女而常遠離五欲淤泥現徧入諸道而斷其因緣現於涅槃而不斷生死文殊師利菩薩能如是行於非道是爲通達佛道於是維摩詰問文殊師利何等爲如來種文殊師利言有身爲種無明有愛爲種貪恚癡爲種四顛倒爲種五蓋爲種六入爲種七識處爲種八邪法爲種九惱處爲種十不善道爲種以要言

之六十二見及一切煩惱皆是佛種曰何謂也答曰若見無爲入正位者不能復發阿耨多羅三藐三菩提心譬如高原陸地不生蓮華卑濕淤泥乃生此華如是見無爲法入正位者終不復能生於佛法煩惱泥中乃有衆生起佛法耳又如植種於空終不得生糞壤之地乃能滋茂如是入無爲正位者不生佛法起於我見如須彌山猶能發於阿耨多羅三藐三菩提心生佛法矣是故當知一切煩惱爲如來種譬如不下巨海不能得無價寶珠如是不入煩惱大海則不能得一切智寶

爾時大迦葉歎言善哉善哉文殊師利快說此語誠如所言塵勞之儔爲如來種凡夫於佛法有反復而聲聞無也所以者何凡夫聞佛法能起無上道心不斷三寶正使聲聞終身聞佛法力無畏等永不能發無上道意

入不二法門品第九

爾時維摩詰謂衆菩薩言諸仁者云何菩薩入不二法門各隨所樂說之會中有菩薩名法自在說言諸仁者生滅爲二法本不生今則無滅得此無生法忍是爲入不二法門德守菩薩曰我我所爲二因有我故便有我所若無有我則無我所是爲入不二法門不眴菩薩曰受不受爲二若法不受則不可得以不可得故無取無捨無作無行是爲入不二法門德頂菩薩曰垢淨爲二見垢實性則無淨相順於滅相是爲入不二法門善眼菩薩曰一相無相爲二若知一相即是無相亦不取無相入於平等是爲入不二法門弗沙菩薩曰善不善爲二若不起善不善入無相際

而通達者是爲入不二法門師子菩薩曰罪福爲二若達罪性則與福無異以金剛慧決了此相無縛無解者是爲入不二法門師子意菩薩曰有漏無漏爲二若得諸法等則不起漏不漏想不著於相亦不住無相是爲入不二法門淨解菩薩曰有爲無爲爲二若離一切數則心如虛空以清淨慧無所礙者是爲入不二法門那羅延菩薩曰世間出世間爲二世間性空即是出世間於其中不入不出不溢不散是爲入不二法門善意菩薩曰生死涅槃爲二若見生死性則無生死無縛無解不然不滅如是解者是爲入不二法門普守菩薩曰我無我爲二我尚不可得非我何可得見我實性者不復起二是爲入不二法門電天菩薩曰明無明爲二無明實性即是明明亦不可取離一切數於其中平等無二者是爲入不二法門喜見菩薩曰色色空爲二色即是空非色滅空色性自空於其中而通達者是爲入不二法門珠頂王菩薩曰正道邪道爲二住正道者則不分別是邪是正離此二者是爲入不二法門樂實菩薩曰實不實爲二實見者尚不見實何況非實是爲入不二法門如是諸菩薩各各說已問文殊師利何等是菩薩入不二法門文殊師利曰於一切法無言無說無示無識離諸問答是爲入不二法門於是文殊師利問維摩詰仁者當說何等是菩薩入不二法門時維摩詰默然無言文殊師利歎曰善哉善哉乃至無有文字語言是眞入不二法門

香積佛品第十

於是舍利弗心念日時欲至此諸菩薩當於何食時維摩詰知其意即入三昧以神通力示諸大衆上方界分過四十二恒河沙佛土有國名衆香佛號香積今現在其國香氣比於十方諸佛世界人天之香最爲第一彼土無有聲聞辟支佛名唯有清淨大菩薩衆佛爲説法其界一切皆以香作樓閣經行香地苑園皆香其食香氣周流十方無量世界時彼佛與諸菩薩方共坐食有諸天子皆號香嚴悉發阿耨多羅三藐三菩提心供養彼佛及諸菩薩此諸大衆莫不目見於是維摩詰不起於座居衆會前化作菩薩相好光明威德殊勝蔽於衆會而告之曰汝往到彼如我詞曰維摩詰稽首世尊足下願得世尊所食之餘當於娑婆世界施作佛事令此樂小法者得弘大道時化菩薩即於會前昇於上方舉衆皆見其去到衆香界禮彼佛足又聞其言彼諸大士見化菩薩歎未曾有今此上人從何所來娑婆世界爲在何許云何名爲樂小法者即以問佛佛告之曰下方度如四十二恒河沙佛土有世界名娑婆佛號釋迦牟尼今現在於五濁惡世爲樂小法衆生敷演道教彼有菩薩名維摩詰住不可思議解脱爲諸菩薩説法故遣化來稱揚我名幷讚此土令彼菩薩增益功德於是香積如來以衆香鉢盛滿香飯與化菩薩時彼九百萬菩薩俱發聲言我欲詣娑婆世界供養釋迦牟尼佛幷欲見維摩詰等諸菩薩衆佛言可往攝汝身香無令彼諸衆生起惑著心又當捨汝本形勿使彼國求菩薩者而自鄙恥又汝於

彼莫懷輕賤而作礙想所以者何十方國土皆如虛空又諸佛爲欲化諸樂小法者不盡現其清淨土耳時化菩薩既受鉢飯與彼九百萬菩薩俱承佛威神及維摩詰力於彼世界忽然不現須臾之間至維摩詰舍時維摩詰即化作九百萬師子之座嚴好如前諸菩薩皆坐其上時化菩薩以滿鉢香飯與維摩詰飯香普薰毗耶離城及三千大千世界時維摩詰語舍利弗等諸大聲聞仁者可食如來甘露味飯大悲所薰無以限意食之使不消也有異聲聞念是飯少化菩薩曰勿以聲聞小德小智稱量如來無量福慧四海有竭此飯無盡使一切人食摶若須彌乃至一劫猶不能盡所以者何無盡戒定智慧解脫解脫知見功德具足者所食之餘終不可盡於是鉢飯悉飽衆會猶故不儩其諸菩薩聲聞天人食此飯者身安快樂又諸毛孔皆出妙香亦如衆香國土諸樹之香爾時維摩詰問衆香菩薩香積如來以何說法彼菩薩曰我土如來無文字說但以衆香令諸天人得入律行菩薩各各坐香樹下聞斯妙香即獲一切德藏三昧得是三昧者菩薩所有功德皆悉具足彼諸菩薩問維摩詰今世尊釋迦牟尼以何說法維摩詰言此土衆生剛強難化故佛爲說剛強之語以調伏之言是地獄是畜生是餓鬼是諸難處是愚人生處是身邪行是身邪行報是口邪行是口邪行報是意邪行是意邪行報是殺生是殺生報是不與取是不與取報是邪淫是邪淫報是妄語是妄語報是兩舌是兩舌報是惡口是惡口報

是無義語是無義語報是貪嫉是貪嫉報是瞋惱是瞋惱報是邪見是邪見報是慳悋是慳悋報是毀戒是毀戒報是瞋恚是瞋恚報是懈怠是懈怠報是亂意是亂意報是愚癡是愚癡報是結戒是持戒是犯戒是應作是不應作是障礙是不障礙是得罪是離罪是淨是垢是有漏是無漏是邪道是正道是有爲是無爲是世間是涅槃以難化之人心如猨猴故以若干種法制御其心乃可調伏譬如象馬𢤱悷不調加諸楚毒乃至徹骨然後調伏如是剛強難化衆生故以一切苦切之言乃可入律彼諸菩薩聞説是已皆曰未曾有也如世尊釋迦牟尼佛隱其無量自在之力乃以貧所樂法度脫衆生斯諸菩薩亦能勞謙以無量大悲生是佛土維摩詰言此土菩薩於諸衆生大悲堅固誠如所言然其一世饒益衆生多於彼國百千劫行

菩薩行品第十一

於是維摩詰語文殊師利可共見佛與諸菩薩禮事供養文殊師利言善哉行矣今正是時維摩詰即以神力持諸大衆并師子座置於右掌往詣佛所到已著地稽首佛足右遶七帀一心合掌在一面立於是世尊如法慰問諸菩薩已各令復坐即皆受教衆坐已定佛語舍利弗汝見菩薩大士自在神力之所爲乎唯然已見汝意云何世尊我覩其爲不可思議非意所圖非度所測爾時阿難白佛言世尊今所聞香自昔未有是爲何香佛告阿難是彼菩薩毛孔之香是長者維摩詰從衆香國取佛餘飯於舍食者一切毛孔皆香

若此阿難問維摩詰是香氣住當久如維摩詰言至此飯消曰此飯久如當消曰此飯勢力至於七日然後乃消又阿難若聲聞人未入正位食此飯者得入正位然後乃消已入正位食此飯者得心解脱然後乃消若未發大乘意食此飯者至發意乃消已發意食此飯者得無生忍然後乃消已得無生忍食此飯者至一生補處然後乃消譬如有藥名曰上味其有服者身諸毒滅然後乃消此飯如是滅除一切諸煩惱毒然後乃消阿難白佛言未曾有也世尊如此香飯能作佛事佛言如是如是阿難或有佛土以佛光明而作佛事有以諸菩薩而作佛事有以佛所化人而作佛事有以菩提樹而作佛事有以佛衣服臥具而作佛事有以飯食而作佛事有以園林臺觀而作佛事有以三十二相八十隨形好而作佛事有以佛身而作佛事有以虛空而作佛事衆生應以此緣得入律行有以夢幻影響鏡中像水中月熱時焰如是等喻而作佛事有以音聲語言文字而作佛事或有清淨佛土寂寞無言無說無示無識無作無爲而作佛事如是阿難諸佛威儀進止諸所施爲無非佛事阿難有此四魔八萬四千諸煩惱門而諸衆生爲之疲勞諸佛即以此法而作佛事是名入一切諸佛法門菩薩入此門者若見一切淨好佛土不以爲喜不貪不高若見一切不淨佛土不以爲憂不礙不沒但於諸佛生清淨心歡喜恭敬未曾有也諸佛如來功德平等爲教化衆生故而現佛土不同阿難汝見諸佛國土地有若干而虛空

無若干也如是見諸佛色身有若干耳其無礙慧無若干也其有智者不應限度諸菩薩也一切海淵尚可測量菩薩禪定智慧總持辯才一切功德不可量也是維摩詰一時所現神通之力一切聲聞辟支佛於百千劫盡力變化所不能作爾時衆香世界菩薩來者合掌白佛言世尊我等初見此土生下劣想今自悔責捨離是心所以者何諸佛方便不可思議為度衆生故隨其所應現佛國異唯然世尊願賜少法還於彼土當念如來佛告諸菩薩有盡無盡解脫法門汝等當學何謂為盡謂有為法何謂無盡謂無為法如菩薩者不盡有為不住無為何謂不盡有為謂不離大慈不捨大悲深發一切智心而不忽忘教化衆生終不厭惓於四攝法常念順行護持正法不惜身命種諸善根無有疲厭志常安住方便迴向求法不懈說法無悋勤供諸佛故入生死而無所畏於諸榮辱心無憂喜行少欲知足而不捨世法不壞威儀而能隨俗起神通慧引導衆生得念總持所聞不忘善别諸根斷衆生疑以樂說辯演法無礙淨十善道受天人福修四無量開梵天道以大乘教成菩薩僧心無放逸不失衆善行如此法是名菩薩不盡有為何謂菩薩不住無為謂修學空不以空為證修學無相無作不以無相無作為證修學無起不以無起為證觀於無常而不厭善本觀世間苦而不惡生死觀於無我而誨人不惓觀無所歸而歸趣善法觀於無生而以生法荷負一切觀於無漏而不斷諸漏觀無所行而以行法教化衆生

觀於空無而不捨大悲觀正法位而不隨小乘修如此法是名菩薩不住無爲又具福德故不住無爲具智慧故不盡有爲大慈悲故不住無爲滿本願故不盡有爲是名盡無盡解脫法門汝等當學爾時彼諸菩薩聞說是法皆大歡喜稽首佛足歎未曾有言釋迦牟尼佛乃能於此善行方便言已忽然不現還到彼國

見阿閦佛品第十二

爾時世尊問維摩詰汝欲見如來爲以何等觀如來乎維摩詰言如自觀身實相觀佛亦然我觀如來前際不來後際不去今則不住不一相不異相不自相不他相非無相非取相不此岸不彼岸不中流而化衆生觀於寂滅亦不永滅不此不彼不以此不以彼不可以智知不可以識識不在方不離方非有爲非無爲無示無說不施不慳不戒不犯不忍不恚不進不怠不定不亂不智不愚不誠不欺不來不去不出不入一切言語道斷非福田非不福田非應供養非不應供養非取非捨非有相非無相同眞際等法性不可稱不可量不可以一切言說分別顯示世尊如來身爲若此作如是觀以斯觀者名爲正觀若他觀者名爲邪觀爾時舍利弗問維摩詰汝於何沒而來生此維摩詰言汝所得法有沒生乎舍利弗言無沒生也曰若諸法無沒生相云何問言汝於何沒而來生此於意云何譬如幻師幻作男女寧沒生耶舍利弗言無沒生也汝豈不聞佛說諸法如幻相乎答曰如是若一切法如幻相者云何問言汝於何

沒而來生此舍利弗沒者爲虛誑法壞敗之相生者爲虛誑法相續之相菩薩雖沒不盡善本雖生不長諸惡是時佛告舍利弗有國名妙喜佛號無動是維摩詰於彼國沒而來生此舍利弗言未曾有也世尊是人乃能捨清淨土而來樂此多怒害處維摩詰語舍利弗於意云何日光出時與冥合乎答曰不也日光出時則無衆冥維摩詰言夫日何故行閻浮提答曰欲以明照爲之除冥維摩詰言菩薩如是雖生不淨佛土爲化衆生不與愚闇而共合也但滅衆生煩惱闇耳於是維摩詰入於三昧現神通力取妙喜世界置於此土雖入此土如本無異佛告舍利弗汝見此妙喜世界及無動佛不舍利弗言唯然已見世尊願使一切衆生得清淨土如無動佛獲神通力如維摩詰世尊我等快得善利得見是人親近供養其諸衆生若今現在若佛滅後聞此經者亦得善利況復聞已信解受持讀誦解說如法修行若有手得是經典者便爲已得法寶之藏若有讀誦解釋其義如說修行則爲諸佛之所護念若能信解此經乃至一四句偈爲他說者當知此人即是受阿耨多羅三藐三菩提記

法供養品第十三

爾時釋提桓因白佛言世尊我雖從佛及文殊師利聞百千經未曾聞此不可思議自在神通決定實相經典如我解佛所說義趣若有衆生聞此經法信解受持讀誦之者必得是法不疑何況如說修行斯人則爲閉衆惡趣開諸善門常爲諸佛之所護念世尊若有

受持讀誦如說修行者我當與諸眷屬共到其所其未信者當令生信其已信者當爲作護佛言善哉善哉如汝所說吾助爾喜天帝過去無量阿僧祇劫時是有如來號曰藥王世界名大莊嚴是時有轉輪聖王名曰寶蓋七寶具足主四天下王有千子端正勇健爾時輪王供養藥王如來施諸所安告其千子汝等亦當如我以深心供養於佛於是千子受父王命供養藥王如來其王一子名曰月蓋獨坐思惟寧有供養殊過此者以佛神力空中有天曰善男子法之供養勝諸供養即問何謂法之供養天曰汝可往問藥王如來當廣爲汝說即時月蓋王子行詣藥王如來稽首佛足却住一面白佛言世尊諸供養中法供養勝云何名爲法之供養佛言善男子法供養者諸佛所說深經一切世間難信難受微妙難見清淨無染非但分別思惟之所能得菩薩法藏所攝陀羅尼印印之至不退轉成就六度善分別義順菩提法若聞如是等經信解受持讀誦以方便力爲諸衆生分別解說顯示分明守護法故是名法之供養又於諸法如說修行隨順十二因緣離諸邪見得無生忍無我無衆生而於因緣果報無違無諍離諸我所依於義不依語依於智不依識依了義經不依不了義經依於法不依人隨順法相無所入無所歸無明畢竟滅故諸行亦畢竟滅乃至生畢竟滅故老死亦畢竟滅作如是觀十二因緣無有盡相不復起相是名最上法之供養佛告天帝王子月蓋從藥王佛聞如是法得柔順忍即解寶衣嚴

身之具以供養佛白佛言世尊如來滅後我當行法供養守護正法願以威神加哀建立令我得降伏魔怨修菩薩行佛知其深心所念而記之曰汝於末後守護法城天帝時王子月蓋見法清淨聞佛授記以信出家修習善法具菩薩道以其所得神通總持辯才之力滿十小劫藥王如來所轉法輪隨而分布即於此身化度百萬億人於阿耨多羅三藐三菩提立不退轉十四那由他人深發聲聞辟支佛心無量衆生得生天上天帝月蓋比丘則我身是如是天帝當知此要以法供養於諸供養爲上爲最第一無比是故天帝當以法之供養供養於佛

囑累品第十四

於是佛告彌勒菩薩言彌勒我今以是無量億阿僧祇刦所集阿耨多羅三藐三菩提法付囑於汝如是輩經於佛滅後末世之中汝等當以神力廣宣流布於閻浮提無令斷絶所以者何未來世中當有善男子善女人發阿耨多羅三藐三菩提心樂於大法若使不聞如是等經則失善利彌勒當知若於如是甚深經典無有恐畏如說修行當知是爲久修道行復有二法名新學者不能決定於甚深法一者所未聞深經聞之驚怖生疑不能隨順毁謗不信二者若有護持解說如是深經者不肯親近供養恭敬有此二法當知是新學菩薩爲自毁傷不能於深法中調伏其心彌勒復有二法菩薩雖信解深法猶自毁傷而不能得無生法忍何等爲二一者輕慢新學菩薩而不教誨二者雖信解深法而取

相分别是爲二法彌勒菩薩聞說是已白佛言世尊未曾有也如佛所說我當遠離如斯之惡若未來世善男子善女人求大乘者當令手得如是等經與其念力使受持讀誦爲他廣說世尊若後末世有能受持讀誦爲他說者當知是彌勒神力之所建立佛言善哉善哉彌勒如汝所說佛助爾喜

御錄經海一滴卷之三

音釋

悕虛宜切念也　薝蔔上音瞻下步黑切　眴與瞬同目搖也　儩息恣切盡也

御錄經海一滴卷之四

文殊師利所説摩訶般若波羅蜜經

如是我聞一時佛在舍衛國祇樹給孤獨園與大比丘僧滿足千人菩薩摩訶薩十千人俱　爾時世尊問文殊師利汝實先來到此住處欲見如來耶文殊師利即白佛言如是世尊我實來此欲見如來何以故我樂正觀利益衆生我觀如來如如相不異相不動相不作相無生相無滅相不有相不無相不在方不離方非三世非不三世非二相非不二相非垢相非淨相以如是等正觀如來利益衆生佛告文殊師利若能如是見於如來心無所取亦無不取爾時舍利弗語文殊師利言若能如汝所説見如來者甚爲希有　爾時文殊師利語舍利弗言雖爲一切衆生發大莊嚴心恒不見有衆生相爲一切衆生發大莊嚴而衆生界亦不增不減假使一佛住世若一劫若過一劫如此一佛世界復有無量無邊恒河沙諸佛如是一一佛若一劫若過一劫晝夜説法心不暫息各各度於無量恒河沙衆生皆入涅槃而衆生界亦不增不減乃至十方諸佛世界亦復如是何以故衆生定相不可得故是故衆生界不增不減亦無菩薩求阿耨多羅三藐三菩提亦無衆生而爲説法何以故我説法中無有一法當可得故爾時佛告文殊師利若無衆生云何説有衆生及衆生界文殊師利言衆生界相如諸佛界又問衆生界者是有量耶答曰衆生界量如佛界量又問衆生界量有處所不答曰衆生界量不可思議又問衆生界相爲有

住不答曰衆生無住猶如空住佛告文殊師利如是修般若波羅蜜時當云何住般若波羅蜜文殊師利言以不住法爲住般若波羅蜜又問云何不住法名住般若波羅蜜答曰以無住相即住般若波羅蜜又問如是住般若波羅蜜時是諸善根云何增減答曰若能如是住般若波羅蜜於諸善根無增無減於一切法亦無增無減是般若波羅蜜性相亦無增無減世尊如是修般若波羅蜜則不捨凡夫法亦不取賢聖法何以故般若波羅蜜不見有法可取可捨亦不見涅槃可樂生死可厭何以故不見生死況復厭離不見涅槃何況樂著如是修般若波羅蜜不見垢惱可捨亦不見功德可取世尊不見諸法有增有減是修般若波羅蜜何以故法無好醜離諸相故法無高下等法性故法無取捨住實際故如來自覺一切法空是可證知佛告文殊師利如是如是如來正覺自證空法文殊師利白佛言世尊是空法中當有勝如而可得耶佛言善哉善哉文殊師利如汝所說是真法乎　文殊師利言修般若波羅蜜時不見凡夫相不見佛法相不見諸法有決定相是爲修般若波羅蜜復次修般若波羅蜜時不見欲界不見色界不見無色界不見寂滅界何以故不見有法是滅盡相是修般若波羅蜜佛告文殊師利善哉善哉汝能如是善説甚深般若波羅蜜相是諸菩薩摩訶薩所學法印乃至聲聞緣覺學無學人亦當不離是印而修道果佛告文殊師利若人得聞是法不驚不畏者不從千佛所種諸善根乃至百

千萬億佛所久植德本乃能於是甚深般若波羅密不驚不怖文殊師利白佛言世尊修般若波羅密時不見縛不見解而於凡夫乃至三乘不見差別相　佛言文殊師利汝得無礙智乎文殊師利言我即無礙云何以無礙而得無礙佛言汝坐道場乎文殊師利言一切如來不坐道場我今云何獨坐道場何以故現見諸法住實際故佛言云何名實際文殊師利言身見等是實際佛言云何身見是實際文殊師利言身見如相非實非不實不來不去亦身非身是名實際　佛告舍利弗善男子善女人若聞如是甚深般若波羅密心得決定不驚不怖不没不悔當知是人即住不退轉地是即具足檀波羅密尸羅波羅密羼提波羅密毘棃耶波羅密禪波羅密般若波羅密亦能爲他顯示分別如說修行佛告文殊師利汝於先佛久種善根以無相法淨修梵行文殊師利言若見有相則言無相我今不見有相亦不見無相云何而言以無相法淨修梵行佛告文殊師利汝見聲聞戒耶答曰見佛言汝云何見文殊師利言我不作凡夫見不作聖人見不作學見不作無學見不作大見不作小見不作調伏見不作不調伏見非見非不見　舍利弗語文殊師利言云何名佛云何觀佛文殊師利言云何爲我舍利弗言我者但有名字名字相空文殊師利言如是如是如我但有名字佛亦但有名字名字相空即是菩提不以名字而求菩提菩提之相無言無說不生不滅不來不去非名非相是名爲佛如自觀身實相觀佛

亦然唯有智者乃能知耳是名觀佛　舍利弗語文殊師利言佛於法界不證阿耨多羅三藐三菩提耶文殊師利言不也何以故世尊即是法界若以法界證法界者即是諍論舍利弗法界之相即是菩提何以故是法界中無衆生相一切法空故一切法空即是菩提無二無分別故舍利弗無分別中則無知者若無知者即無言說無言說相即非有非無非知非不知一切諸法亦復如是何以故一切諸法不見處所決定性故是故舍利弗若見犯重比丘不墮地獄清淨行者不入涅槃如是比丘非應供非不應供非盡漏非不盡漏何以故於諸法中住平等故舍利弗言云何名不退法忍文殊師利言不見少法有生滅相名不退法忍舍利弗言云何復名不調比丘文殊師利言漏盡阿羅漢是名不調何以故諸結已盡更無所調故名不調若過心行名爲凡夫何以故凡夫衆生不順法界是故名過舍利弗言善哉善哉汝今爲我善解漏盡阿羅漢義　佛告文殊師利諸菩薩等坐道場時覺悟阿耨多羅三藐三菩提不文殊師利言菩薩坐於道場無有覺悟阿耨多羅三藐三菩提何以故如菩提相無有少法而可得者菩提即五逆五逆即菩提何以故菩提五逆無二相故無覺無覺者無見無見者無知無知者無分別無分別者如是之相名爲菩提若言見有菩提而取證者當知此輩即是增上慢人　佛告文殊師利汝今不謂如來出現於世耶文殊師利言若有如來出現世者一切法界亦應出現佛告文殊

師利汝謂恒沙諸佛入涅槃耶文殊師利言諸佛一相不可思議佛語文殊師利如是如是佛是一相不思議相無過去未來現在相但衆生取著謂有出世謂佛滅度　佛告文殊師利汝謂如來爲無上福田耶文殊師利言如來是無盡福田是無盡相無盡相即無上福田非福田非不福田是名福田無有明闇生滅等相是名福田若能如是解福田相深植善種亦無增無減佛告文殊師利云何植種不增不減文殊師利言福田之相不可思議若人於中如法修善亦不可思議如是植種名無增無減亦是無上最勝福田　佛言汝入不思議三昧耶文殊師利言不也世尊我即不思議不見有心能思議者云何而言入不思議三昧我初發心欲入是定而今思惟實無心相而入三昧如人學射久習則巧後雖無心以久習故箭發皆中我亦如是初學不思議三昧繫心一緣若久習成就更無心想恒與定俱舍利弗語文殊師利言更有勝妙寂滅定不文殊師利言若有不思議定者汝可問言更有寂滅定不不可思議定尚不可得云何問有寂滅定乎舍利弗言不思議定不可得耶文殊師利言思議定者是可得相不可思議定者不可得相一切衆生實成就不思議定何以故一切心相即非心故是名不思議定是故一切衆生相及不思議三昧相等無分別佛讚文殊師利言善哉善哉汝於諸佛久植善根淨修梵行乃能演說甚深三昧汝今安住如是般若波羅密中文殊師利言若我住般若波羅密中能作是

説即是有想便住我想若住我想有想中者般若波羅蜜便有處所般若波羅蜜若住於無亦是我想亦名處所離此二處住無所住如諸佛住安處寂滅非思議境界如是不思議名般若波羅蜜住處　爾時佛言菩薩摩訶薩若欲學菩提自在三昧得是三昧已照明一切甚深佛法及知一切諸佛名字亦悉了達諸佛世界無有障礙當如文殊師利所説般若波羅蜜中學　文殊師利白佛言世尊當云何行能速得阿耨多羅三藐三菩提佛言文殊師利如般若波羅蜜所説行能速得阿耨多羅三藐三菩提復有一行三昧若善男子善女人修是三昧者亦速得阿耨多羅三藐三菩提文殊師利言世尊云何名一行三昧佛言法界一相繫緣法界是名一行三昧若善男子善女人欲入一行三昧當先聞般若波羅蜜如説修學然後能入一行三昧如法界緣不退不壞不思議無礙無相善男子善女人欲入一行三昧應處空閒捨諸亂意不取相貌繫心一佛專稱名字念一佛功德無量無邊亦與無量諸佛功德無二如是入一行三昧者盡知恒沙諸佛法界無差别相　復次文殊師利譬如有人得摩尼珠示其珠師珠師答言此是無價真摩尼寶即求師言爲我治磨珠師治已珠色光明映徹表裏修學一行三昧不可思議功德無量名稱隨修學時知諸法相明達無礙功德增長亦復如是文殊師利譬如日輪光明徧滿無有減相若得一行三昧悉能具足一切功德無有缺少亦復如是照明佛法如日輪光文

殊師利我所說法皆是一味離味解脫味寂滅味若善男子善女人得是一行三昧者其所演說隨順正法無錯謬相　文殊師利白佛言世尊以如是因速得阿耨多羅三藐三菩提耶佛言得阿耨多羅三藐三菩提不以因得不以非因得何以故不思議界不以因得不以非因得若善男子善女人聞如是說不生懈怠當知是人以於先佛種諸善根即是從佛出家即是成就真歸依處　爾時以佛神力一切大地六反震動佛時微笑放大光明徧照三千大千世界文殊師利白佛言世尊即是如來印般若波羅密相佛言文殊師利如是如是佛說是已爾時諸大菩薩及四部衆聞說般若波羅密皆大歡喜頂戴奉行

仁王護國般若波羅密經

佛一時住耆闍崛山中有無量四衆菩薩天人復有十六大國王皆來集會爾時十號三明大滅諦金剛智釋迦牟尼佛初年月八日方坐十地入大寂室三昧思緣放大光明照三界中復於頂上出千寶蓮華上至非想非非想天光亦復爾乃至他方恒河沙諸佛國土時十六大國王中舍衛國主波斯匿王名曰月光即散百億種色華變成百億寶帳蓋諸大衆而白佛言世尊一切菩薩云何護佛果云何護十地行因緣佛言菩薩化四生不觀色如受想行識如衆生我人常樂我淨如知見壽者如菩薩如六度四攝一切行如二諦如是故一切法性真實空不來不去無生無滅同真際等法性無二無别如虛空是故

陰入界無我無所有相是爲菩薩行化十地般若波羅蜜大王白佛言世尊若諸法爾者菩薩護化衆生爲化衆生耶佛言大王法性色受想行識常樂我淨不住色不住非色不住非非色乃至受想行識亦不住非非住何以故非色如非非色如世諦故三假故名見衆生一切法性實故乃至諸佛三乘七賢八聖亦名見六十二見亦名見大王若以名名見一切法乃至諸佛三乘四生者非非見一切法也世尊般若波羅蜜有法非非法摩訶衍云何照大王摩訶衍見非非法法若非非法是名非非法空法性空色受想行識空十二入十八界空六大法空四諦十二緣空是法即生即住即滅即有即空刹那刹那亦如是法生法住法滅何以故九十刹那爲一念一念中一刹那經九百生滅乃至色一切法亦如是以般若波羅蜜空故不見緣不見諦乃至一切法空内空外空内外空有爲空無爲空無始空性空第一義空般若波羅蜜空因空佛果空空空故空但法集故有受集故有名集故有因集故有果集故有十行故有佛果故有乃至六道一切有善男子若菩薩見法衆生我人知見者斯人行世間不異於世間於諸法而不動不到不滅無相無無相一切法亦如也諸佛法僧亦如也是即初地一念心具足八萬四千般若波羅蜜即載名摩訶衍即滅爲金剛亦名定亦名一切行大王若菩薩見境見智見説見受者非聖見也倒想見法凡夫人也見三界者衆生果報之名也六識起無量欲無窮名爲欲界藏空或

色所起業果名爲色界藏空或心所起業果名無色界藏空三界空三界根本無明藏亦空三地九生滅前三界中餘無明習果報空金剛菩薩藏得理盡三昧故或果生滅空有果空因空故空薩婆若亦空滅果空或前已空故佛得三無爲果智緣滅非智緣滅虛空薩婆若果空也善男子若有修習聽說無聽無說如虛空法同法性聽同說同一切法皆如也大王菩薩修護佛果爲若此護般若波羅蜜者爲護薩婆若十力十八不共法五眼五分法身四無量心一切功德果爲若此

世尊護十地行菩薩云何行可行云何行化衆生以何相衆生可化佛言大王五忍是菩薩法伏忍信忍順忍無生忍寂滅忍名爲諸佛菩薩修般若波羅蜜善男子初發相信衆生修行伏忍於三寶中生習種性十心信心精進心念心慧心定心施心戒心護心願心迴向心是爲菩薩能少分化衆生已超過二乘一切善地一切諸佛菩薩長養十心爲聖胎也波斯匿王以偈歎曰

世尊導師金剛體　心行寂滅轉法輪
八辯洪音爲衆說　五忍功德妙法門
三賢十聖忍中行　惟佛一人能盡源
佛衆法海三寶藏　無量功德攝在中
三世諸佛於中行　無不由此伏忍生
一切菩薩行本源　是故發心信心難
若得信心必不退　進入無生初地道
教化衆生覺中行　是名菩薩初發心
入理般若名爲住　住生德行名爲地
初住一心足德行　於第一義而不動

大寂無爲金剛藏　一切報盡無極悲
第一義諦常安隱　窮源盡性妙智存
三賢十聖住果報　惟佛一人居淨土
一切衆生暫住報　登金剛原居淨土
如來三業德無極　我今月光禮三寶
法王無上人中樹　覆蓋大衆無量光
口常說法非無義　心智寂滅無緣照
人中師子爲衆說　含生之生受妙報

佛告諸得道果實大衆善男子是月光王已於過去十千劫中龍光王佛法中爲四住開士我爲八住菩薩今於我前大師子吼　如是如是惟佛與佛乃知斯事

爾時波斯匿王言世尊第一義諦中有世諦不若言無者智不應二若言有者智不應一一二之義其事云何佛告大王汝於過去七佛已問一義二義汝今無聽我今無說無聽無說即無一義二義故諦聽諦聽善思念之如法修行七佛偈如是

無相第一義　無自無他作　因緣本自有
無自無他作　法性本無性　第一義空如
諸有本有法　三假集假有　無無諦實無
寂滅第一空　諸法因緣有　有無義如是
有無本自二　譬若牛二角　照解見無二
二諦常不即　解心見不二　求二不可得
非謂二諦一　非二何可得　於解常自一
於諦常自二　通達此無二　真入第一義
世諦幻化起　譬如虛空華　如影三手無
因緣故誑有　幻化見幻化　衆生名幻諦
幻師見幻法　諦實則皆無　名爲諸佛觀
菩薩觀亦然

復次大王菩薩摩訶薩於一義中常照二諦化衆生佛及衆生一而無二何以故以衆生空故得置菩提空以菩提空故得置衆生空以一切法空故空空何以故般若無相二諦虚空般若空於無明乃至薩婆若無自相無他相故五眼成就時見無所見行亦不受不行亦不受非行非不行亦不受乃至一切法亦不受菩薩未成佛時以菩提爲煩惱菩薩成佛時以煩惱爲菩提何以故於第一義而不二故諸佛如來乃至一切法如故王言世尊無量品衆生根亦無量行亦無量法門爲一爲二爲無量耶大王一切法觀門非一非二乃有無量一切法亦非有相非非無相若菩薩見衆生見一見二即不見一不見二一二者第一義諦也大王若有若無者即世諦也以三諦攝一切法空諦色諦心諦故我説一切法不出三諦我人知見五受陰空乃至一切法空衆生品品根行不同故非一非二法門大王七佛説摩訶般若波羅蜜我今説般若波羅蜜無二無别汝等大衆受持讀誦解説是經功德有無量不可説不可説於此經中起一念信是諸衆生超百劫千劫十地等功德當知是人即是如來得佛不久時諸大衆聞説是經十億人得三空忍百萬億人得大空忍十地性佛言此經名爲仁王問般若波羅蜜經即此般若波羅蜜是護國土如城塹墻壁刀劒鉾楯汝應受持

御録經海一滴卷之四

音釋

鉾楯上莫候切同矛下乳允切同盾

御錄經海一滴卷之五

思益梵天所問經

佛在王舍城迦蘭陀竹林大衆恭敬圍繞而爲說法於是網明菩薩白佛言世尊如來身相超百千萬日月光明我自惟念若有衆生能見佛身甚爲希有我復惟念若有衆生能見佛身皆是如來威神之力佛告網明如是如是如汝所言若佛不加威神衆生無有能見佛身亦無能問網明當知如來有光名寂莊嚴若有衆生遇斯光者能見佛身　又如來光名示一切色佛以此光能令衆生皆見佛身無量種色網明當知如來若以一劫若減一劫說此光明力用名號不可窮盡爾時網明菩薩白佛言未曾有也世尊如來身者即是無量光明之藏說法方便亦不可思議

爾時世尊即放光明照此三千大千世界時東方過七十二恒河沙佛土有國名清潔佛號日月光如來有菩薩梵天名曰思益住不退轉見此光已到日月光佛所白佛言世尊我欲詣娑婆世界釋迦牟尼佛所親近諮受其佛告梵天思益菩薩言彼娑婆國有若干千億諸菩薩集汝應以十法遊於彼土何等爲十於毀於譽心無增減聞善聞惡心無分別於諸愚智等以悲心於上中下衆生之類意常平等於輕毀供養心無有二於他闕失莫見其過見種種乘皆是一乘聞三惡道亦勿驚畏於諸菩薩生如來想佛出五濁世生希有想梵天汝當以此十法遊彼世界

爾時日月光佛國有諸菩薩白佛言世尊我得大利不生如是惡衆生中其佛告言善男

子勿作是語所以者何若菩薩於此國中百千萬劫淨修梵行不如彼土從旦至食無瞋礙心其福爲勝　於是思益梵天與萬二千菩薩俱於彼佛土忽然不現譬如壯士屈伸臂頃到娑婆世界釋迦牟尼佛所頭面禮佛足右繞三匝却住一面　爾時佛告網明菩薩汝見是思益梵天不唯然巳見網明當知思益梵天於諸正問菩薩中爲最第一於諸善分别諸法菩薩中爲最第一於諸決疑菩薩中爲最第一　爾時網明菩薩問思益梵天言佛説汝於正問菩薩中爲最第一何謂菩薩所問爲正問耶梵天言網明若菩薩以彼我問名爲邪問分别法問名爲邪問若無彼我問名爲正問不分别法問名爲正問又網明以生故問名爲邪問以滅故問名爲邪問以住故問名爲邪問若不以生故問不以滅故問不以住故問名爲正問又網明若菩薩爲垢故問名爲邪問爲淨故問名爲邪問爲生死故問名爲邪問爲出生死故問名爲邪問爲涅槃故問名爲邪問若不爲垢淨故問不爲生死出生死故問不爲涅槃故問名爲正問所以者何法位中無垢無淨無生死無涅槃又網明若菩薩爲見故問爲斷故問爲證故問爲修故問爲得故問爲果故問名爲邪問若無見無斷無證無修無得無果故問名爲正問又網明是善是不善故問名爲邪問是世間法是出世間法是罪法是無罪法是有漏法是無漏法是有爲法是無爲法如是等二法隨有所依而問者名爲邪問若不見二不見不二問名爲正問又網明若菩

薩分別佛問名爲邪問分別法分別僧分別衆生分別佛國分別諸乘問名爲邪問若於法不作一異問者名爲正問又網明一切法正一切法邪網明言梵天何謂一切法正一切法邪梵天言於諸法性無心故一切法名爲正若於無心法中以心分別觀者一切法名爲邪一切法離相名爲正若不信解是離相是即分別諸法若分別諸法則入增上慢隨所分別皆名爲邪網明言何謂爲諸法正性梵天言諸法離自性離欲際是名正性網明言少有能解如是正性者梵天言是正性不一不多網明若善男子善女人能如是知諸法正性若已知若今知若當知是人無有法已得無有法今得無有法當得所以者何佛說無得無分別名爲所作已辦相若人聞是諸法正性勤行精進是名如說修行　思益梵天白佛言世尊誰應受供養佛告梵天不爲世法之所牽者世尊誰能消供養佛言於法無所取者世尊誰爲世間福田佛言不壞菩提性者世尊誰爲衆生善知識佛言於一切衆生不捨慈心者世尊誰知報佛恩佛言不斷佛種者世尊誰能供養佛佛言能通達無生際者世尊誰能親近於佛佛言乃至失命因緣不毀禁者　世尊何謂菩薩能爲施主佛言菩薩能教衆生一切智心世尊何謂菩薩能奉禁戒佛言常能不捨菩提之心世尊何謂菩薩能行忍辱佛言見心相念念滅世尊何謂菩薩能行精進佛言求心不得世尊何謂菩薩能行禪定佛言除身心麁相世尊何謂菩薩能行智慧佛言於一切法無

有戲論世尊何謂菩薩能行慈心佛言不生衆生想世尊何謂菩薩能行悲心佛言不生法想世尊何謂菩薩能行喜心佛言不生我想世尊何謂菩薩能行捨心佛言不生彼我想　世尊何謂菩薩徧行佛言能淨身口意業爾時世尊而說偈言

若身淨無惡　口淨常實語　心淨常行慈
是菩薩徧行　知法名爲佛　知離名爲法
知無名爲僧　是菩薩徧行　不依止欲界
不住色無色　行如是禪定　是菩薩徧行
信解諸法空　及無相無作　而不盡諸漏
是菩薩徧行

思益梵天復白佛言世尊所說四聖諦何等是真聖諦梵天苦不名爲聖諦苦集不名爲聖諦苦滅不名爲聖諦苦滅道不名爲聖諦所以者何若苦是聖諦者一切牛驢畜生等皆應有苦聖諦若集是聖諦者一切在所生處衆生皆應有集聖諦所以者何以集故生諸趣中若苦滅是聖諦者觀滅者說斷滅者皆應有滅聖諦若道是聖諦者緣一切有爲道者皆應有道聖諦梵天以是因緣故當知聖諦非苦非集非滅非道聖諦者知苦無生是名苦聖諦知集無和合是名集聖諦於畢竟滅法中知無生無滅是名滅聖諦於一切法平等以不二法得道是名道聖諦梵天真聖諦者無有虛妄　梵天若行者言我知見苦是虛妄我斷集是虛妄我證滅是虛妄我修道是虛妄所以者何是人遺失佛所護念是故說爲虛妄何等是佛所護念謂不憶念一切諸法是名佛所護念若行者住是念中

則不住一切相若不住一切相則住實際若住實際是名不住心若不住心是人名爲非實語非妄語者梵天是故當知若非實非虚妄者是名聖諦　非離生死得涅槃名爲聖諦若人證如是四諦是名世間實語者梵天當來有比丘不修身不修戒不修心不修慧是人說生相是苦諦衆緣和合是集諦滅法是滅諦以二法求相是道諦佛言我說此愚人是外道徒黨我非彼人師彼非我弟子是人墮於邪道破失法故說言有諦梵天且觀我坐道場時不得一法是實是虚妄若我不得法是法寧可於衆中有言說有論議有教化耶　梵天如來坐道場時唯得虚妄顛倒所起煩惱畢竟空性以無所得故得以無所知故知所以者何我所得法不可見不可聞

不可覺不可識不可取不可着不可說不可難出過一切法相無語無說無有文字無言說道梵天此法如是猶如虚空汝欲於如是法中得利益耶梵天言不也世尊諸佛如來甚爲希有成就未曾有法深入大慈大悲得如是寂滅相法而以文字言說教人令得世尊其有聞是能信解者當知是人不從小功德來世尊是法一切世間之所難信所以者何世間貪着實而是法無實無虚妄世間貪着法而是法無法無非法世間貪着涅槃而是法無生死無涅槃世間貪着善法而是法無善無非善世間貪着樂而是法無苦無樂世間貪着佛出世而是法無佛出世亦無涅槃雖有說法而是法非可說相雖讃說僧而僧即是無爲是故此法一切世間之所難信

譬如水中出火火中出水難可得信如是煩惱中有菩提菩提中有煩惱是亦難信所以者何如來得是虚妄煩惱之性亦無法可得有所說法亦無有形雖有所知亦無分別證涅槃亦無滅者世尊若有善男子善女人能信解如是法義者當知是人安住道塲當知是人破壞魔軍當知是人得一切種智當知是人轉於法輪當知是人作無量佛事

佛告梵天若人能於如來所說文字語言章句通達隨順不違不逆和合爲一隨其義理不隨章句言辭而善知言辭所應之相知如來以何言說法以何隨宜說法以何方便說法以何法門說法以何大悲說法梵天若菩薩能知如來以是五力說法是菩薩能作佛事

爾時網明菩薩白佛言世尊是思益梵天云何聞大悲法而不喜悦思益言善男子若識在二法則有喜悦若識在無二實際法中則無喜悦譬如幻人見幻戲事無所喜悦菩薩知諸法相如是則於如來若說法若神通亦無喜悦又善男子如佛所化人聞佛說法不喜不悦菩薩知諸法相與化無異於如來所不加喜悦於餘衆生無下劣想網明言梵天汝今見諸法如幻相耶梵天言若人分別諸法者汝當問之網明言汝今於何處行梵天言一切凡夫行處吾於彼行善男子凡夫行賢聖行皆無二無差别善男子一切行非行一切說非說一切道非道　網明言汝說一切凡夫行處吾於彼行者則有行相梵天言若我有所生處應有行相網明言汝若不生

云何教化衆生梵天言佛所化生吾如彼生網明言佛化所生則無生處梵天言寧可見不網明言以佛力故見梵天言我生亦如是以業力故網明言汝於起業中行耶梵天言我不於起業中行網明言云何言以業力故梵天言如業性力亦如是是二不出於如爾時舍利弗白佛言世尊若有能入是菩薩隨宜所說法中者得大功德所以者何世尊乃至聞是上人名字尚得大利何況聞其所說譬如有樹不依於地在虛空中而現根莖枝葉華果甚爲希有此人行相亦復如是不住一切法而於十方現有行有生死亦有如是智慧辯才世尊若有善男子善女人聞是智慧自在力者其誰不發阿耨多羅三藐三菩提心　於是迦葉問網明菩薩言善男子仁者幾時當得阿耨多羅三藐三菩提網明言大迦葉若有問幻所化人汝幾時當得阿耨多羅三藐三菩提是幻人當云何答大迦葉言善男子幻所化人無決定相當何所答網明言大迦葉一切諸法亦如幻所化人無決定相誰可問言汝幾時當成阿耨多羅三藐三菩提大迦葉言善男子幻所化人離於自相無異無別無所志願汝亦如是耶若如是者汝云何能利益無量衆生網明言阿耨多羅三藐三菩提即是一切衆生性一切衆生性即是幻性幻性即是一切法性於是法中我不見有利不見無利大迦葉言善男子汝今不令衆生住菩提耶網明言諸佛菩提有住相耶大迦葉言無也網明言是故我不令衆生住於菩提亦不令住聲聞辟支佛道大

迦葉言善男子汝今欲趣何所網明言我所趣如如趣大迦葉言如無所趣亦無有轉網明言如如無趣無轉一切法住如相故我無趣無轉大迦葉言若無趣無轉汝云何教化衆生網明言若人發願則是不能教化衆生若人於法有轉是亦不能教化衆生大迦葉言善男子汝不轉衆生生死耶網明言我尚不得生死何況於生死中而轉衆生大迦葉言汝不令衆生得涅槃耶網明言我尚不見涅槃何況教化衆生令住涅槃大迦葉言善男子若汝不得生死不見涅槃何故今爲無量衆生行於菩提此豈不爲滅度衆生耶網明言若菩薩得生死分別涅槃因衆生行菩提此則不應說爲菩薩大迦葉言善男子汝今於何處行網明言我非生死中行非涅槃中行亦不以衆生相行大迦葉如汝所問汝何處行者如佛所化人行處吾於彼行大迦葉言佛所化人無有行處網明言當知一切衆生所行亦如是相大迦葉言佛所化人無貪無恚無癡若一切衆生所行如是相者衆生貪恚癡從何所起網明言我今問汝隨意答我大迦葉汝今寧有貪恚癡不答言無也網明言是貪恚癡盡滅耶答言不也網明言若大迦葉今無貪恚癡亦不盡滅者汝置貪瞋癡於何所耶答言善男子凡夫從顛倒起妄想分別生貪恚癡耳賢聖法中善知顛倒實性故無妄想分別是以無貪恚癡大迦葉於汝意云何若法從顛倒起是法爲實爲虚妄耶答言是法虚妄非是實也網明言若法非實可令實耶答言不也網明言若法非實

仁者欲於是中得貪恚癡耶答言不也網明言若然何者是貪恚癡能惱衆生者答言善男子若爾者一切從本已來離貪恚癡相網明言以是故我說一切法相如佛所化

佛告迦葉是網明菩薩當得作佛號普光自在王如來不以文字說法但放光明照諸菩薩即得無生法忍其佛光明復照十方通達無礙令諸衆生得離煩惱又其光明常出三十二種清淨法音何等三十二所謂諸法空無衆生見故諸法無相離分別故諸法無作出三界故諸法離欲性寂滅故諸法離瞋無有礙故諸法離癡無闇冥故諸法無所從來本無生故諸法無所去無所至故諸法不住無所依故諸法過三世去來現在無所有故諸法無異其性一故諸法不生離於報故諸法無業業報作者不可得故諸法不作無所起故諸法無起無爲性故諸法無爲離生滅故諸法真不從和合生故諸法實一道門故諸法無衆生衆生不可得故諸法無我第一義故諸法鈍無所知故諸法捨離憎愛故諸法離煩惱無有熱故諸法無垢性不汙故諸法一相離欲際故諸法離相常定故諸法住實際性不壞故諸法如相不分別故諸法入法性徧入故諸法無緣諸緣不合故諸法是菩提如實見故諸法是涅槃無因緣故迦葉普光自在王如來光明常出如是清淨法音亦能令諸菩薩施作佛事其佛國土無有魔事佛壽無量阿僧祇劫　爾時思益梵天白佛言世尊菩薩以何行諸佛授阿耨多羅三藐三菩提記佛言若菩薩不行生法不行滅

法不行善不行不善不行世間不行出世間不行有罪法不行無罪法不行有漏法不行無漏法不行有爲法不行無爲法不行修道不行除斷不行生死不行涅槃不行見法不行聞法不行覺法不行知法不行施不行捨不行戒不行覆不行忍不行善不行發不行精進不行禪不行三昧不行慧不行行不行知不行得梵天若菩薩如是行者諸佛則授阿耨多羅三藐三菩提記所以者何諸所有行皆有所是無所是是菩提諸所有行皆是分別無分別是菩提諸所有行皆是起作無起作是菩提諸所有行皆是戲論無戲論是菩提是故當知若菩薩過諸所行則得受記離諸法二相故是受記義　梵天我於往昔供養諸佛恭敬尊重讃嘆淨修梵行一切布施一切持戒及行頭陀離於瞋恚忍辱慈心如所說行勤修精進一切所聞皆能受持獨處遠離入諸禪定隨所聞慧讀誦思問是諸如來亦不見授記何以故依止所行故以是當知若諸菩薩出過一切諸行則得受記梵天我於是後見然燈佛即得無生法忍佛時授我記言汝於來世當得作佛號釋迦牟尼如來應供正徧知我爾時出過一切諸行具足六波羅蜜所以者何若菩薩能捨諸相名爲檀波羅蜜能滅諸受持名爲尸羅波羅蜜不爲六塵所傷名爲羼提波羅蜜離諸所行名爲毘黎耶波羅蜜不憶念一切法名爲禪波羅蜜能忍諸法無生性名爲般若波羅蜜我於然燈佛所具足如是六波羅蜜世尊云何名具足六波羅蜜梵天若不念施不依

止戒不分別忍不取精進不住禪定不二於慧是名具足六波羅密　於是網明菩薩白佛言世尊何謂菩薩家清淨佛言善男子菩薩若生轉輪聖王家不名家清淨若生帝釋中若生梵王中亦不名家清淨在所生處乃至畜生自不退失善根亦令衆生生諸善根是名菩薩家清淨又網明慈是菩薩家心平等故悲是菩薩家深心念故喜是菩薩家生法喜故捨是菩薩家離貪著故不捨菩提是菩薩家不貪聲聞辟支佛地故　爾時思益梵天謂文殊師利言如來不說法耶文殊師利言佛雖說法不以二相何以故如來性無二故雖有所說而無二也梵天言若一切法無二其誰爲二文殊師利言凡夫貪著我故分別二耳不二者終不爲二雖種種分別爲

二然其實際無有二相梵天言云何識無二法文殊師利言若無二可識則非無二所以者何無二相者不可識也　梵天言誰能聽如來如是法答言不漏六塵者梵天言誰能知是法答言無識無分別無諍訟者　梵天若於法中有高下心貪著所愛皆是諍訟佛所說法無有諍訟梵天樂戲論者無不諍訟樂諍訟者無沙門法樂沙門法者無有妄想貪著梵天言云何比丘隨佛語隨佛教答言若比丘稱讚毀辱其心不動是名隨佛教若比丘不隨文字語言是名隨佛語　梵天言云何比丘能守護法答言若比丘不逆平等不壞法性是名能守護法梵天言云何比丘親近於佛答言若比丘於諸法中不見有法若近若遠是名親近於佛　梵天言誰能見

佛答言若不著肉眼不著天眼不著慧眼是名能見佛梵天言誰能見法答言不逆諸因緣法者梵天言誰能順見諸因緣法答言不起平等不見平等所生相者梵天言誰得真智答言不生不滅諸漏者　梵天言誰爲得解脱者答言不壞縛者梵天言誰爲得度答言不住生死不住涅槃者梵天言漏盡比丘盡何事耶答言若有所盡不名漏盡知諸漏空相隨如是知名爲漏盡　梵天言誰能見聖諦答言無有見聖諦者所以者何隨所有見皆爲虚妄無所見者乃名見諦　梵天言是諦當於何求答言當於四顛倒中求梵天言何故作如是説答言求四顛倒不得淨不得常不得樂不得我若不得淨是即不淨若不得常是即無常若不得樂是即爲苦若不得我是即無我梵天一切法空無我是爲聖諦若能如是求諦是人不見苦不斷集不證滅不修道梵天言云何名修道答言若不分别是法是非法離於二相名爲修道以是道求一切法不得是名爲道是道不令人離生死至涅槃所以者何不離不至乃名聖道

爾時等行菩薩白佛言世尊所言菩薩菩薩者爲何謂耶佛言善男子若菩薩於邪定衆生發大悲心於正定衆生不見殊異故言菩薩所以者何菩薩不爲正定衆生不爲不定衆生故發心但爲度邪定衆生故而起大悲發阿耨多羅三藐三菩提心故名菩薩　若菩薩能代一切衆生受諸苦惱亦復能捨一切福事與諸衆生是名菩薩　爾時等行菩薩謂文殊師利如汝所説皆爲真實答言一

切言説皆爲真實人問虚妄言説亦真實耶答言如是所以者何是諸言説皆爲虚妄無處無方若法皆虚妄無處無方是故一切言説皆是真實善男子提婆達語如來語無異無别所以者何一切言説皆是如來言説不出如故一切言説有所説事皆以無所説故得有所説是以一切言説皆平等文字同故文字無念故文字空故等行言如來不説凡夫語言賢聖語言耶文殊師利言然以文字説凡夫語言亦以文字説賢聖語言如是善男子諸文字有分别是凡夫語言是賢聖語言耶等行言不也文殊師利言如諸文字無分别一切賢聖亦無分别是故賢聖無有言説所以者何賢聖不以文字相不以衆生相不以法相有所説也譬諸鐘鼓衆緣和合而有音聲是諸鐘鼓亦無分别如是諸賢聖善知衆因緣故於諸言説無貪無礙等行言如佛所説汝等集會當行二事若説法若聖默然何謂説法何謂聖默然答言若説法不違佛不違法不違僧是名説法若知法即是佛離相即是法無爲即是僧是名聖默然　又善男子若知一切衆生諸根利鈍而教誨之名爲説法常入於定心不散亂名聖默然等行言　如我解文殊師利所説義一切聲聞辟支佛無有説法亦無聖默然所以者何是人不能了知一切衆生諸根利鈍亦復不能常在於定文殊師利若有真實問何等是世間説法者何等是世間聖默然者則當爲説諸佛是也所以者何諸佛善能分别一切衆生諸根利鈍亦常在定佛告文殊師利如是如

是如等行所説唯諸如來有此二法爾時須菩提白佛言世尊我親從佛聞汝等集會當行二事若説法若聖黙然世尊若聲聞不能行者云何如來勑諸比丘行此二事佛告須菩提於汝意云何若聲聞不從他聞能説法能聖黙然不須菩提言不也須菩提是故當知一切聲聞辟支佛無有説法無聖黙然爾時須菩提問文殊師利若聲聞辟支佛不能如是説法不能如是聖黙然者諸菩薩有成就如是功德能説法能聖黙然不答言唯佛當知於是佛告須菩提有三昧名入一切語言心不散亂若菩薩成就是三昧皆得是功德爾時文殊師利謂等行菩薩善男子爲衆生八萬四千行故説八萬四千法藏名爲説法常在一切滅受想定中名聖黙然善男子我若一劫若減一劫演説是義是名説法相是聖黙然相猶不能盡於是佛告等行菩薩善男子乃往過去無量無邊不可思議阿僧祇劫時世有佛號曰普光　其普光佛以三乘法爲弟子説亦多樂説如是法言汝等比丘當行二事若説法若聖黙然　復廣説淨明三昧所以名曰淨明三昧者若菩薩入是三昧即得解脱一切諸相及煩惱着亦於一切佛法得淨光明是故名爲淨明三昧又前際一切法淨後際一切法淨現在一切法淨是三世畢竟淨無能令不淨性常淨故是以説一切諸法性常清淨何謂諸法性淨謂一切法空相離有所得故一切法無相相離憶想分别故一切法無作相不取不捨無求無願畢竟離自性故是名性常清淨以是常

淨相知生死性即是涅槃性涅槃性即是一切法性是故說心性常清淨善男子譬如虛空若受垢汙無有是處心性亦如是若有垢汙無有是處又如虛空雖爲烟塵雲霧覆曀不明不淨而不能染汙虛空之性設染汙者不可復淨以虛空實不染汙故還見清淨凡夫心亦如是雖邪憶念起諸煩惱然其心性不可垢汙設垢汙者不可復淨以心相實不可垢汙性常明淨是故心得解脫善男子是名入淨明三昧門　爾時等行菩薩白佛言未曾有也世尊諸佛菩薩爲大饒益如所說行精進衆生世尊其懈怠不能如所說行者雖值百千萬佛無能爲也當知從勤精進得出菩提

思益梵天謂文殊師利若行者於平等中不見諸法是名得聖道已文殊師利言何故不見思益言離二相故不見不見即是正見又問誰能正見世間答言不壞世間相者又問云何爲不壞世間相答言色如無別無異受想行識如無別無異若行者見五陰平等如相是名正見世間又問何等是世間相答言滅盡是世間相又問滅盡相復可盡耶答言滅盡相者不可盡也又問何故說言世間是滅盡相答言世間畢竟盡相是相不可盡所以者何已盡者不復盡也又問佛不說一切有爲法是盡相耶答言世間是盡相終不可盡是故佛說一切有爲法是盡相又問何等數名有爲法答言以盡相故名有爲法又問有爲法者爲住何所答言無爲性中住又問有爲法無爲法有何差別答言有爲法無爲

法文字言説有差别耳所以者何以文字言説言是有爲是無爲若求有爲無爲實相則無差别以實相無差别故又問何等是諸法實相義答言一切法平等無有差别是諸法實相義又問何等爲義答言以文字説令人得解故名爲義所以者何實相義者不如文字所説諸佛雖以文字有所言説而於實相無所增減文殊師利一切言説皆非言説是故佛語名不可説諸佛不可以言相説故又問云何得説佛相答言諸佛如來不可以色身説相不可以三十二相説相不可以諸功德法説相又問諸佛可離色身三十二相諸功德法而説相耶答言不也所以者何色身如三十二相如諸功德法如諸佛不即是如亦非離如如是可説佛相不失如故又問諸佛世尊得何等故號名爲佛答言諸佛世尊通達諸法性相如故説名爲佛正徧知者

於是等行菩薩白佛言世尊何謂菩薩發行大乘爾時世尊以偈答言

菩薩不壞色　發行菩提心　知色即菩提
是名行菩提　如色菩提然　等入於如相
不壞諸法性　是名行菩提　不壞諸法性
則爲菩提義　是菩提義中　亦無有菩提
正行第一義　是名行菩提　若法及非法
不分别爲二　亦不得不二　是名行菩提
若二則有爲　非二則無爲　離是二邊者
是名行菩提　行於世間法　處中若蓮花
遵修最上道　是名行菩提　世間所行處
悉於是中行　世間所貪著　於中得解脱
菩薩無所畏　不没生死淵　無憂無疲倦

而行菩提道 斯人能善知 法性真實相
是故不分別 是法是非法 常住於平等
護持佛正法 一切無所念 則是如來法
若有佛無佛 是法常住世 能通達是相
是名護持法 諸法之實相 了達知其義
安住於此中 而爲人演説 行於甚深法
魔所不能測 是人於諸法 無所貪着故
願求諸佛慧 亦不着願求 諸佛慧無礙
不着法非法 若能不着此 究竟得佛道
法性不可議 常住於世間 若能知如是
不生亦不滅 菩薩念衆生 不解是法相
爲之勤精進 令得離顛倒 信解常定法
及寂滅無漏 其心得解脱 故説常定者
自住平等法 以此導衆生 不違平等行
故説常定者 志念常堅固 不忘菩提心

亦能化衆生 故説常定者 常念於諸佛
真實法性身 遠離色身相 故説常定者
常修念於法 如諸法實相 亦無有憶念
故説常定者 常修念於僧 僧即是無爲
離數及非數 常入如是定 我見與佛見
空見生死見 涅槃之見等 皆無是諸見
無量智慧光 知諸法實相 無闇無障礙
是行菩提道 是乘名大乘 不可思議乘
悉容諸衆生 猶不盡其量 虚空無有量
亦無有形色 大乘亦如是 無量無障礙
若人聞此經 乃至持一偈 永脱於諸難
得到安隱處 敬念此經者 捨是身已後
終不墮惡道 常生人天中 於後惡世時
若得聞是經 我皆與授記 究竟成佛道
若持此經者 佛法在是人 是人在佛法

亦能轉法輪　若人持是經　能轉無量劫
生死諸往來　得近於佛道　若能持是經
精進大智慧　是名極勇猛　能破魔軍衆
我於然燈佛　住忍得受記　若有樂是經
我授記亦然　若人於佛後　能解說是經
佛雖不在世　爲能作佛事

爾時思益梵天謂文殊師利如來是實語者能說如是法文殊師利言如來於法無所說何以故如來尚不得諸法何況說法思益言如來豈不分別諸法是世間是出世間是有爲是無爲耶文殊師利言於汝意云何是虛空可說可分別不思益言不也文殊師利言今說虛空名字以所說故有生有滅耶思益言不也文殊師利言如來說法亦復如是不以說故諸法有生有滅如此說法是不可說相亦以此法有所教誨是無所教誨所以者何如說法性不說法性亦如是是故說一切法住於如中如亦無所住爾時釋梵四天王俱在會中即以天華散於佛上而作是言世尊若善男子善女人聞文殊師利說法有信解者當知是人能破魔軍及餘怨敵所以者何文殊師利今所說法能破一切邪見妄想世尊若善男子善女人聞於是法不驚不怖當知是人不從小功德來　世尊我等於此經中得智慧光明而不能得報佛及文殊師利思益梵天之恩　爾時世尊語釋梵四天王等大衆言善哉善哉善男子若人所從聞是經處若和尚若阿闍黎我不見世間供養之具能報其恩是法出於世間世間供養所不能報是法度於世間世間財物所不能報

是法無染染汙之物所不能報諸善男子是法餘無能報唯有一事如說修行若人於此法中能如說修行者是名能報師恩是則名爲順如來語順如來教　爾時會中有天子名不退轉白佛言世尊所說隨法行隨法行者爲何謂耶佛告天子隨法行者不行一切法是名隨法行所以者何若不行諸法則不分別是正是邪如是行者不行善不行不善不行有漏不行無漏不行世間不行出世間不行有爲不行無爲不行生死不行涅槃是名隨法行若起法相者是則不名隨法行也若念言我行是法是則戲論不隨法行若不受一切法則隨法行於一切法無憶念無分別無所行是名隨法行

爾時大迦葉白佛言世尊譬如大龍若欲雨時雨於大海此諸菩薩亦復如是以大法雨雨菩薩心佛言迦葉如汝所說　是故此諸菩薩但於甚深智慧無量大海菩薩心中雨如是等不可思議無上法雨　迦葉又如大海甚深無底此諸菩薩亦復如是能思惟無量法故名爲甚深一切聲聞辟支佛不能測故名爲無底迦葉又如大海集無量水此諸菩薩亦復如是集無量法無量智慧是故說諸菩薩心如大海　迦葉又如大海有三種寶一者少價二者有價三者無價此諸菩薩所可說法亦復如是隨諸衆生根之利鈍令得解脫有以小乘而得解脫有以中乘而得解脫有以大乘而得解脫迦葉又如大海漸漸轉深此諸菩薩亦復如是　迦葉又如劫盡燒時諸小陂池江河泉源在前枯竭然後

大海乃當消盡正法滅時亦復如是諸行小道正法先盡然後菩薩大海之心正法乃滅迦葉此諸菩薩寧失身命不捨正法汝謂菩薩失正法耶勿造斯觀迦葉如彼大海有金剛珠名集諸寶乃至七日出時火至梵世而此寶珠不燒不失轉至他方大海之中若是寶珠在此世界世界燒者無有是處此諸菩薩亦復如是正法滅時七邪法出爾乃至於他方世界何等七一者外道論二者惡知識三者邪用道法四者互相惱亂五者入邪見棘林六者不修福德七者無有得道此七惡出時是諸菩薩知諸衆生不可得度爾乃至於他方佛國不離見佛聞法教化衆生增長善根迦葉又如大海爲無量衆生之所依止此諸菩薩亦復如是衆生依止得三種樂人樂天樂涅槃之樂迦葉又如大海鹹不可飲此諸菩薩亦復如是諸魔外道不能呑滅於是大迦葉白佛言世尊大海雖深尚可測量此諸菩薩不可測也佛告迦葉三千大千世界微塵猶可知數此諸菩薩功德無量不可數也

爾時世尊現神通力令魔波旬及其軍衆來詣佛所作是言世尊我與眷屬今於佛前立此誓願是經所流布處若說法者及聽法者幷彼國土不起魔事亦當擁護是經爾時世尊放金色光照此世界告文殊師利言如來今護念是經利益諸法師故是經在閻浮提隨其歳數佛法不滅　佛說是經時七十二那由他衆生得無生法忍無量衆生發阿耨多羅三藐三菩提心

御録經海一滴卷之五

音釋

曀於計切陰而風也　敵杜歷對也　陂布眉切陂陀不平也　鹹音咸鹽味

御錄經海一滴卷之六

佛說長者女菴提遮師子吼了義經

舍衛國城西有一村名曰長提有一婆羅門名婆私膩迦在其中住其人學問廣博深信內典敬承佛教欲設大會至祇洹所請佛及僧佛受其請與大衆往詣彼村爾時長者見佛歡喜即率眷屬來至佛所各各禮佛恭敬而住其婆羅門有女名菴提遮先適與人其女容貌端正器度高遠事夫如禁其儀無比自以生來父母莫測其所由故名之菴提遮爾時婆羅門長跪佛前敬設供養聖衆食訖文殊師利問菴提遮曰汝今知生死義耶答曰以佛力故知又問曰若知者生以何爲義答曰生以不生生爲生義又問曰云何不生生爲義耶答曰若能明知地水火風四緣畢竟未曾自得有所和合而能隨其所宜有所說者以爲生義又問曰若知地水火風畢竟不自得有所和合爲生義者即應無有生相將何爲生義答曰雖在生處而無生者是爲正生故說有義文殊又問曰死以何爲義耶答曰死以不死死爲死義又問曰云何以不死死爲死義耶答曰若能明知地水火風畢竟不自得有所散而能隨其所宜有所說者是爲死義又問曰若知地水火風畢竟不自得有所散者即無死相將何爲死義答曰雖在死處其心不亡者是爲正死故說有義文殊師利又問曰常以何爲義答曰若能明知諸法畢竟生滅變易無定如幻相而能隨其所宜有所說者是爲常義又問曰若知諸法畢竟生滅無定如幻相者卽是無常義云何

將爲常義耶答曰諸法生而不自得生滅而不自得滅乃至變易亦復如是以不自得故説爲常義也又問曰無常以何爲義答曰若知諸法畢竟不生不滅隨如是相而能隨其所宜有所説者是爲無常義又問曰若知諸法畢竟不生不滅者即是常義云何説爲無常義耶答曰但以諸法自在變易無定相不自得隨如是知者故説有無常義又問曰空以何爲義答曰若能知諸法相未曾自空不壞令有而能不空空不有有者故説有空義又問曰若不空空不有有者即無有事將何爲空義耶菴提遮以偈答曰

嗚呼真大德　不知真空義　色無有自性
豈非如空也　空若自有空　則不能容色
空不自空故　衆色從是生

爾時文殊師利又問曰頗有明知生而不生相爲生所留者不答曰有雖自明見其力未充而爲生所留者是也又問曰頗有無知不識生性而畢竟不爲生所留者不答曰無所以者何若不見生性雖因調伏少得安處其不安之相常爲對治若能見生性者雖在不安之處而安相常現前若不如是知者雖有種種勝辯談説甚深典籍而即是生滅心説彼實相密要之言如盲辯色因他語故説得青黄赤白黑而不能自見色之正相令不能見諸法者亦復如是但令爲生所生爲死所死者而有所説者乃於其人即無生死之義耶若爲常無常所繫者亦復如是當知大德空者亦不自得空故説有空義耶爾時佛告文殊師利如是如是如菴提遮所説真實無

異日可令冷月可令熱是菴提遮所說不可移易時舍利弗問其女曰汝之智慧辯才若此佛所稱歎我等聲聞之所不及云何不能離是女身色相也其女答曰我欲問大德即隨意答我大德今現是男不舍利弗言我雖色是男而心非男也其女言大德我亦如是如大德所言雖在女相其心即非女也舍利弗言汝今現爲夫所拘執何能如此其女答曰大德能自信巳之所言不舍利弗言我之自言云何不自信其女答曰若自信者大德前說我色是男而心非男者即心與色有所二用也若大德自信此言者即於我所不生有夫之惡見大德自男故生我女相以我女色故壞大德心也而以自男見彼女者則不能於法生實信也舍利弗言我於汝所不敢生於惡見其女答曰但以對世尊故不敢非是實言也若實不生惡見者云何說我言汝今現爲夫所拘執耶是言從何而來舍利弗言我以久離習故有此之言非實心也其女問曰大德我今問者隨意答我大德旣言久離男女相者大德色久離耶心久離耶時舍利弗默然不答爾時菴提遮以偈頌曰

若心得久離　畢竟不生見　誰爲作女人
於色起不淨　若論色久離　法本不自有
畢竟不曾汙　將何爲作惡　嗚呼今大德
徒學不能知　自男生我女　豈非妄想非
悔過於大衆　於法勿生疑　我上所言說
是佛神力持

時菴提遮說是偈巳其比丘比丘尼優婆塞優婆夷諸天及人於中有得阿耨多羅三藐

三菩提心者有得無生法忍者得法眼淨者又得心解脱者其無量聲聞衆而於佛法自生慙恥者無量爾時佛告舍利弗是女非凡已值無量諸佛常能説如是師子吼了義經利益無量諸衆生我亦自與是女人同事無量諸佛已是女人不久當成正覺是諸衆中於是女人所説法要即能生實信者皆已久聞是女人所説法故今則能生正信是故應當諦受是師子吼了義經勿疑之也佛告阿難此長者女菴提遮所説了義問答經付囑於汝汝當諦受

楞伽阿跋多羅寶經

一時佛住南海濱楞伽山頂種種寶華以爲莊嚴與大比丘僧及大菩薩衆俱從彼種種異佛刹來是諸菩薩摩訶薩無量三昧自在之力神通遊戲大慧菩薩摩訶薩而爲上首

爾時大慧菩薩摩訶薩白佛言世尊諸識有幾種生住滅佛告大慧諸識有二種生住滅非思量所知諸識有二種生謂流注生及相生有二種住謂流注住及相住有二種滅謂流注滅及相滅大慧諸識有三種相謂轉相業相眞相大慧略説有三種識廣説有八相何等爲三謂眞識現識及分別事識大慧譬如明鏡持諸色像現識處現亦復如是大慧現識及分別事識此二壞不壞相展轉因大慧不思議熏及不思議變是現識因大慧取種種塵及無始妄想熏是分別事識因大慧若覆彼眞識種種不實諸虚妄滅則一切根識滅是名相滅大慧相續滅者相續所因滅則相續滅所從滅及所緣滅則相續滅大

慧所以者何是其所依故依者謂無始妄想熏縁者謂自心見等識境妄想大慧譬如泥團微塵非異非不異金莊嚴具亦復如是大慧若泥團微塵異者非彼所成而實彼成是故不異若不異者則泥團微塵應無分別如是大慧轉識藏識真相若異者藏識非因若不異者轉識滅藏識亦應滅而自真相實不滅是故大慧非自真相識滅但業相滅若自真相識滅者藏識則滅大慧藏識滅者不異外道斷見論議大慧彼諸外道作如是論謂攝受境界滅識流注亦滅若識流注滅者無始流注應斷大慧外道說流注生因非眼識色明集會而生更有異因復次大慧有七種第一義所謂心境界慧境界智境界見境界超二見境界超子地境界如來自到境界大慧此是過去未來現在諸如來應供等正覺性自性第一義心以性自性第一義心成就如來世間出世間出世間上上法聖慧眼入自共相建立如所建立不與外道論惡見共大慧云何外道論惡見共所謂自境界妄想見不覺識自心所現分齊不通大慧愚癡凡夫性無性自性第一義作二見論大慧若復諸餘沙門婆羅門見離自性浮雲火輪水月及夢内外心現妄想無始虚偽不離自心妄想因縁滅盡離妄想說所說觀所觀受用建立身之藏識無所有境界離生住滅大慧彼菩薩不久次第隨入無相處次第隨入從地至地三昧境界解三界如幻分別觀察當得如幻三昧度自心現無所有得住般若波羅密捨離彼生所作方便隨入如來身隨入如

如化神通自在慈悲方便具足莊嚴等入一切佛刹外道入處離心意意識是菩薩漸次轉身得如來身是故欲得如來身者當離所作方便生住滅觀察無始虚僞過妄想習氣因三有思惟無所有佛地無生到自覺聖趣自心自在到無開發行如隨衆色摩尼隨入衆生微細之心而以化身隨心量度諸地漸次相續建立是故大慧自悉檀善應當修學爾時大慧菩薩復白佛言世尊請爲楞伽國摩羅耶山海中住處諸大菩薩宣說海浪藏識境界法身時世尊以偈告言

譬如巨海浪　斯由猛風起　洪波鼓冥壑
無有斷絕時　藏識海常住　境界風所動
種種諸識浪　騰躍而轉生　日月與光華
非異非不異　七識亦如是　心俱和合生
譬如海水變　種種波浪轉　謂以彼意識
思惟諸相義　譬如海波浪　是則無差別
諸識心如是　異亦不可得　心名採集業
意名廣採集　諸識識所識　現等境說五

復次大慧若菩薩摩訶薩欲知自心現量攝受及攝受者妄想境界當離羣聚習俗睡眠初中後夜常自覺悟修行方便當離惡見經論言說及諸聲聞緣覺乘相當通達自心現妄想之相復次大慧菩薩摩訶薩建立智慧相住巳於上聖智三相當勤修學何等爲聖智三相所謂無所有相一切諸佛自願處相自覺聖智究竟之相大慧是名聖智三相若成就此聖智三相者能到自覺聖智究竟境界　佛告大慧有一種外道作無所有妄想計著覺知因盡兔無角想如兔無角一切法

亦復如是大慧復有餘外道見種求那極微陀羅驃形處橫法各各差别見已計著無兔角橫法作牛有角想大慧彼墮二見不解心量自心境界妄想增長身受用建立妄想根量大慧一切法性亦復如是離有無不應作想大慧若復離有無而作兔無角想是名邪想兔無角不應作想大慧聖境界離不應作牛有角想爾時大慧菩薩白佛言世尊得無妄想者見不生相已隨比思量觀察不生妄想言無耶佛告大慧非觀察不生妄想言無所以者何妄想者因彼生故依彼角生妄想以依角生妄想是故言依因故離異不異故非觀察不生妄想言無角大慧若復妄想異角者則不因角生若不異者則因彼故乃至微塵分析推求悉不可得不異角故彼亦非性二俱無性者何法何故而言無耶大慧若無故無角觀有故言兔無角者不應作想大慧不正因故而說有無二俱不成大慧復有餘外道見計著色空事形處橫法不能善知虛空分齊言色離虛空起分齊見妄想大慧虛空是色隨入色種大慧色是虛空持所持處所建立性色空事分别當知大慧四大種生時自相各别亦不住虛空非彼無虛空如是大慧觀牛有角故兔無角大慧又牛角者析爲微塵又分别微塵刹那不住彼何所觀故而言無耶若言觀餘物者彼法亦然爾時世尊告大慧菩薩言當離兔角牛角虛空形色異見妄想汝等諸菩薩摩訶薩當思惟自心現妄想隨入爲一切刹土最勝子以自心現方便而教授之爾時世尊欲重宣此義而

說偈言

色等及心無　色等長養心　身受用安立
識藏現衆生　以無故成有　以有故成無
微塵分别事　不起色妄想　心量安立處
惡見所不樂　救世之所說　自覺之境界

大慧菩薩白佛言世尊云何淨除一切衆生自心現流爲頓爲漸耶佛告大慧漸淨非頓如菴羅果漸熟非頓又如大地漸生萬物非頓生也如來淨除一切衆生自心現流亦復如是漸淨非頓大慧頓悟非漸譬如明鏡頓現一切無相色像如來淨除一切衆生自心現流亦復如是頓現無相無所有清淨境界如日月輪頓照顯示一切色像如來爲離自心現習氣過患衆生亦復如是頓爲顯示不思議智最勝境界　大慧法依佛說一切法不實如幻種種計著不可得大慧法佛者離心自性相自覺聖所緣境界建立施作大慧化佛者說施戒忍精進禪定及心智慧離陰界入解脫識相分别觀察建立超外道見無色見大慧又法佛者離攀緣攀緣離一切所作根量相滅非諸凡夫聲聞緣覺外道計著我相所著境界自覺聖究竟差别相建立是故大慧自覺聖究竟差别相當勤修學自心現見應當除滅　大慧菩薩白佛言世尊所說常不思議自覺聖趣境界及第一義境界非諸外道所說常不思議因緣耶佛告大慧非諸外道因緣得常不思議所以者何諸外道常不思議不因自相成若常不思議不因自相成者何因顯現常不思議復次大慧不思議若因自相成者彼則應常由作者因相

故常不思議不成大慧我第一義常不思議第一義因相成離性非性得自覺相故有相第一義智因故有因離性非性故不同外道常不思議論如是常不思議自覺聖智所得應當修學復次大慧諸外道常不思議於所作性非性無常見已思量計常大慧我亦以如是因緣所作者性非性無常見已自覺聖境界說彼常無因大慧若復諸外道因相成常不思議因自相性非性同於兔角此常不思議但言說妄想諸外道輩有如是過所以者何謂但言說妄想同於兔角自因相非分大慧我常不思議因自覺得相故離所作性非性故常非外性非性無常思量計常復次大慧諸聲聞畏生死妄想苦而求涅槃不知生死涅槃差別一切性妄想非性未來諸根境界休息作涅槃想非自覺聖智趣藏識轉是故凡愚說有三乘說心量趣無所有是故大慧彼不知過去未來現在諸如來自心現境界計著外心現境界生死輪常轉復次大慧一切法不生是過去未來現在諸如來所說所以者何謂自心現性非性離有非有生故大慧一切性不生一切法如兔馬等角是愚癡凡夫不覺妄想自性妄想故大慧一切法不生自覺聖智趣境界者一切性自性相不生非彼愚夫妄想二境界大慧藏識攝所攝相轉愚夫墮生住滅二見希望一切性生有非有妄想生非聖賢也大慧於彼應當修學復次大慧菩薩摩訶薩當善三自性云何三自性謂妄想自性緣起自性成自性大慧妄想自性從相生若依若緣生是名緣起云

何成自性謂離名相事相妄想聖智所得及自覺聖智趣所行境界是名成自性如來藏心爾時世尊而說偈言

名相覺想　自性二相　正智如如

是則成相

復次大慧菩薩摩訶薩善觀二種無我相謂人無我及法無我云何人無我謂離我我所陰界入聚云何法無我離自共相不實妄想相菩薩摩訶薩當善分別一切法無我善法無我菩薩摩訶薩不久當得初地菩薩無所有觀地相觀察開覺歡喜次第漸進超九地相得法雲地於彼建立無量寶莊嚴幻自性境界修習生到自覺聖智法趣當得如來自在法身見法無我故是名法無我相汝等諸菩薩摩訶薩應當修學　爾時大慧菩薩白佛言世尊建立誹謗相唯願說之令我及菩薩離二邊惡見世尊告大慧言有四種非有有建立云何爲四謂非有相建立非有見建立非有因建立非有性建立於彼所立無所得觀察非分而起誹謗是名誹謗相愚夫妄想不善觀察自心現量非聖賢也是故離建立誹謗惡見應當修學復次大慧菩薩摩訶薩爲安衆生故作種種類像如妄想自性處依於緣起譬如衆色如意寶珠普現一切諸佛刹土一切如來大衆集會悉於其中聽受佛法所謂一切法如光影水月於一切法離生滅斷常及離聲聞緣覺之法得百千三昧游諸佛刹供養諸佛生諸天宮宣揚三寶示現佛身聲聞菩薩大衆圍繞以自心現量度脱衆生分別演說外性無性悉令遠離有無

等見乃宣偈言

心量世間　佛子觀察　種類之身
離所作行　得力神通　自在成就

大慧菩薩復請佛言惟願世尊爲我等說一切法空無生無二離自性相佛告大慧空空者即是妄想自性處大慧爲妄想自性計著者故說空無生無二離自性相略說七種空謂相空性自性空行空無行空一切法離言說空第一義聖智大空彼彼空是名七種空彼彼空者是空最麤汝當遠離大慧不自生非不生除住三昧是名無生離自性卽是無生大慧一切法無二非於涅槃彼生死非於生死彼涅槃異相因有性故是名無二如涅槃生死一切法亦如是是故空無生無二離自性相應當修學爾時世尊而說偈言

我常說空法　遠離於斷常　生死如幻夢
而彼業不壞　虛空及涅槃　滅二亦如是
愚夫作妄想　諸聖離有無

爾時世尊復告大慧菩薩言大慧空無生無二離自性相凡所有經悉說此義諸修多羅悉隨衆生希望心故爲分別說顯示其義如鹿渴想誑惑羣鹿如是一切修多羅所說諸法爲令愚夫發歡喜故非實聖智在於言說是故當依於義莫著言說

大慧菩薩白佛言世尊修多羅說如來藏自性清淨轉入衆生身中如大價寶垢衣所纏而如來藏常住不變云何世尊同外道說我言有如來藏耶佛告大慧我說如來藏不同外道所說之我大慧未來現在菩薩摩訶薩不應作我見計著如來於法無我離一切妄

想相以種種智慧善巧方便或說如來藏或說無我開引計我諸外道故說如來藏令離不實我見妄想入三解脫門境界是故大慧爲離外道見故當依無我如來之藏爾時大慧菩薩復請世尊惟願說修行大方便佛告大慧菩薩摩訶薩成就四法得修行者大方便謂善分別自心現觀外性非性離生住滅見得自覺聖智善樂是名成就四法得修行者大方便　菩薩得自覺聖智無生法忍住第八地得離心意意識五法自性二無我相得意生身意生身者譬如意去迅疾無礙故名意生譬如意去石壁無礙於彼異方無量由延因先所見憶念不忘自心流注不絕於身無障礙生大慧如是意生身得一時俱菩薩摩訶薩意生身如幻三昧力自在神通妙相莊嚴聖種類身一時俱生猶如意生無有障礙隨所憶念本願境界爲成就衆生得自覺聖智善樂如是菩薩得無生法忍當如是學爾時大慧菩薩復請世尊惟願爲說一切諸法緣因之相以覺緣因相故我及諸菩薩離一切性有無妄見世尊宣示此義而說偈言

一切都無生　亦非因緣滅　於彼生滅中
而起因緣想　非遮滅復生　相續因緣起
唯爲斷凡愚　癡惑妄想緣　有無緣起法
是悉無有生　習氣所迷轉　從是三有現
眞實無生緣　亦復無有滅　觀一切有爲
猶如虛空華　攝受及所攝　捨離惑亂見
非已生當生　亦復無因緣　一切無所有
斯皆是言說

復次大慧有四種言說妄想相謂相言說夢言說過妄想計著言說無始妄想言說相言說者從自妄想色相計著生夢言說者先所經境界隨憶念生從覺已境界無性生過妄想計著言說者先怨所作業隨憶念生無始妄想言說者無始虛僞計著過自種習氣生大慧白佛言世尊言說妄想爲異爲不異佛告大慧言說妄想非異非不異所以者何謂彼因生相故大慧若言說妄想異者妄想不應是因若不異者語不顯義而有顯示是故非異非不異大慧復白佛言世尊爲言說即是第一義爲所說者是第一義佛告大慧非言說是第一義亦非所說是第一義所以者何謂第一義聖樂言說所入是第一義非言說是第一義第一義者聖智自覺所得非言說妄想覺境界是故言說妄想不顯示第一義言說者生滅動搖展轉因緣起自他相無性故彼不顯示第一義是故大慧當離言說諸妄想相爾時世尊欲重宣此義而說偈言

諸性無自性　亦復無言說　甚深空空義
愚夫不能了　一切性自性　言說法如影
自覺聖智子　實際我所說

復次大慧有四種禪云何爲四謂愚夫所行禪觀察義禪攀緣如禪如來禪云何愚夫所行禪謂聲聞緣覺外道修行者觀人無我性自相共相骨鏁無常苦不淨相相不除滅是名愚夫所行禪云何觀察義禪謂人無我自相共相外道自他俱無性已觀法無我漸次增進是名觀察義禪云何攀緣如禪謂妄想二無我妄想如實處不生妄想是名攀緣如

禪云何如來禪謂入如來地得自覺聖智相三種樂住成辦衆生不思議事是名如來禪

大慧菩薩復白佛言世尊佛說緣起卽是說因緣外道亦說因緣世尊外道說因不從緣生而有所生世尊說觀因有事觀事有因如是因緣雜亂佛告大慧我非無因說及因緣雜亂說此有故彼有者攝所攝非性覺自心現量大慧若攝所攝計著不覺自心現量外境界性非性彼有如是過非我說緣起我常說言因緣和合而生諸法非無因生大慧復白佛言世尊非言說有性有一切性耶世尊若無性者言說不生是故言說應有性有一切性佛告大慧本無性而作言說如兎角龜毛等但世間現此言說耳大慧如汝所說言說有性有一切性者汝論則壞大慧非一切刹土有言說言說者是作耳如瞻視及香積世界普賢如來國土但以瞻視令諸菩薩得無生法忍及諸勝三昧是故非言說有性有一切性大慧見此世界蚊蚋蟲蟻是等衆生無有言說而各辦事爾時世尊欲重宣此義而說偈言

如虛空兎角　及與槃大子　無而有言說
如是性妄想　因緣和合法　凡愚起妄想
不能如實知　輪迴三有宅

大慧復白佛言如世尊所說一切性無生及如幻將無世尊前後所說自相違耶佛告大慧謂生無生覺自心現量有非有外性非性無生現大慧非我前後說相違過然壞外道因生故我說一切性無生大慧說性者爲攝受生死故壞無見斷見故　復次大慧一切

法離所作因緣不生無作者故一切法不生大慧何故一切性離自性以自覺觀時自共性相不可得故説一切法不生何故一切法不可持來不可持去以自共相欲持來無所來欲持去無所去是故一切法離持來去大慧何故一切諸法不滅謂性自性相無故一切法不可得故一切法不滅大慧何故一切法無常謂相起無常性是故説一切法無常大慧何故一切法常謂相起無生性無常常故説一切法常　復次大慧有二種覺謂觀察覺及妄想相攝受計著建立覺大慧觀察覺者謂若覺性自性相選擇離四句不可得是名觀察覺大慧彼四句者謂離一異俱不俱有無非有非無常無常是名四句大慧此四句離是名一切法大慧此四句觀察一切法應當修學云何妄想相攝受計着建立覺謂妄想相攝受計着四大種宗因譬不實建立而建立是名妄想相攝受計着建立覺復次大慧諸外道有四種涅槃云何爲四謂性自性非性涅槃種種相性非性涅槃自相自性非性覺涅槃諸陰自共相相續流注斷涅槃是名諸外道四種涅槃非我所説法大慧我所説者妄想識滅名爲涅槃　大慧菩薩復白佛言世尊惟願爲説自覺聖智相及一乘佛告大慧前聖所知轉相傳授妄想無性菩薩摩訶薩獨一靜處自覺觀察不由於他離見妄想上上昇進入如來地是名自覺聖智相大慧云何一乘相謂得一乘道覺謂攝所攝妄想如實處不生妄想是名一乘覺大慧一乘覺者非餘外道聲聞緣覺梵天王等

之所能得唯除如來以是故說名一乘世尊
重宣偈言
諸天及梵乘　聲聞緣覺乘　諸佛如來乘
我說此諸乘　乃至有心轉　諸乘非究竟
若彼心滅盡　無乘及乘者　無有乘建立
我說爲一乘　引導衆生故　分别說諸乘
解脫有三種　及與法無我　煩惱智慧等
解脫則遠離
爾時世尊復告大慧菩薩言有三種意生身
云何爲三所謂三昧樂正受意生身覺法自
性性意生身種類俱生無行作意生身修行
者了知初地上上增進相得三種身大慧云
何三昧樂正受意生身謂第三第四第五地
三昧樂正受故種種自心寂静安住心海起
浪識相不生知自心現境界性非性大慧云
何覺法自性性意生身謂第八地觀察覺了
如幻等法悉無所有身心轉變得如幻三昧
及餘三昧門無量相力自在明如妙華莊嚴
迅疾如意猶如幻夢水月鏡像非造非所造
如造所造一切色種種支分具足莊嚴隨入
一切佛刹大衆通達自性法故大慧云何種
類俱生無行作意生身所謂覺一切佛法緣
自得樂相大慧於彼三種身相觀察覺了應
當修學因說偈言
非我乘大乘　非說亦非字　非諦非解脫
非無有境界　然乘摩訶衍　三摩提自在
種種意生身　自在華莊嚴
大慧菩薩白佛言世尊何等是佛之知覺佛
告大慧覺人法無我了知二障離二種死斷
二煩惱是名佛之知覺以是因緣故我說一

乘世尊偈言

善知二無我　二障煩惱斷　永離二種死

是名佛知覺

大慧菩薩復請世尊惟願爲說一切法有無

有相佛告大慧此世間依有二種謂依有及

無墮性非性欲見不離離相大慧因是故我

說寧取人見如須彌山不起無所有增上慢

空見大慧無所有增上慢者墮自共相見希

望不知自心現量見外性無常刹那展轉壞

陰界入相續流注變滅離文字相妄想是名

爲壞者爾時世尊欲重宣此義而說偈言

有無是二邊　乃至心境界　淨除彼境界

平等心寂滅　無取境界性　滅非無所有

有事悉如如　如賢聖境界　誰集因緣有

而復說言無　邪見論生法　妄想計有無

若知無所生　亦復無所滅　觀此悉空寂

有無二俱離

大慧一切聲聞緣覺菩薩有二種通相謂宗

通及說通大慧宗通者謂緣自得勝進相遠

離言說文字妄想趣無漏界自覺地自相遠

離一切虛妄覺想降伏一切外道衆魔緣自

覺趣光明輝發是名宗通相云何說通相謂

說九部種種教法離異不異有無等相以巧

方便隨順衆生如應說法令得度脱是名說

通相大慧汝及餘菩薩應當修學大慧菩薩

白佛言世尊惟願爲說不實妄想相不實妄

想云何而生爾時世尊宣說偈言

諸因及與緣　從此生世間　妄想著四句

不知我所通　世間非有生　亦復非無生

不從有無生　亦非非有無　如是觀世間

心轉得無我　一切性不生　以從緣生故
一切緣所作　所作非自有　事不自生事
有二事過故　無心之心量　我說爲心量
量者自性處　緣性二俱離　性究竟妙淨
我說名心量　施設世諦我　彼則無實事
諸陰陰施設　無事亦復然　妄想習氣轉
有種種心生　境界於外現　是世俗心量
離一切諸見　及離想所想　無得亦無生
我說爲心量　非性非非性　性非性悉離
謂彼心解脫　我說爲心量　如如與空際
涅槃及法界　種種意生身　我說爲心量

大慧菩薩白佛言世尊如世尊所說菩薩摩訶薩當善語義云何爲語云何爲義佛告大慧云何爲語謂言字妄想和合依咽喉唇舌齒齗頰輔因彼我言說妄想習氣計著生是名爲語大慧云何爲義謂離一切妄想相言說相是名爲義善語義菩薩摩訶薩觀語與義非異非不異若語異義者則不因語辯義而以語入義如燈照色復次大慧如緣言說義計著墮建立及誹謗見凡愚衆生作異妄想非聖賢也復次大慧智識相今當說若善分別智識相者汝及諸菩薩則能通達智識之相疾得阿耨多羅三藐三菩提大慧彼智有三種謂世間出世間出世間上上云何世間智謂一切外道凡夫計著有無云何出世間智謂一切聲聞緣覺墮自共相希望計著云何出世間上上智謂諸佛菩薩觀無所有法見不生不滅離有無品如來地人法無我緣自得生大慧彼生滅者是識不生不滅者是智復次墮相無相及墮有無種種相因是

識超有無相是智復次長養相是識非長養相是智復次無礙相是智境界種種礙相是識復次三事和合生方便相是識無事方便自性相是智復次得相是識不得相是智自得聖智境界不出不入故如水中月　大慧外道有九種轉變彼亦無有轉變無有法若生若滅如見幻夢色生爾時世尊偈言

形處時轉變　四大種諸根　中陰漸次生
妄想非明智　最勝於緣起　非如彼妄想
然世間緣起　如乾闥婆城

大慧菩薩白佛言世尊惟願為說一切法相續義解脫義爾時世尊宣說偈言

不真實妄想　是說相續相　若知彼真實
相續網則斷　於諸性無知　隨言說攝受
譬如彼蠶蟲　結網而自纏　愚夫妄想縛
相續不觀察

爾時大慧菩薩白佛言世尊所言涅槃者說何等法名為涅槃而諸外道各起妄想佛告大慧如諸外道妄想涅槃或有外道陰界入滅境界離欲見法無常心心法品不生不念去來現在境界諸受陰盡如燈火滅如種子壞妄想不生斯等於此作涅槃想大慧非以見壞名為涅槃大慧或以從方至方名為解脫境界想滅猶如風止或復以覺所覺見壞名為解脫或見常無常作解脫想或見種種相想招致苦生因思惟是已不善覺知自心現量怖畏於相而見無相深生愛樂作涅槃想或有覺知內外諸法自相共相去來現在有性不壞作涅槃想或謂我人衆生壽命一切法壞作涅槃想或謂諸煩惱盡或謂智慧

或見自在是眞實作生死者作涅槃想有如是比種種妄想外道所説不成所成智者所棄大慧如是一切悉墮二邊作涅槃想智慧觀察都無所立如彼妄想心意來去漂馳流動一切無有得涅槃者大慧如我所説涅槃者謂善覺知自心現量不著外性離於四句見如實處不墮自心現妄想二邊攝所攝不可得一切度量不見所成棄捨彼已得自覺聖法知二無我離二煩惱淨除二障永離二死上上地如來地如影幻等諸深三昧離心意意識説名涅槃大慧汝等及餘菩薩摩訶薩應當修學當疾遠離一切外道諸涅槃見

大慧白佛言世尊如來應供等正覺爲作耶爲不作耶爲事耶爲因耶爲相耶爲所相耶爲説耶爲所説耶爲覺耶爲所覺耶如是等辭句爲異爲不異爾時世尊欲宣此義而説偈言

悉離諸根量　無事亦無因　已離覺所覺
亦離相所相　陰緣等正覺　一異莫能見
若無有見者　云何而分别　非作非不作
非事亦非因　非陰非在陰　亦非有餘雜
亦非有諸性　如彼妄想見　當知亦非無
此法法亦爾　以有故有無　以無故有有
若無不應受　若有不應想　或於我非我
言説量留連　沉溺於二邊　自壞壞世間
解脱一切過　正觀察我通　是名爲正觀
不毁大導師

大慧菩薩復白佛言世尊云何世尊爲無性故説不生不滅爲是如來異名佛告大慧我説一切法不生不滅有無品不現大慧白佛

言世尊若一切法不生者則攝受法不可得一切法不生故若名字中有法者惟願爲說佛告大慧我說如來非無性亦非不生不滅攝一切法亦不待緣故不生不滅亦非無義大慧我說意生法身如來名號彼不生者一切外道聲聞緣覺七住菩薩非其境界大慧彼不生即如來異名大慧譬如因陀羅釋迦不蘭陀羅如是等諸物一一各有多名亦非多名而有多性亦非無自性如是大慧我於此娑呵世界有三阿僧祇百千名號愚夫悉聞各說我名而不解我如來異名大慧或有衆生知我如來者有知一切智者有知佛者有知導師者有知僊人者有知梵者有知自在者有知眞實邊者有知月者有知日者有知主者有知無生者有知無滅者有知空者有知如如者有知諦者有知實際者有知法性者有知涅槃者有知常者有知平等者有知不二者有知無相者有知解脱者有知道者有知意生者大慧如是等百千名號不增不減此及餘世界皆悉知我如水中月不出不入彼諸愚夫不能知我墮二邊故然悉恭敬供養於我而不善解知辭句義趣不分別名不解自通計著種種言說章句於不生不滅作無性想不知如來名號差別如因陀羅釋迦不蘭陀羅不解自通會歸終極於一切法隨說計著大慧彼諸癡人作如是言言說之外更無餘義惟止言說大慧彼惡燒智不知言說自性不知言說生滅義不生滅大慧一切言說墮於文字義則不墮離性非性故無受生亦無身大慧如來不說墮文字法文

字有無不可得故除不墮文字大慧若有說言如來說墮文字法者此則妄說法離文字故是故大慧我等諸佛及諸菩薩不說一字不答一字所以者何法離文字故非不饒益義說言說者衆生妄想故大慧若不說一切法者教法則壞教法壞者則無諸佛菩薩緣覺聲聞若無者誰說爲誰是故大慧菩薩摩訶薩莫著言說隨宜方便廣說經法以衆生希望煩惱不一故我及諸佛爲彼種種異解衆生而說諸法令離心意意識故不爲得自覺聖智處大慧於一切法無所有覺自心現量離二妄想諸菩薩摩訶薩依於義不依文字若善男子善女人依文字者自壞第一義亦不能覺他若善一切法一切地一切相通達章句具足性義則攝受正法攝受正法者

則佛種不斷佛種不斷者則能了知得殊勝入處知得殊勝入處菩薩摩訶薩常得化生建立大乘十自在力現衆色像如實說法如實者不異如實者不來不去相一切虛僞息是名如實大慧善男子善女人不應攝受隨說計著眞實者離文字故大慧眞實義者從多聞者得大慧多聞者謂善於義非善言說善義者不隨一切外道經論身自不隨亦不令他隨是則名曰大德多聞是故欲求義者當親近多聞計著言說應當遠離爾時大慧菩薩復承佛威神而白佛言世尊世尊顯示不生不滅一切外道因亦不生不滅惟願世尊爲說差别佛告大慧我說不生不滅不同外道不生不滅所以者何彼諸外道有性自性得不生不變相我不如是墮有無品大慧

我者離有無品離生滅非性非無性如種種幻夢現故非無性云何無性謂色無自性相攝受現不現故攝不攝故以是故一切性無性非無性但覺自心現量妄想不生安隱快樂世事永息愚癡凡夫不實妄想如揵闥婆城及幻化人其實無有若生若滅性無性無所有故一切法亦如是離於生滅愚癡凡夫墮不如實起生滅妄想如性自性妄想亦不異若異妄想者計著一切性自性不見寂静不見寂静者終不離妄想是故大慧無相見勝非相見相見者受生因故不勝大慧無相者妄想不生不起不滅我説涅槃爾時世尊欲重宣此義而説偈言

滅除彼生論　建立不生義　我説如是法
愚夫不能知　一切法不生　無性無所有
揵闥婆幻夢　有性者無因　世間種種事
無因而相現　折伏有因論　申暢無生義
申暢無生者　法流永不斷　熾然無因論
恐怖諸外道

大慧以偈問曰

云何何所因　彼以何故生　於何處和合
而作無因論

爾時世尊偈答

觀察有爲法　非無因有因　彼生滅論者
所見從是滅

大慧復以偈問

云何爲無生　爲是無性耶　爲顧視諸緣
有法名無生　名不應無義　惟爲分别説

爾時世尊復以偈答

非無性無生　亦非顧諸緣　非有性而名

名亦非無義　一切諸外道　聲聞及緣覺
七住非境界　是名無生相　遠離諸因緣
亦離一切事　唯有微心住　想所想俱離
其身隨轉變　我說是無生　無外性無性
亦無心攝受　斷除一切見　我說是無生
如是無自性　空等應分別　非空故說空
無生故說空　因緣數和合　則有生有滅
離諸因緣數　無別有生滅　捨離因緣數
更無有異性　若言一異者　是外道妄想
有無性不生　非有亦非無　除其數轉變
是悉不可得　但有諸俗數　展轉爲鉤鏁
離彼因緣鏁　生義不可得　生無性不起
離諸外道過　如燈顯衆像　鉤鏁現若然
彼生無生者　是則無生忍　如醫療衆病
爲設種種治　我爲彼衆生　破壞諸煩惱
知其根優劣　而有種種法　惟說一乘法
是則爲大乘

大慧菩薩白佛言世尊一切外道皆起無常妄想世尊亦說一切行無常是生滅法此義云何佛告大慧一切外道有七種無常非我法也何等爲七彼有說言作已而捨是名無常有說形處壞是名無常有說即色是無常有說色轉變中間是名無常無間自之散壞如乳酪等轉變中間不可見無常毀壞一切性轉有說性無常有說性無性無常有說一切法不生無常入一切法大慧我法起非常非無常所以者何謂外性不決定故惟說三有微心不說種種相有生有滅四大合會差別四大及造色故妄想二種事攝所攝知二種妄想離外性無性二種見非凡愚所覺

大慧菩薩復白佛言世尊如來應供等正覺爲常爲無常佛告大慧如來應供等正覺非常非無常謂二俱有過若常者有作主過若無常者有作無常過大慧一切所作皆無常如缾衣等一切皆無常過一切智衆具方便應無義以所作故一切所作皆應是如來無差別因性故是故大慧如來非常非無常大慧如來所得智是般若所熏非心意意識彼諸陰界入處所熏大慧一切三有皆是不實妄想所生如來不從不實虛妄想生大慧以二法故有常無常非不二不二者寂靜一切法無二生相故是故如來應供等正覺非常非無常大慧乃至言說分別生則有常無常過分別覺滅者則離愚夫常無常見爾時世尊欲重宣此義而說偈言

衆具無義者　生常無常過　若無分別覺
永離常無常　從其所立宗　則有衆雜義
等觀自心量　言說不可得

大慧菩薩復白佛言世尊惟願世尊更爲我說陰界入生滅彼無有我誰生誰滅佛告大慧如來之藏是善不善因能徧興造一切趣生譬如伎兒變現諸趣離我我所爲無始虛僞惡習所熏名爲識藏生無明住地與七識俱如海浪身常生不斷離無常過離於我論自性無垢畢竟清淨其餘諸識有生有滅意意識等念念有七因不實妄想取諸境界種種形處計著名相不覺自心所現色相大慧此如來藏識藏一切聲聞緣覺心想所見雖自性清淨客塵所覆故猶見不淨非諸如來大慧如來者現前境界猶如掌中視阿摩勒

果是故汝及餘菩薩於如來藏識藏當勤修學莫但聞覺作知足想爾時世尊重宣偈言

甚深如來藏　而與七識俱　二種攝受生
智者則遠離　如鏡像現心　無始習所熏
如實觀察者　諸事悉無事　如愚見指月
觀指不觀月　計著名字者　不見我真實
心爲工伎兒　意如和伎者　五識爲伴侶
妄想觀伎衆

大慧菩薩白佛言世尊惟願爲說五法自性識二種無我究竟分別相佛告大慧五法自性識二種無我分別趣相者謂名相妄想正智如如若修行者修行入如來自覺聖趣離於斷常有無等見現法樂正受住現在前大慧愚夫計著俗數名相隨心流散流散已種種相像貌墮我我所見希望計著妙色計著已無知覆障故生染著染著已貪恚癡所生業積集積集已妄想自纏如蠶作繭墮生死海諸趣曠野如汲井輪以愚癡故不能知如幻野馬水月自性離我我所起於一切不實妄想離相所相及生住滅從自心妄想生非自在時節微塵勝妙生愚癡凡夫隨名相流大慧彼相者眼識所照名爲色耳鼻舌身意意識所照名爲聲香味觸法是名爲相施設衆名顯示諸相是名妄想正智者彼名相不可得猶如過客諸識不生不斷不常不墮一切外道聲聞緣覺之地菩薩摩訶薩以此正智不立名相非不立名相捨離二見建立及誹謗知名相不生是名如如大慧菩薩摩訶薩住如如者得無所有境界故得菩薩歡喜地正住出世間趣法相成熟分別幻等一切

法自覺法趣相離諸妄想見性異相次第乃至法雲地於其中間三昧力自在神通開敷得如來地已種種變化圓照示現成熟衆生如水中月善究竟滿足十無盡句爲種種意解衆生分别説法法身離意所作是名菩薩入如如所得　佛告大慧三種自性及八識二種無我悉入五法大慧彼名及相是妄想自性若依彼妄想生心心法名俱時生如日光俱種種相各别分别持是名緣起自性正智如如者不可壞故名成自性自心現妄想八種分别謂識藏意意識及五識身相者不實相妄想故我我所二攝受滅二無我生是故大慧此五法者聲聞緣覺菩薩如來自覺聖智諸地相續次第一切佛法悉入其中我及諸佛隨順入處普爲衆生如實演説施設顯示於彼隨入正覺不斷不常妄想不起隨順自覺聖趣一切外道聲聞緣覺所不得相是名正智大慧當自方便學亦教他人勿隨於他爾時世尊欲重宣此義而説偈言

五法三自性　及與八種識　二種無有我
悉攝摩訶衍

大慧菩薩白佛言世尊如世尊所説句過去諸佛如恒河沙未來現在亦復如是云何世尊爲如説而受爲更有餘義惟願如來哀愍解説佛告大慧莫如説受三世諸佛量非如恒河沙所以者何過世間望非譬所譬諸佛易見非如優曇鉢華難得見故如來者世間悉見不以建立自通故説言如來出世如優曇鉢華自覺聖智境界無以爲譬眞實如來過心意意識所見之相大慧然我説譬佛如

恒河沙無有過咎大慧譬如恒沙一切魚鱉人獸踐踏沙不念言彼惱亂我而生妄想如來應供等正覺自覺聖智恒河大力神通自在等沙一切外道諸人獸等一切惱亂如來不念而生妄想如來寂然無有念想如來本願以三昧樂安衆生故無有惱亂猶如恒沙等無有異又斷貪恚故譬如恒沙是地自性劫盡燒時燒一切地而彼地大不捨自性與火大俱生故其餘愚夫作地燒想而地不燒以火因故如是大慧如來法身如恒沙不壞大慧譬如恒沙無有限量如來光明亦復如是無有限量爲成熟衆生故普照一切諸佛大衆大慧譬如恒沙增減不可得知如是大慧如來智慧成熟衆生不增不減非身法故身法者有壞如來法身非是身法如壓恒沙油不可得如是一切極苦衆生逼迫如來乃至衆生未得涅槃不捨法界自三昧願樂以大悲故大慧譬如恒沙隨水而流非無水也如是大慧如來所説一切諸法隨涅槃流是故説言如恒河沙如來不隨諸去流轉大慧生死本際不可知不知故云何説去大慧去者斷義而愚夫不知一切諸法悉皆寂静不識自心所現故妄想生爾時世尊欲重宣此義而説偈言

觀察諸導師　猶如恒河沙　不壞亦不去
亦復不究竟　是則爲平等　觀察諸如來
猶如恒沙等　悉離一切過　隨流而性常
是則佛正覺

御錄經海一滴卷之六

音釋

膩乃計切肥膩也嫡音釋婦人謂嫁曰嫡鏁同鎖齗音銀齗辨諍貌

御錄經海一滴卷之七

入法界體性經

婆伽婆在耆闍崛山中從三昧起見文殊師利童子住别門外見巳告言文殊師利汝來汝來入内莫住於外爾時文殊師利童子言善哉世尊即詣佛所到巳頂禮佛足却住一面佛告文殊師利汝可就坐時文殊師利言善哉世尊唯然受敎向佛合掌却坐一面於時文殊師利白佛言世尊今者世尊住何三昧而從起耶佛告文殊師利有三昧名曰寶積然我於時行此三昧而從彼起文殊復言以何因緣名此三昧爲寶積耶佛告文殊師利譬如大摩尼寶善磨瑩巳安置淨處隨彼地方出諸珍寶不可窮盡如是文殊師利我住此三昧觀於東方見無量阿僧祇世界現在諸佛如來阿羅呵三藐三佛陀如是南西北方四維上下如是十方無量阿僧祇世界我皆現見是諸如來住此三昧爲衆說法文殊師利我住此三昧不見一法然非法界文殊師利又此三昧名實際印若有純直男子女人行此印者辯才不斷文殊師利言世尊我知辯才佛言汝云何知辯才文殊言世尊譬如彼摩尼寶不依餘處還依實際而住如是世尊一切諸法更無所住唯依實際而住佛言汝知實際乎文殊言如是世尊我知實際佛言何謂實際文殊言世尊有我所際彼即實際所有凡夫際彼即實際若業若果報一切諸法悉是實際佛言文殊師利汝云何爲初行人說法文殊言世尊我不滅貪欲諸患而爲說法所以者何此等諸法本性無生

無滅故世尊若能滅實際即能滅我見所生際如是說法不受佛法不著凡夫法於諸法不舉不捨文殊師利言世尊教化衆生時云何說法佛言文殊師利我不壞色生亦不壞色不生故說法如是受想行識亦不壞不生故說法文殊師利我不壞欲瞋癡等而爲說法我爲諸教化者當令知不思議法我爲說法如是種種名字諸法入於法界中無有名字差別譬如種種諸穀聚中不可說別是法界中亦無別名有此有彼是染是淨凡夫聖人及諸佛法如是名字不可示現如是法界無違無逆何以故其逆順界法界無二相故無來無去不可見故爾時世尊問文殊師利言汝知法界耶如是世尊我知法界即是我界佛復問汝知世間耶文殊言世尊如幻化人所作處是世間處世尊世間者但有名字無實物可見說名世間行然我不離法界見於世間何以故無世間故如世尊問言世間何處行者所謂色性不生不滅彼行亦不生不滅如是受想行識此識性不生不滅如是行亦無生無滅世尊如是一相所謂無相佛問汝豈不作是念若現在如來佛陀當滅度耶文殊答言世尊豈可法界有已修習未修習也法界既無修習云何得有滅不現耶佛問過去諸佛如恒伽沙等已滅度汝豈不信耶文殊答言世尊我信諸如來皆已涅槃見彼出處故佛問欲使諸凡夫死已更生也文殊答言世尊我尚不見有凡夫何有更生耶佛問汝豈不樂法界耶文殊答言世尊我不見有一法非法界者更何所樂佛言文殊師

利若慢者聞汝説生大恐怖文殊師利言世尊若慢者生怖實際亦生恐怖其實際不恐怖故即一切諸法皆無恐怖以無修作故此是金剛句佛問何故名此爲金剛句文殊言世尊諸法性不壞是故名金剛句世尊如來不思議句是諸法不思議是金剛句佛言善哉善哉文殊師利汝善説此語文殊師利我見無量世界中如來亦説此法本時長老舍利弗在門外邊而住世尊告文殊師利童子言文殊師利是舍利弗比丘今在門外爲欲聽法汝令使入文殊師利言世尊若彼舍利弗際若法界際此二際豈有在内在外長老舍利弗際即是實際舍利弗界即是法界然此法界無出無入不來不去其長老舍利弗從何處來當入何所佛言文殊師利若我在内共諸聲聞語論汝在於外而不聽入汝意豈不生苦惱想耶文殊師利言不也世尊何以故凡所説法不離法界如來説法即是法界法界即是如來界世尊若我恒河沙劫等不來至世尊説法所我時不生愛樂亦無憂惱何以故若有二者即生憂惱法界無二故無惱耶爾時世尊告長老舍利弗言舍利弗汝來聽文殊師利辯才耶舍利弗言唯然世尊我甚樂聞爾時文殊師利白佛言世尊令長老舍利弗得入聽法爾時世尊言舍利弗汝來前入舍利弗言善哉世尊即前入室頂禮佛足退坐一面文殊師利言長老舍利弗汝見何義故而來此耶舍利弗言文殊師利我欲聽法故來此耳説法以何義爲甚深最勝文殊師利言舍利弗此法難知以無器故

說法以無所依無能依故發此說法是故說法平等平等無有住處畢竟寂靜說諸法故此無所住故稱最勝舍利弗言文殊師利我聽世尊及汝說法無有厭足時文殊言大德舍利弗汝信涅槃法是舍利弗耶舍利弗言文殊師利我有信諸法本性成就故我無涅槃文殊又問汝信無死法耶舍利弗言文殊師利我有信夫法界者不死不生我信如是文殊問大德汝信漏盡阿羅漢解脫法耶舍利弗答我實有信彼諸法離諸法然不取諸法我如是信問大德汝信諸佛是一佛耶答我信法界不可分別我如是信問大德汝信諸佛剎即是一佛剎耶答我有信是諸佛剎依如無盡剎亦無盡我如是信問大德汝信諸法無可證無可滅無可思念不可修作耶答我有信自體不自知自體本性不捨本性自體亦不證亦無思念不相違背不生不滅不取不捨善住彼際我如是信問大德汝信有爲界於法界中無有法生亦無有滅亦無積聚耶答我有信彼諸法性不可得知若生若滅若積聚住者我如是信問大德汝信有般若法界於中亦有阿羅漢名字耶答我有信厭行般若法界是阿羅漢界然法界體離非欲瞋癡體其阿羅漢豈能離法界也我如是信文殊師利言大德舍利弗汝信諸法皆是佛境界忍耶舍利弗言我實有信世尊本性覺自性離故我如是信文殊師利言善哉善哉大德舍利弗我如是問汝如是答爾時世尊告長老舍利弗言舍利弗若有善男子善女人受持此法本句若爲他解釋若讀若

誦然彼人等當得無生法忍爾時無量大衆聞佛所說皆大歡喜

佛說如來智印經

佛在王舍城迦蘭陀竹園爾時世尊入佛境界三昧無色無執無示無形無得無我無主作無不作無來無去無住無攀緣無心非心行非實非不實入是三昧時不見如來身及身相不見心及心相不見衣不見坐如是三昧生諸功德是佛境界即於此定放大光明徧照三千大千世界於此世界日月星辰光悉不現三千世界聞衆妙香一切世界中間幽冥之處佛光普照莫不大明一切世界生奇妙華迦蘭陀竹園及耆闍崛山通爲一會坦然平正時此三千大千世界大威德衆皆悉雲集爾時舍利弗等問文殊師利如來今在何處以何色像見如來乎文殊答曰且待須臾自當見佛爾時世尊從三昧起佛身殊特威光顯曜爾時舍利弗白佛言世尊如來所入三昧以何爲相爾時佛告舍利弗此三昧者無緣無處是佛境界非一切聲聞緣覺所知如是舍利弗如來境界不可思議舍利弗佛身真實非身非作非起非滅無跡無行無此無彼本性清淨無有一法非受非願非生非報非見非聞非覺非施設非思非非思非入非來非去去來道斷非現非依非暗非明寂靜非寂靜常住靜定非愛寂住非處非動非法非非法非福田非不福田非盡非非盡捨諸著名爲空非違諍無音聲離名字捨憶想非二非不二非此岸非彼岸非中流非著樂行諸法法同相如真實爲度衆生實

無所度解未解者調未調者救未救者示無二法非等非非等非相似非不相似轉不退輪決定無疑非雜異非二法所習清淨本行威儀解脫具足非身相非陰相非入相非界相非有爲起非無爲起非作非不作非定非非定佛告舍利弗是名如來身相一切衆生皆依於相有能知此三昧者不唯然世尊一切相中不得佛身爾時世尊告舍利弗是爲如來智印三昧悉能滿足十方一切世界菩薩無礙智慧舍利弗若欲速見十方諸佛及諸菩薩晝夜精勤修此三昧悉皆得見舍利弗此三昧是菩薩無量門徧行諸行陀羅尼能持法界令不斷絶此陀羅尼執諸法門若成就此相名爲菩薩能成三十二相八十種好具相應行業行清淨出魔境界不動不出等行佛行身口意業皆悉清淨欲解如來密法應當修學如是三昧何以故舍利弗猶如意珠隨衆所欲皆得滿願此三昧者是諸菩薩一切妙事悉能滿足一切願行爾時世尊說是法時無量菩薩得此三昧淨修諸行於無上道得不退轉

善住意天子所問經

如是我聞一時婆伽婆住王舍城耆闍崛山中與大比丘衆六萬二千人諸菩薩摩訶薩四萬二千人俱復有四大神王天帝釋王娑婆世界主大梵天王如是等上首六萬天子俱復有七萬三千天子善住意天子善寂天子摩醯首羅天子而爲上首復有二萬阿修羅王羅睺阿修羅王彌樓阿修羅王而爲上首復有六萬龍王不苦惱龍王月龍王得乂

迦龍王而爲上首皆樂修行菩薩之道如是復有無量百千天龍夜义乾闥婆阿修羅迦樓羅緊那羅摩睺羅伽人與非人諸大衆俱比丘比丘尼優婆塞優婆夷皆悉來集爾時世尊無量百千眷屬圍繞恭敬尊重而爲說法爾時文殊師利童子於自寺住獨坐思惟心靜三昧正念觀察起彼三昧生如是心佛出世難人身難得如是如來應正徧知若無說法則不可得盡生死苦諸佛正法甚深難知若無佛者云何聞法若不聞法則不能令衆生苦盡若我往至如來座所如法難問畢竟得發衆生善根畢竟能令菩薩乘人不可思議佛法滿足我召十方無量百千諸菩薩衆令集此處聞如來法以身證知甚深法忍爾時文殊師利童子念已即入普光離垢莊嚴三昧放大光明徧照十方無量無邊恒河沙等諸佛世界爾時十方諸佛世界諸佛世尊皆悉現在現命現住以佛力故一切聲音皆悉寂然止息爾時十方恒河沙等諸佛世尊同一聲音同一口業皆同一法爲大衆說此法光明所有功德能令衆生乃至無量不可思議善根成就能令一切菩薩乘人乃至無量不可思議布施助道戒忍精進禪慧助道皆悉滿足善男子汝今當知若以一劫若餘殘劫說此光明所有功德不可窮盡諸佛菩薩於諸衆生起慈悲心放此光明善男子彼娑婆世界釋迦牟尼佛所文殊師利童子菩薩爲集十方不可計數諸菩薩故放此光明一一世界諸菩薩等既覩光明各到佛所頭面禮足各請其佛白言世尊我今欲詣娑

婆世界奉見世尊釋迦牟尼如來並見童子文殊師利佛言便往今正是時時彼十方不可計數百千菩薩摩訶薩等於其國土忽然不現一剎那頃到此娑婆世界皆至世尊釋迦牟尼如來住處各各雨上妙華香同聲讚歎如來功德頭面禮足右繞三帀上虛空中去地不遠一多羅樹忽然不現一切皆入隱一切身菩薩三昧爾時長老摩訶迦葉白言世尊以何因緣有大光明徧照世界佛告尊者大迦葉言止止迦葉如此之事非是一切聲聞緣覺所能測量一切天人所迷沒處惟是諸佛如來所知迦葉文殊師利童子今入普光離垢莊嚴三昧以三昧力放此光明徧照十方普召十方不可計數百千菩薩皆悉集此娑婆世界彼諸菩薩今現住虛空中迦葉言不爾世尊何處有此菩薩可見佛言迦葉彼乃非是聲聞緣覺之所能見何以故迦葉何處大悲菩薩境界何處大慈何處利益何處修行布施持戒忍辱精進禪定智慧菩薩境界非彼聲聞緣覺信行迦葉當知此諸菩薩一切皆入隱一切身菩薩三昧住地菩薩尚不能見此善男子惟依信行何況聲聞緣覺能見若能見者無有是處迦葉白佛言世尊菩薩修行成就幾法行何善根成何功德而能得入隱一切身菩薩三昧佛言迦葉諸菩薩摩訶薩畢竟成就十種法故則能得入隱一切身菩薩三昧何等爲十一者信行堅固二者爲滿大悲心常不捨一切衆生三者捨一切物四者受持佛法而不取著五者不受聲聞緣覺智慧六者一切所有皆悉能

捨乃至身命何况餘物七者行不可數有爲諸行而心不取彼有爲行八者不可數量施戒忍進禪慧滿足波羅蜜行而不分別九者起如是心一切衆生我悉安置於佛法中令趣菩提十者不取衆生不取菩提諸菩薩摩訶薩畢竟成就如是十法則便得入隱一切身菩薩三昧爾時長老舍利弗作如是念佛說我於聲聞弟子智慧人中最爲第一若我覓彼菩薩摩訶薩在於何法專心修行應能見知作是念已以佛神力自神力故即入二萬諸三昧門入已復起欲望得見彼諸菩薩在於何法專心修行而不能見非彼菩薩若來若去是故不知爾時長老須菩提禮二足尊而作是言世尊如來說我阿蘭若行最爲第一如是寂靜三昧法門我已得之我如是法智慧具足四萬三昧入已復起欲望得見彼諸菩薩乃至一人而不能見亦復不能知其住處彼如是法不可思議甚深智慧如是世尊若我漏心未解脱者於未來際常在生死更不捨離如是大乘爾時世尊讚歎尊者須菩提言善哉善哉汝須菩提以心信故作如是說汝之善根必得阿耨多羅三藐三菩提覺何以故彼諸菩薩摩訶薩行一切聲聞緣覺不行爾時文殊師利童子復現神通化作八萬四千蓮華彼蓮華中一一有化菩薩於華臺上結跏趺坐金色之身具三十二大人之相具足妙色具足光明時彼蓮華至四天王三十三天夜摩兜率化樂他化自在如是徧到一切處去召此三千大千世界百億須彌四天王天乃至徧召色究竟天彼化蓮

華徧至一切欲界天子色界天子若干宮殿時化菩薩說偈召曰

慧日大世尊　時乃出世間　佛如優曇華
如是甚難值　雄猛釋師子　出現此世間
依正法正說　盡一切苦惱　有爲行衆生
三界悉無樂　汝等宜速去　見佛聞勝法
惟有聞正法　能生衆生福　速到三十二
大人相佛所　佛能救衆生　餘不可歸依
佛是世間主　大慈不思議　修行不可數
不可思議劫　集無上智慧　成佛釋師子
開示第一法　深寂難可見　除捨一切相
爲衆生說法　無少物可憶　無思憶念說
說法如響聲　無響聲可取　色受想行識
如是等皆空　雖說五陰法　無物可積聚
眼耳鼻舌身　如意自相空　雖復說彼空
而空不可得　色聲香味觸　皆是意所樂
虛妄起此法　無自根本空　如是諸衆生
解佛所說法　欲得脫苦處　應到醫師所

彼化菩薩周徧三千大千世界說此偈時九十六億欲界諸天色界天子遠塵離垢得法眼淨十千天子是菩薩乘修行之人一切皆得無生法忍時彼菩薩所召天子不可數量阿僧祇耶百千之衆爾時文殊師利童子從自寺出善住意天子等頭面敬禮文殊師利童子足已文殊師利童子如是思惟何等人能與我相隨於世尊前問答論義或說何等不思議句難解句無處所句不戲論句不可說句甚深句實句無障礙句不破壞句空句無相句無願句真如說句實際句法界句無相似句不取句不捨句佛句法句僧句得智

慧滿足句三界平等句一切法無所得句一切法不生説句師子句健句無句句如是思惟善住意天子已曾供養過去諸佛辯才無礙彼則堪能與我相隨於世尊前問答論義如是念已語善住意天子言天子汝得深忍無礙辯才於世尊前與我相隨問答論義於是善住意天子語文殊師利童子言今此地處所説法語此諸天子於仁者邊作意欲聽仁爲説不文殊師利答言天子若有念言我聽法者我不爲説彼説我聽如是取著而説法者有三障礙何者爲三一者得我二者得衆生三者得法天子當知若非我慢非我我所如是聽法有三圓淨心不分別無所希望無所憶念若如是聽彼平等聽時善住意天子讚言善哉善哉文殊師利云何名爲不退轉耶惟願説之文殊師利言止止天子汝莫分别若使菩薩有退轉者菩提正覺非得菩提天子問言文殊師利何處退轉文殊師利答言天子貪欲退轉瞋恚退轉愚癡退轉有愛退轉無明退轉乃至十二有支退轉欲界退轉色界退轉無色界退轉聲聞行退轉緣覺行退轉斷退轉常退轉取退轉捨退轉自身退轉自身見退轉自身根本六十二見退轉五蓋退轉五取陰退轉一切内外入退轉界退轉佛想退轉法想退轉僧想退轉我成佛我説法我度衆生我破魔王我得智慧有彼想退轉如是天子若菩薩此處退轉彼不退轉時善住意天子問言何處不退轉文殊師利答言天子佛智慧不退轉空不退轉無相不退轉無願不退轉眞如不退轉法界不

退轉實際不退轉說此法時十千天子得無生法忍爾時善住意天子言今共仁者到如來所見於如來禮拜供養如法問難文殊師利答言天子汝莫分別取如來行天子問言如來何處文殊師利答言天子即此前頭有如來住天子問言若有如來我何不見文殊師利問言天子今於汝前有何物耶天子答言有虛空界文殊師利言如是如來者即是虛空界何以故以虛空界於一切法悉平等故如是如來即是虛空虛空如來不二不異當如是觀如實際知非有少物可分別取

爾時文殊師利童子入壞魔軍三昧法門其時若干三千大千世界百億魔宮毀變欲壞一切魔身皆悉衰變爾時衆魔皆生怖畏驚恐毛豎心生疑慮未久之間文殊師利童子復化作百億天子語魔波旬作如是言汝莫怖畏今有童子菩薩摩訶薩名文殊師利得不退轉彼今住在破壞魔軍三昧法門是彼菩薩威力所作汝今往詣釋迦牟尼如來佛所如來大悲於怖畏者能施無畏彼化天子如是說已即於其處忽然不現時魔波旬一切眷屬於一念頃往到佛所一切同聲而白佛言救我世尊救我世尊我本妙色今者如是衰變不好我甚恥愧如是身老我甚怖畏世尊我憶本身我憶本色願還如本少身少色佛言波旬且住且住且待須臾文殊師利童子菩薩當來至此汝此色者非是眞色宜可除捨爾時文殊師利童子起彼三昧無量百千諸天導從百千音樂皆出妙聲種種香華如雨而下極大莊嚴娛樂戲樂來至佛所

頭面禮足右繞三帀却住一面爾時世尊作如是言文殊師利汝入破壞一切魔軍三昧門耶文殊師利答如來言入已世尊世尊問言文殊師利於何佛所得是三昧聞此三昧其已久如答言世尊我於過去無量不可思議劫未發菩提心時得聞如是三昧法門世尊問言此三昧門云何而得答言世尊有二十法若菩薩摩訶薩畢竟成就得此三昧能壞魔軍何等二十世尊所謂菩薩破壞貪欲破壞貪心破壞瞋恚破壞瞋心破壞愚癡破壞癡心破壞嫉妒破壞嫉心破壞憍慢破壞慢心破壞垢惡破壞垢心破壞熱惱破壞熱心破壞想念破壞想心破壞見著破壞見心破壞分別破壞分別心破壞取著破壞取心破壞執著破壞執心破壞取相破壞相心破壞有法破壞有心破壞常法破壞常心破壞斷法破壞斷心破壞陰法破壞陰心破壞界法破壞界心破壞入法破壞入心破壞三界破壞三界心成就此二十法得此三昧爾時世尊作如是言文殊師利止汝神力所入三昧令魔波旬還復前色爾時文殊師利童子即止神力時魔波旬一切前色皆悉還復爾時文殊師利童子問魔波旬作如是言魔波旬輩何處波旬眼何處眼想何處眼著何處眼相何處眼攀緣何處眼障礙何處眼憶念何處眼我何處眼依止何處眼喜樂何處眼戲論何處眼我所何處眼護何處眼修何處眼取何處眼捨何處眼分別何處眼思量何處眼決定何處眼滅何處眼生何處眼執何處眼來如是等法是汝境界魔業妨礙如是

至意應如是知色乃至法應如是知何處波旬非眼非眼想非眼著非眼相非眼攀緣非眼障礙非眼憶念非眼我非眼依止非眼喜樂非眼戲論非眼我所非眼護非眼修非眼取非眼捨非眼分別非眼思量非眼決定非眼滅非眼生非眼執非眼來如是等法非汝境界汝於其中無主無力無自在非自在取如是至意應如是知色乃至法應如是知爾時文殊師利童子如如法說彼魔衆中十千魔衆發阿耨多羅三藐三菩提心魔之眷屬八萬四千遠塵離垢得法眼淨爾時文殊師利童子從座而起整服左肩右膝著地向佛合掌白言世尊我於今者欲少問難願爲解說佛言文殊師利隨意問難我能解說令汝心喜文殊師利言世尊以何義故得言菩薩摩訶薩佛告文殊師利所言菩薩摩訶薩者一切法覺一切法者言語所說彼菩薩覺文殊師利如此菩薩眼覺耳覺鼻覺舌覺身覺意覺如此菩薩眼本性空覺非有我覺分別耳鼻舌身意等本性空覺非有我覺分別色聲香味觸法本性空覺非有我覺復次菩薩摩訶薩者五取陰覺何等法覺所謂空覺無相覺無染覺寂靜覺不動覺不生覺不來覺不去覺無主覺無記覺無知覺無見覺如幻覺如夢覺復次菩薩摩訶薩者貪瞋癡覺云何而覺從分別起貪瞋癡覺彼分別空非有無體非戲論非記覺復次菩薩摩訶薩者謂欲界覺色界覺無色界覺云何而覺無我行名空遠離覺復次菩薩摩訶薩者衆生行覺云何而覺謂此衆生欲行瞋行癡行平等平

等行故善知行覺彼覺覺已如如法說令彼衆生如如解脱復次菩薩摩訶薩者一切衆生覺云何而覺一切衆生惟空有名不離彼名更有衆生一切衆生即一衆生彼衆生者非是衆生若如是知不分别者得言菩薩摩訶薩也文殊師利白佛言世尊菩薩初發菩提心者云何說言初發心耶佛言文殊師利菩薩正觀三界一切想生如是得言初發心者文殊師利言世尊如我解佛所說義者貪生瞋生愚癡心生得言菩薩初發心者善住意天子語文殊師利言若使菩薩初發心時有貪欲恚愚癡生者毛道凡夫皆有初心應名菩薩文殊師利言不爾天子毛道凡夫貪欲恚癡無力能生何以故天子諸佛如來緣覺聲聞不退菩薩貪恚癡生天子問言以何意故如是說耶如是衆會不解仁者如是言語皆生疑心云何云何文殊師利問言天子於意云何於虚空中鳥行動去彼鳥跡相得言有行得言不行天子言行文殊師利言如是天子如說彼相如是言語我如是說諸佛如來緣覺聲聞不退菩薩貪恚癡生天子當知隨於何處無依止生無處可取彼如是生於何處所無差别生無跡無句不得言跡不得言句如是言生無物體句如是言生無物說句如是言生以不來句如是言生以不去句如是言生以不生句如是言生無受持句如是言生以無記句如是言生不破壞句如是言生以不執句如是言生天子當知初心菩薩發菩提心於如是法不憶念不觀察不思量不起不見不聞不知不取不捨不生不

滅如是天子菩薩摩訶薩依止何等此法界此平等此實際此方便貪生瞋生愚癡心生眼依止生如是乃至意依止生色無處取生如是至識無處取生名生色生因生一切見行生無明生有愛生乃至十二分因緣流轉生五欲功德生三界處生我我所生自身生自身見生自身根本六十二見生佛想法想僧想生我想他想生地想生水想生火想風想空想識想生四顛倒生五蓋生八邪九惱十不善業道生如是乃至一切分別一切不分別一切取著一切喜樂一切憶念一切障礙菩薩皆生天子如是法門如是應知爾時世尊讚歎文殊師利言善哉善哉文殊師利如是菩薩何處初發菩提之心汝已供養恒河沙等諸佛世尊能如是説爾時文殊師利童子白佛言世尊如我解佛所説義者一切心生皆是不生若不生者則彼菩薩初發心生如是言生説此法時二萬三千菩薩得無生法忍爾時長老摩訶迦葉白佛言世尊文殊師利童子能作難作説法如是能作衆生利益文殊師利言長老大迦葉此乃非我能作難作一切諸法皆悉不作無有已作無有今作無有當作我亦如是非有法作亦非有作亦非不作非有衆生非縛非解何以故無物可取乃是正法長老大迦葉若一切佛皆不已得今得當得毛道凡夫一切皆得大迦葉言一切諸佛不得何法文殊師利言一切諸佛皆不得我不得衆生不得壽命不得士夫亦不得斷亦不得常亦不得陰亦不得界亦不得入亦不得心亦不得色不得欲界不

得色界不得無色界不得分別不得無分別乃至不得一切諸法毛道凡夫一切皆得如是難作凡夫人作文殊師利童子白佛言世尊言無生忍者云何而説無生忍耶佛言文殊師利實無有人得無生忍言得忍者惟有言語何以故實無所得彼忍法故不得法忍得無所得不得不失如是得言得無生忍文殊師利無生法忍者不生一切法忍不來一切法忍不去一切法忍不取一切法忍不捨一切法忍塵虚空相似一切法忍不壞一切法忍無煩惱染一切法忍無淨一切法忍眞如法界實際安置一切法忍如幻如化如響如影一切法忍此法忍者非法非非法惟有名説如是名者無處無取如是得言菩薩無生法忍爾時善住意天子問文殊師利童子言云何菩薩地地轉行文殊師利問言天子佛説諸法皆如幻化汝爲信不天子答言我信是説文殊師利問言天子何等幻人地地轉行如是乃至十地轉行天子答言化人不有轉行文殊師利言如是天子如佛所説一切諸法皆如幻故如是我説地轉行者非是轉行譬如幻師以幻力作十重宫殿彼自作已即自坐上於意云何如是彼人有坐處不天子答言無處坐也文殊師利言如是天子菩薩十地見有轉行亦復如是爾時善住意天子問文殊師利童子言若有人來依投仁者欲求出家云何教誡文殊師利答言天子若至我所求出家者我爲説言善男子汝今莫生出家之心何以故彼心不可爲他所生勿保此心善男子汝莫除髮是善出家若如

是者得言出家天子問言以何意故如是說耶文殊師利答言天子如來說法不斷不壞天子問言何法不斷不壞文殊師利答言天子色不斷不壞受想行識不斷不壞無心憶念不說不答彼實安住天子問言所言實者是何言語文殊師利答言天子實者虛空得言其實非是空盡不盡不長或有或無是故得言虛空爲實性空是實眞如是實法界是實實際是實若是實者得言不實何以故非今實有非後時有是故彼實復次天子若至我所求出家者我爲說言汝善男子不取袈裟不著袈裟若如是者得言出家何以故如來說法皆悉不取天子問言不取何法答言天子謂不取色若常無常如是不取受想行識若常無常亦不取眼若常無常不取色不取耳不取聲不取鼻不取香不取舌不取味不取身不取觸不取意不取法不取貪不取瞋不取癡不取顛倒如是乃至一切諸法皆悉不取天子一切諸法不取不捨不離不散天子若取袈裟是愚癡念是故我說非取袈裟是淨解脫文殊師利復語善住意天子言天子若至我所求出家者我爲說言汝善男子若不受戒是汝出家天子問言以何意故如是說耶文殊師利答言天子如佛所說二種受戒何者是二謂等受戒不等受戒何者名爲不等受戒謂不等墮何者不等墮謂著我墮著衆生墮著壽命墮著士夫墮著斷常墮著邪見墮著貪瞋癡墮著欲界墮色無色界憶念取墮不知出法取一切法天子當知如是名爲不等受戒何者名爲平等受戒謂

空平等無相平等無願平等天子若如是證三解脱門如實而入則不分别無所分别則不退轉天子如是名爲平等受戒復次天子若修貪欲瞋恚愚癡若修自身自身根本六十二見若修顛倒若修三惡身口意行八邪九惱十不善業道如是得言正受戒也天子譬如一切種子皆依地生藥草樹林依地生長平等具足若正受戒正戒具足何以故以住戒故法和合有如彼種子藥草樹林具足生長如是得言平等具足天子戒依信住如是一切菩提分法以依戒故生長具足天子如是過去未來現在諸佛世尊一切聲聞以正受戒是故證得三解脱門一切戲論皆悉斷滅如是受戒是正受戒非不平等天子我與彼人如是出家如是受戒汝善男子當如是學莫憶念取我如是學一切諸法皆悉不取汝若取戒三界亦取應知戒無所得天子若心無所得則戒不憶念若戒不憶念則三昧無所得若三昧無所得則慧無所得若慧無所得則一切疑不有若一切疑不有彼則清淨若清淨者彼不和合若不和合彼則不漏若不漏者彼則正行若如是行無色相似若無色相似彼是虚空何以故以彼虚空無形色故天子問文殊師利言禪師者何等比丘得言禪師文殊師利答言天子此禪師者於一切法一行思量所謂不生若如是知得言禪師乃至無有少法可取得言禪師不取何法所謂不取此世彼世不取三界至一切法悉皆不取無少法取非取不取以是義故得言禪師爾時善住意天子讚言善哉善哉

文殊師利利智慧人善說如是甚深空忍文殊師利言天子我非利智一切毛道凡夫利智何以故毛道凡夫如利智知何者世間利智三界利智貪欲利智瞋恚利智愚癡利智如是而知天子問言仁戲論不文殊師利答言不也天子問言惟言語耶文殊師利答言如是如是天子我取言語若菩薩一字一句不動彼字不動句義次第問道如實而知不知空不知離知無體知不生如是知若不知非知非解非受非作是故得言惟言語句爾時世尊讚言善哉善哉文殊師利汝今已得陁羅尼故能如是說文殊師利言世尊非我得陀羅尼何以故世尊若愚癡人得陁羅尼得何等法所謂得我得衆生得壽命得士夫得斷得常得貪瞋癡得無明有愛五陰自身十八界六内入六外入見分别不分别如是世尊愚癡凡夫得陀羅尼以取相故則非佛得非菩薩得善住意天子言仁者若非得陁羅尼何故懞鈍文殊師利言如是天子我實懞鈍何以故彼懞鈍行無人能知若非懞鈍彼人則是愚癡凡夫何以故以障礙故愚癡凡夫貪著心行懞鈍黠慧須陁洹人障礙行說尚貪心行何況愚癡凡夫之人如是天子我是懞鈍非得陁羅尼乃至少物我不得故爾時會中五百比丘聞此法門不能信受生大怖畏棄捨而去自身將墮大地獄中爾時尊者舍利弗語文殊師利童子言文殊師利應當觀察此會大衆然後說法文殊師利言大德舍利弗汝莫分别乃至無有少物可得墮於地獄何以故以一切法悉不生故爾時

世尊即告尊者舍利弗言舍利弗此諸比丘速出地獄得證涅槃何以故善男子善女人若得聞此甚深法門一經於耳雖不信受墮於地獄而速解脫善住意天子語文殊師利言仁欲與我同梵行耶文殊師利答言如是天子我欲與汝同於梵行以汝梵行不取梵行不行梵行天子問言以何意故如是說耶答言天子若其取者彼得言行若其不取彼何所作何以故以此梵行則非梵行非梵行故如是得言我行梵行文殊師利復語善住意天子言若汝天子於佛不染法僧不染如是我汝同於梵行天子問言以何意故如是說耶文殊師利問言天子所言佛者汝云何解天子答言如眞如法界如是言佛文殊師利問言天子眞如法界汝能染不答言不也

文殊師利言於佛不染如是我汝同於梵行復次天子所言法者汝云何解天子答言是離欲法如是言法文殊師利問言天子彼離欲法汝能染不答言不也文殊師利言於法不染如是我汝同於梵行復次天子所言僧者汝云何解天子答言以無爲故如是言僧文殊師利問言天子彼無爲僧汝能染不答言不也文殊師利言於僧不染如是我汝同於梵行天子若人得佛彼則染佛若人得法彼則染法若人得僧彼則染僧何以故以佛法僧非彼人得天子若人愛佛愛法愛僧彼人染佛染法染僧若不得佛彼不愛佛則不染佛若不得法彼不愛法則不染法若不得僧彼不愛僧則不染僧於佛不染法僧不染如是我汝同於梵行爾時善住意天子言甚

爲希有文殊師利乃能如是施甚深法我當報恩文殊師利答言天子汝莫報恩愚癡之人作異異法作異異見作異異行以作異異法行見故得言報恩天子當知此非正行善男子也如佛世尊平等説法謂一切法皆悉不作亦不可作心平等不異取不異作是故得言不報恩者天子問言仁住何法如是説也爲住忍説爲住法説文殊師利答言天子非忍非法天子問言於何處住如是説耶文殊師利言天子幻化人身於何處住天子問言何處復有幻化人住文殊師利答言天子如眞如住彼幻化人如是而住云何問言何忍何法天子當知忍惟有名名無住處法不移動亦無分別處所天子一切衆生於何處住於彼處住如佛所説如眞如住一切衆生

亦如是住眞如不動如一切衆生眞如如來眞如不二眞如不異眞如爾時十方世界諸來菩薩摩訶薩等白佛言世尊惟願世尊以威神力加被文殊師利童子令至十方諸佛世界如是説法爾時文殊師利童子語彼菩薩摩訶薩言汝善男子各各觀察自佛世界時彼菩薩摩訶薩等普往十方各各觀察自佛世界各各自聞自佛世界文殊師利童子音聲各見文殊師利童子住其佛前爲諸大衆説此法門各各皆有善住意天子問此法門如是見已得未曾有皆悉嘆言希有希有今此文殊師利童子此佛世界安住不動而一切處皆悉普現一切皆見爾時文殊師利童子爲彼菩薩説如是言善男子譬如幻師善學幻術不動坐處示種種色如是菩薩善

學般若波羅蜜幻如幻法中乃至一切諸佛世界隨心憶念皆悉普現何以故一切諸法皆如幻故爾時文殊師利童子白佛言世尊惟願世尊護此法門後世末世五十年時於閻浮提廣行流布令善男子若善女人咸得聞之佛言如是如是此經法門住持不滅爾時三千大千世界一切華樹皆悉敷榮出種種華放大光明徧滿世界蔽日月光六十四億百千諸天歡喜踴躍雨天華香鼓天妓樂一切合掌同聲唱言善說如是最勝妙法奇妙勝法若有衆生聞此法門有能信解不驚怖畏當知是人必定不從小功德來已曾供養過去諸佛乃得聞此甚深法門說此經已一切大衆皆大歡喜

御錄經海一滴卷之七

音釋

懞鈍 上音蒙無知貌下音遯頑也 黠 胡瓜切

御錄經海一滴卷之八

佛說如來不思議金剛手經

世尊在王舍城鷲峰山中有無數百千天人大衆恭敬圍繞聽受說法佛告大衆我有正法名普攝諸菩薩摩訶薩最上勝行清淨妙門此能圓滿一切行故謂若菩薩修布施行即能成熟一切有情若諸菩薩修持戒行即得一切勝願圓滿若諸菩薩修忍辱行即得一切相好具足若諸菩薩修精進行即得圓滿一切佛法若諸菩薩修禪定行能令一切調伏其心若諸菩薩修智慧行即能斷除一切煩惱若諸菩薩修勝福行即能長養一切有情若諸菩薩修妙智行即能成就無礙之智當佛世尊說是法時金剛手大祕密主菩薩摩訶薩現威神力侍佛之右前白佛言希有世尊如來善攝諸菩薩摩訶薩最上勝行清淨妙門廣大正法如我解佛所說義趣一切勝行皆從福智二行中出當知隨入福智二行何以故諸菩薩修福行故能令一切有情離諸障礙若修智行能爲一切有情善說法要令生喜悅世尊是故諸菩薩摩訶薩福行智行二應和合此二行即是菩薩二種聖道普攝一切道行菩薩住是道者即能降伏難降伏者爾時會中寂慧菩薩摩訶薩前白金剛手大祕密主菩薩摩訶薩言大祕密主汝常近侍諸佛如來汝能樂說如來所有祕密之法願爲發起如是言已時金剛手大祕密主菩薩默然而住爾時寂慧菩薩前白佛言惟願世尊勅金剛手大祕密主爲此衆會發明如來祕密之法爾時世尊告金剛手菩

薩言我今勸請於汝應善爲此會大衆宣說菩薩祕密如來祕密眞實之法時金剛手大祕密主菩薩承佛聖旨前白佛言世尊如佛教勅我今宣說菩薩祕密如來祕密眞實之法然此會中若有少能悟入之者皆是世尊威神建立爾時金剛手菩薩告寂慧菩薩言寂慧當知今我世尊昔於然燈如來法中居菩薩位從彼佛所得授阿耨多羅三藐三菩提記從是以來我常隨逐釋迦菩薩而是菩薩所有身業曾無異作亦不見有邪曲之相語無異作亦不曾聞虛妄之言心無異作亦不曾聞愛著之失隨其身業現威儀相但爲成熟一切有情不可稱譽由彼菩薩身威儀相無其邊際乃至一切有情諸威儀事悉入菩薩威儀相中而菩薩不假勤力亦無發悟

安然而住所謂應以禪定可度者諸有情類即現禪定而爲化度應以鼓樂弦歌可度者即現鼓樂弦歌而爲化度應以男子身可度者即現其身而爲化度應以女人身可度者即現其身而爲化度應以卑劣身可度者即現其身而爲化度應以屠膾身可度者即現其身而爲化度應以三惡趣相及人趣身可度者即皆現之而爲化度應以天身可度者即現其身而爲化度應以梵王身可度者即現其身而爲化度應以轉輪王身可度者即現其身而爲化度應以苾芻苾芻尼優婆塞優婆夷身可度者即皆現之而爲化度應以聲聞緣覺身可度者即現其身而爲化度應以菩薩身可度者即現其身而爲化度應以如來身可度者即現其身而爲化度非可現

者謂除無色　以彼菩薩無所分别平等捨心即隨其身現身威儀然菩薩身法爾不動以不動故現起身業雖身離相而亦不壞菩薩身清淨已發現光明普照地獄一切有情令得安樂又復菩薩普爲一切有情不惜身命復次寂慧菩薩於此三千大千世界現廣大身或寶蓋中或現指端乃至劫火洞然炎熾能以手指而悉覆之而菩薩身都無所壞又復能現身相普爲諸佛世尊作供養事所有憍慢貢高諸有情類菩薩即現大力那羅延身或金剛手菩薩可畏之相彼等有情見已驚怖即向菩薩折伏其心歸命頂禮　寂慧當知菩薩身者是不破壞堅固眞實不生滅身若諸有情應以有壞之身可化度者即現其身而爲化度若諸有情應以無壞之身可化度者即現其身而爲化度於一切種類悉不破壞火不能燒刀不能斷是身堅固眞實不壞金剛所成而是菩薩無所思惟亦無分别是身是相知身離相故即得法離相亦非身離相與一切法離相有二差别若相即身離相彼相即法離相如是離相能隨入故即自身離相與一切有情身離相二俱平等何以故由自身離相一切有情身離相故即入一切法界離相以法界離相故即入法離相然於其中而實無有少法可得謂以自身眞如即入一切有情身眞如一切有情身眞如即入自身眞如又復自身眞如即入一切法眞如以入一切法眞如故即入一切佛眞如又以自身眞如故即入過去未來現在眞如亦非過去眞如與彼未來現在眞如有所

違背所有過去未來現在眞如即是蘊處界眞如即是染淨眞如染淨眞如即是生死涅槃眞如生死涅槃眞如即是無造作眞如無造作眞如即是一切造作眞如善男子所説眞如即是實性實性即是如性是無異性無種類性無生性無諍論性無執取性謂以眞如無法可取故説眞如是無取法由彼眞如無所取故即如是取於諸取中菩薩示現有所取法亦非眞如有取有作以無取故即無諍論無諍論故於諸色中現有所取然彼眞如亦無所動是故以其如實之智伺察如來眞實之身以觀如來身平等故即當伺察自身眞如取要言之審觀一切身非身性畢竟不生知一切身皆是緣生法所成故如是知已乃能悟入彼法身門入是法身門故即成法身非蘊處界身即彼法身廣大增勝如實觀想從是現身爲諸有情作利樂事乃至一切見聞覺知悉爲有情成利樂事故是故當知菩薩法身不生不滅亦無所起於中示現生滅起作但爲成熟諸有情故滅即無滅亦無造作於一切法應如是知諸有生者即和合義於一切法應如是知又復應知彼一切法生即無生如來身者即是法身即是法食即是法力是法歸趣如來身者即虛空身無等等身三界一切最勝上身一切如來通達身無喻無比清淨無垢無染污身自性明亮身自性不生身自性無起身離心意識身幻焰水月自性身無邊無際身無種類無分別身非地界所成身非水火風界所成身一切世間無比身善男子由如是故應當如實觀

如來身而是菩薩於如來身住平等性得清淨已行菩薩行菩薩於一切處普爲現身然於是中亦無所現亦無對礙又復菩薩能於十方現諸魔身於有現中現無對礙於無現中現無對礙由如是故無見無聞無覺無知諸有所見但爲成熟一切有情菩薩於其身念處中亦無增減菩薩雖復知身無常知身是苦知身無我然爲有情示現其身作利樂事菩薩知身法爾寂靜爲有情故起分別身作諸利樂菩薩又復了知因緣能成其身然於彼彼因緣法中如實而觀亦無作者亦無受者又復能觀是身無知如草木瓦礫菩薩身業雖已清淨然爲有情示現其身寂慧當知釋迦菩薩始從然燈佛所發菩提心身語心業皆悉清淨其身業者具有無量無邊功德假使過於殑伽沙數等劫說彼菩薩所有身密身業廣大清淨不可窮盡

寂慧云何名爲菩薩語密語業清淨寂慧當知隨諸菩薩所起之處即彼菩薩本生隨其菩薩本生即入菩薩音聲所有一切有情音聲語言悉入菩薩音聲中住都無障礙令諸有情得聞菩薩音聲之者身心輕安乃至一切有情種類音聲菩薩悉以音聲隨入復次寂慧當知菩薩摩訶薩語言音聲之中無愛著語無猛惡語無癡亂語無染污語無縛解語無高下語無違順語無忿恚語無非時語無邪曲語無劣弱語無隱覆語無出入語無執取語無不清淨語無不如理語無不可愛語無不防護語無輕慢智者語無毀謗聖賢語無不救拔語無不饒益語寂慧當知菩薩

所出語言音聲皆是神通智力福行果報之
所成立善種隨轉相縛不斷凡所言說皆悉
成就菩薩所言如實無妄不假我念過去久
遠世中有一仙人名曰妙愛有婆羅門名曰
黑相彼時有一尼拘陀大樹其名賢善有多
枝葉周帀垂蔭縱廣可及一俱盧舍時妙愛
仙人居其樹側以神通力經七日中審細觀
矚數其樹葉於後一時彼黑相婆羅門入城
乞食經遊至彼樹下飯食已訖即詣妙愛仙
人居所到已歡喜互以美言而相慰問多種
談論咸生適悅時仙人言大婆羅門汝必應
知於人世中可能有人於此尼拘陀大樹審
細觀知枝葉數不婆羅門言尊者世亦有人
仙人復言爲何人耶婆羅門言即汝尊者應
爲我說仙人答言大婆羅門汝爲我說時婆
羅門不觀其樹不數其葉應聲即爲說伽陀
曰

八千那庚多數量　俱胝復有九十二
六十阿閦婆應知　十六齊等其枝數
又復三十那庚多　九十六數兢羯羅
尾播舍量有十三　此等皆爲彼葉數
其樹所有枝及葉　如前數量無增減
我隨智力如實言　疑者自數應無失

是時妙愛仙人聞是說已深生驚異說伽陀
曰

汝婆羅門神通智　以眞實語而善說
賢善尼拘陀樹王　所有枝葉如實知
汝亦不曽觀其樹　而復不曽算其數
即彼枝葉數無量　能以智心而解入

仙人說伽陀已又復問言大婆羅門如汝所

説爲自智力而能知耶爲諸賢聖助汝説耶婆羅門荅言尊者汝今善聽我以人中之智如實而説虚空可破斯言無妄寂慧汝今當知彼時妙愛仙人者即今大智舍利子是黒相婆羅門者即今世尊釋迦師子是由如是故菩薩所有語功德海即能安住眞實功德如理法義寂慧菩薩語密語業清淨其中若有少解入者我説彼爲最上慧人

寂慧云何名爲菩薩心密心業清淨寂慧當知菩薩諸所作業皆智所作非慢所作悉是不滅神通妙智以神通智遊戲示現一切事業神通建立廣大勢力之所成辦而彼神通智相即能成立一切行相又彼神通妙慧即能觀見一切諸法又神通智即無盡相於一切處悉能隨順又神通智即能隨現一切色相於彼彼色而悉徧故又神通智即能隨入彼一切聲於前後際音聲平等故又神通智普能觀察諸有情心以心自性伺察可見故又神通智善能思念無邊刧事以前後際無所斷故又神通智善作調伏諸有情事又神通智得大灌頂於一切法而能自在寂慧菩薩心密心業清淨心清淨故彼即無染潔白明亮離諸煩惱能善調伏善作諸業善入禪定解脱雖復有生而無所生如是即能圓具大乘一切佛法然彼佛法若於十方審諦伺求悉無所得亦非無得以一切佛法無得非無得故即能隨得彼一切法一切佛法是故於一切法一切佛法中無法非無法若或有慧可了知者即爲障礙彼無礙慧是即無著若無著即無住若無住即無盡若無盡即無

非我若無非我即亦無我若無我即無取若無取即無諍若無諍即無論即彼無論此說是爲沙門之法即沙門法譬若虛空本來平等以虛空平等故非欲界繫非色界繫非無色界繫由如是故於一切處悉無所繫以無繫故無形顯色及諸相狀無色相故即能隨順覺了若能如是隨覺了故即能一切差別分別寂慧菩薩言云何名爲隨順覺了復何名爲差別分別金剛手菩薩言無有少法而可得者此名隨順覺了以覺了故即能差別分別是故法中作此二說寂慧當知此等名爲菩薩心密心業清淨菩薩如是清淨已即得一切有情心亦清淨而是菩薩乃能隨入諸有情心即彼一切有情之心皆從大菩提心光明中出譬如虛空於一切處住隨入一切處菩薩心者亦復如是於一切處住隨入於一切處○當知諸法從緣所生中無主宰亦無作者知內是空外無所行諸法皆空虛假無實於見於作應悉清淨猶如虛空而無所取○若諸菩薩摩訶薩欲證阿耨多羅三藐三菩提果者當學菩薩大士所行非以語言得最勝道要當眞實修行乃得菩提正道

爾時尊者舍利子前白佛言世尊所有十方世界賢劫諸菩薩衆彼金剛手菩薩大祕密主於是諸菩薩衆中常隨何等菩薩之後佛言舍利子金剛手菩薩大祕密主常隨我後汝能見不舍利子白佛言我以世尊威神力故今方得見佛言舍利子如是如是汝今當知彼賢劫中諸菩薩衆而金剛手菩薩常隨其後於一切處現金剛手菩薩形相以宿

願力及神通力故能如是又舍利子彼金剛手菩薩常隨慈氏菩薩之後汝能見不舍利子白佛言世尊我今初見非昔所見佛言舍利子彼常隨後汝自不見他方世界若諸菩薩若梵王帝釋護世天等常來見彼金剛手菩薩執金剛杵隨慈氏菩薩之後又舍利子或於一時彼賢劫中諸菩薩衆爲慈氏菩薩現俱胝那庾多百千種諸變化事而是菩薩亦隨彼諸菩薩之後助加持故又舍利子乃至如來作變化事時彼菩薩亦隨佛後以願力故助揚聖化舍利子當知此等皆是金剛手菩薩大祕密主不思議神通加持智力悉具足故

爾時金剛手菩薩白佛言世尊諸如來心眞實決定我於如來所說深法或有知解皆是如來勝智在我身中此非我有士夫力用佛言祕密主如是如是如汝所說所以者何一切衆生皆有如來勝智在於身中何以故以諸衆生徧一切處隨其如來所說祕密若不容受如來加持之力而能隨順如來法性者無有是處又復於彼如來所說祕密深法若聞若說若有知解皆是如來加持力故復次祕密主如來正語有所說時應知如來法性如實法性眞常又復如來所行如實所行眞常是故如來以正語言說是正法又祕密主所有過去未來現在諸佛世尊以一切世間難信難解阿耨多羅三藐三菩提如是正法宣說引導廣爲開示而彼衆生若於如是難信難解甚深正法聞已即能生信解者當知彼等衆生非於一佛十佛親近承事當知已

於廣多俱胝那庾多百千佛所親近承事應知彼人是爲正士精修福行又祕密主假使須彌山王或摧墜時尚能有人或以頂肩而爲荷負若彼不種善根衆生能於如是甚深正法一念生起淨信解者無有是處何况受持讀誦如說修行　爾時寂慧菩薩前白佛言世尊如佛世尊說近止法此以何義而名近止此近止者何所從來佛言善男子所說近止者即是近止煩惱增語此近止煩惱即是近止思惟分別徧計增語此近止思惟分別徧計即是近止顛倒增語此近止顛倒即是近止因所緣增語此近止因所緣即是近止無明有愛增語此近止無明有愛即是近止我我所增語此近止我我所即是近止名色增語此近止名色即是近止斷常見增語此近止斷常見即是近止有身見增語寂慧當知若與所緣因見相應即諸煩惱而亦隨轉一切皆從有身見起若能近止有身見者即諸見止息若有身見近止即一切願求亦止若有身見近止即諸煩惱亦止寂慧譬如大樹若斷其根即枝葉莖幹而悉枯悴此有身見亦復如是若近止已諸煩惱亦止寂慧當知一切衆生始以不能覺了有身見故即諸取煩惱隨逐而生若能覺了有身見者即諸取煩惱不復隨生亦無所害又復寂慧當知有身見者即是空增語若能隨順空智忍者即見無所取此即是爲如實覺了彼有身見復次寂慧當知有身見者即是無身非開非合一切皆是不實分別以其不實所分別故彼即無分別亦不離分別由無分別不離

分別故即無所作無障無起以無起故即無所行由無所行故如是此說乃名近止寂慧菩薩言何名近寂佛言寂慧有所緣心如火熾然若無所緣及無所作即不熾然不熾然法此名近寂又如大火有薪即然無薪即滅所緣心火炎熾亦然若無所緣心火自滅寂慧當知具善巧方便菩薩於般若波羅密多清淨所緣法中平等了知善根所緣勝法而不息滅煩惱所緣染法制令不起波羅密多勝法常令增進魔業煩惱所緣染法永令斷滅菩提分法清淨所緣不應棄捨聲聞緣覺意樂所緣而不取著一切智心最上所緣不應捨離於空所緣審諦伺察一切衆生大悲所緣深生願樂寂慧當知具善巧方便菩薩於般若波羅密多清淨所緣法中而得自在無生所緣思惟決定和合生起所緣亦不厭捨菩薩以慧方便於其無生一切所緣法中自在而轉　寂慧譬如所有三千大千世界一切大地隨諸所生無有不是一切衆生受用之所彼諸菩薩亦復如是所有一切所緣境界無有不是善巧方便菩薩共所受用菩提道分無不成熟菩提道法又如色法一切皆是四大所造善巧方便菩薩亦復如是或有所緣一切皆以菩提勝相和合相應復次寂慧若有衆生慳悋惡作者菩薩即為圓滿布施波羅密多持戒波羅密多若諸衆生起瞋恚行及懈怠者菩薩即為圓滿忍辱波羅密多精進波羅密多若諸衆生起散亂心及愚癡行者菩薩即為圓滿禪定波羅密多勝慧波羅密多若諸衆生常稱讚者菩薩於彼

而無高心若諸衆生不稱讚者菩薩於彼亦無下心若見一切苦惱衆生菩薩即起大悲之心若見一切快樂衆生菩薩即起歡喜之心若見一切粗獷衆生菩薩即起調伏之心若見一切調順衆生菩薩即起慈愛之心若見智慧開明衆生菩薩即爲宣説甚深之法若見衆生樂著文句者菩薩即以少略文句而爲説法若見衆生樂曠野住者即爲宣説心寂淨法若見衆生樂修頭陀行者即爲宣説聖慧根法若見鈍根衆生即爲宣説聞隨順法若見衆生樂巧説法所應度者即以緣起譬喻解釋説法若見衆生樂甚深法所應度者即爲宣説緣生無我無人無衆生法若有衆生著諸見者爲説空法若見衆生起尋求行者即爲宣説無相之法若見衆生著諸蘊者即爲宣説如幻之法若見衆生著諸界者即爲宣説善決擇法若見衆生著諸處者即爲宣説如夢之法若見衆生著欲界者即爲宣説逼惱之法若見衆生著色界者即爲宣説諸行苦法若見衆生著無色界者即爲宣説彼一切行無常之法若見衆生樂以苦法所應度者即爲宣説令於聖種生歡喜法若見衆生樂以樂法所應度者爲説無量禪定之法若見衆生樂以久修道行菩薩之法所應度者即爲宣説於輪廻中無懈怠法若見衆生樂以不退轉菩薩之法所應度者即爲宣説嚴淨佛土之法若見衆生樂以一生補處菩薩之法所應度者即爲宣説大菩提場莊嚴之法若見衆生樂以佛身所應度者爲説菩薩勝行相續不空之法寂慧當知如

是等法皆是具足智慧方便諸大菩薩於彼清淨所緣法中而得自在是故廣說不空之法其所說法爲令一切衆生歡喜故說是法時會中有十千人發阿耨多羅三藐三菩提心五千菩薩得無生法忍　爾時世尊告寂慧菩薩言今此金剛手菩薩大祕密主於此賢劫諸佛如來應供正等正覺所持金剛杵作供養事以利益心守護正法今於我此祕密法中廣大施作普爲無量一切衆生成熟最上菩提善根於此賢劫乃至最後樓至如來法中隱沒即於歡喜世界阿閦如來佛刹中生圓滿菩提分法而乃得成阿耨多羅三藐三菩提果號金剛步如來應供正等正覺出現於世明行足善逝世間解無上士調御大夫天人師佛世尊世界名普淨劫名清淨

爾時寂慧菩薩前白金剛手菩薩言祕密主世尊如來授仁者記耶金剛手言善男子佛授我記如夢自性寂慧言今汝授記有何所得金剛手言無所得故而我得記寂慧言何法無所得金剛手言我人衆生壽者悉無所得彼蘊處界亦無所得乃至若善不善有罪無罪有漏無漏世間出世間有爲無爲若染若淨生死涅槃皆無所得寂慧言若法無所得云何是中有授記乎金剛手言由無所得故即於是中以通達智而乃授記寂慧言智何有二而可觀耶金剛手言若有二可觀即無授記可得然以彼智無二可觀是故諸菩薩於無二智中如是授記此中無有少法可求何以故以無法可求故法即無法善男子如是應知若言法者謂於文字不著不行是

故說言一切諸法無言無說寂慧言祕密王若爾者豈非如來諸所說法亦非說耶金剛手言寂慧我先曾爲汝說世尊如來不說一字以無說故如來即以神通願力隨衆生意示有所說寂慧言設有說者何過失耶金剛手言有所說者語業過失寂慧言彼語業者復何過失金剛手言文字思惟取著過失寂慧言此復何能離過失耶金剛手言一切法中若有所說若無所說悉無少法而可表了無表了故即離過失寂慧言其過失者何爲根本金剛手言彼過失者取爲根本寂慧言取孰爲本金剛手言執著爲本寂慧言執著孰爲本金剛手言虛妄分别爲本寂慧言虛妄分别孰爲本金剛手言增上所緣見爲本寂慧言增上所緣見孰爲本金剛手言色聲香味觸法即是增上所緣根本寂慧言云何無所緣金剛手言愛不相續即無所緣寂慧當知如佛所說一切法中若斷於愛即無所緣

爾時金剛手菩薩大祕密主滿所思念得授記已安慰其心生大歡喜踴躍慶快前白佛言世尊我今勸請世尊降赴我所居止祕密宫中微伸供養佛即默然而受其請爾時金剛手菩薩大祕密主頂禮佛足右繞七帀速離佛會還復所止曠野大城至自宫已乃起思念我今如何施設供養復依何等境界莊嚴而爲嚴飾令欲色界諸天子衆起希有心復令十方世界所來集會大菩薩衆咸生歡喜我亦於佛廣大施作妙供養事作是念已即運神力於此曠野大城中施設無邊功德妙寶莊嚴又復安布百千莊嚴妙師子

座嚴辦最上清淨珍食深心清淨將欲供養世尊如來菩薩大衆爾時世尊告苾芻衆言汝等宜應著衣持鉢往赴金剛手請今此衆中諸已得神通之菩薩聲聞各各隨應以自神力游空而往若復未具神力之者應當隨入如來清淨大圓光中游空而往爾時世尊即於王舍大城鷲峰山中隱身不現菩薩聲聞恭敬圍繞放大光明普徧照耀天人天女導前從後歌詠稱讚奏百千種俱胝那庾多鼓吹音樂震動大地天雨種種殊妙寶華於佛刹中廣現種種佛大威力佛大神通佛大施作佛大變化佛大吉祥佛大勝光佛大威儀佛大遊戲等相游空自在往詣於彼曠野大城彼欲色界諸天子衆遙見世尊高處空中猶如鵝王宛轉自在咸生歡喜適悅慶快又如日輪初出清淨可愛如圓滿月瑩潔光明衆星圍繞如帝釋天主天衆圍繞如大梵王梵衆圍繞天衆見已即起清淨希有之心各持種種天妙香華供養於佛佛及菩薩聲聞大衆從空而下至彼宮中爾時世尊處彼殊妙種種莊嚴師子之座並諸菩薩聲聞衆亦各就座爾時金剛手菩薩大祕密主即告四天王並餘一切諸衆會言汝等宜應咸來助我同發至誠嚴以清淨殊妙飲食奉上世尊使令汝等獲大利益菩薩即與眷屬衆會自手清潔嚴辦最上百味精珍發最勝心奉上世尊并諸菩薩聲聞大衆悉令充足飯食事訖而復奉上清淨香水盥手滌器乃於佛前退坐聽法是時曠野大城所居一切夜叉羅刹必舍左等各各諦誠瞻仰世尊合掌虔

恭歸命頂禮　金剛手菩薩大祕密主勸請世尊宣說正法爾時世尊普告金剛手菩薩等諸衆會言諸仁者汝等諦聽極善作意若善男子善女人深發阿耨多羅三藐三菩提心已即能具信廣多清淨欲見諸聖樂聞正法善捨無悋手出無盡善樂積集施作福行樂行平等無障礙心無濁染心信有業報離諸分别疑惑猶豫如是知已於命緣等不應作者而悉不作不殺生不偷盜不邪染不妄言不綺語不兩舌不惡口不貪不瞋不邪見於此十善業道堅持積集於其十種不善業道捨而不作普行淨信與沙門婆羅門及有戒有德者正道法中同修淨行於諸善法多聞勤行深固作意善行相應閉三有門息滅諸病超越疑惑出離諸有即於善知識所隨其所應親近恭敬承事尊奉聞其所說甚深之法謂空無相無願加行等法復聞無生無起無我無人無衆生無壽者甚深緣起之法此法是有此即有得此法是無此即無得此法若有此即是生此法若無此即是滅此是無明緣行行緣識識緣名色名色緣六處六處緣觸觸緣受受緣愛愛緣取取緣有有緣生生緣老死憂悲苦惱如是即一大苦蘊生若法不有此即無得即是滅法謂無明滅即行滅行滅即識滅識滅即名色滅名色滅即六處滅六處滅即觸滅觸滅即受滅受滅即愛滅愛滅即取滅取滅即有滅有滅即生滅生滅即老死憂悲苦惱滅如是即一大苦蘊滅此等諸法若生若滅於勝義諦中無有少法可得何以故一切法緣生故無主宰無作

者無受者因緣故轉然於是中無法可轉亦非無轉亦無異法隨轉和合施設三界但以煩惱業轉故有施設愚迷之者於不實法中觀以爲實智者應知無有少法作者可得以作者不可得故無法可轉亦非無轉如是所説甚深之法若能聞已不生疑惑是人即入一切法無障礙性不著色受想行識不著眼色耳聲鼻香舌味身觸意法眼識乃至意識信一切法自性本空信一切法自性本離諸仁者彼信不退菩薩信是法故即不減失見佛聞法承事淨衆在在所生常得見佛聽受正法承事淨衆常生佛世發起精進勤求善法於諸佛世尊清淨教中正信出家得出家已近善知識而能獲得諸善意樂聽聞善法隨所聞已眞實修行不以語飾勝慧具足發起精進勤求多聞隨所聞法爲他廣説無所希求使聽法者獲得大慈於一切衆生起大悲心於身命緣少欲喜足寂靜圓滿增長善行非但爲已勤修勝行廣爲衆生勤求無上最勝之智令他衆生於佛智中得不放逸此復云何名不放逸以要言之一切罪不善法皆悉斷除此名不放逸諸仁者此如是等不放逸法菩薩勤行即得淨信而不放逸大祕密主汝等當知信之一法廣多清淨即能當時專求善法若具信補特伽羅於他世中離惡趣怖亦復不隨諸惡作心而常獲得衆聖稱讚復次大祕密主住法行人即能獲得正法善趣常樂見佛安住聖道得大自在得自在已復令他人普皆圓滿自在之法住菩提心得如來智大祕密主若人欲得最勝妙樂

應當畢竟善修正行修涅槃法大祕密主今此衆會皆承宿善根力故來集此善修正行於諸善根而不減失云何善根得不減失謂修不放逸行彼不放逸心善護諸境故能離一切貪愛欲染近習法愛即能制止欲瞋害尋復能息除不深固作意諸不善法若人信解不放逸法即能隨順諸精進事以精進不放逸故是人乃能積集修作淨信功德由修淨信及不放逸精進法故即能修作正念正知以正念正知故即於一切菩提分法而不壞失即能勤修深固之法大祕密主菩薩若於深固法中得解脱者即於有於無如實能知此中云何是有云何是無如實知已雖行於有而不取著雖行於無亦不取著即能通達諸佛世尊所説實義復次大祕密主如來於一切法中總略而説有四法印何等爲四一者諸行無常爲諸沙門婆羅門及常壽天執常語者破常想故二者諸行是苦爲諸天人計樂想者破樂想故三者諸法無我爲彼執我諸外道等破其我想四者涅槃寂静爲諸增上慢者起尋求行破彼增上慢故此言無常者即是畢竟無有常法增語此言苦者即是遠離願求增語此言無我者即是空相增語涅槃寂静者即是無相作證增語大祕密主此如是法若諸菩薩深固信解勤行修習即於善法而不減失速能圓滿菩提分法爾時護世四大天王前白佛言世尊我等四王皆名護世當以何法而能護世佛告四大天王言汝諸仁者當修正法行即能護世其正法行者所謂十善何等爲十一者不殺二

者於自富樂而生喜足三者他妻室不起染汚四者不破他衆五者不出惡言六者所言如實七者言無綺飾八者於他富樂無所希望九者止息瞋恚十者正見清淨諸仁者此十善法能護世復有八法而能護世何等爲八一者如說能行二者於一切處尊重師長三者順行正道四者心意質直五者心常柔輭六者於一切衆生常起慈心七者不作諸罪八者集諸善根如是八法乃能護世復有一法而能護世何等爲一謂眞實行以眞實故即能護世如是等法汝等勤行自能護已復令他人亦能護世　爾時金剛手菩薩大秘密主長子金剛軍前白佛言世尊菩薩云何能於阿耨多羅三藐三菩提得不退轉佛言善男子菩薩若能具修十法即於阿耨多羅三藐三菩提得不退轉何等爲十一者常行無礙大慈二者常起無倦大悲三者精進辦諸事業四者善修空三摩地五者現前通達勝慧六者於一切處皆善通達七者能以妙智清淨三世八者以無礙方便觀實業報九者雖了知空而植衆德本十者如其所說自性清淨而善入聖道菩薩若具如是十法即於阿耨多羅三藐三菩提得不退轉金剛軍復白佛言世尊菩薩當修何法於佛不思議門聞已安然不生驚怖佛言善男子菩薩當修八法即能於佛不思議門聞已安然不生驚怖何等爲八一者增長勝慧二者增長妙智三者常爲善友之所攝受四者具大信解五者善達如幻無生之法六者信解無常之法七者心行平等猶如虛空八者於諸法

中善知障礙所起之相菩薩若具如是八法即能於佛不思議門聞已安然不生驚怖金剛軍復白佛言菩薩當修何法即能於諸所作而得自在佛言善男子菩薩當修四法即能於諸所作而得自在何等爲四一者善修現前無滅之法具五神通二者善觀勝解脱門具四禪定三者超勝梵世具四梵行四者以方便慧於一切處善修無生菩薩若具如是四法即能於諸佛所作而得自在金剛軍復白佛言菩薩有幾種力佛言善男子菩薩有九種力何等爲九一者定力大悲起故二者精進力不退轉故三者多聞力勝慧生故四者信解力圓滿解脱故五者修習力離散亂故六者忍力善護衆生故七者菩提心力降伏諸魔故八者大悲力成熟衆生故九者無生忍力圓滿十力故如是名爲菩薩九力當佛世尊說是法時彼長子金剛軍得無生法忍爾時世尊於金剛手菩薩宫中住經七日廣爲無量一切衆生作利益已還住鷲峰山中　時阿闍世王知佛世尊已復山中持種種上妙香華等諸供養出王舍大城詣鷲峰山佛世尊所到已頭面頂禮佛足前白佛言世尊彼金剛手菩薩大祕密主甚爲希有具大威力能善宣說如來法律而金剛手者往昔曾於何佛如來所植種德本乃能成辦如是佛告阿闍世王言大王當知彼不種善根衆生於如是事極難信解昔因緣者我念過去阿僧祇劫復過於前時有如來號曰多聞世界名極嚴劫名無毀彼佛告言諸善男子汝等當知若有菩薩能發大精進者即於

身命而悉棄捨時彼會中有一菩薩名曰勇力前白佛言如是世尊若有菩薩發精進者即於身命而悉棄捨菩薩若生懈怠豈能速證阿耨多羅三藐三菩提果何以故能發精進諸菩薩者於生死中不起厭倦之意而彼菩薩於生死中常當稱讚不樂涅槃但爲成熟諸衆生故隨其所應諸有施作亦隨所應皆獲其樂若住涅槃而何能作是故諸菩薩於生死境界中自得其樂而即不取涅槃境界菩薩以住生死境界故即能隨入衆生境界而於涅槃境界之中不著捨行菩薩住生死境界者以怖墮於非境界中何以故非境界中不復能作利衆生事不能安住如來境界以不能住如來境界故不能長養一切衆生此中何名非境界耶所謂聲聞緣覺之地若樂住者即棄捨衆生以聲聞緣覺怖畏生死若能攝受無量生死者惟除清淨大菩薩耳時彼多聞如來讚勇力菩薩言善哉正士善說此語大王當知彼時多聞如來法中勇力菩薩者豈異人乎即此會中金剛手菩薩大祕密主是此大士者被堅固精進之鎧於多佛所親近恭敬深種善根　爾時阿闍世王問金剛手菩薩大祕密主大士所持此金剛杵幾何輕重金剛手菩薩告阿闍世王言大王當知此金剛杵亦輕亦重爲欲調伏憍慢貢高諸衆生故此杵即重爲示無慢正直諸衆生故此杵即輕金剛手菩薩即以金剛杵置之於地時阿闍世王欲舉其杵竭其力勢不能動搖一毛端量即白尊者大目揵連言佛說尊者於聲聞衆中神通第一願今尊

者舉此地中大金剛杵尊者大目犍連運自神力方欲前舉彼金剛杵即時三千大千世界六種振動海水騰涌唯金剛杵不動不搖是時尊者大目犍連前詣佛所白言佛說我於聲聞衆中神通第一具大威神名稱力勢能以四大海水置於掌中亦能轉此三千大千世界猶如有人以一金錢轉於指端又能空中止其日月制彼威光不令轉動又能取彼須彌山王擲過梵世此金剛杵其量微小然我亦復不能動搖世尊豈非我今神力減耶佛言大目犍連非汝神力有所減少但爲菩薩威力加持一切聲聞緣覺悉不能動況餘衆生爾時尊者大目犍連生希有心此大祕密主爲即父母所生力耶爲神力耶佛言大目犍連菩薩神通力者無盡無限我若開示使天人世間咸生迷惑爾時世尊告金剛手菩薩言汝今應自舉其地中所置大金剛杵時金剛手菩薩即以左手舉取其杵戲擲空中旋繞七帀杵旋空已即時接置安右手中一切衆會生希有心合掌頂禮大祕密主咸作是言希有祕密主能具如是廣大力勢時阿闍世王復白佛言世尊菩薩具修幾法即能獲得如是勝力佛言大王菩薩若修十法獲得勝力何等爲十一者菩薩寧捨身命終不棄捨無上正法二者於一切衆生作謙下想不增慢心三者於彼劣弱衆生起愍念心不生損害四者見饑渴衆生施妙飲食五者見怖畏衆生施其無畏六者見疾病衆生施藥救療七者見貧乏衆生惠令滿足八者見佛塔廟形像塗飾圓淨九者出歡喜言安

慰衆生十者見彼負重疲困苦惱衆生爲除重擔菩薩若具足如是十法即能獲得如是最勝之力　王復問言世尊如何是佛出世佛言大王隨發菩提心即是佛出世王言云何發菩提心佛言所謂大悲出生王言云何大悲出生佛言謂即發起淨信王言云何發起淨信佛言若發菩提心即是發淨信王言當云何發彼菩提心佛言深心不退轉即是發菩提心云何能發大悲於一切衆生不生厭捨之心即是大悲云何於三寶常不捨離若能除去一切煩惱即於三寶而不捨離

爾時寂慧菩薩前白金剛手菩薩大祕密主言我今勸請大祕密主願以神力加持護念令此正法於後時後分後五百歲廣宣流布使彼正法所攝諸大士等得此正法墮於手中金剛手菩薩言善男子諸佛如來於此正法已共加持何以故今此正法即是文字所成而彼文字無生無盡亦不隱沒以其文字及所說義不能隱故如來此說甚深正法亦不能隱所以者何無法可生若法無生即法無滅如是當知如佛所言若佛出生若不出世諸法常住所謂法性法界法住實際清淨法如是故如其所說諸法緣生亦不相違若法緣生不相違故即是正法以正法故即不隱沒如是所說乃名正法寂慧菩薩言祕密主云何能被精進鎧攝護正法金剛手言若於一切法不相違即能被精進鎧攝護正法何以故而此正法與一切法不相違故寂慧言何法是相違金剛手言文字相違故即法相違而不復與生法相違若彼不相違是爲

攝護正法者寂慧言大祕密主汝當云何攝護正法金剛手言如我攝護者謂無我無衆生無法而乃攝護寂慧言此復云何金剛手言謂三世離故三世不離故諸佛離故諸佛不離故刹土離故刹土不離故法離故法不離故若能通達如是法者即能攝護正法爾時世尊讚金剛手菩薩大祕密主言善哉善哉大士汝善攝護正法若於一切法無執無取即能攝護正法當知菩薩有三無著之法何等爲三一者我無著二者衆生無著三者法無著有三種通達清淨何等爲三一者法界清淨二者眞如清淨三者實際清淨又有三種通達無盡何等爲三一者法無盡二者文字無盡三者演説無盡佛説是已普告衆言誰堪以我阿僧祇刧積集菩提勝行最上正法受持衛護令不隱没爾時帝釋天主尸棄梵王毘沙門天王爲護法故説伽陀曰

今此正法如妙藥　能治一切衆生病
我等當來悉護持　願佛知我衆心意

爾時金剛手菩薩大祕密主前白佛言世尊我當受持如來於阿僧祇刧積集無上正等正覺菩提聖法即説伽陀曰

諸法本來無文字　無中假以文字説
聖尊悲愍故敷宣　我當受持而流演

御録經海一滴卷之八

音釋

殑渠京切　胝章移切　閡音礙初　獷古猛切　盥古緩切以盆水洗手曰盥

御錄經海一滴卷之九

解深密經

爾時如理請問菩薩即於佛前問解甚深義密意菩薩言最勝子一切法無二者何等一切法云何爲無二答曰善男子一切法者略有二種所謂有爲無爲是中有爲非有爲非無爲無爲亦非無爲非有爲乃說頌曰

佛說離言無二義　甚深非愚之所行
愚夫於此癡所惑　樂着二依言戲論

爾時法涌菩薩白佛言世尊我於先日曾見衆多外道同一會坐爲思諸法勝義諦相彼共思議稱量觀察徧尋求時於一切法勝義諦相竟不能得唯各種種意解別異意解變異意解互相違背共興諍論口出矛䂎更相䂎刺惱壞既已各各離散世尊我於爾時竊作是念如來出世甚奇希有由出世故乃於如是超過一切尋思所行勝義諦相亦有通達作證可得　爾時世尊告法涌菩薩曰善男子如汝所說我於超過一切尋思勝義諦相現正等覺爲他宣說顯現開解我說勝義是諸聖者内自所證尋思所行是諸異生展轉所證法涌我說勝義無相所行尋思但行有相境界我說勝義不可言說尋思但行言說境界我說勝義絶諸諍論尋思但行諍論境界是故法涌由此道理當知勝義超過一切尋思境相法涌當知譬如有人盡其壽量習辛苦味於蜜石蜜上妙美味不能尋思不能比度不能信解或於長夜由欲貪勝解諸欲熾火所燒然故於内除滅一切色聲香味觸相妙遠離樂不能尋思不能比度不能信

解由言説勝解樂着世間綺言説故於内寂靜聖黙然樂不能尋思不能比度不能信解如是法涌諸尋思者於超一切尋思所行勝義諦相不能尋思不能比度不能信解爾時世尊欲重宣此義而説頌曰

内證無相之所行　不可言説絶表示
息諸諍論勝義諦　超過一切尋思相

爾時善清淨慧菩薩白佛言世尊勝義諦相微細甚深超過諸法一異性相難可通達世尊我即於此曾見一處有衆菩薩等正修行勝解行地同一會坐皆共思議勝義諦相與諸行相一異性相或唱是言勝義諦相與諸行相都無有異或唱是言勝義諦相異諸行相世尊我見彼已竊作是念此諸善男子愚癡頑鈍不明不善不如理行於勝義諦微細甚深超過諸行一異性相不能解了爾時世尊告善清淨慧菩薩曰善男子如是如是即説頌曰

行界勝義相　離一異性相　若分别一異
彼非如理行　衆生爲相縛　及爲麤重縛
要勤修止觀　爾乃得解脱

爾時世尊告尊者善現曰善現眞如勝義法無我性不名有因非因所生亦非有爲是勝義諦得此勝義更不尋求餘勝義諦唯有常常時恒恒時如來出世若不出世諸法法性安立法界安住是故善現由此道理當知勝義諦是徧一切一味相譬如種種非一品類異相色中虚空無相無分别無變異徧一切一味相如是異性異相一切法中勝義諦徧一切一味相當知亦爾爾時世尊欲重宣此

義而說頌曰

此徧一切一味相　勝義諸佛說無異

若有於中異分別　彼定愚癡依上慢

爾時廣慧菩薩白佛言世尊於心意識祕密善巧菩薩者齊何名爲於心意識祕密善巧菩薩爾時世尊告廣慧菩薩曰善哉善哉廣慧汝今乃能請問如來如是深義汝應諦聽廣慧當知於六趣生死彼彼有情墮四類有情衆中身分生起於中最初一切種子心識成熟展轉和合增長廣大依二執受一者有色諸根及所依執受二者相名分別言說戲論習氣執受有色界中具二執受無色界中不具二種廣慧此識亦名阿陀那識亦名阿賴耶識亦名爲心廣慧阿陀那識爲依止爲建立故六識身轉謂眼識耳鼻舌身意識此中有識眼及色爲緣生眼識與眼識俱隨行同時同境有分別意識轉耳鼻舌身及聲香味觸爲緣亦然若五識身轉亦一分別意識與五識身同所行轉廣慧譬如大暴水流若有一浪生緣現前唯一浪轉若二若多浪生緣現前有多浪轉然此暴水自類恒流無斷無盡又如善淨鏡面若有一影生緣現前唯一影起若二若多影生緣現前有多影起非此鏡面轉變爲影亦無受用滅盡可得如是廣慧由似暴流阿陀那識爲依止爲建立故若於爾時有一眼識生緣現前一眼識轉乃至有五識身生緣現前五識身轉廣慧若諸菩薩於內各別如實不見阿陀那不見阿賴耶識不見心不見六識六塵齊此名爲於心意識一切祕密善巧菩薩乃說頌曰

阿陀那識甚深細　一切種子如暴流
我於凡愚不開演　恐彼分別執爲我
爾時德本菩薩白佛言世尊於諸法相善巧菩薩者齊何名爲於諸法相善巧菩薩爾時世尊告德本菩薩曰諸法相略有三種一者徧計所執相二者依他起相三者圓成實相云何諸法徧計所執相謂一切法名假安立自性差別乃至爲令隨起言說云何諸法依他起相謂一切法緣生自性則此有故彼有此生故彼生謂無明緣行乃至招集純大苦藴云何諸法圓成實相謂一切法平等眞如於此眞如諸菩薩衆勇猛精進爲因緣故如理作意無倒思惟爲因緣故乃能通達於此通達漸漸修習乃至無上正等菩提方說圓滿　如是德本由諸菩薩如實了知徧計所執相依他起相圓成實相故如實了知諸無相法雜染相法清淨相法如實了知無相法故斷滅一切雜染相法斷滅一切染相法故證得一切清淨相法齊此名爲於諸法相善巧菩薩爾時世尊欲重宣此義而說頌曰
若不了知無相法　雜染相法不能斷
不斷雜染相法故　壞證微妙淨相法
不觀諸行衆過失　放逸過失害衆生
懈怠住法動法中　無有失壞可憐愍
爾時勝義生菩薩白佛言世尊如佛所說一切諸法皆無自性無生無滅本來寂靜自性涅槃未審世尊依何密意作如是說我今請問如來斯義爾時世尊告勝義生菩薩曰善哉善哉勝義生當知我依三種無自性性密意說言一切諸法皆無自性所謂相無自性

性生無自性性勝義無自性性善男子云何諸法相無自性性謂諸法徧計所執相何以故此由假名安立爲相非由自相安立爲相是故說名相無自性性云何諸法生無自性性謂諸法依他起相何以故此由依他緣力故有非自然有是故說名生無自性性云何諸法勝義無自性性謂諸法圓成實相何以故一切諸法法無我性名爲勝義亦得名爲無自性性是一切法勝義諦故無自性性之所顯故由此因緣名爲勝義無自性性譬如空華相無自性性當知亦爾譬如幻像生無自性性當知亦爾譬如虛空惟是衆色無性所顯徧一切處勝義無自性性當知亦爾法無我性之所顯故徧一切故善男子我依如是三種無自性性密意說言一切諸法皆無自性爾時世尊而說頌曰

一切諸法皆無性　無生無滅本來寂
諸法自性恒涅槃　誰有智言無密意
大悲勇猛證涅槃　不捨衆生甚難得
微妙難思無漏界　於中解脫等無差

爾時勝義生菩薩復白佛言世尊諸佛如來密意語言甚奇希有最微妙最甚深最難通達如是我今領解世尊所說義者譬如虛空徧一切處皆同一味不障一切所作事業如是世尊依此諸法皆無自性廣說乃至自性涅槃無自性性了義言教徧於一切不了義經皆同一味不障一切聲聞獨覺及諸大乘所修事業爾時世尊歎勝義生菩薩曰善哉善哉善男子汝今乃能善解如來所說甚深密意言義

爾時慈氏菩薩白佛言世尊菩薩何依何住於大乘中修奢摩他毘鉢舍那佛告慈氏菩薩曰善男子當知菩薩法假安立及不捨阿耨多羅三藐三菩提願爲依爲住於大乘中修奢摩他毘鉢舍那慈氏菩薩復白佛言如世尊說四種所緣境事一者有分別影像所緣境事二者無分別影像所緣境事三者事邊際所緣境事四者所作成辦所緣境事於此四中幾是奢摩他所緣境事幾是毘鉢舍那所緣境事幾是俱所緣境事佛曰善男子一是奢摩他所緣境事謂無分別影像一是毘鉢舍那所緣境事謂有分別影像二是俱所緣境事謂事邊際所作成辦　慈氏菩薩復白佛言世尊奢摩他道與毘鉢舍那道當言有異當言無異佛曰善男子當言非有異非無異何故非有異以毘鉢舍那所緣境心爲所緣故何故非無異有分別影像非所緣故世尊諸毘鉢舍那三摩地所行影像彼與此心當言有異當言無異佛曰善男子當言無異何以故由彼影像唯是識故善男子我說識所緣唯識所現故世尊若彼所行影像即與此心無有異者云何此心還見此心善男子此中無有少法能見少法然即此心如是生時即有如是影像顯現善男子如依善瑩清淨鏡面以質爲緣還見本質而謂我今見於影像及謂離質别有所行影像顯現如是此心生時相似有異三摩地所行影像顯現世尊若諸有情自性而住緣色等心所行影像彼與此心亦無異耶善男子亦無有異而諸愚夫由顛倒覺於諸影像不能如實知

唯是識作顛倒解世尊齊何當言菩薩一向修毘鉢舍那佛曰善男子若相續作意唯思惟心相世尊齊何當言菩薩一向修奢摩他善男子若相續作意唯思惟無間心世尊齊何當言菩薩奢摩他毘鉢舍那和合俱轉善男子若正思惟心一境性世尊云何心相善男子謂三摩地所行有分別影像毘鉢舍那所緣世尊云何無間心善男子謂緣彼影像心奢摩他所緣世尊云何心一境性善男子謂通達三摩地所行影像唯是其識或通達此已復思惟如性慈氏菩薩復白佛言世尊菩薩齊何名得緣總法奢摩他毘鉢舍那佛曰善男子由五緣故當知名得一者於思惟時刹那刹那融銷一切粗重所依二者離種種想得樂法樂三者解了十方無差別相無量法光四者所作成滿相應淨分別無分別相恒現在前五者爲令法身得成滿故攝受後後轉勝妙因世尊此緣總法奢摩他毘鉢舍那當知從何名爲通達從何名得佛曰善男子從初極喜地名爲通達從第三發光地乃名爲得　慈氏菩薩復白佛言世尊修奢摩他毘鉢舍那諸菩薩衆知法知義云何爲智云何爲見佛曰善男子我無量門宣說智見二種差別今當爲汝略說其相若緣總法修奢摩他毘鉢舍那所有妙慧是名爲智若緣別法修奢摩他毘鉢舍那所有妙慧是名爲見世尊修奢摩他毘鉢舍那諸菩薩衆由何作意云何除遣諸相佛曰善男子由眞如作意除遣法相及與義相若於其名及名自性無所得時亦不觀彼所依之相如是除遣

如於其名於句於文於一切義當知亦爾乃至於界及界自性無所得時亦不觀彼所依之相如是除遣世尊諸所了知眞如義相此眞如相亦可遣不善男子於所了知眞如義中都無有相亦無所得當何所遣善男子我說了知眞如義時能伏一切法義之相非此了達餘所能伏世尊如是了知法義菩薩爲遣諸相勤修如行有難可除相誰能除遣善男子空能除遣 爾時慈氏菩薩復白佛言世尊何等空是總空性相若諸菩薩了知是已無有失壞於空性相離增上慢爾時世尊歎慈氏菩薩曰善哉善哉善男子汝今乃能請問如來如是深義令諸菩薩於空性相無有失壞善男子若諸菩薩於空性相有失壞者便爲失壞一切大乘是故汝應諦聽諦聽當爲汝說總空性相善男子若於依他起相及圓成實相中一切品類雜染清淨徧計所執相畢竟遠離性及於此中都無所得如是名爲於大乘中總空性相 善男子如是菩薩於內止觀正修行故證得阿耨多羅三藐三菩提心慈氏菩薩復白佛言世尊云何修行引發菩薩廣大威德善男子若諸菩薩善知六處便能引發菩薩所有廣大威德一者善知心生二者善知心住三者善知心出四者善知心增五者善知心減六者善知方便

爾時世尊即說頌曰

於法假立瑜伽中　若行放逸失大義
依止此法及瑜伽　若正修行得大覺

爾時觀自在菩薩白佛言世尊如佛所說菩薩十地所謂極喜地離垢地發光地焰慧地

極難勝地現前地遠行地不動地善慧地法雲地復説佛地爲第十一如是諸地幾種清淨幾分所攝爾時世尊告觀自在菩薩曰善男子當知諸地四種清淨十一分攝云何名爲四種清淨能攝諸地謂增上意樂清淨攝於初地增上戒清淨攝第二地增上心清淨攝第三地增上慧清淨於後後地轉勝妙故當知能攝從第四地乃至佛地善男子當知如是四種清淨普攝諸地觀自在菩薩復白佛言世尊何緣最初名極喜地乃至何緣說名佛地佛曰善男子成就大義得未曾得出世間心生大歡喜是故最初名極喜地遠離一切細微犯戒是故第二名離垢地由彼所得三摩地及聞持陀羅尼能爲無量智光依止是故第三名發光地由彼所得菩提分法燒諸煩惱智如火焰是故第四名焰慧地由即於彼菩提分法方便修習最極艱難方得自在是故第五名極難勝地現前觀察諸行流轉又於無相多修作意方現在前是故第六名現前地能遠證入無缺無間無相作意與清淨地共相鄰接是故第七名遠行地由於無相得無功用於諸相中不爲現行煩惱所動是故第八名不動地於一切種說法自在獲得無礙廣大智慧是故第九名善慧地麤重之身廣如虛空法身圓滿譬如大雲皆能徧覆是故第十名法雲地永斷最極微細煩惱及所知障無着無礙於一切種所知境界現正等覺故第十一說名佛地世尊是諸菩薩凡有幾種所應學事佛曰善男子菩薩學事略有六種所謂布施持戒忍辱精進靜

慮智慧到彼岸世尊如是六種所應學事幾是福德資糧所攝幾是智慧資糧所攝佛曰善男子當知初三是福德資糧所攝慧學一種是智慧資糧所攝我說精進靜慮二種徧於一切世尊何因緣故施設如是所應學事佛曰善男子二因緣故一者饒益諸有情故二者對治諸煩惱故當知前三饒益有情後三對治一切煩惱　觀自在菩薩復白佛言世尊經幾不可數劫能斷如是煩惱佛曰善男子經於三大不可數劫或無量劫所謂年月半月晝夜一時半時須臾瞬息刹那量劫不可數故世尊是諸菩薩於諸地中所生煩惱當知何相何失何德佛曰善男子無染汙相何以故是諸菩薩於初地中定於一切諸法法界已善通達由此因緣菩薩要知方起

煩惱非爲不知是故說名無染汙相於自身中不能生苦故無過失菩薩生起如是煩惱於有情界能斷苦因是故彼有無量功德觀自在菩薩白佛言甚奇世尊無上菩提乃有如是大功德利令諸菩薩生起煩惱尚勝一切有情聲聞獨覺善根何況其餘無量功德爾時曼殊室利菩薩白佛言世尊云何應知諸如來心生起之相佛告曼殊室利菩薩曰善男子夫如來者非心意識生起所顯然諸如來有無加行心法生起當知此事猶如變化曼殊室利復白佛言世尊若諸如來法身遠離一切加行既無加行云何而有心法生起佛曰善男子先所修習方便般若加行力故有心生起善男子譬如正入無心睡眠非於覺悟而作加行由先所作加行勢力而復

覺悟又如正在滅盡定中非於起定而作加行由先所作加行勢力還從定起如是如來由先修習方便般若加行力故當知復有心法生起世尊如來化身當言有心爲無心耶佛曰善男子非是有心亦非無心何以故無自依心故有依他心故世尊如來所行如來境界此之二種有何差別佛曰善男子如來所行謂一切種如來共有不可思議無量功德衆所莊嚴清淨佛土如來境界謂一切種五界差别何等爲五一者有情界二者世界三者法界四者調伏界五者調伏方便界如是名爲二種差别曼殊室利復白佛言世尊如來成等正覺轉正法輪入大涅槃如是三種當知何相佛曰善男子當知此三皆無二相謂非成等正覺非不成等正覺非轉正法輪非不轉正法輪非入大涅槃非不入大涅槃何以故如來法身究竟淨故如來化身常示現故世尊諸有情類但於化身見聞奉事生諸功德如來於彼有何因緣佛曰善男子如來是彼增上所緣之因緣故又彼化身是如來力所住持故世尊等無加行何因緣故如來法身爲諸有情放大智光及出無量化身影像聲聞獨覺解脱之身無如是事佛曰善男子等無加行譬如從日月輪水火二種頗胝迦寶放大光明非餘水火頗胝迦寶謂大威德有情所住持故諸有情業增上力故又如從彼善工業者之所雕飾末尼寶珠出印文像不從所餘不雕飾者如是緣於無量法界方便般若極善修習磨瑩集成如來法身從是能放大智光明又出種種化身影像

非惟從彼解脫之身有如斯事世尊說是經時於大會中有七十五千菩薩摩訶薩皆得圓滿法身證覺

大乘瑜伽性海曼殊室利千臂千鉢大教王經

一時釋迦牟尼如來在摩醯首羅天王宮毘楞伽寶摩尼殿中百寶座上與毘盧遮那如來在金剛性海蓮華藏會同說此經時毘盧遮那如來法界性海中有大聖曼殊室利菩薩現金色身身上出千臂千手千鉢鉢中現出千釋迦千釋迦復現出千百億化釋迦爾時釋迦牟尼世尊在大會衆中告普賢等十六大士及一切諸大菩薩摩訶薩諦聽諦聽今說毘盧遮那如來往昔修證曼殊室利祕密金剛心三摩地所有菩薩及一切衆生令得自智入佛知見是時毘盧遮那如來告牟尼世尊及千釋迦千百億化釋迦言吾從往昔修持金剛祕密菩提法教是大聖曼殊室利菩薩是吾本師吾今以本源自性性金剛聖智種子清淨心出現大聖曼殊室利千臂金色之身顯示修行加持祕密性海法藏令傳授與一切菩薩摩訶薩觀照旨趣迅疾證入玄通智觀入一切佛心證毘盧遮那法身智身清淨聖智法界海性如是玄通勝義祕密法教次第觀照總有五門一者阿字觀本寂無生義是吾毘盧如來說根本清淨來說門二者囉字觀本空離塵義是阿閦如染著圓成實相無動門三者跛字觀本眞無門四離垢義是寶生如來說法界眞如平等門四者左字觀本淨妙行義是觀自在如來說妙

觀理趣淨土門五者曩字觀本空無自性義是不空成就如來説金剛菩提解脱門爾時釋迦牟尼如來聞是五如來教觀已告諸菩薩摩訶薩言若有善男子善女人發菩提心者曼殊室利菩薩有甚深大願爲作師僧弟子和尚闍黎同學伴侶令受法教同願同行廣度有情速登正覺是曼殊室利以聖性願力不入三界亦不出三界心如虛空常在如來清淨性海眞如藏中安住法界偏在衆生心識體性加持有情令罪垢消滅得入菩提諸佛聖果是名菩薩大願如是時大會諸衆同時讚歎曼殊大士聖力自在不可思議不可言説咸皆歡喜信受奉行　是時釋迦牟尼世尊從摩醯首羅天下降閻浮世界在舍衛國中祇園精舍大會道場内告師子勇猛雷音菩薩摩訶薩吾對大衆會中所説過去三世一切諸佛金剛菩提三摩地教法汝今當與曼殊室利菩薩共十六大士傳授與一切菩薩摩訶薩及一切衆生令證如來金剛三密菩提實相法性三摩地經教及修如來聖性觀師子勇猛言云何名爲實相法性三摩地經教云何名爲如來聖性觀佛告師子勇猛此經宗及體都有二門一者清淨實相爲宗二者眞如法界爲體宗復有三一者毗盧遮那法身本性清淨出一切法金剛二摩地爲宗二者盧舍那報身出聖性普賢願行力爲宗三者千釋迦化現千百億釋迦顯現聖慧身流出曼殊室利身作般若母爲宗體復有五一者本源自性清淨聖智金剛聖性爲體二者無動大圓性鏡金剛菩提爲體三

者平等性金剛法界爲體四者如性觀察理趣金剛聖力智用爲體五者成就菩提聖性金剛慧劒爲體如上所説一切菩薩應當志誠修學速證佛地如來聖性觀者謂一切菩薩及一切衆生有十種纒縛難障若欲修持聖性觀者先須識自心地體性無明纒縛若其不識即被蔽覆心性聖慧道眼則不能開故其纒縛性者甚爲微細障於菩提先當識心十種纒縛云何名爲十種纒縛一者由性慳嫉常綢其心令心邪見不得正悟二者無明影蔽之所障礙慧眼難開三者煩惱迷悶貪瞋邪見處處計著不能信正四者貪愛五欲惑障迷心無明漂没無有歇期五者味魔死節相續無休六者忿恨密烟之所熏焠於心眼中被所翳障七者貪欲熾火恒所燒然虎狼之心四向乂撮八者飲惡魔酒悶醉蓋心喫過失毒藥惑亂狂走九者五蓋惱害常被遮礙覆正智心難可解脫十者苦海大河駛水常流輪廻六趣無能間斷如是一切菩薩摩訶薩及諸衆生應修如來菩提聖性觀此聖性觀開通心地總有三義謂三性三無性徧計無性者謂淨識性中微覺智起則是慧用徧計所執於慧用照寂則智用寂照證慧用寂滅如何得滅徧計所執若覺智無起相名了證慧用寂靜則滅徧計所執其性清淨依他無性者心皆依色而起圓成無性者無有所依心性無託諦觀無用心性瑩徹寂靜無動猶如瑠璃内外明淨是則名爲見性無動心證寂靜是名三性三無性菩薩證得如是觀者則能除去十種纒縛適然解脫以

速達本源自性清淨菩提涅槃故　是時釋迦牟尼如來告曼殊室利菩薩言吾今啟請諸佛如來令聖力加持一切菩薩摩訶薩進修一切如來金剛三密三菩提法三摩地觀令諸菩薩心等虛空性如法界廣度一切無盡衆生又令曼殊室利菩薩摩訶薩與一切菩薩一切衆生作爲導首是時曼殊室利菩薩對世尊大衆菩薩前告言若有一切菩薩及一切衆生志求無上菩提修持眞實佛金剛聖性三摩地一切法者一切法即一切有情心也爲有情心地法藏有煩惱種性煩惱種性即是菩提性則有情心處本性眞淨空無所得是故有情心是大圓鏡智心處菩薩於圓鏡智心作志求用功觀照大圓鏡智心性覺證寂滅即得了悟心鏡瑩淨瑩淨達空即心證平等性智證平等性智者通悟達性本性實空證入空中心心性如如性體地名入如如智則證妙觀察智也得入如如性清淨聖智者獲得金剛成所作智證菩提性成就聖智是則名爲四智菩提立通觀智入一切佛心金剛三摩地聖智相應則名瑜伽三密門加持身口意如性眞淨證性印三昧不空聖智金剛喻定三摩地如來成就如是祕密故令一切諸大菩薩摩訶薩及一切衆生修學其時大會諸菩薩衆中唯有十六大菩薩共曼殊室利同願同行修證大乘瑜伽金剛三密菩提三摩地餘諸一切十信菩薩如颰陀婆羅聲聞人如舍利弗等不同曼殊心等虛空性如法界廣度有情自諸菩薩聲聞人等心量不廣小智有限志願下劣過八

十億俱胝那庾多百千劫修行菩薩道始滿五波羅密是時曼殊室利共十六菩薩摩訶薩對於如來大衆前重發廣大弘願願我等心同虛空廣度有情復願一切衆生同我無盡大願我當救之無有休息復願我等智身報身常現於六道四生衆類有情之前凡見我形適然障滅發菩提心歸向大乘修習菩提速超佛地是時師子勇猛菩薩稽首白世尊言是十六菩薩如何修行祕密菩提加被後學　佛言一者東方第一普賢菩薩號金剛手證入一切如來清淨法身轉金剛法輪令一切菩薩摩訶薩修佛心觀二者不空王菩薩號金剛鉤召自入三昧召請一切如來作神通力令一切菩薩修入菩提眞如觀三者摩羅菩薩號金剛弓成就金剛菩提入如來聖性聖力加持一切菩薩身心性智除去諸障入迅疾金剛菩提實性觀四者極喜王菩薩號金剛喜波羅證入毘盧佛心出歡喜波羅形狀加持一切菩薩入金剛菩提薩埵無我體性智空觀五者南方第一虛空藏菩薩號金剛藏王自入三昧出一切如來三昧光明照耀加持一切菩薩摩訶薩修入金剛菩提輪三摩地法空觀六者大威德光菩薩號金剛光明證入毘盧佛心出金剛日輪三昧加持一切菩薩摩訶薩令修入金剛三密佛三摩地得證日輪菩提一性觀七者寶幢摩尼菩薩號金剛幢自入三昧出金剛祕密法藏聖力加持令一切菩薩證入無動地涅槃佛性無心觀八者常喜悅菩薩號金剛喜智自入金剛歡悅實性三摩地令一切菩薩

摩訶薩證悅意性清淨金剛實際觀九者西
方第一觀自在王菩薩號金剛眼自入三昧
已令一切衆生住三摩地性同爲一體量等
法界聖力加持一切微塵數佛刹中一切菩
薩摩訶薩令入聖性自在神用諸佛慈心淨
土觀十者曼殊室利菩薩摩訶薩號灌頂王
金剛慧自入首楞嚴三昧加持微塵數佛刹
世界諸大菩薩摩訶薩修入一切如來金剛
三摩地證金剛慧劒揮滅一切衆生煩惱罪
障成就一切衆生修證無上正等菩提觀十
一者妙慧法輪菩薩號金剛塲自入法性輪
三昧加持一切菩薩摩訶薩證得瑜伽三密
三摩地聖性相應同等神通自在聖力修證
法性法輪三摩地觀十二者聖意無言菩薩
號金剛聖語自入文字般若無相三昧加持

一切諸大菩薩摩訶薩令自勤修證三密三
摩地入法界佛性法身聖性觀十三者北方
第一毘首羯磨菩薩號金剛毘首羯磨轉法
輪王自證毘盧遮那佛心出生一切金剛薩
埵毘首羯磨令諸菩薩觀照自性心地證得
諸佛智鏡金剛瑜伽三密三菩提圓通一切
金剛三摩地觀十四者難敵精進力菩薩號
金剛慈力迅疾灌頂自入金剛智地三昧聖
力加持一切菩薩摩訶薩得難敵聖力精進
道行疾入如來金剛甲冑體性三菩提觀十
五者摧一切魔怨菩薩號金剛暴怒自入三
昧出金剛牙器仗作降伏暴怒神通加持一
切菩薩摩訶薩成就金剛牙安立世界中暴
怒恐怖摧伏一切天魔及一切自性煩惱魔
令入聖智自性三密迅疾金剛觀十六者金

剛拳法界王菩薩摩訶薩號堅跡金剛界自入月輪心瑩淨自性智鏡三昧入一切佛心金剛薩埵菩提地出一切佛世界微塵數如來加持一切菩薩摩訶薩令修證入一切平等性智三摩地證金剛甚深一切法義成就菩提速超入一切如來毘盧遮那法身智鏡性則見自身同如來形證入金剛界性成就一切如來法智身佛五眼觀是爲十六菩薩自證觀門令一切菩薩修學　爾時則有一切如來出現爲作證明同聲讃言善哉善哉曼殊普賢十六大士能從往昔無量刼來發弘大願而度有情心等虛空無有休歇殊勝之願不可說不可說不可思議其時復有六大金剛出現亦同讃歎十六大士深德之行而作證明復同聲發大誓願我等亦同曼殊普賢等往昔行願奉如來教守護佛法不令天魔諸惡外道惱亂攪擾復願盡於未來之際心等法界荷護一切衆生同到菩提成無上道　爾時釋迦牟尼如來告師子勇猛菩薩等於往昔乆遠世時有師子臆世界其中有佛號離垢幢如來坐滿月光明道場彼菩薩衆會之中有十大士所謂上方妙樂歡喜世界上意菩薩下方金剛界地天世界持世菩薩東方無極日曜世界普明菩薩次則東南方最勝青色瑠璃世界不思議菩薩南方無垢世界廣意菩薩西南方白色玻瓈世界無邊智菩薩西方無量壽世界無邊音聲吼手菩薩西北方殊妙紅色世界益音菩薩又有北方不空寶月世界無盡慧眼菩薩東北方金色世界賢護菩薩此十大菩薩與毘盧

遮那入十方世界作十方菩薩主教化修持皆經無量微塵數劫承事諸佛世尊爲度有情修持如來祕密三摩地觀發大誓願於後末世有佛出世我等皆爲出現而作證明是時十方大菩薩俱在會坐世尊告言汝等本自修行觀門如來瑜伽祕密法教當自說之時上方妙樂歡喜世界上意菩薩尊佛教旨頂禮合掌而自陳說當來一切諸菩薩修入菩提性聖智證如來金剛三密三摩地照見自性入無動涅槃無性觀者識心妄想如來聖性二義和合成熟金剛聖智菩提大法則能證得自體法界菩提云何方便而證入無性觀菩薩先須當心觀照本性寂靜悟入滅盡定得心識性證見清淨惟清惟淨證見聖性自性如如一道寂淨悟達本源反照見靜惟照惟瑩惟瑩惟淨惟寂惟聖是則名爲菩薩得入無動涅槃無性觀其次下方金剛界地天世界持世菩薩自對如來前陳說祕密法當來一切菩薩修學金剛菩提甚深法忍實性觀者得入金剛持世海性置金剛界地建立所依世界無有障礙等如虛空無差別相皆是本源毘盧遮那如來金剛體性堅固祕法性海中安立是一切菩薩修習菩提解脫聖道成就如此世界一切衆生令同一性達一切如來三摩地聖智相應同入菩提入於如來功德性海得成諸佛菩薩解脫之門遊戲神通合同本願力故起大悲心誓度有情悉歸諸佛金剛菩提性海云何疾得入此方便而證此觀即自心眼應當觀照入自心性性體法界得見自性心體證於如來金剛

聖性洞達法空無邊覺智大寂慧空觀其大智入心心空證空復空心如虛空同於法界了了見性名證自性聖智法體是本心生神通自在清虛一靜法同法性眞如實際若達此性則名金剛菩提甚深法忍實性觀其次東方無極日耀世界普明菩薩稽首如來言諸大菩薩住清淨眞如法藏眞際觀則得入於毘盧遮那如來三昧性海法藏法身之中亦見自身中平等體性法界虛空示現於我自性法界平等體性中廓周法界自在無礙出入神用無邊性海普皆包納十方三世一切衆生悉皆顯現復現諸佛三昧大智光明無相性海成就一切諸佛功德法藏顯示如來諸大願海及諸菩薩摩訶薩行願一切諸佛法輪流出無盡般若波羅密令諸菩薩演說護持使不斷絶入諸佛法界身現一切諸佛國土於此國土復顯出微塵佛刹所有微塵佛刹一一微塵中復有諸佛淨土於佛淨土中有微塵數諸佛令一切菩薩及一切有情衆生同願修持入此性淨眞際觀門云何應得修入此觀菩薩則當觀照心地覺用心智惟照心性細細觀覺覺照心體見性無動證覺不動即能常用用觀體智見性清淨性自離念離念無物心等虛空即證聖智如如聖性二俱澄寂空同無體性體虛靜是則名爲證入眞如法界性印法藏眞際觀門其次東南方青色瑠璃世界不思議菩薩摩訶薩當如來前陳說觀門若有一切諸大菩薩摩訶薩及一切有情衆生欲得速入無上菩提者先當修習金剛三摩地五眼無障觀菩薩

摩訶薩住此金剛三摩地者善能曉知一切諸法如來深密明智知諸佛法性自在聖智法界空性無動無轉疾入如來十種性海三摩地一者證入性海三摩地意三業行一切諸罪盡皆消滅二者身三業中殺盜淫罪亦皆消滅三者消滅四種口過諸罪不善能以慧眼照見五陰空故四者消滅一切衆罪入無生心無動慧智神用自在五者了别法相入第一義觀照諦察修入菩提聖性佛智悉皆圓滿六者廣行菩薩行示現聖智開示悟入諸佛菩提性地七者得見種種因緣差别不同能令善知如來諸法一切義故八者廣通諸佛智慧入法聖地般若性海九者行諸佛甚深菩提行能令自心他心悟入百法明門速令具足一切諸佛智故十者修證入此諸佛本願無邊性海三摩地者令自身他身得入無上正等地悉使成就諸佛聖行如來法身菩提法藏云何修習得入此觀菩薩用自心智眼內觀澄寂智眼照見五蘊性空智眼寂靜寂智同體觀見意淨靜照無見名見肉眼觀用心眼智見相應用照寂體心眼無凝智眼明淨名見天眼諦觀識用了别體靜識用智明慧觀照性了見法性名見慧眼諦觀法智所知了見法義無邊聖性能見自性慧體名見法眼觀照寂滅覺了寂靜性同法界法性無體覺即真淨無覺實際了了見性名見佛眼是名金剛三摩地五眼聖性無障觀其次南方無垢世界廣意菩薩言我今欲令一切菩薩修持金剛祕密首楞嚴三昧性海其首楞嚴三昧者譬如虛空無有內外一

切無礙亦無動揺諸佛一切神通自在法性聖智慧海總是首楞嚴金剛三昧王攝所以者何一切衆生根本賴耶含藏之識塵勞種子猶如微塵甚深密細難可得見如何相捨而得出離若修金剛首楞嚴三昧者則得出離不假功力諦觀本心立入心地到於法藏真如性海當自消滅云何修此楞嚴三昧當心照看細細觀性用慧方便智燈照入即見心定如如不動智性寂靜空無有性用慧細觀澄心見性本源體淨證性清淨唯靜唯正唯寂唯靜了了見性是名正定楞嚴本靜如此用功不入邪定證法身如如得名究竟其次西南方白色玻瓈世界無邊智菩薩而白佛言我爲現在一切菩薩陳説祕密令覺平等性智現證菩提心觀菩提心者不屬因亦不屬緣不可名言似有爲法而可立相非是造作亦非不造作如是菩提無量功德微妙事業無有形相菩提心者不可名心亦不可説名爲無心不可説名爲色亦不可説名爲無色如是菩提無量功德微妙清淨永不可得同法界故是故一切菩薩當發如來四無量心如來心者同於法界聖性金剛等若虚空云何修入菩提心觀當用其心觀心見心心眼見性了了分明見性無見心淨意寂識用性靜寂照靜無見塵滅定俱等身中澄寂證靜不見身根與觸同性修是觀門得阿耨多羅三藐三菩提其次西方無量壽世界無邊音聲吼手菩薩啓白世尊若有菩薩如實知見令受心法入心意念則名受法已受得法則是受者心即無念意即無思名心無動

於心無動是眞念佛得入淨土云何修入觀門證得法性諸佛淨土先當自心觀本覺體照見心性内心外緣内覺心起即覺外緣但觀内心心寂無始圓照寂滅覺悟無物細觀心性六識俱泯五蘊自空覺證寂靜得心心空滅盡癡定三毒一體覺了同性唯眞唯正法身寂定入佛淨土觀得阿耨多羅三藐三菩提其次西北方紅色摩尼世界殊勝益意菩薩啓白世尊若有菩薩求菩提時修持無礙法性觀者先當發願起大悲心諦觀心性清淨無物用覺證定見性寂靜唯照唯寂唯用唯靜照見心靈虛朗瑩淨廓然明達無有邊際如月在空清徹法界神用聖性等空無礙法性無礙者法本不生今則無滅菩提不增波羅密多不減若菩薩住此法性觀門修學無上正等菩提者速超法界疾得阿耨多羅三藐三菩提其次北方不空寶月世界無盡慧眼菩薩而白佛言菩提之性體無染汙亦無色象菩提之性與空俱等菩提之性同於法界法界性者等同平等平等性者則同究竟心性寂靜同爲一體是故菩提聖性無一無二亦無別異如此證者眞同法性不執於入不執於出如來聖性無出入處法智聖慧明達無障神用寂滅無相無境云何名爲無相無境不取眼識名爲無相不觀色塵名爲無境乃至不隨意識了別名爲無相不觀外緣心無妄想名爲無境法性本如相境亦靜二相無別同體一性何以故入佛三昧性同等至菩提性境等無有異是故證入無二法性觀者無上菩提速得圓滿最後東北方

金色世界賢護菩薩啓白世尊一切如來無盡不壞金剛福田聖性聖慧自在神通如幻三昧若欲修持先當修入十種殊特甚深難勝諸佛聖行一者修行達悟菩提心證虚空無意識想自性清淨如如真靜自性本空體性寂靜如幻三昧二者修持得入法位聖性聖慧超越二諦一體真如同於如來智海佛性如幻三昧三者如説修行入於聖性金剛三摩地不住佛法亦不住菩提不證道果亦不見於罪行八邪道入佛聖行性同一體法身聖性如幻三昧四者修習不捨三業證三脫門入於世諦行菩薩道從是三昧起聲聞心入聲香界不著三世性同真如如幻三昧五者修持而行空法示現住於聲聞形相威儀盛行非道見行非行於非行中持淨梵行接引衆生能行非相得達菩提入於佛道是名聖行如幻三昧六者修行無相入十二緣證聖心量不習二諦緣覺斷妄住煩惱性不入有障盛行有爲不著法相現辟支身作世尊像引歸大乘成就無上阿耨菩提一切廻向是名廻向菩提如幻三昧七者修學常觀無礙智慧辯才説法導引有情衆生入佛法性徧於一切不染世間入涅槃靜恒住苦海常在禪定不入於定住於三昧不在三摩地名爲如幻三昧八者修行能現有相住於非相而入諸欲不染於行離衆生見執著結縛向世間心住淨常樂出三界心名爲幻樂如幻三昧九者修行現凡夫事不著三界入於邪道不染貪愛住世諦中離癡五蓋入三毒根不住五欲證於空性法滿具足在陰界心

智慧如燭證解脱門出離五欲名爲無著如幻三昧十者修學不壞世法而住涅槃於生死海不犯八難住於三界不爲繫縛如是住者當證無見於五欲法實無所犯不著世諦是則名爲如幻三昧殊特難勝眞實聖行無盡福田若有一切菩薩次第修行如幻三昧者先當證悟諸佛三密聖行無量聖性金剛聖力三摩地然後得證如幻三昧迅疾玄悟入一切諸佛金剛聖性實際三摩地觀云何習學當了一切三昧實無可得如幻無定自性眞如諸法寂靜證寂體性空無所有是故如來一切諸法皆悉如幻三世衆生悉亦如幻有情無情及諸賢聖皆當如幻何以故爲由於業隨業流轉之所化故若欲修者又應先發大慈大悲大願大行如幻聖性然後修習無上正等菩提觀門用慧照性見圓鏡智心眼處觀見心體性唯觀唯定唯定唯正聖智圓明唯寂唯靜入自眞如同佛體性達金剛際神用自聖作如是用功證金剛喻定速得成佛同如來聖是時釋迦牟尼世尊共一切賢聖同聲讃歎善哉賢護能以眞實無漏慧智演諸如來金剛妙性祕密聖教是時舍衛國大會諸衆歎未曾有咸皆悟解歡喜無盡信受奉行　其時菩薩衆會之中有一菩薩名曰普眼稽首頂禮而白佛言普賢菩薩今何所在世尊報言普眼普賢菩薩今現在此道場衆會初無動移是時普眼周徧求覓不可得見世尊語普眼曰普賢菩薩住於法性之身甚深微妙不可說見獲無邊智慧金剛性身同於如來法身清淨證得無礙實際

是故汝等不能見爾是時普眼菩薩白佛言世尊我已入十千阿僧祇三昧求見普賢菩薩而復畢竟不可得見其身相好普賢之行及彼身業語業意業坐立行住悉皆求覓都無所見佛言如是如是譬如幻中種種幻相所幻住處尚不可得見何况普賢菩薩祕密身相體同虛空身亦祕密語亦祕密意亦祕密當知普賢聖力自在不可思議而於法界能入能出能見能現能隱能沒何以故普賢菩薩境界甚深不可比度難思難測惟佛能知無有量已過量舉要言之普賢菩薩以金剛慧三昧普入聖性同一切法性法界於一切世界無所依止普賢知一切衆生身心皆空無去無來性同普賢無有差別無依無作性無動轉至於法界到究竟處譬如虛空虛空之性不可得見普賢身心亦復如是爾時世尊告普賢菩薩摩訶薩汝乃於過去世來久遠值遇諸佛如來汝曾見聞毘盧遮那如來出世之時遇佛聞法是誰爲首是誰爲師令發菩提之心引化成佛普賢菩薩向佛作禮合掌恭敬而白佛言世尊我念往昔久遠已前有曼殊室利大士菩薩出世教化無量微塵數一切衆生令發菩提之心修金剛三密三摩地盡當成佛又更爾時曼殊室利廣弘大願願我心等虛空徧同法界如太空中法界無盡我則當自盡其志力廣度蒼生無有休歇復向大衆之中告言諸仁者誰能與我同願同行與我爲子紹繼我法我則爲說大乘瑜伽金剛祕密聖性三摩地成等正覺無上菩提廣大因緣時彼衆中有五仁者大

丈夫發大聲言我能依此大願大行廣度衆生心同虛空亦無休歇曼殊室利菩薩告言善男子汝等五仁大丈夫能同吾發行立願汝即真是吾子吾即與汝五仁同其心故廣度蒼生盡未來際其時五仁者一名毘盧遮那二名阿閦三名寶生四名觀自在王五名不空成就是五仁者便配五方各住一處金剛性海三摩地世界導引有情教化蒼生是時五仁啓曼殊室利菩薩唯願仁者與我說一切諸法爲有爲無曼殊室利答言亦有亦無復有二種之義一者有我法無我法二義執我執法者即於我法之中有障有礙有徧計所執性則是慧性不能明徹自在用故無我執無法執者即於我法之中通達無礙無徧計所執性則得慧性明徹自在用故二者心真如心根本自性清淨二義心真如者爲執真如作有爲相即自執著我性根本自性垢故不得清淨於一切處有障有礙則生煩惱貪瞋癡故任運繫縛處處生滅我性苦故心根本自性清淨者爲自性本來寂靜無障無礙則真如無爲徧一切處與根本自性清淨性同空故是以性等真如根本清淨自性同體聖性空故無縛無解畢竟清淨性體寂靜故是五仁者大丈夫聞說無上菩提正真妙法心大歡喜即起作禮重啓曼殊室利菩薩言仁者今我身中心性與大士菩薩并一切衆生心性妙智同一性不曼殊室利答言吾與汝五仁及一切衆生心性等同一體無有別異淨如瑠璃內外明徹無有增減悉同清淨是故善男子汝當諦信佛說我心無主

身亦無我名曰摩訶金剛般若波羅密多爲身心性具足一切法亦同如來智身法身何以故身如性相同體無别常住首楞嚴三昧性三摩地性淨清徹則得隨名解脱如名毘盧遮那者身心清淨性智菩提得圓滿是如名阿閦者身心無動性亦無相大圓鏡智菩提圓通是如名寶生者身心平等性智菩提一靜一性是如名觀自在王者身心清淨妙觀察智聖慧通達金剛菩提是如名不空成就者身心智量性等虚空形同法界聖性聖慧成所作智自在神通悉地成就一切菩提解脱是爾時普賢菩薩陳往事已如來説言如五仁大丈夫智性須假大士曼殊室利金剛般若慧爲身心主成就一切法聖智性身心成熟慧性圓明法滿成就乃能證得阿耨多羅三藐三菩提

爾時釋迦牟尼如來説一切菩薩修學大乘求無上正等菩提者入四十二位修證所謂三賢十聖地等覺妙覺佛地菩薩於大乘法中廣發大願行菩薩道地前次第凡有二義云何有二一者外凡二者内凡云何名爲外凡所謂菩薩持五戒十善修諸業行學習六波羅密散心修持得生天上亦生人間成有爲福受有漏快樂故云何内凡所謂菩薩學習菩提無爲無漏福即三賢位一者下賢二者中賢三者上賢下賢菩薩者修學十信行得十住行相扶接引爲信成就故中賢菩薩者修學十住行得十迴向相扶接引名爲解行成就故上賢菩薩者修持十迴向進學煖頂忍世第一法成就聖胎漸登聖位故此三

賢位純在有漏修學次第說十聖位等妙二地漏無漏有四等一者下等六地巳下位菩薩修學三密三摩地者名爲隨相行用修行入定半有漏半無漏入定即無漏出定即有漏故二者中等七地位菩薩修學三密三摩地者名爲無相用修入定定者住於三昧則得分證無漏聖道漸證修行入菩提道次第成就故三者上等八地位菩薩乃至法雲地菩薩修學三密三摩地者是名無功用定住是三昧得名純無漏道證入金剛性運通無爲自在神力無相無功用任運成就得登佛地進成菩提故四者最上殊勝等覺妙覺二位菩薩修入佛地住如來三摩地故得三種意生身證金剛法界聖性三昧與真如同無相無念念一念慧得金剛喻定同佛不壞金剛性入無爲聖智道聖性相應則成無上正等菩提智身法身滿足故名爲如來是故如來說一切菩薩及一切衆生修學如來無上菩提者依一切諸佛金剛聖覺智修行得入佛地云何入聖覺智得入佛地菩薩修入聖智者則是覺也覺者佛也覺諸有情聖智相應是名衆生本自覺也覺本心源即名了見煩惱性者是名菩提性也菩提性者則是法身佛也是故諸菩薩及一切衆生求於無上菩提者常當修持如來一切覺一切覺者是名一覺覺諸情識空寂無生何以故決定本性本無動搖一切境界本自是空一切識識本來空性一切境識本即是空如何言見見即爲妄何以故一切萬有本自於空無生無相本來不有本不自名悉皆空寂一切法相

亦復如是一切衆生身亦如是云何有見本來清淨故是名本覺覺本淨性清徹無處名爲法身智身滿足覺本心性體静無生離衆生垢故覺本無寂離涅槃性故覺應諸法於一切法無住動故無動無住如菩提故譬如毘楞伽寶隨色而應同爲一體無有分别如來佛性隨情皆有悉應清淨衆生德感亦復如是菩薩若證心無所住無有出入得同菴摩羅清淨佛識故是故一切大衆菩薩摩訶薩應當修學　爾時世尊向大道場衆會之中告諸菩薩摩訶薩衆及諸聲聞大梵天王并諸天梵衆龍神八部四衆弟子諸善男子善女人等吾從往昔於毘盧遮那世尊聽受瑜伽祕密金剛菩提三密三摩地法聖性之教曼殊室利導引於吾今得成佛號爲釋迦牟尼如來如是大會諸大菩薩衆應共啓請曼殊室利菩薩與汝大衆爲師上首當引大衆總皆成佛吾於當來末世之時亦助曼殊廣化羣品爾時大會諸菩薩等即依如來教命禮敬曼殊稱爲師首是時曼殊室利菩薩從座而起稽首如來長跪合掌叉手向佛而白世尊我依如來指示不敢違越惟願世尊加被於我大會諸衆咸皆歡喜頂禮世尊信受奉行

御録經海一滴卷之九

音釋

穳 作管切鋋也　瞬 同瞚　焞 蒲没切煙起貌又尉焞炁熱　駛 音使疾也

颰 音弗小風也一曰疾風

御錄經海一滴卷之十

持世經

四利品

持世菩薩摩訶薩合掌向佛白言世尊云何菩薩摩訶薩能善知諸法實相亦善分別諸法之相亦能得念力亦善分別一切法章句慧亦轉身成就不斷念乃至得阿耨多羅三藐三菩提爾時世尊告持世菩薩言善哉善哉持世汝能爲諸菩薩摩訶薩故問如來是事利益安樂諸天世人亦爲今世後世諸菩薩等作大光明汝之功德不可限量汝欲於後世守護正法於後恐怖惡世欲度衆生汝今諦聽吾當爲汝解說持世諸菩薩摩訶薩見四利故勤修習諸法實相亦善分別諸法之相何等四當得具足念當得不斷念當以安慧而自增長念常在心持世復見四利何等四當善知決定諸法義當善知諸法義當善知諸法種種因緣當善入諸法如實門持世復見四利何等四當善知無量法相當修習善知決定無量法當行無量功德而自增長當知見諸法生滅相持世是爲諸菩薩摩訶薩見四利故勤修諸法實相亦善分別諸法之相持世諸菩薩摩訶薩見四利能求念力何等四當修習具足念根當行安慧當具足不斷念當修習具足四念處持世諸菩薩摩訶薩有四法名得念力何等四念安慧故常勤精進不休不息常一其心得諸法實相故常不放逸正憶念諸法故常護諸根正思惟故持世諸菩薩摩訶薩見四利能修習一切法分別章句慧何等四當善知一切諸法

實相當分别一切法所因當知諸法決定義當善知一切法語言章句分别知了義未了義經持世諸菩薩摩訶薩有四法轉身常得不斷念乃至得阿耨多羅三藐三菩提何等四明了善不善法成就第一念安慧能離五蓋心終不忘念阿耨多羅三藐三菩提心持世復有四法何等四得諸陀羅尼門亦修習無生智入於盡智亦觀於滅智持世復有四法何等四斷於愛恚不貪著一切有爲無爲法心通達無爲智慧至如來所行處持世是爲諸菩薩有四法轉身常得不斷念乃至得阿耨多羅三藐三菩提持世諸菩薩摩訶薩有五淨智力皆具足能得如上功德何等五深心淨智力願淨智力善根淨智力迴向淨智力障業淨智力持世復有五淨智力何等

五捨心淨智力利益衆生淨智力生大慈淨智力生大悲淨智力生大喜大捨淨智力持世復有五淨智力何等五持戒淨智力不著持戒淨智力忍辱淨智力不著忍辱淨智力多聞淨智力持世復有五淨智力何等五慧淨智力多聞決定方便淨智力世間出世間淨智力慧方便淨智力有爲無爲淨智力持世是爲諸菩薩摩訶薩有是五淨智力疾得具足如是一切功德持世以是利故諸菩薩摩訶薩於是淨智力中應勤修習持世諸菩薩摩訶薩成就三法於是淨智力中能勤修習何等三一者欲二者精進三者不放逸何以故持世欲精進不放逸皆是一切法根本亦名爲精進不退者亦名不退法者以此功德自得增長於一切法中疾得淨智力持世

若有人如是一切法中得清淨智力者是爲世間福田是人次我能消供養是人能至如來行處是人能觀如來法是人不久能證如來智慧是人亦轉法輪如我今轉是人亦師子吼如我今師子吼自然於一切法中得自在力如我今也持世汝等於此淨智力中當勤精進不久自然具足一切智慧持世諸佛阿耨多羅三藐三菩提皆以欲精進不放逸爲根本及餘助道法能具足佛法者持世我以如是精進得值二十億佛於諸法中世世成就念力世世得識宿命修習是法不休不息我終不失是欲精進不放逸我常成就欲精進不放逸諸善男子今世衆生少有於是法中能行欲能行精進能行不放逸若信受如是甚深清淨法能至佛慧是爲希有何況能信解如來所行諸善男子我常長夜莊嚴如是願如是精進忍辱行利益無量阿僧祇衆生諸善男子當知如來思力本清淨願精進故諸善男子是賢劫中諸佛出世無不讚我作如是言釋迦牟尼佛深行精進具足精進具足精進波羅密出於五濁利益無量阿僧祇衆生諸善男子我今雖得阿耨多羅三藐三菩提精進猶不休息至涅槃時猶發精進碎身骨如芥子解散支節何以故憐愍未來世衆生故我先世行菩薩道時所化衆生或行有錯謬墮諸難處欲免濟之起大悲心分布舍利乃至如芥子皆與神力我滅度後若有衆生應以舍利度者心得清淨心得清淨已處處地中隨願成就我以如是無量福德因緣大悲心故於後惡世普覆衆生諸善

男子若諸菩薩於此法中能生欲精進不放逸必發是願於後末世受持讀誦爲人廣說如是等經我當以神力加護諸善男子隨是經所住當知其土有佛不滅是故如來以是經囑累諸菩薩諸善男子當知我宿世以如是因緣攝取衆生今世亦復攝取衆生後世亦復攝取衆生所謂護念如是經法於後五百歲普流布故以是因緣我說諸佛即是法身以見法故則爲見佛佛不應以色身見若人信法聽法於此法中能如是修行是人則爲見佛是人名爲實語者法語者隨法行者諸善男子我身非法非非法是名隨法行是名第一法施所謂不貪著法不貪著非法何以故若貪著法者不名見佛若於一切法中無所見者是名見佛何以故如來不可以法說不可以非法說亦不可以法見若知我法如筏喻者法尚應捨何況非法如來名爲捨一切法者不貪不受諸法名字不墮法名字中何況墮非法名字中諸善男子若一切法不可得捨離一切法是中即無戲論是法是非法名字無行無示是名見如來若能如是見如來者是名正見若異見者名爲邪見若邪見者則爲妄見是人不名爲眞見諸善男子眞見者斷一切語言道非眞非妄非有非無離一切法不取一切法不得一切法諸善男子汝等應如是見如來如是觀者當知一切法皆是如來當得一切法如當得一切法實相當得一切法非虛妄相當知一切法是如來法當知一切法是如來所行處當知一切法是不可思議行處諸善男子是故我說

一切法是如來行處如來行處是無行處何以故一切法行處是中無法可行是故說無行處是如來行處如來通達證是法故是名無行處是如來行處諸善男子能知一切法無行處是人能入如來行處是人能觀如來行處是人能求如來行處是人亦不貪著如來行處何以故是人知無行處是如來行處是名入智行處不入一切法故何以故一切法無門故以是門入諸善男子一切法無入無出無形所以者何如來於法無所得何法若出若入若見若說一切法無合無散無縛無解是一切法門以無門故說是門名爲不可出門不可入門不可歸門不可說門畢竟無生門以是法門於法無所知無所見以是法門於法無所證無所入若有善男子善女人能入是法門者則入一切法門則知一切法門則說一切法門

五陰品

爾時佛告持世菩薩諸菩薩摩訶薩勤修習如是法門入是法方便門能得分別陰方便界方便入方便因緣生法方便八聖道分方便世間出世間法方便分別有爲無爲法方便持世何謂菩薩分別五陰方便諸菩薩摩訶薩正觀五取陰諸菩薩云何分別觀擇色取陰是色取陰無有自性但以四大和合假名爲色陰色陰無有作者非陰是色陰凡夫於此無陰陰想以顛倒心貪著色已於色中依止我我所行種種惡不善業我等不應隨凡夫學應正觀色陰知同水沫聚但從衆緣生不可執捉無有堅牢水沫聚中無有聚相

無聚是水沫聚色陰亦如是色陰中無有陰相我等應當善知修習色無相方便不貪著色相若人貪著色相即貪著色我等應善知入色相是色陰皆從凡夫憶想分別起若法從憶想分別起即是不生一切憶想分別皆非眞實見色性如夢譬如夢中色皆從憶想分別覺觀起色相無有決定色陰相亦如是從先世業因緣出無有決定性諸菩薩如是思惟不取色若我若我所於色中愛念貪著皆悉除斷善知色正相善知色平等相善知色滅相善知色滅道相如是内色不貪不受外色不貪不受即知一切色陰是無生相是菩薩爾時不滅色亦不求滅色法　持世何謂菩薩觀擇受取陰菩薩作是思惟是苦受樂受不苦不樂受皆從因緣生屬諸因緣入

受相中此中無有受者但以貪著故貪著即是不眞虛妄從憶想分別起是凡夫爲虛妄受所縛爲三受所害若受樂爲愛結所使能起惡業若受苦爲恚結所使起諸惡業若受不苦不樂受爲無明結所使不脫憂悲苦惱我等今不應隨凡夫學應作是念非陰是受陰從憶想分別起顛倒相應無有受者但從先世業因今世緣故受自性空受中無有受相譬如雨滴水泡有生有滅無有決定凡夫可愍爲諸受所制爲諸受所縛馳走往來從身至身輪轉五道無有休息不知受陰如實相我等今不應隨凡夫學應知受陰無所從來無有所屬無法能生受者但從顛倒相應虛妄因緣相續今於樂受中除却愛結苦受中除却恚結不苦不樂受中知見無明結故

勤行精進如實知三受相爾時有所受若苦若樂若不苦不樂皆離不著知受陰如實無常不爲諸受所汙知受陰集受陰滅受陰滅道然後如實知受陰是無生相以無生相通達受陰無相　持世何謂諸菩薩觀擇想陰菩薩正觀想陰皆從顛倒起虛妄不堅不實從本已來不生相以因緣和合起非陰是想陰想陰中無想陰相譬如春後日焰以名字故説名爲焰隨想陰亦如是此中若内若外無有想者凡夫虛妄想所繫故或識貪欲或識瞋恚或識愚癡依止是想陰貪著虛妄以是想陰馳走往來以我相彼相男女相繫於想陰不能得脱我等不應隨凡夫學正觀想陰中想陰相不可得如焰陰中焰不分別若我若彼即行滅想受陰道通達想陰是無生不見想陰若來處若去處如實知想陰集滅盡則離想陰欲染亦能行斷想陰欲染道

持世何謂菩薩觀擇行陰觀行陰從顛倒起虛妄憶想分別假借無有根本羸劣無力以衆緣和合名説行陰是中無有眞實行陰無陰是行陰從本已來不生是行陰無性是行陰諸行前際不可得後際不可得中際不可得無有住時諸行念念生滅是諸凡夫爲行陰所繫貪著所縛不知行陰性入無明癡冥於諸行中生眞實想以顛倒故貪著受取行陰起樂行已得樂身起苦行已得苦身起不苦不樂行已得不苦不樂身是人得樂身已生愛得苦身已生恚得不苦不樂身已生癡是人以愛恚癡故不見諸行過惡不能清淨身口意行不清淨故墮不清淨道諸菩薩摩

訶薩應如是正觀今我等不應隨凡夫學應觀行陰過惡應求出行陰道即觀諸行空見行陰無所從來去無所至不得諸行決定生相亦不得決定滅相譬如芭蕉堅牢相不可得無堅牢相亦不可得即觀諸行無生滅相生厭離心亦不生離證諸行無生相而善通達諸行相　持世何謂諸菩薩正觀擇識陰諸菩薩摩訶薩觀非陰是識陰顛倒陰是識陰虛妄陰是識陰何以故是識陰從顛倒起虛妄緣所繫從識而生有所識故名之爲識從憶想分別覺觀生假借而有有所識故數名爲識以識諸物故以起心業故以思惟故衆緣生相故起種種思惟故數名識陰或名爲心或名爲意或名爲識皆是意業分別故如是非陰是識陰何以故是識陰從衆因緣生無自性次第相續生念念生滅是識終不生陰相何以故是識陰生相不可得決定相根本無所有故凡夫於非識陰生識陰想以覺觀分別憶想顛倒相應虛妄所縛故貪著内識貪著外識貪著内外識以識相故分別起識陰以憶想分別假借强名是心是意是識凡夫貪著識陰爲識陰所縛心意識合故貪著見聞覺知法馳走往來所謂從此世至彼世從彼世至此世或起善識或起不善識或起善不善識是人常隨識行不知識所生處不知識如實相諸菩薩摩訶薩於此中如是正觀知識陰從虛妄識起所謂見聞覺知法中衆因緣生無法生法想我等不應隨凡夫學知識陰虛妄不實從本已來常不生相知非陰是識陰幻陰是識陰譬如幻所化人

識不在内亦不在外不在中間識性亦如是知識皆無常苦不淨無我凡夫爲虚妄相應所縛故於識陰中貪著若我若我所若起下思得下身若起上思得上身若起中思得中身是人隨心意識力故生依止諸入貪著識陰故不脱生老病死憂悲苦惱菩薩於此中如實觀識陰無常相所謂如實知識如實知識集如實知識滅如實知識滅道能壞識陰能斷一切相知識陰集滅相亦通達識陰集滅相菩薩爾時亦不生識陰亦不滅識陰不分别識滅相通達識陰無生相從本已來常畢竟空如是觀識陰時即知識陰是無作無起相不貪不著　持世若菩薩能如是方便入五陰能如是方便正觀五陰是名通達入五陰集滅道皆能斷諸陰相眞知五陰方便以是方便故於五取陰中不貪不著不縛不繫如是觀時能知五取陰微細生滅相持世菩薩觀衆生初入胎歌羅邏時先五陰滅即更有五陰生雖先識滅亦知五陰非斷滅相識雖依止歌羅邏亦知五陰不至不常持世是五取陰微細生滅相者所謂先五取陰滅次第無物至胎識初合時五陰即有生滅因歌羅邏五取陰假名爲人所以者何識無所依則不能住識所依者五取陰是持世又無色界諸天五取陰細微生滅相亦應如是知持世如是細微五取陰生滅相辟支佛智慧所不能及何况聲聞智慧惟諸佛如來善知五取陰從初入胎細微生滅相持世諸佛如來無有隨他智慧自然得一切智慧方便無所不達諸佛無礙智慧於一切法中得自在

力何以故於無量無邊劫行於深法故持世一切凡夫不能如是方便觀五取陰何況觀五取陰細微生滅相若無諸佛衆生則無所知無所見不能正觀五取陰諸佛出於世間壞衆生依止色壞依止受想行識壞和合一相故作如是分别說汝等所依所歸是名爲色是色但以四大和合受想行識但有名字名色相成就故說五取陰汝等衆生莫貪歸此不堅牢五取陰持世是凡夫人從顛倒生入無明網馳走往來不知五陰爲是何等不知五陰從何所來不知五陰如實故貪受五陰是故說名取陰於此中誰有取者此中取者不可得但以顛倒貪著分别虚妄自縛無明癡闇故取我取我所取此取彼是故說取陰是五陰無有取者亦無決定相是諸凡夫爲愛縛所縛貪愛五取陰爲諸蓋所覆入無明闇冥不知不覺往來六道中生死所縛貪歸生死不放不捨不斷五陰亦不能知五陰如實相不如實知故爲種種苦惱所害墮虚空獄不知出處故不得度無量生死險道持世我以是因緣故爲弟子說法汝等比丘當正觀五陰亦當如實知色無常相如實知受想行識無常相若於色受想行識中有欲染者當疾除斷持世若有人能如說修行當得脱生老病死憂悲苦惱若人不能如說修行爲色縛所縛爲愛繫所繫入無明闇冥貪取五陰是人貪取五陰故不能得脱生死險道不知五陰性不知五陰空相而與我諍是人違逆佛語墮大衰惱持世諸佛不與人諍但爲衆生演說實法作是言一切衆生顛倒力

故貪歸五陰徃來世間爲種種邪見煩惱種種憂悲苦惱之所殘害其有見五陰者見五陰相者貪五陰者我則不與是人爲師如是之人非我弟子入於邪道取不實者不知佛第一義是外道徒黨持世當來之世法欲滅時於我法中出家決定說五陰者貪著五陰者不聽受人一杯之水所以者何是人於我法中違逆我法背捨聖行持世是故諸菩薩摩訶薩於後惡世應如是發大誓願於我如是甚深經典當共護持亦斷衆生五陰見故而爲說法持世我是經中說破一切陰相離貪著陰相爾時多有在家出家聞如是等經起於諍訟不生實想菩薩摩訶薩於此中應發大慈忍力於後惡世度脱貪著五陰邪見衆生隨宜方便以法利益是故諸菩薩摩訶薩善男子善女人若欲疾得阿耨多羅三藐三菩提當於是清淨無染法中勤行修習此陰入性及餘有爲法中說實知見相

十八性品

持世何謂菩薩摩訶薩善知十八性諸菩薩摩訶薩方便正觀十八性作是念眼性眼性中不可得是眼性無我無我所無常無堅牢自性空故眼性虚妄無所有從憶想分別起眼性無有決定相譬如虚空無決定相無根本故眼性中實事不可得故眼性無處無方眼性不過去不未來不現在眼性眼相不可得識行處故數名眼性若眼根清淨色在可見處意根相應以三事因緣合故說名爲眼性智者通達無眼性是眼性　持世諸菩薩摩訶薩若能如是觀擇眼性即通達無性是

色性何以故色性中色性不可得但以憶想分別色在可見處眼根清淨以意識相應見現在色故數名色性譬如鏡中面像若鏡明淨則生色相鏡中色無決定相因知色無性相無形性無決定性是名色性菩薩知是色性即知無性是色性無生性是色性無作性是色性亦假名性名爲色性如是觀擇色性

持世是菩薩正觀擇眼識性所謂眼識中無眼識無眼識性無有常性是眼識性非合非散無有根本但以先業因緣起屬現在緣繫色緣故隨凡夫顛倒心故數名眼識性賢聖通達眼識性即是非性如來方便分別破壞和合一相故說十八性示識無決定相故說眼識性示眼識實相故說眼識性眼識性者示眼所行處能識色是眼識性即是說無性又眼性色性眼識性說三事和合以知諸緣相故即是離諸性義所謂是眼性是色性是眼識性有如是數得令衆生入於實道此中實無眼性色性眼識性諸如來方便分別說是諸性若人通達是諸性方便者則知三性無性何以故諸性中無性相故諸性中相不可得故耳性聲性耳識性鼻性香性鼻識性舌性味性舌識性身性觸性身識性皆亦如是　持世何謂菩薩摩訶薩觀擇意性菩薩作是念意性無決定根本無所有故意性中無意性譬如諸種子種於大地因於水潤得日得風漸漸芽出芽不從種子出種子亦不與芽和合芽生則種子壞種子不離芽芽中無種子意性亦如是能起意業故示意識故如種示芽得名意性離意性則無意意性

不能知意假名字故說爲意性是意性不在意内不在意外不在兩中間但以先業因緣故起識是意業故知所緣故數名意性即是不決定意業相即是衆緣和合相意性即是世俗語第一義中決定無意性過去未來現在不可得智者通達無性是意性　持世諸菩薩觀擇法性無性是法性法性無自性自性不可得但爲起顛倒衆生虚妄結縛有所知故說言法性欲令衆生入無性故說是法性何以故法性中無法性相是法性從衆緣生無有自性如來於此欲教化衆生說是法性以世俗語言示無性法是法性不在内不在外不在兩中間無所有是法性法性中無決定有相譬如虚空智者證知無性是法性智者通達無相是法相法性中無分別相法性中無有住處無處無起無住無依止是法性從本已來不生故諸菩薩摩訶薩觀擇法性如是所謂無性是法性　持世何謂菩薩摩訶薩觀擇意識性菩薩作是念不生性是意識性不決定性是意識性意識性無根本無有定法以意識性示無性相何以故意識性中意識性不可得顛倒相應以意爲首識諸法故名爲意識隨凡夫所行故說意識性賢聖觀知非性是意識性從衆因緣生憶想分別起無有性相即是第一義中無性相義世俗法中爲引導衆生故說是意識性欲令衆生知無性是意識性是意識性不在一切法中無處無方不與法若合若散第一義中意識性無緣不可得不可示故智者通達意識性不作是意識性作者不可得故無生是

意識性生相無所有故　持世菩薩摩訶薩如是觀擇意識性諸菩薩作是觀時觀擇欲界色界無色界皆是無生性無所有性云何爲觀所謂欲界中無欲界色界中無色界無色界中無無色界以界示無界法爲取欲界相者示是欲界爲取色界相者示是色界爲取無色界相者示是無色界是三界皆無根本無有定法智者不得是三界不説是三界通達是三界虚妄無所有無自性離諸法但從顛倒起爲斷衆生顛倒故知見三界故如來分别説是三界相欲令衆生知無界義故説三界非以性相有　持世菩薩摩訶薩如是觀時觀衆生性我性即是虚空性無所有性無生性何以故衆生性我性虚空性無别無異如是諸性皆從虚空出但從衆緣生故名之爲性此中決定無性相何以故虚空中無一定性是諸性相皆入虚空是無所有義譬如虚空無性是法畢竟離相無所有相一切諸法亦如是離性相諸性中無性相性相不在内不在外不在兩中間性中無有性性中不攝性性不依止性一切性無所依止一切性不生智者於諸法性中不得生性不得滅性不得住性一切諸性不生不起不住從本已來不可得故智者通達知見一切諸性皆是無生相若是無生相即無有滅第一義中不説諸性智者知見通達一切諸性如第一義　持世諸菩薩摩訶薩如是觀擇通達十八性及三界衆生性我性虚空性諸菩薩如是觀擇通達時不得性不見性亦通達一切諸性假名字亦信解入一切諸性是無性

亦知分別諸性以世俗分別說諸性令一切諸性入第一義中亦善通達無性方便亦為衆生分別說諸性亦令衆生善住諸性方便亦不以二相示諸性雖知一切諸性無二亦以方便說諸性從因緣起雖以世俗言說引導衆生而示衆生第一義雖善知分別諸性而信解通達一切諸性無所有何以故如來以第一義故於性無所得亦不得諸法性相以第一義中一切性同虛空一切性入虛空一切性無生相如來通達一切性如是持世如來不說諸性相亦不說諸法力勢何以故若法無所有不應更說無所有性相持世如來亦說無所有性相此中實無所說性相是明善分別諸性菩薩摩訶薩得是善分別能知一切諸性假名能知世俗相能知第一義相能知世諦能知諸相旨趣能知諸相所入能分別諸相能知諸法相無性能令一切諸性同虛空性亦於諸性不作差別持世是故諸菩薩摩訶薩若欲入如是諸性方便於如是甚深經中應勤精進

十二入品

佛告持世何謂菩薩摩訶薩善知十二入菩薩摩訶薩正觀擇十二入時作是念眼中眼入不可得眼中眼入無決定叉眼入根本不可得何以故眼入從衆緣生顛倒起以緣色故繫在於色二法合故有因色有眼入因色說眼入二法相依故說名眼色色是眼入門與緣故眼是色入門與見故是故說入以緣色入門故說眼入以眼見故說色入但以世諦故說其實眼不依色色不依眼眼不依眼

色不依色但從衆緣起色作緣故說名眼入又從衆因緣起眼所知見故說名色入隨世俗顛倒法故說第一義中眼入不可得色入不可得智者求諸入不見有實但以凡夫顛倒相應以二相說是眼入是色入欲令衆生如實知諸法實相故說是諸入皆從衆因緣生顛倒相應行此中諸入相實不可得賢聖通達是眼入色入無生無滅不來不去相眼不知眼眼不分別眼色不知色色不分別色何以故二俱空故一皆離故眼色皆無性無法眼不自作眼亦不自知色不自作色亦不自知二俱無所有故眼不作是念我是眼色亦不作是念我是色眼色性如幻性以虛妄假名故說是眼是色諸菩薩觀擇眼入色入如是耳聲鼻香舌味身觸亦如是　持世何

謂菩薩摩訶薩觀擇意入作是念意入中意入不可得意無決定入相意入無根本何以故意入即是衆因緣生從顛倒起繫法入緣二法和合能有所作是意入因法入起意是法入處是故說名意入法入是意入門是故說名法入緣法入門故說是意入示知意相門故說是法入以世諦故說其實意不依法法不依意因緣生故以諸法爲緣故說意入因緣生故示意相故說法入隨世諦顛倒故說第一義中意入不可得法入亦不可得智者求諸入不見有實但凡夫顛倒相應以二相說是意入是法入是意入法入虛妄無所有如來如實通達故示是諸入賢聖通達意入法入不生不滅不來不去意不知意不分別意法不知法不分別法二俱空故二俱離

故意不知意性法不知法性是二性無所有此中無一決定法意不能成就意不能壞意法不能成就法不能壞法是二俱空皆如幻相但假名字故分別說菩薩摩訶薩觀擇意入法入如是　持世何謂諸菩薩摩訶薩正觀擇內六入外六入所謂是十二入皆虛妄從衆緣生顛倒相應以二相故有內外用凡夫不聞眞法不知十二入如實相故貪著眼入我是眼入我所是眼入貪著色入我是色入我所是色入耳聲鼻香舌味身觸意法亦如是我是意入我所是意入我是法入我所是法入以貪著故爲十二入所縛馳走往來五道生死不知出道菩薩摩訶薩於此中正觀見是十二入空如幻相不貪著諸入若我若我所以不貪著故不憶念分別持世菩薩摩訶薩得如是諸入方便於一切十二入中不繫不縛亦證諸入知見而能分別諸入亦知諸入性則是無性亦知諸入方便究竟是爲菩薩善知諸入如是

十二因緣品

持世何謂諸菩薩摩訶薩善觀擇十二因緣菩薩摩訶薩觀擇十二因緣所謂無有故說名無明不知明故說名無明云何不知明不知無明中決定法不可得是名無明何故說無明因緣諸行諸行無所有而凡夫起作是故說無明因緣諸行從行起故有識生是故說諸行因緣識從識生名色二相是故說識因緣名色從名色生六入是故說名色因緣六入從六入生觸是故說六入因緣觸從觸生受是故說觸因緣受從受生愛是故說受

因緣愛從愛生取是故説愛因緣取從取生有是故説取因緣有從有生生是故説有因緣生從生有老死憂悲苦惱聚集是故説生因緣老死憂悲苦惱聚集持世世間如是爲十二因緣所繫縛盲無眼故入無明網墮黑闇中無明爲首故具足起十二因緣諸菩薩如是思惟觀無明實相知無明空故本際不可得不貪著無明知一切法無所有是爲即得明於此中更無餘明但知見無明是名爲明何以故明無所有故　無明因緣諸行者諸法無所有凡夫入無明闇冥中誑惑作諸行業是行業無形無處行業不依無明無明不依行業無明不知無明行業不知行業如是無明行業以顛倒故不得無明性不得諸行業性但以無明闇冥故分別説行業從無所有法起作故無明行業皆是無所有　諸行業因緣識者是識不依行業亦不離行業行業亦不生識但顛倒衆生從行業生識是識無有生者但緣行業相續不斷故有識生智者求識相不可得亦不得識生　識因緣名色者名色不依識亦不離識生名色是名色亦不從識中來但緣識故凡夫闇冥貪著名色智者於此求名色不可得不可見從憶想分別起是名色相識因緣故有識性尚不可得何況從識緣生名色若決定得名色性者無有是處　名色因緣六入者是六入因名色起名色在身中故有出入息利益身及心心數法是六入皆虛誑無所有從分別起有顛倒用　六入因緣觸者是觸依色而有觸不觸色何以故色無所知與草木瓦石無

異但從六入起故分别說是觸六入尚虛妄無所有何况從六入生觸觸空無所有以無觸性故　觸因緣受者是諸受不在觸内不在觸外不在兩中間是觸亦不餘處持受來而從觸起受是觸尚虛妄無所有何况從觸生受受無一決定相受皆無所有從顛倒起有顛倒用　受因緣愛者是受不於餘處持愛來受亦不與愛合受亦不知愛愛亦不知受是愛亦不依受亦不離受有愛受中尚無受相何况受因緣生愛是愛但從虛妄憶想顛倒相應故名爲愛智者知是愛無處無方虛妄無所有　愛因緣取者愛不於餘處持取來愛亦不能生取有愛故說名取隨因緣和合故說取不與愛合亦不散愛不與取合亦不散愛尚無有何况愛因緣生取諸取決定相不可得智者知見是取虛妄無所有但從顛倒起無有根本無一定法可得　取因緣有者取不能生有而說取因緣有是有不在取内不在取外不在兩中間有不依止取取不與有合亦不散但以衆緣和合故說取因緣有取尚虛妄無所有何况從取因緣生有智者通達是有虛妄顛倒相應無合無散無所分别　有因緣生者有不能生生亦不離有生生有與生非緣非不緣有尚不可得何况從有生生智者通達生中無生相生中無自性生中無根本無一定法可得是生前際後際中際不可得從衆因緣生顛倒相應虛妄無所有如幻化相　生因緣老死憂悲苦惱者是生不持老死憂悲苦惱來生亦不能生老死憂悲苦惱老死憂悲苦惱不在生

内不在生外不在兩中間亦不依止生以生故老死憂悲苦惱可說但示衆因緣生法故生不與老死憂悲苦惱合亦不散生中生尚不可得何況生因緣老死苦惱但顛倒相應衆緣和合具足十二因緣故說生因緣老死苦惱智者通達老死苦惱虚妄無所有顛倒相應無有根本不作不起不生　如是觀十二因緣法不見因緣法若過去若未來若現在亦不見十二因緣法相但知因緣是無緣無生無相無作無起無根本從本以來一切法無所有故通達是十二因緣亦不見有作者受者若法從因生是因無故是法亦無菩薩隨無明義故一切法不可得入如是觀中無緣即是十二因緣此中無所生是虚妄生菩薩爾時不分别是明是無明無明實相即是明因無明故一切法無所有一切法無緣無憶想分别是故隨順無明義通達十二因緣持世若菩薩能如是通達善得無生智慧何以故以生滅觀則不能善知十二因緣若觀衆緣集散是名得無生智慧若得無生智慧是名通達十二因緣持世若菩薩摩訶薩知無生即是十二因緣者則能得如是十二因緣方便是人以無生相知見三界疾得無生法忍當知是菩薩不久當得受記於一切法得智慧光明於諸惡魔無所怖畏度生死流到安隱處持世若於今世若我滅後若聞若信若讀誦若修習是十二因緣方便者我與是人授記當得無生法忍不久成阿耨多羅三藐三菩提

八聖道分品

持世何謂菩薩摩訶薩善能知道菩薩摩訶薩安住道中何等爲道所謂八聖道分正見正思惟正語正業正命正精進正念正定菩薩摩訶薩得正見安住正見爲斷一切見故行道安住於道乃至斷涅槃見佛見何以故一切諸見皆名邪見破壞一切貪著諸見故名爲正見見一切法寂滅知相不生不滅同於涅槃如是亦不念不分別是一切法不取不捨是名出世間正見如實知見不見邪不見正斷一切心所念一切平等是名菩薩安住正見　持世菩薩住正見中如實知正思惟作是念一切思惟皆爲是邪斷諸分別名爲正思惟無所分別名爲正分別住如是正分別中不得分別若正若邪如是之人離諸分別故見一切分別皆虛誑不實從顛倒起

諸分別中無分別斷諸分別故無所繫縛性皆平等是名安住正思惟　持世何謂菩薩勤集正語是人見一切語言虛妄不實從顛倒起從衆因緣有是語言無所從來去無所至安住實相中得第一清淨口業知見諸口業相通達一切語言是人所語終不有邪是故說名住於正語　持世何謂菩薩善知正業知一切諸業虛妄無所有不作不起滅一切業名爲正業正業者於業不分別入諸業平等故說名正業又正業者則是不繫三界義如實知見義更無分別是正是邪於法無取無捨是故說名住正業　持世何謂菩薩善知正命若所有命相法相取相乃至涅槃相佛相清淨佛法相住於是中作命皆名邪命正命者捨諸資生所著不分別是邪命是

正命即得一切清淨命離於命相無動無作不念命不念非命名爲如實知者是故說名住正命　持世何謂菩薩善知正精進爲斷一切精進道故名爲住正精進何以故一切精進皆爲是邪諸有所發有作有行皆名爲邪皆是虛妄正精進者無發無作無行無願一切法中斷有所作乃至涅槃相佛相中不生有所作相爲無所作故行道善知精進不取不捨故說名住正精進正精進者即是諸精進不可得義　持世何謂菩薩善知正念知見一切念皆是邪念何以故一切念從虛妄因緣起是故所有生念處皆爲邪念若於處所無生無滅是名正念安住清淨念中更無處生邪念是正法中無念通達一切念皆無念相無所貪樂亦不分別是無念以諸法平等通達一切念是人如實知見一切念故若念若非念無取無捨安住正念故不可示不可說離一切語言如實知一切語言不分別此彼故說名安住正念　持世何謂菩薩安住正定凡諸法中所取緣定相所取知定相所取三昧戲論定相皆名是邪邪者即是貪著義不取相無法無戲論無憶念不貪著不取定相心無所住是名正定又正定者不依止一切定相如實通達法之本體正定者即是諸法平等義正定者能出諸禪定諸三界一切有爲法能如實知見一切五道生死義持世是名諸菩薩摩訶薩得正定方便名爲善知道善知道方便所謂如實知見能至涅槃道

世間出世間品

持世何謂菩薩摩訶薩善知世間出世間法何謂得世間出世間法方便諸菩薩摩訶薩正觀世間出世間法凡所有法皆非是實從虛妄緣起無作無起相但因陰界入色聲香味觸法故說因名色故說隨凡夫人心所貪著如亂絲無緒如茅根蔓草互相連著隨顛倒相應故說名世間法何等爲出世間法如是世間法從本已來如實性離是名出世間智者求世間法不可得求出世間法不可得無世間出世間處是中無分別是世間是出世間但爲世間故說出世間世間實相即是出世間何以故世間無定相可得從本已來是寂滅相是菩薩不念不著世間出世間故不與世間諍訟何以故通達世間是虛妄相見世間實相故更不分別是世間是出世間

持世世間者即是五受陰義一切世間法皆攝在中智者求覓陰不得陰不得陰性不得陰來處不得住處不得去處無分別無名字無性無相無行即名出世間持世諸菩薩觀世間出世間法時不見世間法與出世間合不見出世間離世間不離世間見出世間亦不離出世間見世間不復緣於二行所謂是世間是出世間以無所有通達是法持世若世間與出世間異者諸佛不出於世諸佛亦不說一切世間不可得一切世間不生是故諸佛出於世間一切諸法若世間若出世間以不二不分別證如實知見故即是說出世間法持世如是世間甚深難可得測其依世間法者得世間法者希望出世間法者於世俗語生第一義者住在二法皆不能得入如

是法中何以故是人不知世間不知出世間持世行二法者不能通達世間出世間諸菩薩摩訶薩如是善知世間出世間法則得世間出世間法方便

有爲無爲法品

持世何謂菩薩摩訶薩善知有爲無爲法得有爲無爲法方便菩薩正觀擇是有爲法無有作者無有受者自生自墮是名有爲法從虛妄根本分別起無明因緣和合生皆無所有但以諸行力故有用有爲者即是繫相義智者通達是中不得有爲法不得有爲所攝法何以故賢聖不墮一切諸法名數是故說得無爲者名爲賢聖智者通達一切有爲皆是無爲是故不復起作諸業持世無有行有爲緣而能通達無爲通達無爲者更不復緣有爲非離有爲得無爲非離無爲得有爲有爲如實相即名無爲但爲顛倒相應衆生令知見有爲性故分別說是有爲法是無爲法是有爲相是無爲相何等爲有爲相謂生滅住異何等爲無爲相謂無生無滅無住異是有爲相無爲相但爲引導凡夫故說持世有爲法無生相無滅相無住異相無相是故說生滅住異相若是有爲法定有三相佛當決定說如是相是生如是相是滅如是相是住異持世如來說一切法皆是無相持世無生若當有相無滅若當有相無住異若當有相佛應決定說是無爲相持世若無爲有相有說即非無爲菩薩如是思惟亦不見無爲法與有爲法合但作是念有爲法如實相若不分別有爲無爲法即是無爲法若分別是有

爲是無爲則不能通達無爲是名通達無爲如實諸菩薩摩訶薩有爲無爲法方便所謂於諸法無所住無所繫亦不貪著若有爲法若無爲法　持世若諸菩薩摩訶薩能如是善知五陰善知十八性善知十二入善知十二因緣善知八聖道分善知世間出世間法善知有爲無爲法當得善知諸法實相亦善分別諸法之相亦得念力亦得善分別一切法章句慧亦得轉身成就不斷念乃至得阿耨多羅三藐三菩提

囑累品

爾時持世菩薩摩訶薩白佛言世尊惟願利益諸菩薩摩訶薩故護念是經令於後世得聞是法心淨喜樂勤行精進爾時世尊即以神力令此三千大千世界香氣徧滿告持世菩薩言若有能受持讀誦思惟是經者是人不久當得五陰方便乃至世間出世間法有爲無爲法方便亦得諸法實相亦得分別諸法之相成就不斷念乃至得阿耨多羅三藐三菩提諸善男子我於無量阿僧祇劫所集大法寶藏甚爲難集受諸無量無邊憂悲苦惱亦捨無量無邊歡喜快樂今以囑累汝等於後末世廣爲四衆分別解說此正法種令不敗壞汝等還當然大法炬諸善男子如來今者請汝等佛子住佛所住即時無量菩薩摩訶薩頂禮佛足作是言我等承佛威神當於後世廣宣流布是法寶藏

御錄經海一滴卷之十

音釋

芭蕉（上音巴下音焦）牢（郎刀切堅也）馳（音池驅也）疾邏（郎佐切）蔓（無販切蔓延也）

御録經海一滴卷之十一

大乘本生心地觀經

爾時世尊告彌勒菩薩摩訶薩言汝等大士諸善男子爲欲聽聞出世之法爲欲思惟如如之理爲欲修習如如之智來詣佛所供養恭敬我今演説心地妙法引導衆生令入佛智如來世尊出興於世甚難值遇如優曇華所以者何一切衆生遠離大乘菩薩行願趣向聲聞緣覺菩提厭離生死永入涅槃不樂大乘常樂妙果然諸如來轉於法輪遠離四失説相應法一無非處二無非時三無非器四無非法應病與藥令得復除即是如來不共之德聲聞緣覺未得自在諸菩薩衆不共之境以是因緣難見難聞菩提正道心地法門若有善男子善女人聞是妙法一經於耳須臾之頃攝念觀心熏成無上大菩提種不久當坐菩提樹王金剛寶座得成阿耨多羅三藐三菩提爾時佛告五百長者汝等諦聽我今爲汝分別演説世出世間有恩之處善男子世間之恩有其四種一父母恩二衆生恩三國王恩四三寶恩如是四恩一切衆生平等荷負善男子父母恩者父有慈恩母有悲恩母悲恩者若我住世於一劫中説不能盡我今爲汝宣説少分假使有人爲福德故恭敬供養一百淨行大婆羅門一百五通諸大神仙滿百千劫不如一念住孝順心色養悲母隨所供侍比前功德百千萬分不可校量世間悲母念子無比恩及未形始自受胎經於十月行住坐卧受諸苦惱憂念之心恒無休息若産難時如百千刃競來屠割或致

無常若無苦惱諸親眷屬喜樂無盡猶如貧女得如意珠其子發聲如聞音樂以母胸臆而爲寢處左右膝上常爲遊履於胸臆中出甘露泉長養之恩彌於普天憐愍之德廣大無比世間所高莫過山岳悲母之恩逾於須彌世間之重大地爲先悲母之恩亦過於彼若有男女背恩不順即墮地獄餓鬼畜生一切如來金剛天等及五通仙不能救護若善男子善女人依悲母教承順無違諸天護念福樂無盡如是男女即名尊貴天人種類或是菩薩爲度衆生現爲男女饒益父母若善男子善女人爲報母恩經於一劫每日三時割自身肉以養父母而未能報一日之恩所以者何一切男女處於胎中口吮乳根飲噉母血及出胎已幼稚之前所飲母乳百八十斛母得上味皆與其子愚癡鄙陋情愛無二以是因緣父母有十高厚恩德一名大地於母胎中爲所依故二名能生經歷衆苦而能生故三名能正恒以母手理五根故四名養育隨四時宜能長養故五名智者能以方便生智慧故六名莊嚴以妙瓔珞而嚴飾故七名安隱以母懷抱爲止息故八名教授善巧方便導引子故九名教誡以善言辭離衆惡故十名與業能以家業付囑子故善男子於諸世間何者最富何者最貧父母在堂名之爲富父母不在名之爲貧父母在時名爲日中父母去時名爲日没父母在時名爲月明父母去時名爲闇夜是故汝等勤加修習孝養父母若人供佛福等無異應當如是報父母恩善男子衆生恩者即無始來一切衆生

輪轉五道經百千刦於多生中互爲父母以互爲父母故一切男子即是慈父一切女人即是悲母昔生生中有大恩故猶如現在父母之恩等無差別如是昔恩猶未能報或因妄業生諸違順以執著故反爲其怨何以故無明覆障宿住智明不了前生曾爲父母所可報恩互爲饒益無饒益者名爲不孝以是因緣諸衆生類於一切時亦有大恩實爲應報國王恩者福德最勝雖生人間得自在故三十三天諸天子等恒與其力常護持故山河大地屬於國王一人福德勝過一切衆生福故是大聖王以正法化能使衆生悉皆安樂亦如梵王能生萬物聖王能生治國之法利衆生故如日天子能照世間聖王亦能觀察天下人安樂故譬如長者唯有一子愛念無比憐愍饒益常與安樂晝夜不捨國大聖王亦復如是等示羣生如同一子擁護之心晝夜無捨如是人王令修十善名福德王若不令修名非福主所以者何若王國內一人修善其所作福皆爲七分造善之人得其五分於彼國王常獲二分善因王修同福利故造十惡業亦復如是同其事故若有人王成就正見如法化世名爲天主以天善法化世間故諸天善神及護世王常來加護雖處人間修行天業賞罰之心無偏黨故一切聖王法皆如是王見人民造諸不善不能制止諸天神等悉皆遠離若見修善歡喜讚歎盡皆唱言我之聖王龍天喜悅澍甘露雨五穀成熟人民豐樂如意寶珠必現王國於王隣國咸來歸服人與非人無不稱歎若有惡人於

王國内而生逆心於須臾頃如是之人福自衰滅命終當墮地獄之中經歷畜生備受諸苦所以者何由於不知聖王恩故起諸惡逆得如是報若有人民能行善心敬輔仁王尊重如佛是人現世安隱豐樂有所願求無不稱心所以者何一切國王於過去時曾受如來清淨禁戒常爲人王安隱快樂以是因緣違順果報皆如響應聖王恩德廣大如是善男子三寶恩者名不思議利樂衆生無有休息是諸佛身眞善無漏無數大劫修因所證三有業果永盡無餘功德寶山巍巍無比一切有情所不能知福德甚深猶如太海智慧無礙等於虛空神通變化充滿世間光明徧照十方三世一切衆生煩惱業障都不覺知沉淪苦海生死無窮三寶出世作大船師能截愛流超昇彼岸諸有智者悉皆瞻仰佛法僧寶具足無量神通變化利樂有情暫無休息以是義故諸佛法僧説名爲寶善男子我爲汝等畧説四種世出世間有恩之處汝等當知修菩薩行應報如是四種之恩爾時五百長者白佛言世尊如是四恩甚爲難報當修何行而報是恩佛告諸長者言善男子爲求菩提有其三種十波羅密如布施中一者布施波羅密多二者親近波羅密多三者眞實波羅密多若有善男子善女人發阿耨多羅三藐三菩提心能以七寶滿於三千大千世界布施無量貧窮衆生如是布施但名布施波羅密多不名眞實波羅密多若有善男子善女人發大悲心爲求無上正等菩提以自妻子施與他人心無悋惜身肉手足頭目

髓腦乃至身命施來求者如是布施但名親近波羅密多未名眞實波羅密多若善男子善女人發起無上大菩提心住無所得勸諸衆生同發此心以眞實法一四句偈施一衆生使向無上正等菩提是名眞實波羅密多前二布施未名報恩若善男子善女人能修如是第三眞實波羅密多乃名眞實能報四恩所以者何前二布施有所得心第三施者無所得心以眞法施一切有情令發無上大菩提心是人當得證菩提時廣度衆生無有窮盡紹三寶種使不斷絶以是因緣名爲報恩

爾時文殊師利菩薩摩訶薩即從座起整衣服偏袒右肩右膝著地曲躬合掌白佛言世尊如佛所説我爲汝等敷演心地微妙法門

而此道場無量無邊人天大衆皆生渴仰我今爲是啓問如來云何爲心云何爲地惟願世尊無緣大慈無礙大悲爲諸衆生分別演説未離苦者令得離苦未安樂者令得安樂未發心者令得發心未證果者令得證果同於一道而得涅槃爾時薄伽梵以無量劫中修諸福智所獲清淨決定勝法大妙智印印文殊師利言善哉善哉汝今眞是三世佛母一切如來在修行地皆曾引導初發信心以是因緣十方國土成正覺者皆以文殊而爲其母然今汝身以本願力現菩薩相請問如來不思議法諦聽諦聽善思念之吾當普爲分別解説唯然世尊我等樂聞爾時薄伽梵妙善成就一切如來最勝住持平等性智種種希有微妙功德已能善獲一切諸佛决定

勝法大乘智印已善圓證一切如來金剛祕密殊勝妙智己能安住無礙大悲自然救攝十方有情已善圓滿妙觀察智不觀而觀不説而説是薄伽梵告諸佛母無垢大聖文殊師利菩薩摩訶薩言大善男子此法名爲十方如來最勝祕密心地法門此法名爲一切凡夫入如來地頓悟法門此法名爲一切菩薩趣大菩提眞實正路此法名爲三世諸佛自受法樂微妙寶宮此法名爲一切饒益有情無盡寶藏此法能引諸菩薩衆到色究竟自在智處此法能引詣菩提樹後身菩薩眞實導師此法能雨世出世財如摩尼寶滿衆生願此法能生十方三世一切諸佛功德本源此法能銷一切衆生諸惡業果此法能與一切衆生所求願印此法能度一切衆生生死險難此法能息一切衆生苦海波浪此法能救苦惱衆生而免急難此法能竭一切衆生老病死海此法善能出生諸佛因緣種子此法能與生死長夜爲大智炬此法能破四魔兵衆而作甲冑此法即是正勇猛軍戰勝旌旗此法即是一切諸佛無上法輪此法即是最勝法幢此法即是擊大法鼓此法即是吹大法螺此法即是大師子王此法即是大師子吼此法猶如國大聖王善能正治若順王化獲大安樂若違王化尋被誅滅善男子三界之中以心爲主能觀心者究竟解脱不能觀者永處纏縛譬如萬物皆從地生如是心法生世出世善惡五趣有學無學獨覺菩薩及於如來以是因緣三界唯心心名爲地一切凡夫親近善友聞心地法如理觀察如

説修行自作教他讚勵慶慰如是之人能斷二障速圓衆行疾得阿耨多羅三藐三菩提爾時大聖文殊師利菩薩白佛言世尊如佛所説唯將心法爲三界主心法本元不染塵穢云何心法染貪瞋癡於三世法誰説爲心過去心已滅未來心未至現在心不住諸法之内性不可得諸法之外相不可得諸法中間都不可得心法本來無有形相心法本來無有住處一切如來尚不見心何況餘人得見心法一切諸法從妄想生以何因緣今者世尊爲大衆説三界唯心願佛哀愍如實解説爾時佛告文殊師利菩薩言如是如是如汝所問心心所法本性空寂我説衆喻以明其義善男子心如幻法由徧計生種種心想受苦樂故心如水流念念生滅於前後世不暫住故心如大風一剎那間歷方所故心如燈焰衆緣和合而得生故心如電光須臾之頃不久住故心如虛空客塵煩惱所覆障故心如猿猴遊五欲樹不暫住故心如畫師能畫世間種種色故心如僮僕爲諸煩惱所策役故心如獨行無第二故心如國王起種種事得自在故心如怨家能令自身受大苦故心如埃塵坌汚自身生雜穢故心如幻夢於我法相執爲我故心如夜叉能噉種種功德法故心如青蠅好穢惡故心如殺者能害身故心如盜賊竊功德故心如大鼓起鬬戰故心如飛蛾愛燈色故心如野鹿逐假聲故心如衆蜂集蜜味故善男子如是所説心心所法無内無外亦無中間於諸法中求不可得去來現在亦不可得超越三世非有非無常

懷染著從妄緣現緣無自性心性空故如是空性不生不滅無來無去不一不異非斷非常本無生處亦無滅處亦非遠離非不遠離如是心等不異無爲無爲之體不異心等心法之體本不可說非心法者亦不可說何以故若無爲是心即名斷見若離心法即名常見永離二相不著二邊如是悟者名見眞諦悟眞諦者名爲賢聖一切賢聖性本空寂無爲法中戒無持犯亦無大小無有心王及心所法無苦無樂如是法界自性無垢無上中下差別之相何以故是無爲法性平等故如衆河水流入海中盡同一味無別相故此無垢性非實非虚此無垢性是第一義無盡滅相體本不生此無垢性常住不變最勝涅槃我所淨故此無垢性遠離一切平等不平等體無異故若有善男子善女人欲求阿耨多羅三藐三菩提者應當一心修習如是心地觀法

爾時如來於諸衆生起大悲心猶如父母愛念一子爲滅世間大力邪見利益安樂一切有情宣說觀心陀羅尼曰　唵　室佗波羅底　吠憚　迦盧弭

爾時如來說眞言已告文殊師利菩薩摩訶薩如是神咒具大威力若有善男子善女人持此咒時舉清淨手左右十指更互相叉以左壓右更相豎握如縛著形名金剛縛印成此印已習前眞言所獲功德無有限量乃至菩提不復退轉

爾時薄伽梵爲諸衆生宣說觀心妙門已告文殊師利菩薩摩訶薩言大善男子我爲衆

生已說心地亦復當說發菩提心令諸有情發阿耨多羅三藐三菩提心速圓妙果爾時文殊師利菩薩白佛言世尊如佛所說過去已滅未來未至現在不住三世所有一切心法本性皆空彼菩提心說何名發善哉世尊願爲解說佛告文殊師利諸心法中起衆邪見爲欲除斷六十二見種種見故心心所法我說爲空如是諸見無依止故善男子以何因緣立空義耶爲滅煩惱從妄心生而說是空若執空理爲究竟有空性亦空執空作病亦應除遣何以故若執空義爲究竟者諸法皆無因無果路伽耶陀有何差別如阿伽陀藥能療諸病若有病者服之必差其病既愈藥隨病除無病服藥藥還成病本設空藥爲除有病執有成病執空亦然誰有智者服藥取病善男子若起有見勝起空見空治有病無藥治空以是因緣服於空藥除邪見已自覺悟心能發菩提此覺悟心即菩提心無有二相善男子自覺悟心有四種義云何爲四謂諸凡夫有二種心諸佛菩薩有二種心凡夫二心其相云何一者眼識乃至意識因緣自境名自悟心二者離於五根心心所法和合緣境名自悟心如是二心能發菩提善男子賢聖二心其相云何一者觀眞實理智二者觀一切境智如是四種名自悟心爾時文殊師利菩薩白佛言世尊心無形相亦無住處凡夫行者最初發心依何等處觀何等相佛言善男子凡夫所觀菩提心相猶如淸淨圓滿月輪於胸臆上明朗而住若欲速得不退轉者在阿蘭若及空寂室端身正念結前

如來金剛縛印寘目觀察臆中明月作是思惟是滿月輪五十由旬無垢明淨内外澄徹最極清凉月即是心心即是月塵翳無染妄想不生能令衆生身心清淨大菩提心堅因不退

無量義經

一時佛住王舍城耆闍崛山中與大比丘衆萬二千人俱文殊師利法王子大莊嚴菩薩等八萬人俱是諸菩薩皆是法身大士戒定慧解脱解脱知見之所成就其心禪寂常在三昧恬安憺怕無爲無欲守志不動億百千劫無量法門悉現在前得大智慧通達諸法曉了分別性相眞實又善能知諸根性欲以陀羅尼無礙辯才諸佛法輪隨順能轉開涅槃門扇解脱風除世惱熱致法清凉布善種子徧功德田普令一切發菩提萌成阿耨多羅三藐三菩提無量大悲救苦衆生是諸衆生眞善知識是諸衆生大良福田是諸衆生不請之師是諸衆生安隱樂處於如來地堅固不動安住願力廣淨佛國是諸菩薩摩訶薩皆有如斯不思議德爾時大莊嚴菩薩摩訶薩與八萬菩薩摩訶薩俱白佛言世尊菩薩摩訶薩欲得疾成阿耨多羅三藐三菩提應當修行何等法門佛言善男子有一法門能令菩薩疾得阿耨多羅三藐三菩提善男子是一法門名爲無量義菩薩欲得修學無量義者應當觀察一切諸法自本來今性相空寂無大無小無生無滅非住非動不進不退猶如虛空無有二法而諸衆生虛妄横計是此是彼是得是失起不善念造衆惡業輪

迴六趣備受苦毒無量億劫不能自出菩薩摩訶薩如是諦觀生憐愍心發大慈悲將欲救拔又復深入一切諸法法相如是生如是法法相如是住如是法法相如是異如是法法相如是滅如是法法相如是能生惡法法相如是能生善法住異滅者亦復如是菩薩如是觀察四相始末悉徧知已次復諦觀一切諸法念念不住新新生滅復觀即時生住異滅如是觀已而入衆生諸根性欲性欲無量故說法無量說法無量故義亦無量無量義者從一法生其一法者即無相也如是無相無相不相不相無相名爲實相菩薩摩訶薩安住如是眞實相已所發慈悲明諦不虛於衆生所眞能拔苦復爲說法令受快樂善男子菩薩摩訶薩如是修一法門無量義者必得疾成阿耨多羅三藐三菩提善男子自我道場菩提樹下端坐六年得成阿耨多羅三藐三菩提以佛眼觀一切諸法不可宣說所以者何諸衆生等性欲不同性欲不同種種說法以方便力四十餘年未顯眞實是故衆生得道差別不得疾成無上菩提善男子法譬如水能洗垢穢若井若池若江若河溪渠大海皆悉能洗諸有垢穢其法水者亦復如是能洗衆生諸煩惱垢善男子水性是一江河井池溪渠大海各各別異其法性者亦復如是洗除塵勞等無差別三法四果二道不一善男子水雖俱洗而井非池池非江河溪渠非海如來世雄於法自在所說諸法亦復如是初中後說皆能洗除衆生煩惱而初非中而中非後初中後說文詞雖一而義各

異義異故衆生解異解異故得法得果得道亦異是故善男子自我得道初起說法至於今日演說大乘無量義經未曾不說苦空無常無我非眞非假非大非小本來不生今亦不滅一相無相法相法性不來不去而衆生四相所遷善男子以是義故諸佛無有二言能以一音普應衆聲能以一身示百千萬億那由他無量無數恒河沙身一一身中又示若干百千萬億那由他阿僧祇恒河沙種種類形善男子是則諸佛不可思議甚深境界非二乘所知亦非十住菩薩所及唯佛與佛乃能究了善男子是故我說微妙甚深無上大乘無量義經文理眞正尊無過上三世諸佛所共守護無有衆魔外道得入不爲一切邪見生死之所壞敗菩薩摩訶薩若欲疾成無上菩提應當修學如是甚深無上大乘無量義經佛說是已於是衆中三萬二千菩薩摩訶薩得無量義三昧無量衆生發阿耨多羅三藐三菩提心爾時世尊告大莊嚴菩薩言善男子是經有十不思議功德力弟一是經能令菩薩未發心者發菩提心無慈仁者起慈仁心好殺戮者起大悲心生嫉妬者起隨喜心有愛著者起能捨心諸慳貪者起布施心多憍慢者起持戒心瞋恚盛者起忍辱心生懈怠者起精進心諸散亂者起禪定心於愚癡者起智慧心未能度彼者起度彼心行十惡者起十善心樂有爲者志無爲心有退心者作不退心爲有漏者起無漏心多煩惱者起除滅心第二若有衆生得是經者若一轉若一偈乃至一句則能通達百千億義

無量數劫不能演說所受持法所以者何以是法義無量故譬如從一種子生百千萬百千萬中一一復生百千萬數如是展轉乃至無量是故此經名無量義第三若有衆生得聞是經雖有煩惱如無煩惱出生入死無怖畏想於諸衆生生憐愍想於一切法得勇健想能荷無上菩提重任擔負衆生出生死道未能自度已能度他猶如船師能度衆生衆生如說行者得度生死第四若有衆生得聞是經得勇健想雖未自度而能度他諸佛如來常向是人而演說法是人聞已悉能受持隨順不逆轉復爲人隨宜廣說善男子是人譬如國王夫人新生王子若一日若一月若至七歲雖復不能領理國事已爲臣民之所宗敬是持經者亦復如是常爲諸佛之所護念慈愛徧覆第五若善男子善女人受持讀誦書寫如是甚深無上大乘無量義經是人雖復具縛煩惱未能遠離諸凡夫事而能示現大菩提道延於一日以爲百劫百劫亦能促爲一日令彼衆生歡喜信伏譬如龍子始生七日即能興雲亦能降雨第六若善男子善女人若佛在世若滅度後受持讀誦是經典者雖具煩惱而爲衆生說法令遠離煩惱生死斷一切苦衆生聞已修行得法得果得道與佛如來等無差別譬如王子雖復稚小若王巡遊及以疾病委是王子領理國事王子是時依大王命如法教令羣僚百官宣流正化國土人民各隨其安如大王治等無有異持經善男子善女人亦復如是雖未得住初不動地依佛如是所用說教而敷演之衆

生聞已斷除煩惱得法得果乃至得道第七若善男子善女人如法修行發菩提心起諸善根興大悲意欲度一切苦惱衆生未得修行六波羅密六波羅密自然在前即於是身得無生法忍生死煩惱一時斷壞昇於菩薩第七之地譬如健人爲王除怨怨既滅已王大歡喜賜與半國之封持經善男子善女人亦復如是六度法寶不求自至生死怨敵自然散壞證無生忍半佛國寶封賞安樂第八若善男子善女人能得是經典者受持讀誦書寫頂戴如法奉行堅固戒忍兼行檀度深發慈悲廣爲人說若人先來都不信有罪福者以是經示之設種種方便彊化令信以經威力故令其人心欻然得迴信心既發勇猛精進即證無生法忍得至上地與諸菩薩以爲眷屬速能成就衆生淨佛國土不久得成無上菩提第九若善男子善女人爲人分別解説是經義者即得宿業餘罪重障一時滅盡便得清淨逮得大辯次第莊嚴諸波羅密獲諸三昧入大總持門得勤精進力速得越上地善能分身散體徧十方國土拔濟一切二十五有極苦衆生悉令解脱第十若善男子善女人如説修行復能廣勸在家出家人受持讀誦如法修行以慈心勸化力故是善男子善女人即於是身便逮無量諸陀羅尼門於凡夫地自然能發弘誓大願深能拔救一切衆生成就大悲饒益一切而演法澤洪潤枯涸以此法藥施諸衆生漸見超登位法雲地恩澤普潤慈被無外是故此人不久得成阿耨多羅三藐三菩提善男子是名是經

十種功德不思議力能令一切衆生於凡夫地生起諸菩薩無量道芽令功德樹欝盛扶疎增長是故號不可思議功德無量義經大莊嚴菩薩及八萬菩薩摩訶薩同聲白佛言世尊慈愍快爲我等說如是法令我大獲法利世尊慈恩實難可報爾時佛告大莊嚴菩薩及八萬菩薩摩訶薩言汝等當於此經廣化一切勤心流布於當來世必令廣行閻浮提令一切衆生得見聞讀誦書寫供養以是之故亦疾令汝等速得阿耨多羅三藐三菩提爾時大會皆大歡喜頂禮世尊信受奉行

御録經海一滴卷之十

音釋

吮 徂兖切欶也 髓腦 上息委切骨中脂下奴老切頂髓 胄 音宙 熒 上聲 㙪 塵坋也

御錄經海一滴卷之十二

妙法蓮華經

爾時世尊四衆圍繞供養恭敬尊重讚歎爲諸菩薩說大乘經名無量義教菩薩法佛所護念說此經已結跏趺坐入於無量義處三昧身心不動是諸大衆得未曾有歡喜合掌一心觀佛爾時佛放眉間白毫相光照東方萬八千世界靡不周徧下至阿鼻地獄上至阿迦尼吒天於此世界盡見彼土六趣衆生又見彼土現在諸佛及聞諸佛所說經法爾時彌勒菩薩欲自決疑而問文殊師利言以何因緣而有此瑞神通之相文殊師利語彌勒菩薩摩訶薩及諸大士善男子等如我惟忖今佛世尊欲說大法雨大法雨吹大法螺擊大法鼓演大法義　爾時世尊從三昧安詳而起告舍利弗諸佛智慧甚深無量其智慧門難解難入一切聲聞辟支佛所不能知所以者何如來知見廣大深遠無量無礙力無所畏禪定解脫三昧深入無際成就一切未曾有法舍利弗取要言之無量無邊未曾有法佛悉成就止舍利弗不須復說所以者何佛所成就第一希有難解之法唯佛與佛乃能究盡諸法實相所謂諸法如是相如是性如是體如是力如是作如是因如是緣如是果如是報如是本末究竟等爾時世尊欲重宣此義而說偈言

如是大果報　種種性相義　我及十方佛
乃能知是事　是法不可示　言辭相寂滅
諸餘衆生類　無有能得解　假使滿世間
皆如舍利弗　盡思共度量　不能測佛智

舍利弗當知　諸佛語無異　於佛所說法
當生大信力　佛以方便力　示以三乘教
衆生處處著　引之令得出

爾時舍利弗白佛言世尊何因何緣慇勤稱歎甚深微妙難解之法今者四衆咸皆有疑惟願世尊敷演斯事爾時佛告舍利弗止止不須復說若說是事一切世間諸天及人皆當驚疑即說偈言

止止不須說　我法妙難思　諸增上慢者
聞必不敬信

爾時舍利弗重白佛言世尊惟願說之惟願說之如我等輩必能敬信佛告舍利弗汝已殷勤啟請豈得不說汝今諦聽善思念之吾當爲汝分別解說說此語時會中有比丘比丘尼優婆塞優婆夷五千人等即從座起禮佛而退世尊默然而不制止告舍利弗我今此衆無復枝葉純有真實如是增上慢人退亦佳矣汝今善聽當爲汝說舍利弗諸佛隨宜說法意趣難解所以者何我以無數方便種種因緣譬喻言辭演說諸法是法非思量分別之所能解唯有諸佛乃能知之所以者何諸佛世尊唯以一大事因緣故出現於世欲令衆生開佛知見使得清淨故欲示衆生佛之知見故欲令衆生悟佛知見故欲令衆生入佛知見道故出現於世舍利弗諸佛如來但教化菩薩諸有所作常爲一事唯以佛之知見示悟衆生如來但以一佛乘故爲衆生說法無有餘乘若二若三一切十方諸佛法亦如是皆爲一佛乘故是諸衆生從諸佛聞法究竟皆得一切種智舍利弗我今亦復

如是知諸衆生有種種欲深心所著隨其本性以種種因緣譬喻言辭方便力而爲說法如此皆爲得一佛乘一切種智故舍利弗十方世界中尚無二乘何況有三舍利弗諸佛出於五濁惡世衆生垢重慳貪嫉妬成就諸不善根故諸佛以方便力於一佛乘分别説三舍利弗若我弟子自謂阿羅漢辟支佛者不聞不知諸佛如來但教化菩薩事此非佛弟子非阿羅漢非辟支佛又舍利弗是諸比丘比丘尼自謂已得阿羅漢是最後身究竟涅槃便不復志求阿耨多羅三藐三菩提當知此輩皆是增上慢人所以者何若有比丘實得阿羅漢若不信此法無有是處除佛滅度後現前無佛所以者何佛滅度後如是等經受持讀誦解義者是人難得若遇餘佛於此法中便得決了舍利弗汝等當一心信解受持佛語諸佛如來言無虚妄無有餘乘唯一佛乘爾時世尊欲重宣此義而説偈言

十方佛土中　唯有一乘法　無二亦無三
除佛方便説　但以假名字　引導於衆生
説佛智慧故　諸佛出於世　唯此一事實
餘二則非眞　佛自住大乘　如其所得法
定慧力莊嚴　以此度衆生　我以相嚴身
光明照世間　無量衆所尊　爲説實相印
舍利弗當知　我本立誓願　欲令一切衆
如我等無異　若我遇衆生　盡教以佛道
無智者錯亂　迷惑不受教　我知此衆生
未曾修善本　堅著於五欲　癡愛故生惱
以諸欲因緣　輪迴六趣中　世世常增長
入邪見稠林　若有若無等　依止此諸見
深著虚妄法　堅受不可捨　如是人難度
我爲設方便　説諸盡苦道　示之以涅槃

我雖說涅槃　是亦非眞滅　諸法從本來
常自寂滅相　佛子行道已　來世得作佛
一切諸世尊　皆說一乘道　今此諸大衆
皆應除疑惑　諸佛語無異　唯一無二乘
更以異方便　助顯第一義　若有衆生類
値諸過去佛　若聞法布施　或持戒忍辱
精進禪智等　種種修福慧　如是諸人等
皆已成佛道　若有聞法者　無一不成佛
諸佛本誓願　我所行佛道　普欲令衆生
亦同得此道　諸佛兩足尊　知法常無性
佛種從縁起　是故說一乘　是法住法位
世間相常住　諸法寂滅相　不可以言宣
以方便力故　如來如是說

爾時舍利弗踴躍歡喜即起合掌而白佛言我今從佛聞所未聞未曾有法斷諸疑悔身意泰然快得安隱今日乃知眞是佛子從佛口生從法化生　爾時佛告舍利弗我昔曾於二萬億佛所爲無上道故常教化汝汝亦長夜隨我受學我以方便引導汝故生我法中舍利弗我昔教汝志願佛道汝今悉忘而便自謂已得滅度我今還欲令汝憶念本願所行道故爲諸聲聞說是大乘經名妙法蓮華教菩薩法佛所護念舍利弗汝於未來世奉持正法具足菩薩所行之道當得作佛號曰華光如來國名離垢劫名大寶莊嚴其國中以菩薩爲大寶故爾時四部大衆見舍利弗於佛前受阿耨多羅三藐三菩提記心大歡喜踴躍無量釋提桓因梵天王等與無數天子各以天衣天香天華天樂供養於佛而說偈言

大智舍利弗　今得受尊記　我等亦如是
必當得作佛　我所有福業　今世若過世
及見佛功德　盡回向佛道
爾時舍利弗白佛言世尊我今親於佛前得
受阿耨多羅三藐三菩提記是諸千二百心
自在者昔住學地佛常教化言我法能離生
老病死究竟涅槃是學無學人亦各自以離
我見及有無見等謂得涅槃而今於世尊前
聞所未聞皆墮疑惑善哉世尊願爲四衆說
其因緣令離疑悔爾時佛告舍利弗我先不
言諸佛世尊以種種因緣譬喻言辭方便說
法皆爲阿耨多羅三藐三菩提耶今當復以
譬喻更明此義舍利弗若國邑聚落有大長
者財富無量其家廣大唯有一門多諸人衆
止住其中堂閣朽故牆壁隤落柱根腐敗梁
棟傾危周帀俱時欻然火起焚燒舍宅長者
諸子若十二十或至三十在此宅中長者見
是大火從四面起即大驚怖而作是念我雖
能於此所燒之門安隱得出而諸子等於火
宅內樂著嬉戲不覺不知不驚不怖火來逼
身苦痛切已心不厭患無求出意是長者作
是思惟是舍唯有一門而復陿小諸子幼稚
未有所識戀著戲處或當墮落爲火所燒我
當爲說怖畏之事此舍已燒宜時疾出無令
爲火之所燒害父雖憐愍善言誘喻而諸子
等樂著嬉戲不肯信受不驚不畏了無出心
爾時長者即作是念此舍已爲大火所燒我
今當設方便令諸子等得免斯害父知諸子
先心各有所好而告之言汝等所可玩好希
有難得汝若不取後必憂悔如此種種羊車

鹿車牛車今在門外可以遊戲汝等於此火宅宜速出來隨汝所欲皆當與汝爾時諸子聞父所説珍玩之物適其願故心各勇鋭互相推排競共馳走爭出火宅爾時長者各賜諸子等一大車其車高廣衆寶莊校駕以白牛膚色充潔形體姝好有大筋力行步平正其疾如風又多僕從而侍衛之是時諸子各乘大車得未曾有舍利弗於汝意云何是長者等與諸子珍寶大車寧有虚妄不舍利弗言不也世尊是長者但令諸子得免火難全其軀命非爲虚妄何況長者自知財富無量欲饒益諸子等與大車佛告舍利弗善哉善哉如汝所言如來亦復如是以智慧方便於三界火宅拔濟衆生爲説三乘而作是言汝等莫得樂住三界火宅勿貪麤弊色聲香味觸也若貪著生愛則爲所燒汝速出三界當得聲聞辟支佛佛乘我今爲汝保任此事終不虚也汝等但當勤修精進舍利弗若有衆生聞法信受欲速出三界自求涅槃名聲聞乘如求羊車出於火宅求自然慧樂獨善寂深知諸法因緣名辟支佛乘如求鹿車出於火宅求一切智佛智自然智無師智如來知見力無所畏利益天人度脱一切是名大乘如彼諸子爲求牛車出於火宅舍利弗是諸衆生脱三界者悉與諸佛禪定解脱等娛樂之具皆是一相一種聖所稱歎能生淨妙第一之樂以是因緣當知諸佛方便力故於一佛乘分別説三　爾時慧命須菩提摩訶迦旃延摩訶迦葉摩訶目揵連從佛所聞未曾有法歡喜踊躍即從座起而白佛言我等居

僧之首年並朽邁自謂已得涅槃無所堪任但念空無相無作於菩薩法遊戲神通淨佛國土成就衆生心不喜樂今於佛前得聞希有之法深自慶幸獲大善利無量珍寶不求自得爾時摩訶迦葉而說偈言

我等今日　聞佛音教　歡喜踊躍
得未曾有　譬如童子　幼稚無識
捨父逃逝　遠到他土　其父憂念
四方推求　頓止一城　其家巨富
而年朽邁　益憂念子　癡子捨我
五十餘年　庫藏諸物　當如之何
爾時窮子　求索衣食　從邑至邑
從國至國　或有所得　或無所得
饑餓羸瘦　體生瘡癬　漸次經歷
到父住城　傭賃展轉　遂至父舍
爾時長者　於其門內　施大寶帳
處師子座　眷屬圍繞　諸人侍衛
窮子見父　豪貴尊嚴　驚怖自怪
馳走而去　借問貧里　欲往傭作
長者是時　在師子座　遥見其子
默而識之　知子愚劣　不信是父
方便遣人　云當相雇　除諸糞穢
倍與汝價　窮子聞之　歡喜隨來
於是長者　著弊垢衣　執除糞器
往到子所　方便附近　語令勤作
當益汝價　飲食充足　又以軟語
若如我子　漸令入出　執作家事
示其金銀　皆使令知　父知子心
漸已曠大　即聚親族　剎利居士
說是我子　捨我他行　凡我所有

悉以付之　子念昔貧　志意下劣
今於父所　大獲珍寶　甚大歡喜
得未曾有　佛亦如是　知我樂小
未曾說言　汝等作佛　一切諸佛
祕藏之法　但爲菩薩　演其實事
而不爲我　說斯眞要　如彼窮子
得近其父　雖知諸物　心不希取
我等雖說　佛法寶藏　自無志願
亦復如是　自謂爲足　更無餘事
所以者何　一切諸法　皆悉空寂
無生無滅　無大無小　無漏無爲
無貪無著　修習空法　得脫三界
苦惱之患　則爲已得　報佛之恩
導師見捨　觀我心故　初不勸進
說有實利　我等今日　得未曾有
如彼窮子　得無量寶　世尊我今
得道得果　於無漏法　得清淨眼
我等長夜　持佛淨戒　始於今日
得其果報　法王法中　久修梵行
今得無漏　無上大果　於諸世間
應受供養　世尊大恩　以希有事
憐愍教化　利益我等　無量億劫
誰能報者　頭頂禮敬　兩肩荷負
盡心恭敬　四事供養　於恒沙劫
亦不能報

爾時世尊告摩訶迦葉及諸大弟子善哉善哉迦葉當知如來是諸法之王若有所說皆不虛也於一切法以智方便而演說之其所說法皆悉到於一切智地如來觀知一切諸法之所歸趣亦知一切衆生深心所行通達

無礙又於諸法究盡明了示諸衆生一切智慧迦葉譬如三千大千世界山川谿谷土地所生卉木叢林及諸藥草種類若干名色各異密雲彌布澍澤普洽其小根莖枝葉中根莖枝葉大根莖枝葉隨上中下各有所受一雲所雨稱其種性而得生長華果敷實雖一地所生一雨所潤而諸草木各有差別迦葉當知如來亦復如是未度者令度未解者令解未安者令安未涅槃者令得涅槃觀是衆生諸根利鈍精進懈怠隨其所堪而爲説法種種無量皆令歡喜快得善利是諸衆生聞是法已現世安隱後生善處以道受樂離諸障礙如來説法一相一味所謂解脱相離相滅相究竟至於一切種智其有衆生聞如來法若持讀誦如説修行所有功德不自覺知所以者何唯有如來知此衆生種相體性如實知之明了無礙觀衆生心欲而將護之是故不即爲説一切種智迦葉諸佛世尊隨宜説法難解難知　佛告諸比丘乃往過去無量無邊不可思議阿僧祇劫爾時有佛名大通智勝彼佛滅度已來甚大久遠譬如三千大千世界所有地種假使有人磨以爲墨過於東方千國土乃下一點大如微塵又過千國土復下一點如是展轉盡地種墨於汝等意云何是諸國土能得邊際知其數不不也世尊諸比丘是人所經國土若點不點盡抹爲塵一塵一劫彼佛滅度已來復過是數我以如來知見力故觀彼久遠猶若今日乃述往事而説偈言

大通智勝佛　十劫坐道場　佛法不現前

不得成佛道　過十小劫已　乃得成佛道
諸天及世人　心皆懷踊躍　頭面禮佛足
而請轉法輪　無量慧世尊　受彼衆人請
爲宣種種法　四諦十二緣　千萬恒沙衆
皆成阿羅漢　時王十六子　出家作沙彌
皆共請彼佛　演說大乘法　佛知童子心
宿世之所行　以無量因緣　種種諸譬喻
說六波羅密　及諸神通事　分別眞實法
菩薩所行道　說是法華經　如恒河沙偈
彼佛說經已　靜室入禪定　是諸沙彌等
各各坐法座　宣揚助法化　廣度諸衆生
是諸聞法者　常與師俱生　其有住聲聞
漸教以佛道　我在十六數　曾亦爲汝說
以是本因緣　今說法華經　譬如險惡道
迴絕多毒獸　又復無水草　人所怖畏處
無數千萬衆　欲過此險道　其路甚曠遠
經五百由旬　時有一導師　强識有智慧
明了心決定　在險濟衆難　衆人皆疲倦
而白導師言　我等今頓乏　於此欲退還
導師作是念　此輩甚可愍　如何欲退還
而失大珍寶　尋時思方便　當設神通力
化作大城郭　莊嚴諸舍宅　周帀有園林
慰衆言勿懼　汝等入此城　各可隨所樂
諸人既入城　心皆大歡喜　皆生安隱想
自謂已得度　導師知息已　集衆而告言
汝等當前進　此是化城耳　汝今勤精進
當共至寶所　我亦復如是　爲一切導師
見諸求道者　中路而懈廢　不能度生死
煩惱諸險道　故以方便力　爲息說涅槃
言汝等苦滅　所作皆已辦　既知到涅槃

皆得阿羅漢　爾乃集大衆　爲說眞實法
諸佛方便力　分別說三乘　唯有一佛乘
息處故說二　今爲汝說實　汝所得非滅
爲佛一切智　當發大精進　汝證一切智
十力等佛法　具三十二相　乃是眞實滅
諸佛之導師　爲息說涅槃　既知是息已
引入於佛慧

爾時千二百阿羅漢心自在者作是念我等歡喜得未曾有若世尊各見授記如餘大弟子者不亦快乎佛知此等心之所念而說偈言

憍陳如比丘　當見無量佛　過阿僧祇劫
乃成等正覺　其五百比丘　次第當作佛
同號曰普明　轉次而授記　餘諸聲聞衆
亦當復如是　其不在此會　汝等爲宣說

爾時五百阿羅漢於佛前得授記已歡喜踊躍即從座起到於佛前頭面禮足悔過自責世尊譬如有人至親友家醉酒而臥是時親友官事當行以無價寶珠繫其衣裏與之而去其人醉臥都不覺知起已遊行到於他國爲衣食故勤力求索甚大艱難若少有所得便以爲足於後親友會遇見之而作是言咄哉丈夫何爲衣食乃至如是我昔欲令汝得安樂五欲自恣於某年月日以無價寶珠繫汝衣裏今故現在而汝不知勤苦憂惱以求自活甚爲癡也汝今可以此寶貿易所須常可如意無所乏短佛亦如是爲菩薩時教化我等令發一切智心而尋廢忘不知不覺今者世尊覺悟我等我今乃知實是菩薩得受阿耨多羅三藐三菩提記以是因緣甚大歡

喜得未曾有　爾時佛告藥王菩薩摩訶薩我所說經典無量千萬億已說今說當說而於其中此法華經最爲難信難解藥王此經是諸佛祕要之藏不可分布妄授與人而此經者如來現在猶多怨嫉況滅度後藥王當知如來滅後其能書持讀誦供養爲他人說者如來則爲以衣覆之又爲他方現在諸佛之所護念藥王譬如有人渴乏須水於彼高原穿鑿求之猶見乾土知水尚遠施功不已轉見濕土遂漸至泥其心決定知水必近菩薩亦復如是若未聞未解未能修習是法華經當知是人去阿耨多羅三藐三菩提尚遠若得聞解思惟修習必知得近阿耨多羅三藐三菩提所以者何一切菩薩阿耨多羅三藐三菩提皆屬此經此經開方便門示眞實相是法華經藏深固幽遠無人能到今佛教化成就菩薩而爲開示若聲聞人聞是經驚疑怖畏當知是爲增上慢者藥王若有善男子善女人如來滅後欲爲四衆說是法華經者云何應說是善男子善女人入如來室著如來衣坐如來座爾乃應爲四衆廣說斯經如來室者一切衆生中大慈悲心是如來衣者柔和忍辱心是如來座者一切法空是安住是中然後以不懈怠心爲諸菩薩及四衆廣說是法華經爾時世尊欲重宣此義而說偈言

欲捨諸懈怠　應當聽此經　不聞法華經
去佛智甚遠　若人說此經　應入如來室
著於如來衣　而坐如來座　處衆無所畏
廣爲分別說　大慈悲爲室　柔和忍辱衣

諸法空爲座　處此爲說法　若人具是德
或爲四衆說　空處讀誦經　皆得見我身
諸佛護念故　速得菩薩道

爾時佛前有七寶塔高五百由旬從地涌出住在空中種種寶物而莊校之四面皆出多摩羅跋栴檀之香充徧世界爾時寶塔中出大音聲歎言善哉善哉釋迦牟尼世尊能以平等大慧教菩薩法佛所護念妙法華經爲大衆說如是如是釋迦牟尼世尊如所說者皆是眞實爾時有菩薩摩訶薩名大樂說知一切世間天人阿修羅等心之所疑而白佛言世尊以何因緣有此寶塔從地涌出又於其中發是音聲佛告大樂說菩薩此寶塔中有如來全身乃往過去東方無量千萬億阿僧祇世界國名寶淨彼中有佛號曰多寶其佛行菩薩道時作大誓願若我成佛滅度之後於十方國土有說法華經處我之塔廟爲聽是經故涌現其前爲作證明爾時釋迦牟尼佛即從座起住虛空中一切四衆起立合掌一心觀佛於是釋迦牟尼佛以右指開七寶塔戶出大音聲如却關鑰開大城門即時一切衆會皆見多寶如來於寶塔中坐師子座全身不散如入禪定時多寶佛於寶塔中分半座與釋迦牟尼佛而作是言釋迦牟尼佛可就此座即時釋迦牟尼佛入其塔中坐其半座結跏趺坐爾時大衆見二如來在七寶塔中師子座上結跏趺坐各作是念佛坐高遠惟願如來以神通力令我等輩俱處虛空即時釋迦牟尼佛以神通力接諸大衆皆在虛空以大音聲普告四衆誰能於此娑婆

國上廣說妙法華經佛欲以此妙法華經付囑有在而說偈言

聖主世尊　雖久滅度　在寶塔中
尚爲法來　諸人云何　不勤爲法
彼佛本願　我滅度後　在在所往
常爲聽法　令法久住　故來至此
其有能護　此經法者　則爲供養
我及多寶　諸善男子　各諦思惟
此爲難事　宜發大願　諸餘經典
數如恒沙　雖說此等　未足爲難
於我滅後　若能奉持　如斯經典
是則爲難　我爲佛道　於無量土
從始至今　廣說諸經　而於其中
此經第一　若有能持　則持佛身
如是之人　諸佛所歎　是則勇猛
是則精進　是名持戒　行頭陀者
則爲疾得　無上佛道

於時下方多寶世尊所從菩薩名曰智積白多寶佛當還本土釋迦牟尼佛告智積曰善男子且待須臾此有菩薩名文殊師利可與相見論說妙法爾時文殊師利坐千葉蓮華從於大海娑竭羅龍宮自然涌出至於佛所頭面敬禮二世尊足修敬已畢智積問言仁往龍宮所化衆生其數幾何文殊師利言其數無量非口所宣且待須臾自當證知所言未竟無數菩薩坐寶蓮華從海涌出詣靈鷲山住在虛空此諸菩薩皆是文殊師利之所化度文殊師利謂智積曰於海教化其事如是我於海中唯常宣說妙法華經智積問言此經甚深微妙諸經中寶頗有衆生勤加精

進修行此經速得佛不文殊師利言有娑竭羅龍王女年始八歲智慧利根得陀羅尼諸佛所說甚深祕藏悉能受持深入禪定了達諸法於刹那頃發菩提心得不退轉言論未訖時龍王女忽現於前頭面禮敬以偈讚曰

深達罪福相　徧照於十方　微妙淨法身
具相三十二　以八十種好　用莊嚴法身
天人所戴仰　龍神咸恭敬　一切衆生類
無不宗奉者　又聞成菩提　唯佛當證知
我闡大乘教　度脫苦衆生

時舍利弗語龍女言汝謂不久得無上道是事難信爾時龍女有一寶珠價值三千大千世界持以上佛佛即受之龍女謂智積菩薩尊者舍利弗言我獻寶珠世尊納受是事疾不荅言甚疾女言以汝神力觀我成佛復速於此當時衆會皆見龍女忽然之間變成男子具菩薩行即往南方無垢世界坐寶蓮華成等正覺三十二相八十種好普爲十方一切衆生演說妙法爾時娑婆世界三千衆生住不退地三千衆生發菩提心而得受記智積菩薩及舍利弗一切衆會默然信受　爾時世尊視八十萬億那由他諸菩薩摩訶薩是諸菩薩皆是阿惟越致轉不退法輪得諸陀羅尼即從座起至於佛前一心合掌敬順佛意并欲自滿本願而發誓言世尊我等於如來滅後周旋往反十方世界能令衆生書寫此經受持讀誦解說其義如法修行惟願世尊在於他方遥見守護即時諸菩薩俱同發聲而說偈言

惟願不爲慮　於佛滅度後　恐怖惡世中

我等當廣說　有諸無智人　惡口罵詈等
及加刀杖者　我等皆當忍　惡世中比丘
邪智心諂曲　未得謂爲得　我慢心充滿
或有阿練若　納衣在空閑　自謂行眞道
輕賤人間者　貪著利養故　常念世俗事
假名阿練若　誹謗說我惡　我等敬佛故
皆當忍受之　濁劫惡世中　多有諸恐怖
我不愛身命　但惜無上道　當著忍辱鎧
護持佛所囑　諸聚落城邑　其有求法者
我皆到其所　說佛所囑法　世是世尊使
處衆無所畏　我當善說法　願佛安隱住
我於世尊前　諸來十方佛　發如是誓言
佛自知我心

爾時文殊師利白佛言世尊是諸菩薩甚爲難有敬順佛故發大誓願世尊於後惡世云何能說是經佛言文殊師利菩薩摩訶薩於後末世法欲滅時有持是法華經者於在家出家人中生大慈心於非菩薩人中生大悲心隨在何地以神通力智慧力引之令得住是法中是法華經於無量國中乃至名字不可得聞何況得見受持讀誦文殊師利譬如强力轉輪聖王欲以威勢降伏諸國王見兵衆戰有功者即大歡喜隨功賞賜或與田宅聚落城邑或與衣服嚴身之具或與種種珍寶金銀唯髻中明珠不以與之所以者何獨王頂上有此一珠如見兵衆有大功者心甚歡喜而乃與之如來亦復如是以禪定智慧力得法國土王於三界而諸魔王不肯順伏如來賢聖諸將與之共戰其有功者心亦歡喜於四衆中爲說諸經賜以禪定解脫無漏

根力諸法之財又復賜與涅槃之城言得滅度引導其心令皆歡喜而不爲說是法華經文殊師利此法華經諸佛如來祕密之藏諸經最上長夜守護不妄宣說始於今日乃與汝等而敷演之　爾時他方國土諸來菩薩摩訶薩同白佛言世尊若聽我等於佛滅後在此娑婆世界勤加精進護持讀誦是經願於此土而廣說之爾時佛告諸菩薩摩訶薩衆止善男子不須汝等護持此經所以者何我娑婆世界自有六萬恒河沙等菩薩摩訶薩一一菩薩各有六萬恒河沙眷屬是諸人等能於我滅後護持讀誦廣說此經佛說是時娑婆世界三千大千國土地皆振裂而於其中有無量千萬億菩薩摩訶薩同時涌出是諸菩薩皆是大衆唱導之首各將六萬恒河沙眷屬共詣虛空七寶妙塔向二世尊頭面禮足以種種讚法而讚於佛如是時間經五十小劫是時釋迦牟尼佛默然而坐及諸四衆亦皆默然五十小劫佛神力故令諸大衆謂如半日爾時彌勒菩薩及諸菩薩衆皆作是念我等從昔已來未見未聞如是大菩薩摩訶薩衆從地涌出住世尊前時彌勒菩薩摩訶薩合掌向佛以偈問曰

無量千萬億　大衆諸菩薩　是從何所來
以何因緣集　巨身大神通　智慧叵思議
所將諸眷屬　如恒河沙等　此大菩薩衆
誰爲其說法　教化而成就　修習何佛道
我於此衆中　乃不識一人　無量德世尊
惟願決衆疑

爾時釋迦牟尼佛告彌勒菩薩善哉善哉阿

逸多汝等當共一心被精進鎧發堅固意如來今欲顯發宣示諸佛智慧諸佛自在神通之力諸佛師子奮迅之力諸佛威猛大勢之力阿逸多是諸大菩薩摩訶薩無量無數阿僧祇從地涌出汝等昔所未見者是我於娑婆世界得阿耨多羅三藐三菩提已教化示導此諸菩薩調伏其心令發道意是諸善男子等皆於是娑婆世界之下虛空中住不樂在衆多有所說常樂靜處勤行精進未曾休息亦不依止人天而住常樂深智無有障礙亦常樂於諸佛之法一心精進求無上慧爾時彌勒菩薩及無數諸菩薩等心生疑惑怪未曾有而作是念云何世尊於少時間教化如是無量無邊阿僧祇諸大菩薩令住阿耨多羅三藐三菩提即白佛言世尊佛轉法輪已來始過四十餘年云何於此少時教化如是無量大菩薩衆此大菩薩衆久遠已來於無量無邊諸佛所植諸善根成就菩薩道譬如有人年當少壯指百歲人言是我子其百歲人亦指年少言是我父生育我等世所難信佛亦如是世尊得佛未久乃能作此大功德事我等雖信佛所出言未曾虛妄佛所知者皆悉通達然諸新發意菩薩於佛滅後若聞是語或不信受而起破法罪業因緣唯願世尊宣示解說爾時佛告諸菩薩及一切大衆諸善男子汝等當信解如來誠諦之語譬如三千大千世界假使有人抹爲微塵過於東方五百千萬億那由他阿僧祇國乃下一塵如是東行盡是微塵諸善男子於意云何是諸世界可得思惟校計知其數不彌勒菩

薩等俱白佛言世尊是諸世界無量無邊非算數所知亦非心力所及一切聲聞辟支佛以無漏智不能思惟知其限數爾時佛告大菩薩衆諸善男子今當分明宣語汝等我成佛已來復過於此百千萬億那由他阿僧祇劫自從是來我常在此娑婆世界説法教化亦於餘處百千萬億那由他阿僧祇國導利衆生處處自説名字不同年紀大小亦復現言當入涅槃然我實成佛已來久遠若斯但以方便教化衆生令入佛道作如是説諸善男子如來所演經典皆爲度脱衆生或説已身或説他身或示已身或示他身或示已事或示他事諸所言説皆實不虚所以者何如來如實知見三界之相無有生死若退若出亦無在世及滅度者非實非虚非如非異不如三界見於三界如斯之事如來明見無有錯謬以諸衆生有種種性種種欲種種行種種憶想分别故欲令生諸善根以若干因緣譬喻言辭種種説法所作佛事未曾暫廢如是我成佛已來甚大久遠壽命無量阿僧祇劫常住不滅諸善男子我本行菩薩道所成壽命今猶未盡復倍上數然今非實滅度而便唱言當取滅度如來以是方便教化衆生所以者何若諸佛久住於世薄德之人不種善根貧著五欲入於憶想妄見網中若見如來常在不滅便起憍恣而懷厭怠不生難遭之想恭敬之心愈起色見聲求之妄念益執緣聚假合之幻身是故如來大慈方便説言當知諸佛出世難可值遇百千萬億劫或有見佛或不見者令諸衆生聞如是語生難

遺想心懷戀慕渴仰於佛便種善根是故如來雖不實滅而言滅度譬如良醫智慧聰達明練方藥善治衆病其人多諸子息以有事緣遠至餘國諸子於後飲他毒藥藥發悶亂宛轉于地是時其父還來歸家諸子飲毒或失本心或不失者遥見其父皆大歡喜拜跪問訊善安隱歸我等愚癡誤服毒藥願見救療更賜壽命父見子等苦惱如是依諸經方求好藥草色香美味皆悉具足擣篩和合與子令服而作是言此大良藥色香美味皆悉具足汝等可服速除苦惱無復衆患其諸子中不失心者見此良藥色香俱好即便服之病盡除愈餘失心者見其父來雖亦歡喜問訊求索治病然與其藥而不肯服所以者何毒氣深入失本心故父作是念此子可愍爲毒所中心皆顛倒我今當設方便令服此藥即作是言汝等當知我今衰老死時已至是好良藥今留在此汝可取服勿憂不差作是敎已復至他國遣使還告汝父已死是時諸子聞父背喪自惟孤露無復恃怙常懷悲感心遂醒悟乃知此藥色香美味即取服之毒病皆愈諸善男子於意云何頗有人能說此良醫虚妄過不不也世尊佛言我亦如是爾時世尊欲重宣此義而說偈言

自我得佛來　所經諸劫數　無量百千萬
億載阿僧祇　爲度衆生故　方便現涅槃
而實不滅度　常住此說法　以方便力故
現有滅不滅　餘國有衆生　恭敬信樂者
我復於彼中　爲說無上法　汝等不聞此
但謂我滅度　於阿僧祇劫　常在靈鷲山

衆生見劫盡　大火所燒時　我此土安隱
天人常充滿　園林諸堂閣　種種寶莊嚴
寶樹多華果　衆生所遊樂　我智力如是
慧光照無量　壽命無數劫　久修業所得
汝等有智者　勿於此生疑
爾時佛告彌勒菩薩摩訶薩阿逸多其有衆
生聞佛壽命長遠如是乃至能生一念信解
所得功德無有限量若有善男子善女人爲
阿耨多羅三藐三菩提故於八十萬億那由
他劫行五波羅密以是功德比前功德百分
千分百千萬億分不及其一若有聞佛壽命
長遠解其言趣是人所得功德無有限量能
起如來無上之慧若聞是經若教人聞若自
持若教人持若自書若教人書是人功德無
量無邊能生一切種智爾時世尊欲重宣此

義而說偈言
若我滅度後　能奉持此經　斯人福無量
如上之所說　況復持此經　兼布施持戒
忍辱樂禪定　不瞋不惡口　恭敬於塔廟
謙下諸比丘　遠離自高心　常思惟智慧
有問難不瞋　隨順爲解說　若能行是行
功德不可量　若見此法師　成就如是德
頭面接足禮　生心如佛想　不久詣道樹
得無漏無爲　廣利諸人天　應種種供養
其所住止處　乃至說一偈　是中應起塔
莊嚴令妙好　佛子住此地　則是佛受用
常在於其中　經行及坐臥
爾時佛告常精進菩薩摩訶薩若善男子善
女人受持是法華經若讀若誦若解說若書
寫是人當得六根清淨即說偈言

若於大衆中　以無所畏心　說是法華經
汝聽其功德　是人得八百　功德殊勝眼
以是莊嚴故　其目甚清淨　父母所生眼
悉見三千界　其中諸衆生　一切皆悉見
雖未得天眼　肉眼力如是
父母所生耳　清淨無濁穢　以此常耳聞
三千世界聲　遥聞是衆聲　而不壞耳根
持是法華者　雖未得天耳　但用所生耳
功德巳如是
是人鼻清淨　於此世界中　若香若臭物
種種悉聞知　在在方世尊　愍衆而說法
衆生在佛前　聞經皆歡喜　如法而修行
聞香悉能知　雖未得菩薩　無漏法生鼻
而是持經者　先得此鼻相
是人舌根淨　終不受惡味　以深淨妙聲
於大衆說法　以諸因緣喻　引導衆生心
諸佛及弟子　聞其說法音　常念而守護
或時爲現身
若持法華者　其身甚清淨　如彼淨琉璃
衆生皆喜見　又如淨明鏡　悉見諸色像
菩薩於淨身　皆見世所有　唯獨自明了
餘人所不見　雖未得無漏　法性之妙身
以清淨常體　一切於中現
是人意清淨　明利無濁穢　以此妙意根
知上中下法　乃至聞一偈　通達無量義
以持法華故　悉知諸法相　隨義識次第
達名字語言　此人有所說　皆是先佛法
以演此法故　於衆無所畏　持法華經者
意根淨若斯
爾時佛告得大勢菩薩摩訶薩乃往古昔過

無量劫有佛名威音王如來爾時有一菩薩比丘名常不輕得大勢以何因緣名常不輕是比丘凡見四衆皆悉禮拜讚歎而作是言我深敬汝等不敢輕慢所以者何汝等皆行菩薩道當得作佛而是比丘不專讀誦經典但行禮拜乃至遠見四衆亦復故往禮拜讚歎而作是言我不敢輕於汝等汝等皆當作佛是比丘聞威音王佛先所説法華經悉能受持即得如上眼根清淨耳鼻舌身意根清淨得是六根清淨已更增壽命二百萬億那由他歲廣爲人説是法華經於四衆中説法心無所畏得大勢是常不輕菩薩摩訶薩於後復值千萬億佛亦於諸佛法中説是經典功德成就當得作佛　爾時世尊於文殊師利等一切衆前現大神力出廣長舌上至梵世一切毛孔放於無量無數色光皆悉徧照十方世界於時十方世界通達無礙如一佛土爾時佛告上行等菩薩大衆諸佛神力如是無量無邊不可思議若我以是神力於無量無邊百千萬億阿僧祇劫爲囑累故説此經功德猶不能盡以要言之如來一切所有之法如來一切自在神力如來一切祕要之藏如來一切甚深之事皆於此經宣示顯説若有受持讀誦解説書寫如説修行若經卷所住之處即是道場諸佛於此得阿耨多羅三藐三菩提諸佛於此轉於法輪諸佛於此而般涅槃爾時釋迦牟尼佛從法座起現大神力以右手摩無量菩薩摩訶薩頂而作是言我於無量百千萬億阿僧祇劫修習是難得阿耨多羅三藐三菩提法今以付囑汝等

汝等應當一心流布此法廣令增益令一切衆生普得聞知所以者何如來有大慈悲無諸慳吝亦無所畏能與衆生佛之智慧如來智慧自然智慧如來是一切衆生之大施主汝等亦應隨學如來之法勿生慳吝汝等若能如是則爲已報諸佛之恩時諸菩薩摩訶薩聞佛作是說已皆大歡喜益加恭敬合掌向佛俱發聲言如世尊勅當具奉行唯然世尊願不有慮

爾時釋迦牟尼佛放大人相肉髻光明及放眉間白毫相光徧照東方八百萬億那由他恒河沙等諸佛世界過是數已有世界名淨光莊嚴其國有佛號淨華宿王智如來國中有一菩薩名曰妙音久已植衆德本供養親近無量百千萬億諸佛而悉成就甚深智慧得妙幢相三昧法華三昧淨德三昧智印三昧集一切功德三昧清淨三昧神通遊戲三昧慧炬三昧莊嚴王三昧淨光明三昧得如是等百千萬億恒河沙等諸大三昧釋迦牟尼佛光照其身即白淨華宿王智佛言世尊我當往詣娑婆世界禮拜親近供養釋迦牟尼佛於是妙音菩薩不起於座身不動搖而入三昧以三昧力即來詣此娑婆世界耆闍崛山到已下七寶臺以寶瓔珞持至釋迦牟尼佛所頭面禮足奉上瓔珞而白佛言世尊淨華宿王智佛問訊世尊少病少惱起居輕利安樂行不四大調和不世事可忍不衆生易度不所化衆生無多貪欲瞋恚愚癡嫉妬慳慢者不無不孝父母不敬沙門邪見不善心不攝五情者不衆生能降伏諸魔怨不世

尊我今欲見多寶佛身惟願世尊示我令見　爾時釋迦牟尼佛語多寶佛是妙音菩薩欲得相見時多寶佛告妙音言善哉善哉汝能爲供養釋迦牟尼佛及聽法華經并見文殊師利等故來至此爾時華德菩薩白佛言世尊是妙音菩薩種何善根修何功德有是神力佛告華德汝但見妙音菩薩其身在此而是菩薩現種種身處處爲諸衆生說是經典是菩薩以若干智慧明照娑婆世界令一切衆生各得所知於十方恒河沙世界中亦復如是若應以聲聞形得度者現聲聞形而爲說法應以辟支佛形得度者現辟支佛形而爲說法應以菩薩形得度者現菩薩形而爲說法應以佛形得度者即現佛形而爲說法如是種種隨所應度而爲現形乃至應以滅度而得度者示現滅度華德妙音菩薩摩訶薩成就大神通智慧之力其事如是　爾時無盡意菩薩即從座起偏袒右肩合掌向佛而作是言世尊觀世音菩薩以何因緣名觀世音佛告無盡意菩薩善男子若有無量百千萬億衆生受諸苦惱聞是觀世音菩薩一心稱名觀世音菩薩即時觀其音聲皆得解脫無盡意是觀世音菩薩成就如是功德以種種形遊諸國土度脫衆生是故汝等應當一心供養觀世音菩薩是觀世音菩薩摩訶薩於怖畏急難之中能施無畏是故此娑婆世界皆號之爲施無畏者爾時無盡意菩薩以偈問曰

世尊妙相具　我今重問彼　佛子何因緣
名爲觀世音　具足妙相尊　偈答無盡意

汝聽觀音行　善應諸方所　弘誓深如海
歷劫不思議　侍多千億佛　發大清淨願
我爲汝略說　聞名及見身　心念不空過
能滅諸有苦　假使興害意　推落大火坑
念彼觀音力　火坑變成池　或漂流巨海
龍魚諸鬼難　念彼觀音力　波浪不能沒
或在須彌峰　爲人所推墮　念彼觀音力
如日虛空住　或被惡人逐　墮落金剛山
念彼觀音力　不能損一毛　或值寃賊繞
各執刀加害　念彼觀音力　咸即起慈心
或遭王難苦　臨刑欲壽終　念彼觀音力
刀尋段段壞　或囚禁枷鎖　手足被杻械
念彼觀音力　釋然得解脫　咒詛諸毒藥
所欲害身者　念彼觀音力　還著於本人
或遇惡羅刹　毒龍諸鬼等　念彼觀音力
時悉不敢害　若惡獸圍繞　利牙爪可怖
念彼觀音力　疾走無邊方　蚖蛇及蝮蠍
氣毒烟火然　念彼觀音力　尋聲自迴去
雲雷鼓掣電　降雹澍大雨　念彼觀音力
應時得消散　衆生被困厄　無量苦逼身
觀音妙智力　能救世間苦　具足神通力
廣修智方便　十方諸國土　無刹不現身
種種諸惡趣　地獄鬼畜生　生老病死苦
以漸悉令滅　眞觀清淨觀　廣大智慧觀
悲觀及慈觀　常願常瞻仰　無垢清淨光
慧日破諸闇　能伏災風火　普明照世間
悲體戒雷震　慈意妙大雲　澍甘露法雨
滅除煩惱燄　諍訟經官處　怖畏軍陣中
念彼觀音力　衆寃悉退散　妙音觀世音
梵音海潮音　勝彼世間音　是故須常念

念念勿生疑　觀世音淨聖　於苦惱死厄
能爲作依怙　具一切功德　慈眼視衆生
福聚海無量　是故應頂禮

爾時藥王菩薩即從座起偏袒右肩合掌向
佛而白佛言世尊若善男子善女人有能受
持法華經者若讀誦通利若書寫經卷得幾
所福佛告藥王若有善男子善女人供養八
百萬億那由他恒河沙等諸佛於汝意云何
其所得福寧爲多不甚多世尊佛言若善男
子善女人能於是經乃至受持一四句偈讀
誦解義如説修行功德倍多　爾時普賢菩
薩白佛言世尊我於寶威德上王佛國遥聞
此娑婆世界説法華經與無量無邊百千萬
億諸菩薩衆共來聽受惟願世尊當爲説之
若善男子善女人於如來滅後云何能得是
法華經佛告普賢菩薩若善男子善女人成
就四法於如來滅後當得是法華經一者爲
諸佛護念二者植衆德本三者入正定聚四
者發救一切衆生之心善男子善女人如是
成就四法於如來滅後必得是經如是之人
不復貪著世樂不好外道經書手筆具正憶
念有福德力是人不爲三毒所惱亦不爲嫉
妬我慢邪慢增上慢所惱是人少欲知足能
修普賢之行普賢若有人見受持讀誦法華
經者應作是念此人不久當詣道場破諸魔
衆得阿耨多羅三藐三菩提轉法輪擊法鼓
吹法螺雨法雨當坐天人大衆中師子法座
上是人不須貪著衣服卧具飲食資生之物
所願不虚亦於現世得其福報説是經時恒
河沙等無量無邊菩薩得百千萬億旋陀羅

尼大會大衆皆大歡喜受持佛語作禮而去

御錄經海一滴卷之十二

音釋

隤徒回切下墜也欻音忽風有所吹起也陿胡夾切監陜不廣也鋭音胃利也傭賃上音融下音任鑰弋灼切鎖鑰鎧可海切甲也擣篩上都槁切春也下山皆切竹器

御錄經海一滴卷之十三

大般涅槃經之一

如是我聞一時佛在拘施那城力士生地阿利羅跋提河邊娑羅雙樹間爾時世尊與大比丘八十億百千人俱前後圍繞二月十五日大覺世尊將欲涅槃一切衆生見聞是已心大憂愁同時舉聲悲啼號哭嗚呼慈父痛哉苦哉舉手拍頭椎胸叫喚　聖慧日明從今永滅無上法船於斯沉没嗚呼痛哉世間大苦

爾時會中有優婆塞名曰純陀偏袒右肩右膝著地合掌向佛悲泣墮淚頂禮佛足而白佛言唯願世尊及比丘僧哀受我等最後供養復起禮佛而說偈言

佛如優曇華　值遇生信難　遇已種善根
永滅惡道苦　芥子投針鋒　佛出難於是
佛不染世法　如蓮華處水　善斷有頂種
永度生死流　生世爲人難　值佛世亦難
以知佛世尊　欲入於涅槃　高聲唱是言
世間無調御　不應捨衆生　應視如一子
如來在僧中　演說無上法　如須彌寶山
安處於大海　佛智能善斷　我等無明闇
猶如日出時　除雲光普照　是諸衆生等
悉爲生死轉　以是故世尊　應長衆生信
爲斷生死苦　久住於世間

佛告純陀如汝所說佛出世難如優曇華值佛生信亦復甚難佛臨涅槃最後施食能具足檀倍復甚難汝今純陀莫大愁苦應生踴躍喜自慶幸得值最後供養如來成就具足檀波羅密不應請佛久住於世汝今當觀諸

佛境界悉皆無常諸行性相亦復如是即爲純陀而說偈言

一切諸世間　生者皆歸死　壽命雖無量
要必當有盡　夫盛必有衰　合會有別離
無有法常者　一切皆遷動　流轉無休息
三界皆無常　諸有無有樂　故我不貪著
離欲善思惟　而證於眞實　究竟斷有者
今日當涅槃　我度有彼岸　已得過諸苦
是故於今日　純受上妙樂　以是因緣故
證無戲論邊　永斷諸纏縛　今日入涅槃
我無老病死　壽命不可盡　我今入涅槃
猶如大火滅　純陀汝不應　思量如來義
當觀如來性　猶如須彌山　我今正涅槃
受持第一樂　諸佛法如是　不應復啼哭

於是純陀復白佛言如來不欲久住於世我當云何而不啼泣苦哉苦哉世間空虛唯願世尊憐愍我等及諸衆生久住於世勿般涅槃佛告純陀汝今不應發如是言憐愍我故久住於世我以憐愍汝及一切是故今欲入於涅槃何以故諸佛法爾有爲亦然是故諸佛所說偈曰

有爲之法　其性無常　生已不住
寂滅爲樂

爾時世尊告諸比丘汝等莫如凡夫憂愁啼哭當勤精進繫心正念復說偈言

汝等當開意　不應大愁苦　諸佛法皆爾
是故當默然　樂不放逸行　守心正憶念
遠離諸非法　慰意受歡樂

復次比丘若有疑惑今皆當問若空不空若常無常若苦非苦若依非依若去不去若歸

非歸若恒非恒若斷非斷若衆生非衆生若有若無若實不實若眞不眞若滅不滅若密不密若二不二如是等種種法中有所疑者今應諮問我當隨願爲汝斷之亦當爲汝先說甘露然後乃當入於涅槃諸比丘佛出世難人身難得值佛生信是事亦難能忍難忍是亦復難成就禁戒具足無缺得阿羅漢果是事亦難如求金沙優曇鉢華汝諸比丘離於八難得人身難汝等遇我不應空過我於往昔種種苦行今得如是無上方便爲汝等故無量劫中捨身手足頭目髓腦是故汝等不應放逸汝等比丘云何莊嚴正法寶城具足種種功德珍寶戒定智慧爲墻塹埤埦汝今遇是佛法寶城不應取此虚僞之物譬如商主遇真寶城取諸瓦礫而便還家汝亦如是值遇寶城取虚僞物汝諸比丘勿以下心而生知足汝等今者雖得出家於此大乘不生貪慕汝諸比丘身雖得服袈裟染衣其心猶未得染大乘清淨之法汝諸比丘雖行乞食經歷多處初未曾乞大乘法食汝諸比丘雖除鬚髮未爲正法除諸結使汝諸比丘今當真實敎勅汝等我今現在大衆和合如來法性真實不倒是故汝等應當精進攝心勇猛摧諸結使十力慧日既滅没已汝等當爲無明所覆諸比丘譬如大地諸山藥草爲衆生用我法亦爾出生妙善甘露法味而爲衆生種種煩惱病之良藥我今當令一切衆生及以我子四部之衆悉皆安住祕密藏中我亦復當安住是中入於涅槃何等名爲祕密之藏猶如∴字三點若並則不成伊縱亦不

成如摩醯首羅面上三目乃得成伊三點若別亦不得成我亦如是解脱之法亦非涅槃如來之身亦非涅槃摩訶般若亦非涅槃三法各異亦非涅槃我今安住如是三法爲衆生故名入涅槃如世伊字爾時諸比丘聞佛世尊定當涅槃涕淚盈目稽首佛足白佛言世尊我等常修習無我之想如佛所說一切諸法無我我所世尊我等不但修無我想亦更修習其餘諸想所謂苦想無常等想世尊譬如人醉其心瞑眩見諸山河日月皆悉迴轉世尊若有不修苦無常想無我等想如是之人不名爲聖多諸放逸流轉生死爾時佛告諸比丘言諦聽諦聽汝向所引醉人喻者但知文字未達其義何等爲義如彼醉人見上日月實非迴轉生迴轉想衆生亦爾爲諸煩惱無明所覆生顛倒心我計無我常計無常淨計不淨樂計爲苦以爲煩惱之所覆故雖生此想不達其義如彼醉人於非轉處而生轉想我者即是佛義常者是法身義樂者是涅槃義淨者是法義汝等比丘云何而言有我想者憍慢貢高流轉生死汝等若言我亦修習無常苦想無我想是三種修無有實義我今當説勝三修法苦者計樂樂者計苦是顛倒法無常計常常計無常是顛倒法無我計我我計無我是顛倒法不淨計淨淨計不淨是顛倒法有如是等四顛倒法是人不知正修諸法汝諸比丘於苦法中生於樂想於無常中生於常想於無我中生於我想於不淨中生於淨想世間亦有常樂我淨出世亦有常樂我淨世間法者有字無義出世間

者有字有義何以故世間之法有四顛倒故不知義所以者何有想顛倒心倒見倒以三倒故世間之人樂中見苦常見無常我見無我淨見不淨是名顛倒以顛倒故世間知字而不知義何等爲義無我者名爲生死我者名爲如來無常者聲聞緣覺常者如來法身苦者一切外道樂者即是涅槃不淨者即有爲法淨者諸佛菩薩所有正法是名不顛倒以不倒故知字知義若欲遠離四顛倒者應知如是常樂我淨　汝等比丘當知如來爲大醫王出現於世降伏一切外道邪醫故唱是言無我無人衆生壽命養育知見作者受者比丘當知是諸外道所言我者如虫食木偶成字耳是故如來於佛法中唱言無我爲調衆生故爲知時故說是無我有因緣故亦說有我猶如良醫善知於乳是藥非藥非如凡夫所計吾我凡夫愚人所計我者或有說言大如拇指或如芥子或如微塵如來說我悉不如是是故說言諸法無我實非無我何者是實若法是實是真是常是主是依性不變易是名爲我如彼大醫善解乳藥如來亦爾爲衆生故說諸法中真實有我汝等四衆應當如是修習是法

佛告迦葉如來長壽於諸壽中最上最勝所得常法於諸常中最爲第一如八大河及諸小河悉入大海迦葉如是一切人中天上地及虛空壽命大河悉入如來壽命海中是故如來壽命無量復次迦葉譬如阿耨達池出四大河如來亦爾出一切命迦葉譬如一切諸常法中虛空第一如來亦爾於諸常中最

爲第一迦葉如諸藥中醍醐第一如來亦爾
於衆生中壽命第一迦葉菩薩白佛言世尊
如來壽命若如是者應住一劫若減一劫常
宣妙法如澍大雨佛言迦葉汝今不應於如
來所生滅盡想迦葉若有比丘比丘尼優婆
塞優婆夷乃至外道五通神仙得自在者若
住一劫若減一劫經行空中坐臥自在若欲
住壽能得如意於壽命中修短自住如是五
通尚得如是隨意神力豈況如來於一切法
得自在力而當不能住壽半劫若一劫若百
劫若百千劫若無量劫以是義故當知如來
是常住法不變易法如來此身是變化身非
雜食身爲度衆生示同毒樹是故現捨入於
涅槃迦葉當知佛是常法不變易法汝等於
是第一義中應勤精進一心修習既修習已

廣爲人說迦葉菩薩白佛言世尊出世之法
與世間法有何差别如佛言曰佛是常法不
變易法世間亦說梵天是常自在天常無有
變易我常性常微塵亦常若言如來是常法
者如來何故不常現耶若不常現有何差别
何以故梵天乃至微塵世性亦不現故佛告
迦葉譬如長者多有諸牛色雖種種同共一
羣付放牧人令逐水草但爲醍醐不求乳酪
彼牧牛者搆已而食長者命終所有諸牛悉
爲羣賊之所抄掠賊得牛已無有婦女即自
搆捋得而食之爾時羣賊各相謂言彼大長
者畜養此牛不期乳酪但爲醍醐我等今者
當設何方而得之耶夫醍醐者名爲世間第
一上味我等無器設使得乳無安置處復共
相謂唯有皮囊可以盛之雖有盛處不知鑽

搖槳猶難得況復生酥爾時諸賊以醍醐故加之以水以水多故乳酪醍醐一切俱失凡夫亦爾雖有善法皆是如來正法之餘何以故如來世尊入涅槃後盜竊如來遺餘善法若戒定慧如彼諸賊劫掠羣牛諸凡夫人雖復得是戒定智慧無有方便不能解說以是義故不能獲得常戒常定常慧解脫如彼羣賊不知方便喪失醍醐如彼羣賊爲醍醐故加之以水凡夫亦爾爲解脫故說我衆生壽命士夫梵天自在天微塵世性戒定智慧及與解脫非想非非想天即是涅槃實亦不得解脫涅槃如彼羣賊不得醍醐是諸凡夫有少梵行供養父母以是因緣得生天上受少安樂如彼羣賊加水之乳而是凡夫實不知因修少梵行供養父母得生天上又不能知戒定智慧歸依三寶以不知故但說常樂我淨雖復說之而實不知是故如來出世之後乃爲演說常樂我淨　迦葉諸善男子善女人常當繫心修此二字佛是常住迦葉若有善男子善女人修此二字當知是人隨我所行至我至處善男子若有修習如是二字爲滅相者當知如來則於其人爲般涅槃善男子涅槃義者即是諸佛之法性也迦葉菩薩白佛言世尊佛法性者其義云何夫法性者即是捨身捨身者名無所有若無所有身云何存身若存者云何而言身有法性身有法性云何得存我今云何當知是義佛言善男子汝今不應作如是說滅是法性夫法性者無有滅也善男子譬如無想天成就色陰而無色想不應問言是諸天等云何而住歡娛

受樂云何行想云何見聞善男子如來境界非諸聲聞緣覺所知善男子不應說言如來身者是滅法也善男子如是滅法是佛境界非諸聲聞緣覺所及汝今不應思量如來何處住何處行何處見何處樂如是之義亦非汝等之所知及諸佛法身種種方便不可思議復次善男子應當修習佛法及僧而作常想是三法者無有異想無無常想無變異想若於三法修異想者當知是輩清淨三歸則無依處所有禁戒皆不具足終不能證聲聞緣覺菩提之果若能於是不可思議修常想者則有歸處善男子譬如因樹則有樹影如來亦爾有常法故則有歸處非是無常若言如來是無常者如來則非諸天世人所歸依處迦葉菩薩白佛言世尊譬如闇中有樹無影佛言迦葉汝不應言有樹無影但非肉眼之所見耳如來亦爾其性常住是不變異無智慧眼不能得見如彼闇中不見樹影凡夫之人於佛滅後說言如來是無常法亦復如是若言如來異法僧者則不能成三歸依處迦葉菩薩復白佛言世尊我今當學如來法僧不可思議既自學已亦當爲人廣說是義若有諸人不能信受當知是輩久修無常如是之人我當爲其而作霜雹爾時佛讚迦葉菩薩善哉善哉汝今善能護持正法如是護法不欺於人以不欺人善業緣故而得長壽善知宿命　世尊復告迦葉善男子如來身者是常住身不可壞身金剛之身非雜食身即是法身迦葉菩薩白佛言世尊如佛所說如是等身我悉不見唯見無常破壞微塵雜

食等身何以故如來欲入於涅槃故佛言迦葉汝今莫謂如來之身不堅可壞如凡夫身善男子汝今當知如來之身無量億劫堅牢難壞非人天身非恐怖身非雜食身如來之身非身是身不生不滅不習不修無量無邊無有足跡無知無形畢竟清淨無有動揺無受無行不住不作無味無雜非是有爲非業非果非行非滅非心非數不可思議常不可議無識離心亦不離心其心平等無有亦有無有去來而亦去來不破不壞不斷不絕不出不滅非主亦主非有非無非覺非觀非字非不字非定非不定不可見了了見無處亦處無宅亦宅無闇無明無有寂静而亦寂静是無所有不受不施清淨無垢無諍斷諍住無住處不取不墮非法非非法非福田非不福田無盡不盡離一切盡是空離空雖不常住而亦常住非念念滅無有垢濁無字離字非聲非説亦非修習非稱非量非一非異非像非相諸相莊嚴非勇非畏無寂不寂無熱不熱不可覩見無有相貌如來度脫一切衆生無度脫故能解衆生無有解故覺了衆生無覺了故如實説法無有二故不可思量無等等故平如虛空無有形貌同有生性不斷不常非合非散非長非短非陰入界亦陰入界如來之身成就如是無量功德無有知者無不知者無有見者無不見者非有爲非無爲非世非不世非作非不作非依非不依非身非不身不可宣説除一法相不可算數般涅槃時不般涅槃如來法身皆悉成就如是無量微妙功德迦葉唯有如來乃知是相非

諸聲聞縁覺所知迦葉如來真身功德如是云何復得諸疾患苦危脆不堅如坏器乎如來所以示病苦者爲欲調伏諸衆生故善男子汝今當知如來之身即金剛身汝從今日常當專心思惟此義莫念食身亦當爲人說如來身即是法身　迦葉菩薩白佛言世尊如是如是誠如聖教如來常住不壞無有變異我今善學亦當爲人廣宣是義佛讚善哉善哉如來身者即是金剛不可壞身菩薩應當如是善學正見正知若能如是了了知見即是見佛金剛之身不可壞身如於鏡中見諸色像佛告迦葉是經名爲大般涅槃如諸藥中醍醐第一善治衆生熱惱亂心是大涅槃爲最第一譬如甜酥八味具足大般涅槃亦復如是八味具足云何爲八一者常二者徧三者安四者清涼五者不老六者不死七者無垢八者快樂是爲八味具足八味是故名爲大般涅槃若諸菩薩摩訶薩等安住是中復能處處示現涅槃是故名爲大般涅槃迦葉善男子善女人若欲於此大般涅槃而涅槃者當如是學如來常住法僧亦然　爾時迦葉菩薩白佛言世尊如佛所說諸佛世尊有祕密藏是義不然何以故諸佛世尊唯有密語無有密藏佛讚迦葉善哉善哉善男子如汝所言如來實無祕密之藏何以故如秋滿月處空顯露清淨無翳人皆覩見如來之言亦復如是開發顯露清淨無翳愚人不解謂之祕藏智者了達則不名藏譬如有人多積金銀至無量億其心慳悋不肯惠施拯濟貧窮如是積聚乃名祕藏如來不爾於無

邊劫積聚無量妙法珍寶心無慳悋常以惠施一切衆生云何當言如來祕藏善男子譬如長者唯有一子以愛念故晝夜殷勤教其半字而不教誨毘伽羅論何以故以其幼稚力未堪故如是長者於是子所有祕藏不若有瞋心嫉妬慳悋乃名爲藏如來無有瞋心嫉妬云何名藏善男子彼大長者謂如來也所言一子者謂一切衆生如來視於一切衆生猶如一子教一子者謂聲聞弟子半字者謂九部經毘伽羅論者所謂方等大乘經典以諸聲聞無有慧力是故如來爲說半字九部經典而不爲說毘伽羅論方等大乘如彼長者子既長大堪任讀學若不爲說毘伽羅論可名爲藏若諸聲聞有堪任力能受大乘毘伽羅論如來祕惜不爲說者可言如來有祕密藏如來不爾今爲演說毘伽羅論所謂如來常存不變復次善男子譬如夏月興大雲雷降注大雨令諸農夫下種之者多獲果實不下種者無所克獲無所獲者非龍王咎而此龍王亦無所藏我今如來亦復如是降大法雨大涅槃經若諸衆生種善子者得慧芽果無善子者則無所獲無所獲者非如來咎　迦葉菩薩白佛言世尊若涅槃佛性決定如來是一義者云何說言有三歸依佛告迦葉一切衆生怖畏生死故求三歸以三歸故則知佛性決定涅槃善男子有法名一義異有法名義俱異名一義異者佛常法常比丘僧常涅槃虛空皆亦是常是爲名一義異名義俱異者佛名爲覺法名不覺僧名和合涅槃名解脫虛空名非善亦名無礙是爲名

義俱異善男子三歸依者亦復如是名義俱異云何爲一是故我告摩訶波闍波提憍曇彌莫供養我當供養僧若供養僧則得具足供養三歸摩訶波闍波提即答我言衆僧之中無佛無法云何說言供養衆僧則得具足供養三歸我復告言汝隨我語則供養佛爲解脫故即供養法衆僧受者則供養僧善男子是故三歸不得爲一善男子如來或時說一爲三說三爲一如是之義諸佛境界非是聲聞縁覺所知迦葉復言如佛所說畢竟安樂名涅槃者是義云何夫涅槃者捨身捨智若捨身智誰當受樂佛言善男子如來畢竟遠離二十五有永得涅槃安樂之處不可動轉無有盡滅斷一切受名無受樂如是無受名爲常樂若言如來有受樂者無有是處是故畢竟樂者即是涅槃涅槃者即真解脫真解脫者即是如來迦葉復言不生不滅是解脫耶佛言如是如是善男子不生不滅即是解脫如是解脫即是如來迦葉復言若不生不滅是解脫者虛空之性亦無生滅亦是如來如如來性即是解脫佛告迦葉善男子是事不然如迦蘭伽鳥及命命鳥其聲清妙寧可同於烏鵲音不不也世尊烏鵲之聲比命命鳥百千萬倍不可爲比迦葉復言迦蘭伽等其聲微妙身亦不同如來云何比之烏鵲無異葶藶比須彌山佛與虛空亦復如是迦蘭伽聲可喻佛聲不可以喻烏鵲之音爾時佛讚迦葉菩薩善哉善哉汝今善解甚深難解如來有時以因縁故引彼虛空以喻解脫如是解脫即是如來真解脫者一切人天無

能爲匹而此虛空實非其喻爲化衆生故以虛空非喻爲喻當知解脫即是如來如來之性即是解脫解脫如來無二無別善男子非喻者如無比之物不可引喻有因緣故可得引喻如經中説面貌端正猶月盛滿白象鮮潔猶如雪山滿月不得即同於面雪山不得即是白象善男子不可以喻喻真解脫爲化衆生故作喻耳以諸譬喻知諸法性皆亦如是　善男子以是因緣我説種種方便譬喻以喻解脫雖以無量阿僧祇喻而實不可以喻爲比或有因緣亦可喻説或有因緣不可喻説是故解脫成就如是無量功德以如是等無量功德成就滿故名大涅槃迦葉菩薩白佛言世尊我今始知如來至處爲無有盡處若無盡當知壽命亦應無盡佛言善哉善哉善男子汝今善能護持正法若有善男子善女人欲斷煩惱諸結縛者當作如是護持正法　復次善男子聲聞緣覺於諸煩惱而生怖畏學大乘者都無恐懼修學大乘有如是力以是因緣先所方便説者爲欲令彼聲聞緣覺調伏諸魔非爲大乘是大涅槃微妙經典不可消伏甚奇甚特若有聞者聞已信受能信如來是常住法如是之人甚爲希有如優曇華我涅槃後若有得聞如是大乘微妙經典生信敬心當知是等於未來世百千億劫不墮惡道　若復有人能信如是大乘經典本所受形雖復麤陋以經功德即便端正威顔色力日更增多常爲人天之所樂見恭敬愛戀情無捨離國王大臣及家親屬聞其所説悉皆敬信若我聲聞弟子之中欲行

第一希有事者當爲世間廣宣如是大乘經典善男子譬如霧露勢雖欲住不過日出日既出已消滅無餘是諸衆生所有惡業亦復如是住世勢力不過得見大涅槃日是日既出悉能除滅一切惡業　迦葉菩薩白佛言世尊善哉善哉如來所說真實不虛我當頂受譬如金剛珍寶異物如佛所說是諸比丘當依四法何等爲四依法不依人依義不依語依智不依識依了義經不依不了義經

御録經海一滴卷之十三

音釋

埤堄 上音悲下音詣埤堄城上女牆也

∴ 梵書伊字

坏 鋪坯切音丕未燒陶瓦

御録經海一滴卷之十四

大般涅槃經之二

佛告迦葉我般涅槃七百歲後諸魔波旬漸當沮壞我之正法譬如獵師身服法衣魔王波旬亦復如是作比丘像比丘尼像優婆塞像優婆夷像亦復化作須陀洹身乃至化作阿羅漢身及佛色身魔王以此有漏之形作無漏身壞我正法　我於往昔八十億劫常離一切不淨之物少欲知足威儀成就善修如來無上法藏亦自定知身有佛性是故我今得成阿耨多羅三藐三菩提得名爲佛有大慈悲如是經律是佛所説若有不能隨順是者是魔眷屬若能隨順是大菩薩復有説言無四波羅夷十三僧殘二不定法三十捨墮九十一墮四懺悔法衆多學法七滅諍等無偷蘭遮五逆等罪及一闡提若有比丘犯如是等墮地獄者外道之人悉應生天何以故諸外道等無戒可犯是故如來示現怖人故説斯戒若言佛説我諸比丘若欲行淫應捨法服著俗衣裳然後行淫復應生念淫欲因緣非我過咎如來在世亦有比丘習行淫欲得正解脱或命終後生於天上古今有之非獨我作或犯四重或犯五戒或行一切不淨律儀猶故而得真正解脱如來雖説犯突吉羅如忉利天日月歲數八百萬歲墮在地獄是亦如來示現怖人言波羅夷至突吉羅輕重無差是諸律師妄作此言言是佛制必定當知非佛所説如是言説是魔經律若復説言於諸戒中若犯小戒乃至微細當受苦報無有齊限如是知已防護自身如龜藏六

如是之人真我弟子若有律師復作是言凡所犯戒都無罪報如是之人不應親近如佛所說　若過一法　是名妄語　不見後世　無惡不造　是故不應親近是人我佛法中清淨如是況復有犯偷蘭遮罪或犯僧殘及波羅夷而非罪耶是故應當深自防護如是等法若不守護更以何法名爲精修我於經中亦說有犯四波羅夷乃至微細突吉羅等應當苦治衆生若不護持禁戒云何當得見於佛性一切衆生雖有佛性要因持戒然後乃見因見佛性得成阿耨多羅三藐三菩提九部經中無方等經是故不說有佛性也經雖不說當知實有若作是說當知是人真我弟子迦葉菩薩白佛言世尊如上所說一切衆生有佛性者九部經中所未曾聞如其說有云何不犯波羅夷耶佛言善男子如汝所說實不毀犯波羅夷也善男子譬如有人說言大海唯有七寶無八種者是人無罪若有說言九部經中無佛性者亦復無罪何以故我於大乘大智海中說有佛性二乘之人所不知見是故說無不得罪也如是境界諸佛所知非是聲聞緣覺所及善男子若人不聞如來甚深祕密藏者云何當知有佛性耶何等名爲祕密之藏所謂方等大乘經典有諸外道或說我常或說我斷如來不爾亦說有我亦說無我是名中道若有說言佛說中道一切衆生悉有佛性煩惱覆故不知不見是故應當勤修方便斷壞煩惱若有能作如是說者當知是人不犯四重若不能作如是說者是則名爲犯波羅夷若有說言我已成

就阿耨多羅三藐三菩提何以故以有佛性故有佛性者必定當成阿耨多羅三藐三菩提以是因緣我今已得成就菩提當知是人則名爲犯波羅夷罪何以故雖有佛性以未修習諸善方便是故未見以未見故不能得成阿耨多羅三藐三菩提善男子以是義故佛法甚深不可思議　善男子所言苦者不名聖諦若有不知如來甚深境界常住不變微密法身謂是食身非是法身不知如來道德威力是名爲苦何以故以不知故法見非法非法見法輪轉生死多受苦惱若有能知如來常住無有變異真是修苦多所利益若不知者雖復勤修無所利益是名知苦名苦聖諦若人不能如是修習是名爲苦非苦聖諦苦集諦者於真法中不生真知受不淨物能以非法言是正法若有深知不壞正法以是因緣得生天上及正解脱若有不知苦集諦處而言正法無有常住悉是滅法以是因緣於無量劫流轉生死受諸苦惱若能知法常住不異是名知集名集聖諦若人不能如是修習是名爲集非集聖諦苦滅諦者若有多修習學空法是爲不善何以故滅一切法故壞於如來真法藏故作是修學是名修空若言修空是滅諦者一切外道亦修空法應有滅諦若有説言有如來藏雖不可見若能滅除一切煩惱爾乃得入若發此心一念因緣於諸法中而得自在若有修習如來密藏無我空寂如是之人於無量世在生死中流轉受苦若有不作如是修者雖有煩惱疾能滅除何以故因知如來祕密藏故是名苦滅

聖諦若能如是修習滅者是我弟子若有不能作如是修是名空修非滅聖諦道聖諦者所謂佛法僧寶及正解脫有諸衆生顛倒心言無佛法僧及正解脫生死流轉猶如幻化修習是見以此因緣輪轉三有久受大苦若能發心見於如來常住無變法僧解脫亦復如是乘此一念於無量世自在果報隨意而得何以故我於往昔以四倒故非法計法受於無量惡業果報我今已滅如是見故成佛正覺是名道聖諦若有人言三寶無常修習是見是虛妄修非道聖諦若修是法爲常住者是我弟子真見修習四聖諦法　善男子謂四倒者於非苦中生於苦想非樂中生於樂想名曰顛倒無常常想常無常想是名顛倒無我我想我無我想是名顛倒淨不淨想不淨淨想是名顛倒是則名爲四種顛倒迦葉菩薩白佛言世尊我從今日始得正見世尊自是之前我等悉名邪見之人世尊二十五有有我不也佛言善男子我者即是如來藏義一切衆生悉有佛性即是我義如是我義從本以來常爲無量煩惱所覆是故衆生不能得見如貧女人舍内多有真金之藏家人大小無有知者時有異人善知方便即於其家掘出真金之藏女人見已心生歡喜善男子衆生佛性亦復如是爲諸煩惱之所覆蔽不能得見如來今日普示衆生諸覺寶藏所謂佛性真金藏者即是佛性也善男子如來爲度一切衆諸衆生修無我法如是修已永斷我心入於涅槃爲除世間諸妄見故示現出過世間法故復示世間計我虛妄非真

實故修無我法清淨身故爲修空故說言諸法悉無有我我今說如來藏比丘不應生怖應自分別如來祕藏不得不有　我諸弟子不知親近善知識故修學無我亦復不知無我之處尚自不知無我真性況復能知有我真性善男子如來如是說諸衆生皆有佛性喻如良醫示彼力士額中金剛寶珠是諸衆生爲諸無量億煩惱等之所覆蔽不識佛性若盡煩惱爾時乃得證知了了如彼力士於明鏡中見其寶珠如來祕藏如是無量不可思議復次善男子譬如雪山有一味藥名曰樂味其味極甜在深叢下人無能見有人聞香即知其地當有是藥過去往世有轉輪王於此雪山爲此藥故在在處處造作木筩以接是藥是藥熟時從地流出集木筩中其味真正王既殁已其後是藥或酢或鹹或甜或苦或辛或淡如是一味隨其流處有種種異是藥真味停留在山猶如滿月凡人薄福雖以钁斸加功困苦而不能得復有聖王出現於世以福因緣即得是藥真正之味善男子如來祕藏其味亦爾爲諸煩惱叢林所覆無明衆生不能得見一味藥者喻如佛性以煩惱故出種種味　如是佛性終不可斷性若可斷無有是處如我性者即是如來祕密之藏如是祕藏一切無能沮壞燒滅雖不可壞然不可見若得成就阿耨多羅三藐三菩提爾乃證知　善男子方等經者猶如甘露亦如毒藥即說偈言

如是大乘典　亦名雜毒藥　如酥醍醐等
及以諸石蜜　服消則爲藥　不消則爲毒

方等亦如是　智者爲甘露　愚不知佛性
服之則成毒　迦葉汝今當　善分别三歸
如是三歸性　則是我之性　若能諦觀察
我性有佛性　當知如是人　得入秘密藏
知我及我所　是人已出世　佛法三寶性
無上第一尊　如我所說偈　其性義如是

迦葉菩薩白佛言佛性如是不可思議三十二相八十種好亦不可思議爾時佛讚迦葉善哉善哉善男子汝已成就深利智慧我今當更善爲汝說入如來藏若我住者即是常法不離於苦若無我者修行淨行無所利益若言諸法皆無有我是即斷見若言我住即是常見若言一切行無常者即是斷見諸行常者復是常見若言苦者即是斷見若言樂者復是常見修一切法常者墮於斷見修一切法斷者墮於常見修常斷者要因斷常以是義故修餘法苦者皆名不善修餘法樂者則名爲善修餘法無我者是諸煩惱分修餘法常者是則名曰如來祕藏所謂涅槃無有窟宅修餘法無常者即是財物修餘法常者謂佛法僧及正解脱當知如是佛法中道遠離二邊而說真法　若言有者智不應染若言無者即是妄語若言有者不應黙然亦復不應戲論諍訟但求了知諸法真性凡夫之人戲論諍訟不解如來微密藏故若說於苦愚人便謂身是無常說一切苦復不能知身有樂性　有智之人應當分別不應盡言一切無常何以故我身即有佛性種子若說無我凡夫當謂一切佛法悉無有我智者應當分別無我假名不實如是知已不應生疑若

言如來祕藏空寂凡夫聞之生斷滅見有智之人應當分别如來是常無有變易若言解脫喻如幻化凡夫當謂得解脫者即是磨滅有智之人應當分别人中師子雖有去來常住不變若言無明因緣諸行凡夫之人聞已分别生二法想明與無明智者了達其性無二無二之性即是實性若言諸行因緣識者凡夫謂二行之與識智者了達其性無二無二之性即是實性若言十善十惡可作不可作善道惡道白法黑法凡夫謂二智者了達其性無二無二之性即是實性若言應修一切法苦凡夫謂二智者了達其性無二無二之性即是實性若言一切行無常如來祕藏亦是無常凡夫謂二智者了達其性無二無二之性即是實性若言一切法無我如來祕藏亦無有我凡夫謂二智者了達其性無二無二之性即是實性我與無我性無有二如來祕藏其義如是不可稱計無量無邊諸佛所讚我今於是一切功德成就經中皆悉說已善男子我與無我性相無二汝應如是受持頂戴善男子汝亦應當堅持憶念如是經典如我先於摩訶般若波羅蜜經中說我無我無有二相如因乳生酪因酪得生酥因生酥得熟酥因熟酥得醍醐如是酪性爲從乳生爲從自生從他生耶乃至醍醐亦復如是當知酪性從因緣有不得定言乳中無有酪相離乳而有無有是處善男子明與無明亦復如是若與煩惱諸結俱者名爲無明若與一切善法俱者名之爲明是故我言無有二相以是因緣我先說言雪山有草名曰肥

膩牛若食者即成醍醐衆生薄福不見是草佛性亦爾煩惱覆故衆生不見譬如大海雖同一鹹其中亦有上妙之水味同於乳喻如雪山雖復成就種種功德多生諸藥亦有毒草諸衆生身亦復如是雖有四大毒蛇之種其中亦有妙藥天王所謂佛性非是作法但爲煩惱客塵所覆若刹利婆羅門毘舍首陀能斷除者即見佛性成無上道譬如虛空震雷起雲一切象牙上皆生華若無雷震華則不生衆生佛性亦復如是常爲一切煩惱所覆不可得見是故我說衆生無我若得聞是大般涅槃微妙經典則見佛性如象牙花雖聞契經一切三昧不聞是經不知如來微妙之相如無雷時象牙上華不可得見聞是經已即知一切無量衆生皆有佛性以是義故說大涅槃名爲如來祕密之藏若有善男子善女人有能習學是大涅槃微妙經典當知是人能報佛恩真佛弟子　迦葉菩薩白佛言世尊是佛性者云何甚深難見難入佛言善男子如百盲人爲治目故造詣良醫是時良醫即以金鎞抉其眼膜以一指示問言見不盲人答言我猶未見復以二指三指示之乃言少見善男子是大涅槃微妙經典如來未說亦復如是無量菩薩雖具足行諸波羅密乃至十住猶未能見所有佛性如來既說即便少見是菩薩摩訶薩既得見已咸作是言甚奇世尊我等流轉無量生死常爲無我之所惑亂善男子如是菩薩位階十地尚不了了知見佛性何況聲聞緣覺之人能得見耶　善男子今日如來所說真我名曰佛性

若有凡夫能善説者即是隨順無上佛法若有善能分別隨順宣説是者當知即是菩薩相貌所有種種異論咒術言語文字皆是佛説非外道説　爾時佛告迦葉菩薩善男子鳥有二種一名迦隣提二名鴛鴦遊止共俱不相捨離是苦無常無我等法亦復如是不得相離迦葉菩薩白佛言世尊云何是苦無常無我如彼鴛鴦迦隣提鳥佛言善男子異法是苦異法是樂異法是常異法無常異法是我異法無我譬如稻米異於麻麥麻麥復異豆粟甘蔗如是諸種從其萌芽乃至葉華皆是無常果實成熟人受用時乃名爲常何以故性真實故世尊如是等物若是常者同如來耶佛言善男子汝今不應作如是説何以故若言如來如須彌山劫壞之時須彌崩倒如來爾時豈同壞耶善男子一切諸法唯除佛性涅槃更無一法而是常者直以世諦言果實常　復次善男子譬如菴羅樹其華始敷名無常相若成果實多所利益乃名爲常如是善男子雖修一切契經諸定未聞如是大涅槃經時咸言一切悉是無常聞是經已雖有煩惱如無煩惱即能利益一切人天何以故曉了自身有佛性故是名爲常　復次善男子譬如衆流皆歸大海一切契經諸定三昧皆歸大乘大涅槃經何以故究竟善説有佛性故是故我言異法是常異法無常乃至無我亦復如是迦葉菩薩白佛言世尊如來已離憂悲毒箭何故稱言如來憂悲佛言善男子無想天者名爲無想若無想者則無壽命若無壽命云何而有陰界諸入以是

義故無想天壽不可説言有所住處譬如樹神依樹而住不得定言依枝依節依莖依葉雖無定所不得言無無想天壽亦復如是善男子佛法亦爾甚深難解如來實無憂悲苦惱而於衆生起大慈悲現有憂悲視諸衆生如羅睺羅復次善男子無想天中所有壽命唯佛能知非餘所及乃至非想非非想處亦復如是迦葉如來之性清淨無染猶如化身何處當有憂悲苦惱若言如來無憂悲者云何能利一切衆生弘廣佛法若言無者云何而言等視衆生如羅睺羅若不等視如羅睺羅如是之言則爲虚妄以是義故佛不可思議法不可思議衆生佛性不可思議無想天壽不可思議如來有憂及以無憂是佛境界非諸聲聞緣覺所知善男子譬如空中舍宅微塵不可住立若言舍宅不因空住無有是處以是義故不可説舍住於虚空不住虚空凡夫之人雖復説言舍住虚空而是虚空實無所住何以故性無住故心亦如是不可説言住陰界入及以不住無想天壽亦復如是如來憂悲亦復如是若無憂悲云何説言等視衆生如羅睺羅若言有者復云何言性同虚空　是故如來名無礙智示現幻化隨順世間凡夫肉眼謂是真實而欲盡知如來無礙無上智者無有是處有憂無憂唯佛能知以是因緣異法有我異法無我是名鴛鴦迦隣提鳥性　迦葉菩薩白佛言世尊云何衆生得涅槃者名第一樂佛言善男子如我所説諸行和合名爲老死

謹慎不放逸　是處名甘露　放逸不謹慎

是名爲死句　若不放逸者　則得不死處
如其放逸者　常趣於死路

若放逸者名有爲法是有爲法爲第一苦若不放逸者則名涅槃彼涅槃者名爲甘露第一最樂　復次善男子譬如有人見月不現皆言月沒而作沒想而此月性實無沒也轉現他方彼處衆生復謂月出而此月性實無出也其月常生性無出沒　如來應正徧知亦復如是出於三千大千世界或閻浮提示有父母衆生皆謂如來生於閻浮提内或閻浮提示現涅槃而如來性實無涅槃而諸衆生皆謂如來實般涅槃喻如月沒善男子如來之性實無生滅爲化衆生故示生滅　復次善男子譬如陰闇日月不現愚夫謂言日月失沒而是日月實不失沒　如來正法滅盡之時三寶現沒亦復如是非爲永滅是故當知如來常住無有變易何以故三寶真性不爲諸垢之所染故出無佛世衆生皆謂如來真實滅度生憂悲想而如來身實不滅沒如彼日月無有滅沒復次善男子譬如日出衆霧悉除此大涅槃微妙經典亦復如是出興於世若有衆生一經耳者悉能滅除一切諸惡無間罪業是大涅槃甚深境界不可思議善説如來微密之性以是義故諸善男子善女人等應於如來生常住心無有變易正法不斷僧寶不滅是故應當多修方便勤學是典是人不久當得成於阿耨多羅三藐三菩提是故此經名爲無量功德所成亦名菩提不可窮盡　復次善男子譬如闇夜諸所營作一切皆息若未訖者要待日明學大乘者雖

修契經一切諸定要待大乘大涅槃日開於如來微密之教然後乃能造菩提業安住正法猶如天雨潤益增長一切諸種成就果實悉除饑饉多受豐樂如來祕藏無量法雨亦復如是是經出世如彼果實多所利益安樂一切能令衆生見於佛性如法華中八千聲聞得受記莂成大果實如秋收冬藏更無所作　如是善男子是大乘典大涅槃經無量無數不可思議未曾有也當知即是無上良醫最尊最勝衆經中王譬如大船從海此岸至於彼岸復從彼岸還至此岸如來應正徧知亦復如是乘大涅槃大乘寶船周旋往返濟度衆生在在處處有應度者悉令得見如來之身以是義故如來名曰無上船師譬如有船則有船師以有船師則有衆生渡於大海如來常住化度衆生亦復如是　復次善男子譬如金師得好真金隨意造作種種諸器如來亦爾於二十五有悉能示現種種色身爲化衆生拔生死故是故如來名無邊身雖復示現種種諸身亦名常住無有變易

善男子是大乘典大涅槃經於我滅後有諸衆生不能恭敬無有威德何以故是諸衆生不知如來微密藏故所以者何以是衆生薄福德故復次善男子如來正法將欲滅盡爾時多有行惡比丘不知如來微密之藏懶惰懈怠不能讀誦宣揚分別如來正法譬如癡賊棄捨真寶擔負草藁不解如來微密藏故於是經中懈怠不勤哀哉大險當來之世甚可怖畏苦哉衆生不勤聽受是大乘典大涅槃經唯諸菩薩摩訶薩等能於是經取真實

義不著文字隨順不逆爲衆生說復次善男子如牧牛女爲欲賣乳貪多利故加二分水轉賣與餘牧牛女人彼女得已復加二分轉復賣與近城女人彼女得已復加二分轉復賣與城中女人彼女得已復加二分詣市賣之雖復無味於苦味中千倍爲勝何以故乳之爲味諸味中最勝善男子我涅槃後正法未滅餘八十年爾時是經於閻浮提當廣流布是時當有諸惡比丘抄掠是經分作多分能滅正法色香美味是諸惡人雖復讀誦如是經典滅除如來深密要義安置世間莊嚴文飾無義之語抄前著後抄後著前前後著中中著前後當知如是諸惡比丘是魔伴黨受畜一切不淨之物而言如來悉聽我畜如牧牛女多加水乳諸惡比丘亦復如是雜以世語錯定是經令多衆生不得正說正寫正取尊重讚歎供養恭敬是惡比丘爲利養故不能廣宣流布是經所可分流少不足言如彼牧牛貧窮女人展轉賣乳乃至成糜而無乳味是大乘典大涅槃經亦復如是展轉薄淡無有氣味雖無氣味猶勝餘經足一千倍何以故是大乘典大涅槃經於聲聞經最爲上首喻如牛乳味中最勝以是義故名大涅槃　復次善男子如來常爲一切衆生而作父母所以者何一切衆生種種形類二足四足多足無足佛以一音而爲說法彼彼異類各自得解各各歎言如來今日爲我說法以是義故名爲父母復次善男子如人生子始十六月雖復語言未可解了而彼父母欲教其語先同其音漸漸教之是父母語可不正

耶善男子諸佛如來亦復如是隨諸衆生種種音聲而爲説法爲令安住於正法故隨所應見而爲示現種種形像如來如是同彼語言可不正耶如來所説如師子吼隨順世間種種音聲而爲衆生演説妙法　爾時世尊從面門放種種色光明照純陀身純陀遇已與諸大衆各持供養至於佛前爾時三千大千世界莊嚴微妙猶如西方安樂國土純陀憂悲悵怏重白佛言唯願如來猶見哀愍住壽一劫若減一劫佛告純陀汝欲令我久住世者宜當速奉最後具足檀波羅密　是時天人阿修羅等啼泣悲歎而作是言如來今日已受我等最後供養受供養已當般涅槃我等當復更供養誰我今永離無上調御盲無眼目爾時世尊爲欲慰喻一切大衆而説偈言

汝等莫悲歎　諸佛法應爾　我入於涅槃
已經無量劫　常受最勝樂　永處安隱處
汝今至心聽　我當説涅槃　令諸一切衆
咸得安隱樂　汝聞應修行　諸佛法常住
如來視一切　猶如羅睺羅　常爲衆生尊
云何永涅槃　假使一切衆　一時成佛道
遠離諸過患　爾乃入涅槃　以是故汝等
應深樂正法　不應生憂惱　號泣而啼哭
若欲自正行　應修如來常　常觀如是法
長存不變易　三寶皆常住　四衆應善聽
聞已應歡喜　即發菩提心　若能計三寶
常住同真諦　此則是諸佛　最上之誓願

爾時大衆以種種物供養佛已世尊與文殊師利迦葉菩薩及以純陀而受記別受記別

已説如是言諸善男子自修其心慎莫放逸我今欲卧汝等文殊當爲四部廣説大法今以此法付囑於汝乃至迦葉阿難等來復當付囑如是正法爾時如來説是語已爲欲調伏諸衆生故現身有疾右脅而卧如彼病人爾時迦葉菩薩白佛言世尊如來已免一切疾病患苦悉除無復怖畏如是種種身心諸病諸佛世尊悉無復有今日如來何緣顧命文殊師利而作是言我今背痛汝等當爲大衆説法世尊實無有病云何默然右脅而卧復次世尊菩薩摩訶薩常作是願願令衆生永斷諸病得成如來金剛之身又願一切無量衆生作妙藥王斷除一切諸惡重病又願衆生於阿耨多羅三藐三菩提無有退轉速得成就無上佛藥銷除一切煩惱毒箭又願衆生勤修精進成就如來金剛之身作微妙藥療治衆病又願衆生得入如來智慧大藥微密法藏世尊菩薩如是已於無量百千萬億那由他劫發是誓願令諸衆生悉無復病何縁如來乃於今日唱言有病　此閻浮提有諸愚人當作是念如來正覺必當涅槃生滅盡想復爲外道九十五種之所輕慢生無常想彼諸外道當作是言不如我等以我性常自在時節微塵等法而爲常住無有變易沙門瞿曇無常所遷是變易法以是義故世尊今日不應默然右脅而卧　如來世尊有大智慧照明一切人中之龍具大威德成就神通無上仙人永斷疑網已拔毒箭進止安詳威儀具足得無所畏今者何故右脅而卧令諸人天憂愁苦惱　爾時世尊大悲熏心

知諸衆生各各所念將欲隨順畢竟利益即從卧起結跏趺坐顔貌熙怡如融金聚面目端嚴猶月盛滿形容清淨無諸垢穢放大光明充徧虛空其光大盛過百千日照於東方南西北方四維上下諸佛世界惠施衆生大智之炬悉令得滅無明黑闇令百千億那由他衆生安止不退菩提之心　爾時佛告迦葉菩薩善哉善哉善男子汝已具足如是甚深微妙智慧不爲一切諸魔外道之所破壞汝已安住不爲一切諸邪惡風之所傾動汝今成就樂説辯才已曾供養過去無量恒河沙等諸佛世尊是故能問如來正覺如是之義善男子我於往昔無量無邊億那由他百千萬劫已除病根永離倚卧　迦葉我今實無一切疾病所以者何諸佛世尊久已遠離一切病故迦葉是諸衆生不知大乘方等密教便謂如來真實有疾　迦葉我今言病亦是如來祕密之教是故顧命文殊師利吾今背痛汝等當爲四衆説法迦葉如來正覺實無有病右脅而卧亦不畢竟入於涅槃迦葉是大涅槃即是諸佛甚深禪定如是禪定非是聲聞縁覺行處

御録經海一滴卷之十四

音釋

鑁　丘縛切匣入聲　斲　竹角切音琢　𢧢　夷益切音弋

御錄經海一滴卷之十五

大般涅槃經之三

爾時佛告迦葉菩薩善男子菩薩摩訶薩應於是大涅槃經專心思惟聖行梵行當修習復有如來行所謂大乘大涅槃經迦葉云何菩薩摩訶薩所修聖行菩薩摩訶薩若從聲聞若從 如來得聞如是大涅槃經聞已生信信已應作如是思惟諸佛世尊有無上道有大正法大衆正行復有方等大乘經典我今當爲愛樂貪求大乘經故捨離所愛妻子眷屬剃除鬚髮服三法衣旣出家已奉持禁戒威儀不缺進止安詳無所觸犯乃至小罪心生怖畏護戒之 心猶如金剛善男子譬如有人帶持浮囊欲渡大海爾時海中有一羅刹即從其人乞索浮囊其人聞已即作是念我今若與必定沒死答言羅刹汝寧殺我浮囊叵得羅刹復言汝若不能全與我者見惠其半是人猶故不肯與之羅刹復言汝若不能惠我半者幸願與我三分之一是人不肯羅刹復言若不能者當施手許是人不肯羅刹復言汝今若復不能與我如手許者我今飢窮衆苦所逼願當濟我如微塵許是人復言汝今所索誠復不多然我今日方當渡海不知前途近遠如何若與汝者氣當漸出大海之難何由得過善男子菩薩摩訶薩護持禁戒亦復如是如彼渡人護惜浮囊菩薩如是護戒之時常有煩惱諸惡羅刹語菩薩言汝當信我終不相欺但破禁戒令汝安隱得入涅槃菩薩爾時應作是言我今寧持如是禁戒墮阿鼻獄終不毀犯而生天上菩薩摩

訶薩於是諸戒律中護持堅固心如金剛受持如是諸禁戒已作是願言寧以此身投於熾然猛火深坑終不毀犯過去未來現在諸佛所制禁戒　復次善男子菩薩摩訶薩復作是願寧以熱鐵周帀纏身終不敢以破戒之身受於信心檀越衣服復作是願寧以此口吞熱鐵丸終不敢以毀戒之口食於信心檀越飲食復作是願寧臥此身大熱鐵上終不敢以破戒之身受於信心檀越牀臥敷具復作是願我寧以身受三百鉾終不敢以毀戒之身受於信心檀越醫藥復作是願寧以此身投熱鐵鑊不以破戒之身受於信心檀越房舍屋宅復作是願寧以鐵鎚打碎此身從頭至足令如微塵不以破戒受諸剎利婆羅門居士恭敬禮拜復次善男子菩薩摩訶

薩復作是願寧以熱鐵挑其兩目不以染心視他好色復作是願寧以鐵錐徧耳攙刺不以染心聽好音聲復作是願寧以利刀割去其鼻不以染心貪齅諸香復作是願寧以利刀割裂其舌不以染心貪著美味復作是願寧以利斧斬斫其身不以染心貪著諸觸何以故以是因縁能令行者墮於地獄畜生餓鬼是名菩薩護持禁戒菩薩摩訶薩護持如是諸禁戒已悉以施於一切衆生以是因縁願令衆生護持禁戒得清淨戒善戒不缺戒不拆戒大乘戒不退戒隨順戒畢竟戒具足成就波羅蜜戒善男子菩薩摩訶薩修持如是清淨戒時即得住於初不動地云何名不動地菩薩住是不動地中不動不墮不退不散譬如須彌山旋嵐猛風不能令動墮落退

散菩薩摩訶薩住是地中亦復如是不爲色聲香味觸所動不墮地獄畜生餓鬼不退聲聞辟支佛地不爲異見邪風所散而作邪命善男子又不動者不爲貪欲恚癡所動又不墮者不墮四重又不退者不退戒還俗又不散者不爲違逆大乘經者之所散壞亦復不爲諸煩惱魔之所傾動不爲陰魔所墮乃至坐於道場菩提樹下雖有天魔不能令其退於阿耨多羅三藐三菩提亦復不爲死魔所散善男子是名菩薩摩訶薩修習聖行善男子云何名爲聖行聖行者佛及菩薩之所行故故名聖行以何等故名佛菩薩爲聖人也如是等人有聖法故常觀諸法性空寂故以是義故故名聖人有聖戒故復名聖人有聖定慧故故名聖人有七聖財所謂信戒慚愧多聞智慧捨離故故名聖人有七聖覺故故名聖人以是義故復名聖行 復次迦葉又有聖行所謂四聖諦苦集滅道是名四聖諦迦葉苦者逼迫相集者能生長相滅者寂滅相道者大乘相復次善男子苦者現相集者轉相滅者除相道者能除相復次善男子苦者有三相苦苦相行苦相壞苦相集者二十五有滅者滅二十五有道者修戒定慧復次善男子有漏法者有二種有因有果無漏法者亦有二種有因有果有漏果者是則名苦有漏因者則名爲集無漏果者則名爲滅無漏因者則名爲道復次善男子八相名苦所謂生苦老苦病苦死苦愛別離苦怨憎會苦求不得苦五盛陰苦能生如是八苦法者是名爲集無有如是八法之處是名爲滅十力

四無所畏三念處大悲是名爲道　迦葉三界受身無不有生老不必定是故一切生爲根本迦葉世間衆生顛倒覆心貪著生相厭患老死迦葉菩薩不爾觀其初生巳見過患迦葉如有女人相好莊嚴入一人舍主人問曰汝是何人答曰我乃功德大天我所至處能令其家財寶豐盈主人歡喜恭敬禮拜更見門外一女衣貌陋垢主人問曰汝是何人答曰我名黑闇我所行處能令其人財寶耗散主人聞巳持刀驅逐女人答言汝甚愚癡無有智慧汝舍內者即是我姊我常與姊進止共俱汝若驅我亦當逐彼主人入問功德天言實是我妹我與此妹行住不離隨所住處我常作好彼常作惡我爲利益彼爲衰損若愛我者亦應愛彼若見恭敬亦應敬彼主人即言若此好惡我俱不用各隨意去是時二女相將還其所止迦葉菩薩摩訶薩亦復如是不願生天以生當有老病死故是以俱棄曾無愛心凡夫愚人不知老病死等過患是故愛憎生死二法譬如毒樹根亦能殺莖亦能殺皮華果實悉亦能殺善男子二十五有受生之處所受五陰亦復如是一切能殺

　迦葉菩薩白佛言世尊如佛所說五盛陰苦是義不然何以故如佛往昔告釋摩男若色苦者一切衆生不應求色若有求者則不名苦如佛告諸比丘有三種受苦受樂受不苦不樂受如佛先爲諸化丘說若有人能修行善法則得受樂又如佛說於善道中六觸受樂眼見好色是則爲樂耳鼻舌身意思好法亦復如是世尊如諸經中所說樂相其義

如是如佛今說云何當與此義相應　佛告迦葉善哉善哉善能諮問如來是義善男子一切衆生於下苦中横生樂想是故我今所說苦相與本不異猶如有人當受千罰受一下已即得脱者是人爾時便生樂想是故當知於無樂中妄生樂想迦葉言世尊彼人不以一下生於樂想以得脱故而生樂想迦葉是故我昔爲釋摩男說五陰中樂實不虚也迦葉有三受三苦三受者所謂樂受苦受不苦不樂受三苦者所謂苦苦行苦壞苦善男子苦受者名爲三苦所謂苦苦行苦壞苦餘二受者所謂行苦壞苦善男子以是因緣生死之中實有樂受菩薩摩訶薩以苦樂性不相捨離是故說言一切皆苦善男子生死之中實無有樂但諸佛菩薩隨順世間說言有樂世尊諸佛菩薩若隨俗說是虚妄不如佛所說修行善者則受樂報持戒安樂身不受苦乃至衆事以辦是爲最樂如是等經所說樂受是虚妄不佛言善男子如上所說諸受樂者即是菩提道之根本亦能長養阿耨多羅三藐三菩提以是義故先於經中說是樂相　善男子諸凡夫人有苦無諦聲聞緣覺有苦有苦諦而無眞實諸菩薩等解苦無苦是故無苦而有眞諦諸凡夫人有集無諦聲聞緣覺有集有集諦諸菩薩等解集無集是故無集而有眞諦聲聞緣覺有滅非眞菩薩摩訶薩有滅有眞諦聲聞緣覺有道非眞菩薩摩訶薩有道有眞諦善男子云何菩薩摩訶薩住於大乘大般涅槃見滅見滅諦所謂斷除一切煩惱若煩惱斷則名爲常滅煩惱

火則名寂滅煩惱滅故則得受樂諸佛菩薩求因緣故故名爲淨更不復受二十五有故名出世以出世故名爲我常於色聲香味觸男女生住滅苦樂不苦不樂不取相貌故名畢竟寂滅眞諦善男子是四聖諦諸佛世尊次第説之以是因緣無量衆生得度生死

爾時文殊師利菩薩白佛言世尊所説世諦第一義諦其義云何世尊第一義中有世諦不世諦之中有第一義不如其有者即是一諦如其無者將非如來虛妄説耶佛言善男子世諦者即第一義諦世尊若爾者則無二諦善男子有善方便隨順衆生説有二諦善男子若隨言説則有二種一者世法二者出世法如出世人之所知者名第一義諦世人知者名爲世諦善男子五陰和合稱言某甲凡夫衆生隨其所稱是名世諦解陰無有某甲名字離陰亦無某甲名字出世之人如其性相而能知之名第一義諦復次善男子或復有法有名有實或復有法有名無實有名無實者即是世諦有名有實者是第一義諦

復次善男子若燒若割若死若壞是名世諦無燒無割無死無壞是名第一義諦復次善男子有八苦相名爲世諦無生無老無病無死無愛別離無怨憎會無求不得無五盛陰是名第一義諦言實諦者名曰眞法善男子若法非眞不名實諦實諦者無有顛倒無顛倒者乃名實諦善男子實諦者無有虛妄若有虛妄不名實諦實諦者名曰大乘非大乘者不名實諦實諦者是佛所説非魔所説善男子實諦者一道清淨無有二也善男子

有常有樂有我有淨是則名爲實諦之義文殊師利白佛言世尊若以眞實爲實諦者眞實之法即是如來虚空佛性若如是者如來虚空及與佛性無有差别佛告文殊師利有苦有諦有實有集有諦有實有滅有諦有實有道有諦有實善男子如來非苦非諦是實虚空非苦非諦是實佛性非苦非諦是實文殊師利所言苦者爲無常相是可斷相是爲實諦如來之性非苦非無常非可斷相是故爲實虚空佛性亦復如是復次善男子所言集者能令五陰和合而生亦名爲苦亦名無常是可斷相是爲實諦善男子如來非是集性非是陰因非可斷相是故爲實虚空佛性亦復如是善男子所言滅者名煩惱滅亦常無常二乘所得名曰無常諸佛所得是則名常亦名證法是爲實諦善男子如來之性不名爲滅能滅煩惱非常無常不名證知常住無變是故爲實虚空佛性亦復如是善男子道者能斷煩惱亦常無常是可修法是名實諦如來非道能斷煩惱非常無常非可修法常住不變是故爲實虚空佛性亦復如是復次善男子言眞實者即是如來如來者即是眞實眞實者即是虚空虚空者即是眞實眞實者即是佛性佛性者即是眞實文殊師利有苦有苦因有苦盡有苦對如來非苦乃至非對是故爲實不名爲諦虚空佛性亦復如是苦者有爲有漏無樂如來非有爲非有漏湛然安樂是實非諦 文殊師利言若佛所說名爲實諦當知魔說則爲不實世尊如魔所說聖諦攝不佛言文殊師利魔所說者二

諦所攝所謂苦集凡是一切非法非律不能令人而得利益終日宣説亦無有人見苦斷集證滅修道是名虚妄如是虚妄名爲魔説文殊師利言如佛所説一道清淨無有二者諸外道等亦復説言我有一道清淨無二若言一道是實諦者與彼外道有何差别若無差别不應説言一道清淨佛言善男子諸外道等有苦集諦無滅道諦於非滅中而生滅想於非道中而生道想於非果中生於果想於非因中生於因想以是義故彼無一道清淨無二文殊師利言世尊諸外道等種種説有常樂我淨當知定有常樂我淨世尊以是義故諸外道等亦得説言我有真諦佛言善男子若有沙門婆羅門有常有樂有我有淨者是非沙門非婆羅門何以故迷於生死離一切智大導師故如是沙門婆羅門等沈沒諸欲善法羸損故是諸外道繫在貪欲瞋恚癡獄堪忍受樂故是諸外道雖知業果自作自受而猶不能遠離惡法是諸外道非是正法正命自活何以故無智慧火不能消故是諸外道迷惑顛倒言諸行常諸行若常無有是處善男子我觀諸行悉皆無常云何知也以因緣故若有諸法從緣生者則知無常是諸外道無有一法不從緣生善男子佛性無生無滅無去無來非過去非未來非現在非因所作非無因作非作非作者非相非無相非有名非無名非名非色非長非短非陰界入之所攝持是故名常善男子佛性即是如來如來即是法法即是常善男子常者即是如來如來即是僧僧即是常以是義故從因

生法不名爲常是諸外道無有一法不從因生是諸外道不見佛性如來及法是故外道所可言説悉是妄語無有眞諦善男子一切有爲皆是無常虛空無爲是故爲常佛性無爲是故爲常虛空者即是佛性佛性者即是如來如來者即是無爲無爲者即是常常者即是法法者即是僧僧即無爲無爲者即是常善男子有爲之法凡有二種色法非色法非色法者心心數法色法者地水火風善男子心名無常何以故性是攀緣相應分別故眼識性異乃至意識性異是故無常色境界異乃至法境界異是故無常眼識相應異乃至意識相應異是故無常善男子心若常者眼識應獨緣一切法若眼識異乃至意識異則知無常以法相似念念生滅凡夫見已計之爲常善男子諸因緣相可破壞故亦名無常所謂因眼因色因明因思惟生於眼識耳識生時所因各異非眼識因緣乃至意識異亦復如是　復次善男子壞諸行因緣異故心名無常所謂修無常心異修苦空無我心異心若常者應常修無常尚不得觀苦空無我況復得觀常樂我淨以是義故外道法中不能攝取常樂我淨善男子當知心法必定無常復次善男子心性異故名爲無常所謂聲聞心性異緣覺心性異諸佛心性異一切外道心有三種一者出家心二者在家心三者在家遠離心樂相應心異苦相應心異不苦不樂相應心異貪欲相應心異瞋恚相應心異愚癡相應心異一切外道心相亦異所謂疑惑相應心異邪見相應心異進止威儀

其心亦異善男子心若常者亦復不能分別諸色所謂青黃赤白紫色心若常者諸憶念法不應忘失心若常者凡所讀誦不應增長復次善男子心若常者不應說言已作今作當作若有已作今作當作當知是心必定無常心若常者則無怨親非怨非親心若常者則不應言我物他物若死若生心若常者雖有所作不應增長以是義故當知心性各各別異有別異故當知無常善男子我今於此非色法中演說無常其義已顯復當爲汝說色無常是色無常本無有生生已滅故內心處胎歌羅邏時本無有生生已變故外諸芽莖本無有生生已變故是故當知一切色法悉皆無常善男子所有內色隨時而變歌羅邏時異初生時異嬰孩時異童子時異乃至老時各各變異所有外色亦復如是芽異莖異枝異葉異華異果異復次善男子歌羅邏時狀貌異乃至老時狀貌亦異歌羅邏時果報異乃至老時果報亦異歌羅邏時名字異乃至老時名字亦異故知無常凡夫無知見相似生計以爲常以是義故名曰無常復次善男子諸行無我總一切法謂色非色色非我者可破可壞我者不爾以是義故知色非我非色之法亦復非我何以故因緣生故若諸外道以專念故知有我者專念之性實非我也若以專念爲我性者過去之事則有忘夫有忘失故定知無我若諸外道以憶想故知有我者無憶想故定知無我若諸外道以有遮故知有我者善男子以有遮故定知無我如言調達終不發言非調達也我亦如是

若定是我終不遮我以遮我故定知無我若以遮故知有我者汝今不遮定應無我　復次善男子若諸外道以相貌故知有我者善男子相故無我無相故亦無我若人睡時不能進止俯仰視眴不覺苦樂不應有我若以進止俯仰視眴知有我者機關木人亦應有我善男子如來亦爾不進不止不俯不仰不視不眴不苦不樂不貪不恚不癡不行如來如是眞實有我善男子是諸外道癡如小兒無慧方便不能了達常與無常苦樂淨不淨我無我壽命非壽命衆生非衆生實非實有非有於佛法中取少許分虛妄計有常樂我淨而實不知常樂我淨如生盲人不識乳色便問他言乳色何似以是義故我佛法中有眞實諦非諸外道文殊師利白佛言希有世尊如來於今臨般涅槃方便轉於無上法輪乃作如是分別眞諦佛告文殊師利汝今云何故於如來生涅槃想善男子如來實是常住不變不般涅槃善男子若有計我是佛我成阿耨多羅三藐三菩提我即是法法是我所我即是道道是我所我即世尊世尊即是我所我即是聲聞聲聞即是我所我能說法令他聽受我轉法輪餘人不能如來終不作如是計是故如來不轉法輪善男子若言常住無有變易云何說言佛轉法輪是故汝今不應說言如來方便轉於法輪譬如因眼緣色緣明緣思惟因緣和合得生眼識眼不念言我能生識色乃至思惟終不念言我生眼識眼識亦復不作念言我能自生善男子如是等法因緣和合得名爲見如來亦爾因六

波羅密三十七助菩提之法覺了諸法復因咽喉舌齒脣口言語音聲爲憍陳如初始說法名轉法輪以是義故如來不名轉法輪也譬如因鼓因空因桴和合出聲鼓不念言我能出聲乃至桴亦如是聲亦不言我能自生如來亦爾終不念言我轉法輪轉法輪者名爲不作不作者即轉法輪轉法輪者即是如來善男子轉法輪者乃是諸佛世尊境界非諸聲聞緣覺所知善男子虛空非生非出非作非造非有爲法如來亦爾非生非出非作非造非有爲法如如來性佛性亦爾非生非出非作非造非有爲法諸佛世尊語有二種一者世語二出世語如來爲諸聲聞緣覺說於世語爲諸菩薩說出世語善男子是諸大衆復有二種一者求小乘二者求大乘我於昔日波羅奈城爲諸聲聞轉於法輪今始於此拘施那城爲諸菩薩轉大法輪復次善男子我昔於彼波羅奈城初轉法輪八萬天人得須陀洹果今於此間拘施那城八十萬億人不退轉於阿耨多羅三藐三菩提復次善男子波羅奈城大梵天王稽首請我轉於法轉今於此間拘施那城迦葉菩薩稽首請我轉大法輪復次善男子我昔於彼波羅奈城轉法輪時說於無常苦空無我今於此間拘施那城轉法輪時說常樂我淨復次善男子我昔於彼波羅奈城轉法輪時所出音聲聞於梵天如來今於拘施那城轉法輪時所出音聲徧於東方二十恒河沙等諸佛世界南西北方四維上下亦復如是善男子諸佛世尊凡有所說皆悉名爲轉法輪也譬如聖王

所有輪寶未降伏者能令降伏已降伏者能令安隱諸佛世尊凡所説法亦復如是無量煩惱未調伏者能令調伏已調伏者令生善根譬如聖王所有輪寶則能消滅一切怨賊如來演法亦復如是能令一切諸煩惱賊皆悉寂靜　爾時世尊告迦葉菩薩善男子是名菩薩住於大乘大涅槃經所行聖行是諸世尊安住於此大般涅槃而作如是開示分別演説其義以是義故名曰聖行聲聞緣覺及諸菩薩如是聞已則能奉行故名聖行善男子是菩薩摩訶薩得是行已則得住於無所畏地若有菩薩得住如是無所畏地則不復畏貪恚愚癡生老病死亦復不畏惡道地獄畜生餓鬼善男子惡有二種一者阿修羅二者人中人中有三種惡一者一闡提二者

誹謗方等經典三者犯四重禁住是地中諸菩薩等終不畏墮如是惡中亦復不畏沙門婆羅門外道邪見天魔波旬亦復不畏受二十五有是故此地名無所畏菩薩摩訶薩住無畏地得二十五三昧壞二十五有善男子得無垢三昧能壞地獄有得無退三昧能壞畜生有得心樂三昧能壞餓鬼有得歡喜三昧能壞阿修羅有得日光三昧能斷弗婆提有得月光三昧能斷瞿耶尼有得熱燄三昧能斷欝單越有得如幻三昧能斷閻浮提有得一切法不動三昧能斷四天王處有得摧伏三昧能斷三十三天處有得悦意三昧能斷燄摩天有得青色三昧能斷兜率天有得黄色三昧能斷化樂天有得赤色三昧能斷他化自在天有得白色三昧能斷初禪有得

種種三昧能斷大梵王有得雙三昧能斷二禪有得雷音三昧能斷三禪有得霔雨三昧能斷四禪有得如虛空三昧能斷無想有得照鏡三昧能斷淨居阿那含有得無礙三昧能斷空處有得常三昧能斷識處有得樂三昧能斷不用處有得我三昧能斷非想非非想處有善男子是名菩薩得二十五三昧斷二十五有如是二十五三昧名諸三昧王諸菩薩摩訶薩入如是等諸三昧王若欲吹壞須彌山王隨意即能欲知三千大千世界所有衆生心之所念亦悉能知欲以三千大千世界所有衆生内於己身一毛孔中隨意即能亦令衆生無廹迮想若欲化作無量衆生悉令充滿三千大千世界中者亦能隨意欲分一身以爲多身復合多身以爲一身雖作如是心無所著猶如蓮華善男子菩薩摩訶薩得入如是三昧王已即得住於自在之地菩薩得住是自在地得自在力隨欲生處即得往生譬如聖王領四天下隨意所行無能障礙菩薩摩訶薩亦復如是一切生處若欲生者隨意往生善男子菩薩摩訶薩之所成就如是功德無量無邊百千萬億尚不可說何況諸佛所有功德而當可說　迦葉菩薩白佛言世尊如佛所讚大涅槃經猶如醍醐最上最妙若有能服衆病悉除一切諸藥悉入其中我聞是已竊復思念若有不能聽受是經當知是人爲大愚癡世尊我於今者實能堪忍剝皮爲紙刺血爲墨以髓爲水析骨爲筆書寫如是大涅槃經書已讀誦令其通利然後爲人廣説其義爾時佛讚迦葉菩薩

善哉善哉善男子汝今以此善心因緣當得超越無量無邊恒河沙等諸大菩薩在前得成阿耨多羅三藐三菩提汝亦不久復當如我廣爲大衆演說如是大般涅槃如來佛性諸佛所說祕密之藏善男子過去之世佛日未出我於爾時作婆羅門修菩薩行悉能通達一切外道所有經論修寂滅行具足威儀其心清淨不爲外來能生欲想之所破壞滅瞋恚火受持常樂我淨之法周徧求索大乘經典乃至不聞方等名字我於爾時住於雪山其山清淨流泉浴池樹林藥木充滿其地處處石間有清流水多諸香華周徧嚴飾衆鳥禽獸不可稱計甘果滋繁種別難計復有無量藕根甘根青木香根我於爾時獨處其中唯食諸果食已繫心思惟坐禪經無量歲

善男子我修如是難行苦行時釋提桓因及諸天人等心大驚怪即共集會各各相謂而說偈言

各各相指示　清淨雪山中　寂靜離欲主
功德莊嚴王　已離貪瞋慢　永斷諂愚癡
口初未曾說　麤惡等語言

爾時衆中有一天子名曰歡喜復說偈言

如是離欲人　清淨勤精進　將不求帝釋
及以諸天耶　若是外道者　修行諸苦行
是人多欲求　帝釋所生處

爾時復有一仙天子即爲帝釋言憍尸迦世有大士爲衆生故不貪已身亦不願求生於天上唯求欲令一切衆生得受快樂如我所解如是大士清淨無染衆結永盡唯欲求於阿耨多羅三藐三菩提釋提桓因復作是言

如汝言者是人則爲攝取一切世間衆生大仙若此世間有佛樹者我等悉當得滅無量熾然煩惱如是之事實爲難信何以故無量百千諸衆生等發於阿耨多羅三藐三菩提心見少微緣於阿耨多羅三藐三菩提即便動轉如水中月水動則動猶如畫像難成易壞菩提之心亦復如是難發易壞是故我今雖見世人修於苦行無惱無熱住於道檢其行清淨未能信也我今要當自往試之大仙猶如車有二輪則有載用鳥有二翼堪任飛行是苦行者亦復如是我雖見其堅持禁戒未知其人有深智不若有深智當知則能堪任荷負阿耨多羅三藐三菩提之重擔也大仙如菴羅樹華多果少衆生發心乃有無量及其成就少不足言爾時釋提桓因自變其身作羅剎像形甚可畏下至雪山宣過去佛所說半偈

　諸行無常　是生滅法

是苦行者聞是半偈心生歡喜譬如估客於險難處失伴遇同侶亦如久病遇良醫妙藥如人沒海卒遇船舫如渴乏人遇清冷水亦如農夫炎旱值雨亦如行人還得歸家善男子我於爾時聞是半偈心中歡喜亦復如是即從座起以手舉髮四向顧視而說是言向所聞偈誰之所說誰開如是解脫之門誰能雷震諸佛音聲誰於生死睡眠之中而獨覺寤唱如是言誰能於此示導生死飢饉衆生無上道味無量衆生沉生死海誰能於中作大船師是諸衆生常爲煩惱重病所纏誰能於中爲作良醫說是半偈啓悟我心猶如半

月漸開蓮華善男子我於爾時更無所見唯見羅刹復作是念而此羅刹或能得見過去諸佛從諸佛所聞是半偈我今當問即便前至羅刹所言善哉大士汝於何處得是過去離怖畏者所說半偈復於何處而得如是半如意珠善男子我問是已即答我言大婆羅門汝今不應問我是義何以故我不食來已經多日處處求索了不能得飢渴苦惱心亂寱語非我本心之所知也我即問言汝所食者爲是何物羅刹答言我所食者唯人煖肉其所飲者唯人熱血自我薄福唯食此食周徧求索困不能得善男子我復語言汝但具足說是半偈我聞偈已當以此身奉施供養大士我設命終如此之身無所復用我今爲求阿耨多羅三藐三菩提捨不堅身以易堅身羅刹答言誰當信汝如是之言爲八字故棄所愛身善男子我即答言汝眞無智譬如有人施他瓦器得七寶器我亦如是捨不堅身得金剛身汝言誰當信者我今有證大梵天王釋提桓因及四天王能證是事復有天眼諸菩薩等爲欲利益無量衆生修行大乘具六度者亦能證知復有十方諸佛世尊利衆生者亦能證我爲八字故捨於身命羅刹復言汝若如是能捨身者諦聽諦聽當爲汝說其餘半偈善男子我於爾時聞是事已心中歡喜即解已身所著鹿皮爲此羅刹敷置法座白言和尚願坐此座我即於前叉手長跪而作是言唯願和尚善爲我說其餘半偈令得具足羅刹即說

生滅滅已　寂滅爲樂

爾時羅刹說是偈已復作是言菩薩摩訶薩汝今已聞具足偈義汝之所願爲悉滿足若必欲利諸衆生者時施我身善男子我於爾時深思此義然後處處若石若壁若樹若道書寫此偈即便更繫所著衣裳恐其死後身體露現即上高樹爾時樹神復問我言善哉仁者欲作何事善男子我時答言我欲捨身以報偈價樹神問言如是偈者何所利益我時答言如是偈句乃是過去未來現在諸佛所說開空法道我爲此法棄捨身命不爲利養名聞財寶轉輪聖王四大天王釋提桓因大梵天王人天中樂爲欲利益一切衆生故捨此身善男子我捨身時復作是言願令一切慳惜之人悉來見我捨離此身若有少施起貢高者亦令得見我爲一偈捨此身令如棄草木菩薩爾時說是語已尋即放身自投樹下未至地時虛空之中出種種聲其聲乃至阿迦尼吒天爾時羅刹還復釋身即於空中接取菩薩安置平地爾時釋提桓因及諸天人大梵天王稽首頂禮菩薩足下讚言善哉善哉眞是菩薩能大利益無量衆生欲於無明黑暗之中然大法炬由我愛惜如來大法故相嬈惱唯願聽我懺悔罪咎汝於未來必定成就阿耨多羅三藐三菩提願見濟度爾時釋提桓因及諸天衆禮菩薩足於是辭去忽然不現善男子如我往昔爲半偈故捨棄此身以是因緣便得超越足十二劫在彌勒前成阿耨多羅三藐三菩提善男子我得如是無量功德皆由供養如來正法汝今亦爾發於阿耨多羅三藐三菩提心則已超過

無量無邊恒河沙等諸菩薩上善男子是名
菩薩住於大乘大般涅槃修於聖行
善男子云何菩薩摩訶薩梵行善男子菩薩
摩訶薩住於大乘大般涅槃住七善法得具
梵行何等爲七一者知法二者知義三者知
時四者知足五者知自六者知衆七者知尊
卑善男子云何知法菩薩摩訶薩知十二部
經能作論義分别廣説是名知法善男子云
何知義菩薩摩訶薩若於一切文字語言廣
知其義是名知義云何知時菩薩善知如是
時中任修寂靜如是時中任修精進如是時
中任修捨定如是時中任供養佛如是時中
任供養師如是時中任修布施持戒忍辱精
進禪定具足般若波羅容是名知時云何知
足菩薩摩訶薩知足者所謂飲食衣藥行住
坐卧睡寤語默是名知足云何自知是菩薩
自知我有如是信如是戒如是多聞如是捨
如是慧如是去來如是正念如是善行如是
問如是答是名自知云何知衆是菩薩知如
是等是刹利衆婆羅門衆居士衆沙門衆應
於是衆如是行來如是坐起如是説法如是
問答是名知衆云何知人尊卑人有二種一
者信二者不信菩薩當知信者是善其不信
者不名爲善善男子是名菩薩摩訶薩住於
大乘大涅槃經住七善法菩薩住是七善法
已得具梵行復次善男子復有梵行謂慈悲
喜捨夫修慈者能斷貪欲修悲心者能斷瞋
恚修喜心者能斷不樂修捨心者能斷貪欲
瞋恚善男子四無量心成就甚難何以故久
於過去無量劫中多習煩惱未修善法是故

不能於一日中調伏其心又如家犬不畏於人山林野鹿見人怖走瞋恚難去如守家狗慈心易失如彼野鹿是故此心難可調伏初住菩薩修大慈時於一闡提心無差别不見其過故不生瞋以是義故得名大慈善男子爲諸衆生除無利益是名大慈欲與衆生無量利樂是名大悲於諸衆生心生歡喜是名大喜無所擁護名爲大捨若不見我法相已身見一切法平等無二是名大捨自捨已樂施與他人是名大捨善男子唯四無量能令菩薩增長具足六波羅密其餘諸行不必能爾菩薩摩訶薩先得世間四無量心然後乃發阿耨多羅三藐三菩提心次第方得出世間者善男子因世無量得出世無量以是義故名大無量迦葉菩薩白佛言世尊除無利益與利樂者實無所爲如是思惟即是虚觀無有實利　善男子夫修慈者實非妄想諦是眞實若是聲聞緣覺之慈是名虚妄諸佛菩薩眞實不虚云何知耶善男子菩薩摩訶薩修行如是大涅槃者觀土爲金觀金爲土地作水相水作地相水作火相火作水相地作風相風作地相隨意成就無有虚妄觀實衆生爲非衆生觀非衆生爲實衆生悉隨意成無有虚妄善男子當知菩薩四無量心是實思惟非不眞實　善男子能爲善者名實思惟實思惟者即名爲慈慈即如來慈即大乘大乘即慈慈即如來善男子慈即菩提道菩提道即如來如來即慈善男子慈即大梵大梵即慈慈即如來善男子慈者即是衆生佛性如是佛性久爲煩惱之所覆蔽故令

衆生不得覩見佛性即慈慈即如來善男子慈即大空大空即慈慈即是常常即是法法即是僧僧即是慈慈即如來善男子菩薩摩訶薩住於大乘大般涅槃修如是慈雖復安住眠睡之中而不睡眠勤精進故雖常覺寤亦無覺寤以無眠故於睡眠中諸天雖護亦無護者不行惡故眠不惡夢無有不善離睡眠故命終之後雖生梵天亦無所生得自在故善男子夫修慈者能得成就如是無量無邊功德我說是慈有無量門所謂神通善男子如提婆達教阿闍世欲害如來阿闍世王即放護財狂醉之象欲令害我及諸弟子爾時王舍大城之中一切人民同時舉聲啼哭號泣作如是言怪哉如來今日滅沒如何正覺一旦散壞善男子我於爾時爲欲降伏護財象故即入慈定舒手示之即於五指出五師子是象見已其心怖畏舉身投地敬禮我足善男子我於爾時手五指頭實無師子乃是修慈善根力故令彼調伏　復次善男子此南天竺有一大城名首波羅於是城中有一長者名曰盧至我時欲度彼長者故從王舍城至彼城邑彼衆尼犍聞我欲至首波羅城即作是念沙門瞿曇若至此者此諸人民便捨我等更不供給諸尼犍輩各各分散告彼城人沙門瞿曇今欲來此於此人民大不利益彼人聞已即懷怖畏白言大師我等今者當作何計尼犍答言沙門瞿曇性好叢林流泉清水汝等便可相與出城諸有之處砍伐令盡莫使有遺流泉井池悉置糞穢堅閉城門各嚴器仗我等亦當作種種衛令彼瞿

曇復道還去彼諸人民一一施行善男子我於爾時至彼城邑見是事已尋生憐愍慈心向之所有樹木還生如本河池井泉清淨盈滿變其城壁爲紺瑠璃門自開闢無能制者所嚴器仗變成雜華盧至長者而爲上首與其人民俱共相隨往至佛所我即爲說種種法要令彼諸人一切皆發阿耨多羅三藐三菩提心善男子我於爾時實不化作種種樹木清淨流水盈滿河池變其本城爲紺瑠璃闍其城門器仗爲華善男子當知皆是慈善根力能令彼人見如是事　復次善男子瑠璃太子以愚癡故多害釋種刵劓耳鼻斷截手足推之坑塹彼時諸人身受苦惱作如是言南無佛陀南無佛陀我於爾時在竹林中聞其音聲即起慈心諸人爾時見我來至迦毘羅城以水洗瘡以藥敷之苦痛尋除耳鼻手足還復如本我時即爲略說法要悉令俱發阿耨多羅三藐三菩提心善男子如來爾時實不往至迦毘羅城以水洗瘡敷藥止苦當知皆是慈善根力令彼諸人見如是事悲喜之心亦復如是善男子以是義故菩薩摩訶薩修慈思惟即是眞實非虛妄也夫無量者不可思議菩薩所行不可思議復次善男子菩薩摩訶薩修慈悲喜已得住極愛一子之地云何是地名曰極愛復名一子善男子譬如父母見子安隱心大歡喜菩薩摩訶薩住是地中視諸衆生同於一子見修善者生大歡喜是故此地名曰極愛

御録經海一滴卷之十五

音釋

攙初銜切插入聲坼耻格切音策嵐盧含切音藍刵而至切音二截耳也劓以智切音異截鼻也

御錄經海一滴卷之十六

大般涅槃經之四

迦葉菩薩白佛言世尊若諸菩薩修慈悲喜得一子地者修捨心時復得何地佛言善哉善哉善男子汝善知時知我欲説汝則諮問菩薩摩訶薩修捨心時則得住於空平等地如須菩提善男子菩薩摩訶薩住空平等地則不見有父母兄弟姊妹兒息親族知識怨憎中人乃至不見陰界諸入衆生壽命譬如虛空無有父母兄弟妻子乃至無有衆生壽命菩薩見一切諸法亦復如是其心平等如彼虛空善能修習諸法空故善男子空者所謂内空外空内外空有爲空無爲空無始空性空無所有空第一義空空空大空　善男子云何菩薩摩訶薩觀於大空言大空者謂般若波羅蜜是名大空菩薩摩訶薩得如是空門則得住於虛空等地善男子菩薩摩訶薩住是地已於一切法中無有滯礙繫縛拘執心無迷悶以是義故名虛空等地譬如虛空於可愛色不生貪著不愛色中不生瞋恚菩薩摩訶薩住是地中亦復如是於好惡色心無貪恚譬如虛空廣大無對悉能容受一切諸物菩薩摩訶薩住是地中亦復如是廣大無對悉能容受一切諸法以是義故復得名爲虛空等地　善男子菩薩摩訶薩能如是知得四無礙法無礙義無礙辭無礙樂説無礙法無礙者菩薩摩訶薩雖知諸法而不取著義無礙者雖知諸義而亦不著辭無礙者雖知名字亦不取著樂説無礙者雖知樂説如是最上而亦不著若取著者不名菩薩

迦葉菩薩白佛言世尊若不取著則不知法若知法者則是取著若知不著則無所知云何如來説言知法而不取著佛言善男子夫取著者不名無礙無所取著乃名無礙若無無礙不名菩薩當知是人名爲凡夫一切凡夫取著於色乃至著識以著色故則生貪心生貪心故爲色繫縛乃至爲識之所繫縛以繫縛故則不得免生老病死憂悲大苦一切煩惱是故取著名爲凡夫善男子菩薩摩訶薩已於無量阿僧祇劫知見法相以知見故則知其義而於色中不生繫著乃至識中亦復如是説繫著者名爲魔縛若不著者則脱魔縛有繫著者爲魔所縛無繫著者魔不能縛以是義故菩薩摩訶薩而無所著　善男子菩薩摩訶薩於無量無邊阿僧祇劫修行世諦以修行故知法無礙復於無量阿僧祇劫修第一義諦故得義無礙亦於無量阿僧祇劫修習毘伽羅論故得辭無礙亦於無量阿僧祇劫修習説世論故得樂説無礙善男子聲聞緣覺若有得是四無礙者無有是處善男子譬如恒河有無量水辛頭大河水亦無量博义大河水亦無量悉陀大河水亦無量阿耨達池水亦無量大海之中水亦無量如是諸水雖同無量然其多少其實不等聲聞緣覺及諸菩薩四無礙智亦復如是若説等者無有是處善男子聲聞之人或有得一或有得二若具足四無有是處迦葉菩薩白佛言世尊菩薩知見得四無礙者菩薩知見則無所得若使菩薩心有得者則非菩薩名爲凡夫云何如來説言菩薩而有所得佛

言善男子善哉善哉我將欲說而汝復問善男子菩薩摩訶薩實無所得無所得者名四無礙若有得者則名爲礙有障礙者名四顛倒菩薩摩訶薩無四倒故故得無礙是故菩薩名無所得　善男子如來普爲諸衆生故雖知諸法說言不知雖見諸法說言不見有相之法說言無相無相之法說言有相實有無常說言有常實有有常說言無常樂我淨等亦復如是三乘之法說言一乘一乘之法隨宜說三略相說廣廣相說略善男子如來雖作是說終無虛妄隨宜方便則爲說之善男子一切世諦若於如來即是第一義諦何以故諸佛世尊爲第一義故說於世諦亦令衆生得第一義諦若使衆生不得如是第一義者諸佛終不宣說世諦善男子如來有時演說世諦衆生謂佛說第一義諦有時演說第一義諦衆生謂佛說於世諦是則諸佛甚深境界非是聲聞緣覺所知善男子菩薩常得第一義諦云何難言無所得也迦葉復言世尊第一義諦亦名爲道亦名菩提亦名涅槃若有菩薩言有得道菩提涅槃即是無常何以故法若常者則不可得猶如虛空誰有得者世尊如世間物本無今有名爲無常道亦如是道若可得則名無常法若常者無得無生猶如佛性無得無生世尊夫道者非色非不色不長不短非高非下非生非滅非赤非白非青非黃非有非無云何如來說言可得菩提涅槃亦復如是佛言如是如是善男子道有二種一者常二者無常菩提涅槃亦爾外道道者名爲無常內道道者名之爲常

聲聞緣覺所有菩提名爲無常菩薩諸佛所有菩提名之爲常外解脱者名爲無常內解脱者名之爲常善男子道與菩提及以涅槃悉名爲常一切衆生常爲無量煩惱所覆無慧眼故不能得見而諸衆生爲欲見故修戒定慧以修行故見道菩提及以涅槃是名菩薩得道菩提及涅槃也道之性相實不生滅以是義故不可捉持善男子道者雖無色像可見稱量可知而實有用如衆生心雖是非色非長非短非麤非細非縛非解非是見法而亦是有以是義故我爲須達說言長者心爲城主若不護心則不護身口若護心者則護身口以不善護是身口故令諸衆生到三惡趣護身口者則令衆生得人天涅槃得名真實其不得者名不真實善男子道與菩提及以涅槃亦復如是亦有亦常如其無者云何能斷一切煩惱以其有故一切菩薩了了知見善男子見有二種一相貌見二了了見云何相貌見如遠見烟名爲見火實不見火雖不見火亦非虛妄如見華葉便言見根雖不見根亦非虛妄如人遥見籬間牛角便言見牛雖不見牛亦非虛妄如見女人懷妊便言見欲雖不見欲亦非虛妄如見樹生華便言見水雖不見水亦非虛妄如見身業及以口業便言見心雖不見心亦非虛妄是名相貌見云何了了見如眼見色善男子如人眼根清淨不壞自觀掌中阿摩勒果菩薩摩訶薩了了見道菩提涅槃亦復如是雖如是見初無見相善男子以是因緣我於往昔告舍利弗一切世間若有沙門若婆羅門若天若

魔若梵若人之所不知不見不覺唯有如來悉知見覺及諸菩薩亦復如是舍利弗若諸世間所知見覺我與菩薩亦知見覺世間衆生之所不知不見不覺亦不自知不知見覺世間衆生所知見覺便自説言我知見覺舍利弗如來一切悉知見覺亦不自言我知見覺一切菩薩亦復如是何以故若使如來作知見覺相當知是則非佛世尊名爲凡夫菩薩亦爾世間所知見覺菩薩摩訶薩於如是事亦知見覺菩薩如是知見覺已若言不知不見不覺是爲虚妄虚妄之法則爲是罪以是罪故墮於地獄善男子若男若女若沙門若婆羅門説言無道菩提涅槃當知是輩名一闡提魔之眷屬名爲謗法名謗諸佛　善男子如來終不起諸法相如來不著一切諸法如來身行無有動搖如來已到大般涅槃如來雖爲一切衆生演説諸法實無所説猶如嬰兒言語未了雖復有語實亦無語如來亦爾語未了者即是諸佛祕密之言如彼嬰兒啼哭之時父母即以楊樹黄葉而語之言莫啼莫啼我與汝金嬰兒見已生眞金想便止不啼然此楊葉實非金也若有衆生厭生死時如來則爲説於二乘然實無有二乘之實以二乘故知生死過見涅槃樂以是見故則能自知有斷不斷有眞不眞有修不修有得不得善男子如彼嬰兒於非金中而生金想如來亦爾於不淨中而説爲淨如來以得第一義故則無虚妄　時大衆中忽然之頃有大光明非青見青非黄見黄非赤見赤非白見白非色見色非明見明非見而見大衆

遇斯光已身心快樂爾時世尊問文殊師利言文殊師利何因緣故是大衆中有此光明文殊師利言世尊如是光明名爲智慧智慧者即是常住常住之法無有因緣云何佛問何因緣故有是光明是光明者名大涅槃大涅槃者則名常住常住之法不從因緣云何佛問何因緣故有是光明是光明者即是如來如來者即是常住常住之法不從因緣云何如來問於因緣光明者名大慈大悲大慈大悲者名爲常住常住之法不從因緣云何如來問於因緣光明者即是念佛念佛者是名常住常住之法不從因緣云何如來問於因緣世尊亦有因緣因滅無明則得熾然阿耨多羅三藐三菩提燈佛言文殊師利汝今莫入諸法甚深第一義諦應以世諦而解説之文殊師利言世尊於此東方過二十恒河沙等世界有佛世界名曰不動其佛號曰滿月光明如來告瑠璃光菩薩言善男子西方去此二十恒河沙佛土彼有世界名曰娑婆彼中有佛號釋迦牟尼如來大悲純厚愍衆生故於拘施那城娑羅雙樹間爲諸大衆敷演大涅槃經汝可速往自當得聞世尊彼瑠璃光菩薩聞是事已與八萬四千菩薩摩訶薩欲來至此故先現瑞以此因緣有此光明是名因緣亦非因緣爾時瑠璃光菩薩與八萬四千諸大菩薩俱來至此娑羅雙樹間頭面禮足合掌恭敬白佛言世尊云何菩薩摩訶薩有能修行大涅槃經聞所不聞爾時如來讚言善哉善哉善男子汝今所有疑網毒箭我爲大醫能善拔出汝於佛性若未明了

我有慧炬能爲照明汝今欲度生死大河我能爲汝作大船師汝於我所生父母想我亦於汝生赤子心汝心今者貪正法寶值我多有能相惠施諦聽諦聽善思念之善男子有不聞聞有不聞不聞有聞不聞有聞聞善男子如不生生不生不生生不生生生如不到到不到不到到不到到到世尊云何不生生善男子安住世諦初出胎時是名不生生云何不生不生善男子是大涅槃無有生相是名不生不生云何名生不生善男子世諦死時是名生不生云何生生善男子一切凡夫是名生生何以故生生不斷故一切有漏念念生故是名生生四住菩薩名生不生何以故生自在故是名生不生善男子是名內法云何外法未生生未生未生生生未生生生善男子譬如種子未生芽時得四大和合人功作業然後乃生是名未生生云何未生未生譬如敗種及未遇緣如是等輩名未生未生云何生未生如芽生已則不增長是名生未生云何生生如芽增長若生不生則無增長如是一切有漏是名外法生生瑠璃光菩薩白佛言世尊有漏之法若有生者爲是常耶是無常乎生若是常有漏之法則無有生生若無常則有漏是常世尊若生能自生生無自性若能生他以何因緣不生無漏世尊若未生時有生者云何於今乃名爲生若未生時無生者何故不說虛空爲生佛言善哉善哉善男子不生生不可說生生亦不可說生不生亦不可說不生不生亦不可說生亦不可說不生亦不可說有因緣故亦可得說云

何不生生不可說不生名爲生云何可說何以故以其生故云何生生不可說生生故生生故不生亦不可說云何生不生不可說生即名爲生生不自生故不可說云何不生不生不可說不生者名爲涅槃涅槃不生故不可說何以故以修道得故云何生亦不可說以生無故云何不生不可說以有得故云何有因緣故亦可得說十因緣法爲生作因以是義故亦可得說善男子汝今莫入甚深空定何以故大衆鈍故善男子有爲之法生亦是常以住無常生亦無常住亦是常以生故住亦無常異亦是常以法無常異亦無常壞亦是常以本無今有故壞亦無常善男子以性故生住異壞皆悉是常念念滅故不可說常是大涅槃能斷滅故故名無常善男子有漏之法未生之時已有生性故生能生無漏之法本無生性是故生不能生如火有本性遇緣則發眼有見性因色因明因心故見衆生生法亦復如是由本有性遇業因緣父母和合則便有生爾時瑠璃光菩薩及八萬四千菩薩摩訶薩聞是法已恭敬合掌而白佛言世尊我等如來慇懃教誨因大涅槃始得悟解聞所不聞亦令八萬四千菩薩深解諸法不生生等　爾時世尊告光明徧照高貴德王菩薩摩訶薩涅槃之體非本無今有若涅槃體本無今有者則非無漏常住之法有佛無佛性相常住以諸衆生煩惱覆故不見涅槃便謂爲無菩薩摩訶薩以戒定慧勤修其心斷煩惱已便得見之當知涅槃是常住法非本無今有是故爲常善男子如暗

室中井種種七寶人亦知有暗故不見有智之人善知方便然大明燈持往照了悉得見之是人於此終不生念水及七寶本無今有涅槃亦爾本自有之非適今也煩惱暗故衆生不見大智如來以善方便然智慧燈令諸菩薩得見涅槃常樂我淨是故智者於此涅槃不應說言本無今有以是義故涅槃是常恒不變易是以無量阿僧祇劫修習善法以自莊嚴然後乃見善男子譬如地下有八味水一切衆生而不能得有智之人施功穿掘則便得之涅槃亦爾譬如盲人不見日月良醫療之則便得見而是日月非是本無今有涅槃亦爾先自有之非適今也如人有罪繫之囹圄久乃得出還家得見父母兄弟妻子眷屬涅槃亦爾若言因緣故涅槃之法應無常者是義不然何以故因有五種一者生因二者和合因三者住因四者增長因五者遠因涅槃之體非是如是五因所成云何當言是無常耶復次善男子復有二因一者作因二者了因如陶師輪繩是名作因如燈燭等照暗中物是名了因善男子大涅槃者不從作因而有唯從了因了因者所謂三十七助道法六波羅密是名了因善男子布施者是涅槃因非大涅槃因檀波羅密乃得名爲大涅槃因三十七品是涅槃因非大涅槃因無量阿僧祇助菩提法乃得名爲大涅槃因如來於此拘施那城娑羅雙樹間示現入於般涅槃常樂我淨故斷三漏故三漏者欲界一切煩惱除無明是名欲漏色無色界一切煩惱除無明是名有漏三界無明名無明漏

如來永斷是故非漏復次一切凡夫不見有漏云何凡夫不見有漏一切凡夫於未來世悉有疑心未來世中當得身耶不得身耶過去世中身本有耶爲本無耶現在世中是身有耶是身無耶若有我者是色耶非色耶色非色耶非色非非色耶想耶非想耶想非想耶非想非非想耶是身屬他耶不屬他耶屬不屬耶非屬非不屬耶有命無身耶有身無命耶有身有命耶無身無命耶身之與命有常耶無常耶常無常耶非常非無常耶身之與命自在作耶時節作耶無因作耶世性作耶微塵作耶法非法作耶士夫作耶煩惱作耶父母作耶我住心耶住眼中耶徧滿身中耶從何來耶去何至耶誰生耶誰死耶我於過去是婆羅門姓耶是剎利姓耶是毘舍姓

耶是首陀姓耶當於未來得何姓耶我此身者過去之時是男身耶是女身耶畜生身耶若我殺生當有罪耶當無罪耶乃至飲酒當有罪耶當無罪耶我自作耶爲他作耶我受報耶身受報耶如是疑見無量煩惱覆衆生心因是疑見生六種心決定有我決定無我我見我我見無我無我見我我作我受我知是名邪見如來永拔如是無量見漏根本是故非漏善男子菩薩摩訶薩於大涅槃修聖行者亦得永斷如是諸漏善男子凡夫不能善攝五根則有三漏爲惡所牽至不善處譬如惡馬其性狠悷能令乘者至險惡處善男子凡夫之人不攝五根馳騁五塵譬如牧牛不善守護犯人苗稼善男子若能善守此五根者則能攝心若能攝心則攝五根若得聞

是大涅槃經則得智慧得智慧故則得專念五根若散念則能止何以故是念慧故菩薩摩訶薩有念慧者不見我相不見我所相不見衆生及所受用見一切法同法性相一切凡夫見有衆生故起煩惱菩薩摩訶薩修大涅槃有念慧故於諸衆生不生貪著善男子譬如畫師以衆雜綵畫作衆像若男若女若牛若馬凡夫無智見之則生男女等相畫師了知無有男女菩薩摩訶薩亦復如是於法異相觀於一相終不生於衆生之相何以故有念慧故復次菩薩摩訶薩觀諸衆生爲色香味觸因緣故從昔無數無量劫來常受苦惱一一衆生一劫之中所積身骨如王舍城毘富羅山所飲乳汁如四海水搏此大地猶如棗等易可窮極生死難盡一切衆生欲因緣故受苦無量菩薩以是生死行苦故不失念慧善男子譬如世間有諸大衆滿二十五里王勅一臣持一油鉢經由中過莫令傾覆若棄一滴當斷汝命復遣一人拔刀在後隨而怖之臣受王教盡心堅持經歷爾所大衆之中雖見可意五邪欲等心常念言我若放逸著彼邪欲當棄所持命不全濟是人以是怖因緣故乃至不棄一滴之油菩薩摩訶薩亦復如是於生死中不失念慧以不失故雖見五欲心不貪著善男子是大涅槃經若有衆生一經耳者却後七劫不墮惡道若有書寫讀誦解説思惟其義必得阿耨多羅三藐三菩提當知是人眞我弟子善受我教是我所見我之所念是人諦知我不涅槃隨如是人所住之處若城邑聚落山林曠野房舍田

宅樓閣殿堂我亦在中常住不移我於是人常作受施或作比丘比丘尼優婆塞優婆夷婆羅門梵志貧窮乞人云何當令是人得知如來受其所施之物善男子是人或於夜卧夢中夢見佛像或見天像沙門之像國王聖王師子王像蓮花形像優曇華像或見大山或見大海水或見日月或見白象及白馬像或見父母得華得果爾時當知即是如來受其所施寤已喜樂尋得種種所須之物心不念惡樂修善法善男子是大涅槃悉能成就如是無量阿僧祇等不可思議無邊功德

善男子菩薩摩訶薩自觀其身如病如瘡如癰如怨如箭入體是大苦聚悉是一切善惡根本是身雖復不淨如是菩薩猶故瞻視將養何以故非爲貪身爲善法故爲於涅槃不爲生死爲菩提道不爲有道爲於一乘不爲二乘爲法輪王不爲轉輪王善男子菩薩摩訶薩常當護身何以故若不護身命則不全命若不全則不能得書寫是經受持讀誦爲他廣說思惟其義是故菩薩應善護身以是義故菩薩得離一切惡漏善男子如欲渡者應善護筏臨路之人善護良馬田夫種植善護糞穢如爲瘥毒善護毒蛇如人爲財護旃陀羅爲壞賊故將護健兒亦如寒人愛護於火如癩病者求於毒藥菩薩摩訶薩亦復如是雖見是身無量不淨具足充滿爲欲受持大涅槃經故猶好將護不令乏少菩薩摩訶薩觀於惡象及惡知識等無有二何以故俱壞身故菩薩摩訶薩於惡象等心無怖懼於惡知識生畏懼心何以故是惡象等唯能壞

身不能壞心惡知識者二俱壞故是惡象等唯壞一身惡知識者壞無量善身無量善心是惡象等唯能破壞不淨臭身惡知識者能壞淨身及以淨心是惡象等能壞肉身惡知識者壞於法身爲惡象殺不至三惡爲惡友殺必至三惡是惡象等但爲身怨惡知識者爲善法怨是故菩薩常當遠離諸惡知識如是等漏凡夫不離是故生漏菩薩離之則不生漏况於如來是故非漏　復次善男子菩薩摩訶薩修大涅槃微妙經典得他心智異於聲聞緣覺所得云何爲異聲聞緣覺以一念智知人心時則不能知地獄畜生餓鬼天心菩薩不爾於一念中徧知六趣衆生之心善男子菩薩摩訶薩修大涅槃成就具足功德有十事何等爲十一者根深難可傾拔二者於自身生決定想三者不觀福田及非福田四者修淨佛土五者滅除有餘六者斷除業緣七者修清淨身八者了知諸緣九者離諸怨敵十者斷除二邊云何根深難可傾拔所言根者名不放逸所謂阿耨多羅三藐三菩提根一切諸佛諸善根本皆由不放逸不放逸故諸餘善根轉轉增長云何於身作決定想於自身所生決定心我今此身於未來世定當爲阿耨多羅三藐三菩提器云何菩薩不觀福田及非福田菩薩摩訶薩悉觀一切無量衆生無非福田以修集故不見衆生持戒破戒施者受者及施果報是故得名持戒正見云何名爲淨佛國土菩薩摩訶薩修大涅槃微妙經典以此善根願與一切衆生共之於未來世成佛之時世界衆生悉得受

持摩訶般若波羅密云何菩薩摩訶薩滅除有餘有餘有三一者煩惱餘報二者餘業三者餘有云何餘報謂習近煩惱墮於惡道從惡道出或生人中貧窮乞丐爲人輕賤菩薩摩訶薩以能修集大涅槃故悉得斷除云何餘業謂一切凡夫業一切聲聞業須陀洹人受七有業斯陀含人受二有業阿那含人受色有業是名餘業如是餘業菩薩摩訶薩悉得斷除云何餘有阿羅漢得阿羅漢果辟支佛得辟支佛果無業無結而轉二果是名餘有菩薩摩訶薩修集大乘大涅槃經故得滅除云何菩薩修清淨身善男子譬如妙好金銀盂器盛之淨水中表俱淨菩薩摩訶薩其身清淨亦復如是以身淨故疾得阿耨多羅三藐三菩提以是義故菩薩摩訶薩修於淨身云何菩薩善知諸緣菩薩摩訶薩不見色相不見色緣不見色體不見色生不見色滅不見一相不見異相不見見者不見相貌不見受者何以故了因緣故如色一切法亦如是是名菩薩了知諸緣云何菩薩離諸怨敵一切煩惱是菩薩怨敵菩薩摩訶薩常遠離故是名菩薩壞諸怨敵五住菩薩視諸煩惱不名爲怨所以者何因煩惱故菩薩有生以有生故故能展轉教化衆生以是義故不名爲怨云何菩薩遠離二邊菩薩常離二十五有及愛煩惱是名遠離二邊爾時光明徧照菩薩言如佛所説若有菩薩修大涅槃悉作如是十事功德如來何故唯修九事不修淨土佛言善男子我於往昔亦常具修如是十事一切菩薩及諸如來無有不修是十事者

若使世界不淨充滿諸佛世尊於中出者無有是處善男子汝今莫謂諸佛出於不淨世界當知是心不善狹劣汝今當知我實不出閻浮提界譬如有人說言此界獨有日月他方世界無有日月如是之言無有義理若有菩薩發如是言此佛世界穢惡不淨他方佛土清淨嚴麗亦復如是善男子西方去此娑婆世界度四十二恒河沙等諸佛國土彼有世界名曰無勝彼土何故名曰無勝其土所有嚴麗之事悉皆平等無有差别猶如西方安樂世界亦如東方滿月世界我於彼土出現於世爲化衆生故於此土閻浮提中現轉法輪非但我身獨於此中現轉法輪一切諸佛亦於此中而轉法輪以是義故諸佛世尊非不修行如是十事善男子慈氏菩薩以誓願故當來之世令此世界清淨莊嚴以是義故一切諸佛所有世界無不嚴淨　復次善男子一切善法無不因於思惟而得何以故有人雖於無量無邊阿僧祇劫專心聽法若不思惟終不能得阿耨多羅三藐三菩提以是義故思惟因緣則得近於大般涅槃若有衆生信佛法僧無有變易而生恭敬當知皆是繫念思惟因緣力故因得斷除一切煩惱如法修行善男子云何如法修行見一切法空無所有無常無樂無我無淨以是見故寧捨身命不犯禁戒是名菩薩如法修行復次云何如法修行修有二種一者真實二者不實不實者不知涅槃佛性如來法僧實相虛空等相是名不實云何真實能知涅槃佛性如來法僧實相虛空等相是名真實菩薩摩

訶薩修大涅槃微妙經典不見虛空何以故佛及菩薩雖有五眼所不見故唯有慧眼乃能見之慧眼所見無法可見故名爲見若是無物名虛空者如是虛空乃名爲實以是實故則名常無以常無故無樂我淨善男子空名無法無法名空譬如世間無物名空虛空之性亦復如是無所有故名爲虛空衆生之性與虛空性俱無實性何以故如人說言除滅有物然後作空而是虛空實不可作何以故無所有故以無有故當知無空是虛空性若可作者則名無常若無常者不名虛空善男子如世間人說言虛空無色無礙常不變易是故世稱虛空之性爲第五大而是虛空實無有性以光明故故名虛空實無虛空猶如世諦實無其性爲衆生故說有世諦涅槃之體亦復如是無有住處直是諸佛斷煩惱處故名涅槃涅槃即是常樂我淨涅槃雖樂非是受樂乃是上妙寂滅之樂諸佛如來有二種樂一寂滅樂二覺知樂實相之體有三種樂一者受樂二者寂滅樂三覺知樂佛性一樂以當見故得阿耨多羅三藐三菩提時名菩提樂　善男子斷煩惱者不名涅槃不生煩惱乃名涅槃所有智慧於法無礙是爲如來如來身心智慧徧滿無量無邊阿僧祇土無所障礙是名虛空如來常住無有變易名曰實相以是義故如來實不畢竟涅槃是名菩薩修大涅槃微妙經典善男子菩薩摩訶薩修大涅槃心善解脫慧善解脫云何菩薩心善解脫貪恚癡心永斷滅故是名菩薩心善解脫云何菩薩慧善解脫菩薩摩訶薩

於一切法知無障礙是名菩薩慧善解脱

御録經海一滴卷之十六

音釋

瘥楚懈切差去聲病瘳也　丐居大切音蓋取也　馳騁上陳知切音池下五郢切稱上聲馳騁走也

御録經海一滴卷之十七

大般涅槃經之五

爾時光明徧照高貴德王菩薩言世尊如佛所說心解脫者是義不然何以故心本無繫所以者何是心本性不爲貪欲瞋恚愚癡諸結所繫若本無繫云何而言心善解脫世尊若心本性不爲貪結之所繫者何等因緣而能得繫如人轂角本無乳相雖加功力乳無由出轂乳之者不得如是加功雖少乳則多出心亦如是本無貪者今云何有若本無貪後方有者諸佛菩薩本無貪相今悉應有世尊譬如石女本無子相雖加功力無量因緣子不可得心亦如是本無貪相雖造衆緣貪無由生云何貪結能繫於心當知貪心二理各異設復有之何能汙心世尊譬如有人安橛於空終不得住安貪於心亦復如是世尊若心無貪名解脫者諸佛菩薩何故不拔虛空中剌世尊如過去燈不能滅暗未來世燈亦不滅暗現在世燈復不滅暗何以故明之與暗二不並故心亦如是云何而言心得解脫世尊貪亦是有若貪無者見女相時不應生貪若因女相而得生者當知是貪眞實而有以有貪故墮三惡道世尊譬如有人見畫女像亦復生貪以生貪故得種種罪若本無貪云何見畫而生於貪若心無貪云何如來說言菩薩心得解脫若心有貪云何見相然後方生不見相者則不生也我今現見有惡果報當知有貪瞋恚愚癡亦復如是世尊譬如衆生有身無我而諸凡夫橫計我想雖有我想不墮三惡云何貪者於無女相而起女

想墮三惡道世尊譬如鑽木而生於火然是火性衆緣中無以何因緣而得生耶世尊貪亦如是色中無貪香味觸法亦復無貪云何於色香味觸法生於貪耶若衆緣中悉無貪者云何衆生獨生於貪諸佛菩薩而不生耶世尊心亦不定若心定者無有貪欲瞋恚愚癡若不定者云何而言心得解脫貪亦不定若不定者云何因之生三惡趣貪者境界二俱不定何以故俱緣一色或生於貪或生於瞋或生愚癡是故貪者及與境界二俱不定若俱不定何故如來說言菩薩修大涅槃心得解脫　爾時世尊告光明徧照高貴德王菩薩言善哉善哉善男子心亦不爲貪結所繫亦非不繫非是解脫非不解脫非有非無非現在非過去非未來何以故善男子一切諸法無自性故善男子有諸外道作如是言因緣和合則有果生若衆緣中本無生性而能生者虛空不生亦應生果虛空不生非是因故以衆緣中本有果性是故合集而得生果所以者何如提婆達欲造牆壁則取泥土不取彩色欲造畫像則集彩色不取草木作衣取縷不取泥木作舍取泥不取縷綖以人取故當知是中各能生果以生果故當知因中必先有性若無性者一物之中應當出生一切諸物若是可取可作可出當知是中必先有果若無果者人則不取不作不出惟有虛空無取無作故能出生一切萬物以有因故如尼拘陀子生尼拘陀樹乳有醍醐縷中有布泥中有瓶善男子一切凡夫無明所盲作是定說色有著義心有貪性復言凡夫心

有貪性亦解脱性遇貪因緣心則生貪若遇
解脱心則解脱雖作此説是義不然有諸凡
夫復作是言一切因中悉無有果因有二種
一者微細二者麤大細即是常麤則無常從
微細因轉成麤因從此麤因轉復成果麤無
常故果亦無常善男子有諸凡夫復作是言
心亦無因貪亦無因以時節故則生貪心如
是等輩以不能知心因緣故輪迴六趣具受
生死譬如枷犬繫之於柱終日繞柱不能得
離一切凡夫亦復如是被無明枷繫生死柱
繞二十五有不能得離何以故一切凡夫唯
觀於果不觀因緣如犬逐塊不逐於人以不
觀故從非想退還三惡趣善男子諸佛菩薩
終不定説因中有果因中無果及有無果非
有非無果若言因中先定有果及定無果定
有無果定非有非無果當知是等皆魔伴黨
繫屬於魔即是愛人如是愛人不能永斷生
死繫縛不知心相及以貪相善男子諸佛菩
薩顯示中道何以故雖説諸法非有非無而
不決定所以者何因眼因色因明因心因念
識則得生是識決定不在眼中色中明中心
中念中亦非中間非有非無從緣生故名之
爲有無自性故名之爲無是故如來説言諸
法非有非無善男子諸佛菩薩終不定説心
有淨性及不淨性淨不淨心無住處故從緣
生貪故説非無本無貪性故説非有善男子
從因緣故心則生貪從因緣故心則解脱善
男子是心不與貪結和合亦復不與瞋癡和
合譬如日月雖爲烟塵雲霧之所覆蔽令諸
衆生不能得見而日月之性終不與彼羣翳

和合心亦如是以因緣故生於貪結衆生雖説心與貪合而是心性實不與合若是貪心即是貪性若是不貪即不貪性不貪之心不能爲貪貪結之心不能不貪善男子以是義故貪欲之結不能汙心諸佛菩薩永破貪結是故説言心得解脱一切衆生從因緣故生於貪結從因緣故心得解脱善男子譬如雪山懸峻之處人與獼猴俱不能行或復有處獼猴能行人不能行或復有處人與獼猴二俱能行善男子人與獼猴能行處者如諸獵師純以黐膠置之案上用捕獼猴獼猴癡故往手觸之觸已粘手欲脱手故以脚蹋之脚復隨著欲脱脚故以口嚙之口復粘著於是五處悉無得脱於是獵師以杖貫之負還歸家雪山險處喻佛菩薩所得正道獼猴者喻諸凡夫獵師者喻魔波旬黐膠者喻貪欲結人與獼猴俱不能行者喻諸凡夫魔王波旬俱不能行獼猴能行人不能者喻諸外道有智慧者諸惡魔等雖以五欲不能繫縛人與獼猴俱能行者一切凡夫及魔波旬常處生死不能修行凡夫之人五欲所縛令魔波旬自在將去如彼獵師黐捕獼猴擔負歸家善男子一切衆生若能自住於己境界則得安樂若至他界則遇惡魔受諸苦惱自境界者謂四念處他境界者謂五欲也云何名爲繫屬於魔有諸衆生無常見常常見無常苦見於樂樂見於苦不淨見淨淨見不淨無我見我我見無我非實解脱横見解脱眞實解脱見非解脱如是之人名繫屬魔繫屬魔者心不清淨復次善男子若見諸法眞實是有總

别定相當知是人若見色時便作色相乃至見識亦作識相見男男相見女女相見日日相見月月相見歲歲相見陰陰相見入入相見界界相如是見者名繫屬魔繫屬魔者心不清淨復次善男子若見我是色色中有我我中有色色屬於我乃至見我是識識中有我我中有識識屬於我如是見者繫屬於魔非我弟子　高貴德王菩薩白佛言世尊佛説一闡提謂斷善根是義不然何以故不斷佛性故如是佛性理不可斷云何佛説斷諸善根　佛言善男子如汝所言若一闡提有佛性者云何不遮地獄之罪善男子一闡提中無有佛性譬如有王聞箜篌音其聲清妙心即躭著即告大臣如是妙音從何處出大臣答言從箜篌出王言持是聲來爾時大臣即持箜篌置於王前王語箜篌出聲出聲不聞箜篌聲出爾時大王即斷其絃取其皮木悉皆析裂推求其聲了不能得即瞋大臣云何如是妄言大臣白王夫取聲者法不如是應以衆緣善巧方便聲乃出耳衆生佛性亦復如是無有住處以善方便故得可見以可見故得阿耨多羅三藐三菩提一闡提輩不見佛性云何能遮三惡道罪善男子若一闡提信有佛性當知是人不至三惡是亦不名一闡提也　善男子若有沙門及婆羅門見一切法性不空者當知是人非是沙門非婆羅門不得修集般若波羅密不得入於大般涅槃不得現見諸佛菩薩是魔眷屬善男子一切諸法性本自空亦因菩薩修集空故見諸法空如一切法性無常故滅能滅之若非

無常滅不能滅有爲之法有生相故生能生之有滅相故滅能滅之以修空故見一切法性皆空寂高貴德王菩薩復作是言世尊若空三昧唯見空者空是無法爲何所見佛言善男子是空三昧見不空法能令空寂然非顛倒貪是有性非是空性貪若是空衆生不應以是因緣墮於地獄若墮地獄云何貪性當是空耶善男子色性是有何等色性所謂顛倒以顛倒故衆生生貪若是色性非顛倒者云何能令衆生生貪以生貪故當知色性非不是有以是義故修空三昧非顛倒也善男子一切菩薩住九地者見法有性以是見故不見佛性若見佛性則不復見一切法性以修如是空三昧故不見法性以不見故則見佛性諸佛菩薩有二種說一者有性二者無性爲衆生故說有法性爲諸賢聖說無法性爲不空者見法空故修空三昧令得見空無法性者亦修空故空善男子汝言見空空是無法爲何所見者菩薩摩訶薩實無所見無所見者即無所有無所有者即一切法菩薩摩訶薩修大涅槃於一切法悉無所見若有見者不見佛性不能修集般若波羅密不得入於大般涅槃是故菩薩見一切法性無所有善男子菩薩不但因見三昧而見空也般若波羅密亦空禪波羅密亦空毘梨耶波羅密亦空羼提波羅密亦空尸羅波羅密亦空檀波羅密亦空色亦空眼亦空識亦空如來亦空大般涅槃亦空是故菩薩見一切法皆悉是空世尊何等衆生於是經中不生恭敬佛言善男子我涅槃後有聲聞弟子愚癡

破戒喜生鬪諍捨十二部經讀誦種種外道典籍文頌手筆受畜一切不淨之物言是佛聽如是之人以好栴檀貿易凡木以金易鍮石以甘露味易於惡毒放捨十善行十惡法向諸白衣若自譽讚言得無漏共坐談論言涅槃經者非佛所說邪見所造諸佛畢竟入於涅槃是經言佛常樂我淨不入涅槃是經不在十二部數即是魔說非是佛說善男子如是之人雖我弟子不能信順是涅槃經善男子當爾之時若有衆生信此經典乃至半句當知是人真我弟子因如是信即見佛性入於涅槃爾時光明徧照高貴德王菩薩白佛言世尊善哉善哉如來今日善能開示大涅槃經

爾時會中有一菩薩名師子吼前禮佛足長跪合掌而白佛言世尊我欲請問唯願如來大慈聽許爾時佛告諸大衆言諸善男子汝等今當於是菩薩深生恭敬尊重讚歎是人已於過去諸佛深種善根福德成就故於我前欲師子吼如師子王自知身力牙齒鋒鋩四足據地安住巖穴振尾出聲若有能具如是諸相當知是則能師子吼真師子王晨朝出穴頻申欠呿四向顧望發聲震吼一切禽獸聞師子吼水性之屬潛沒深淵陸行之類藏伏窟穴飛者墮落香象怖走如彼野干雖逐師子至於百年終不能作師子吼也若師子子始滿三年則能哮吼如師子王爾時世尊告師子吼菩薩言善男子汝若欲問今可隨意師子吼菩薩白佛言世尊云何爲佛性以何義故名爲佛性何故復名常樂我淨若

一切衆生有佛性者何故不見一切衆生所有佛性十住菩薩住何等法不了了見佛性何等法而了了見十住菩薩以何等眼不了了見佛以何眼而了了見佛言善男子善哉善哉若有人能爲法諮啓則爲具足二種莊嚴一者智慧二者福德若有菩薩具足如是二莊嚴者則知佛性及名爲佛性乃至能知十住菩薩以何眼見諸佛世尊以何眼見福德莊嚴者有爲有漏有有果報有礙非常慧莊嚴者無爲無漏無有果報無礙常住師子吼菩薩言世尊若有菩薩具足如是二莊嚴者則不應問一種二種所以者何一切諸法無一二種二種二種者是凡夫相佛言善男子若有菩薩無二種莊嚴則不能知一種二種若有菩薩具二莊嚴則能解知一種二種若言諸法無一二者是義不然何以故若無一二云何得說一切諸法無一無二善男子若言一二是凡夫相是乃名爲十住菩薩非凡夫也善男子汝問云何爲佛性者佛性者名第一義空第一義空名爲智慧所言空者不見空與不空智者見空及與不空常與無常苦之與樂我與無我見一切空不見不空不名中道乃至見一切無我不見我者不名中道中道者名爲佛性以是義故佛性常恒無有變易無明覆故令諸衆生不能得見聲聞緣覺見一切空不見不空乃至見一切無我不見於我以是義故不得第一義空不得第一義空故不行中道無中道故不見佛性汝問以何義故名爲佛性者佛性即是菩提中道種子善男子衆生起見凡有二種一者

常見二者斷見如是二見不名中道無常無斷乃名中道無常無斷即是觀照十二因緣智如是觀智是名佛性二乘之人雖觀因緣未能渡十二因緣河猶如兎馬何以故不見佛性故善男子是觀十二因緣智慧即是阿耨多羅三藐三菩提種子以是義故十二因緣名爲佛性佛性者有因有因因有果有果果有因者即十二因緣因因者即是智慧有果者即是阿耨多羅三藐三菩提果果者即是無上大般涅槃善男子譬如無明爲因諸行爲果行因識果以是義故彼無明體亦因亦因因識亦果亦果果佛性亦爾以是義故十二因緣不出不滅不常不斷非一非二不來不去非因非果善男子是因非果如佛性是果非因如大涅槃是因是果如十二因緣所生之法非因非果名爲佛性非因果故常恒無變以是義故我經中說十二因緣其義甚深無知無見不可思惟乃是諸佛菩薩境界非諸聲聞緣覺所及以何義故甚深甚深衆生業行不常不斷而得果報雖念念滅而無所失雖無作者而有作業雖無受者而有果報受者雖滅果不敗亡無有慮知和合而有一切衆生雖與十二因緣共行而不見知不見知故無有始終十住菩薩唯見其終不見其始諸佛世尊見始見終以是義故諸佛了了得見佛性善男子一切衆生不能見於十二因緣是故輪轉如蠶作繭自生自死一切衆生亦復如是不見佛性故自造結業流轉生死猶如拍毱善男子是故我於諸經中說若有人見十二緣者即是見法見法者即

是見佛佛者即是佛性何以故一切諸佛以此爲性師子吼菩薩白佛言世尊若佛與佛性無差別者一切衆生何用修道佛言善男子如汝所問是義不然佛與佛性雖無差別然諸衆生悉未具足以是義故我於此經而說是偈

本有今無　本無今有　三世有法
無有是處

善男子有者凡有三種一未來有二現在有二過去有一切衆生未來之世當有阿耨多羅三藐三菩提是名佛性一切衆生現在悉有煩惱諸結是故現在無有三十二相八十種好一切衆生過去之世有斷煩惱是故現在得見佛性以是義故我常宣說一切衆生悉有佛性乃至一闡提等亦有佛性善男子譬如有人家有乳酪有人問言汝有酥耶答言我有酪實非酥以巧方便定當得故故言有酥衆生亦爾悉皆有心凡有心者定當得成阿耨多羅三藐三菩提一切衆生煩惱覆故不能得見十住菩薩雖見一乘不知如來是常住法以是故言十地菩薩雖見佛性而不明了善男子是佛性者實非我也爲衆生故說名爲我善男子如來有因緣故說無我爲我眞實無我雖作是說無有虛妄善男子有因緣故說我爲無我而實有我爲世界故雖說無我而無虛妄佛性無我如來說我以是常故如來是我而說無我得自在故善男子若有人見一切諸法無常無我無樂無淨見非一切法亦無常無我無樂無淨如是之人不見佛性一切者名爲生死非一切者名

爲三寶聲聞緣覺見一切法無常無我無樂無淨非一切法亦見無常無我無樂無淨以是義故不見佛性十住菩薩見一切法無常無我無樂無淨非一切法分見常樂我淨以是義故十分之中得見一分諸佛世尊無常無我無樂無淨非一切法見常樂我淨以是義故見於佛性如觀掌中阿摩勒果　善男子如汝所問十住菩薩以何眼故雖見佛性而不了了諸佛世尊以何眼故見於佛性而得了了善男子慧眼見故不得明了佛眼見故故得明了爲菩提行故則不了了若無行故則得了了住十住故雖見不了不住不去故得了了菩薩摩訶薩智慧因故見不了了諸佛世尊斷因果故見則了了一切覺者名爲佛性十住菩薩不得名爲一切覺故是故雖見而不明了善男子見有二種一者眼見二者聞見諸佛世尊眼見佛性如於掌中觀阿摩勒果十住菩薩聞見佛性故不了了十住菩薩唯能自知定得阿耨多羅三藐三菩提而不能知一切衆生悉有佛性　師子吼菩薩言世尊如佛所說一切衆生悉有佛性如乳中有酪金剛力士諸佛佛性如淨醍醐云何如來說言佛性非内非外佛言善男子我亦不說乳中有酪酪從乳生故言有酪世尊一切生法各有時節善男子乳時無酪亦無生酥熟酥醍醐一切衆生亦謂是乳是故我言乳中無酪如其有者何故不得二種名字如人二能言金鐵師善男子因有二種一者正因二者緣因正因者如乳生酪緣因者如煖酵等從乳生故故言乳中而有酪性世

尊如佛所説有二因者正因緣因衆生佛性爲是何因善男子衆生佛性亦二種因正因者謂諸衆生緣因者謂六波羅密世尊如佛所説我今定知乳有酪性何以故我見世間求酪之人唯取於乳終不取水是故當知乳有酪性善男子是義不然何以故譬如有人有筆紙墨和合成字而是紙中本無有字以本無故假緣而成若本有者何須衆緣譬如青黄合成緑色當知是二本無緑性若本有者何須合成譬如衆生因食得命而此食中實無有命若本有命未食之時食應是命善男子一切諸法本無有性因緣故生因緣故滅若諸衆生内有佛性者一切衆生應有佛身如我今也衆生佛性不破不壞不牽不捉不繫不縛如衆生中所有虚空一切衆生悉有虚空無罣礙故各不自見有此虚空若使衆生無虚空者則無去來行住坐臥不生不長以是義故我經中説一切衆生有虚空界虚空界者是名虚空衆生佛性亦復如是十住菩薩少能見之如金剛珠善男子衆生佛性諸佛境界非是聲聞緣覺所知一切衆生不見佛性是故常爲煩惱繫縛流轉生死見佛性故諸結煩惱所不能繫解脱生死得大涅槃師子吼言世尊一切衆生有佛性性如乳中酪若乳無酪性云何佛説有二種因一者正因二者緣因佛言善男子若使乳中定有酪性者何須緣因世尊以有性故故須緣因何以故欲明見故緣因者即是了因世尊譬如闇中先有諸物爲欲見故以燈照了若本無者燈何所照是故雖先有性要假了因

然後得見以是義故定知乳中先有酪性善男子一切衆生有佛性者何故修集無量功德我見世人本無禁戒禪定智慧者從師受已漸漸增益若言師教是了因者當師教時受者未有戒定智慧若是了者應了未有云何乃了戒定智慧令得增益世尊若了因無者云何得名有乳有酪善男子如世人言有乳酪者以定得故是故得名有乳有酪佛性亦爾有衆生有佛性以當見故師子吼言世尊過去已滅未來未到云何名有若言當有名爲有者是義不然云何說言一切衆生悉有佛性佛言善男子過去名有譬如種橘芽生子滅芽亦甘甜乃至生果味亦如是熟已乃酢善男子而是酢味子芽乃至生果悉無隨本熟時形色相貌則生酢味而是酢味本無今有雖本無今有非不因本如是本子雖復過去故得名有以是義故過去名有云何復名未來爲有譬如有人種植胡麻有人問言何故種此答言有油實未有油胡麻熟已收子熬蒸擣壓然後乃得出油當知是人非虛妄也以是義故名未來有云何復名過去有耶善男子譬如有人私屏罵王經歷年歲王乃聞之聞已即問何故見罵答言大王我不罵也何以故罵者已滅王言罵者我身二俱存在云何言滅以是因緣喪失身命善男子是二實無而果不滅是名過去有云何復名未來有耶譬如有人往陶師所問有瓶不答言有瓶而是陶師實未有瓶以有泥故故言有瓶當知是人非妄語也乳中有酪衆生佛性亦復如是欲見佛性應當觀察時節形

色是故我說一切衆生悉有佛性實不虛妄師子吼言世尊菩薩摩訶薩一心趣向阿耨多羅三藐三菩提大慈大悲見生老死煩惱過患觀大涅槃無生老死煩惱諸過信於三寶及業果報受持禁戒如是等法名爲佛性若離是法有佛性者何須是法而作因緣世尊若使衆生從本已來無菩提心亦無阿耨多羅三藐三菩提心後方有者衆生佛性亦應如是本無後有以是義故一切衆生應無佛性佛言善哉善哉善男子汝已久知佛性之義爲衆生故作如是問一切衆生實有佛性汝言衆生若有佛性不應而有初發心者善男子心非佛性何以故心是無常佛性常故此菩提心實非佛性何以故一闡提等斷於善根墮地獄故若菩提心是佛性者一闡提輩則不得名一闡提也菩提之心亦不得名爲常也是故定知菩提之心實非佛性善男子衆生佛性不名爲佛以諸功德因緣和合得見佛性然後成佛汝言衆生悉有佛性何故不見者是義不然何以故以諸因緣未和合故善男子以是義故我說二因正因緣因正因者名爲佛性緣因者發菩提心以二因緣得阿耨多羅三藐三菩提善男子當知有六法壞菩提心何等爲六一者悋法二者於諸衆生起不善心三者親近惡友四者不勤精進五者自大憍慢六者營務世業如是六法則能破壞菩提之心善男子復有五法退菩提心何等爲五一者樂在外道出家二者不修大慈之心三者好求法師過罪四者常樂處在生死五者不善受持讀誦書寫解

說十二部經是名五法退菩提心復有二法退菩提心何者爲二一者貪樂五欲二者不能恭敬尊重三寶以如是等衆因緣故退菩提心云何復名不退之心有人聞佛能度衆生生老病死不從師諮自然修集以是因緣發菩提心作是誓願願我常得親近諸佛及佛弟子具五善根不生憍慢復願常聞十二部經受持讀誦書寫解說寧當少聞多解義味不願多聞於義不了願作心師不師於心身口意業不與惡交能施一切衆生安樂身戒心慧不動如山爲欲受持無上正法於身命財不生慳悋不淨之物不爲福業正命自活心無邪諂受恩常念小恩大報善知世中所有事藝善解衆生方俗之言讀誦書寫十二部經不生懈怠懶惰之心若諸衆生不樂聽聞方便引接令彼樂聞父母師長深生恭敬怨憎之中生大慈心常修六念空三昧門十二因緣生滅等觀佛說禁戒堅固護持終不生於毀犯之想修習菩薩難行苦行其心歡喜不生悔恨不爲果報而集因緣於現在樂不生貪著善男子若有能發如是願者是名菩薩終不退失菩提之心能見如來明了佛性能調衆生度脫生死善能護持無上正法能得具足六波羅密

御録經海一滴卷之十七

音釋

轂　居候切音遘取牛乳也
黐膠　上抽知切音癡下居肴切音交黐膠所以黏鳥也
酵　居效切音教酒酵也

御錄經海一滴卷之十八

大般涅槃經之六

師子吼菩薩白佛言世尊無相定者名大涅槃是故涅槃名爲無相以何因緣名爲無相佛言善男子若有比丘時時修習三種相者則斷諸相時時修習三昧定相時時修習智慧之相時時修習捨相是名三相師子吼言世尊云何名爲定慧捨相佛言善男子若取色相不能觀色常無常相是名三昧若能觀色常無常相是名慧相三昧慧等觀一切法是名捨相如善御駕駟遲疾得所遲疾得所故名捨相菩薩亦爾若三昧多者則修習慧若慧多者則修習三昧三昧慧等則名爲捨善男子十住菩薩智慧力多三昧力少是故不得明見佛性聲聞緣覺三昧力多智慧力少以是因緣不見佛性諸佛世尊定慧等故明見佛性了了無礙如觀掌中菴摩勒果見佛性者名爲捨相奢摩他者名爲能滅能滅一切煩惱結故又奢摩他者名曰能調名曰寂靜名曰遠離名曰能清以是義故故名定相毘婆舍那名爲正見亦名了見名爲能見名曰徧見名次第見名別相見是名爲慧憂畢叉者名曰平等亦名不諍又名不觀亦名不行是名爲捨善男子爲三事故修奢摩他何等爲三一不放逸故二莊嚴大智故三得自在故復爲三事故修毘婆舍那何等爲三一爲觀生死惡果報故二爲欲增長諸善根故三爲破一切諸煩惱故世尊如經中說若毘婆舍那能破煩惱何故復修奢摩他耶佛言善男子汝言毘婆舍那破煩惱者是義不

然何以故有智慧時則無煩惱有煩惱時則無智慧云何而言毘婆舍那能破煩惱善男子譬如明時無暗暗時無明若有說言明能破暗無有是處善男子誰有智慧誰有煩惱而言智慧能破煩惱如其無者則無所破善男子若言智慧能破煩惱爲到故破不到故破若不到破者凡夫衆生則應能破若到故破者初念應破若初念不破後亦不破若初到便破是則不到云何說言智慧能破若言到與不到而能破者是義不然如地堅性火熱性水濕性風動性而地堅性乃至風動性非因緣作其性自爾如四大性煩惱亦爾性自是斷若是斷者云何而言智慧能斷以是義故毘婆舍那決定不能破諸煩惱善男子如鹽性鹹令異物鹹蜜本性甘令異物甘水本性濕令異物濕智慧性滅令法滅者是義不然何以故若法無滅云何智慧强能令滅若言鹽鹹令異物鹹慧滅亦爾令異法滅者是亦不然何以故智慧之性念念滅故若念念滅云何而言能滅他法以是義故智慧之性不破煩惱善男子一切諸法有二種滅一性滅二畢竟滅若性滅者云何而言智慧能滅善男子一切諸法性若自空誰能令生誰能令滅異生異滅無造作者善男子若修習定則得如是正知正見以是義故我經中說若有比丘修習定者能見五陰出滅之相若不修定世間之事尚不能了況於出世若無定者平處顛墜若有修習三昧定者則大利益乃至阿耨多羅三藐三菩提菩薩摩訶薩具足二法能大利益如拔堅木先以手動後

則易出菩薩定慧亦復如是先以定動後以智拔如浣垢衣先以灰汁後以清水衣則鮮潔如先讀誦後則解義如先平地然後下種先從師受後思惟義菩薩摩訶薩修是二法常攝其心不令放逸不爲利養行於非法客塵煩惱所不能汙不爲諸邪異見所惑常能遠離諸惡覺觀不久成就阿耨多羅三藐三菩提善男子定相者名空三昧慧相者名無願三昧捨相者名無相三昧若有菩薩摩訶薩善知定時慧時捨時及知非時是名菩薩摩訶薩行菩提道善男子菩薩摩訶薩因於受樂生大憍慢或因說法而生憍慢或因精勤而生憍慢或因世間善法功德而生憍慢或因豪貴恭敬而生憍慢當知爾時不宜修智宜應修定是名菩薩知時非時若有菩薩勤修精進未得利益涅槃之樂以不得故生於悔心以鈍根故不能調伏五情諸根諸垢煩惱勢力盛故自疑戒律有羸損故當知爾時不宜修定宜應修智是名菩薩知時非時善男子若有菩薩定慧二法不平等者當知爾時不宜修捨二法若等則宜修之是名菩薩知時非時善男子若有菩薩修習定慧起煩惱者當知爾時不宜修捨宜應讀誦書寫解說十二部經念佛念法念僧念戒念天念捨是名修捨善男子若有菩薩修習如是三法相者以是因緣得無相涅槃　善男子應觀戒是一切善法梯磴亦是一切善法根本如地一切樹木所生之本如天帝釋所立勝幢戒能永斷一切惡業及三惡道能療惡病猶如藥樹戒是生死險道資糧戒是摧結惡

賊鎧仗戒是滅結毒蛇良咒戒是度惡業行橋梁若有不能如是觀者名不修戒善男子又應觀心輕躁動轉難捉難調馳騁奔逸如大惡象念念迅速如彼電光躁擾不住猶如獮猴如幻如炎乃是一切諸惡根本若有不能如是觀者名不修心菩薩摩訶薩修心修戒因緣得定慧均等無相三昧　師子吼菩薩言世尊若一切衆生有佛性者即當定得阿耨多羅三藐三菩提何須修習三昧道耶佛言有佛無佛法界常住若言佛性住衆生中者善男子常法無住若有住處即是無常如十二因緣無定住處若有住處十二因緣不得名常如來法身亦無住處法界法入法陰虛空悉無住處佛性亦爾都無住處譬如四大力雖均等有堅有熱有濕有動有重有輕有赤有白有黄有黑而是四大亦無有業異法界故各不相似佛性亦爾異法界故時至則現善男子一切衆生不退佛性故名之爲有阿毘跋致故以當有故決定得故定當見故是故名爲一切衆生悉有佛性譬如有王告一大臣汝牽一象以示盲者時彼衆盲各以手觸即喚衆盲各各問言汝見象耶衆盲各言我已得見其觸牙者即言象形如蘆菔根其觸耳者言象如箕其觸頭者言象如石其觸鼻者言象如杵其觸脚者言象如木臼其觸脊者言象如牀其觸腹者言象如甕其觸尾者言象如繩善男子如彼衆盲不説象體亦非不説若是衆相悉非象者離是之外更無别象善男子王喻如來正徧知臣喻方等大涅槃經象喻佛性盲喻一切無明衆

生是諸衆生聞佛説已或作是言色是佛性何以故是色雖滅次第相續是故獲得無上如來三十二相如來色常如來色者常不斷故譬如眞金質雖遷變色常不異或時作釧作釵作盤然其黄色初無改易衆生佛性亦復如是質雖無常而色是常以是故説色爲佛性或有説言受是佛性何以故受因緣故獲得如來眞實之樂如來受者謂畢竟受第一義受衆生受性雖復無常然其次第相續不斷是故獲得如來常受譬如有人姓憍尸迦人雖無常而姓是常經千萬世無有改易衆生佛性亦復如是以是故説受爲佛性又有説言想是佛性何以故想因緣故獲得如來眞實之想如來想者名無想想無想想者非衆生想非男女想亦非色受想行識想非想斷想衆生之想雖復無常以想次第相續不斷故得如來常恒之想譬如衆生十二因緣衆生雖滅而因緣常衆生佛性亦復如是以是故説想爲佛性又有説言行爲佛性何以故行名壽命壽因緣故獲得如來常住壽命衆生壽命雖復無常而壽次第相續不斷故得如來眞實常壽譬如十二部經聽者説者雖復無常而是經典常存不變衆生佛性亦復如是以是故説行爲佛性又有説言識爲佛性何以故識因緣故獲得如來平等之心衆生意識雖復無常而識次第相續不斷故得如來眞實常心如火熱性火雖無常熱非無常衆生佛性亦復如是以是故説識爲佛性又有説言離陰有我我是佛性何以故我因緣故獲得如來八自在我有諸外道説

言去來見聞悲喜語説爲我如是我相雖復無常而如來我眞實是常善男子如陰入界雖復無常而名是常衆生佛性亦復如是善男子如彼盲人各各説象雖不得實非不説象説佛性者亦復如是非即六法不離六法是故我説衆生佛性非色不離色乃至非我不離我有諸外道雖説有我而實無我衆生我者即是五陰離陰之外更無別我譬如莖葉鬚臺合爲蓮華離是之外更無別華譬如牆壁草木和合名之爲舍離是之外更無別舍如佉陀羅樹波羅奢樹尼拘陀樹鬱曇鉢樹和合爲林離是之外更無別林譬如車象馬步和合爲軍離是之外更無別軍譬如五色雜線和合爲綺離是之外更無別綺如四姓和合名爲大衆離是之外更無別衆衆生我者亦復如是離五陰外更無別我善男子如來常住則名爲我如來法身無邊無礙不生不滅得八自在是名爲我衆生眞實無如是我及以我所但以必定當得畢竟第一義空故名佛性善男子我若説色是佛性者衆生聞已則生邪倒以邪倒故命終則生阿鼻地獄如來説法爲斷地獄是故不説色是佛性乃至説識亦復如是善男子若諸衆生了佛性者則不須修道十住菩薩修八聖道少見佛性況不修者而得見耶如文殊師利諸菩薩等已無量世修習聖道了知佛性云何聲聞辟支佛等能知佛性若諸衆生欲得了了知佛性者應當一心受持讀誦書寫解説供養恭敬尊重讚歎是涅槃經見有受持乃至讚歎如是經者應當以好房舍衣服飲食

臥具醫藥而供給之兼復讚歎禮拜問訊善男子若有已於過去無量無邊世中親近供養無量諸佛深種善根然後乃得聞是經名善男子佛性不可思議佛法僧寶亦不可思議一切衆生悉有佛性而不能知是亦不可思議如來常樂我淨之法亦不可思議一切衆生能信如是大涅槃經亦不可思議　師子吼言世尊如來得八自在何因緣故不化生耶佛言善男子刧初衆生皆悉化生當爾之時佛不出世善男子若有衆生遇病苦時須醫須藥刧初之時衆生化生雖有煩惱其病未發是故如來不出其世善男子一切衆生父作子業子作父業如來世尊若受化身則無父母若無父母云何能令一切衆生作諸善業是故如來不受化身善男子佛正法中有二種護一者内二者外内護者所謂禁戒外護者族親眷屬若佛如來受化身者則無外護是故如來不受化身善男子有人恃姓而生憍慢如來爲破如是慢故生在貴姓不受化身善男子如來世尊有眞父母父名淨飯母名摩耶而諸衆生猶言是幻云何當受化生之身若受化身云何得有碎身舍利如來爲益衆生福德故碎其身而令供養是故如來不受化身一切諸佛悉無化生云何獨令我受化身爾時師子吼菩薩合掌長跪右膝著地以偈讚佛

如來無量功德聚　我今不能廣宣說
今爲衆生演一分　唯願哀愍聽我說
衆生無明闇中行　具受無邊百種苦
世尊能令遠離之　是故世稱爲大悲

衆生徃返生死繩　放逸逃荒無安樂
如來能施衆安樂　是故永斷生死繩
如來爲衆修苦行　成就具足滿六度
心處邪風不傾動　是故能勝世大士
衆生常欲得安樂　而不知修安樂因
如來能敎令修習　猶如慈父愛一子
佛見衆生煩惱患　心苦如母念病子
常思離病諸方便　是故此身繫屬他
不爲三世所攝持　無有名字及假號
覺知涅槃甚深義　是故稱佛爲大覺
有河洄澓沒衆生　無明所盲不知出
如來自度能度彼　是故稱佛大船師
能知一切諸因果　亦復通達盡滅道
常施衆生病苦藥　是故世稱大醫王
如來世尊破邪道　開示衆生正眞路
行是道者得安樂　是故稱佛爲導師
成就具足戒定慧　亦以此法敎衆生
以法施時無妬恪　是故稱佛無緣悲
如來世尊無怨親　是故其心常平等
我師子吼讚大悲　能吼無量師子吼

迦葉菩薩白佛言世尊一闡提輩以何因緣無有善法佛言善男子一闡提輩斷善根故衆生悉有信等五根而一闡提輩永斷滅故以是義故殺害蟻子猶得殺罪殺一闡提無有殺罪世尊一闡提者終無善法是故名爲一闡提耶佛言如是如是世尊一切衆生有三種善所謂過去未來現在一闡提輩亦不能斷未來善法云何說言斷諸善法名一闡提耶善男子斷有二種一者現在滅二者現在障於未來一闡提輩具是二斷是故我言

斷諸善根譬如有人沒圊厠中唯有一髮毛頭未沒雖復一髮毛頭未沒而一毛頭不能勝身一闡提輩亦復如是雖未來世當有善根而不能救地獄之苦未來之世雖可救拔現在之世無如之何是故名爲不可救濟以佛性因緣則可得救佛性者非過去非未來非現在是故佛性不可得斷如朽敗子不能生芽一闡提輩亦復如是世尊一闡提輩不斷佛性佛性亦善云何說言斷一切善善男子若諸衆生現在世中有佛性者則不得名一闡提也如世間中衆生我性佛性是常三世不攝三世若攝名爲無常佛性未來以當見故故言衆生悉有佛性以是義故十住菩薩具足莊嚴乃得少見世尊佛性者常猶如虛空何故如來說言未來如來若言一闡提輩無善法者一闡提輩於其同學同師父母親族妻子豈當不生愛念心耶如其生者非是善乎佛言善哉善哉善男子快發斯問佛性者猶如虛空非過去非未來非現在一切衆生有三種身所謂過去未來現在衆生未來具足莊嚴清淨之身得見佛性是故我言佛性未來善男子我爲衆生或時說因爲果或時說果爲因是故經中說命爲食見色爲觸未來身淨故說佛性世尊如佛所說義如是者何故說言一切衆生悉有佛性善男子衆生佛性雖現在無不可言無如虛空性雖無現在不得言無一切衆生雖復無常而是佛性常住無變是故我於此經中說衆生佛性非內非外猶如虛空非內非外如其虛空有內外者虛空不名爲一爲常亦不得言一

切處有虛空雖復非内非外而諸衆生悉皆有之衆生佛性亦復如是如汝所言一闡提輩有善法者是義不然何以故一闡提輩若有身業口業意業取業求業施業解業如是等業悉是邪業何以故不求因果故如訶梨勒果根莖枝葉華實悉苦一闡提業亦復如是善男子如來具足知諸根力是故善能分别衆生上中下根能知是人轉下作中能知是人轉中作上能知是人轉上作中能知是人轉中作下是故當知衆生根性無有決定以無定故或斷善根斷已還生若諸衆生根性定者終不先斷斷已復生亦不應說一闡提輩墮於地獄壽命一劫善男子是故如來說一切法無有定相　迦葉菩薩白佛言世尊如來具足是知根力是故能知一切衆生上中下根利鈍差别知現在世衆生諸根亦知未來衆生諸根如是衆生於佛滅後作如是說如來畢竟入於涅槃或不畢竟入於涅槃或說有我或說無我或有中陰或無中陰或說有退或說無退或言如來身是有爲或言如來身是無爲或有說言十二因緣是有爲法或說因緣是無爲法或說心是有常或說心是無常或有說言受五欲樂能障聖道或說不遮或說是第一法唯是欲界或說三界或說布施唯是意業或有說言即是五陰或有說言有三無爲或有說言無三無爲或說佛性即衆生有或說佛性離衆生有或有說言犯四重禁作五逆罪一闡提等皆有佛性或說言無或有說言有十方佛或有說言無十方佛如其如來具足成就知根力者何

故今日不決定說佛告迦葉菩薩善男子如是之義非眼識知乃至非意識知乃是智慧之所能知若有智者我於是人終不作二是亦謂我不作二說於無智者作不定說而是無智亦復謂我作不定說善男子如來所有一切善行悉爲調伏諸衆生故譬如醫王所有醫方悉爲療治一切病苦如來世尊爲國土故爲時節故爲他語故爲度人故爲衆根故於一法中作二種說於一名法說無量名於一義中說無量名於無量義說無量名善男子若如是義作定說者則不得稱我爲如來具知根力有智之人當知香象所負非驢所勝一切衆生所行無量是故如來種種爲說無量之法何以故衆生多有諸煩惱故若使如來說於一行不名如來具足成就知諸根力是故我於餘經中說五種衆生不應還爲說五種法爲不信者不讃正信爲毀禁者不讃持戒爲慳貪者不讃布施爲懈怠者不讃多聞爲愚癡者不讃智慧何以故智者若爲是五種人說此五事當知說者不得具足知諸根力亦不得名憐愍衆生何以故是五種人聞是事已生不信心惡心瞋心以是因緣於無量世受苦果報是故不名憐愍衆生具知根力是故我先於餘經中告舍利弗汝愼勿爲利根之人廣說法語鈍根之人略說法也舍利弗言世尊我但爲憐愍故說非是具足根力故說善男子廣略說法是佛境界非諸聲聞緣覺所知善男子佛涅槃後諸弟子等各異說者是人皆以顛倒因緣不得正見是故不能自利利他善男子是諸衆生非

唯一性一行一根一種國土一善知識是故如來爲彼種種宣説法要以是因緣十方三世諸佛如來爲衆生故開示演説十二部經善男子如來説是十二部經非爲自利但爲利他是故如來第五力者名爲解力是故如來深知是人現在能斷善根是人後世當斷善根是人現在能得解脱是人後世能得解脱是故如來名無上力士若言如來畢竟涅槃不畢竟涅槃是人不解如來意故作如是説　善男子菩薩二種一者實義二者假名假名菩薩聞我當入涅槃皆生退心而作是言如其如來無常不住我等何爲爲是事故無量世中受大苦惱如來世尊成就具足無量功德尚不能壞如是死魔况我等輩當能壞耶善男子是故我爲如是菩薩而作是言如來常住無有變易我諸弟子聞是説已不解我意定言如來終不畢竟入於涅槃善男子有諸衆生生於斷見作如是言一切衆生身滅之後善惡之業無有受者我爲是人作如是言善惡果報實有受者云何知有過去之世拘施那竭有王名曰善見作童子時經八萬四千歲作太子時八萬四千歲及登王位亦八萬四千歲於獨處坐作是思惟衆生薄福壽命短促常有四怨而隨逐之不自覺知猶故放逸是故我當出家修道斷絶四怨生老病死即勑有司於其城外作七寶堂時善見王將一使人獨往堂上復經八萬四千年中修習慈心是慈因緣於後八萬四千世中次第得作轉輪聖王三十世中作釋提桓因無量世中作諸小王善男子爾時善見豈

異人乎即我身是善男子我諸弟子聞是說已不解我意唱言如來定說有我及有我所又我一時爲諸衆生說言我者即是性也所謂内外因緣十二因緣衆生五陰心界世間功德業行自在天世即名爲我我諸弟子聞是說已不解我意唱言如來定說有我善男子復有異時有一比丘來至我所作如是言世尊云何名我誰是我耶何緣故我我時即爲比丘說言比丘無我我所眼者即是本無今有已有還無其生之時無所從來及其滅時亦無所至雖有業果無有作者無有捨陰及受陰者如汝所問云何我者我即期也誰是我者即是業也何緣我者即是愛也比丘譬如二手相拍聲出其中我亦如是衆生業愛三因緣故名之爲我比丘二切衆生色不是我我中無色色中無我乃至識亦如是比丘諸外道輩雖說有我終不離陰若說離陰別有我者無有是處一切衆生行如幻化熱時之焰比丘五陰皆是無常無樂無我無淨善男子爾時多有無量比丘觀此五陰無我我所得阿羅漢果善男子我諸弟子聞是說已不解我意唱言如來定說無我善男子我於經中復作是言三事和合得受是身一父二母三者中陰是三和合得受是身或時復說阿那含人現般涅槃或於中陰入般涅槃或復說言中陰身根具足明了皆因往業如淨醍醐我或時說弊惡衆生所受中陰如世間中麤澀氎褐純善衆生所受中陰如波羅奈所出白氎我諸弟子聞是說已不解我意唱言如來說有中陰我復說言無色衆生無

有中陰善男子我諸弟子聞是說已不解我意唱言佛說定無中陰善男子我於經中復說有退何以故因於無量懈怠懶惰諸比丘等不修道故說退五種一者樂於多事二者樂說世事三者樂於睡眠四者樂近在家五者樂多游行以是因緣令比丘退說退因緣復有二種一內二外阿羅漢人雖離內因不離外因以外因緣故則生煩惱生煩惱故則便退失我諸弟子聞是說已不解我意唱言如來定說有退善男子經中復說譬如焦炭不還爲木亦如瓶壞更無瓶用煩惱亦爾阿羅漢斷終不還生善男子我諸弟子聞是說已不解我意唱言如來定說無退善男子我經中說一切衆生作善惡業捨身之時四大於此即時散壞純善業者心即上行純惡業者心即下行善男子我諸弟子聞是說已不解我意唱言如來說心定常善男子我於一時爲頻婆娑羅王而作是言大王當知色是無常何以故從無常因而得生故是色若從無常因生智者云何說言是常若色是常不應壞滅生諸苦惱今見是色散滅破壞是故當知色是無常乃至識亦如是善男子我諸弟子聞是說已不解我意唱言如來說心定斷善男子我經中說我諸弟子受諸香華金銀寶物妻子奴婢八不淨物獲得正道得正道已亦不捨離我諸弟子聞是說已不解我意定言如來說受五欲不妨聖道又我一時復作是說在家之人得正道者無有是處善男子我諸弟子聞是說已不解我意唱言如來說受五欲定遮正道　善男子我經中說

佛性具有六事一常二實三眞四善五淨六可見我諸弟子聞是說已不解我意唱言佛說衆生佛性離衆生有善男子我又說言衆生佛性猶如虛空虛空者非過去非未來非現在非內非外非是色聲香味觸攝佛性亦爾我諸弟子聞是說已不解我意唱言佛說衆生佛性離衆生有善男子我又復說衆生佛性猶如貧女宅中藏寶力士額上金剛寶珠轉輪聖王甘露之泉我諸弟子聞是說已不解我意唱言佛說衆生佛性離衆生有善男子我又復說犯四重禁一闡提人謗方等經作五逆罪皆有佛性如是衆生都無善法佛性是善我諸弟子聞是說已不解我意唱言佛說衆生佛性離衆生有善男子我於處處經中說言一人出世多人利益一國土中二轉輪王一世界中二佛出世無有是處我諸弟子聞是說已不解我意唱言佛說無十方佛我亦於諸大乘經中說有十方佛善男子如是諍訟是佛境界非諸聲聞緣覺所知若人於是生疑心者猶能摧壞無量煩惱如須彌山若於是中生決定者是名執著迦葉菩薩白佛言世尊云何執著佛言善男子如是之人若從他聞若自尋經若他故教於所著事不能放捨是名執著世尊如是執著爲是善耶是不善耶善男子如是執著不名爲善何以故不能摧壞諸疑網故世尊如是人者本是不疑云何說言不壞疑網善男子夫不疑者即是疑也世尊若有人謂須陀洹人不墮三惡是人亦當名著名疑善男子是可名定不得名疑如人先見牛與水牛後遥見

牛便生疑想彼是牛耶是水牛耶一切衆生先見二物後便生疑何以故心不了故我亦不說須陀洹人有墮三惡不墮三惡是人何故生於疑心迦葉言世尊如佛所說要先見已然後疑者有人未見二種物時亦復生疑何等是耶善男子所謂涅槃世尊譬如有人路遇濁水然未曾見而亦生疑如是水者深耶淺耶是人未見云何生疑善男子夫涅槃者即是斷苦非涅槃者即是苦也一切衆生見有二種見苦非苦苦非苦者即是飢渴寒熱瞋喜病瘦安隱老壯生死繫縛解脱恩愛別離怨憎聚會衆生見已即便生疑當有畢竟遠離如是苦惱事不是故衆生於涅槃中而生疑也汝意若謂是人先來未見濁水云何疑者是義不然何以故是人先於餘處見

已是故於此未曾到處而復生疑世尊是人先見深淺處時已不生疑於今何故而復生疑佛言善男子本未行故所以生疑是故我言不了故疑迦葉菩薩復白佛言世尊如佛所說疑即是著著即是疑爲是誰耶善男子斷善根者世尊何等人輩云斷善根善男子若有聰明黠慧利根能善分別遠離善友不聽正法不善思惟不如法住如是之人能斷善根善男子斷善根者非是下劣愚鈍之人世尊如是之人何時當能還生善根佛言善男子是人一時還生善根初入地獄出地獄時 迦葉菩薩白佛言世尊如佛所說云何名因亦是過去現在未來果亦過去現在未來非是過去現在未來佛言善男子五陰二種一者因二者果是因五陰是過去現在未

來是果五陰亦是過去現在未來亦非過去現在未來善男子一切無明煩惱等結悉是佛性何以故佛性因故從無明行及諸煩惱得善五陰是名佛性從善五陰乃至獲得阿耨多羅三藐三菩提是故我於經中先說衆生佛性如雜血乳血者即是無明行等一切煩惱乳者即是善五陰也是故我說從諸煩惱及善五陰得阿耨多羅三藐三菩提如衆生身皆從精血而得成就佛性亦爾須陀洹人斯陀含人斷少煩惱佛性如乳阿那含人佛性如酪阿羅漢人猶如生酥從辟支佛至十住菩薩猶如熟酥如來佛性猶如醍醐善男子現在煩惱爲作障故令諸衆生不得覩見世尊若言五陰是佛性者云何說言衆生佛性非内非外善男子衆生不解即是中道

我爲衆生得開解故說言佛性非内非外衆生佛性非内六入非外六入内外合故名爲中道是故如來宣說佛性即是中道非内非外故名中道云何名爲非内非外善男子或言佛性即是外道何以故菩薩摩訶薩於無量劫在外道中斷諸煩惱調伏其心教化衆生然後乃得阿耨多羅三藐三菩提是以佛性即是外道或言佛性即是内道何以故菩薩雖於無量劫中修習外道若離内道則不能得阿耨多羅三藐三菩提是以佛性即是内道是故如來遮此二邊說言佛性非内非外亦名内外是名中道復次善男子或言佛性即是如來金剛之身三十二相八十種好何以故不虚誑故或言佛性即是十力四無所畏大慈大悲及三念處首楞嚴等一切三

昧何以故因是三昧生金剛身三十二相八十種好故是故如來遮此二邊説言佛性非内非外亦名内外是名中道復次善男子或有説言佛性即是内善思惟何以故離善思惟則不能得阿耨多羅三藐三菩提故是故佛性即是内善思惟復有説言佛性是外謂檀波羅密從檀波羅密得阿耨多羅三藐三菩提是以説言檀波羅密即是佛性或有説言佛性是内謂五波羅密離是五事當知則無佛性因果是以説言五波羅密即是佛性是故如來遮此二邊説言佛性非内非外亦内亦外是名中道復次善男子或有説言佛性在内譬如力士額上寶珠何以故常樂我淨如寶珠故是以説言佛性在内或有説言佛性在外如貧女寶藏何以故方便見故佛性亦爾在衆生外以方便故而得見之是故如來遮此二邊説言佛性非内非外亦内亦外是名中道善男子衆生佛性非有非無所以者何佛性雖有非如虚空何以故世間虚空雖以無量善巧方便不可得見佛性可見是故雖有非如虚空佛性雖無不同兎角何以故龜毛兎角雖以無量善巧方便不可得生佛性可生是故雖無不同兎角是故佛性非有非無亦有亦無云何名有一切悉有是諸衆生不斷不滅猶如燈焰乃至得阿耨多羅三藐三菩提是故名有云何名無一切衆生現在未有一切佛法常樂我淨是故名無有無合故即是中道是故佛説衆生佛性非有非無善男子如有人問是種子中有果無耶應定答言亦有亦無何以故離子之外不

能生果是故名有子未出芽是故名無以是義故亦有亦無所以者何時節有異其體是一衆生佛性亦復如是若言衆生中別有佛性者是義不然何以故衆生即佛性佛性即衆生直以時異有淨不淨若有說言乳中有酪是名執著若言無酪是名虛妄離是二事應定說言亦有亦無何故名有從乳生酪因即是乳果即是酪是名爲有云何名無色味各異服用不同善男子若言乳中有酪性者乳即是酪酪即是乳其性是一何因緣故乳在先出酪不先生若有因緣一切世人何故不說若無因緣何故酪不先出若酪不先出誰作次第乳酪生酥熟酥醍醐是故知酪先無今有若先無今有是無常法善男子若有說言乳有酪性能生於酪水無酪性故不生酪是義不然何以故水草亦有乳酪之性所以者何因於水草則生乳酪若乳中定有酪性水草無者是名虛妄何以故心不等故故名虛妄若言乳中定有酪者酪中亦應定有乳性何因緣故乳中出酪酪不出乳若無因緣當知是酪本無今有是故智者應言乳中非有酪性非無酪性善男子是故如來於是經中說如是言一切衆生定有佛性是名爲著若無佛性是名虛妄智者應說衆生佛性亦有亦無善男子四事和合生於眼識何等爲四眼色明欲是眼識性非眼非色非明非欲從和合故便得出生如是眼識本無今有已有還無是故當知無有本性乳中酪性亦復如是若有說言水無酪性故不出酪是故乳中定有酪性是義不然何以故一切諸法

異因異果亦非一因生一切果非一切果從一因生善男子如從四事生於眼識不可復説從此四事應生耳識是故我於是經中説因生故法有因滅故法無善男子如我所説十二部經或隨自意説或隨他意説或隨自他意説我常宣説一切衆生悉有佛性是名隨自意説一切衆生不斷不滅乃至得阿耨多羅三藐三菩提亦名隨自意説如我所説十住菩薩少見佛性是名隨他意説一切衆生悉有佛性煩惱覆故不能得見我説如是汝説亦爾是名隨自他意説善男子如來或時爲一法故説無量法如經中説一切梵行因善知識一切梵行因雖無量説善知識則已攝盡如我所説一切惡行邪見爲因一切惡行因雖無量若説邪見則已攝盡或説阿耨多羅三藐三菩提信心爲因是菩提因雖復無量若説信心則已攝盡如來雖説無量諸法以爲佛性然不離於陰入界也善男子如來説法爲衆生故有七種語一者因語二者果語三者因果語四者喻語五者不應説語六者世流布語七者如意語　善男子信有二種一者信正二者信邪言有因有果有佛法僧是名信正言無因果三寶性異是名信邪若人雖信佛法僧寶不信三寶同一性相雖信因果不信得者是人名爲信不具足信不具足故所受禁戒亦不具足戒有二種一者作戒二者無作戒是人雖具作戒不具無作戒是故名爲戒不具足信戒不具故所修多聞亦不具足如來所説十二部經唯信六部不信六部是故名爲聞不具足是人不

具如是三事所修智慧亦不具足如經說言如來即是解脱解脱即是如來如來即是涅槃涅槃即是解脱於是義中不能分別是故名爲智不具足若自知見不具足故求近善友樂諮未聞聞已樂受受已樂善思惟善思惟已能如法住云何爲住常樂覩見善光明故若佛出世若不出世終不造惡是名爲住

世尊復說偈曰

若人善能分別義　至心求於沙門果
若能訶責一切有　是人名爲如法住
若能供養無量佛　則能無量世修道
若受世樂不放逸　是人名爲如法住
親近善友聽正法　内善思惟如法住
樂見光明修習道　獲得解脱安隱住

御錄經海一滴卷之十八

音釋

蘆菔上龍都切音盧下步黑切音匐蘆菔菜名　氀凌如切音閭毛布也

御錄經海一滴卷之十九

大般涅槃經之七

迦葉菩薩復白佛言世尊如佛所說衆生佛性猶如虛空云何名爲如虛空耶佛言善男子虛空之性非過去非未來非現在佛性亦爾善男子虛空非過去何以故無現在故法若現在可說過去以無現在故無過去亦無現在何以故無未來故法若未來可說現在以無未來故無現在亦無未來何以故無現在過去故若有現在過去則有未來以無過去現在故則無未來以是義故虛空之性非三世攝善男子以虛空無故無有三世不以有故無三世也如虛空華非是有故無有三世虛空亦爾非是有故無有三世善男子無物者即是虛空佛性亦爾善男子虛空無故非三世攝佛性常故非三世攝善男子如來已得阿耨多羅三藐三菩提所有佛性一切佛法常無變易以是義故無有三世猶如虛空善男子如世間中無罣礙處名爲虛空如來得阿耨多羅三藐三菩提已於一切佛法無有罣礙故言佛性猶如虛空世尊如來佛性涅槃非三世攝而名爲有虛空亦非三世所攝何故不得名爲有耶佛言善男子爲非涅槃名爲涅槃爲非如來名爲如來爲非佛性名爲佛性云何名爲非涅槃耶所謂一切煩惱有爲之法爲破如是有爲煩惱是名涅槃非如來者謂一闡提至辟支佛爲破如是一闡提等至辟支佛是名如來非佛性者所謂一切牆壁瓦石無情之物離如是等無情之物是名佛性善男子一切世間無非虛空

對於虛空世尊世間亦無非四大對而猶得名四大是有虛空無對何故不得名之爲有佛言善男子若言涅槃非三世攝虛空亦爾者是義不然何以故涅槃是有可見可證是色足跡章句是有是相是緣是歸依處寂靜光明安隱彼岸是故得名非三世攝虛空之性無如是法是故名無若有離於如是等法更有法者應三世攝虛空若同是有法者不得非是三世所攝善男子如世人說虛空名爲無色無對不可覩見若無色無對不可見者即心數法虛空若同心數法者不得不是三世所攝若三世攝即是四陰是故離四陰已無有虛空復次善男子諸外道言夫虛空者即是光明若是光明即是色法虛空若爾是色法者即是無常是無常故三世所攝云何外道說非三世若三世攝則非虛空若三世攝云何言常善男子若復說言夫虛空者不離三法一者空二者實三者空實若言空是當知虛空是無常法何以故實處無故若言實是當知虛空亦是無常何以故空處無故若空實是當知虛空亦是無常何以故二處無故是故虛空名之爲無善男子如說虛空是可作法如說去樹去舍而作虛空平作虛空覆於虛空上於虛空畫虛空色如大海水是故虛空是可作法一切作法皆是無常猶如瓦瓶虛空若爾應是無常善男子世間人說一切法中無罣礙處名虛空者是無礙處於一切法爲具足有爲分有耶若具足有當知餘處則無虛空若分有者則是彼此可數之法若是可數當知無常善男子若有人

說虛空無礙與有並合又復說言虛空在物如器中果二俱不然何以故若言並合則有三種一異業共合如飛鳥集樹二共業合如兩羊相觸三已合共合如二雙指合在一處若言異業共合異則有二一是物業二虛空業若空業合物空則無常若物業合空物則不徧如其不徧是亦無常若言虛空是常其性不動與動物合者是義不然何以故虛空若常物不應常物若無常空亦無常若言虛空亦常無常無有是處若共業合是義不然何以故虛空名徧若與業合業亦應徧若有徧者應一切徧若一切徧應一切合不應說有合與不合若言已合共合如二雙指合是義不然何以故先無有合後方合故先無後有是無常法是故不得說言虛空已合共合如世間法先無後有是物無常虛空若爾亦應無常若言虛空在物如器中果是義不然何以故如是虛空先無器時在何處住若有住處虛空則多如其多者云何言常言一言徧若使虛空離空有住有物亦應離虛空住是故當知無有虛空善男子若有說言指住之處名爲虛空當知虛空是無常法何以故指有四方若有四方當知虛空亦有四方一切常法都無方所以有方故虛空無常若是無常不離五陰要離五陰是無所有善男子有法若從因緣住者當知是法名爲無常善男子譬如一切衆生樹木因地而住地無常故因地之物次第無常善男子如地因水水無常故地亦無常如水因風風無常故水亦無常風依虛空空無常故風亦無常若無常

者云何說言虛空是常徧一切處虛空無故非是過去未來現在亦如兎角是無物故非是過去未來現在是故我說佛性常故非三世攝虛空無故非三世攝善男子我終不與世間共諍何以故智者說有我亦說有智者說無我亦說無世尊菩薩摩訶薩具足幾法不與世諍不爲世法之所沾汙佛言善男子菩薩摩訶薩具足十法不與世諍不爲世法之所沾汙何等爲十一者信心二者有戒三者親近善友四者内善思惟五者具足精進六者具足正念七者具足智慧八者具足正語九者樂於正法十者憐愍衆生善男子菩薩具足如是十法不與世諍不爲世法之所沾汙如優鉢羅華善男子凡夫之色從煩惱生是故智說色是無常苦空無我如來色者遠離煩惱是故說是常恒無變　善男子煩惱三種所謂欲漏有漏無明漏智者應當觀是三漏所有罪過所以者何知罪過已則能遠離善男子有智之人又復當觀一切漏因何以故若但觀漏不觀漏因則不能斷諸煩惱何以故智者觀漏從是因生我今斷因漏則不生如彼醫師先斷病因病則不生智者先斷煩惱因者亦復如是有智之人次觀果報知從善因生於善果知從惡因生於惡果觀果報已遠離惡因次復應觀煩惱輕重先離重者輕者自去善男子知煩惱煩惱因煩惱果報煩惱輕重爲斷煩惱修行道者即是如來以是因緣如來色常乃至識常善男子不知煩惱煩惱因煩惱果報煩惱輕重不能修道即是凡夫是故凡夫色是無常受想行

識悉是無常善男子世間智者一切聖人菩薩諸佛說是二義我亦如是說是二義是故我說不與世間智者共諍不爲世法之所沾汙迦葉菩薩白佛言世尊衆生一身云何能起種種煩惱佛言善男子如一器中有種種子得水雨已各各自生衆生亦爾身雖是一愛因緣故而能生長種種煩惱世尊智者云何觀於果報善男子智者當觀諸漏因緣能生地獄餓鬼畜生是漏因緣亦得人天身皆是無常苦空無我是身器中得三種苦三種無常是漏因緣智者當觀我既受得如是之身不應生起如是煩惱受諸惡果迦葉菩薩言世尊有無漏果若言智者斷諸果報無漏果報在斷中不諸得道人有無漏果如其智者求無漏果云何佛說一切智者應斷果報如其斷者今諸聖人云何得有善男子如來或時因中說果果中說因如世間人說泥即是瓶縷即是衣是名因中說果果中說因者牛即是水草人即是食我亦如是因中說果先於經中作是說言我從心身至梵天邊是名因中說果果中說因此六入者名過去業是名果中說因善男子一切聖人真實無有無漏果報一切聖人修道果報更不生漏是故名爲無漏果報善男子有智之人如是觀時則得永滅煩惱果報善男子智者觀已爲斷如是煩惱果報修習聖道聖道者即空無相願修是道已能滅一切煩惱果報善男子猶如世間從子生果是果有能與子作因有不能者有能作者是名果子若不能作唯得名果不得名子一切衆生亦復如是皆有二

種一者有煩惱果是煩惱因二者有煩惱果非煩惱因是煩惱果非煩惱因是則名爲清淨梵行善男子衆生觀受知是一切漏之近因所謂内外漏受因緣故不能斷絶一切諸漏亦不能出三界牢獄衆生因受著我我所生於心倒想倒見倒是故衆生先當觀受如是受者爲一切愛而作近因是故智者欲斷愛者當先觀受既觀受已復當更觀如是受者何因緣生若因緣生如是因緣復從何生若無因生無因何故不生無受復觀是受皆從緣合而生因緣者即是愛也分别何等受能作愛因何等愛能作受因善男子衆生若能如是深觀愛因受因則便能斷我及我所善男子若人能作如是等觀則應分别愛之與受在何處滅即見愛受有少滅處當知亦應有畢竟滅爾時即於解脱生信心生信心已是解脱處何由而得知從八正道即便修習善男子若有衆生能如是觀雖從煩惱而得果報而是果報更不復爲煩惱作因是則名爲清淨梵行世尊若以因此煩惱之想生於倒想一切聖人實有倒想而無煩惱是義云何佛言善男子云何聖人而有倒想世尊一切聖人牛作牛想亦説是牛馬作馬想亦説是馬男女大小舍宅車乘去來亦爾是名倒想善男子一切凡夫有二種想一者世流布想二者著想一切聖人唯有世流布想無有著想一切凡夫惡覺觀故於世流布生於著想一切聖人善覺觀故於世流布不生著想是故凡夫名爲倒想聖人雖知不名倒想

迦葉菩薩白佛言世尊云何名爲清淨梵

行佛言善男子一切法是世尊如來說一切法爲清淨梵行悉是何等一切法耶佛言善哉善哉善男子如是微妙大涅槃經乃是一切善法寶藏譬如大海是衆寶藏是涅槃經亦復如是即是一切字義祕藏善男子如須彌山衆藥根本是經亦爾即是菩薩戒之根本善男子譬如虛空是一切物之所住處是經亦爾即是一切善法住處善男子譬如猛風無能繫縛一切菩薩行是經者亦復如是不爲一切煩惱惡法之所繫縛善男子譬如金剛無能壞者是經亦爾雖有外道惡邪之人不能破壞善男子是經能爲諸菩薩等作法光明如世日月能破諸闇善男子是經能爲病苦衆生作大良藥如雪山藥王能治衆病善男子是經即是大無畏王能壞一切煩惱惡魔如師子王降伏衆獸善男子是經能住一切善法如世間地能住衆物善男子是經即是剛利智斧能伐一切煩惱大樹即是一切諸天之眼即是一切人之正道善男子是故此經攝一切法此經雖攝一切諸法我說梵行即是三十七助道之法善男子若離如是三十七品終不能得聲聞正果乃至阿耨多羅三藐三菩提果不見佛性及佛性果以是因緣梵行即是三十七品善男子三十七品根本是欲善欲即是初發道心乃至阿耨多羅三藐三菩提之根本也是故我說欲爲根本世尊如來先於此經中說一切善法不放逸爲本今乃說欲是義云何佛言善男子若言生因善欲是也若言了因不放逸是如世間說一切果者子爲其因或復有說子

爲生因地爲了因是義亦爾世尊如來先於餘經中說三十七品佛是根本是義云何善男子如來先說衆生初知三十七品佛是根本若自證得欲爲根本　善男子雖因修習三十七品獲得四禪神通安樂不名爲實若壞煩惱證解脱時乃名爲實是三十七品發心修道雖得世樂及出世樂四沙門果及以解脱不名畢竟若能斷除三十七品所行之事是名畢竟畢竟者即大涅槃復次善男子善愛念心即是欲也因善愛念親近善友因近善友能善思惟因善思惟能生長道因生長道得二解脱除斷愛故心得解脱斷無明故慧得解脱是名爲實畢竟者即是阿耨多羅三藐三菩提果　爾時世尊告憍陳如色是無常因滅是色獲得解脱常住之色受想行識亦是無常因滅是識獲得解脱常住之識憍陳如色即是苦因滅是色獲得解脱安樂之色受想行識亦復如是憍陳如色即是空因滅空色獲得解脱非空之色受想行識亦復如是憍陳如色是無我因滅是色獲得解脱真我之色受想行識亦復如是憍陳如色非寂靜因滅是色獲得涅槃寂靜之色受想行識亦復如是若有人能如是知者是名沙門名婆羅門具足沙門婆羅門法若離佛法無有沙門及婆羅門亦無沙門婆羅門法一切外道虚假詐稱都無實行雖復作想言有是二實無是處何以故若無沙門婆羅門法云何而言有沙門婆羅門我常於此大衆之中作師子吼汝等亦當在大衆中作師子吼爾時外道有無量人聞是語巳心生瞋恚

外道衆中有婆羅門名闍提首那作如是言瞿曇汝説涅槃是常法耶如是如是大婆羅門婆羅門言瞿曇若説涅槃常者是義不然何以故世間之法從子生果相續不斷如從泥出瓶從縷得衣瞿曇常説修無常想獲得涅槃因是無常果云何常瞿曇又説解脱欲貪即是涅槃解脱色貪及無色貪即是涅槃滅無明等一切煩惱即是涅槃從欲乃至無明煩惱皆是無常因是無常所得涅槃亦應無常瞿曇又説從因故生天從因故地獄從因得解脱是故諸法皆從因生若從因生故得解脱者云何言常瞿曇亦説色從緣生故名無常受想行識亦復如是如是解脱若是色者當知無常受想行識亦復如是若離五陰有解脱者當知解脱即是虚空若是虚空不得説言從因緣生何以故是常是一徧一切處瞿曇亦説從因生者即是苦也若是苦者云何復説解脱是樂瞿曇又説無常即苦苦即無我若是無常苦無我者即是不淨一切從因所生諸法皆無常苦無我不淨云何復説涅槃即是常樂我淨若瞿曇説亦常無常亦苦亦樂亦我無我亦淨不淨如是豈非是二語耶我亦曾從先舊智人聞説是語佛若出世言則無二瞿曇今者説於二語復言佛即我身是也是義云何佛言婆羅門如汝所説我今問汝隨汝意答婆羅門言善哉瞿曇佛言婆羅門汝性常耶是無常乎婆羅門言我性是常婆羅門是性能作一切内外法之因也如是瞿曇佛言婆羅門云何作因瞿曇從性生大從大生慢從慢生十六法所

謂地水火風空五知根眼耳鼻舌身五業根手脚口聲男女二根心平等根是十六法從五法生色聲香味觸是二十一法根本有三一者染二者麤三者黑染者名愛麤者名瞋黑名無明瞿曇是二十五法皆因性生婆羅門是大等法常無常耶瞿曇我法性常大等諸法悉是無常婆羅門如汝法中因常果無常然我法中因雖無常果是常者有何等過婆羅門汝等法中有二因不答言有佛言云何有二婆羅門言一者生因二者了因佛言云何生因云何了因婆羅門言生因者如泥出瓶了因者如燈照物佛言是二種因因性是一若是一者可令生因作於了因可令了因作生因不不也瞿曇佛言若使生因不作了因了因不作生因可得說言是因相不婆羅門言雖有相作故不因相婆羅門了因所了即同了不不也瞿曇佛言我法雖從無常獲得涅槃而非無常婆羅門從了因得故常樂我淨從生因得故無常無樂無我無淨是故如來所說有二如是二語無有二也是故如來名無二語如汝所說曾從先舊智人邊聞佛出於世無有二語是言善哉一切十方三世諸佛所說無差是故說言佛無二語云何無差有同說有無同說無故名一義婆羅門如來世尊雖名二語爲了一語故云何二語了於一語如眼色二語生識一語乃至意法亦復如是婆羅門言瞿曇善能分別如是語義我今未解所出二語了於一語爾時世尊即爲宣說四眞諦法婆羅門言苦諦者亦二亦一乃至道諦亦二亦一婆羅門言世尊

我已知已佛言善男子云何知已婆羅門言世尊苦諦一切凡夫二是聖人一乃至道諦亦復如是佛言善哉已解婆羅門言世尊我今聞法已得正見今當歸依佛法僧寶唯願大慈聽我出家時憍陳如受佛勅旨爲其剃髮闍提首那有二種落一者鬚髮一者煩惱即於坐處得阿羅漢果　復有梵志姓婆私吒復作是言瞿曇所説涅槃常耶如是梵志婆私吒言瞿曇將不説無煩惱爲涅槃耶如是梵志婆私吒言瞿曇世間四種名之爲無一者未出之法名之爲無如瓶未出泥時名爲無瓶二者已滅之法名之爲無如瓶壞已名爲無瓶三者異相互無名之爲無如牛中無馬馬中無牛四者畢竟無故名之爲無如龜毛兎角瞿曇若以除煩惱已名涅槃者涅槃即無若是無者云何言有常樂我淨佛言善男子如是涅槃非是先無同泥時瓶亦非滅無同瓶壞已亦非畢竟無如龜毛兎角同於異無善男子如汝所言雖牛中無馬不可説言牛亦是無雖馬中無牛亦不可説馬亦是無涅槃亦爾煩惱中無涅槃涅槃中無煩惱是故名爲異相互無婆私吒言瞿曇若以異無爲涅槃者夫異無者無常樂我淨瞿曇云何説言涅槃常樂我淨佛言善男子如汝所説是異無者有三種無牛馬悉是先無後有是名先無已有還無是名壞無異相無者如汝所説善男子是三種無涅槃中無是故涅槃常樂我淨如世病人一者熱病二者風病三者冷病是三種病三藥能治酥能治熱油能治風蜜能治冷是三種藥能治如是三

種惡病善男子風中無油油中無風酥蜜亦然是故能治一切衆生亦復如是有三種病一者貪二者瞋三者癡如是三病有三種藥不淨觀者能爲貪藥慈心觀者能爲瞋藥觀因緣智能爲癡藥善男子爲除貪故作非貪觀爲除瞋故作非瞋觀爲除癡故作非癡觀三種病中無三種藥三種藥中無三種病善男子三種病中無三藥故無常無我無樂無淨三種藥中無三種病是故得稱常樂我淨婆私吒言世尊如來爲我說常無常云何爲常云何無常佛言善男子色是無常解脫色常乃至識是無常解脫識常善男子若有善男子善女人能觀色乃至識是無常者當知是人獲得常法婆私吒言世尊我今已知常無常法佛言善男子汝云何知常無常法婆私吒言世尊我今知我色是無常得解脫常乃至識亦如是佛言善男子汝今善哉已報是身告憍陳如是婆私吒已證阿羅漢果汝可施其三衣鉢器時憍陳如如佛所勅施其衣鉢時婆私吒受衣鉢已作如是言大德憍陳如我今因是弊惡之身得善果報惟願大德爲我屈意至世尊所具宣我心我既惡人觸犯如來稱瞿曇姓惟願爲我懺悔此罪我亦不能久住毒身今入涅槃時憍陳如即往佛所白婆私吒說佛言憍陳如婆私吒比丘已於過去無量佛所成就善根今受我語如法而住如法住故獲得正果汝等應當供養其身爾時憍陳如從佛聞已還其身所而設供養時婆私吒於焚身時作種種神足　諸外道輩見是事已高聲唱言是婆私吒已得

瞿曇沙門咒術是人不久復當勝彼瞿曇沙門爾時衆中復有梵志名曰先尼復作是言瞿曇有我耶如來默然瞿曇無我耶如來默然第二第三亦如是問佛皆默然先尼言瞿曇若一切衆生有我徧一切處是一作者瞿曇何故默然不答佛言先尼汝說是我徧一切處耶先尼答言瞿曇不但我說一切智人亦如是說佛言善男子若我周徧一切處者應當五道一時受報若有五道一時受報汝等梵志何因緣故不造衆惡爲遮地獄修諸善法爲受天身先尼言瞿曇我法中我則有二種一作身我二者常身我爲作身我修離惡法不入地獄修諸善法生於天上佛言善男子如汝所說我徧一切處如是我者若作身中當知無常若作身無云何言徧瞿曇我所立我亦在作中亦是常法瞿曇如人失火燒舍宅燒其主出去不可說言舍宅被燒主亦被燒我法亦爾而此作身雖是無常當無常時我則出去是故我我亦徧亦常佛言善男子如汝說我亦徧亦常是義不然何以故徧有二種一者常二者無常復有二種一色二無色是故若言一切有者亦常亦無常亦色亦無色若言舍主得出不名無常是義不然何以故舍不名主主不名舍異燒異出故得如是我則不爾何以故我即是色色即是我無色即我我即無色云何而言色無常時我則得出善男子汝意若謂一切衆生同一我者如是則違世出世法何以故世間法名父子母女若我是一父即是子子即是父母即是女女即是母怨即是親親即是怨此即

是彼彼即是此是故若説一切衆生同一我者是即違背世出世法先尼言我亦不説一切衆生同於一我乃説一人各有一我佛言善男子若言一人各有一我是爲多我是義不然何以故如汝先説我徧一切若徧一切一切衆生業根應同天得見時佛亦得見若天得見非佛得見者不應説我徧一切處若不徧者是則無常先尼言瞿曇譬如一室有百千燈炷雖有異明則無差燈炷别異喻法非法其明無差喻衆生我佛言善男子汝説燈明以喻我者是義不然何以故室異燈異是燈光明亦在炷邊亦徧室中汝所言我若如是者法非法邊俱應有我若法非法無有我者不得説言徧一切處若俱有者何得復以炷明爲喻善男子汝意若謂炷之與明眞實别異何因縁故炷増明盛炷枯明滅是故不應以法非法喻於燈炷光明無差喻於我也何以故法非法我三事即一善男子汝意若謂我是作者是義不然何以故若我作者何因縁故自作苦事然今衆生實有受苦是故當知我非作者若言是苦非我所作不從因生一切諸法亦當如是不從因生何因縁故説我作耶善男子衆生苦樂實從因縁如是苦樂能作憂喜憂時無喜喜時無憂或喜或憂智人云何説是常耶善男子汝説我常若是常者云何説有十時别異善男子若我作者是我亦有盛時衰時衆生亦有盛時衰時若我爾者云何是常善男子汝意若謂離眼有見是義不然何以故若離眼已别有見者何須此眼乃至身根亦復如是汝意若謂

我雖能見要因眼見是亦不然何以故如有人言須曼那華能燒大村云何能燒因火能燒汝立我見亦復如是先尼言瞿曇如人執鎌則能刈草我因五根見聞至觸亦復如是善男子鎌人各異是故執鎌能有所作離根之外更無別我云何說言我因諸根能有所作善男子汝意若謂執鎌能刈我亦如是我有手耶爲無手乎若有手者何不自執若無手者云何說言我是作者善男子能刈草者即是鎌也非我非人若我人能何故因鎌善男子人有二業一則執草二則執鎌是鎌唯有能斷之功衆生見法亦復如是眼能見色從和合生若從因緣和合見者智人云何說言有我善男子汝意若謂身作我受是義不然何以故世間不見天得作業佛得受果若言不是身作我非因受汝等何故從於因緣求解脱耶汝先是身非因緣生得解脱已亦應非因而更生身如身一切煩惱亦應如是先尼言瞿曇我有二種一者有知二者無知無知之我能得於身有知之我能捨離身猶如坏瓶既被燒已失於本色更不復生智者煩惱亦復如是既滅壞已終不更生佛言善男子所言知者智能知耶我能知乎若智能知何故說言我是知耶若我知者何故方便更求於智汝意若謂我因智知同華喻壞善男子譬如刺樹性自能刺不得說言樹執刺智亦如是智自能知云何說言我執智知善男子如汝法中我得解脱無知我得知我得耶若無知得當知猶故具足煩惱若知得者當知已有五情諸根何以故離根之外別

更無知若具諸根云何復名得解脱耶若言是我其性清淨離於五根云何説言徧五道有以何因緣爲解脱故修諸善法譬如有人拔虛空刺汝亦如是我若清淨云何復言斷諸煩惱汝意若謂不從因緣獲得解脱一切畜生何故不得先尼言瞿曇若無我者誰能憶念佛告先尼若有我者何緣復忘善男子若念是我者何因緣故念於惡念念所不念不念所念先尼復言瞿曇若無我者誰見誰聞佛言善男子内有六入外有六塵内外和合生六種識是六種識因緣得名譬如一火因木得故名爲木火因草得故名爲草火衆生意識亦復如是因眼因色因明因欲名爲眼識若是因緣和合故生智不應説見即是我乃至觸即是我善男子是故我説眼識乃至意識一切諸法即是幻也云何如幻本無今有已有還無凡夫不能思惟分别如是事故説言有我及有我所我作我受先尼言如瞿曇説無我我所何緣復説常樂我淨佛言善男子我亦不説内外六入及六意識常樂我淨我乃宣説滅内外入所生六識名之爲常以是常故名之爲我有常我故名之爲樂常我樂故名之爲淨先尼言世尊唯願大慈爲我宣説我當云何獲得如是常樂我淨佛言善男子一切世間從本已來具足大慢能增長慢亦復造作慢因慢業是故今者受慢果報不能遠離一切煩惱得常樂我淨若諸衆生欲得遠離一切煩惱先當離慢先尼言世尊如是如是誠如聖教我今已離如是大慢是故誠心啟請求法云何當得常樂我淨

佛言善男子諦聽諦聽吾當爲汝分別解說善男子若能非自非他非衆生者遠離慢法先尼言世尊我已知解得正法眼佛言善男子汝云何言知已解已得正法眼世尊所言色者非自非他非諸衆生乃至識亦復如是我如是觀得正法眼世尊我今甚樂出家修道願見聽許佛言善來比丘即時具足淸淨梵行證阿羅漢果　外道衆中復有梵志姓迦葉氏復作是言瞿曇身即是命身異命異如來默然第二第三亦復如是梵志復言瞿曇若人捨身未得後身於其中間豈可不名身異命異若是異者瞿曇何故默然不答佛言善男子我說身命皆從因緣非不因緣如身命一切法亦如是瞿曇我見世間有法不從因緣如大火焚燒榛木風吹絕焰墮在餘處是豈不名無因緣耶佛言善男子我說是火亦從因生非不從因瞿曇絕焰去時不因薪炭云何而言因於因緣佛言善男子雖無薪炭因風而去風因緣故其焰不滅瞿曇若人捨身未得後身中間壽命誰爲因緣佛言梵志無明與愛而爲因緣是無明愛二因緣故壽命得住善男子有因緣故身即是命命即是身有因緣故身異命異智者不應一向而說身異命異梵志言世尊唯願爲我分別解說令我了了得知因果佛言梵志因即五陰果亦五陰善男子若有衆生不然火者是則無烟梵志言世尊我已知已我已解已佛言善男子汝云何知汝云何解世尊火即煩惱若有衆生不作煩惱是人則無煩惱果報世尊我已正見唯願慈矜聽我出家爾時世

尊告憍陳如聽是梵志出家受戒經五日已得阿羅漢果　外道衆中復有梵志名曰富那復作是言瞿曇汝見世間是常法已說言常耶如是義者實耶虛耶常無常亦常無常非常非無常有邊無邊亦有邊無邊非有邊非無邊是身是命身異命異如來滅後如去不如去亦如去不如去非如去非不如去佛言富那我不說世間常虛實無常亦常無常非常非無常有邊無邊亦有邊無邊非有邊非無邊是身是命身異命異如來滅後如去不如去非如去非不如去富那復言瞿曇今者見何罪過不作是說佛言富那若有人說世間是常唯此爲實餘妄語者是名爲見見所見處是名見行是名見業是名見著是名見縛是名見苦是名見取是名見怖是名見熱是名見纏富那凡夫之人爲見所纏不能遠離生老病死迴流六趣受無量苦乃至非如去非不如去亦復如是富那我見是見有如是過是故不著不爲人說瞿曇若見如是罪過不著不說瞿曇今者何見何著何所宣說佛言善男子夫見著者名生死法如來巳離生死法故是故不著善男子如來名爲能見能說不名爲著瞿曇云何能見云何能說佛言善男子我能明見苦集滅道分別宣說如是四諦我見如是故能遠離一切見一切愛一切流一切慢是故我具清淨梵行無上寂靜獲得常身是身亦非東西南北富那言瞿曇何因緣故常身非是東西南北佛言善男子我今問汝隨汝意答善男子如於汝前然大火聚當其然時汝知然不如是瞿曇是

火滅時汝知滅不如是瞿曇富那若有人問汝前火聚然從何來滅何所至當云何答瞿曇若有問者我當答言是火生時賴於衆緣本緣已盡新緣未至是火則滅若復有問是火滅已至何方面復云何答瞿曇我當答言緣盡故滅不至方所善男子如來亦爾若有無常色乃至無常識因愛故然然者即受二十五有是故然時可説是火東西南北現在愛滅二十五有果報不然以不然故不可説有東西南北善男子如來已滅無常之色至無常識是故身常身若是常不得説有東西南北富那言請説一喻唯願聽採佛言善哉善哉隨意説之世尊如大村外有娑羅林中有一樹先林而生足一百年是時林主灌之以水隨時修治其樹陳朽皮膚枝葉悉皆脱落唯眞實在如來亦爾所有陳故悉已除盡唯有一切眞實法在世尊我今甚樂出家修道佛言善來比丘説是語已即時出家漏盡證得阿羅漢果

御錄經海一滴卷之十九

音釋

榛　責辛切音臻樹高大　許子如小栗

鐮　方鹽切音廉鍥也

御錄經海一滴卷之二十

大般涅槃經之八

爾時世尊告憍陳如言阿難比丘今爲所在憍陳如言世尊阿難比丘在娑羅林外去此大會十二由旬而爲六萬四千億魔之所嬈亂是諸魔衆悉自變身爲如來像宣說一切諸法阿難比丘八魔罥故而作是念此諸佛說各各不同我於今者當受誰語世尊阿難今者極受大苦雖念如來無能救者以是因緣不來至此爾時文殊師利菩薩白佛言世尊此大衆中有諸菩薩亦能受持無量諸佛十二部經何憂不能受持如是大涅槃典何因緣故問憍陳如阿難所在爾時世尊告文殊師利諦聽諦聽文殊師利阿難事我二十餘年具足八種不可思議何等爲八一者事我已來二十餘年初不隨我受別請食二者事我已來初不受我陳故衣服三者自事我來至我所時終不非時四者自事我來隨我入出諸王刹利豪貴大姓見諸女人及天龍女不生欲心五者自事我來持我所說十二部經一經於耳曾不再問如寫瓶水置之一瓶六者自事我來雖未獲得知他心智常知如來所入諸定七者自事我來而能了知如是衆生到如來所現在能得四沙門果有得人身有得天身八者自事我來如來所有祕密之教悉能了知善男子阿難比丘具足如是八不思議是故我稱阿難比丘爲多聞藏善男子阿難比丘具足八法能具足持十二部經何等爲八一者信根堅固二者其心質直三者身無病苦四者常勤精進五者具足

念心六者心無憍慢七者成就定意八者具足從聞生智善男子如汝所説此大衆中雖有無量無邊菩薩是諸菩薩皆有重任所謂大慈大悲如是慈悲之因緣故各各怱務調伏眷屬莊嚴自身以是因緣我涅槃後不能宣通十二部經是故我今顧問阿難爲何所在欲令受持是涅槃經文殊師利阿難比丘今在他處去此會外十二由旬而爲多魔之所惱亂汝可往彼發大聲言一切諸魔諦聽諦聽如來今説大陀羅尼一切天龍乾闥婆阿修羅迦樓羅緊那羅摩睺羅伽人與非人山神樹神河神海神舍宅神等聞是持名無不恭敬受持之者是陀羅尼十恒河沙諸佛世尊所共宣説若欲受持應受五事一者梵行二者斷肉三者斷酒四者斷辛五者樂在寂靜受五事已至心信受讀誦書寫是陀羅尼當知是人則得超越七十七億弊惡之身

爾時世尊即便説之

阿摩隸　毗磨隸　涅磨隸　瞢伽隸　醯磨羅若竭捭　三曼那跋提　娑婆陀　娑檀尼　波羅磨他　娑檀尼　摩那斯　阿拙啼　毗羅祇　菴摩賴坻　婆嵐彌　婆嵐摩　莎隸富泥富那　摩奴賴綈

爾時文殊師利從佛受是陀羅尼已至阿難所在魔衆中作如是言諸魔眷屬諦聽我説所從佛受陀羅尼咒魔王聞是陀羅尼已悉發阿耨多羅三藐三菩提心捨於魔業即放阿難文殊師利與阿難俱來至佛所阿難見佛至心禮敬却住一面佛告阿難是娑羅林外有一梵志名須跋陀其年極老已百二十

雖得五通未捨憍慢獲得非想非非想定生一切智起涅槃想汝可往彼語須跋陀言如來出世如優曇華於今中夜當般涅槃若有所作當及時作莫於後日而生悔心阿難汝之所說彼定信受何以故汝曾往昔五百世中作須跋陀子其人愛心習猶未盡以是因緣信受汝語爾時阿難敬受佛勅往須跋陀所作是言已須跋陀言善哉阿難我今當往至如來所時須跋陀到已問訊作如是言一切衆生受苦樂報皆隨往日本業因緣是故若有持戒精進受身心苦能壞本業本業旣盡衆苦盡滅衆苦盡滅即得涅槃　我已先調伏心佛言善男子汝今云何能先調心須跋陀言世尊我先思惟欲是無常無樂無淨觀色即是常樂我淨作是觀已欲界結斷獲得色處是故名爲先調伏心次復觀色色是無常如癰如瘡如毒如箭見無色常清淨寂靜如是觀已色界結盡得無色處是故名爲先調伏心次復觀想即是無常癰瘡毒箭如是觀已獲得非想非非想處是非想非非想即一切智寂靜清淨無有墮墜常恒不變是故我能調伏其心佛言善男子汝云何能調伏心耶汝今所得非想非非想定猶名爲想涅槃無想汝云何言獲得涅槃善男子汝已先能訶責麤想今者云何愛著細想不知訶責如是非想非非想處故名爲想如癰如瘡如毒　如箭善男子汝師鬱頭藍弗利根聰明尚不能斷如是非想非非想處受於惡身況其餘者世尊云何能斷一切諸有佛言善男子若觀實相是人能斷一切諸有須跋陀言

世尊云何名爲實相善男子無相之相名爲實相世尊云何名爲無相之相善男子一切法無自相他相及自他相無無因相無作相無受相無作者相無受者相無法非法相無男女相無士夫相無微塵相無時節相無爲自相無爲他相無爲自他相無有相無無相無生相無生者相無因相無因因相無果相無果果相無晝夜相無明暗相無見相無見者相無聞相無聞者相無覺知相無覺知者相無菩提相無得菩提者相無業相無業主相無煩惱相無煩惱主相善男子如是等相隨所滅處名眞實相善男子一切諸法皆是虚假隨其滅處是名爲實是名實相是名法界名畢竟智名第一義諦名第一義空善男子是相法界畢竟智第一義諦第一義空下智觀故得聲聞菩提中智觀故得緣覺菩提上智觀故得無上菩提爾時須跋陀羅從佛聞說大般涅槃甚深妙法而得法眼見法清淨於是須跋陀羅歡喜踴躍欣慶無量即時鬚髮自落而作沙門法性智水灌注心源無復縛著漏盡意解得羅漢果即前佛所瞻仰尊顔頭面禮足悲喜交流深自悔責恨我毒身久劫已來常相欺惑令我長没無明邪見淪溺三界外道法中今大喜慶棠如來恩得入正法累劫碎軀未能報此須臾之恩說是語已悲泣流淚復白佛言世尊我年老邁餘命無幾未脱衆苦行苦還逼唯願世尊少住教誡哀愍救護莫般涅槃爾時世尊默然不許須跋陀羅不果所請愁憂熱惱高聲唱曰苦哉苦哉世間空虚世間空虚哀哉哀哉

衆生福盡正慧眼滅於如來前舉身投地忙亂濁心昏迷悶絶久乃甦醒涕淚哽咽而白佛言世尊我今不忍見於如來入般涅槃中心痛切難任裁抑我自何能與此坏器毒身共住唯願世尊後當涅槃於是時頃即入涅槃爾時不可說不可說無數億恒河沙諸大菩薩比丘比丘尼一切世間天人阿修羅等知佛必欲涅槃同聲唱言苦哉苦哉如何正覺一旦捨離無主無歸無依無趣思慕戀愛悲感號泣互相執手搥胸悶絶迷失諸方哀慟三千大千世界爾時世尊出八種聲普告大衆莫大號哭猶如嬰兒各相裁抑勿自亂心汝等於此行苦生死大海勤修淨心莫失念慧疾求正智速出諸有三界受身苦輪無際無明郎主恩愛魔王役使身心策爲僮僕偏緣境界造生死業貪恚狂癡念念傷害無量劫來常受苦惱何有智者不反斯源汝等當知我曠劫來已入大寂無陰界入永斷諸有金剛寶藏常樂我淨我今於此顯難思議現方便力入大涅槃示同世法欲令衆生知身如電生戀慕心生死暴河漂流速疾諸行輪轉法應如是如來涅槃甚深甚深不可思議乃是諸佛菩薩境界非諸聲聞緣覺所知佛復告諸大衆是須跋陀羅已曽供養恒河沙佛於諸佛所深種善根以大願力常在尼乾外道法中出家修行以方便慧誘進邪見失道衆生令入正智須跋陀羅乘本願力今得遇我最後涅槃得聞正法既得果已復入涅槃自我得道度阿若憍陳如最後涅槃度須跋陀羅吾事究竟無復施爲設我久住無

異令也爾時世尊説是語已即歔長歎唱言善哉善哉須跋陀羅爲報佛恩汝等大衆應當供養其屍安立塔廟須跋陀羅當焚屍時即於火中放大光明現十八變爾時無量大衆及諸外道邪見衆生發菩提心得入正見是時大衆悲感傷悼收取舍利起塔供養

爾時佛告阿難普及大衆吾滅度後汝等四衆當勤護持我大涅槃我於無量萬億阿僧祇劫修此難得大涅槃法今已顯説汝等當知此大涅槃乃是十方三世一切諸佛金剛寶藏常樂我淨周圓無缺一切諸佛於此涅槃而般涅槃最後究竟理極無遺諸佛於此放捨身命故名涅槃汝等欲得決定眞報佛恩疾得菩提諸佛摩頂世世所生不失正念十方諸佛常現其前晝夜守護令一切衆得出世法當勤修習此涅槃典佛復告阿難吾未成佛示入鬱頭藍弗外道法中修學四禪八定受行其教吾成佛來毀呰其法漸漸誘進最後須跋陀羅皆入佛道如來以大智炬燒邪見幢如乾草葉投大火燄阿難今我親戚諸釋種子吾甚憂念我涅槃後汝當精勤以善教誡我諸眷屬授與妙法深心誨誘勿得調戲放逸散心入諸境界受行邪法未脱三界世間痛苦早求出離於此五濁愛欲之中應生憂畏無救護想一失人身難可追復畢此一形常須警察無常大鬼情求難脱憐愍衆生莫相殺害乃至蠢動應施無畏身業清淨常生妙土口業清淨離諸過惡莫食肉莫飲酒調伏心蛇令入道果深思行業善惡之報如影隨形三世因果循環不失此生空

過後悔無追涅槃時至示教如是爾時阿難聞佛語已身心顫動情識忙然悲哽嗚咽哀不自勝　爾時天人一切大衆悲哀流淚不能自裁爾時世尊普告四衆佛般涅槃汝等天人莫大愁惱何以故佛雖涅槃而有舍利常存供養復有無上法寶修多羅藏毘那耶藏摩達摩藏以是因緣三寶四諦常住於世能令衆生深心歸依何以故供養舍利即是佛寶見佛即見法身見法身即見賢聖見賢聖故即見四諦見四諦故即見涅槃是故當知三寶常住無有變易能爲世間作歸依故佛復告諸大衆汝等莫大愁苦我今於此垂欲涅槃若戒若歸若常無常三寶四諦六波羅密十二因緣有所疑者當速發問爲究竟問佛涅槃後無復疑悔三廻告衆爾時四衆無發問者何以故一切四衆已於戒歸三寶四諦通達曉了無有疑故爾時世尊知諸四衆無復餘疑歎言善哉善哉汝等四衆已能通達三寶四諦無有疑也猶如淨水洗蕩身垢汝等當勤精進早得出離莫生愁惱迷悶亂心爾時世尊於師子座以眞金手却身所著僧伽梨衣顯出紫磨黄金師子胸臆普示大衆告言汝等一切天人大衆應當深心看我紫磨黄金色身爾時四衆一切瞻仰世尊以黄金身示大衆已即放無量無邊百千萬億大涅槃光普照十方一切世界日月所照無復光明放是光已復告大衆當知如來爲汝等故累刼勤苦截身手足盡修一切難行苦行大悲本願於此五濁成阿耨多羅三藐三菩提得此金剛不壞紫磨色身具足三十

二相八十種好無量光明普照一切見形遇光無不解脱佛復告諸大衆佛出世難如優曇華希有難見汝等大衆最後遇我爲於此身不生空過我以本誓願力生此穢土化緣周畢今欲涅槃汝等以至誠心看我紫磨黄金色身汝當修習如是清淨之業於未來世得此果報爾時世尊如是三反殷勤三告以眞金身示諸大衆即從七寶師子大牀上昇虚空高一多羅樹一反告言我欲涅槃汝等大衆看我紫磨黄金色身如是展轉高七多羅樹七反告言我欲涅槃如是三反上昇虚空高七多羅樹三反從空中下坐師子牀如是殷勤二十四反告諸大衆我欲涅槃汝等深心看我金剛堅固不壞紫磨黄金無畏色身如優曇華難可值遇汝等大衆應當深心瞻仰爲是最後見於如來自此見已無復再覩汝等大衆瞻仰令足無復後悔佛復告諸大衆我涅槃後汝等大衆應廣修行早出三有勿復懈怠散心放逸爾時一切世界天人四衆遇涅槃光瞻仰佛者一切三塗八難世間人天所有煩惱四重五逆極惡罪咎永滅無餘皆得解脱爾時世尊顯出紫磨黄金色身殷勤相告示大衆已還舉僧伽梨衣如常所披

佛復告諸大衆我今時至説是語已即入諸禪爾時世尊如是逆順入諸禪已普告大衆我以甚深般若徧觀三界一切六道諸山大海大地含生如是三界根本性離畢竟寂滅同虚空相無名無識永斷諸有本來平等無高下想無見無聞無覺無知不可繫縛不可

解脱無衆生無壽命不生不起不盡不滅非世間非非世間涅槃生死皆不可得二際平等等諸法故閒居靜住無所施爲究竟安置必不可得從無住法法性施爲斷一切相一無所有法相如是其知是者名出世人是事不知名生死始汝等大衆應斷無明滅生死始復告大衆我以摩訶般若徧觀三界有情無情一切人法悉皆究竟無繫縛者無解脱者無主無依不可攝持不出三界不入諸有本來清淨無垢無煩惱與虚空等不平等非不平等盡諸動念思想心息如是法相名大涅槃眞見此法名爲解脱凡夫不知名曰無明作是語已復入超禪從初禪出乃至入滅盡定從滅盡出乃至入初禪如是逆順入超禪已復告大衆我以佛眼徧觀三界一切諸法無明本際性本解脱於十方求了不能得根本無故所因枝葉皆悉解脱無明解脱故乃至老死皆得解脱以是因緣我今安住常寂滅光名大涅槃爾時世尊娑羅林下寢卧寶牀於其中夜入第四禪寂然無聲於是時頃便般涅槃其娑羅雙樹即時慘然變白猶如白鶴爾時阿難心苦迷悶都不覺知不識如來已入涅槃未入涅槃爾時樓豆以清冷水灑阿難面扶之令起以善方便而慰喻之語阿難言哀哉哀哉痛苦奈何奈何莫大愁毒熱惱亂心如來化緣周畢一切人天無能留者苦哉苦哉奈何奈何阿難佛雖涅槃而有舍利無上法寶常住於世能爲衆生而作歸依我與汝等當勤精進以佛法寶授與衆生令脱衆苦報如來恩爾時阿難聞慰喻已

漸得醒悟哽咽流淚悲不自勝其拘施那城娑羅林間縱廣十二由旬天人大衆皆悉徧滿尖頭鍼鋒受無量衆間無空缺不相障蔽爾時無數億菩薩一切大衆一時昏迷悶絶躃地苦毒入心隘聲不出如是異類殊音一切大衆哀聲普震一切世界爾時阿難悶絶漸醒舉手拍頭搥胸哽咽悲泣流淚哀不自勝長跪佛前以偈悲歎

我昔與佛誓願力　幸共同生釋種中
如來得成正覺道　我爲侍者二十載
深心敬養情不足　一旦見棄入涅槃
痛哉哀哉荼毒苦　無極長夜痛切心
我身未脱諸有網　無明之轂未出離
世尊慧鸑未啄破　如何見捨疾涅槃
我如初生之嬰兒　失母不久必當死
世尊如何見放捨　獨出三界受安樂
我今懺悔於世尊　侍佛已來二十年
四威儀中多懈惰　不能悦可大聖心
願正覺尊大慈悲　施我甘露令安樂
我願窮盡未來際　常覲世尊爲侍者
唯願世尊大慈光　一切世界攝受我
痛哉痛哉不可説　嗚咽何能陳聖恩

爾時無數億恒河沙菩薩一切世間天人大衆互相執手悲泣流淚哀不自勝各相裁抑即皆自辦無數微妙香華寶蓋寶幢寶播瓔珞徧滿虚空投如來前悲哀供養爾時欲界六天色界無色界諸天一切供養倍勝於前敬請如來入金棺已爾時拘施城内一切士女期請如來聖棺入城自伸供養爾時世尊大悲普覆令諸世間得平等心得福無異

於娑羅林即自舉棺昇虚空中高一多羅樹爾時帝釋及諸天衆即持七寶大蓋四柱寶臺四面莊嚴七寶瓔珞垂虚空中覆佛聖棺無數香華幢旛瓔珞音樂微妙雜綵空中供養爾時世尊大聖金棺於娑羅林虚空之中徐徐乘空從拘施城西門而入東門而出入城南門從北門出乘空左繞還從拘施西門而入爾時七寶聖棺當入城時一切大衆悲號哽咽各持無數寶幢旛蓋香華瓔珞至荼毘所悲哀供養佛初成道恒河北岸一樹栴檀隨佛而生大如車輪高七多羅樹香氣普熏供養如來其香樹神與樹俱生常取此香供養於佛佛入涅槃此一檀樹即隨佛滅枝葉俱落神亦隨死有諸異神取此香樹送荼毘所悲哀供養其地乃是三世諸佛荼毘之

處大覺世尊乘本願力亦於是處荼毘爾時一切大衆哀泣盈目各持七寶香炬一時大哭荼毘香樓哀震大千一切世界復以香華徧滿供養是時寶炬至香樓所自然殄滅爾時世尊大悲普潤待迦葉衆來至乃然時大迦葉與五百弟子在耆闍崛山去拘施城五十由旬身心寂然入於三昧於正受中倏爾心驚舉身顫慄從定中出見諸山地皆大震動即知如來已入涅槃告諸弟子我佛大師入般涅槃時經七日已入棺中苦哉苦哉迦葉以敬佛故不敢飛空往如來所即將弟子尋路疾行至拘施城北門而入迦葉前進遙見佛棺將諸弟子一時禮拜號哭哽咽悶絕躃地昏濁亂心良久乃醒爾時如來大悲平等爲迦葉故棺自然開顯出三十二相八十

種好眞金紫磨堅固色身迦葉與諸弟子見已悶絶躃地喑咽悲哽良久乃甦燒香散華哀泣供養供養已訖棺門即閉　世尊大悲即現二足千輻輪相出於棺外迴示迦葉從千輻輪放千光明徧照十方一切世界爾時迦葉與諸弟子見佛足已哀號哽咽右繞七帀復禮佛足悲哀哭泣聲震世界說偈哀歎

如來究竟大悲心　平等慈光無二照
衆生有感無不應　示我二足千輻輪
我今深心歸命禮　千輻輪相二足尊
千輻輪中放千光　徧照十方普佛刹
我今歸依頭面禮　千輻輪相長光照
衆生遇光皆解脱　三塗八難皆離苦
我復歸依頭面禮　輪光普救諸惡趣
世尊往昔無數劫　爲我等故修苦行
今證得此金剛體　足下由放千光明
悲哀稽首歸命禮　安於衆生千輻輪
佛修衆德爲一切　修道樹日降四魔
四魔降已伏外道　衆生因此得正見
稽首歸依頭面禮　衆生正見光明足
佛爲一切眞慈父　足光平等度衆生
我復歸依頭面禮　平等離苦輪足光
我遇千輻光明足　悲喜交流哀切心
我復悲哀頭面禮　有感千輻輪光明
稽首歸依輪足光　乘究竟乘出三界
敬禮天人歸依足　輪光普照三有苦
衆生未得脱苦門　皆悉歸命輪光足
我等輪迴未出離　如何輪足見放捨
哀哉哀哉諸衆生　長夜莫覩輪足光
悔過世尊大慈悲　示我千輻輪光足

哀哉今遇輪光相　自此當何復再覩

爾時迦葉與諸弟子説是偈已大覺世尊千輻輪相金剛雙足還自入棺封閉如故爾時如來以大悲力從心胸中火踊棺外漸漸荼毘經於七日焚妙香樓爾乃方盡爾時城内士女天人大衆於七日間悲號哭泣哀聲不斷各以所持供養不歇分布舍利起塔供養

御錄經海一滴卷之二十

音釋

罥古犬切涓上聲罥也　坻陳知切音池　歔休居切音虛　顫之膳切音戰四支寒掉也

御製大般涅槃經跋

大般涅槃經四十卷釋迦牟尼佛如來世尊在拘施那城娑羅雙樹間將入涅槃時酬諸菩薩所問是爲四十九年轉大法輪最後垂示究竟指歸惟譚不思議眞性解脱法門直指無上上決定第一義諦乃諸經中之轉輪聖王法寶中之金剛摩尼一入全眞眞外無法雖三藏十二分並是本師金口聖典其中皆有了義眞詮然如來世尊爲衆生故隨順世間種種音聲應時及節方便開示雖一音演出七語成無量法門而以九部經等喻爲半字唯大乘經典乃爲滿字若然則滿字經典中亦尚隱有半字此涅槃經唯一絶待如來法界猶彼醍醐尚不雜於酥酪何況於乳譬如虛空爲一切物之所住處是經亦爾爲一切妙義之所住處譬如四大和合而成萬物其中若無空大則四大亦不能成是經亦爾爲一切善法之空大誠爲無相無名之寶海非文非字之義天最尊最勝之法幢難議難思之聖藥也夫五通仙人聲聞辟支佛等並能於壽命中修短自在如來於一切法得大自在力豈不能住壽億劫萬劫而乃同於凡夫八旬之壽入般涅槃何歟蓋業識幻軀出生我我所想纔有此岸即無彼岸雖得聖果而於此有絲毫許未能淨盡解脱便爲生死之所流轉既未達彼岸尚沿此岸饒經八萬劫終竟落空亡不能常住於無所住清淨覺海如來爲衆生故不肯示現辟支佛五通仙等於壽命中隨意自住以致後學弟子起於法愛落我我所故現捨頭目腦髓入般涅

槃欲俾百億萬人天衆生悟此業識幻軀猶同毒樹雖以如來紫磨黄金色身三十二相八十種好慈善根力具足神通尚非常住之身所以如來棄之猶棄敝屣隨順化緣毫無執吝此如來親身示現一切世界無常無樂無我無淨此岸本無唯此大海之中緣起漚生緣滅漚散如來化身有老病死同於凡夫之壽明示諸行無常是生滅法也雖然如來眞身非人天身非恐怖身非雜食身是身非身非身大身無量億劫堅牢不壞等如虛空無有形貌同無生性非斷非常一切人中天上地及虛空諸有壽命悉入如來壽命海中於諸壽中最爲第一人若了證定不於如來世尊生滅盡想是故如來於般涅槃時佛口親宣佛是常法不變易法有常有樂有我有淨令諸弟子離四顛倒一心精進如來法身無老病死壽不可盡入般涅槃而非般涅槃明示生滅滅已寂滅爲樂也入涅槃時又爲天人衆生增廣福田爲菩薩聖衆垂示法要分身千百起舍利塔布列閻浮提界分明提持千萬億劫如佛住世舉光明拳耀人心目爲衆生故粉碎虛空此我佛最後檀波羅密於戲我佛如來世尊誠爲恩覃無盡上至十地菩薩下至六道衆生之大醫王大慈悲父矣朕閱斯經尊重頂禮悲欣交集如是涅槃秘藏本應具錄全文緣從他經之例錄其四分之一蓋因卷帙繁多難以備錄非有別義也經云遇是佛法寶城不應取於虛僞之物如彼商主遇眞寶城取諸瓦礫而便還家又永明云此非誦文法師湊其智海闇證禪伯

了此慧燈唯除眞見性人一乘道種方能悟入了徹無疑此經有超刼之功獲頓成之力雖在生死常入涅槃恒處塵勞長居淨刹現具肉眼而開慧眼之光明匪易凡心便同佛心之知見煩惱客塵不待斷而自滅菩提妙果弗假修而自成乃至等冤親和諍論齊凡聖泯自他一去來印同異融延促混中邊世出世間不可稱不可量不可説不可説之力莫過大慈悲父末後之垂範者當來佛子咸共勉旃朕願與同此無上上甘露妙味焉

雍正十三年乙卯四月初八日

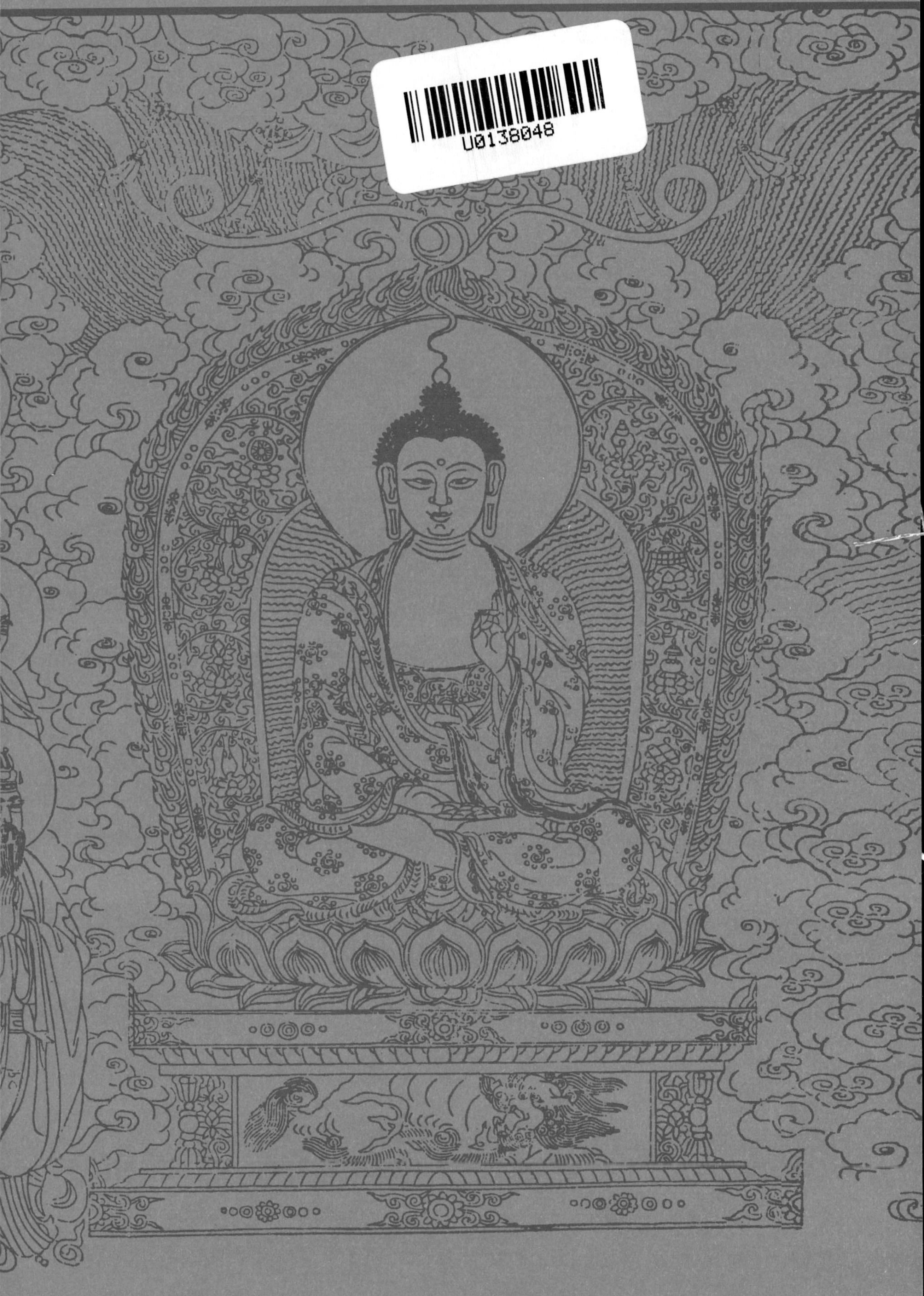